Tilman Röhrig

Die Flügel der Freiheit

PIPER

Zu diesem Buch

Es hat geschneit. Auf den Wehrmauern liegt weißer Schimmer, als Barthel die Wartburg erreicht. Im Auftrag seines Meisters Lucas Cranach soll er Briefe an Martin Luther überbringen. Wie befürchtet erhält Luther Nachricht, dass radikale Kräfte seine Reformation gefährden. Deshalb will er so schnell es geht nach Wittenberg zurückkehren. Während es ihm dort gelingt, seine Schriften und Predigten endlich praktisch umzusetzen, erstarken seine Gegenspieler wieder. Vor allem sein einstiger Weggefährte Thomas Müntzer begibt sich auf einen riskanten Weg, er fordert den Aufstand gegen die weltliche Obrigkeit. Ein Weg, der viele Menschen in größte Gefahr bringt. Nicht zuletzt den Gesellen Barthel und seine Liebste Dorothea. Die Lage spitzt sich mehr und mehr zu. Luther beschließt, den Kampf gegen Müntzer aufzunehmen.

Tilman Röhrig, geboren 1945, lebt in der Nähe von Köln. Der ausgebildete Schauspieler ist seit über vier Jahrzehnten als freier Schriftsteller tätig. Die größten Erfolge brachten ihm seine historischen Romane, die allesamt Bestseller und vielfach übersetzt wurden. Für sein literarisches Werk erhielt der Autor, dessen lebendige Lesungen begeistern, zahlreiche Auszeichnungen, unter anderem den Großen Rheinischen Kulturpreis.

Tilman Röhrig

DIE FLÜGEL DER FREIHEIT

Historischer Roman

PIPER

Mehr über unsere Autoren und Bücher:
www.piper.de

Von Tilman Röhrig liegen im Piper Verlag vor:
Die Schatten von Sherwood
Funke der Freiheit
Thoms Bericht
Erik der Rote oder Die Suche nach dem Glück
Übergebt sie den Flammen!
Die Ballade vom Fetzer
Riemenschneider
Caravaggios Geheimnis
Der Sonnenfürst
Die Könige von Köln
Die Flügel der Freiheit

MIX
Papier aus verantwortungsvollen Quellen
FSC® C083411

Ungekürzte Taschenbuchausgabe
ISBN 978-3-492-31209-7
März 2018

erschienen im Verlagsprogramm Pendo
Umschlaggestaltung: U1 berlin/Patrizia Di Stefano
Umschlagabbildung: Look and Learn/Bridgeman Images (Stadt, Himmel, Fluss); Martin Luther, c.1532 (oil on panel), Cranach, Lucas, the Elder (1472–1553)/ Museum der Stadt, Regensburg, Bavaria, Germany/Bridgeman Images; AKG-Images (Medaille); DNY59/Getty Image (Feder und Tinte)
Karte: cartomedia, Karlsruhe
Satz: Satz für Satz, Wangen im Allgäu
Gesetzt aus der Dante
Druck und Bindung: CPI books GmbH, Leck
Printed in the EU

1

Und er ließ einen langen Furz. »Weiche, Satan«, flehte er, »so fahre aus mir!« Angstvoll wagte sich Martin Luther neben seinem Schreibpult wieder aufzurichten. Nur ein Moment der Erleichterung. Dann eckte und riss der übermächtige Peiniger weiter gegen die Innenwände des Bauches. »Oh großer Gott, hilf!«

Er presste beide Hände an den Leib, versuchte gegen die Welle der Qual zu atmen. Endlich ließ der Schmerz etwas nach. Schweiß sickerte ihm von den Schläfen in den Bart. Martin wischte über die Augen, rückte das Blatt auf der Unterlage gerade und vertiefte sich wieder in die Korrektur seiner Übersetzung. »… Denn das Reich Gottes ist nicht Essen und Trinken, sondern Gerechtigkeit und Friede und Freude in dem Heiligen Geist … Oh hilf!« Martin unterbrach die Lektüre, mühsam ging er die wenigen Schritte durch seine Studierstube zum Fenster.

Auf dem Sims stand der Krug mit angedickter Milch. In Klumpen rutschte die weiße Masse in den Becher. »Trinkt davon«, hatte Burghauptmann Hans von Berlepsch ihn ermuntert, »Sauermilch löst.« Seit Martin Luther hier auf der Wartburg inkognito als Junker Jörg auf kurfürstlichen Befehl in Schutzhaft gehalten wurde, war der Ritter sein Wächter, Beschützer und einziger Gesprächspartner: bedächtig, fürsorglich und der evangelischen Sache aufgeschlossen.

Martin schluckte von der Dickmilch. Der Geschmack verursachte Ekel. Nur halb vermochte er den Becher zu leeren. »Oh Hans! Wenn ich nicht wüsste, dass du es gut mit mir meinst …« Er kehrte zum Sessel zurück, schwer ließ er sich nieder. »Es ist erneut eine Prüfung. Satan nutzt seine heimtückischen Waffen gegen mich.«

Mit einem Seufzer konzentrierte er sich auf den Brief des Paulus an die Römer. »… Verstöre nicht um der Speise willen Gottes Werk … Es ist besser, du essest kein Fleisch und trinkest keinen Wein …« Er las, bald schon griff er nach der Feder, glättete einen Versanfang, sprach leise vor sich hin, hörte auf den Klang und glättete erneut. »Aber der Gott des Friedens zertrete den Satan unter euren Füßen …« Kaum kam ihm der Name des Versuchers über die Lippen, wurde er zum Ruf nach innen. Der Angriff bäumte Martin hoch. Sein Klagestöhnen mündete in einen Wutschrei: »Gift!« Er stieß den Sessel nach hinten, war am Fenstersims. Mit dem Milchkrug in der Hand stürzte er zur Tür, riss sie auf. »Hans!«, schrie er die schmale Außentreppe hinunter: »Zeige dich!« Gleichzeitig schwang er das Gefäß, schleuderte es hinab. Ein harter Aufprall, der Ton zerplatzte und dicklich weiße Masse ergoss sich zäh über die Stufen. »Hans!«

Unten trat Ritter von Berlepsch aus der Wohnung, blickte zu seinem Gast hoch, sah die besudelte Stiege und rieb sich das Kinn. »Aber, Herr?«

»Nicht Herr. Hier steht der Prophet Elias und fährt gleich mit Feuer über Euch. Was habt Ihr mir angetan?«

»Ich verstehe nicht …« Eine dunkle Stimme, bedächtig langsam, zu langsam.

»Diese vergorene Milch sollte mir Linderung verschaffen. Das Gegenteil hat sie bewirkt.« Martin drohte mit der Faust. »Satan hat mich wieder im Hintern geschlagen. Oh verflucht! Er verklemmt mit kantigen Erzklumpen mein Gedärm. Und jetzt zergärt diese Milch auch noch meinen Magen, dass ich sie bald ausspucken muss.«

»Aber meine Gemahlin hat mir dieses Mittel als vorzüglich …« Wie stets behielt Berlepsch den Rest des Satzes für sich und rief nach ihr. Wenig später trat Frau Anne mit dem kleinen Sohn auf dem Arm nach draußen. »Liebste, du sagtest, Dickmilch wird unserm Junker Jörg helfen, ich solle …«

»Nicht so, mein Guter.« Die Hausfrau schüttelte den Kopf.

»Du hast es verwechselt. Erst nach dem Schei…«, sie stockte, blickte zur drohenden Gestalt hoch auf der Stiege, »wollte sagen: Erst nach der Entleerung sollte die Dickmilch helfen das Gedärm zu pflegen.« Sie wandte sich an ihren Gatten. »Öl. Ich hatte dir Öl hingestellt. Ein halber Becher gleich am Morgen sollte endlich die Erlösung bringen.«

Martin Luther streckte den Arm, deutete über die Burgmauer hinweg weit über Eisenach und die Wälder Thüringens. »Ich muss nach Erfurt, dort wird mir geholfen.« Mit Schwung wandte er sich ab und verschwand in seiner Studierstube.

»Bei allen Heiligen …« Der Burghauptmann faltete die Hände. »Nicht schon wieder. Gib mir das Öl, Frau! Ich muss …«

Die Fäuste auf die Lehnen des Holzsessels gestemmt, empfing Martin seinen Wächter. »In diesem Zustand kann ich nicht arbeiten. Auch an Schlaf ist nicht zu denken. Wie soll ich das Neue Testament in schönes Deutsch fassen, wenn ich bei jedem zweiten Atemzug an den verhärteten Unflat in mir erinnert werde?«

»Bitte verzeiht mir die Milch.« Berlepsch stellte das Ölfässchen auf den Fenstersims. »Das hier wird schnellen Erfolg bringen. Ganz sicher. Weil meine …«

»Keine Kur mehr. Ich will nach Erfurt. Dort gibt es Doktoren mit Verstand.«

Berlepsch verschränkte die Hände hinter dem Rücken, leicht hob er die Stimme: »Bitte versteht, ich kann Euch nicht gehen lassen. Einmal habt Ihr mich übertölpelt. Was Anfang Dezember geschah, wird sich nicht wiederholen …«

Vor knapp zwei Monaten war sein Gast unter dem Vorwand auszureiten, einfach weitergeritten bis nach Wittenberg, hatte dort unerkannt als Junker Jörg mit Bart und vollem Haar, mit umgehängtem Schwert und ritterlichem Wams nach dem Wachsen seiner Reformation geschaut, war bei Freund Amsdorf drei Tage untergeschlüpft und dann wieder nach Eisenach auf die Wartburg zurückgekehrt. »Mit Verlaub, damals habt Ihr mein Vertrauen missbraucht. Ich bin für Eure Sicherheit …«

»Nicht missbraucht«, trotz der Übelkeit bemühte Martin ein Lächeln, »es gibt Zwänge, die mich nach Wittenberg zurückziehen.«

Als drohe erneut Gefahr, verstellte von Berlepsch mit breiter Gestalt den Ausgang. »Ihr seid der wichtigste Mann, der mir bisher von seiner kurfürstlichen Durchlaucht anvertraut wurde. Auch all unsere Gespräche … Und ich gestehe, dass ich stolz darauf bin. Aber Ihr seid auch mein Gefangener. Und deshalb …«

Martin hob den Sessel an und stellte ihn mit Wucht zurück. »In dieser Einsamkeit bin ich tausend Teufeln vorgeworfen. Ich falle von einer Not in die andere.« Er stieß den Zeigefinger zur Decke: »Wenn Gott mich ruft, dann werde ich dieses Patmos verlassen.«

Der Zorn prallte an Hans von Berlepsch ab. »Nur wenn ich diesen Ruf schriftlich habe, von offizieller Stelle. Und deshalb, bitte bleibt und trinkt das Öl!«

»Ganz gleich, was Ihr aus mir gemacht habt.« Der Gefangene zerrte am roten Wams, griff sich in den vollen Bart: »Junker Jörg. Aber trotz aller Tarnung bin und bleibe ich Luther, Dr. Martinus Luther.«

Der Burghauptmann nickte. »Den ich hoch verehre und dem ich gute Besserung wünsche.« Er wandte sich zum Gehen, sagte halb über die Schulter: »Zwingt mich nicht, die Außentreppe wegzuschieben …«

2

Die Stute weigerte sich, blieb vor dem niedrigen Haufen aus Geröll und Gestrüpp stehen. »Sei nicht so faul.« Barthel wendete das Pferd auf der Fahrstraße. In genügendem Abstand richtete er das Tier wieder auf das Hindernis aus. »Jetzt aber hopp!« Leicht stieß er die Stiefel in die Flanken. Kein kraftvolles Nachvorn, gemächlich trabte die Braune bis zu den Steinen und weigerte sich erneut. Barthel hob die Fellkappe an, kratzte sich durchs rote Haar und stülpte sie zurück über die Ohren. Vor Kurzem war wohl drüben vom Steilhang des Wartbergs ein Erdrutsch abgegangen, Ausläufer hatten die Burgstraße erreicht. »Kein Wunder, bei dem Regen letzte Nacht.« Er blickte nach oben. Auf Wehrmauern und Dächern der Wartburg lag weißer Schimmer. »Und da in der Höhe hat es sogar geschneit.«

Die Sperre war nicht übermäßig, aber Lisa weigerte sich. »Früher wären wir drüber weggeflogen.« Als hätte die Stute verstanden, schüttelte sie den Kopf. »Ist schon recht.« Der Neunzehnjährige strich ihr die Mähne, tätschelte den Hals und stieg aus dem Sattel. Mit wenigen Griffen räumte er Äste und Brocken beiseite, schaffte einen Durchgang. »Na komm, altes Mädchen! Bis rauf zur Burg ist es nicht mehr weit. Gehen wir den Rest zu Fuß.« Ohne Sträuben folgte ihm die Stute, stupste ihn sogar hin und wieder mit den Nüstern gegen den Rücken.

Steiler wurde die Straße, auf dem letzten Stück überzog Reif das Pflaster. Nur noch vorsichtig, Schritt für Schritt, endlich gelangte Barthel mit der Stute vor das Torhaus. Die Brücke war heruntergelassen.

Aus dem dunklen Bogen löste sich ein Wächter, unter seinem offenen, dick gesteppten Schultermantel blinkte der Brustharnisch. »Was willst du?« Die Augen rot unterlaufen, über den gedunsenen Nasenrücken zog sich ein Netz bläulicher Adern. »Wir erwarten niemand. Und bei dem Sauwetter schon gar nicht. Mach's Maul auf!«

Barthel ballte die Hand hinter dem Rücken. Wieso fährt der mich so an? Ich hab noch kein Wort gesagt. Dieser thüringische Eisenklotz … Nein, bleib ruhig, befahl er sich, ganz ruhig, und öffnete langsam wieder die Faust. »Sehr freundlicher Empfang. Ich grüße zurück.«

»Arbeit gibt es nicht. Wir haben Leute genug.« Der Wächter patschte mit der Linken gegen die Schwertscheide. »Wenn du was anderes willst, dann sag es mir, dem Walter.«

Barthel verschluckte den Fluch. »Ich komme von Wittenberg. Als Bote«, er deutete auf die Satteltaschen, »hab Briefe …«

»Wie heißt du?«, unterbrach ihn der Klotz.

»Bartholomäus Reiche aus Salza.«

»Kerl«, langsam wuchtete sich der Wächter auf ihn zu, »sagtest du nicht gerade, aus Wittenberg?«

Gegen Schwert und Rüstung war nichts auszurichten. Barthel wich bis zur Stute zurück und nahm die Fellmütze ab. »Beides stimmt. Hab Vater und Mutter in Salza, und Arbeit hab ich in Wittenberg. Von da komme ich«, tapfer reckte er das Kinn, »mit Briefen.«

»Her damit!«

Noch einen Schritt zurück. »Ich muss sie persönlich abliefern. Das ist mein Auftrag. Von Hand zu Hand sozusagen. An den Junker Jörg. Der ist doch hier? Oder?«

Die Linke raffte die Mantelhälfte über dem Schwertknauf. »Du bist kein Bote, du willst spionieren?«

»Nein. Wieso?« Barthel tastete nach Lisas Halfter, drängte sein Pferd herum, als er den Fuß zum Steigbügel hob, zückte der Kerl das Schwert. »Halt! Wag dich nicht vom Fleck.« Die Schwertspitze zielte auf den Hals. »Jetzt hast du dich verraten. Ein Spion.«

Der Mund wurde trocken. Kein böser Traum. Hart schlug das Herz. Dieser Wahnsinnige meinte es ernst. »So hör doch, ich … ich bin nur Bote«, stammelte Barthel. Das geschliffene Eisen wippte vor seiner Kehle. »Bin kein Spion. Warum auch?«

Da stieß der Wächter höhnische Grunzer aus. »Das sagen sie alle. Nein, Bursche, mich, Walter, kannst du nicht täuschen. Runter auf die Knie.« Sein Opfer reagierte nicht. »Runter, sag ich!«

Ohne die Schwertspitze aus den Augen zu lassen, bog Barthel den Kopf zurück und sank langsam nieder.

»Walter!« Eine scharfe Stimme vom Torhaus. »Was gibt es da?«

Über die Schulter rief der Wächter. »Ich hab einen, Herr! Einen Spion. Keine Angst, hab ihn sicher.«

Aus dem Torbogen trat Ritter von Berlepsch, den Pelzkragen hochgeschlagen, dicht gefolgt von einem zweiten Wachmann.

Schnellen Schritts kam der Burgvogt über die Fallbrücke. »Walter, nimm die Waffe runter!«

»Aber so ein Spion ist gefährlich.«

»Gehorche!«

Widerwilliges Knurren. Der Wächter zögerte, wollte die Beute nicht aus den Fängen lassen.

»Wird's bald!«

Endlich folgte Walter dem Befehl, stieß das Schwert zurück in die Scheide.

Von Berlepsch wies in Richtung Torhaus. »Dahin mit dir«, befahl er wie einem Hund.

»Aber, Herr?« Vorwurf und Kränkung zugleich. »Äußerste Wachsamkeit. Habt Ihr selbst befohlen. Und jetzt hab ich endlich einen erwischt.«

»Ich erkläre es dir später. Und nun geh auf deinen Posten!« Berlepsch gab dem zweiten Wächter einen Wink, und beide zogen sich zurück.

»Dem Himmel sei Dank.« Barthel erhob sich, betastete seinen Hals. »Das war knapp. Dachte schon, ich bin an Raubritter geraten.«

»Hüte deine Zunge«, warnte der Burghauptmann, »auch ich traue dir noch nicht.«

»Oje«, Barthel schlug mit der Fellkappe auf die Satteltasche. »Ich bringe Nachrichten aus Wittenberg.«

»So? Beiseite!« Mit einem Handschlenker scheuchte Berlepsch ihn einige Schritte von der Stute weg. Kurz prüfte er Maul und Augen des Tieres, griff in die Mähne, betastete die Flanke. »Aus Wittenberg, sagst du? Das wundert mich. Der Gaul ist nicht lange gelaufen … Außerdem zu alt für den weiten Ritt …«

»Das kann ich erklären.« Barthel knautschte die Mütze zwischen den Händen. »Bis nach Salza hab ich das Pferd von meinem Meister geritten …« Dort bei seinen Eltern hatte er es mit der Stute getauscht. »Weil ich meine alte Lisa so lange nicht hatte. Da wollte ich ihr und mir ein Vergnügen machen … Herrgott, besser ich hätt sie zu Haus gelassen.«

Ritter von Berlepsch maß den kräftig gebauten Burschen von den Stiefeln über das Wollwams bis hinauf zu den wirren roten Haaren. »Du bringst Nachrichten?«

»So ist es. Für einen Junker Jörg. Der soll hier wohnen.«

Bei Erwähnung des Namens hob der Burgvogt die Brauen. »Wer schickt dich?«

»Der ehrenwerte Meister Lucas Cranach. Bei dem bin ich Geselle. Aber es sind auch von anderen Briefe dabei: von Herrn Melanchthon, von Herrn Amsdorf …«

»Genug, diese Namen genügen mir als Ausweis. Sei willkommen!« Ritter von Berlepsch wandte sich zur Fallbrücke. »Erst bringst du deine Lisa zum Stall, dann stelle ich dich dem Junker vor.«

3

Duft nach warmfrischem Brot? Mehr noch, etwas Süßes schwang mit durch den kleinen Saal im Vorderhaus der Burg. Weiter hinten unter dem Fenster war der Tisch gedeckt. Dieser Duft zog das Wasser im Mund zusammen. »Hunger hab ich«, flüsterte Barthel. Zu gern wäre er näher gegangen. Nein, nicht um zu naschen, nur um zu sehen, was da Köstliches in der Schüssel dampfte.

Aber: »Warte hier!« Der Burghauptmann hatte ihm gleich neben der Tür den Platz zugewiesen. Und nach dem Empfang am Tor wollte Barthel kein Risiko eingehen. Also blieben ihm nur der Duft in der Nase und die Spucke im Mund.

Draußen näherten sich Schritte, Stimmen, die Tür öffnete sich, der Burgvogt erschien im Rahmen, blieb stehen und schwenkte unterwürfig den Arm.

Das bärtige Kinn leicht vorgereckt, stürmte ein Junker an ihm vorbei, hielt erst in der Saalmitte an. »Wo ist der Bote?«

»Hier«, meldete sich Barthel vom Eingang her.

Lebhaft kehrte der Herr um, stockte, straffte den roten Rock, legte die Hand auf den Schwertknauf. »Ich hatte einen anderen erwartet.«

»Zu Diensten, Herr. Bartholomäus Reiche aus Salza … ich mein, Barthel aus Wittenberg. Beides meine ich.«

Mit gefurchter Stirn musterte er den jungen Mann. »Sind wir uns schon mal begegnet?«

Barthel sah das Wams, das Gesicht. »Eigentlich nicht, Herr. Und doch schon. Ich kenne Euch.«

Wie ein starrer dünner Schweif wedelte die Schwertscheide im Rücken des Herrn hin und her. »Das wundert mich …« Ein scharfer Blick zum Burgvogt. »Hans, habt Ihr mir eine Information vorenthalten?«

»Bei meiner Ehre nein. Er sagte, er bringe Briefe ...«

»Genug«, unterbrach der Junker und wandte sich wieder an den Rothaarigen: »Wer ... Woher kennst du mich?«

Barthel verstand die Aufregung nicht, er grinste vorsichtig. »Na, Ihr hängt doch bei uns in der Werkstatt. Nicht Ihr, aber Euer Bild. Junker Jörg, so nennt Euch Meister Cranach. Und zu dem vom Bild bin ich geschickt worden, also bin ich bei Euch richtig.«

»Das trifft zu.« Spielerisch drehten die Fingerkuppen an den Bartlocken. »Lucas Cranach ist ein wahrer Künstler. Sag, dieses Gemälde? Hat es Farbe?«

»Ja doch. Genauso wie Ihr ...« Barthel zögerte, rümpfte leicht die Nase. »Wenn ich ehrlich sein soll, auf dem Bild seht Ihr etwas frischer aus als jetzt.«

Gleich drohte ihm der Burgvogt mit dem Finger. »Hüte deine Zunge!«

»Lasst nur«, beschwichtige der Junker, Sanftmut lag nun in der hellen Stimme. »Unser junger Freund soll reden, wie ihm der Schnabel gewachsen ist.« Er wandte sich wieder an den Boten. »Weißt du mir noch Einzelheiten vom Gemälde zu berichten?«

Barthel sah auf seine Stiefelspitzen. Oje, was will der Herr denn hören? Viel war da nicht drauf. Von unten blickte er den Junker an. »Also, zwei Augen, dunkle ... Und die dicke Nase. Und vor allem der Bart. Und ... ja, und Euer Rock war nicht rot, auch dunkel ...«

»Gut, gut. Lassen wir es damit bewenden. Du bringst Nachrichten?«

Barthel öffnete die Felljacke und zog eine flache Brusttasche heraus. »Hab die Briefe in Ziegenleder gepackt, damit unterwegs nichts drankommt.«

Mit schnellem Griff schnappte der Junker nach dem Beutel, wortlos eilte er in Richtung Fenster, auf dem Weg öffnete er die Lasche, erbrach das Siegel des ersten Schreibens und las.

Stille, nur das Rascheln des Papiers, hin und wieder ein empörtes: »Dieser Hundsfott!«, dann wieder Seufzen.

Barthel sah Hilfe suchend auf den Burghauptmann, der beschwichtigte mit den Händen, legte den Finger auf die Lippen.

Also warten. Barthel sah sehnsüchtig zum Tisch. Und dahinten wird alles kalt in der Schüssel.

Das zweite Schreiben. Der Junker schritt lesend auf und ab. Mit einem Mal pochte er den Finger heftig auf das Blatt, Lachen, dann bog sich der Oberkörper zurück und ein schallendes Gelächter brach sich Bahn. Erst nach einer Weile verebbte es in beinah weinerlichen Lauten. Junker Jörg beugte sich wieder über die Zeilen. »Dieser Narr, dieser übereifrige Dummkopf.« Er eilte auf den Burgvogt zu. »Seht nur hier! Freund Melanchthon hat mir geschrieben, womit unser eifriger Andreas Karlstadt versucht, den Zölibat zu widerlegen. Und obwohl ich ihn mehrmals schon auf seine Missdeutung hingewiesen habe, wählt er keine geeignetere Bibelstelle. Man sollte nicht glauben, einen studierten Gelehrten vor sich zu haben.«

Nach raschem Blick auf den Boten hob von Berlepsch die Brauen: »Junker Jörg«, betonte er überdeutlich, »bedenkt, wer Ihr seid. Nicht jeder Mann Eures Standes ist so in der Heiligen Schrift bewandert wie Ihr.«

Die Warnung verflog. Zu sehr beschäftigte der Inhalt des Briefes. »Ich will Euch beweisen, wie einfach die Stelle bei Moses zu verstehen ist.« Der Junker bat den Boten, näher zu kommen. »Mein Sohn. Hast du jemals deinen Samen verbrannt?«

Vor Schreck wich Barthel einen Schritt zurück. Der Herr meint doch nicht …? Er schluckte. »Samen? Was für Samen?«

»Nun scheue dich nicht. Wir sind unter uns Männern. Wenn das Begehren uns überkommt.«

Oh Gott, also meint er doch diesen Samen. »Und, Herr, wieso verbrennen?«

»Vielleicht als Opfer? An Moloch?«

Was? Wo bin ich hier nur hingeraten? »Daran … daran denkt doch keiner.«

»Richtig. Und das nicht nur, weil der Geruch unangenehm und so nah ans Feuer hintreten nicht ohne Gefahr ist.« Junker Jörg wedelte mit dem Brief, dazu wippten die Bartlocken. »Mein Sohn, nach dieser kleinen Vorübung will ich dir eine Stelle aus der Bibel zitieren. Du sagst mir dann, was da gemeint ist. Also, Gott verlangt: ›Du sollst deinen Samen nicht hingeben, dass er dem Gott Moloch als Brandopfer dargebracht wird.‹ Was will Gott von uns?«

Barthel blies die Luft aus. Schule mochte ich nie, dachte er.

»Nun sag, was dir in den Sinn kommt.«

»Samen nicht. Vielleicht meint er die Kinder? Aber die verbrennt doch auch keiner.«

»Früher schon.« Der Junker schnippte Barthel zu. »Feuerkopf. Bewahre dir deinen klaren Verstand.« Und an den Burgvogt gewandt setzte er hinzu: »Unser gelehrter Karlstadt! Was ist das für eine Auslegung? Seinen Samen dem Moloch opfern heißt, sich mit dem eigenen Spermaerguss beflecken … Und das führt er gegen den Zölibat ins Feld. Damit erntet er bei unseren Feinden nur Spott, mehr nicht.«

Zurück am Fenster entnahm der Junker den nächsten Brief, las das Siegel. »Vom Rat der Stadt Wittenberg?« Er überflog die Zeilen und ließ das Blatt sinken. Seine Miene hellte sich auf, feierlicher Glanz stahl sich in die Augen. »Hans, der Ruf Gottes. Ihr wolltet ihn schriftlich. Hier …«

»Nicht weiter, Herr«, unterbrach ihn der Burgvogt. Hastig fasste er den Boten am Arm. »Hinaus mit dir!«

Jetzt wurde es Barthel zu dumm. »Aber die Mahlzeit. Seit heute früh habe ich nichts in den Bauch bekommen.« Sein Blick hing am gedeckten Tisch, an der großen Schüssel. »Ihr habt mir Essen versprochen.«

»Später, Junge. Jetzt warte draußen auf dem Flur.« Er zog und schob. »Später rufe ich dich wieder herein.« Von Berlepsch schloss die Tür und kehrte zurück. »Ihr seid unvorsichtig. Denkt an Eure Tarnung. Welcher Junker diskutiert mit einem einfachen Burschen über eine Bibelstelle? Und dann auch noch über Samen.«

»Mein Inkognito wird bald gelüftet sein.« Martin Luther strich beinah liebevoll über das Pergament. »Gott hat den Ruf nach mir dem Stadtrat von Wittenberg in die Feder diktiert. Es scheinen dort Wölfe in meine Herde eingefallen zu sein. Außerdem toben einige aus unseren eigenen Reihen wie Wilde herum. Tag für Tag nimmt die Unruhe zu.« Unvermittelt schlug er mit der flachen Hand auf den Brief. »Niemand soll es wagen, meine Reformation zu gefährden! Niemand. Hier, lest selbst.« Der Finger pochte auf die Zeilen.

Hans von Berlepsch neigte sich über das Blatt, dann sah er seinen Gefangenen an. »Sie schreiben von Aufruhr … Gut, sie bitten um Hilfe, um Eure Rückkehr. Doch was geschieht dort in Wittenberg? Was nur Ihr retten könnt? Ich kann Euch nicht gegen den Willen unseres Kurfürsten ziehen lassen … Ich muss es wenigstens vor mir selbst verantworten.«

»Hans!« Luther wollte aufbrausen, mit dem nächsten Atemzug aber hellte sich die Miene auf. »Wir fragen …« Er war schon auf dem Weg zur Tür. »Der Feuerkopf muss es wissen. Rufen wir ihn herein.«

»Weiß nicht.« Kein Wort mehr war aus Barthel herauszubekommen, sosehr Junker Jörg ihn auch bestürmte. Bei jeder Frage hob der Bote die Achseln, dabei heftete sich sein Blick fest auf den Tisch. »Weiß nicht.«

Endlich begriff der Burghauptmann. »Möchtest du etwas essen?«

Ein erlöstes Nicken als Antwort.

»Und fällt dir dann etwas ein?«

»Bestimmt.« Barthel grinste vor sich hin. Ist gut gegangen, dachte er, wenn ich gleich was erzählt hätte, dann hätten sie mich wohl möglich mit leerem Bauch wieder rausgeschickt. Ehe er sich am Tisch niederließ, schob er Gesicht und Nase einmal rasch über die Schüssel. Hirsebrei, durchzogen von hellroten Fäden, ihnen entströmte der Duft. Was aber roch so gut?

Die Herren setzten sich. »Hier ist Brot, Schinken und Käse.« Von Berlepsch schob das Holzbrett näher. »Möchtest du Bier?«

Barthel hatte schon den Napf in der Hand. »Nachher vielleicht.« Hunger macht unvorsichtig, er stieß mit dem Tellerrand gegen die Schüssel. »Erst davon.«

Zwei randvolle Schöpfkellen ließ er sich geben.

Die Herren bestaunten seine Gier. Löffel für Löffel, die Köstlichkeit weitete Zunge und Gaumen. Barthel schmeckte, kannte den Geschmack, konnte ihn aber nicht deuten. »Was ist da drin?«, erkundigte er sich, als der Napf schon halb geleert war.

Von Berlepsch schmunzelte. »Meine Frau kocht den Hirsebrei, danach gibt sie Himbeersirup und Rosinen dazu.« Er selbst nahm sich ein Stück Käse. Junker Jörg griff nach dem langen Messer, zerteilte das Brot. »Ein so kräftiger Bursche zieht Brei einer deftigen Mahlzeit vor?«

Mit vollem Mund nickte Barthel, nach dem Schlucken grinste er: »Wenn es was Süßes gibt, lass ich das Saure stehen.«

Von Berlepsch gründelte mit der Kelle über den Schüsselboden und füllte den Napf erneut. »Ehe du aufbrichst, darfst du in der Küche nach Honig fragen. Meine Frau gibt dir sicher …«

»Danke, Herr, nicht nötig«, wehrte Barthel ab. »Von meinem Dorlein bekomme ich den besten Honig.« Zu schnell war der Satz ihm über die Lippen gekommen, er ließ den Löffel sinken. »Verzeiht, ich wollte nicht unhöflich sein. Natürlich frage ich gerne in der Küche.«

»Dorlein? Wer …?«

»Das ist meine … will sagen: Dorlein, das ist Dorothea Gerlach aus Allstedt. Sie und ich … auch der Honig.«

»Genug gestottert, Feuerkopf«, unterbrach Junker Jörg, »wir haben verstanden. Antworten. Jetzt will ich wissen, was in Wittenberg vor sich geht.«

Barthel schob den geleerten Napf zurück. Er fühlte sich satt, warm, und auf der Zunge kitzelten noch Reste vom Himbeersirup. »Also, obwohl die Studenten auf uns Handwerksgesellen runtergucken, stör ich mich sonst nicht an denen. Aber in letzter Zeit sind sie auch für mich schlimm geworden. Wie sie in der Stadtkirche die Priester mit blankem Messer vom Altar weggejagt haben.«

Hans von Berlepsch versteifte den Rücken. »Während der Messe?«

»Wenn ich es Euch sage ...« Barthel berichtete von Spottgesängen in der Stadtkirche. Der grölende Haufe hatte Altäre umgestürzt, Bilder von den Wänden gerissen, Heiligenfiguren und sogar Kreuze zerbrochen. »Ein großes Feuer haben sie draußen angesteckt und all die frommen Sachen verbrannt.«

Junker Jörg legte die geballten Hände vor sich auf die Tischplatte. »Weißt du, wer daran beteiligt war?«

»Studenten ...«

»Die nicht allein«, fuhr ihn der Junker an. »Von allein wagen Studenten nichts. Jemand muss sie am Nasenring führen.«

Barthel grinste bei dem Gedanken. Das gefällt mir. All die feinen Herrlein am Ring über den Marktplatz ziehen.

»Denke nach!«

»Ich weiß nur, dass Meister Cranach immer über einen Professor besonders geflucht hat.« Barthel zögerte, sah den Junker wieder von unten an. »Das ist der, über den Ihr vorhin geredet habt, der mit dem Samen.«

»Karlstadt. Ich habe es befürchtet.« Fahrig wischte sich der Junker über die Stirn. »Er kann, er will nicht warten.« Erneut vergewisserte er sich: »Andreas Karlstadt? Hast du den Namen richtig verstanden?«

»Genau der.« Barthel hob leicht die Hand. »Ich schwör's.«

»Genug!«, herrschte ihn Junker Jörg unvermittelt an, gleich nahm er die Schärfe zurück. »Sei nicht leichtfertig mit deinem Schwur. Zu viele haben Gelübde abgelegt, die sie in diesen

Tagen widerrufen müssen, weil ihre Schwüre unfromm und lästerlich waren.«

»Was?« Barthel kratzte sich an der Schläfe. »Das versteh ich nicht, Herr. Ich hab doch nur gesagt, dass der mit dem verbrannten … Ihr wisst schon, dass der der ist, nach dem Ihr gefragt habt.«

Nun lachte der Junker leise. »Genug, Feuerkopf. Denke an deine Dorothea und verleugne nie, dass du ein Mensch aus Fleisch und Blut bist. Bitte lasse uns jetzt allein.«

Und was meint der Herr jetzt damit? Barthel seufzte. Andere Herren reden nicht so schlau. Er war schon fast an der Tür, als ihm Junker Jörg nachrief: »Ich werde dir später einige Briefe mitgeben. Bitte händige sie Meister Cranach aus, der wird sie dann an die adressierten Personen verteilen.«

Und Hans von Berlepsch setzte noch hinzu: »Ab mit dir zum Honig in die Küche! Dort wartest du.«

Kaum waren die Herren allein, beugte sich Martin Luther vor. »Wittenberg im Chaos. Es wird höchste Zeit für mich.«

»Nein, Herr. So sehr drängt es nicht.« Der Burgvogt faltete die Hände auf der Tischplatte. »Schloss und Stadt werden nicht untergehen. Dafür wird Seine Durchlaucht schon sorgen. Außerdem ist Winter …«

»Großer Gott, Hans, was schert mich das Wetter!« Die Faust hieb auf den Tisch. »Und wenn Kurfürst Friedrich in seiner Langmut zu nachsichtig ist?« Der Gefangene hielt inne, sah ins jäh versteinerte Gesicht seines Wächters. »Ich wollte Euch nicht anfahren. Verzeiht. Ein Vorschlag zur Güte: Ich beende erst die Übertragung des Neuen Testamentes ins Deutsche. Dazu benötige ich etwa noch einen Monat. Und danach lasst Ihr mich ziehen.«

Von Berlepsch schob den Bierkrug zwischen den Händen hin und her. »Gut, dann reden wir noch mal drüber.«

4

Es schneite nicht mehr. Noch hing der Himmel grau, unter ihm aber dehnte sich die Ebene, bedeckt mit weichem, reinem Weiß. Weit vorn erkannte Barthel die beiden Kirchtürme von Allstedt, umringt von geduckten Hausdächern, aus den Schornsteinen stieg Rauch hinauf zum Bergrücken, und dort thronte über allem die mächtige Burg. »In einer Stunde hab ich es geschafft. Ach, Dorlein …« Er reckte sich im Sattel. »Ich komme!«, jubelte er, wollte pfeifen, es gelang nicht, die verfrorenen Lippen ließen sich nicht runden. Seit drei Tagen war er unterwegs. In Salza hatte er die alte Lisa wohlbehalten bei den Eltern wieder im Stall untergebracht und war auf dem braunen Wallach seines Meisters weitergeritten.

»Waschen muss ich mich.« Nur die Stiefel hatte er abends in den Herbergen ausgezogen. Eine strohgestopfte Matratze, eine Decke, mehr gaben die Wirte nicht her, und so entstand allein Wärme, wenn die Reisenden, ob nun Verwandte oder Fremde, Mann oder Frau, auf der breiten Bettstatt enger zusammenrückten. Morgens war nur ein Eisklumpen in der Waschschüssel gewesen.

»Ein Bottich mit dampfendem Wasser …« Barthel schüttelte den Kopf. »Nein, erst ein Kuss, dann der Bottich.« Er unterbrach sich, roch in seine Jacke. »Besser erst waschen. So wie du stinkst.«

Das Stadttor stand weit offen. Unter dem Bogen hielt Barthel das Pferd an, wartete, doch niemand kam. Er stellte sich in die Steigbügel, blickte nach rechts ins Guckfenster, die Wachstube war leer. »Ah, verstehe. Da drinnen ist es sicher zu kalt«, feixte er. »Und so spät am Tag kommt der Feind nicht. Jetzt wird sich daheim aufgewärmt.«

Leises Schnalzen und der Braune trottete weiter. Nur wenig Schnee bedeckte das Pflaster, doch dämpfte er den Hufschlag. Vorbei an St. Wigberti, bog Barthel nach links ab in Richtung Stadtkirche.

Das Hoftor, einfach aus Balken und Brettern gezimmert. Mein Himmelstor. Sein Herz schlug heftiger. Vergessen waren der steife Rücken, die verfrorenen Glieder, neu erwacht schwang er sich aus dem Sattel, band den Wallach an und drückte die Pforte auf. Gleichmäßiges Hämmern drang aus der Werkstatt im Nebengebäude. Geruch nach Holzbrand, vermischt mit Duft von gekochten Rüben erfüllte den Hof. Barthel ging direkt zum Haupthaus, pochte kaum hörbar an die Küchentür und wartete nicht. Bei seinem Eintreten rührte Frau Gerlach im Tiegel über dem Feuer, eine leicht füllige Gestalt, das angegraute Haar zum Knoten am Hinterkopf gesteckt. Sie wandte sich nicht um, sagte nur erstaunt: »Bist du schon zurück, Mädchen?«

Er trat einige Schritte näher. »Nein, ich bin's nur.«

»Wer?« Sie blickte über die Schulter. Der erste Schreck wurde gleich vom Lächeln weggewischt. »Du? Aber ich wusste gar nicht ...?«

Barthel dienerte. »Bitte verzeiht.« Kurz berichtete er von seinem Botenritt. »Vorher schreiben ging nicht. Und da dachte ich ...«

»Du bist mir immer willkommen.« Agathe Gerlach ging auf ihn zu, der Blick ihrer hellen Augen prüfte den jungen Burschen mit mütterlichem Wohlwollen, sie fasste seinen Arm, ließ die Hand aber gleich wieder sinken. »Warst du schon in der Werkstatt?«

»Nein. Ich wollte zuerst ...«

»Dummer Junge«, sie furchte die Stirn, »erst musst du ihn begrüßen. Immer zuerst den Hausherrn.« Leise setzte sie hinzu: »Ordnung bedeutet so viel für meinen Konrad. Dorothea ist ohnehin nicht da. Sie fegt und wischt mit anderen Mädchen drüben in St. Johannis. Sonst verkommt unsere Kirche ganz.« Ein leises Lachen, und Agathe Gerlach deutete an sich hinunter. »Und meinetwegen bist du sicher nicht hier.«

»So will ich das auch nicht sagen …«, beeilte sich Barthel.

»Nicht weiter, sonst bricht dir noch die Zunge.« Der Finger zeigte zur Tür: »Und nun geh rüber zum Vater.«

Schlag und Schaben und wieder der kurze Schlag, gefolgt von Schaben, ein leichter, fast beschwingter Rhythmus. Konrad Gerlach saß vor dem Amboss, seine Linke drehte die Wand des Messingkelches auf dem Horn, und die Rechte führte den Polierhammer. Schlag und Schaben. Er sah nur kurz auf, graue, scharfe Augen unter buschigen Brauen, ein hageres Gesicht. »Bin gleich so weit.«

Drüben von der Feuerstelle stieg bläulicher Rauch auf, verteilte sich träge unter der Decke. Barthel verschränkte die Hände hinter dem Rücken. Wie aufgeräumt es hier ist. Haken, Scheren, die Eisen und die verschiedenen Hämmer, jedes Werkzeug hatte seinen Platz an den Wänden. Die Bleche sorgfältig gestapelt, Messing, Kupfer …

»Ja, schau dich nur um.« Konrad Gerlach stellte das Gefäß neben dem Amboss ab und erhob sich. Auch nach dem Räuspern blieb die Stimme eng in der Kehle: »Ich könnte einen tüchtigen Lehrbuben gebrauchen.«

»Sehr freundlich. Aber Spengler ist nichts für mich.« Barthel zeigte die Hände. »Da hätte ich nur blaue Finger vom Draufhauen. Da lerne ich lieber das Formschnitzen und Drucken …« Er stockte. Die Miene des Hausherrn hatte sich verdüstert.

Eilig dienerte Barthel. »Verzeiht, ich hab gleich dahergeredet. Erst mal: Gott zum Gruß, Meister Gerlach. Ich war in Eisenach und bin auf dem Weg zurück nach Wittenberg.«

»Über Allstedt? Ein ziemlicher Umweg.«

»Für mich nicht«, beteuerte er viel zu rasch und nahm sich gleich zurück: »Ihr wisst schon, warum.« Ein Schlucken half. »Ich bitte um Gastfreundschaft. Herberge, wollte sagen, ein Bett … Nur für eine Nacht. Und wenn ich mein Pferd unterstellen darf?«

»So gefällst du mir. Sei unser Gast, junger Mann.« Leichtes Lächeln zeigte sich in den Mundwinkeln. »Ich denke, auch meine Tochter wird nichts einzuwenden haben.«

Um sich nicht durch die Vorfreude im Gesicht zu verraten, dienerte Barthel wieder. »Danke, Meister.«

Frau Gerlach öffnete die Tür, mit kurzem Blick prüfte sie die Stimmung zwischen den Männern. »Gottlob. Begrüßt habt ihr euch also schon.« Aufmunternd blickte sie ihren Gatten an. »Es ist doch schön, dass der junge Herr Bartholomäus uns mit seinem Besuch beehrt?« Ehe eine Antwort kam, setzte sie hinzu: »Deshalb will ich den Rübentopf aufbessern. Bitte, Mann, geh und schlachte uns ein Huhn!«

Meister Gerlach hob die Brauen. »Heute ist Mittwoch und kein Sonntag.« Scharf sog er die Luft ein. »Oder gibt es da etwas, das ich wissen sollte?«

»Nur eine Ausnahme. Bitte!« Mit beiden Händen beschwichtigte sie. »Nur zur Feier des Tages.«

Es dauerte, dann erst glättete sich wieder die Stirn. »Meinetwegen.« Konrad Gerlach deutete auf den Gast. »Bring dein Pferd nebenan in die Scheune, versorgen kannst du es später, und komm nach zum Hühnerstall. Kannst mir helfen.«

Als Barthel durch den schmalen, dunklen Brandstieg zwischen Werkstatt und Scheune in den angrenzenden Garten gelangte, verließ Meister Gerlach gerade den Hühnerstall. Er hielt die Henne an beiden Füßen gepackt, und das Tier flatterte, gackerte. Als hörte er das empörte Gezeter nicht, wies Konrad mit der freien Hand zum hoch gestapelten Brennholz an der Scheunenwand. »Rück den Hackklotz weiter nach drüben. Will das Freilaufgehege nicht versauen, sonst legen mir die andern zwei Tage nicht.«

Barthel gehorchte, schleppte den klobigen Holzklotz vor der Brust einige Schritte in die schneebedeckte Wiese und setzte ihn ab. Als er sich umdrehte, stand der Vater seines Dorleins dicht hinter ihm. An der linken Faust hing das zappelnde Huhn, die andere hatte das Beil zum Schlag erhoben. Barthel zuckte zusammen. Ohne darauf zu reagieren, befahl der Meister nur: »Geh zur Seite!« Mit hartem Schlag hieb er die Schneide ins Holz. Er schwang das Huhn, ließ es am langen Arm wie ein Windrad kreisen, das Gackern geriet in entsetzte Schreie, dabei sah er Barthel scharf an. »Das nächste Mal, wenn du meinen Hof betrittst, kommst du erst zu mir und rennst nicht gleich ins Haus. Haben wir uns verstanden?«

»Verzeiht, Meister. Aber ich dachte …«

»Schweig! Versündige dich nicht mit einer Lüge.« Das Kreischen der Henne verstummte, und Konrad brach das Herumwirbeln ab. Kurz überzeugte er sich von der Benommenheit, dann presste er den Federleib seitlich auf den Hackklotz, dass die Henne beide Flügel nicht bewegen konnte. Barthel sah den kleinen Kopf, den gezackten Kamm, er sah das Auge. Im gleichen Moment fuhr das Beil nieder. Blut spritzte. Geübt griff Konrad Gerlach wieder die Beine und hielt den Rumpf von sich. Jetzt erwachten die Flügel, ließen den Torso auf- und niederfahren. Blut, mehr und mehr schoss aus der Wunde, das wilde Flattern versprengte es rundum, färbte den Schnee.

Lachen ertönte im Durchstieg zwischen Werkstatt und Scheune, eilte voraus, Dorothea Gerlach erschien im Garten. »Barthel! Wie kommst du hierher? Ich fasse es …« Jetzt traf sie das Bild, der Liebste inmitten von blutgetränktem Schnee, auch der Vater stand dort, verspritzte das Blut der Henne auf dem reinen Wiesenlaken, dazu schlugen die Flügel den Takt. »Nein, nicht!«, stammelte sie und verbarg das Gesicht.

Barthel eilte zu ihr. »Aber, Dorlein. Wir haben nur … Ein Huhn.« Er wollte sie in den Arm nehmen, noch ehe er ihre Schultern berühren konnte, rief der Meister scharf: »Das genügt, junger Mann!« Nach einem Atemzug wurde die Stimme etwas weicher. »Tochter, so kenne ich dich gar nicht.«

Sie wischte über die Augen. »Verzeih, Vater. Es war nur der Schreck.« Sie schob einige Haarsträhnen zurück unters Kopftuch. »Mutter sagte, dass er …« Ein Blick zum Liebsten, im Braun ihrer Augen glomm das Bernsteinlicht auf. »Ich mein, dass Barthel angekommen ist. Vom Huhn hat sie nichts gesagt, oder ich war zu eilig. Deshalb wusste ich vom Schlachten nichts.«

»Jetzt weißt du es.« Konrad Gerlach streckte ihr den Torso hin. »Hier nimm, Blut kommt keins mehr. Geh deiner Mutter zur Hand und rupfe den Vogel.«

»Aber, Vater …« Die vollen Lippen zitterten. »Du weißt genau, dass ich mich davor ekle.«

»Keine Widerworte! Was getan werden muss, muss getan werden. Auch wenn da draußen alles in Unordnung gerät und es in der Kirche zurzeit drunter und drüber geht. Bei uns hier erfüllt jeder seine Pflicht. Federvieh rupfen und ausnehmen gehört zu den Pflichten einer Frau.«

Mit Mühe schwieg Dorothea, nur das Zucken des kleinen Muttermals über dem Grübchen auf der rechten Wange zeigte ihre Empörung.

Barthel wollte helfen, streckte die Hand, wollte das Huhn nehmen.

»Untersteh dich, junger Mann!« Der Vater ging auf die Tochter zu. »Hier nimm«, forderte er.

Noch ein heftiges Atmen, dann sank der Protest, ohne hinzusehen, griff Dorothea nach den gelblichen Krallenbeinen und ging in Richtung Durchstieg.

Barthel zeigte ihr nach. »Bitte, Meister, darf ich? Zu zweit geht das Rupfen schneller.«

»Die Frau wird ihr helfen. Das genügt.« Er furchte die Stirn. »Kümmere du dich um dein Pferd. Und dann um dich selbst. Ich sitze nicht gern mit einem stinkenden Ziegenbock am Esstisch.«

»Oje.« Barthel nickte. »Das stimmt.«

Kein Kuss, keine Berührung, dafür in den wenigen unbeobachteten Momenten ihre Blicke, die küssten, die umarmten, fragten. Barthel versuchte zurückzugeben, zu antworten, hatte Angst, sich zu verraten, und wusste nach dem Essen nicht, ob der Rübeneintopf wirklich geschmeckt hatte. Auf die Frage der Hausfrau aber versicherte er aufgeschreckt: »Danke, gut war es. Auch das Huhn. Gut satt bin ich.« Er verlor sich wieder in den braunen Augen auf der anderen Tischseite. Trotzdem habe ich Hunger, solchen Hunger …

Kurzes Räuspern brachte ihn zurück. »Junger Mann«, Meister Gerlach wischte mit der flachen Hand über den Tisch, »berichte mir von Wittenberg. Wie steht es dort um die Ordnung? Seit Doktor Martin Luther verschwunden ist …« Kopfschütteln. »Nein, ich bin mir sicher, seine Gegner haben ihn verschleppt und längst ermordet. Also, wer führt jetzt das Wort?«

Barthel zuckte mit den Schultern. »Kann ich nicht sagen, Meister. Mal ist es Professor Melanchthon, der spricht ruhig. Am lautesten ist wohl dieser Professor Karlstadt … Aber Ordnung?« Barthel lachte vor sich hin. »Bei uns herrscht Krieg. Die Studierten gehen auf die Mönche los. Da wird geschrien, geprügelt, und was allen vorher heilig war, fliegt aus der Kirche und wird auf der Gasse verbrannt. Zu sagen hat da wohl niemand mehr.«

»Das ist unser Übel.« Konrad ließ von seiner Tochter den Branntwein bringen und schenkte ein, er trank mit dem Gast und setzte den Becher hart zurück. »Ich bin nicht gegen das Neue. Im Gegenteil. Wenn ich es verstehe, ist es gut. Aber wir brauchen jemand, der sich auskennt und uns die Richtung zeigt.« Jetzt presste er die Faust auf den Tisch. »Wir haben über ein Jahr keinen Pfarrer mehr. Und dieser Hilfsprediger, dieser Haferitz, ist ein versoffener, liederlicher entlaufener Mönch aus dem Karmeliterkloster.« Konrad Gerlach füllte sich erneut den Becher bis zum Rand, leerte ihn hastig und ereiferte sich über den Hilfsprediger. »Er redet von den Neuerungen drüben in Wittenberg. Aber er schwafelt nur, weiß nicht, was die Professoren wirklich meinen.« Die Faust knallte auf den Tisch. »Da bringt er Unruhe in unsern Glauben und hat keinen Weg. Verflucht, ich wünscht, der Kerl wär im Kloster geblieben.« Wieder griff er nach dem Krug. Kurz entschlossen schob seine Frau das Gefäß außer Reichweite. »Bitte, Mann, nicht. Die Kirche ist kein gutes Thema für dich, und mit Branntwein wird alles noch schlimmer.«

»Gib her!« Der Ton nahm an Schärfe zu. »Du wagst dich mir zu widersetzen?«

»Um Gottes willen, Vater.« Dorothea presste beide Hände an die Schläfen. »Beruhige dich. Bitte! Wir haben doch einen Gast.« Sie wischte mit dem Ärmel über die Augen. »Verdirb uns nicht den Abend.«

Ihre Tränen ließen ihn stocken, unvermittelt verlor sich die Härte in seiner Miene, dennoch schnappte er nach dem Krug und goss erst Barthel, dann sich selbst randvoll ein. »Also schweigen wir, junger Mann. Auf dass alles besser werde.«

Die Frauen zogen sich ans Herdfeuer zurück, bald schnurrte das Spinnrad. Wie gern hätte sich Barthel zu ihnen gesetzt, doch er blieb, erkundigte sich höflich nach der Werkstatt, zeigte Interesse und dachte insgeheim nur an Dorlein dort drüben und wie vergeudet jeder Atemzug hier am Tisch war. »Und, Meister, wie steht es mit den Aufträgen?«

»Das Gute kommt oben vom Berg zu uns runter.« Der Verwalter des Schlosses, Zeiß, hatte zwanzig Messingkelche und ebenso viele Teller bei dem Spengler bestellt. »Damit halten wir uns gut bis über den Winter.«

Konrad Gerlach erhob sich. »Es ist Schlafenszeit.« Er deutete zum Ausgang. »Du kennst dich ja drüben aus. Darfst dich in der Werkstatt hinlegen. Da ist es noch gut warm. Nimm dir aus der Kammer nebendran den Strohsack und die Decke.«

Der Vater bewachte die Tochter, als sie dem Liebsten eine gute Nacht wünschte. Keine Berührung. Und kaum hatte Barthel die Küche verlassen, wurde die Tür hinter ihm verriegelt.

Seit dem Waschen mit warmem Wasser war Barthel kalt gewesen, das Essen und vor allem der Branntwein hatten kurz gewärmt, jetzt aber fröstelte ihn wieder, obwohl die Matratze dicht an der noch glutknisternden Feuerstelle lag und die Zudecke aus Wolle war. »Wenn ich sie schon nicht küssen kann, hätte ich den Dreck auch dranlassen können«, murmelte er und rollte sich müde zusammen. »Was ist besser, stinken oder frieren?« Die Antwort nahm er mit in den Schlaf hinüber.

Ein schwerer Riegel schabte, weit schwang ein Tor auf.

»Barthel?«

Er ließ die Lider geschlossen. Hab nur geträumt.

»Liebster«, dicht neben seinem Ohr, »lass mich zu dir!«

Er war wach, drehte sich, sie trug nur ein Hemd, er spürte ihren Körper, nahm ihren Duft, davon gab es für ihn niemals genug, er ließ sie unter die Decke, zog sie an sich. »Mein Herz.« Nach Küssen und heftigem Kosen fragte er beim ersten Atemholen: »Wo kommst du her?«

Sie tippte mit dem Finger auf seine Lippen und lachte leise. »Woher wohl? Von drüben. Ich musste nur warten, bis Vater endlich laut genug schnarchte.«

Seine Hand fuhr vom Kinn über den Hals, glitt weiter. Das Hemd spannte über den Brüsten. Dorothea seufzte: »Ich hab mich so nach dir gesehnt.« Er presste den Mund auf die Brustwarzen unter dem Stoff, saugte an ihnen. Sie umschlang seinen Kopf, drückte sein Gesicht fester an den Busen. In Barthel pulste das Blut, er zog und zerrte an ihrem Hemd. Seine Finger berührten die Schenkel, fanden das Vlies, die Wärme. Nach einigen tiefen Atemzügen nahm Dorothea sein Streicheln an, bewegte den Leib, gab den Rhythmus vor bis ins Wimmern hinein. Sie schmiegte die Wange an seine Schulter. »Es ist so gut … Ach, Liebster.«

Barthel wollte mehr, hastig streifte er sein Unterzeug ab, legte sich über sie.

»Nein, bitte!« Dorothea wand sich, stemmte beide Hände gegen seine Hüften. »Das dürfen wir nicht. Nicht vorher.«

»Lass uns nicht warten.« Seine Erregung nahm ihm die Stimme, er drängte zwischen ihre Schenkel. »Jetzt, bitte!«

»Versündige dich nicht. Bitte, Liebster, erst nach der Heirat.« Sie drückte ihn beiseite, und er ließ es geschehen. Mit der Faust schlug er sich gegen die Stirn. »Verflucht, ich weiß es ja. Du hast recht.« Er zerrte an den Locken. »Aber es ist schwer, verdammt schwer.«

Dorothea beugte sich über sein Gesicht. »Warte, mein roter Held«, flüsterte sie, »gleich wird dir leichter.« Ihre Hände verschwanden zuerst unter der Decke, bald auch der Kopf. Barthel lag ganz still, dann ging sein Atem rascher, schließlich biss er sich in die Faust, um nicht laut zu stöhnen.

Der Kopf erschien wieder. »Diesen Honig bringen mir meine Bienen nicht.« Darüber mussten beide kichern. Barthel zog sie eng an sich. »Meine Imkerin.« Und dieser Professor Karlstadt will den Samen verbrennen.

Nach einer Weile fragte sie: »Wann musst du fort?«

Er streichelte ihr Haar. »Einen Tag könnte ich noch bleiben. Wenn dein Vater mich lässt.«

»Dafür sorge ich.« Dorothea erhob sich. »Besser, ich gehe jetzt.«

Barthel begleitete sie, noch ein Kuss. »Ich wollte dir so viel sagen.«

Dorothea verschloss seine Lippen mit dem Finger: »Wir erzählen morgen.« Sie drückte sich durch den Türspalt und huschte hinüber zum Haupthaus.

Zurück auf dem Strohlager, sah Barthel ihren leichten Gang, wie sie durch den Schnee lief. Der Schnee! Erschreckt richtete er sich auf. Ihre Fußspuren führten direkt zur Werkstatt. »Sie sind kleiner als meine.« Wenn Meister Gerlach sie entdeckt. »Dann jagt er mich sofort vom Hof.« Ein Blick zur Decke. »Oh Gott, erhöre mich! Schicke uns neuen Schnee, oder lasse es tauen.«

Und am Morgen, als er nachschaute, hatte es geschneit.

5

Aus dem Maul hing eine lange rote Zunge, schlabberte hin und her, kehlig kicherte die Hexe, als der Teufel um sie herumsprang und seinen langen Schweif um ihre Taille schlang, sie von hinten packte. »Mein schönes Fräulein«, lallte er, »darf ich?«

»Mach's mir! Warte nicht, bis es dunkel wird.« Das Hinterteil rieb sich an ihm. »Mach's mir! Gleich hier auf dem Marktplatz.« Sofort umringten Drache und Eule, Pfaffe und Esel das betrunkene Paar, auch der Henker und sein Kopfloser blieben stehen. Die maskierten Studenten fassten sich an den Händen, langsam begannen sie im Kreis zu hüpfen, grölten: »Zeig's der Hex! Zeig's der Hex!«

Der Henker stolperte, klammerte sich an den Kopflosen, beide verloren das Gleichgewicht und rissen Pfaffe, Esel, Drache und Eule mit zu Boden. Hexe und Teufel hielten inne, starrten auf die Gestürzten.

»Was ist?«, stammelte Satan.

Die Hexe hob ihre baumelnde Zunge, zerrte die Maske hinauf ins Haar. »Wer hat euch das angetan?«

Wind heulte, es donnerte, gleich folgte ein Regenschwall. Blitze zuckten, der Himmel erbrach sich über dem Marktplatz von Jena.

»Es ist doch Fastnacht.« Die Hexe hatte sich zurückverwandelt, war eine verschreckte junge Frau, jammerte: »Niemand von uns hat Böses getan.«

Der Regen nahm zu, in Stößen wirbelte der Sturm den Unflat über den Platz. »Schaut euch mein Hexenkleid an!«

Nach und nach rafften sich die Kommilitonen vom Pflaster hoch, einer stützte den anderen. Die Gruppe wankte auf ein Wirtshaus am Ende des Platzes zu.

Zwei Gestalten kreuzten den Weg. Beide im Reiseumhang, darunter wölbten dicke Ranzen den Rücken zum Buckel, die Kapuzen klebten nass an den Köpfen. »Verzeiht, eine Frage?«

»Kommt darauf an.« Satan blieb stehen, beugte sich, dass er unter den Hauben die Gesichter sah. »Hässlich.« Er säuselte wie zu Kindern: »Oder sind das etwa eure Masken?«

Gleich wichen beide einen Schritt zurück. »Nichts für ungut. Wir wollten nicht stören.«

Der Henker baute sich vor ihnen auf. »Hiergeblieben!« Mit seinem Richtschwert fuchtelte er zur Spelunke hinüber. »Ihr kommt mit. Dort an der Tränke spendiert ihr uns eine Kanne Bier. Und schon sind wir Freunde.«

Der schmalere von den Männern verbeugte sich. »Verzeiht, aber wir sind arme Studenten, müde von der Reise«, in der Stimme schwang Verzweiflung, »sind völlig durchnässt, und das Geld reicht kaum noch.«

»Und wir finden kein Bett«, fiel sein Kamerad mit in die Klage ein. »Wir haben überall gefragt. Immer hat man uns weggeschickt. Zur Fastnacht will in Jena niemand Fremde unterm Dach haben.«

Die Hexe zerrte an ihrem Satan. »Gehen wir weiter. Ich will endlich aus dem Regen raus. Außerdem habe ich Durst.«

»Gleich, mein Fräulein.« Der betrunkene Versucher umschlang mit dem Arm ihre Schultern und wandte sich den Fremden zu, winkte sie näher. Als ginge es um ein großes Geheimnis, senkte er die Stimme. »Fragt im Wirtshaus ›Zum Schwarzen Bären‹.«

»Wo finden wir …?«

»Nicht so laut.« Mit Schwung deutete er zum hinteren Ende des Platzes, die heftige Bewegung brachte ihn aus dem Gleichgewicht, nur mit Mühe konnte das Mädchen ihn halten. »Da, in diese Richtung. Ihr könnt den Schwarzen Bären nicht verfehlen.«

»Was redest du?« Entschlossen zog und zerrte die Hexe

ihren Teufel weiter, noch in Hörweite kicherte sie: »Na, die werden sich wundern. Der Bär ist doch viel zu teuer.« Den anderen Maskierten schrie sie nach: »Wartet!«

Blitz und direkter Donnerschlag, erneut ging ein Wolkenbruch nieder. Die beiden Erschöpften klammerten sich aneinander. »Unsere letzte Chance«, sagte der eine.

»Und ganz gleich, wie teuer.« Sie senkten die Köpfe unter den Hauben, und Buckel neben Buckel eilten sie durch Pfützen und schmierigen Modder zum anderen Ende des Marktplatzes.

Das Licht am Tor lockte. Lange studierte der Wirt die Reisepapiere. »Von so weit? Aus der Schweiz?« Er spitzte die Lippen, spannte sie gleich wieder. »Und beide heißen Johannes? Wie das? Wer ist wer?«

Der Kräftigere deutete auf seine Brust. »Ich bin Johannes Gröter, mein Freund ist Johannes Kessler.« Zugleich nickten sie zur Bestätigung, dann schluckte Johannes der Schmalere heftig, ehe er sagte: »Wir wollen es offen gestehen: Viel Geld können wir nicht bezahlen. Und doch flehen wir Euch an, bitte schickt uns nicht fort. Es wird bald Nacht. Wir wissen nicht mehr, wohin.« Der Wirt betrachtete die nassen Gestalten, schließlich huschte ein wehmütiges Lächeln über das runde Gesicht. »Mein Sohn wäre jetzt in eurem Alter, aber er ist tot.«

»Wie schrecklich.« Beide neigten den Kopf. »Unser Beileid.«

»Es ist schon lange her. Als Junge fiel er beim Spielen in die Saale und ist ertrunken.«

»Auch das tut uns leid.«

Von einem Atemzug zum nächsten verflog die Wolke. »Also gut«, die Stimme wurde klar und fest, »ich habe eine Kammer unter dem Dach. Ich lasse sie euch für einen Groschen. Aber«, der Zeigefinger streckte sich, »keine Fastnacht, kein Mummenschanz! Dies ist ein ehrbares Haus für ehrenwerte Gäste.« Die Studenten sollten sich erst umziehen, ihre nassen Kleider könnten sie in der Küche zum Trocknen aufhängen. »Danach kommt in die Stube. Eine warme Suppe weckt die Lebensgeister neu.«

Auf der Stiege flüsterte Johannes der Kräftigere dem Freund zu: »Eine Gottesfügung. Findest du nicht auch?«

»Sehr wundersam, wirklich.«

Angetan mit dem schwarzen Studentenrock, betraten die beiden Schweizer wenig später den Gastraum, ihre Füße steckten in zu großen, vom Wirt geliehenen Filzschuhen. Er hatte darauf bestanden, dass auch die durchnässten und verdreckten Stiefel am Herd trocknen und später gereinigt werden müssten. »Dies ist ein sauberes Haus.«

Zwischen Jagdbildern mit Bären und Füchsen flackerten Öllampen an den Wänden. Dazu verbreiteten die Kerzen auf den Tischen warmes Licht. Ein einzelner Gast saß nahe dem Feuer. Das Haar voll, ein mächtiger, gelockter Bart. Den roten Rock offen, eine Hand auf dem Schwertknauf, so lehnte er im Stuhl und war in ein Buch versunken.

Still hockten sich die Schweizer gleich neben der Tür auf die Bank. Der Wirt brachte ihnen zwei Näpfe mit dampfender Suppe und legte jedem noch ein gutes Stück Brot dazu. Er sagte nichts, lächelte nur voll Güte und näherte sich vorsichtig dem Gast neben dem Feuer. Leicht schnippte er mit den Fingern. »Junker Jörg? Ich bitte um Vergebung.«

»Was gibt es?«

»Ich wollte nur …« Der Wirt reckte das Mondgesicht vor. »Dort sind zwei Studenten, aus der Schweiz und anständig erzogen. Sie werden sicher nicht stören.«

»Nur um das zu sagen, störst du mich?«

Betroffen legte der Wirt die Hand auf den Mund. Gleich schmunzelte der Junker. »Es sei dir verziehen.« Ein Blick zur Bank hinüber. »Etwas Abwechslung wird mir guttun.« Er bestellte eine Kanne Bier mit drei Krügen. »Und sobald die jungen Herren ihr Mahl beendet haben, bittest du sie zu mir.«

Der Wirt geleitete die Studenten selbst an den Tisch. »Wie befohlen, gnädigster Herr. Hier bringe ich Euch Johannes und Johannes.«

Die Augenbrauen hoben sich. »Erstaunlich.« Junker Jörg wies auf die freien Stühle. »Nehmt Platz, seid meine Gäste und leistet mir etwas Gesellschaft.« Nach dem Einschenken bedeutete ein Handschlenker dem Wirt, sich zu entfernen, ungern gehorchte er, blieb aber in Hörweite, rückte an Hockern und wischte über die Tische.

Offen musterte der Junker die Studenten. »So, so. Johannes und Johannes.« Der Zeigefinger drehte sich in eine Bartlocke. »Wer von euch ist denn der Evangelist? Wer der Prophet aus Patmos?«

»Wir kommen aus St. Gallen …« Jetzt erst begriff Johannes der Stärkere den Sinn der Frage. »Ihr beliebt mit unseren Namen zu scherzen.« Höflich lachte er, mit halb erhobenem Zeigefinger wandte er sich an seinen Kameraden: »Verstehst du?«

»Nicht so ganz.« Zur Sicherheit aber lachte Johannes der Schmalere ein wenig mit, wieder ernst gestand er: »Wir sind noch am Anfang der Theologie. In Wittenberg wollen wir die Heilige Schrift studieren.«

»An der Leucorea. Ein kluger Entschluss.«

»Nicht wahr? Und vor allem …« Beglückt über die Zustimmung, rückte der Student den Hocker enger an den Tisch, um dem Ritter noch etwas näher zu sein. Ehe er fortfahren konnte, hob Junker Jörg den Bierkrug. »Auf Wittenberg. Auf die Universität und alle, die darin lehren und studieren!«

Längst hatten die jungen Männer nach dem ersten Schluck wieder abgesetzt, als der Junker noch trank und trank. Endlich nahm er den Krug von den Lippen und rülpste aus der Tiefe seines Bauches. »Dieser Gerstensaft, welch ein Genuss.« Mit dem Ärmel wischte er sich den Schaum aus dem Bart. »An der Leucorea werdet ihr Rektor Hieronymus Schurff, einen Landsmann von euch, treffen.«

»Da soll doch der …« Johannes der Stärkere beherrschte sich gerade noch rechtzeitig. »Ich wollte sagen, Ihr, gnädiger Herr, seid gut unterrichtet.« Jetzt rückte auch er näher und stützte die Ellbogen auf den Tisch. »Wir haben ein Empfehlungsschreiben an Rektor Schurff.«

»Und«, meldete sich der Schmalere, »wir wollen vor allem dem großen Doktor Martinus Luther zu Füßen sitzen und seinen Predigten lauschen.«

»Ein guter Vorsatz.« Junker Jörg dehnte sich im Stuhl, seufzte vernehmlich und nahm wie beiläufig seine Lektüre auf, blätterte.

Die Studenten bemerkten die Schriftzeichen auf dem Titel. »Hebräisch?« Ehrfurcht ließ den Schmaleren flüstern. »Ihr seid äußerst sprachkundig, gnädiger Herr.«

»Nicht der Rede wert. Dieser Psalter hat es mir angetan.«

»Verzeiht. Wenn Ihr Euch so auskennt, wisst Ihr vielleicht, ob sich Doktor Luther in Wittenberg aufhält?«

Junker Jörg betrachtete die Studenten, nach einer Weile stahl sich ein Zwinkern in die Augenwinkel: »Ein kleines Rätsel verbirgt sich in der Antwort. Also: Ich weiß ganz sicher, dass er zurzeit nicht dort ist. Ebenso aber weiß ich, dass er bald dort sein wird. Meine Freunde, die Deutung liegt nun bei euch.« Damit griff er wieder zum Bier und trank in vernehmlichen Schlucken.

Der Wirt hatte mitgehört, legte ein Holzscheit aufs Feuer und blieb erwartungsvoll in der Nähe stehen. Am Tisch flüsterten die beiden Johannisse angeregt miteinander.

Schließlich setzte Junker Jörg den Krug ab. »Nun, meine Freunde, zu welchem Schluss seid ihr gekommen?« Er lächelte breit. »Was versteckt sich hinter meiner Antwort?«

Johannes der Schmalere übernahm das Wort. »Wir meinen, für einen einfachen Ritter seid Ihr viel zu klug. Deshalb meinen wir …« Er zögerte, ehe er fortfuhr:

»Wir meinen, Junker Jörg ist nur ein Inkognito, in Wahrheit seid Ihr …« Wieder eine Pause. Leicht ließ der Gastgeber die Finger wippen. »Nur zu, weiter. Du bist auf dem richtigen Weg.«

»Ihr seid in Wahrheit Ulrich von Hutten, der berühmte Ritter und Dichter.«

Das wohlwollende Zwinkern erlosch. Ein scharfer Blick zu Johannes dem Stärkeren. »Denke nach!«

»Wenn Ihr so fragt?« Schlauheit erleuchtete die Studentenmiene. »Dann darf ich mich nicht beirren lassen. Jetzt bin ich mir ganz sicher, Ihr seid der edle Ritter und gerühmte Poet Ulrich von Hutten. Selbst bei uns in St. Gallen ist man von ihm des Lobes voll.«

Mit schnellem Griff hob Junker Jörg das hebräische Buch und hieb es auf die Tischplatte. »Was genau lobt man dort an diesem Herrn?«

Beide Studenten duckten die Köpfe. »Verzeiht«, der Schmalere sah von unten auf, »das können wir noch nicht wissen. Erinnert Euch, wir sind ganz am Beginn unserer Studien.«

Von der Feuerstelle her wagte sich der Wirt mit leichtem Fingerschnippen zu Wort. »Wenn ich helfen darf?«

Er wartete die Handgeste ab, dann sagte er: »Wenn Ihr wirklich ein anderer seid, könnte ich bald glauben …«, er schüttelte den Kopf, amüsierte sich über den eigenen Gedanken, »… dass Ihr … dass Ihr der Doktor Luther selbst seid.« Gleich nahm er sich zurück. »Unvorstellbar. Verzeiht den Scherz.«

Die Studenten wussten nicht, ob nun Heiterkeit erlaubt war, gespannt blickten sie ihren Gastgeber an.

Mit unbewegter Miene nahm Junker Jörg wieder seine Lektüre und deutete damit auf die beiden Schweizer. »Ihr Knaben sagt, ich sei Hutten. Dieser da glaubt, ich sei Luther …« Er erhob sich. »Nun, ich bin müde.« Die Hand auf dem Schwertknauf schritt er durch die Gaststube. Nahe der Tür, wandte er sich noch einmal um. »Vielleicht bin ich gar der Leibhaftige? Wer weiß?« Jetzt zupfte er demonstrativ am Kinnbart. »Schließlich ist Fastnacht. Da verkleidet man sich gern.« Kurz zeigte er ein Grinsen, wieder ernst, setzte er hinzu: »Gute Nacht, meine Freunde.« Damit entschwand er aus der Stube.

6

Beim Schellenreißen der Eingangstür zur Wittenberger Apotheke blickten die beiden Wundärzte kurz über die Schulter, sie grüßten den fremden Ritter mit einem Kopfnicken. Als das harte Gebimmel verstummte, wandten sie sich wieder dem Apotheker Basilius Axt zu. »Mischt etwas mehr Zitwerwurzel bei.« Die zerkleinerten Stücke fielen in den Mörser, wurden vom Stößel gequetscht und in die anderen Ingredienzen gerieben. »Nun noch eine Prise vom Baldrian. Das genügt.« Die Ärzte waren mit der Zubereitung ihrer Rezeptur zufrieden. »Lasst uns das Medikament umgehend zu unserem Kranken bringen.«

Die Herren wandten sich zum Gehen, nickten erneut dem Ritter im Schultermantel zu. Die Türschellen schrillten.

»Womit darf ich dienen?« Basilius Axt kam um den Verkaufstisch herum, ein schmaler Mann, durch die Brillengläser wirkten die Augen übergroß.

Tief sog der Kunde den Atem durch die knollige Nase, schnüffelte wie ein Hund. »Nach welchem Kraut, Öl oder Saft riecht es hier am besten? Ich erkenne Zimt, Minze, auch Knoblauch, doch was ist das Bittere? Nein, ich meine nicht den Harzgeruch, so fremd ist mir der Weihrauch noch nicht geworden.«

»Mit Verlaub, Herr«, Axt hüstelte vernehmlich, »Ihr befindet Euch hier in einer Apotheke, und zwar der einzigen unserer Stadt Wittenberg. Wenn Ihr ein Medikament wünscht oder Zutaten, um Farben herzustellen, so seid Ihr hier richtig. Auch kann ich mit Zuckerwaren dienen, und nicht zuletzt könntet Ihr Süßweine jeglicher Art erwerben. Gerüche aber kann ich Euch nicht verkaufen.«

Der Junker zog die Brauen zusammen. »Höre ich da einen

verärgerten Unterton? Habe ich Euch etwa die Laune verhagelt?«

»Verzeiht, nicht Ihr. Die gesamte Stimmung in der Stadt ist angespannt. Jederzeit kann neue Unruhe ausbrechen. Von Tag zu Tag fällt es mir schwerer, die nötige Gelassenheit oder gar Heiterkeit aufzubringen.« Der Apotheker rückte die Brille zurecht. »Womit also kann ich dienen?«

»So meldet mich Eurem Herrn.«

»Ihr wollt eine Beschwerde vorbringen? Bitte, habt Nachsicht …«

»Genug.« Der Fremde öffnete den Schultermantel, sein rotes Wams leuchtete, er ließ die Linke auf den Schwertknauf sinken. »Sagt Meister Cranach, dass Junker Jörg angekommen ist und ihn zu sprechen wünscht. Sputet Euch!«

Der schroffe Ton erlaubte keine Nachfrage. Hastig verließ Axt den Verkaufsraum durch die rückwärtige Tür.

Nur wenig später wurde sie mit Schwung wieder aufgestoßen. »Wer wagt es, diesen Namen zu missbrauchen?« Der breitschultrige Hausherr stürmte in die Apotheke, unter flachen, buschigen Brauen funkelten große Augen, die Flügel der riesigen Hakennase bebten bis hinauf in die knorrige Wurzel. »Ich schlage jedem …« Der Mund blieb offen. Meister Cranach griff mit Daumen und Zeigefinger beider Hände gleichzeitig nach den üppigen Wulsten seines Lippenbartes, strich die gelockten Ausläufer nach rechts und links bis in den Kinnbart hinein. »Kein übler Scherz. Du? Großer Gott, du bist es wirklich.«

»Nein, nicht unser Herrgott.« Ein leises Lachen. »Lieber Freund. Ich bin es nur, sein Diener.« Die Männer standen voreinander, jeder hob die Arme, wollte umarmen und ließ sie wieder sinken. Der Apotheker neben ihnen staunte, er nahm die Brille ab, wischte an den Gläsern.

Cranach blickte ihn scharf an. »Basilius Axt, was gaffst du? Ich bezahle dich nicht fürs Herumstehen. Ab zu deinem Mörser!«

Zwei gestolperte Schritte rückwärts, dann huschte der Gescholtene hinüber an den Arbeitstisch.

»Verzeih!« Cranach schmunzelte, setzte halblaut hinzu: »Ich musste den armen Kerl so grob wegjagen, sonst hätte meine Freude über unser Wiedersehen deine Tarnung verraten.«

»Damit soll jetzt Schluss sein.« Die Stimme sank ins Flüstern. »Kein Mummenschanz mehr. Ich bin zurück.«

»Aber, Martin, hast du die Erlaubnis seiner kurfürstlichen Gnaden?«

»Ich habe ihm gestern von unterwegs geschrieben. Er wird den Brief noch nicht kennen. Doch ganz gleich.« Martin ergriff den Arm des Freundes. »Lucas, hilf mir, wieder aufzutauchen. Wie ein Paukenschlag will ich meiner Gemeinde in den Ohren dröhnen, sie wach rütteln. Ich werde …«

»Ist gut, Lieber, schon gut«, erstickte Cranach den drohend anwachsenden Wortausbruch. Ein rascher Blick zu seinem Apotheker. »Basilius! Kein Wort über meinen Gast. Du schweigst! Wir sind in der Weinstube. Sorge dafür, dass wir nicht gestört werden.« Damit zog er Martin zur Hintertür.

Vier mannshohe Fässer an der Wand bestimmten den Schankraum, einige schmale Tische mit Stühlen boten unter den Fenstern Platz für Gäste, die den Wein vor dem Kauf erst kosten wollten. Cranach zapfte randvoll. »Vom Rhein. Er wird dir munden.« Er hob den Krug. »Auf deine Wiederkehr!«

Martin ergänzte: »Auf dass ich meinen Wittenberger Stall von aller Teufelei wieder säubern kann.«

Zuerst mussten die engsten Mitstreiter herbeigerufen werden. In aller Heimlichkeit sollte dies geschehen. Nichts durfte den wertvollen Moment der Überraschung gefährden. Wer sollte die Aufgabe übernehmen? Martin stellte den Krug ab. »Dieser Feuerkopf? Du hast ihn mir auf die Wartburg gesandt. Er brachte Briefe. Ach ja, vor allem nascht er Honig.«

»Bartholomäus. Auf den ist Verlass. Übrigens ist er der Sohn des Münzscheiders Reiche aus Salza, ein tüchtiger Bursche.«

Meister Cranach gab seinem Lehrling vor der halb geöffneten Hoftür den Auftrag: »Du gehst zunächst zu Professor Amsdorf, dann zu Professor Melanchthon. Beiden bestellst du Grüße von mir und bittest sie, unverzüglich herzukommen.«

»Und wenn sie nicht wollen?« Barthel grinste, er tätschelte die Faust in die linke Hand. »Soll ich dann nachhelfen?«

»Untersteh dich! Sag nur: Junker Jörg wartet in der Weinstube. Das wird genügen.«

Der Name? Barthel straffte sich. Ehe Cranach es verhindern konnte, trat er einen Schritt zur Seite, beugte den Kopf und spähte durch die halb geöffnete Tür. »Donnerwetter, er ist es wirklich. Der Ritter von der Burg. Er hat mir was vom Samen …«

Eine schallende Ohrfeige unterbrach ihn, gleich packte Cranach in den roten Haarschopf und zog seinen Lehrling dicht ans Gesicht. »Ja, er ist es. Damit wir uns gut verstehen: Unauffällig sollst du die Herren herbitten. Wenn außer ihnen irgendjemand in der Stadt etwas von meinem Gast erfährt, schlage ich dich grün und blau.«

»Das hab ich begriffen, Meister.« Barthel rieb sich die Wange. »Gut sogar.«

Keine Zeit. Martin Luther trank in großen Schlucken vom Rheinwein. Den Krug noch in der Hand, sagte er: »Ich will mich zurückverwandeln. Adieu, Junker Jörg. Willkommen, Bruder Martinus.«

»Hab ich richtig gehört? In einen Mönch?«

»So ist es. Als Augustiner zog ich vor mehr als einem Jahr von Wittenberg nach Worms. Und als Augustiner will ich zurückkehren.«

Meister Cranach schüttelte den Kopf. »Aber, Martin, die Zeit ist nicht stehen geblieben. Nonnen und Mönche verlassen in Scharen ihre Orden. Die Klöster leeren sich. Dies alles geschieht auf dein Anraten hin. Und nun …«

»So habe ich es nicht gemeint. Doch mehr dazu später.« Hart stellte Martin den Krug auf den Tisch. »Zuerst will ich den Bart loswerden.«

Die entschlossene Miene ließ Cranach seufzen, nur zögerlich schlug er vor, einen Barbier kommen zu lassen, verwarf den Gedanken aber gleich wieder. »Nein, wenn der dich sieht, weiß es gleich die ganze Stadt.«

»Gewähre mir den Liebesdienst und rasiere du mich. So wie es ein Klosterbruder für den anderen tut.«

»Eine bessere Wahl haben wir nicht.«

Meister Cranach besorgte rasch die notwendigen Utensilien, setzte dem Freund den großen Messingteller mit der Einbuchtung unter das Kinn. »Bitte, halte die Schüssel so.« Er goss warmes Wasser in die Mulde, schöpfte es mit der hohlen Hand und nässte den Bart. »Schade um ihn. Ich habe ihn auf deinem Porträt so prächtig dargestellt.«

»Ein haariger Fänger für Fett, Bier und Suppe«, hielt Martin dagegen, »ein Nistplatz für Läuse und anderes Ungeziefer, mehr nicht. Mir fällt der Abschied von ihm nicht schwer.«

»Auch ich trage diesen männlichen Schmuck.« Lucas drohte mit der Schere. »Nur weil du es an Sauberkeit und Pflege hast mangeln lassen, verlange nicht, dass ich meinen Bart auch abnehmen soll.«

Martin lachte leise, und Wasser schwappte auf sein rotes Wams. »Du bist frei in deiner Entscheidung.« Er hob den Zeigefinger über den Schüsselrand. »Das ist es, mein Freund. Ich will kein neues Gesetz schaffen.«

Zuerst die linke Gesichtshälfte. Ließ die Schere beim Fall der Locken sogar noch anzüglichen Vergleich mit ebenso geringeltem Haarwuchs an anderen Körperstellen zu, so erzwang das nachfolgende Rasiermesser schmerzhaftes Stöhnen. »Eine Geißelung«, zischte der Geplagte durch die Zähne. »Auf dem Rücken ertrüge ich sie leichter.«

Das Pochen an der Hoftür unterbrach die Qual. Gleich setzte Cranach die Klinge ab und öffnete. Barthel war zurück.

»Auftrag ausgeführt«, meldete er wie ein Kurier und vermochte das Grinsen nicht zu verbergen. »Die Herren kommen her, so rasch sie können.«

»Wie soll ich das verstehen?«

Zur Sicherheit trat Barthel einen Schritt zurück. »Na ja, der Professor Amsdorf war so erschrocken. Ich glaub, er wollte erst noch beten. Und Professor Melanchthon …« Barthel spähte an seinem Meister vorbei, erhaschte einen Blick auf den Mann mit dem Barbierteller unterm Kinn. Das, das gibt es doch nicht, dachte er und vergaß weiterzusprechen.

»Rede, Kerl. Was ist mit Professor Melanchthon?«

»Was? Ach, der …« Barthel rief sich zurück. »Er war gar nicht im Haus. Nur der Hässliche mit der schwarzen Klappe über dem einen Auge. Und in der Küche war dann Frau Melanchthon, aber die beugte sich gerade über eine Schüssel.« Er würgte, als müsse er sich übergeben, hielt die Hand vor den Mund. »Versteht Ihr?«

»Nein, verflucht.« Cranach schwoll die Ader auf der Stirn. Ehe er losbrechen konnte, setzte Barthel rasch hinzu. »Der Armen war es übel, wegen der Schwangerschaft. Gefragt hab ich, aber sie hat nur in den Garten gezeigt.« Im Stall bei den Ziegen traf Barthel dann auf den Gelehrten und seinen Hausdiener Johannes. Der kleinwüchsige Melanchthon hielt eine Ziege an den Hörnern, und der übergroße Knecht kniete hinter dem Tier und versuchte es zu melken.

»Gott, was hat der Professor einen Schreck bekommen, als er den Namen von unserm Ritter hörte. Beinah hat er die Ziege losgelassen, gestottert hat er und versprochen zu kommen, wenn er mit dem Melken fertig ist.« Barthel deutete vorsichtig mit dem Finger in die Weinstube. »Schlagt mich nicht, Meister, aber der Herr dort? Der hat zwei halbe Gesichter. Auf der Bartseite ist er der Junker von vorhin, aber auf der abrasierten Seite … den Mann kenne ich auch. Sollte der nicht tot sein? Ist das nicht …?«

»Untersteh dich!« Cranach zielte mit dem Messer auf seinen Lehrling. »Die Zunge schneide ich dir ab. Und jetzt verschwinde.«

»Schon gut«, Barthel hob die Hände, »ich sag nichts. Ehrenwort.« Auf dem Weg zurück in die Schnitzwerkstatt flüsterte er: »Bin aber gespannt, was die Leute in der Stadt für Augen machen, wenn herauskommt, wer da angekommen ist.«

7

Collegien- und Schlossstraße gingen am Markt gerade ineinander über und bildeten in Wittenberg gemeinsam die lange Achse zwischen Kloster und Schloss. Von Osten, aus Richtung des Augustinerkonvents, näherte sich Philipp Melanchthon dem Marktplatz, so eilig es ihm möglich war. Ein schmächtig dünner Mensch von dreiundzwanzig Jahren. Bei jedem Schritt zog er mit kleinem Schwung den rechten Fuß nach, im selben Takt hob und senkte sich unter dem Mantelumhang seine eckig hohe Schulter.

Ausholenden Schritts hingegen schwenkte Professor Nikolaus von Amsdorf neben dem Ratsgebäude auf den Marktplatz ein. Der Saum des schwarzen Gehrocks schlug dem stattlichen Achtunddreißigjährigen um die Knie.

Einer erkannte den anderen, sie hasteten aufeinander zu, gaben sich die Hand und ließen sie nicht los.

»Er ist wieder zurück«, sagte Melanchthon, der Bart um das nach vorn gebogene Spitzkinn vibrierte. »Endlich. Oder? Was meinst du?«

»Zu früh. Alles hier ist noch in Bewegung. Für die neue Kirchenordnung fehlt der Rückhalt des Fürsten.« Amsdorf nestelte an den steifen Kragenlocken. »War nicht von Ende März die Rede?« Trotz der kühlen Brise auf dem Marktplatz rann ihm Schweiß über die Wange. »Erst wenn er die Übersetzung abgeschlossen hat?«

»Ich habe ihm einen Hilfebrief geschrieben, die Lage geschildert. Bitte, schau nicht so entsetzt. Ich musste schreiben, weil uns das Chaos mitzureißen droht.« Bei jedem S zeigte sich die Zungenspitze zwischen den Zähnen.

»Oh Freund. Du warst selbst an allem beteiligt: Abschaffung der Opfermesse, Einführung des Abendmahls in beiderlei Gestalt und, und, und. Du hast an all den neuen Gesetzen mitformuliert und rufst jetzt um Hilfe?«

Amsdorf gab die Hand frei und nickte. »Manchmal dachte auch ich, wir sind auf dem richtigen Weg, dann wieder … Auch mich haben diese drei Propheten beeindruckt und verunsichert.«

»Er weiß von ihnen. Stellen wir uns seinem Urteil.« Melanchthon wandte sich zum mehrstöckigen Haus an der Ecke des Marktplatzes. »Lass uns nicht durch die Apotheke gehen. Der Bursche meinte, wir sollten über den Hinterhof zur Weinstube kommen.«

Martin Luther öffnete selbst. Das Gesicht gerötet, dazu Blutstraßen auf Wangen und Hals, die Augen glühten. Erschrocken wichen die Professoren zurück. »Aber Freunde, ihr irrt.« In den angeschwollenen Mundwinkeln zuckte ein Lächeln. »Ich bin nicht der Wolf, ich bin der Hirte. Kommt herein!«

Zögerlich betraten die beiden die Weinstube. Amsdorf fasste sich als Erster. »Willkommen in Wittenberg!«

Ohne Umschweife zog Martin den Freund an sich. »Nikolaus, wie habe ich dich vermisst.«

Er beugte sich zu Melanchthon, mit der Umarmung hob er die kleine Gestalt leicht an. »Und du, mein dürres Männlein mit dem klügsten Kopf in Wittenberg, ach, was sag ich, in ganz Sachsen und noch weit darüber hinaus. Wie freue ich mich.«

Einen Moment lehnte Philipp den Kopf an die breite Brust. Als Luther ihn freigab, sah er auf. »Es war keine Furcht, es war die Sorge.« Das Lispeln nahm zu. »Wir sind nur vor deinem rot geschwollenen Gesicht und den offenen Wunden zurückgewichen.«

Luther lachte und wies auf die am Boden verstreuten Bartlocken. »Da die Maske des Junkers fest angewachsen war, musste sie mir dieser Grobian von einem Maler förmlich herunterreißen. Aber er hat rasche Linderung zugesagt.«

Martin nahm zwei Krüge vom Regal, füllte sie am Fass und den eigenen noch dazu. »Obwohl der Herr des Hauses sehr genau den Groschen in der Hand dreht, so denke ich doch, dass er uns armen Professoren diesen Schluck gönnt. Zum Wohl für Leib und Seele.« Ein einigendes Lächeln, die Freunde tranken sich zu.

Meister Cranach kehrte mit dampfenden Tüchern in der Barbierschüssel und einem verschlossenen Glas voller Kristalle zurück.

Nur kurz verdüsterte sich die Miene, dann gewann das Wohlwollen. »Ah, die Herren haben sich schon gefunden und begrüßt. Ich hoffe, der Rheinwein mundet. Gerne überlasse ich jedem von euch eine gut gefüllte Korbflasche. Für einen Vorzugspreis. Zunächst aber …« Er befahl den Heimgekehrten mit strenger Geste zurück auf den Stuhl. »Beschließen wir die Rasur mit der notwendigen Hautpflege.« Er legte Martin heiße Tücher auf Wangen, Kinn und Hals. »Die Schnittwunden versorge ich nachher.« Duft von Lavendel verbreitete sich.

Der Patient seufzte. »Diese Tortur … Dabei zweifele ich nach wie vor an der Existenz des Fegefeuers. Aber so muss sich die Vorhölle anfühlen.«

»Du jammerst wie ein verlorener Sünder.« In Cranachs Stimme schwang gespielte Kränkung mit. »Während ich mir alle Mühe gebe, den allseits berühmten Reformator wiederauferstehen zu lassen.«

Darüber schmunzelten Philipp und Nikolaus und tranken sich zu.

»Das bringt mich zum Thema«, zerbrach Luther jäh die Heiterkeit. Ohne die Tücher vom Gesicht zu nehmen, heftete sich sein Blick auf Melanchthon. »Ich muss wissen, wo du stehst.«

»Welch eine Frage.« Bestürzt ließ sich der Schmächtige auf den Stuhl sinken. »Zweifelst du an mir?«

»Nicht ich zweifle.« Der Ton wurde rauer. »Du hast mich

hergerufen. Oh ja, ich habe deinen Brief genau studiert. Da kommen drei hergelaufene Propheten aus Zwickau, reden von Visionen und wollen direkten Umgang mit Gott haben, und schon bist du verunsichert.«

Amsdorf kam dem Freund zu Hilfe. »So war es nicht. Du hättest sie reden hören sollen. Besonders dieser Storch, wenn der von seinen göttlichen Eingebungen sprach. Jeden hat er beeindruckt. Und dann seine Kritik an der Kindertaufe. Auch Kollege Karlstadt hat sie übernommen. Es stimmt doch, dass die Neugeborenen noch gar nicht glauben können. Ich fand kein Argument dagegen.«

»Kleingläubiger!« Luther riss die Tücher vom Gesicht, halb erhob er sich. Durch die Wärme bluteten die Schnittwunden heftiger. »Der Glaube ist ein Gnadengeschenk. Warum soll Gott es nicht auch Kindern zuteilwerden lassen?«

Energisch griff der Hausherr nach den Schultern seines Patienten und drückte ihn zurück. »Genug diskutiert. Das Blut muss gestillt werden. Sonst erscheinst du den Wittenbergern in der Tat als Leibhaftiger, und das würde Karlstadt und den drei Zwickauer Halunken nur gut ins Konzept passen.« Er nahm den Pfropfen vom Glas und griff einen klaren, handgroßen Kristall heraus. »Kein Stein der Weisen. Aber aus Alaun in meiner Apotheke hergestellt, den Weisen wie auch den Dummen zunutze.« Er befeuchtete die glatte Oberfläche kurz an einem der Tücher, dann rieb er sie mehrmals langsam über die Wunde an der rechten Wange. Ein beißender Schmerz. Martin Luther sog nur scharf den Atem ein. Erst bei der Behandlung des Schnitts unter dem Kinn beschuldigte er Lucas, ein Folterknecht zu sein.

Nach der Prozedur begutachtete der Maler sein Werk, leicht schüttelte er den Kopf. »So würde ich dich nicht im Porträt festhalten. Aber ich denke, morgen wirst du wieder als Luther erkennbar sein.«

Keiner der Professoren lächelte über den Scherz, sie tauschten nur Blicke. Martin beugte sich über die Messingschüssel und betrachtete sein Gesicht im Wasserspiegel. »Solltest du mich malen wollen, so möchte ich als Augustinermönch ins Bild genommen werden. Und zwar ohne Bart, dafür aber mit vollem Kopfhaar.«

»Ein halber Mönch?«

»Nein, ein Mönch auf dem Weg der Veränderung.« Martin richtete sich auf und stellte sich vor die beiden Gelehrten. Ernst sah er sie an. »Wir wollen verändern und nichts in wilder Hast umstürzen.« Er nahm beide in die Arme. »Freunde«, flüsterte er, »ohne euch schaffe ich meine Reformation nicht. Satan belauert uns auf Schritt und Tritt. Nun hat er sich aus unsern eigenen Reihen eine Gefolgschaft herangezüchtet. Mit Freund Karlstadt an der Spitze. Wir müssen Satan samt all seiner Brut verjagen. Wollt ihr mir dabei zur Seite stehen?«

Melanchthon und Amsdorf nickten ohne Zögern. Martin drückte die Freunde, unvermittelt kehrte die Heiterkeit zurück, er wandte sich an Cranach: »Wenn du auch an meiner Seite stehst, so beweise es mit noch einem Krug Rheinwein für einen jeden von uns.«

Der bärtige Meister zahlte gleich zurück: »Deine Reformation halte ich in Ehren. Doch was das Bitten und Betteln angeht, wird sich ein Pfaffe wohl nie verändern.«

»Matthäus 6, Vers 26: Sehet die Vögel unter dem Himmel, sie säen nicht, sie ernten nicht, und Gott ernährt sie doch.« Martin schlug sich leicht an die Brust. »Dies trifft auf uns Pfaffen leider nicht zu.« Mit genüsslichem Lächeln nahm er seinen gefüllten Krug entgegen.

»Vertrauen wir auf Gott.« Die vier Männer standen im Kreis, sie blickten sich an und tranken sich zu. »Amen.« Nikolaus Amsdorf kehrte an den Tisch zurück. »Kommt, Freunde, setzen wir uns, lasst uns planen. Wie soll es jetzt weitergehen?«

»Ich werde predigen«, Martin ballte die Faust, »und zwar so lange, bis jede schädliche Wucherung in meiner Gemeinde vernichtet, jeder Gestank aus meinem Wittenberger Stall gewichen ist.«

»Wann beginnst du?« Cranach strich die Bartwulste auf der Oberlippe. »Ich frage nur, weil ich dich so bald als möglich malen möchte.«

»An Invokavit. Das ist der erste Sonntag in der Fastenzeit. Und von da an Tag für Tag.«

»Wärst du denn bereit, mir übermorgen, am Samstag, für die Skizze zu sitzen?«

Schon wollte Luther einwilligen, als er innehielt, das Schmunzeln vermochte er nicht zu unterdrücken. »Ich bin sicher, deine Gemahlin kocht immer noch vorzüglich. Bitte, grüße Frau Barbara von mir. Gern bin ich als armer Mönch euer Gast bei Tisch, und nach dem Mittagsmahl sitze ich dir gern.«

Zum Entsetzen der Freunde wollte Martin weiterhin im Augustinerkloster wohnen. Melanchthon warnte mit erhobenem Finger und heftigem Lispeln: »Die meisten Mönche sind bereits auf und davon. Was sie an Möbeln und Hausrat benötigten, haben sie mitgenommen.« Der einäugige Bruder Zwilling hatte seine Mitbrüder durch radikale Predigten zum fluchtartigen Verlassen des Konvents verleitet. Das riesige Gebäude war fast menschenleer, kalt und schaurig. Ausgerechnet dieser Gabriel Zwilling hatte es sich dann mit der Flucht möglichst bequem gemacht und nur wenige Schritte vom Kloster entfernt um Obdach bei Melanchthon gebeten.

»Und du hast es ihm gewährt?«

Philipp zuckte ergeben die Schultern.

»Gutmütiges Schaf!«, fuhr Martin ihn an. »Auch er gehört jetzt zu unsern Feinden. Wie wirst du den Kerl wieder los?«

Für einen Moment runzelte der Gelehrte die Stirn, dann zuckte Schalk in den Augenwinkeln. »Ich sage ihm am Sonntag, dass du zurück bist. Das müsste genügen.«

Der Heimgekehrte überging den Scherz, trank seinen Becher leer und stellte ihn hart auf die Tischplatte. »Ich werde im Kloster wohnen. Als Mönch wie zuvor. Mein Entschluss steht fest.« Bis Sonntag wollte er sich dort, unterstützt von den

Freunden, verborgen halten und nur unter dem Schutz einer Kapuze hin und wieder das Haus Cranachs aufsuchen. Martin ballte die Faust: »Pünktlich mit dem Gottesdienstläuten der Stadtkirche werde ich den Kampf gegen Satan wieder aufnehmen.«

8

Invokavit. Ein frischer Märzmorgen. Vom engen Fenster seiner Dachkammer sah Barthel zu, wie sich im Osten der Himmel blutrot färbte, langsam entstieg die Sonne dem Horizont, wuchs zum riesigen Glutball, ihr Licht wurde grell, blendete, und Barthel wandte sich ab. »Seltsam. So groß hab ich die Sonne lange nicht gesehen.« Halb hatte er sich die Wolljacke schon übergezogen, als er zögerte, sie wieder abstreifte. Er kniete sich auf seine Strohmatratze und nahm unter dem Kopfteil das Messer hervor. Kurz zog er die doppelt lange Klinge aus der Scheide, ließ sie zurückgleiten, dann band er sich die Waffe mit einem Gurt an die linke Brustseite. Was weiß ich, was heute noch passiert, dachte er. Und grad heute, wenn Doktor Luther wieder auftaucht.

Seit den Kämpfen zwischen Studenten und den Malergesellen vor gut einem Jahr war es jungen Männern bei Strafe untersagt, innerhalb der Stadtmauern ein Schwert oder langes Messer zu tragen.

Deshalb hab ich meins unter der Jacke. So als hätte ich es nicht. Er grinste mit gespannten Lippen. Und sollten die studierten Kerle wieder Streit anfangen, dann hab ich plötzlich doch eins.

Nach dem Hirsebrei, gemeinsam mit den anderen fünfzehn Gesellen unten in der großen Küche, verließ Barthel als Erster das Haus am Markt. Außer ihm war keiner der Gesellen eingeweiht. Deshalb hatte Meister Cranach allein ihn beauftragt, den Doktor Luther auf dem Weg vom Kloster bis zur Kirche zu begleiten. »Unauffällig, hörst du. Nur so zur Sicherheit.« Die Professoren und er selbst wären auch dabei. »Aber ein junger, kräftiger Bursche an unserer Seite kann nicht schaden.«

Menschenleer erstreckte sich die Collegienstraße bis hin zum Elstertor, die Schritte hallten von den Hauswänden wider. Noch schien die Stadt zu schlafen. Barthel stellte sich gegenüber der breiten Einfahrt zum Klosterhof in einen Mauerschatten und wartete.

Eine halbe Stunde früher als gewöhnlich setzte aus Richtung Markt das Läuten der Stadtkirche ein. Erst stockte das Herz, dann öffneten sich vorsichtig die Haustüren auf beiden Straßenseiten, Frauen und Männer blickten durch den Spalt nach draußen, als müssten sie sehen, was sie hörten. Kein Irrtum, die Glocken läuteten schon. Vielleicht war es später als gedacht. Hastig wurden die Kopftücher geschlungen, die Kappen aufgesetzt. Die Menschen verließen ihre Häuser, strebten zur Stadtkirche, aus den Gassen kamen mehr und mehr dazu, füllten die Collegienstraße.

Barthel straffte sich. Unvermittelt standen drüben im Klosterhof die drei Herren. Hab sie gar nicht kommen sehen. Er rieb sich die Stirn. Die müssen sich von hinten durch die Gärten angeschlichen haben. Melanchthon und Amsdorf im knielangen Talar der Professoren. Meister Cranach trug den Schultermantel, seinen Bart hatte er tief im breiten Pelzkragen gebettet.

Mit großen Schritten verließ jetzt Martin Luther das Turmhaus, ein Mönch in lang wallender schwarzer Kutte, dem Kleid der Augustiner, doch die Tonsur fehlte, er trug das Haupthaar voll und lockig. Nur knapp begrüßte er die Freunde, dann stürmte er ihnen voran über den Hof nach draußen auf die Straße. Gleich schloss sich Barthel an, ließ aber einige Schritte Abstand.

»Seht, wer da kommt!« Ein Schreckensruf von irgendwo vorn. Gleich blieben einige Kirchgänger stehen, drehten sich um. Die Münder blieben offen. »Er ist es wirklich«, flüsterte eine Frau der Nachbarin zu. Die rief: »Luther! Der Doktor!« Lauter schrie sie: »Gelobt sei Jesus Christus! Er ist wieder bei uns!«

Nun stockte der Strom, ein Wirbel entstand, wie hingesogen liefen die Bürger auf den Heimgekehrten zu. »Er ist nicht tot.« »Der wahre Prophet.« Als einige gar das Hosianna anstimmten, versuchte Luther mit ausgestreckten Armen die Begeisterung zu mäßigen. Er drängte mit den beiden Professoren durch den Ring und zog die Menge mit sich. Barthel blieb den Herren dicht an den Fersen.

Kurz vor dem Markt schwenkten sie von der Collegienstraße nach rechts ab zur Stadtkirche. Das Gerücht von der wundersamen Rückkehr des Vermissten war vorausgeeilt, hatte sich längst auf dem Vorplatz verbreitet. Doch kein Jubel, da und dort nur verhaltenes Klatschen. Anspannung, beinahe Furcht stand in den Gesichtern. Das Läuten ebbte ab, verstarb ganz. Die Kirchgänger starrten auf Luther, blickten gleich verstohlen über die Schulter zurück am Gotteshaus vorbei in die entgegengesetzte Richtung, dann sahen sie wieder zu dem Augustinermönch.

Ein Aufschrei! Gefolgt vom zweikehligen Ruf: »Doktor Martinus!« Bewegung entstand am Kirchenportal. Zwei Studenten schoben und drängten sich durch die Wartenden auf Luther und die Professoren zu.

Barthel verengte die Augen. Ein Angriff? Diese Studierten. Seit Wochen haben sie randaliert, die Priester verprügelt. Und jetzt … In wenigen Sätzen war er vor seinem Schutzbefohlenen, stellte sich breitbeinig hin, rasch schob er die Rechte in die Wolljacke, seine Waffe saß locker. »Sollen nur kommen«, knurrte er.

Die Studenten kamen näher, streckten die Hände aus. »Doktor Martinus!«

Nur noch zwei Schritte. Barthel setzte den Fuß vor, ballte die Fäuste. Der Schmalere von beiden war heran. Hart traf Barthel ihn gegen die Brust, der Schlag hielt ihn auf, gleich stolperte der Kräftigere über ihn, und beide Studenten gingen zu Boden. Für einen Moment staunte Barthel selbst über den Erfolg. Dann packte er beide am Kragen. »Euch werd ich helfen.«

»Genug«, befahl Martin Luther, »zügle deinen Zorn, Feuerkopf.«

»Aber sie wollten Euch …«

»Lass gut sein«, beschwichtigte Luther mit leichtem Schmunzeln. »Von diesen jungen Herren droht mir keine Gefahr.«

Als Barthel zur Seite trat, rafften sich beide Studenten auf die Knie und sahen zu dem Reformator hoch. »Doktor Luther …« Der Schmalere musste husten, hielt sich die schmerzende Brust, dafür sprach der Kräftigere weiter. »Wir sind aus der Schweiz hergereist, nur um Euch zu hören.« Nun hatte sich sein Freund erholt und ergänzte: »Um Euch zu Füßen zu sitzen.«

»Nun, den Platz habt ihr wohl schon gefunden.« Das Schmunzeln verbreiterte sich. »Sagt mir eure Namen.«

»Beide kommen wir aus St. Gallen. Ich bin Johannes Kessler«, ein Fingerzeig, »und dies ist Johannes Gröter.«

Martin Luther nickte gespielt weise. »Johannes und Johannes. Das dachte ich mir gleich.«

»Wirklich? Oh!«, staunten beide wie aus einem Munde und blickten sich bedeutungsvoll an. »Woher nur …?«

Lärm, laute Stimmen. Hinter der Kirche, aus Richtung Jüdenstraße, näherte sich ein Pulk Studenten, angeführt von einem angegrauten, bärtigen Professor im schlichten schwarzen Rock.

Martin Luther reckte sich zur vollen Größe. »Karlstadt«, murmelte er und winkte die beiden Freunde an seine Seite. »Es geht früher los, als ich gedacht. Begleitet mich!«

Langsam schritten sie auf das Kirchenportal zu. Nun hatte auch Karlstadt den Heimkehrer erkannt. Kurz wandte er sich an die Studenten, die formierten sich in Reihen, dabei zeigten sich da und dort unter dem Rock versteckte Knüppel, sie folgten ihrem Führer, hielten aber einige Schritte Abstand.

Zur gleichen Zeit erreichten die Gelehrten den Eingang der Stadtkirche. Die Blicke trafen sich. Um sie herum trat Stille ein.

Andreas Karlstadt brach als Erster das Schweigen. »Gott zum Gruß, Bruder in Christo. Dein Anblick nach so langer Zeit erfreut mich. Ich hoffe, du bist wohlauf.«

»Bleibe bei der Wahrheit, alter Freund. Ich denke, der Anblick eines Hinterns ist dir lieber, als mich wiederzusehen. Doch halten wir Frieden. Was führt dich am Sonntag hierher?«

»Nun, ich werde den Gottesdienst abhalten.«

Martin betrachtete das Gesicht, die unruhigen Augen, die zitternden Lippen. »Soweit ich erinnere, hattest du dein Priesteramt an der Schlosskirche. Ich sagte hattest, denn ich weiß, dass du mit Predigtverbot belegt bist.«

»Was schert es mich? Eine neue Zeit ist angebrochen. Ich habe eine neue Kirchenordnung entwickelt.« Sein Finger schnellte vor und stach in Richtung Amsdorf und Melanchthon. »Ihr beide habt daran mitgewirkt. Seid nicht feige und gesteht es!«

Melanchthon wollte etwas erwidern, doch Luther hielt ihn zurück, er trat einen Schritt auf Karlstadt zu. »Ich bin über die Vorgänge hier in Wittenberg genau unterrichtet und weiß, dass deine unselige Hast mehr zerstört als aufgebaut hat.«

»Du bist nicht mehr der geistige Führer unserer evangelischen Bewegung!«

»Wer hat dir den Verstand geraubt? Du und deine drei Propheten – oder sind es schon mehr? –, ihr wollt mich ersetzen?« Luther beugte sich vor. »Sei gewiss, alter Freund, ich werde zurückdrehen, was du erzwungen hast. Und merke dir eines, in dieser Kirche wirst du nie mehr predigen.«

Karlstadt presste die geballten Fäuste vor der Brust. »Ich fürchte mich nicht vor dir. Meine Schriften werden dich als Zauderer, als Verhinderer entlarven.«

»Du wirst hier in dieser Stadt keinen Drucker mehr für deine Traktate finden.« Luther seufzte bekümmert. »Dein Hirn scheint ausgedorrt. Wir werden sehen, welches Wort schwerer wiegt, das deine oder das meine. Und nun lade ich dich ein, meiner Predigt zu lauschen.«

Mit rot angelaufenem Gesicht krümmte sich Karlstadt, vor Zorn wusste er nichts zu erwidern.

Ohne ihn weiter zu beachten, betrat der Reformator die Stadtkirche und die Gemeinde drängte hinter ihm hinein. Kaum einer sah Andreas Karlstadt nach, als der mit gesenktem Kopf davonstürmte. Auch der Studententrupp folgte ihm nicht, langsam löste er sich auf, einige strebten zum nahen Gasthaus, andere schlossen sich den Kirchgängern an.

Barthel bot den beiden Johannissen die Hand zum Frieden. »Nichts für ungut. Konnt ja nicht wissen, dass ihr aus der Schweiz kommt.«

Zusammen suchten sie sich einen Platz dicht unter der Kanzel.

Über ihnen breitete Martin Luther die Arme weit und rief der Gemeinde zu: »Wir sind alle dem Tod geweiht, und es wird keiner für den anderen sterben, sondern ein jeglicher wird selbst allein für sich mit dem Tod kämpfen …« Mit aufgerissenen Augen starrten die Gläubigen zu dem Prediger hoch. Die Pfeile seiner hellen Stimme drangen ihnen bis ins Mark. »… ich werde nicht bei dir sein, noch du bei mir …«

Neben Barthel stöhnte Johannes der Schmalere, die wenigen Sätze schon schienen ihn gebannt zu haben. Verstohlen blickte Barthel zum anderen Johannes, auch er hing an den Lippen des Reformators.

Ich geb mir ja alle Mühe, dachte Barthel, aber viel von dem, was da gesagt wird, verstehe ich nicht. Kurz kam ihm wieder die Wartburg und der Junker Jörg in den Sinn. Er schüttelte den Kopf. Warum noch mal sollte das Sperma verbrannt werden? Ich weiß es nicht mehr.

Über ihm fiel das Wort Mutter, und er hörte wieder genauer zu. Wie versorgt eine Mutter ihr Kind? Zuerst gibt sie ihm Milch, danach Brei, dann Eier und weiche Speise … Wenn sie aber ihrem Kind gleich feste, harte Nahrung füttert, dann gedeiht das Kind nicht. Barthel nickte, das verstehe ich. Geduld muss die Mutter mit dem Kind haben.

»… also sollen wir auch Geduld mit unserm Bruder haben, ihm Milchspeise geben, bis auch er stark geworden ist, und er soll nicht allein gen Himmel fahren, sondern unsere Brüder, die jetzt nicht unsere Freunde sind, mitbringen …«

Martin Luther beugte sich über die Brüstung der Kanzel. Sprach jetzt direkt zu den Untenstehenden. »Sollten alle Mütter ihre Kinder wegwerfen, wo wären dann wir?« Sein Blick heftete sich auf Barthel. »Lieber Bruder, wenn du genug Milch gesaugt hast, dann schneide ja nicht die Titten ab …« Sofort verneinte Barthel heftig mit beiden Händen. Er wollte antworten, doch der Prediger richtete sich wieder auf, sprach schon weiter: »… sondern lasse deine Brüder auch saugen, so wie du gesaugt hast.«

Barthel kratzte sich in den Locken und flüsterte Johannes dem Stärkeren ins Ohr. »Wieso soll ich so was machen? Brüste abschneiden? Das macht doch keiner.«

»Das muss wohl ein Bild sein.« Der Schweizer schien sich nicht ganz sicher, fragte seinen Freund, und der hob verstohlen den Finger. »Ein Bild, ganz sicher.«

Nun seufzte Barthel. Erst verbrennen, jetzt abschneiden?

»Die Lage in Wittenberg ist gut, aber die Eile ist zu schnell …«

Luther beschwor seine Gemeinde, nichts zu überstürzen. Die Messe sollte verändert werden, aber nicht gleich und radikal. Die Mönche können das Kloster verlassen, müssen es aber nicht. Das Abendmahl kann in beiderlei Gestalt genommen werden, muss aber nicht. Die neu gewonnene Freiheit der evangelischen Christen durfte nicht durch neue Gesetze vernichtet werden. Luther streckte beide Hände über seine Gemeinde. »Meine Freunde, frei sein bedeutet, das zu tun, welches mir freisteht zu tun. Ich kann es gebrauchen oder es lassen.«

9

Gott schuf die Welt in sieben Tagen …
Martin Luther hat binnen acht Tagen seinen Stall von der Satansbrut gesäubert, nach acht Predigten folgen die Schafe wieder seinem Ruf, in Wittenberg gilt wieder nur sein Wort. Überglücklich schreibt Universitätsrektor Schurff an Kurfürst Friedrich: »Durchlauchtigster, hochgeborener Fürst! … Ich möchte Ew. Kurf. Gn. untertänigst davon unterrichten, dass große Freude und Frohlocken unter Gelehrten und Ungelehrten bei uns durch Doktor Martinus' Rückkehr und seine Predigten erwachsen ist. Denn er hat uns arme, verführte und geärgerte Menschen mit göttlicher Hilfe wiederum auf den Weg der Wahrheit gewiesen. Von den hier eingedrungenen falschen Propheten sind wir jämmerlich verführt worden. Er aber hat uns durch unwiderlegliche Beweise den Irrtum aufgezeigt. Damit steht augenscheinlich fest, dass der Geist Gottes in ihm ist und durch ihn wirkt …«

Endlich. Die späten Märztage des Jahres 1522 wurden von der Sonne verwöhnt. Gemächlich schritten die beiden Herren nebeneinander. Linker Hand brach sich das Licht auf den rasch strömenden Wellen, in den Gärten rechts blühten erste Blumen.

»Ein Spaziergang in frischer Luft entlang der Elbe?« Der kurfürstliche Ratgeber Georg Spalatin war überraschend am späten Vormittag im Augustinerkloster erschienen und hatte Luther zu dieser kleinen Wanderung aufgefordert.

Martin verspürte sehr selten den Drang nach Bewegung, wäre auch heute lieber am Schreibpult geblieben, jedoch der Ton war bestimmt und erlaubte keine Weigerung. Und sich mit Spalatin zu überwerfen wäre eine große Torheit. »Aber gerne, liebster Freund. Sagen wir dem Tag einen guten Tag.«

Der achtunddreißigjährige, schmal gebaute Mann mit den weit auseinanderstehenden Augen genoss das uneingeschränkte Vertrauen des Kurfürsten. Kaum jemand vermochte seinen Einfluss am sächsischen Hof wirklich einzuschätzen, denn über den Ratgeber hinaus war er Geheimschreiber und als Priester auch Beichtvater des greisen Herzogs.

»Ich kann es immer noch nicht glauben.« Georg Spalatin ließ den Spazierstock hochschwingen. »Das ganze Neue Testament? Vollständig ins Deutsche übertragen? Und dies in weniger als drei Monaten. Nur ein Titan ist zu solch einem Kraftakt fähig.«

Martin atmete, dehnte die Brust, dann erst wehrte er ab: »Ihr schmeichelt, guter Freund. Ich tat es aus Liebe zu meinem Volk, nicht länger sollte ihm die Botschaft der Heiligen Schrift verborgen bleiben. Dabei habe ich dem einfachen Mann aufs Maul geschaut und den Text in einem für jedermann verständlichen Deutsch verfasst.«

Der Ratgeber nickte nachdenklich. Martin wartete, da aber kein weiteres Lob folgte, berichtete er ungefragt, dass die Arbeit noch nicht abgeschlossen sei. Mit Philipp Melanchthon werde er in den nächsten Monaten das Neue Testament Satz für Satz und Buch für Buch noch einmal durchgehen, den Text verbessern und glätten.

Wieder nickte Spalatin nur. Martin sah ihn von der Seite an, ein kurzes Zögern, dann musste er fragen: »Darf ich hoffen? Die Herausgabe des Testaments wird sehr teuer werden. Das Papier, die Bildtafeln, der Drucker … Ich selbst verfüge über kein Vermögen, bin nur ein armer Mönch. Darf ich mit Eurer Fürsprache auf eine Unterstützung seiner ehrwürdigen kurfürstlichen Gnaden hoffen?«

»Ach, Freund. Diese Bitte habe ich erwartet. Ihr hofft aber vergebens.« Spalatin schob mit der Stockspitze einen weißen Kiesel zur Uferböschung, ein Hieb, und der Stein glänzte kurz im Sonnenlicht, schlug ins Wasser, dann strömten die Wellen wie zuvor. »Unser durchlauchtigster Fürst beschützt Euch vor dem Zugriff der kaiserlichen Mächte rundum. Der Reichstag in Worms hat Euch für vogelfrei erklärt, vergesst dies nicht. Nur innerhalb Kursachsens seid Ihr in Sicherheit. Das ist Gnade genug, so meine ich. Kurfürst Friedrich duldet Euer Denken und Tun, er lässt Euch gewähren, er hat sich dadurch selbst aber nicht von der katholischen Kirche abgewendet. Erwartet also keine Hilfe für Eure Schriften.«

Martin stürmte einige Schritt voraus, blieb an einem Garten stehen, starrte auf die Osterglocken. Leicht tippte ihm Spalatin auf die Schulter. »Ich habe bisher so viel bei unserm Fürsten für Euch erreicht.«

»Warum spricht Friedrich nicht mit mir?« Luther fuhr herum. »Warum? Seit zehn Jahren bin ich in Wittenberg, lebe quasi Tür an Tür zum Schloss. Der Fürst lässt mich durch Euch wissen, wie sehr er mich schätzt.« Die Stimme vibrierte. »Auf dem Reichstag in Worms sah ich ihn von Weitem, mehr nicht. Er blieb für mich unnahbar. Ich darf ihm schreiben, höre ihn durch Euch sprechen, aber vor ihn treten, Auge in Auge mit ihm reden, das bleibt mir verboten. Warum?«

»Weil sonst meine Vermittlerrolle sicher sehr bald am Ende wäre«, versuchte Spalatin zu scherzen, wollte den Arm des Freundes nehmen, als er den Zorn in den Augen sah, nahm er die Hand zurück. »Seine Milde und Euer Temperament würden ohne Zweifel in einer Katastrophe enden.«

»Ich wüsste ihn vor unser beider Unglück zu bewahren. Friedrich ist noch zu schwach im Glauben. Und nur wer am meisten glaubt, der kann auch am meisten schützen …«

»Hört Ihr die Vögel zwitschern?«, erkundigte sich Spalatin mit sanfter Stimme, und ehe Luther den Sinn der Unterbrechung erfasste, setzte er hinzu: »Der Glaube ist das eine, die Politik das andere. Beide verlangen nach diplomatischer Kunst, wenn sie nebeneinander voranschreiten sollen. Dafür biete ich meine bescheidenen Dienste an.«

Gleich wollte Martin seine Mühe in den vergangenen Wochen, seinen erfolgreichen Kampf gegen die Unruhestifter anführen, doch er verneigte sich nur leicht und schwieg.

Von der Schlosskirche schwang das Mittagsläuten bis zum Elbufer herüber.

»Lasst uns umkehren.« Auf dem Rückweg erkundigte sich Georg Spalatin erneut nach der Arbeit am Neuen Testament. Dass Lucas Cranach bereit war, das Deckblatt zu gestalten und auch Holzschnitte für die Illustration anzufertigen, gefiel dem kurfürstlichen Ratgeber, dennoch fragte er: »Wie steht es mit den Bibelkenntnissen des Meisters?«

Da lachte Martin leise vor sich hin. »Eure Sorge ist berechtigt. Lucas hat mein Manuskript noch nicht gelesen. Aber ich werde ihm den besten Lehrer zur Seite stellen. Melanchthon wird ihn beim Entwurf der Holzschnitte beraten.«

Sie schwenkten vom Uferweg ab zur Mauerpforte und betraten das Kloster durch den halb verwilderten Garten. Verdorrtes Laub, morsche, vom Wintersturm abgerissene Äste, dazwischen zeigte sich auch hier schon der Frühling mit jungem Gras und weiß-gelben Blumenkissen.

Im Klosterhof stand neben der Kalesche des kurfürstlichen Ratgebers ein Pferdekarren. Zwei Bedienstete des Schlosses verließen gerade das mittlere Gebäude. Ärgerlich trat ihnen Martin in den Weg. »Da ich der einzige Bewohner dieses Gemäuers bin, welcher noch über alle körperlichen wie auch geistigen Kräfte verfügt, verlange ich im Namen unseres Priors sofort zu wissen …«

»Ich weiß es«, hielt ihn Spalatin zurück. »Diese Männer handeln auf meine wie auch auf höchst kurfürstliche Anweisung.« Er wandte sich den Dienern zu. Sie bestätigten ihm, den Auftrag ausgeführt zu haben, und er entließ sie. Als der Karren vom Hof rollte, bat Spalatin um einen Schluck Wasser. »Dann könnt Ihr endlich wieder an Euer Schreibpult.«

Martin fühlte sich von der Eigenmächtigkeit des Freundes getroffen und bemühte sich, den Unmut nicht zu zeigen. »Kommt herein. Bei mir soll niemand Durst leiden.«

Martin ging voraus durch das verwaiste Refektorium. »Gottlob, den langen Esstisch konnten meine Mitbrüder bei ihrer Flucht nicht fortschleppen.« Er seufzte bekümmert. »Außerdem haben sie uns wenigstens noch genügend Stühle gelassen. Mehr aber nicht.« Auf der Schwelle zur angrenzenden Küche blieb er abrupt stehen. »Heilige Maria!«, entfuhr es ihm.

Hinter ihm hüstelte Spalatin. »Ich dachte, die Heiligen wären für Euch überflüssig?«

»Wohl wahr«, murmelte Martin. »Aber an meiner schönen Maria halte ich fest.« Er wagte einen Schritt in die Küche hinein, ging nicht weiter. Langsam schüttelte er den Kopf. Auf der Bank neben der Feuerstelle lagen sorgsam geordnet einige Laibe Brot, Wurstringe, Käseräder, er sah einen Korb gefüllt mit Eiern. An der Wand standen Bauch an Bauch ein Wein- und ein Bierfass. Nun wagte er sich bis zum Tisch, berührte den Ballen mit schwarzem Tuch. »Welch ein Wunder für mich und meine Mitbrüder.«

Spalatin trat an seine Seite. »Deshalb unser Spaziergang. Damit der Gabentisch so gedeckt werden konnte, musste ich Euch aus dem Haus locken.«

»Ihr habt …?«

»Dies ist der Dank unseres erlauchten Fürsten. Dank Euch ist die Ordnung in Wittenberg ohne Eingreifen der Truppen wiederhergestellt worden. Die Propheten sind geflohen, und Professor Karlstadt murrt zwar, beschränkt sich aber allein noch auf seine Lehrtätigkeit.«

Martin schluckte, musste mit dem Handrücken über die Augen wischen. »Ich bin zutiefst berührt.«

Betont heiter wedelte Spalatin an einem Tuchzipfel. »Als mein Herr und unser aller Gebieter hörte, dass Ihr als Mönch ins Kloster zurückgekehrt seid, bereitete es ihm ein besonderes Vergnügen, Euch diesen wertvollen Stoff zu schicken. Und zwar für eine neue Kutte.«

»Noch zerfällt mein altes Gewand nicht. Aber ich verwahre das Tuch sicher in meiner Zelle, bis die Zeit für den Schneider gekommen ist.« Martin Luther faltete die Hände. »Sagt Fürst Friedrich meinen innigsten Dank, er möge …«

»Die Überraschung ist gelungen«, kürzte Spalatin ab, mit einem Mal hatte er es eilig. »Vertraut mir, ich werde für Euch die richtigen Dankesworte finden.« Er ging zum Wassertiegel, schlürfte direkt aus dem Schöpfer und winkte beim Hinausgehen dem Freund zu. »Genießt die Gaben, lieber Freund. Bis bald.«

Im späten Nachmittag sah Martin oben in seiner Studierstube vom Manuskript auf. Ein Geräusch. Wie von einer Holzschnarre? Das harte Geräusch drang aus dem Hof zu ihm herauf. Er verließ das Zimmer und sah jenseits des Gangs aus dem Fenster. Für einen Moment glaubte er eine Gestalt im Schatten der Zufahrt entdeckt zu haben. Er wartete. Nichts, niemand war zu sehen. »Ich sollte die Korrektur für heute beenden. Der Text der Offenbarung wühlt mich zu sehr auf. Er gaukelt mir schon Klänge vor, wohl möglich vernehme ich bald auch den Posaunenschall der sieben Engel.« Gerade wollte er sich wieder abwenden, da sprang ein Mann in wehendem Umhang aus der Mauernische, er trug einen breitkrempigen schwarzen Hut mit weißem Federbusch, rasch lief er bis in die Hofmitte, ließ die Schnarre um die Hand wirbeln. Martin öffnete das Fenster. »Was soll der laute Auftritt?«

Sofort schwieg die Schnarre. »Doktor Martinus, ich bin es«, der Fremde zog den Hut und sah auf, »Euer ehemaliger Mitbruder Gabriel.« Die schwarze Klappe über dem rechten Auge verstärkte das wilde Aussehen.

Martin verspürte einen Druck im Magen. Oh Herr, ich dachte, das Übel sei ausgemerzt. Er schüttelte den Kopf. »Gabriel Zwilling. Man versicherte mir, dass du mit den falschen Propheten die Stadt verlassen hast.«

»Wir mussten zurückkommen.«

»Wir?« Der Druck unter dem Herzen verstärkte sich. »Was willst du damit andeuten?«

Zwilling ließ die Schnarre einmal kreisen. Drüben in der Einfahrt tauchten zwei weitere Gestalten auf, eilten zu ihm und verneigten sich vor Luther. Der Einäugige deutete auf den untersetzten Mann. »Dies ist Marcus Stübner. Ihr kennt ihn, er war Euer Student …«

»… und wurde zum falschen Propheten. Gott sei es geklagt.« Martin wischte mit der Hand durch die Luft. »Wer ist der andere?«

»Freund Cellarius.« Zwilling schwenkte den Federhut. »Gewährt uns eine Unterredung. Bitte, schickt uns nicht fort.«

Da hob Stübner die Arme. »Gott hat mir geweissagt: Gehe zu Martinus! Er wird dir auftun. Und er wird sich anhören, was ich dir aufgetragen habe zu verkünden.«

»Was redest du da?«

Unten im Schlaftrakt der Mönche öffnete sich die Tür. Der alte, gebrechliche Prior trat einen Schritt ins Freie. »Warum der Lärm?«

Gleich rief Luther von oben: »Es ist gut, Vater. Keine Sorge. Die Herren wollen zu mir.«

Ohne weiter zu fragen, zog sich der Greis wieder zurück. Martin wies mit gestrecktem Finger auf die ungebetenen Gäste. »Sei es drum. Ja, ich will euch anhören.«

Wenig später öffnete er und führte die Besucher ins Refektorium. »Der Raum ist etwas kahl geworden.« Im Schein der Öllampen zeigten sich dort, wo früher Gemälde von Heiligen hingen, die hellen Staubschatten, selbst das fehlende Kreuz an der Stirnwand hatte seine Zeichnung hinterlassen. Mit grimmigem Lächeln nickte er Zwilling zu. »Die Plünderung unseres Inventars verdanken wir deinen Hetzpredigten.« Auch nach der großen Massenflucht im Januar würden immer noch weitere Mitbrüder den Konvent verlassen. Die klösterliche Gemeinschaft sei zerbrochen. Selbst die betagten Mönche müssten bald schon zu Verwandten oder ins Armenhaus ziehen.

Gabriel Zwilling zerknautschte die Krempe des Federhuts zwischen den Händen. »Diesen Vorwurf weise ich zurück. Ihr selbst habt doch Nonnen und Mönchen befohlen, ihren Konvent zu verlassen.«

»Nicht befohlen, du Esel! Ich habe es ihnen freigestellt. Nach Prüfung ihres Gewissens dürfen sie wählen.« Barsch forderte Luther den Einäugigen auf, drei der Stühle auf einer Tischseite hinzustellen, er selbst nahm gegenüber Platz.

Lange sah er prüfend auf Stübner. »Du behauptest, die göttliche Majestät hätte eine Unterredung mit dir geführt?«

»Nicht nur eine.« Sein ehemaliger Student legte das Barett auf den Tisch und fuhr sich durch die blonde Haarmähne. »Ich stehe in innigem Zwiegespräch mit dem Allmächtigen.«

»Innig? Überkommt dich dabei ein wohliges Gefühl?«

»Mehr als das.« Zum Beweis gab sich Stübner einem tiefen Stöhnen hin.

»Scharlatan! Wer nicht Anfechtung, Seelenqual auf dem Weg zur Erkenntnis erleidet, wen nicht Todesangst würgt, der dient nur einem Blendwerk des Teufels.« Luther beugte sich vor. »Höre, du verirrter Sohn, lasse dich vom Wort der Bibel leiten.«

Mit verächtlichem Lachen mischte sich Cellarius ein. »Wir benötigen die Bibel nicht. Gott spricht direkt zu uns, er schreibt uns direkt ins Herz. Die Bibel …« Er streckte die lange Zunge aus dem Mund. »Nur ein Buch von Menschen geschrieben.«

Luther schlug mit der Faust auf den Tisch. »Immer habe ich gefürchtet, dass Satan solch ein Geschwür wie euch hervorbringt.«

Cellarius lachte weiter. Mit einem Satz sprang er auf den Tisch. »Wenn die Bibel wirklich von Gott wäre, dann hätte er sie …« Er streckte die Arme zur Decke, ließ sie fallen, ging dabei gleichzeitig in die Hocke und schlug die flachen Hände hart auf den Tisch. »Er hätte die Bibel aus den Himmeln gleich auf uns hinabgeworfen.« Das Lachen verstieg sich ins

Gekreisch. Wegen des stechenden Arguments zeigte Cellarius eine Spottfratze, und Stübner meckerte wie ein Ziegenbock dazu. Allein Zwilling blieb stumm, schob nur den Federhut auf der Tischplatte hin und her.

Martin faltete die Hände, seine Knöchel wurden weiß, dann hatte er den Zorn im Zügel. Er überging den Derwisch auf dem Tisch und wandte sich an Stübner: »Was hat dir Gott noch offenbart?«

»Oh, so vieles … Nun, die göttliche Majestät teilte mir unter anderen mit …« Der Prophet spreizte die Stimme. Die Kindertaufe sei zu verwerfen. Außerdem stünde das Ende der sündigen Welt unmittelbar bevor. Danach folge die Aufrichtung des göttlichen Königreichs, in das nur die Frommen Einzug halten dürfen. »Das Schwert des Allmächtigen sind die Türken. Von ihnen werden alle Gottlosen dahingeschlachtet.«

»Wie konnte nur aus meinem Schüler solch ein Hundearsch werden?«

Markus Stübner straffte den Rücken. »Auch wenn Ihr mich beleidigen wollt, ich bin es und noch zwei, drei meiner Brüder, die im Zwiegespräch mit Gott sind. Und er sagte mir, dass über kurz oder lang solche Pfaffen wie Ihr getötet werden sollen.«

Luther erhob sich, mit lautem Gepolter schlug der Stuhl nach hinten. »Christus wird deinen Wahn und den Wahn deiner Genossen bald erniedrigen und euch allesamt gewaltsam unter unseren Füßen zermalmen.«

Cellarius sprang vom Tisch. »Kommt«, er winkte den Freunden, »hier riecht es so übel.« Er schob beide durch die Tür und blickte noch einmal zurück. »Unser geliebter Bruder Thomas Müntzer nennt dich das sanft lebende Fleisch zu Wittenberg.« Er streckte Luther wieder die Zunge heraus. »Dabei hat er ein Wort vergessen. Du bist das sanft lebende, stinkende Fleisch zu Wittenberg.«

Die Tür schlug zu.

Martin wischte sich die Stirn. Langsam ging er in die Klosterküche hinüber, strich mit der Hand über den Bauch des Weinfasses. »Die göttliche Majestät redet nicht direkt zu uns. Gott spricht durch uns Menschen zu den Menschen, durch mich …«

Er hielt inne, zapfte sich einen Krug bis zum Rand voll. »Niemand kann Gott schauen, seine Stimme hören, er würde an seinem Feuer vergehen.« Martin trank in großen Schlucken, zu hastig für den Magen. Er hustete, erst das Rülpsen befreite ihn.

Pochen, heftiges Klopfen. »Nein, wagt es nicht!« Er stürmte aus der Küche, durch den Speisesaal und riss die Tür auf. Die schwarze Augenbinde, der Federhut. »Leibhaftiger, weiche!«

»Ich bin's nur.« Gabriel Zwilling hob ihm die offenen Hände entgegen. »Ich kehre zurück ins Vaterhaus. Bitte, nehmt mich verlorenen Sohn wieder an euer Herz.«

Der Zorn wich. »Warst du nicht eben noch mit auf dem Gaul der Teufelsbrut?«

»Doktor Martinus, nicht ich habe gespottet, erinnert Euch.«

Luther ließ den ehemaligen Mitbruder eintreten. Nach wenigen Schritten kniete Gabriel vor ihm nieder. »Verzeiht meinen Irrweg. Ich möchte Euch wieder gehorchen und allein Eurer Stimme folgen.«

»Steh auf, Bruder. Ich bin nicht der Herr, vor dem du knien musst.« Martin vermochte die Rührung kaum zu verbergen. »Ich verzeihe dir.«

Er geleitete Gabriel bis zum Weinfass, schenkte ihm ein und hob den Krug: »Wagen wir einen Neuanfang.«

Sie tranken, bereitwillig gab Zwilling Auskunft über die drei Propheten aus Zwickau, wie sie auch ihn für sich gewinnen konnten. Martin fragte und hörte genau zu, schließlich sagte er: »Wer steht hinter diesen falschen Predigern? Ich glaube nicht, dass sie allein aus sich heraus diese Wirkung auf das Volk erzielen konnten. Wer hat das Feuer in ihnen entzündet?«

Gabriel drehte den Krug in den Händen. »Es gibt nur einen,

der dazu in der Lage ist. Und der war letztes Jahr Pfarrer an der St.-Katharinen-Kirche in Zwickau. Bis der Stadtrat ihn verjagt hat.«

Martin furchte die Stirn. »Du meinst …?«

Der heimgekehrte Sohn nickte. »Thomas Müntzer. Wenn er spricht, hängt das Volk an seinen Lippen.«

»Aber dieser Mensch wird verjagt. Er irrt herum. Gott sei's gepriesen, das ist gut so.«

Gabriel sah zu Luther auf. »Und was wird aus mir?«

»Sei getrost. Wer meine Sache unterstützt, der dient in Wahrheit unserm Herrgott«, das Lächeln verbreiterte sich, »dem halte ich die Treue. Bald schon kannst du mit meiner Empfehlung auf eine gute Kanzel steigen. Und von dort wirst du nicht vertrieben werden.«

10

Und ich werde ihn fragen, dachte Barthel, bis wir oben auf der Burg von Allstedt sind, habe ich ihn gefragt. Er stemmte sich in den Brustgurt. Der Karren hinter ihm holperte den steinigen Weg hoch. Leicht stießen die Kupferkannen aneinander. Das kaum hörbare Scheppern genügte. »Halt!«, befahl Konrad Gerlach. »So leidet die Politur.« Er beugte sich über die Ladung und stopfte mehr Stroh zwischen die bauchigen Gefäße mit den zum Ausgießen breit geschwungenen Entenmäulern. »Geh langsam und vermeide tiefe Löcher. Eine Kanne mit Delle kauft mir der Burgvogt nicht ab.«

»Tut mir leid.« Barthel beobachtete das hagere Gesicht des Spenglers, die Lippen blieben angespannt. Verflucht. Er nimmt es mir übel. Kein guter Zeitpunkt. Solange wir den Burgweg nicht geschafft haben, denkt er nur an seine Ware. Jetzt frag ich besser nicht. Barthel ging weiter, gehorchte den Anweisungen des Meisters und sorgte, dass keines der beiden Räder abrutschte oder über große Steine ruckte. Warum haben wir nicht die Fahrstraße genommen? Dauert zwar länger, ist aber nicht so steil.

»Ich bringe immer über den alten Weg meine Ware zur Burg.« Die Stimme des Spenglers quetschte in der Kehle.

Barthel hatte nicht widersprechen wollen. Seit seiner Ankunft gestern war er bemüht, Dorleins Vater zu gefallen. Wenn ich frage, muss er gut gelaunt sein, sonst geht's schief.

Der Atem ging schneller, Barthel keuchte, heiß wurde ihm. Obwohl noch früh am Vormittag, brannte die Augustsonne vom wolkenlosen Himmel. Schweiß rann ihm aus den roten Locken in den Nacken.

»Hast du Durst?«

Eine Pause, gottlob. Dankbar nahm Barthel den Lederschlauch, legte ihn auf die Schulter und spritzte sich den Wasserstrahl in den Mund. Auch Konrad Gerlach saugte einige Schlucke, nässte sich Haar und Stirn, dabei stöhnte er genießerisch.

Eine Gelegenheit! »Was ich sagen wollte. Mein Meister in Wittenberg hat mir eine Woche freigegeben …«

»Das ist gut, junger Mann. Aber nun wollen wir nicht trödeln. Schösser Zeiß wartet schon auf mich.«

Hab es wenigstens schon mal versucht. Barthel war nicht unzufrieden mit sich. Dorothea hatte ihm schlimme Strafen angedroht, keinen Kuss, kein heimlicher Besuch in der Nacht und vor allem keinen Honig. Ohne gefragt zu haben, durfte er nicht nach Hause kommen.

Die Höhe war erreicht. Ein lauer Wind empfing sie. Direkt unter ihnen lag Allstedt ängstlich zusammengedrängt, umringt von einer Mauer. Der Blick von hier oben reichte weit über die Dächer hinweg, über die Ebene bis hin zu den Anhöhen in der Ferne.

Mit einem Tuch rieben sich die Männer Stirn, Hals und Nacken. »Bist ein kräftiger Bursche.« Anerkennend nickte Konrad Gerlach. »Ich allein hätte zweimal gehen müssen.«

»Helfe doch gern.« Barthel prüfte übereifrig das gestopfte Stroh zwischen den Kannen. »Wenn ich schon mal da bin … Ich war ja schon oft Gast bei Euch. Aber dieses Mal ist mein Besuch, also, ich hab einen Grund …« Er sah auf. Meister Gerlach war schon weitergegangen, forderte mit einem Wink, ihm nachzukommen.

Die Torwächter blieben im Mauerschatten hocken. Von dort aus grüßten sie. Einer rief: »Unser Herr erwartet Euch in der Küche.« Nach halblautem Gelächter zwischen ihnen rief der andere: »He, Spengler. Habt Ihr Euch einen Esel zugelegt?«

»Und noch einen mit roter Mähne?«

Die meinen mich. Der Spott traf Barthel in den Magen. Er blieb stehen.

Das Gelächter nahm zu.

»Ist der Esel etwa aus dem Stall vom Leibhaftigen abgehauen?«

Wild fuhr Barthel herum, die beiden Holme gepackt, immer noch angeschirrt im Brustgurt riss er den Karren mit sich auf die Kerle zu. Hinter ihm sprangen die Kannen in ihrem Strohfutteral. Nach wenigen Schritten schrie Meister Gerlach: »Bleib stehen! Verdammt! Stehen bleiben!«

Der Befehl war lauter als der Zorn. Barthel stand, bewegte sich nicht. »Ihr Schweine. Euch stopf ich das lose Maul!«

»Ach, der rote Esel ist selbst der Leibhaftige.« Träge erhoben sich die Bewaffneten. »Da haben wir aber Angst.«

Nun wurde es Konrad Gerlach zu viel. »Zurück!«, seine Stimme überschlug sich. »Ich sage zurück. Ihr bleibt da!« Er stieß Barthel in den Rücken. »Und du ziehst den Karren weiter.« Er drohte den Wächtern mit der Faust. »Wartet nur. Euer Herr wird sich bestimmt wundern, welches Pack hier am Tor Wache hält.«

Im Innenhof beruhigte sich Barthel wieder, gleich aber wuchs die Sorge. Nun hab ich es mit dem Meister verdorben. Und bin auch noch selbst schuld.

Vor dem hohen Palas befahl ihm der Spengler in schroffem Ton zu warten. Nach einiger Zeit kehrte er aus der Küche mit dem Burgvogt zurück.

Hans Zeiß, Vertreter der kurfürstlichen Regierung für Schloss und Stadt, ein gut genährter Mann mit weichem Kinnbart und voller Unterlippe. Der Vorfall am Tor war ihm bereits ausführlich gemeldet. »Du verstehst, Hans, Vorschriften müssen befolgt werden, sonst versinkt alles in Unordnung.« Der Meister wies auf Barthel. »Ihn haben die Kerle beschimpft. Er hilft mir heute. Aus Wittenberg kommt er.«

Hans Zeiss legte Barthel die Hand auf die Schulter. »Tut mir leid, das mit meinen Männern. Sie langweilen sich da draußen, dazu noch die Hitze … Ich hoffe, du trägst es ihnen nicht nach.«

»Ich will keinen Streit.« Nur ein Murmeln, doch das genügte dem Burgvogt. »Das freut mich. Ein vernünftiger junger Bursche.«

Das Lob von so hoher Stelle gefiel Konrad Gerlach, und er verzog die Lippen zu einem Lächeln. »Ich bin auch sehr zufrieden mit ihm. Würde ihn gern in meiner Werkstatt haben, aber er hat schon einen Lehrherrn.«

»Verzeiht.« Barthel hob die Schultern. »Aber ich will nun mal Formschneider werden. Und Meister Lucas Cranach ist ein guter Lehrherr.«

Noch ein kurzes Tätscheln auf Barthels Schulter, der Burgvogt wandte sich den Kannen zu. Er begutachtete jedes Stück, dann nickte er anerkennend. »Gute Arbeit! Du bist deinen Preis wert, bester Konrad. Komm, wir rechnen im Speisesaal ab.«

Wenn kein fürstlicher Gast im Schloss logierte, führte der Amtmann alle Geschäfte gerne in der Nähe des Hofgesindes. Außerdem kochte seine Frau Sabine zusammen mit den Mägden, und er liebte den Duft aus den Töpfen.

Barthel beobachtete den Meister. Die Falten auf der Stirn waren verschwunden. Seine Laune hat sich wieder gebessert, frohlockte er insgeheim. Mit Schwung trug er die Kupferkannen ins Haus, staunte über die weitläufige Küche, den riesigen Rauchfang.

Im Nu liefen die Mädchen zusammen und bewunderten die matt blinkenden Gefäße. Frau Sabine nahm eine zur Hand, strich mehrmals über den Kannenbauch, schließlich zwinkerte sie den Mägden zu. »Das fühlt sich an wie … Na, was meint ihr?« Helles Kichern antwortete, und als eins der Mädchen sogar frech mit dem Po wackelte, prusteten alle hinter vorgehaltener Hand.

»Ab mit euch an die Arbeit!«, beendete Frau Sabine das Vergnügen. »Was soll unser Gast hier von euch denken?« Ein Schmunzeln blieb, sie zapfte Bier in drei Krüge und schickte Barthel damit in den angrenzenden Speisesaal. »Trinkt auf Gottes schöne Erde und auf das Wohl unseres Kurfürsten.«

Der Handel war abgeschlossen, der Durst gelöscht. Burgvogt Hans Zeiß geleitete den Meister und Barthel, der sich wieder vor den Karren gespannt hatte, persönlich bis zum Tor, mit der Faust drohte er den Wächtern, sagte aber nichts, sondern wartete, bis die Gäste unbelästigt den Weg entlang der Mauer erreicht hatten. Dann schrie er, fluchte und tobte.

Dorleins Vater nickte zufrieden. »Richtig so. Diese Lümmel werden so schnell nicht wieder ehrbare Bürger beleidigen.«

»Das meine ich auch«, pflichtete ihm Barthel rasch bei. »Die Sache ist nicht einfach …« Er schüttelte den Kopf. Das Bier war wunderbar die Kehle hinuntergelaufen, hatte erfrischt, stieg aber jetzt bis unter die Haarspitzen und ließ die Gedanken immer wieder hinter einem Schleier verschwinden. Ich warte noch was, dachte er. Mit klarem Kopf fragt es sich leichter.

Auf dem abschüssigen Weg war der Karren schwer zu halten. Barthel lehnte sich im Gurt zurück, suchte nach sicherem Tritt, doch Steine rollten vorweg, und hinten hielt der Spengler mit beiden Händen die Lade, bemühte sich die Geschwindigkeit zu verlangsamen. Dann rutschten Barthel die Schuhe auf den losen Steinen weg. Sein Oberkörper schlug nach hinten. Das Brustgeschirr bewahrte vor dem Hinfallen, rettete vor den Rädern, dafür aber kam der Karren mit ihm vom Weg ab und blieb an einem Baumstumpf hängen.

»So eine Scheiße!« Barthel löste sich aus dem Geschirr, hockte sich zwischen die Deichselstangen, er stemmte das Kinn auf beide Fäuste.

»Bist du verletzt?«

»Nein, verflucht.«

Meister Gerlach beugte sich zu ihm. »Hast mir einen Schreck eingejagt, Junge. Das hätte schlimm ausgehen können.«

Der Ton ließ Barthel aufhorchen. Schwang da nicht echte Sorge mit? Die Gelegenheit war da! Er sah zum Spengler auf. »Was ich sagen wollte … Ich mein, fragen wollte ich.« Er fuhr sich durch die Locken und begann von vorn. »Da wir nun hier zusammen sind …« Ein letztes Räuspern. »Meister Gerlach, wie Ihr sicher bemerkt habt, komme ich häufiger nach Allstedt, und weil der Weg von Wittenberg und auch von Salza, wo meine Eltern leben, weit ist und ich deshalb keinen Werber gefunden habe, muss, nein, will ich es selber machen.«

»Warte, junger Mann«, unterbrach Konrad. »Das dauert mir zu lange.« Er setzte sich neben dem Karren auf den Baumstumpf. »Ich ahne, was du vorhast. Also weiter.«

»Wenn Ihr es schon wisst«, Barthel atmete tief, »dann kann ich es auch kurz machen. Also, ich wäre ein guter Schwiegersohn für Euch und Frau Agathe. Das wollte ich fragen. Ich meine, ich möchte Eure Tochter heiraten, die Dorothea.«

Konrad Gerlach faltete die Hände. Er sah an Barthel vorbei auf Allstedt hinunter. Nach einer Weile nickte er. »Geben würde ich dir meine Tochter …«

»Oh Gott, danke«, platzte es aus Barthel heraus, »Ihr werdet …«

»Warte, Junge, warte. Da ist vieles noch nicht in Ordnung.« Meister Gerlach hob einen Finger nach dem anderen. »Kannst du meine Tochter ernähren? Wo ist dein Haus? Wann lerne ich deine Eltern kennen?« Und er stellte weitere Bedingungen: Erst müsse er als Geselle losgesprochen sein. Ein gesichertes Einkommen. »Dann können meinetwegen die Glocken läuten. Bis dahin«, er hob warnend den Zeigefinger, »bis dahin schläfst du bei uns weiter in der Werkstatt.«

Der Biernebel hatte sich aufgelöst. »Meister, ich werde Euch nicht enttäuschen.« Barthel erhob sich und zerrte den Karren wieder auf den Weg. Nichts war ihm jetzt zu steil, auch wenn Steine rollten, er rutschte nicht aus, brachte den Karren sicher in die Stadt.

Das Hoftor stand offen. Dorothea drehte am Brunnen die Winde. Kaum erblickte sie die Heimkehrer, ließ sie die Kurbel fahren, dumpf klatschte tief unten der Eimer ins Wasser. Sie wollte laufen, zögerte, ging einige Schritte auf die Männer zu. Im Gesicht des Vaters war nichts Besonderes zu lesen. Auch kein Ärger. Das ist schon mal gut, dachte sie. Und Barthel? Er bewegte die Lippen, als er den Karren am Brunnen vorbeizog, rief ihr tonlos etwas zu. Ein einzelnes Wort würd ich verstehen, dachte sie. Aber das waren Sätze. Du Dummkopf, daraus werde ich nicht schlau.

»Steh nicht rum, Tochter!« Konrad verschränkte die Arme. »Wie steht es mit einem Schluck Wasser? Heiß war es.«

»Sofort.« Hastig drehte sie die Kurbel, hob den Eimer auf den gemauerten Rand. Sie reichte dem Vater die gefüllte Schöpfkelle. »Ist alles in Ordnung?«, erkundigte sie sich betont beiläufig.

»Wie meinst du das?«

»Da oben«, nicht rot werden, befahl sie sich, »beim Burgvogt. Mit den Kannen war doch alles in Ordnung?«

»Gute Ware durch ehrliches Handwerk bringt guten Lohn. Der Herr war zufrieden, und ich bin es auch.«

Barthel kam hinzu. Auch er trank aus dem Schöpfer. Dorothea wartete, hoffte, doch er sagte nichts. Entweder ist was schiefgegangen, oder du hast nicht gefragt, und jetzt bist du auch noch feige und gibst es nicht zu. Hier rumstehen ist mir zu dumm. »Ich muss zur Obstwiese. Muss nach meinen Bienen schauen«, murmelte sie und lief zum Brandstieg zwischen Werkstatt und Scheune.

Barthel wollte ihr nach, wagte es aber nicht.

»Trink noch einen Schluck!« Meister Gerlach tunkte den Schöpfer ins Wasser. Ein Lächeln kam dazu. »Danke. Du hast mir sehr geholfen.«

»Hab ich gern gemacht.« Hastig leerte Barthel die Kelle. »Aber jetzt, bitte …« Er deutete in Richtung Durchstieg. »Weil ich doch morgen die Bienenkörbe auf einen anderen Platz …«

»Ist schon recht.« Vater Konrad entließ ihn mit einem Handschlenker. Er sah dem Burschen nach, folgte ihm einige Schritte, entschied sich für keine Kontrolle, stattdessen ging er zur Küche hinüber und sagte noch in der Tür: »Agathe, da gibt es eine Neuigkeit …«

Dorothea stand unter einem Apfelbaum, die Hände in die Hüften gestemmt, starrte sie zum Schloss hinauf.

Von Weitem schon rief er ihren Namen, sie rührte sich nicht. Nah genug, um vom Meister nicht gehört zu werden, lockte er: »Mein Liebling!«

Keine Reaktion. Er strahlte in ihrem Rücken. »Wir dürfen heiraten.«

Sie erstarrte. »Was?«

»Hochzeit.«

Da fuhr sie herum, gab ihm aus dem Schwung heraus eine Ohrfeige. »Warum sagst du das nicht gleich?« Gleich presste sie die Finger auf den Mund. »Ist das wahr?«

Völlig entgeistert hielt sich Barthel die Wange. »Ja doch. Dein Vater hat nichts dagegen.«

Die Blüte öffnete sich langsam. Dorothea ging zu ihm, streichelte seine Lippen. Dann mit einem Mal umarmte sie ihn, drückte das Gesicht an seine Brust. Nur einen Moment. Beide blickten zum Haus hinüber. Niemand hatte sie beobachtet. »Verzeih, ich wollte dich nicht schlagen. Es war nur die Angst, verstehst du?« Sie griff nach seiner Hand, presste sie an ihren Busen. »Ach, Barthel, du hast wirklich gefragt.«

Ausführlich berichtete er, sprach von den Bedingungen des Vaters. Dorothea nickte. »Damit hab ich gerechnet. Hauptsache, er will dich für mich.« Ihr war leicht ums Herz. Sie riss einen Apfel vom Zweig. »Wie lange brauchst du noch?«

Die Lossprechnung wollte Barthel schon in diesem Jahr erreichen. Und wenn er in der Werkstatt bleiben durfte, wollte er auch dort sein Meisterstück anfertigen.

Dorothea biss in den Apfel. »Das schaffen wir.«

»Dein Vater meint, wenn ich zu Besuch komme, muss ich bis zur Hochzeit in der Werkstatt übernachten.«

Ein gurrendes Lachen. »Das schaffen wir leicht, meinst du nicht? Ach, Barthel, ich bin so froh und erleichtert.« Verräterischer Glanz stahl sich in die Augen. Sie hielt ihm den Apfel hin. »Willst du mal beißen?«

Ihr Tonfall steckte an. »He, bist du Eva? Denk an die Schlange.«

»Die schaffen wir auch. Ich zeig dir morgen, wie es geht.« Beide lachten leise. Gleich hob sie den Finger. »Aber erst, nachdem wir die Bienenkörbe am Waldrand aufgestellt haben.«

Er strahlte und biss in den Apfel.

11

Ein milder Sommerabend. Frau Agathe hatte draußen unter dem Vordach der Scheune den Tisch gedeckt. Es gab eine scharfe Fischsuppe, dazu frisches Brot. Kein Wort verloren die Eltern über Barthels Antrag. Unter dem Tisch fand Dorotheas nackter Fuß sein Schienbein, sie ließ die Zehen behutsam auf- und abwandern. Die Mutter betrachtete ihn noch wohlwollender als gewöhnlich und fischte ihm die größten Stücke aus dem Topf. Wenn Vater Konrad trank, hob auch Barthel den Bierkrug, kurz trafen sich die Blicke der Männer. Vielleicht ein Lächeln. Niemand sprach während des Essens, jeder hing seinen Gedanken nach. Eine neue, weiche Stimmung schwang im Hof des Spenglers.

Nach der Mahlzeit räusperte sich Barthel. »Ich habe ein Geschenk für Euch, Meister. Weil doch heute ein besonderer Tag ist.« Er eilte in die Werkstatt zu seinem Schlafplatz und kam mit der flachen Botentasche aus Ziegenleder zurück. »Sonst benutz ich sie nur, wenn ich Briefe transportieren muss. Aber diesmal …« Er zog behutsam ein gefaltetes und oben mit einem Band verschlossenes Pergament heraus. »Hier, Meister. So was hat niemand.«

Vater Konrad nahm das Geschenk, betrachtete es von beiden Seiten. »Leer? Soll das so sein? Oder fehlt etwas?«

»Es ist da drin. Schaut rein!« Während der Spengler den Knoten löste, rieb Barthel die Fingerknöchel aneinander. Frau Agathe und Dorlein erhoben sich, schauten gespannt dem Meister über die Schulter. Er entfaltete das Pergament. Ein Holzstich, kaum größer als eine Hand. Alle drei beugten sich über das Bild. Mehrmals kratzte sich Konrad unter dem Kinn, um im Dämmerlicht ganz sicher zu sein, zog er die Öllampe näher. »Tja, da sehe ich einen Drachen vor den beiden Männern, und dahinter vermisst jemand eine Säulenhalle.«

»Das ist richtig.«

Frau Agathe schüttelte leicht den Kopf. »Sei nicht böse mit mir, Junge«, sie strich seinen Arm, »aber schön ist das Bild nicht.«

Gleich blitzte Dorothea sie an: »Mutter!«

»Ich sag's ja nur.«

Barthel beschwichtigte mit den Händen. »Schön soll es ja auch gar nicht sein. Hier wird der Tempel in Jerusalem vermessen. Und das Untier da, das wird die beiden auffressen.«

»Woher weißt du das?«

»Zu jedem Holzstich bekommen wir von Meister Cranach eine Erklärung. Damit wir wissen, was wir schneiden.«

»Jetzt verstehe ich.« Wieder hielt Konrad den Holzstich ins Licht. »So etwas wird in der Werkstatt von Lucas Cranach hergestellt. Ja, eine saubere Arbeit, junger Mann.«

Auch Mutter Agathe bemühte sich, den Holzstich mit anderen Augen anzuschauen. »Sieh genau hin, Dorlein. Das Untier hat sich mit einer Krone geschmückt. Es ist sicher der Drachenkönig. So gefällt das Bild mir schon viel besser.«

Barthel fuhr sich durch die Locken. »Aber das ist die Papstkrone.«

Stille. Langsam straffte Meister Gerlach den Rücken. »Ihr da in Wittenberg …? Dein Meister, gehört er zu den Männern von Doktor Martinus Luther?«

»Aber ja doch.«

»Und du lernst in seiner Werkstatt, also bist du auch dabei?«

»Nicht nur weil ich sonst die Lehrstelle verlieren würde. Ich finde, der Doktor Martinus sagt schon das Richtige. Ich mein, was ich davon verstanden habe.« Barthel senkte die Stimme, tippte auf den Drachen. »Der Papst und die hohen Männer in der Kirche können uns einfache Leute belügen, wie sie wollen. Und warum? Weil wir gar nicht wissen, was genau in der Bibel drinsteht.«

Konrad tippte jetzt ebenfalls auf das gekrönte Untier. »Er will uns dumm halten.«

»Doch damit ist jetzt Schluss. Was ich Euch mitgebracht habe, kennt noch niemand. Das Bild hier ist ein erster Andruck. Denn wir …« Er blickte zu den Frauen, sah den Meister an. »Wir drucken in Wittenberg. In unserer Werkstatt drucken wir die Heilige Schrift. Eine Bibel auf Deutsch. Wer lesen kann, darf drin lesen. Und Doktor Martinus hat sie so verfasst, dass jeder versteht, was gemeint ist.«

Konrad Gerlach verlangte nach Branntwein. Als Dorothea den Männern eingeschenkt hatte, schob der Meister seinen Messingbecher bis an Barthels Becher. »Gegen das Neue bin ich nicht. Nein, ich bin sogar dafür. Nur fehlt mir die Ordnung, auch dieser Haferitz …«

»Wollt ihr nicht trinken?«, unterbrach Frau Agathe, ehe sich ihr Gatte wieder in Zorn auf den Hilfspfarrer von Allstedt reden konnte. »Nun trinkt! Heute ist wirklich ein besonders schöner Tag.«

Die Männer gehorchten, schüttelten sich, und Dorothea schenkte erneut ein. Um weiter von Haferitz abzulenken, nahm ihre Mutter den Holzstich zur Hand. »Der Drachenkönig ist also der Papst.« Sie strich mit dem Finger über das Blatt. »Und du hast dieses Bild ins Holz geschnitzt?«

»Das nicht«, Barthel nahm hastig einen Schluck vom Branntwein, »aber ich darf bald so einen Stich allein anfertigen«, versicherte er. »Natürlich nach einer Vorlage.« Er griff in die Botentasche und brachte noch ein kleines Blatt zum Vorschein. »Für das Neue Testament hab ich den Holzstock dafür gemacht. Das ist das U für Und.«

Beide Frauen sahen ihn fragend an, Meister Gerlach starrte auf den verzierten Buchstaben. »Ein U?«

»Damit beginnen viele Kapitel.« Angespornt vom Branntwein, begeisterte sich Barthel mehr und mehr für seine Arbeit. »Ohne mein U kann es gar nicht losgehen. Auch nicht das Kapitel zu dem Drachen mit der Papstkrone.« Er hielt das

Blättchen hoch, zitierte mit bedeutungsvoller Stimme: »Und es ward mir ein Rohr gegeben, einem Stecken gleich … Habt Ihr es gehört? Mit meinem U geht es los.«

Dorothea nahm ihm den kleinen Druck aus der Hand. »Darf ich ihn haben?«

Er wollte sie umarmen, hütete sich aber rechtzeitig. »Ich schenke dir mein U.«

»Uuund«, betont zog sie den ersten Buchstaben in die Länge, »jetzt sollten wir bald schlafen gehen. Denn morgen müssen wir noch vor Sonnenaufgang mit den Bienen los.«

Die frühe Zeit war mit der Torwächterin abgesprochen. Ein kurzes Klopfen, und sie hatte den beiden Unheimlichen einen Flügel geöffnet, gleich hinter ihm Schutz gesucht, abgewartet, bis der mit zwölf Bienenkörben beladene Wagen vorbeigerollt war, und gleich wieder das Tor von Allstedt geschlossen.

»Vor deinen Viechern fürchten sich alle.« Barthel zog wieder den Karren, heute aber ohne Brustgeschirr. Seine Stimme klang hohl. »Und wenn wir dann noch so verkleidet daherkommen, wird sich kein Räuber näher trauen.«

»Rechne nicht mit meinen Bienen. Die schlafen noch. Außerdem habe ich die Fluglöcher verschlossen.« Dorothea gab sich wie ein ängstliches Adelsfräulein: »Ich dachte, du wärst mein Ritter. Tapfer und stark.«

»So soll es sein.« Ein dumpfer Schwur. »Auch wenn ich aussehe wie mein eigener Geist, ich werde dich beschützen.«

Beide lachten und gingen schneller.

Dorothea hatte darauf bestanden, dass sie schon fürs Beladen des Wagens die Imkerkleidung überstreifen sollten. Ein großes graues Tuch vom Kopf bis zu den Füßen mit zwei langen Ärmeln und einem Gesichtsgitter aus engmaschig geflochtenem Kupferdraht. Für die Hände gab es Stulpenhandschuhe.

Der Wolkenstreif am östlichen Horizont färbte sich bereits mit leichtem Rot, als sie nach einer Stunde die Stelle am Waldrand erreichten. »Mein Trachtplatz.«

Dorothea prüfte rasch die überdachten Bretterreihen. Vor zwei Jahren hatte sie ihr Vater hier aufgestellt. Und bisher war das Versteck unberührt geblieben. Sie deutete über die Wiese. »Blumen und Kräuter gibt es noch genug. Dazu die Sträucher. Für mindestens vierzehn Tage lasse ich meine Völker hier.« Sie hob warnend den Finger: »Und jetzt kein Wort, keine hastige Bewegung!«

Sie hob die erste, aus festem Seil gefertigte Bienenbehausung vom Karren und stellte sie auf die oberste Bretterreihe, Barthel rückte die zweite daneben. Bald standen alle Körbe wie bräunliche Papsthüte in den Regalen.

Dorothea griff unter ihr Schutztuch und brachte aus der Kitteltasche ein Honigtöpfchen zum Vorschein.

»Meine Belohnung?« Freudig streckte Barthel die Hand aus.

»Untersteh dich!«, flüsterte sie. »Honigdieben werden die Finger abgehackt.« Sie befahl ihm, den Karren mitzunehmen und weit genug weg unterhalb der Wiese auf sie zu warten. »Ich wecke die Bienen und komme nach.«

Sie wartete, bis Barthel in sicherer Entfernung war, dann öffnete sie das kleine Tongefäß, träufelte etwas vom süßen Inhalt vor jedem Bienenkorb aufs Brett. Sorgfältig verschloss sie das Honigtöpfchen und ließ es wieder in der Kitteltasche verschwinden. Sie überprüfte den Sitz ihrer Stulpenhandschuhe. Jetzt Eile und doch große Ruhe. Dorothea begann auf der linken Seite der beiden Regalreihen, befreite nacheinander die Fluglöcher von den hölzernen Stopfen.

Als sie zum anderen Ende gelangt war, blickte sie zurück. Die ersten Bienen krochen ins Freie, kosteten die süße Begrüßung vor ihrer Tür.

»Sehr vernünftig«, flüsterte Dorothea. »Und jetzt seid schön fleißig, bis ich in zwei Wochen wiederkomme!«

Sie nahm nicht den Weg, lief direkt den Wiesenhügel hinunter. In der Mitte blieb sie kurz stehen, streifte ihren Schutzumhang ab, sie öffnete die Halsschlaufen des Kittelkleides, und weiter ging es, dabei ließ sie das Imkerhemd am Arm hinter sich her flattern. Ehe der Weg zwischen Sträuchern weiterführte, erreichte sie Barthel. »Zieh auch den Schutz aus, hier bist du außer Gefahr.«

»Sind wir gut in der Zeit?« Beide blickten nach Osten, die Sonne war erst zur Hälfte über die Baumwipfel gestiegen. Dorothea lachte leise. »Der Vater rechnet genau, zählt die Stunden, die wir für die Trachtwanderung benötigen«, sie streichelte seinen Hals und griff mit einem Mal fest in die roten Locken, »aber bei uns hat er sich verrechnet. Weil wir die Völker schneller umgesiedelt haben.« Sie reckte sich über die Holmstange, gab ihm einen Kuss. »Was sagst du dazu, mein Ritter?«

»Ich sag nur: Schnell irgendwohin?«

»Etwas weiter vorn muss es einen kleinen See geben. Den hab ich damals entdeckt, als ich für meine Bienen die neue Trachtstelle gesucht habe.«

Es war nur noch ein Schilftümpel, Büsche schoben sich bis über den Rand, es gab nur einen schmalen Durchgang zum Ufer. Ins Wasser aber wollten beide nicht. Wenige Schritte entfernt fanden sie einen Wiesenplatz. Barthel ließ den Karren einfach stehen, betastete den Grund. »So weich ist mein Strohsack bei euch in der Werkstatt nicht.«

»Unser Bett.« Dorothea breitete beide Schutzmäntel über das Gras. Dann standen beide da und sahen sich an. Sie griff nach seinem Hemd zupfte es aus dem Gürtel. Ihre Finger wanderten vom Bauchnabel nach oben, zur Seite, in den Rücken. Fest umarmte sie ihn, nur kurz berührte ihr Gesicht den Stoff vor seiner Brust. »Nicht so. Zieh das Ding aus!«

Barthel streifte es gerade über den Kopf, als sie seinen Gürtel öffnete und mit schnellen Rucken die Hosen hinunterzerrte. »He, was machst du?« Das Hemd flog beiseite. »Ich bin nackt.«

Von unten lachte sie zu ihm auf. »Ein schöner Anblick. Noch ist er etwas müde, aber …«, beim Aufstehen ließ sie seinen Schwanz leicht durch die Hand gleiten, »wir wecken ihn bald.« Ihr Blick wurde weich, sie hob ihm den Mund entgegen.

»Küss mich, bitte!« Barthel suchte mit den Lippen ihre Lippen, sie tranken lange voneinander.

Als sie sich lösten, glühten ihre Gesichter, der Atem ging heftig. Barthel umfasste sie wieder, durch den Kittel betastete er ihren Po, gleichzeitig zog er den Stoff nach oben, bis er die bloße Haut berühren konnte. »Davon möchte ich mehr.« Die Stimme gehorchte nicht ganz, er zerrte das Kleid höher. Die Brüste zeigten sich. »Wie schön, ich will …«

Dorothea hielt seinen Arm fest. »Nicht richtig, hörst du. Das musst du schwören.«

Er wollte schwören, ihr alles versprechen, wenn sie nur endlich den Kittel ablegen würde. »Glaub mir, ich geb schon acht. Will dich nur streicheln. Ganz unschuldig.«

»Wer's glaubt.« Dorothea zeigte auf seine Mitte. »Wenn ich mir den da ansehe. Müde ist der nun wirklich nicht mehr.« Ein Gedanke. »Lass mich heute bestimmen, dann weiß ich auch, dass nichts Schlimmes geschieht.«

Ehe er protestieren konnte, befahl sie ihm, sich auf die Tücher zu setzen. »Gleich wirst du staunen.«

Sie nahm das Honigtöpfchen aus der Tasche, dann streifte sie langsam den Kittel ab. »Aber du musst mitmachen.«

»Mit dir mache ich alles.« Barthel verschlang ihren Körper mit dem Blick.

Dorothea kam zu ihm, kniete sich hin und hob die Brüste nah vor sein Gesicht. Gleich wollte er danach greifen. »Nicht anfassen!«, warnte sie. »Nimm die Hände auf den Rücken.«

Sie öffnete den kleinen Topf, tunkte den Finger hinein und bestrich die Brustwarzen, dann auch die rosigen Höfe. »So, mein Honigdieb. Nun darfst du erst mal kosten.«

»Jetzt versteh ich das Spiel.« Barthel fuhr mit der Zungenspitze über die süßharten Knospen, saugte sie nacheinander in den Mund, umfuhr sie und saugte weiter. Leise seufzte Dorothea. »Genug! Es geht weiter.«

Halb streckte sie sich vor ihm aus. »Schau genau hin.« Von Neuem bestrich sie ihre Brustwarzen, tunkte den Finger tiefer ein und malte eine Honigstraße bis zum Bauchnabel, füllte ihn und führte die Straße weiter hinunter, durchs Haarvlies bis in den warmen Spalt. Hier strich sie mehrmals das tropfende Goldgelb vom Finger ab.

»Ich bin zubereitet, Liebster.« Sie legte sich auf den Rücken. »Du darfst mich aufessen.«

Barthel kauerte sich neben sie. Nach beiden Brüsten folgte er mit breiter Zunge dem süßen Weg bis zum Bauchnabel, hielt sich dort auf, bis aller Honig herausgeleckt war. Nun wollte er auf Knien tiefer rutschen, um der Fährte weiter ins Vlies zu folgen, als sie schnell nach seinem hoch erhobenen Schwanz griff. »Er bleibt hier oben. Dreh dich mit dem Gesicht nach unten und lege dich auf die Seite. Dann kannst du weiterlecken.«

Barthel fand immer mehr Gefallen, die Spur führte ihn durch süßes Haar, bis seine Zungenspitze in den köstlichen warmfeuchten Brunnen tauchte.

Er spürte, wie Dorothea seinen Schwanz mit Honig bestrich, dann legte auch sie sich auf die Seite, gab seinem Gesicht bequemen Platz zwischen den leicht geöffneten Oberschenkeln, dass seine Zunge tiefer noch nach dem Nektar suchen konnte. Sie selbst lutschte den Honig, saugte, bis Barthel laut aufstöhnte. Gleich darauf erbebte ihr Leib, drängte sich an seine Lippen.

So blieben sie. Nach einer Weile hob Dorothea den Kopf. »Du da unten?«

Er blickte zwischen den Brüsten nach oben. »Ich liege hier gut.«

Sie lachte leise. »Es ist noch etwas Honig im Topf.«

12

Angespannte Stille herrschte mit einem Mal in der Druckerei des Cranachhauses. Draußen vom Marktplatz her schlug der Novemberregen gegen die Fenster. Drinnen hastete Martin Luther schwer atmend an den drei Pressen entlang bis zur Wand, wieder zurück und von der Tür wieder an den Pressen und lang gestreckten Arbeitspulten vorbei. Bei jedem Schritt schlug ihm die Kutte um die Beine. Kein Schwatzen und keine Zoten mehr zwischen den zehn Gehilfen, während sie die Bleibuchstaben in den Druckrahmen von getrockneten Farbresten und Staub säuberten. Nur das Wischen der Pinsel war zu hören.

Lucas Cranach und Goldschmied Christian Döring standen bei den Regalen. Hier lagerten die nach Seitenzahl sorgsam gestapelten Druckvorlagen. Mit fest verschränkten Armen warteten die beiden Verleger des Neuen Testaments auf eine Antwort.

Am Setztisch flüsterte Melanchthon mit dem Druckermeister, gab ihm eine Textkorrektur, und sobald Melchior Lotter mit neuen Lettern das Wort ausgewechselt und den Satz wieder zusammengeschoben hatte, reichte ihm der schmächtige Professor die nächste Änderung. Immer wieder blickten die Männer verstohlen zum wandernden Reformator hinüber.

Endlich hielt er vor der mittleren Druckerpresse an. »Ich kann nicht anders. Die Kritik muss bleiben. Die Papstkrone soll nicht von den Holzstichen entfernt werden.«

Der hagere Goldschmied trat entschieden einen Schritt vor, doch Cranach hielt ihn am Ärmel zurück, beschwichtigte mit einem Kopfnicken und ging selbst auf Luther zu, sprach in dessen Rücken: »Martin, seit letzter Woche, seit dem 7. November, gilt das Verbot. Herzog Georg hat die Illustrationen zum Vorwand genommen und den Verkauf unseres Neuen Testaments in Sachsen strengstens untersagt. Auch der Besitz eines Exemplars steht unter Strafe.«

»Dieser elende Hundsfott ist mein ärgster Feind. Dieser Teufel …«

»Ich gebe zu, Herzog Georg versucht der evangelischen Sache zu schaden, wo er nur kann. Am liebsten würde er Wittenberg ausräuchern, wenn nicht gerade hier sein Vetter, unser gnädiger Kurfürst Friedrich, residierte. Doch darum geht es im Moment nicht.«

Verblüfft drehte sich Martin um. »Nur darum.« Als der Freund ihn stumm und geduldig ansah, fragte er: »Nein? Was ist denn wichtiger?«

»Unser Geschäft ist in Gefahr.«

»Mammon, Geld. Was kümmern mich die Dukaten?«

Da erbebte der Bart des Freundes, in die Augen trat ein gefährlicher Glanz. »Bester Mönch, du in deiner Klause hast den Bibeltext in wunderbares Deutsch übertragen. Eine große Tat, keine Frage. Ich aber …«, Cranach bezog jetzt Döring mit einer Armbewegung mit ein, »ich und mein Partner, wir aber haben das Ganze finanziert. Papier, Farbe, den Druck.« Er habe die Räume zur Verfügung gestellt, damit Melchior Lotter und seine Druckpressen ausreichend Platz fänden. »Alle Kosten haben wir übernommen, nur damit dein Neues Testament unters Volk kommen konnte.«

»Und ihr habt mit meiner Arbeit gut verdient.« Martin übernahm den Zorn. »Lotter sagte mir, dass er dreitausend Exemplare gedruckt hat. Und die sind bis auf einen kleinen Rest schon verkauft. Trotz der Papstkrone auf dem Haupt des Drachen. Was also jammerst du?« Hart klatschte er in die Hände. »Das Verbot von Herzog Georg läuft ins Leere. Ich erwürge ihn mit Worten. Den Siegeszug meiner Bibel wird er niemals aufhalten.«

»Du Träumer«, Cranach trat dicht vor ihn, »die Realität sieht anders aus.« Er schnippte seinem Partner, und der öffnete die

Hintertür, brachte zwei Knechte zur Druckerpresse. Beide standen gebückt vor den Herren.

Döring schlug ihnen auf den Rücken. »Zeigt euch Doktor Martinus!«

Sie hoben die Gesichter. Blutrote Striemen auf Wangen, Hals und Stirn, die Augen blau zugeschwollen.

Martin erschrak. »Wer hat euch das angetan?«

Keiner wagte zu antworten. Der Goldschmied knurrte: »Sagt es freiheraus. Das ist ein Befehl. Ihr habt nichts mehr zu befürchten. Also!«

Da deuteten die Knechte auf Cranach. »Die Striemen sind vom Lederriemen«, angstvoll zeigten sie zu Melchior Lotter, »die Fäuste von unserm Meister.«

Überrascht blickte Martin von einem Verleger zum anderen. Kaum hatte Druckermeister Melchior Lotter seinen Namen gehört, richtete er sich vom Setztisch auf, während er zur Gruppe eilte, nahm er die Lupe vom Auge. »Gibt es noch etwas?«, herrschte er die Knechte an. Röte stieg vom Hals ins Gesicht. »Wollt ihr euch etwa bei Doktor Martinus beschweren?« Schon hob er die Faust. Da stellte sich Cranach dazwischen. »Zügelt Euren Zorn, die Kerle haben genug Strafe bekommen.«

An ihm vorbei drohte der Druckermeister. »Euern Lohn für ein ganzes Jahr seid ihr mir jetzt schuldig. Und ich werde euch nicht schonen.«

»Lotter! Mäßigt Euch!« Cranach wies hinüber zum Setztisch. »Bitte, geht wieder mit Professor Melanchthon an die Korrekturarbeit.« An Luther gewandt, fuhr er in gereiztem Ton fort: »Glaube nur nicht, Herzog Georg wäre mit Worten zu erwürgen. Er hat das Reichsregiment in Nürnberg hinter sich. Du bist vogelfrei, vergiss dies nicht. Außer hier in Kursachsen bist du nirgends sicher.« Er straffte den Rock. »Ich wollte dich schonen, aber da du unschlüssig bist, was die Papstkritik angeht, sollst du hören, zu welchen Maßnahmen Feind Georg inzwischen greift.« Cranach tippte einem der Knechte gegen die Brust. »Du, wiederhole, was geschehen ist. Aber fasse dich kurz!«

Der Mann verschränkte die Finger ineinander. »Wir sollten die Bibeln heimlich nach Leipzig bringen, hatten das Buchfass mit fünfzehn Exemplaren zwischen fünf Fischfässern auf dem Wagen. Wegen der Gefahr haben wir nicht die Hauptroute über Düben genommen, sondern sind auf der Nebenstrecke gefahren.« Anfangs verlief der Transport problemlos. Zwei Kaltblüter zogen den Frachtwagen. Als Fischer verkleidet saßen die Knechte auf dem Bock. Auch die Brücke über die Mulde passierten sie ohne Schwierigkeiten. »Dann waren wir bei den Sachsen vom Herzog Georg.« Auf halber Strecke kurz vor Delitzsch erschienen Reiter. Ehe die beiden Fuhrmänner begriffen, trieben die Bewaffneten ihre Pferde neben, vor und hinter den Frachtwagen. »Sie hatten uns eingekesselt. Wir konnten nicht anders.« Der Knecht schüttelte den Kopf, sah entschuldigend zu Cranach. »Glaubt mir, Herr!«

»Weiter, was geschah dann?«

»Als sie hörten, dass wir Wittenberger sind, haben sie uns vom Bock runtergerissen. Auf Befehl des Hauptmanns sind zwei hoch auf die Ladefläche. Jedes Fass haben sie aufgemacht. Und dann …« Der Knecht stieß seinen Kameraden an. »Sag du auch was!«

Ein bitteres Seufzen. »Als sie die Bibeln gefunden haben, da hat uns der Hauptmann mit der Reitpeitsche geschlagen. Und …« Im Namen von Herzog Georg wurde das ganze Fuhrwerk samt Ladung und Kaltblütern beschlagnahmt. »Uns haben sie weggejagt. Zu Fuß sind wir dann zurück nach Wittenberg. Und da …, da haben wir von Meister Cranach und von Meister Lotter erst richtig Prügel bezogen, weil wir uns die verfluchten Bücher haben wegnehmen lassen.«

Martin Luther war blass geworden. »Dieser Georg! Wie kann er es wagen, mein Neues Testament …?«

Schnell schob Christian Döring die beiden Knechte wieder zur Hintertür, und bei seiner Rückkehr quälte er sich ein Lächeln auf die Lippen. »Versteht Ihr jetzt, warum die direkte Kritik am Papst bei der nächsten Auflage verschwinden muss?«

Langsam schüttelte der Reformator den Kopf. »Ich bin zutiefst entsetzt. Dennoch sollten wir dem Feind trotzen.«

»Martin!« Lucas Cranach ballte die Faust. »Bei allem Respekt vor deiner Größe und deinen Taten, du bettelst dich durchs Leben und bist auch noch stolz darauf. Wir aber müssen rechnen. Weißt du, welchen Verlust wir erlitten haben?« Fünfzehn Exemplare waren konfisziert worden. »Der Erlös hätte uns zwanzig Goldgulden erbracht. Das ergibt für meinen Partner und mich einen Verlust von je siebeneinhalb und für Lotter fünf. Überdies haben wir auch den Frachtwagen und die Fische verloren.« Luther wollte etwas einwenden, doch Cranach ließ ihn nicht zu Wort kommen. »Nein, mein Freund, keine weitere Diskussion mehr. Der Form halber wollte ich dein Einverständnis, aber die Entscheidung fällen wir Geldgeber. Und sie lautet: In der Dezemberausgabe des Neuen Testaments wird es keine direkte Papstkritik geben.«

Martin lehnte die Stirn an den Spindelarm der Presse. Nach einer Weile ließ er die Schultern sinken. »Ehe das ganze Vorhaben gefährdet wird, will ich nachgeben. Nehmen wir dem Teufel Georg die Schleuder aus der Hand, mit der er auf mein Werk zielt.« Er winkte Melanchthon. »Lieber Freund, begleite mich ein Stück. Nach dieser Lehrstunde bei meinen Verlegern benötige ich deinen Beistand.«

Für Cranach hatte er einen Händedruck, für Döring nur ein Nicken.

Kaum schlug die Eichentür hinter ihnen zu, floh er davon, erst auf der Mitte des Markplatzes blieb er stehen, reckte das Gesicht in den Regen. Philipp folgte ihm, so rasch es sein rechtes Bein erlaubte. Die eckige Schulter unter dem Mantel zuckte auf und ab. Als er den Freund erreichte, sah er von der Seite zu ihm auf. »Gräm dich nicht. Es sind nur die Bilder. Der Text wird ja nicht verfälscht.« Martin tastete nach seiner Hand. »Meinetwegen kann Cranach seine Illustrationen verändern, wie er möchte. Wenn es nur das wäre. Ach, könnte doch der Regen alle Last von mir abspülen.«

»Diesen Wunsch wird dir der Himmel nicht erfüllen. Im Gegenteil.« Philipp versuchte ein aufmunterndes Lachen. »Aber ein guter Wein bei mir in der Stube kann vielleicht das Problem von innen her erleichtern.«

»Du hast recht. Hier draußen ziehen wir uns zu allem Übel noch eine Verkühlung zu.«

Geschrei empfing sie schon im Flur des Melanchthonhauses. Von der Küche her schrie die zweieinhalb Monate alte Anna, dazu brüllte die Mutter aus Verzweiflung über ihre schreiende Tochter.

»Meine Frau ist mit dem Kind überfordert«, entschuldigte sich der schmächtige Professor. »Besser, wir verzichten heute auf die Begrüßung.« Er bat den Gast gleich in die Stube. »Überdies wird Katharina auch der Haushalt zu viel. Nur gut, dass wenigstens mein treuer Johannes nie die Ruhe verliert. Er kocht, sorgt für Sauberkeit. Wenn er nicht wäre, dann würden wir alle hier in diesem kleinen Häuschen im Unrat ersticken.«

Zu alldem schwieg Martin, nickte nur. Philipp stellte die gefüllten Weinbecher auf den Tisch. »Deine Last ist sicher größer.«

»Gott bewahre. Ich will nicht vergleichen.« Martin nahm einen Schluck, ohne auf das Trinkwohl des Freundes zu warten. »Wir sind von Feinden umgeben. Der Teufel nähert sich von allen Seiten. Wie soll ich mich wehren? Das Wort allein zwingt keinen Fürsten, wie wir heute gesehen haben. Mit dem Schwert? Darf ein Christ zur Waffe greifen?« Nun stieß er seinen Becher an Philipps Becher. Sie tranken sich zu. »Ach, Freund. Oft wünschte ich, dass ich die Pflicht zum Gehorsam teilen könnte. Der Mensch hat der Obrigkeit in weltlichen Dingen zu gehorchen, in geistlichen Dingen aber hat er Christus zu folgen. Zwei Reiche, und in jedem lauern mir armem Madensack die Teufel auf.«

»Für gewöhnlich bin ich eher der Verzagte von uns beiden.« Philipp strich Martin über den Handrücken. »Lass mich versuchen, dich aufzumuntern. Du hast so viel erreicht.« Er sprach von der raschen Verbreitung des Neuen Testaments trotz des Verbotes in Sachsen. Die gemeinsame Arbeit an der Übersetzung des Alten Testaments schritt voran. »Deine Predigten und Vorlesungen sind überfüllt. Seit du die falschen Propheten verjagt hast, herrscht Zuversicht in Wittenberg. Das sind doch Erfolge.«

»Danke, mein Freund«, unterbrach ihn Martin, »dein Trost wärmt mich etwas. Doch diese drei Propheten sind zwar aus der Stadt gewichen, sie schweigen aber nicht. Und was ist mit ihrem Aufwiegler? Thomas Müntzer? Was hörst du von unserem einstigen Freund und Mitstreiter?«

Melanchthon rieb sich die Stirn. »Er irrt herum. Ich hörte, nachdem er aus Zwickau fliehen musste, war er wohl in Prag. Auch von dort hat man ihn verjagt. Im Sommer soll er sich dann in Nordhausen aufgehalten haben. Dort muss er knapp einem Mordanschlag entgangen sein. Wenig später hat er Stadtpfarrer Lorenz Süße bezichtigt, dafür verantwortlich zu sein. Er war wohl mit ihm in Streit geraten.«

Martin reckte sich hoch, presste die Hand auf den Leib, und ein gequältes Stöhnen entrang seinen Lippen. Gleich kam Philipp um den Tisch. »Mein Gott, was ist dir?«

»Nichts«, wehrte der Freund ab, »nichts, außer dass Satan mir wieder seinen Zacken ins Gedärm stößt.« Er erhob sich. »Lass mich auf und ab gehen.« Mit dem Weinbecher in der Hand schleppte sich Martin eine Weile durch die Stube. Endlich ließ der Schmerz nach, und er nahm einen Schluck. »Berichte weiter! Wo befindet sich Müntzer jetzt?«

»Genaues weiß ich nicht. Jedenfalls bemüht er sich, eine Pfarrstelle zu bekommen. Ganz gleich, wo.«

»Was der Allmächtige verhindern möge.« Martin ließ sich schwer auf den Stuhl nieder. »Dieser streunende Hund glaubt, mich anpissen zu können.« Er lachte. »Dabei fürchtet er sich vor jeglicher Lustbarkeit. Der Brief … Er hat dir doch Ende März einen Brief geschrieben, in dem er den Priestern, wenn sie heiraten, vorschreibt, wie sie sich fortpflanzen sollen.«

Nun musste auch Melanchthon schmunzeln. »Vorher sollte der Mann sich sicher sein«, bei jedem S rutschte die Zunge durch die Zähne, »dass er als ein Auserwählter auch einen Auserwählten zeugen will.« Damit dies gelingt, verlangte Müntzer: Haltet die tierische Lust im Zaum. Gebraucht die Frauen, als gehörten sie euch nicht. Benutzt sie nur, um mit eurem Samen die Zahl der auserwählten Nachkommenschaft zu mehren.

Philipp erhob sich, »warte, er schreibt noch mehr«, und suchte im Regal zwischen ungeordneten Stapeln nach dem Brief.

Doch Martin winkte ab. »Lass gut sein! Ich erinnere mich an wüste Anschuldigungen und Warnungen.« Er schlug die flache Hand auf den Tisch. »Dieser Mensch muss von jeder Kanzel ferngehalten werden.«

In der Druckerei am Marktplatz hatte Lucas Cranach nach Barthel geschickt. »Eine Aufgabe. Nun kannst du beweisen, dass du bei mir etwas gelernt hast.«

Er schnippte und führte seinen Lehrling zu einem der breiten Arbeitstische. Hier lagen drei Druckformen nebeneinander, drei Holzstiche. Barthel wusste sofort, welche Bilder er vor sich hatte. »Die sind aus unserm Neuen Testament.« Er beugte sich vor. »Auf jedem faucht der Drache.«

»Richtig, mein Sohn.« Cranach griff in die roten Locken und zog daran. »Diese Papstungeheuer sind keine mehr. In Wirklichkeit sind sie es natürlich doch, aber auf dem Bild sollen sie nicht mehr so aussehen. Hast du verstanden?«

Barthel schob die Unterlippe vor. »Tja … Nein, nicht richtig.«

»Kerl«, der Meister deutete auf den Drachen bei der Vermessung des Tempels, »aus seiner Papstkrone wirst du eine schlichte Krone machen. Ebenso hier bei den Zornesschalen. Und hier …« Er zeigte zur dritten Druckform. Dort ritt die babylonische Hure den Drachen und trug die Tiara leicht schräg auf dem Kopf. »Dieser Dame nimmst du ebenfalls die Papstkrone ab und gibst ihr ein schlichtes Krönchen.«

Barthel spürte, wie ihm heiß wurde. Welch eine Aufgabe! »Herr …«

Gleich verstärkte Cranach den Griff in seinem Haar, und er musste den Kopf zur Seite biegen. »Damit wir uns verstehen. Wenn du einen Fehler machst, nur einmal abrutschst und mir einen der Holzstiche versaust, dann gnade dir Gott.«

»Hab verstanden.« Endlich gab ihn der Meister frei. Barthel rieb sich die schmerzende Stelle am Kopf.

Das Messer, der feine Grabstichel und das schmale Hohleisen. Barthel legte sich die Werkzeuge zurecht, dann klemmte er die Lupe vors Auge. Gleich wuchs der Drache vor ihm. Behutsam setzte er den Stichel an die Spitze der Tiara. Ach, Dorlein, wenn du mich jetzt nur sehen könntest. Nicht nur das U für Und. Nein, dein Liebster schnitzt jetzt sogar ganz allein an den Bildern für unser Neues Testament.

13

Das Mitternachtsläuten verstummte. Die Stunde der Geburt des Heilands war gekommen. Duft nach Honigwachs schwebte über der Krippe und dem heiligen Paar. Kerzen umstanden den Stall und spendeten Ochs und Esel mildes Licht. Aus dem Nachtdunkel näherten sich Hirten mit ihren Schafen.

In der St.-Georgen-Kapelle des Klosters St. Marien in Glaucha bei Halle knieten die Nonnen und lauschten andächtig der Weihnachtsgeschichte, wie sie bei Lukas geschrieben steht. »Factum est autem in diebus illis exiit edictum a Cesare Augusto …«

Auf den Stufen vor dem Altar zelebrierte der neue Kaplan Thomas Müntzer im festlichen Priestergewand die heilige Messe. Er hielt die große Bibel geöffnet auf beiden Armen. »… Et ecce angelus Domini stetit juxta illos et claritas Dei circumfulsit illos et timuerunt timore magno …« Die dunkle Stimme trug den Singsang hinauf in den Deckenhimmel und erfüllte den Kirchenraum. Nach Evangelium, Gebet und Wandlung von Brot und Wein in Blut und Leib des Erlösers brach er die Hostien, kostete ein Stück davon und trank aus dem Kelch, hiernach lud er die Nonnen zum Tisch des Herrn.

In kurzen Schritten trat die Priorin als Erste vor. Ihr Blick durchforschte das knochige Gesicht, ihre hochgezogenen Brauen drohten dem erst gestern eingestellten Prediger. Lediglich durch ein Zucken der Mundwinkel verriet Thomas Müntzer, dass er die Warnung verstanden hatte, dann nahm er mit langen, dürren Fingern eine Hostie aus der Schale, zeigte sie der Oberin, sprach leise: »Corpus Christi«, und legte ihr das verwandelte Brot auf die Zunge.

Sie trat einen Schritt beiseite und beobachtete jede Geste ihres Kaplans, erst als alle Schwestern den Leib Christi empfangen hatten und nur Thomas Müntzer allein vom Blut des Herrn getrunken hatte, kniete sie sich wieder vor die Altarstufen, versank ins stille Gebet.

»Dominus vobiscum.« Damit entließ Thomas Müntzer wenig später seine klösterliche Gemeinde. Die Oberin folgte den Mitschwestern durch den Kirchenraum, auf halbem Weg zögerte sie und kehrte noch einmal um. »Kaplan Thomas, auf ein Wort.« Sie straffte vor ihrem weißen Ärmelkleid das schwarze Skapulier. »Ich gestehe, als unsere Gönnerin Frau von Selmenitz vor wenigen Tagen zu mir kam und Euch als Kaplan empfahl, da wurde mir ernsthaft bang ums Herz.« Sie lächelte dünn. »Euch geht der Ruf voraus, dass Ihr der evangelischen Sache nicht abgeneigt seid. Auch von durch Euch angestifteter Aufruhr hörte ich. Wir aber hier in meinem Kloster sind Herzog Georg untertan und folgen strikt unserm Kardinal Albrecht. Nach dieser so feierlichen Messe aber bin ich beruhigt. Und heiße Euch und Euren Diener Ambrosius Emmen …«, ein kurzer Wink zur Bank neben dem Altar. Dort im Halbdüsteren hockte zusammengesunken ein junger Mann, »heiße Euch beide noch einmal auf das Herzlichste in meinem Kloster willkommen.« Sie streckte ihm die Hand hin. Thomas Müntzer ergriff sie. »Danke, Mutter Oberin, und frohe Weihnachten.«

Er sah ihr nach, bis sie die Kapelle verlassen hatte, wartete noch eine Weile, dann rief er leise über die Schulter: »Ambrosius.«

Die kauernde Gestalt auf der Bank öffnete sich, wuchs und wuchs in die Höhe, wurde zu einem langen, hageren Jüngling und tauchte aus dem Dunkel ins Licht der Altarkerzen. Trotz der leicht gekrümmten Haltung überragte Ambrosius seinen Herrn um einen halben Kopf. »Diese Messe? Verzeiht, aber so kenne ich Euch gar nicht.«

»Sei kein Schaf, sondern denke erst einmal nach.« Müntzer

schlug ihm kurz auf den Arm. »Willst du den Winter über draußen im Schnee nächtigen? Willst du ums Brot betteln?«

»Gott bewahre.«

»Hier in Halle herrschen die Papisten, allen voran Kardinal Albrecht. Wir sind im Feindesland, Junge.« Er hob den Finger. »Offiziell bekommen die Nonnen von mir, was ihre Priorin wünscht, und sie gibt uns dafür eine warme Stube und täglich warmes Essen. Und nun beug dich tiefer zu mir.« Mit der Fingerkuppe strich er ihm das Kreuz auf die Stirn. Der Segen befugte Ambrosius für den Hilfsdienst am Altar. Müntzer deutete zum goldenen Tabernakel. »Nimm die Hostien und den Wein wieder heraus. Stelle beides in der Sakristei auf den Tisch. Zünde schon mal die Kerzen an.«

Noch während er sprach, öffnete sich langsam die Eingangspforte der Kapelle. Ein schwarz verschleiertes Gesicht erschien, vergewisserte sich rasch nach rechts, nach links, dann erst trat die Dame ein, dicht gefolgt von einem Knaben. »Sind wir willkommen?« In ihrer Stimme schwang eine weiche Melodie.

Thomas Müntzer eilte der Besucherin entgegen. »Mehr als das, Frau von Selmenitz, ich habe Euch voller Ungeduld erwartet.« Er sah auf den Knaben. »Welches Alter hat der Sohn?«

»Georg zählt jetzt dreizehn Jahre. Von den sieben Kindern ist nur er mir geblieben. Aber das wisst Ihr ja.« Sie strich dem Sohn übers wellige dunkle Haar. »Mein ganzer Stolz.«

Auf den schmerzhaften Verlust ihrer vielen Kinder ging Müntzer nicht ein. »Ich nehme an, der Junge ist getauft und jetzt alt genug, um zu begreifen, was nun gleich geschehen soll?«

»Unterschätzt Georg nicht.« Der mütterliche Stolz leuchtete auf. »Er ist klüger als die meisten Knaben seines Alters. Selbst mich hat er überflügelt. Denn er kann inzwischen schon schreiben und lesen.«

»Das ist gewiss ein Vorteil. Doch wartet!« Müntzer entschuldigte sich, eilte zum Ausgang, spähte hinaus in die Nacht, schloss wieder das Eichenportal und kehrte zurück. »Niemand ist Euch gefolgt. Das gibt uns Sicherheit.« Mit großer Geste wies er den Weg zur Sakristei. »Bitte, dort hinein.«

Der Raum war eng. An der Stirnwand hing ein großes Holzkreuz, auf dem weiß gedeckten Tisch darunter flackerten die beiden Kerzen. Ihr Schein spiegelte sich im Gold der Schale und des Kelches. Ambrosius rückte die Betbank in die Mitte der Sakristei. Eine linkische Verbeugung vor der Besucherin, hiernach nahm er in der Wandecke bei dem Gestell mit den liturgischen Gewändern Aufstellung.

Felicitas von Selmenitz hob den Gesichtsschleier übers Haar, öffnete die oberen Haken ihres pelzbesetzten Umhangs und kniete sich neben Sohn Georg in die Betbank.

Thomas Müntzer trat vor den schlichten Altar. »Ehre sei dem Vater und dem Sohne und dem Heiligen Geist …« Leise und eindringlich hob er an zu singen.

Frau von Selmenitz presste erschrocken die Finger an die Lippen. »Auf Deutsch?«, hauchte sie. »Oh Gott, ist es wahr?«

Ohne auf ihr Flüstern zu reagieren, fuhr Thomas im Stil der gregorianischen Melodienweise fort: »Wie es war im Anfang, itzt und immer und von Ewigkeit zu Ewigkeit.«

Die großen dunklen Augen umfassten den Prediger und blieben bei ihm, während er den Text der Liturgie, auch das Evangelium nach Lukas in klarer deutscher Sprache sang. »… es waren Hirten in derselben Gegend auf dem Feld bei den Hürden und hüteten des Nachts ihr Vieh. Und siehe, der Engel des Herrn trat zu ihnen, und die Klarheit des Herrn leuchtete um sie, und sie fürchteten sich sehr …«

Wenig später wandte er sich zu den geheiligten Gefäßen. Mit der goldenen Schale in der Hand trat er zur Betbank, die dürren Finger hoben ein Stück des gebrochenen Brotes. »Nehmet hin und esset davon. Dies ist mein Leichnam, der für euch dargegeben wird.« Er legte Felicitas von Selmenitz, danach dem Sohn eine Hostie auf die Zunge. »Leib Christi.«

Thomas Müntzer stellte die Schale zurück und hob den Kelch vom Tisch des Herrn. »Nehmet hin und trinket alle daraus. Dies ist der Kelch meines Blutes, des neuen und ewigen Bundes, ein Geheimnis des Glaubens, der für euch und für viele vergossen wird zur Vergebung der Sünde. Sooft ihr dies tut, sollt ihr meiner dabei gedenken.«

Er setzte den Kelch an die vollen Lippen der Frau von Selmenitz, sagte betont: »Blut Christi«. Und sie umfasste seine Hand, schloss die Augen und trank.

Er wandte sich dem Sohn zu. Der Junge wollte allein den Kelch nehmen, doch das erlaubte der Prediger nicht. So hielten beide das goldene Gefäß, und er spendete Georg das Blut des Erlösers.

Zum Schluss der Messfeier segnete Müntzer die Gäste und wünschte: »Der Friede des Herren sei allzeit mit euch.«

Frau von Selmenitz sah zu ihm auf, gebannt von diesen seltsam blauen Augen mit dieser tiefschwarzen Iris, flüsterte sie: »Und mit deinem Geist«.

Sie nahm seine dargebotene Hand und erhob sich von der Betbank. »Danke, nie werde ich diesen Moment vergessen.«

»Das Abendmahl in beiderlei Gestalt …« Er stockte, als sie seine kühle Hand an den Busen zog und dort wärmte. Müntzer hüstelte, ehe er weitersprechen konnte, »… in beiderlei Gestalt. Wer das Mahl so zu sich genommen hat, der bekennt sich zur evangelischen Sache.«

»Das will ich, verehrter Thomas.« Sie wandte sich zu ihrem Sohn um. »Bitte, Liebling, lasse mich mit Kaplan Müntzer noch ein persönliches Gespräch führen. Allein, bitte.«

Mit der freien Hand winkte der Prediger seinem Diener. Ambrosius solle den Knaben in den Kirchenraum begleiten.

Kaum waren sie allein, trat Frau von Selmenitz näher an ihn heran. »Nur vier Jahre sind es her. Kloster Beuditz, erinnert Ihr Euch?«

»Nur zu gut, Gnädigste.«

»Felicitas, nennt mich so, wenn wir allein sind.«

»Felicitas. Also gut, danke.« Das Vertrauliche kam nur ungelenk von den Lippen. »Damals war ich dort im Nonnenkloster für kurze Zeit als Beichtvater angestellt.«

»Und ich hatte dort vor der Pest Schutz gesucht, zusammen mit Georg. Meine anderen Kinder lagen im Grab. Außerdem war gerade mein Gatte ermordet worden. Ich war vom Leben verwirrt, in meinem Schicksal verfangen. Ihr, Thomas, habt mich angehört. Dafür danke ich.«

»Außer Euch nahm ich ebenso allen Nonnen die Beichte ab.« Thomas versuchte behutsam, seine Hand zurückzuerobern, doch sein Bemühen hatte nur zur Folge, dass sie die Hand tiefer noch zwischen den Brüsten verbarg. »Heute stehe ich wieder frei im Leben, bin offen für Neues. Ja, ich bekenne mich zur Erneuerung der Kirche. Das Abendmahl in beiderlei Gestalt. Nonnen und Mönche sollen die Klöster verlassen. Warum nicht? Priester sollen heiraten …«, sie seufzte, »ja, warum nicht?« Sie dehnte die Worte. »Kaplan Thomas Müntzer, warum nicht?«

Nun zog er die Hand energisch aus der Falle. »Ich bin ein ungeliebter Bote Gottes, werde von einem Ort zum anderen gejagt.« Ein neuer Gedanke ließ das Blau in den Augen glitzern. »Felicitas, verehrte, schöne Frau, Ihr habt mich in dieses Kloster empfohlen, doch hier im Feindesland kann ich nicht lange bleiben. Hätte ich eine Kanzel für mich, eine feste Pfarrstelle, so könnte ich endlich zur Ruhe kommen. Arbeiten, den von mir ins Deutsche übertragenen Text der Liturgie herausgeben und nicht zuletzt auch heiraten.«

Nur einen Wimpernschlag lang benötigte sie für die Übersetzung seiner Worte. »Wenn ich darf, kann ich Euch helfen. Mein ermordeter Gatte war früher Amtmann auf dem Schloss zu Allstedt. Ich habe immer noch gute Beziehungen zum Stadtrat.«

»Allstedt?« Müntzer lächelte mit einem Mal. »Weit genug weg von Wittenberg und doch regiert von Kurfürst Friedrich. Ein guter Ort, um fruchtbar zu sein.«

Felicitas schloss den Pelzumhang, noch einmal ergriff sie seine Hand. »Verlasst Euch auf mich. Und …« Sie hob den Blick in seinen Blick. »Frohe Weihnachten, Kaplan Thomas.«

Der Prediger führte sie aus der Sakristei. Gleich kam Georg auf die Mutter zugelaufen. »Warum hat das so lange gedauert?«

»Still, mein Liebling.« Felicitas strich über die weichen Locken. »Wir haben ein wenig über die Zukunft gesprochen.«

An der Pforte verschleierte sie wieder das Gesicht. »Lebt wohl. Und bis bald.«

Thomas Müntzer sah Mutter und Sohn nach, bis sie im Dunkel der Christnacht entschwunden waren. Fest verriegelte er die Eichentür. Als er sich umwandte, stand Ambrosius hinter ihm. Leicht beugte der sich vor. »Eine wunderbare Frau, nicht wahr, Herr? Und wie sie Euch angeschaut hat. Wunderbar. Und ohne Mann ist sie auch.«

»Wehe dir …«, Thomas hob die Hand zum Schlag, »wehe dir, du sagst wieder wunderbar.«

Ambrosius richtete sich auf. »Ich meine, sie wäre eine gute Partie für Euch. Das wollte ich sagen.«

Thomas ging an ihm vorbei. An den Altarstufen hielt er inne, wartete, bis sein Diener auf gleicher Höhe war. »Felicitas von Selmenitz ist sehr nützlich für mich, aber als Gattin nutzlos. Warum?« Der Lehrmeister gab selbst die Antwort: »Sie ist schon gebraucht. Wenn ich heirate, so benötige ich ein ungebrauchtes Weib, eine Jungfer. Allein mit ihr kann ich bei der Zeugung meines Nachwuchses sicher sein, meinen Samen in einen reinen Kelch zu geben.«

Ambrosius nickte zwar, seine Miene aber zeigte, dass er nicht ganz verstanden hatte, und sein Herr ergänzte: »Reinheit in Körper und Geist. Nur so zeugt ein Auserwählter einen Auserwählten.« Müntzer lächelte. »Sorge dich nicht. Denn ich habe vorgesorgt. Im Kloster Beuditz traf ich Frau von Selmenitz, aber ich begegnete dort auch der Nonne Ottilie. Mit dieser Jungfer bin ich im guten Wort. Sie wartet geduldig, bis ich sie zu mir rufe.«

»Flucht? Ihr meint, sie wird für Euch das Kloster verlassen?«

Wieder ein leises Lachen. »Guter Junge, zweifelst du etwa an meiner Überzeugungskraft?«

14

Keine Kappe. Spenglermeister Gerlach drückte seiner Gattin die graue Kalotte mit den Kinnbändern wieder in die Hand, stattdessen nahm er nur das Samtbarett mit der breiten Krempe.

»Nicht doch, beim ersten Windstoß fliegt dir das gute Stück in den Dreck.« Frau Agathe wischte bekümmert über den Samt. »Zieh doch die Kappe drunter, dann kann ich dir das Barett daran befestigen.«

»Ohne. Ich habe entschieden«, knurrte Konrad, »weil ich kein Geck bin.« Er setzte die festliche Kopfbedeckung nicht, wie sie von den meisten Männern der Stadt getragen wurde, leicht schräg auf, sondern stülpte sie mit einem Ruck gerade über und zog sie fest hinunter bis zu den Ohren.

»Vater!« Dorothea war aus der Stube in den Flur gekommen und konnte ein Lachen nicht unterdrücken: »Gott, wie siehst du denn aus?«

Gleich zog Frau Agathe die Verstärkung auf ihre Seite. »Und so will er zur Sitzung in den Ratskeller. Was sollen denn die anderen Herren von ihm halten? Außerdem kommt heute sogar Amtmann Hans Zeiß extra vom Schloss runter, weil es um etwas Wichtiges geht.«

Dorothea sah die Not der Mutter. Wenn sich der Ehemann mit zerrissenem Rock oder anderswie schluderig angezogen auf der Straße zeigte, so fiel das auf die Hausfrau zurück, größer aber wurde der Spott hinter vorgehaltener Hand für sie, wenn der Gatte mit einem wohl möglich hundekotverschmierten Barett an der Ratssitzung teilnahm. »Liebster Vater«, Dorothea ließ die Stimme säuseln, »draußen regnet und stürmt es. Kein Hut bleibt dabei auf dem Kopf, wenn er nicht festgesteckt ist.«

Mit steiler Zornfalte starrte Konrad Gerlach die weibliche Übermacht in seinem Hause an. »Es ist gegen die Ordnung, seine Mütze schräg aufzusetzen.«

»Manchen gefällt es.« Die Tochter nahm der Mutter die Kalotte aus der Hand. »Gut, dann zieh doch die Kappe gerade auf, und Mutter steckt dir das Barett noch gerader obendrauf.«

»Wage nicht, in diesem Ton mit deinem Vater zu sprechen.« Konrad riss sich die Samtmütze von den Ohren. Frau Agathe durfte ihm die dünne Kappe mit den Kinnschnüren überziehen und stirngerade das Barett darauf befestigen. Umhang, Stock, kein Blick mehr für Frau und Tochter, der Ratsherr Spenglermeister Gerlach war mit großen Schritten unterwegs zur Sitzung. Gottlob, das Märzwetter hatte ein Einsehen, auf der kurzen Strecke regnete und stürmte es nicht.

Treppengiebel zierten das Rathaus am Markt, in Bögen stiegen sie hinauf und trugen den hohen Glockenturm.

Zugleich mit zwei Kollegen erreichte Meister Gerlach die Tür zum Ratskeller. »Wisst ihr, worum es heute geht?«, erkundigte er sich.

Achselzucken. Nachdem der Bäckermeister Anton Gruber auf der Treppe hinunter die Nase geschnäuzt hatte, meinte er: »Muss schon wichtig sein, wenn Schösser Zeiß uns heute die Ehre gibt.«

Jeder hatte am großen Tisch seinen angestammten Platz, für den Gast war vorn der Sessel rechts neben dem Schultheiß vorgesehen.

Diese Ordnung liebte Konrad Gerlach, und das Bier aus dem sorgsam mit seinem Namen beschrifteten Humpen versöhnte ihn vollends, verdrängte den häuslichen Streit ums Barett.

Nach Begrüßung und Feststellung des Stimmrechts aller Anwesenden hob Schultheiß Nickel Rückert ein Blatt. »Werte Herren, liebe Freunde! Der Brief hier kann unserer Stadt großen Segen bringen. Wir alle erinnern uns gerne an die hochverehrte Dame Felicitas von Selmenitz. Wie ihr Vater so war auch ihr Gatte lange Jahre Amtmann auf dem Schloss. Unsere Stadt verdankt beiden viel.«

Die Ratsherren rührten mit den Bierkrügen auf der Tischplatte. Selbst der Nachfolger Amtmann Zeiß schloss sich dem Beifall an.

»In diesem Schreiben nun empfiehlt uns Frau von Selmenitz einen neuen Pfarrer für unsere Johanniskirche.«

Ruckartig straffte Konrad Gerlach den Rücken. »Endlich«, platzte es aus ihm hinaus. »Wer ist es?«

»Geduld!«, wies ihn der Schultheiß zurecht und berichtete anhand des Briefes von den Vorzügen des Predigers. Er sei ein Weggefährte der Wittenberger Professoren, insbesondere stünde er Doktor Martinus Luther nahe und verfechte dessen neue Ideen für Glaube und Kirche.

Konrad ließ wieder den Bierkrug auf der Eichenplatte kreisen, stieß den Nachbarn in die Seite, auch der zeigte seine Begeisterung, bald waren alle Herren angesteckt. Mit erhobener Hand verlangte der oberste Bürger der Stadt um Aufmerksamkeit. »Der Name lautet: Thomas Müntzer. Zurzeit ist er Kaplan im Kloster Glaucha bei Halle. Frau von Selmenitz versichert uns, dass wir ihn sofort haben können.« Er strahlte in die Gesichter ringsum. »Die pfarrerlose Zeit hat ein Ende.«

»Und diesen Saufbold Haferitz jagen wir aus der Stadt.« Konrad Gerlach lachte noch, als er den Humpen schon an die Lippen setzte, dann trank er in großen Schlucken.

Sofort widersprachen einige der Stadträte. Schließlich gäbe es zwei Kirchen in Allstedt. Haferitz für St. Wigberti und Müntzer für St. Johannis. »Pfarrer Müntzer wird dem entlaufenen Karmeliter schon den Branntwein wegnehmen.«

Die Vorstellung erheiterte, und das zufriedene Gelächter ertrank nun auch bei den übrigen Herren der Tischrunde im Bier.

»Werte Freunde«, der Schultheiß wedelte mit dem Schreiben, »Eurer Begeisterung entnehme ich, dass ihr einverstanden seid. Dennoch müssen wir für das Protokoll eine Wahl durchführen.«

Husten unterbrach ihn. Konrad Gerlach hatte sich am Bier verschluckt. Er prustete, keuchte, kaum hatte er seine Stimme zurück, stellte er erschreckt die Frage an Amtmann Zeiß: »Dürfen wir als Bürger denn einen Pfarrer wählen? Wie lautet die Vorschrift?«

Der schob die Unterlippe einige Male vor und zurück. »Unser Kurfürst Friedrich muss den Pfarrer genehmigen. Er ist der Patronatsherr für die Kirche in Allstedt.«

Die Stimmung sank. Bis die kurfürstliche Kanzlei sich bewegte, vergingen Monate. Bis dahin hätte Thomas Müntzer sicher eine andere Kanzel.

»Und wir stehen immer noch ohne Pfarrer da.« Bäckermeister Gruber schnaubte in sein Sacktuch, dann beugte er sich über den Tisch in Richtung des Schössers: »Und wenn wir, ich sag's mal einfach so, wenn wir den Pfarrer zur Probe einstellen? Das müssen wir doch dürfen? Ohne Erlaubnis von oben?«

Hans Zeiß dachte nach, schließlich hob er beide Hände. »Dagegen kann keiner was einwenden, meine ich. Und im Übrigen, wenn die verehrte Frau von Selmenitz, ich meine, unser Kurfürst kennt die Familie, und wenn sie den Pfarrer empfiehlt und der auch noch mit Doktor Luther gut kann … Also ich glaube, selbst unsere Durchlaucht hätte gegen diesen Thomas Müntzer nichts einzuwenden.« Sichtlich angestrengt von der langen Rede, lehnte sich der Amtmann zurück und glättete den Kinnbart.

Seine Ausführungen genügten den Ratsmitgliedern, auch Konrad Gerlach sah die Ordnung nicht gefährdet und war zufrieden. Möge der Pfarrer zur Probe angestellt werden.

»Dann kommen wir zur Abstimmung.« Der Schultheiß bat um das Handzeichen.

Keine Gegenstimme, keine Enthaltung.

Über Nacht kam der Frühling auch nach Halle. Gab es morgens noch Raureif auf den Wiesen, so verschenkte die Märzsonne schon während des Vormittags kraftvolle Wärme. Im Kloster von Glaucha öffneten die Nonnen Fenster und Türen, draußen auf dem Hof legten sie ihre strohgestopften Matratzen über die Leinen. Fort mit dem Wintermief. Willkommen, Luft und Frische!

Thomas Müntzer, angetan mit dem schlichten schwarzen Priesterrock, eilte der Priorin im Kreuzgang hinterher. »Mutter Oberin, auf ein Wort.« Er wedelte mit einem Brief. »Bitte, es ist wichtig.«

»Kaplan?« Ihr Ton war leicht ungehalten. »Ich bin auf meinem Kontrollgang. Dieser unerwartete Wetterumschwung verursacht Unruhe bei meinen Schutzbefohlenen, weckt Gefühle, wenn Ihr versteht. Mein Zuspruch ist sicher vonnöten.« Sie hob den Finger. »Auch Ihr könntet bei der Beichte mithelfen, in dem Ihr kühlend auf das eine oder andere Gemüt einwirkt.«

Thomas Müntzer drückte das Blatt ans Herz. »Wie gerne würde ich Euch bei der Erhaltung von Zucht und Ordnung helfen. Doch leider …«, er schlug die Augen nieder, »muss ich Euch verlassen.«

»Seid Ihr auch befallen?«

»Gott bewahre«, unterbrach der Prediger. »Kein Frühling. Solche Anwandlungen zwinge ich in mir nieder. Nein, ich habe einen Ruf auf eine Kanzel erhalten. Als Pfarrer. Nach Allstedt. Dort an der Johanniskirche soll ich predigen und wirken. Nächste Woche werde ich aufbrechen. Damit ich in den Ostertagen meine neue Gemeinde betreuen kann.«

Die Oberin stemmte beide Hände in die Hüften. »Und ich glaubte, Ihr hättet bei mir in den vergangenen beiden Monaten wieder den rechten Weg zum katholischen Glauben gefunden? Dieses Allstedt gehört Kurfürst Friedrich. Wollt Ihr dort etwa für die evangelische Sache eintreten?«

»Ich werde tun, was Gott mir befiehlt zu tun.« Müntzer sah

sie an. »Ich bitte um Entlohnung für meine Dienste hier im Kloster.«

Nun versteinerte die Miene der Ordensmutter. »Ihr habt Unterkunft und Speise für Euch und Euren Diener erhalten. Dies sollte genügen.«

»Habt Erbarmen. Tag für Tag versah ich meinen Dienst. Zu Eurer Zufriedenheit. Bitte, lasst mich nicht mittellos ziehen.«

Mitleid ist eine schwache Pflanze, es dauert, bis sie aufblüht. Schließlich rang sich die Oberin ein »In Gottes Namen« ab. »Am Tag Eurer Abreise werde ich Euch mit zwei Gulden entlohnen. Die sollten für Eure Dienste genügen.«

»Das ist …« Rechtzeitig noch zügelte der Kaplan den aufbrausenden Zorn, wollte sich nicht auch noch die magere Gabe verscherzen. Das Feuer aber blieb im Blau der Augen. »Mutter Oberin«, er neigte den Kopf, »Eure Güte beschämt mich.«

Zurück in der kleinen Priesterwohnung des Klosters stöhnte er qualvoll auf. Ambrosius eilte aus seiner Kammer. »Herr! Wer ist Euch begegnet? Etwa der Leibhaftige?«

»Nein, Junge. Die Oberhexe dieses Weibergefängnisses hat mir ihr nacktes Gesicht gezeigt.« Er biss sich auf die knochige Faust. »Sie will mir nur zwei Gulden bezahlen. Selbst wenn du auf deinen Anteil verzichtest, könnte ich meine Schulden für Bücher und Papier in der Stadt nicht begleichen. Und wie ein hergelaufener Scherenschleifer will ich keinesfalls in Allstedt ankommen.«

Eine Zeit lang wackelte Ambrosius mit dem dünnen Kopf, das Nachdenken ließ die Mitesser an seinem Hals erglühen, schließlich beugte er sich zu seinem Herrn. »Drüben in Halle kann es doch egal sein, was die Menschen über Euch denken.«

»Rede nicht so. Ich habe Bekanntschaften zu wichtigen Personen geknüpft.«

»Die meine ich.« Ambrosius senkte die Stimme. »Von denen könnten wir doch ein Almosen erfragen. Und hätten genug für die Reise, und wer weiß, vielleicht noch mehr.«

Müntzer schlug ihm auf den Arm. »Gut, dass du in Zwickau dein Studium aufgegeben hast, um mir nachzufolgen. Ein Brief, sehr gut. Ich werde betteln. Nimm Feder, Tinte und Papier.« Er rückte den Stuhl zurecht. »Setze dich, schreibe, was ich dir diktiere!«

»Heil und die gottesbeständige ewige Barmherzigkeit sei mit euch, meine allerliebsten Brüder …« Sie sollten sich nicht grämen, dass er schon wieder vertrieben würde. »Auch Christus, unser Heiland, sagt: Wenn ich weggehe, so kommt der Tröster, der Heilige Geist. Dieser kann niemandem gegeben werden außer den Trostlosen. Darum lasst mein Leiden euch ein Beispiel sein.« Müntzer rieb die dürren Finger aneinander, bis er ein Gleichnis fand. »Lasset alles Unkraut in die Höhe schießen, wie es will, es muss doch unter den Dreschflegel mit dem reinen Weizen. Der lebendige Gott macht also scharf seine Sensen in mir, dass ich hernach die roten Kornrosen und blauen Blümlein schneiden möge. Hiermit gebe ich euch meinen Gruß. Seid Gott befohlen!« Er schritt auf und ab, sah aus dem Fenster.

Ambrosius hielt die Feder schreibbereit. »Das war doch nicht alles? Darauf gibt uns keiner auch nur einen einzigen Heller.«

»Dummkopf, warte. Damit der Brief etwas einbringt, darfst du nicht gleich mit dem Holzklotz die Tür eindrücken.« Müntzer kehrte zum Tisch zurück. »Und nun schreibe: Wer es vermag, der teile mit mir … Der Tagelöhner ist seines Tageslohns wert. Wer sich aber daran ärgert, der gebe mir nichts … Ich habe zwei Gulden von der Domina für den ganzen Winter erhalten. Einen davon gebe ich meinem Diener, denn dieser Knabe hält mir wahrlich die Treue. Den anderen Gulden bin ich schuldig, doch reicht er lange nicht für all meine Schulden. Geschrieben aus dem Elend meines Vertreibens, am Tage des St. Joseph, dem 19. März im Jahre Christi 1523.«

Ambrosius zögerte. »Reicht nicht das Datum? Ich mein, weil für Euch die Heiligen doch nicht mehr zählen?«

»Dummkopf, die, von denen wir Geld wollen, glauben noch dran.« Der künftige Prediger von Allstedt rieb die Hände. »Und nun unterschreiben wir.« Die langen Finger knackten, als er nach der Feder griff und in sauberen Buchstaben malte: »Thomas Müntzer, ein williger Botenläufer Gottes.« Mit dem Blatt in der Hand trat er wieder ans Fenster und überlas den Text. Zufrieden mit sich, reichte er ihn seinem Diener. Ambrosius solle ab heute und in den nächsten Tagen zu den Häusern der wohlhabenden Bekannten gehen. »Sage allen, mir sei zu elend zumute, um selbst zu kommen. Verabschiede dich in meinem Namen, und zeige ihnen diesen Brief. Sag, du wartest auf eine Antwort.« Der Finger schnellte hoch. »Sei klug, benütze nicht das Wort Almosen. Sage Antwort und schaue dabei erbarmungswürdig. Das rührt die Herzen.«

Ambrosius nickte eifrig.

»Beginne beim Goldschmied Hans Huff und dann weiter. Du hast die Liste derer, die uns gut gesonnen sind.« Allein Frau von Selmenitz durfte er nicht aufsuchen. »Diese Glut muss jetzt langsam erlöschen. Schließlich habe ich andere Pläne. Das rechte Weib besorg ich mir, wenn ich in Allstedt bin.« Ambrosius war schon an der Tür, als Müntzer ihn nochmals aufhielt. »Nimm zwei Lederbeutel mit. Die Almosen steckst du stets in einen leeren Beutel.« Draußen sollte er dann die empfangene Gabe in den anderen umfüllen.

Der Diener hatte seinen Herrn verstanden. Beim Hinausgehen bückte sich Ambrosius, um nicht mit dem Kopf gegen den Balken zu stoßen.

15

Die Märzsonne dehnte den Frühling unaufhaltsam übers Land. Nicht nur im Klostergarten von Glaucha, auch weiter südlich, an Leipzig vorbei, dort in der Nähe von Grimma ließ die frühe Wärme im Garten des Nonnenklosters Marienthron bei Nimbschen die Knospen aufbrechen. Karsamstag. Unruhe und hohe Erwartung belebten Mensch und Natur. In den Bäumen schlugen die Finken und probten die Amseln für das nahe Osterfest.

Schwester Katharina von Bora atmete schwer. Sie stemmte den rechten Holzschuh auf den Spaten, drückte mit ihrem ganzen Gewicht nach, dann hob sie die Erde, warf sie um und zerteilte die Krume mit kleinen Stichen. Und wieder stemmte sie den Schuh auf den Spaten.

Freiwillig hatte sich die Vierundzwanzigjährige heute zur Gartenarbeit einteilen lassen und damit eine ältere Mitschwester entlastet. Das Lob der Mutter Oberin hatte sie mit bescheidenem Lächeln angenommen. »Ich grabe das Beet für die Bohnen um, gleich hinten an der Mauer neben dem Kompost.«

Gerade dort! Dafür war ihr sogar Beifall von der gesamten Klostergemeinschaft gezollt worden. Alle Küchenabfälle wurden da an der entlegenen Stelle in einem hohen, aus rohem Holz gezimmerten Viereck gesammelt und kompostiert. Keine der Zisterzienserinnen arbeitete dort gerne. Üble Gerüche stiegen auf, und später im Jahr beherrschten an schwülen Sommertagen schwarze Fliegen und anderes Teufelsgeschmeiß die nördliche Mauerecke des Klosters.

Mit einem Tuch trocknete sich Katharina die Stirn. Einen Moment ausruhen. Selbst wenn die Oberin sie drüben vom Hauptgebäude beobachtete, eine Verschnaufpause musste erlaubt sein. Katharina schürzte die helle Kutte samt schwarzem

Skapulier bis über die Knie und kletterte die Querbalken der Komposteinfassung zur Mauer hoch, hielt sich mit beiden Händen, ein kleiner Ruck, und dann hockte sie oben auf den grob gehauenen Steinen. »Ist gar nicht so schwer.« Nur ein Flüstern. Auf der anderen Seite reichte der Saum eines Wäldchens heran, und zum Greifen nah ragte eine Birke hoch. Katharina rutschte etwas von der Mauerecke weg, um an den kahlen Baumästen vorbei freier nach Norden zu sehen. Nichts. Von der Mittagssonne beschienen, erstreckte sich die Fahrstraße in Richtung Grimma wie ein leeres, helles Band.

»Käthe?«

Katharina fuhr herum. Unten neben dem Kompost stand ihre Freundin, Schwester Ave von Schönfeld. »Was tust du da oben?« Eine Falte stand auf der hohen Stirn der schlanken Nonne, ängstlich war der Blick aus den großen braunen Augen.

»Heilige Mutter, hast du mich erschreckt.« Eilig stieg Katharina wieder hinab. Umrahmt vom eng gebundenen schwarzen Schleiertuch, glühte ihr rundliches Gesicht. »Ich wollte nur schauen, ob das Fuhrwerk von Kaufmann Koppe schon zu sehen ist.«

»Und?«

»Nichts. Aber es ist ja auch noch früh.«

Ave faltete die Hände vor dem Skapulier. »Ich bin so aufgeregt.«

»Bleib ganz ruhig. Heute Nachmittag wird Kaufmann Koppe die frischen Heringe liefern. Er hat sich angemeldet, und wie immer hält er sein Wort.«

Die Freundin blickte sich verstohlen nach dem Haupthaus um. »Ich könnte … Mutter Oberin ist beschäftigt. Sie beaufsichtigt vor der Kirche das Schichten des Osterfeuers. Mich hat sie zum Holzschuppen geschickt. Das dauert. Ich könnte also …« Ohne die gefalteten Hände zu lösen, deutete sie mit dem Zeigefinger zur Mauer hoch. »Ich meine, auch mal nachschauen.«

»Nicht gern. Wir dürfen nicht auffallen.« Katharina ging einige Schritte. Im Bereich des Torbogens hielt sich keine der Mitschwestern auf. »Also gut. Nur rasch hinauf und wieder zurück.«

Auch Ave lüftete den Saum ihrer Kutte und stopfte ihn in den Gürtel. Ihre nackten Beine zeigten sich weiß und schlank bis zu den Oberschenkeln. Mit Schwung erklomm sie das Kompostgestell, und auch der Übergang zur Mauer gelang ohne Schwierigkeiten. Von unten sah ihr Katharina zu. »Diese Aussicht! Wie gut, dass unser Beichtvater nicht neben mir steht.«

Ave winkte ab. »Für so was ist der alte Mann längst blind.« Beide bemühten ein Lachen, doch es gelang nicht. Eilig stieg die Freundin wieder hinunter. »Das Gestell ist bequemer als eine Leiter und viel standfester. Da wird keine von uns Probleme haben. Aber jetzt muss ich rasch zum Schuppen. Mutter Oberin wartet auf Kleinholz fürs Anzünden heute Abend.« Nach zwei Schritten kehrte sie noch mal um. »Gibst du Bescheid?«

»Wie verabredet.« Katharina griff nach dem Spaten. »Ich grabe hier, bis Kaufmann Koppe kommt.« Sobald der Wagen in Sicht sei, wollte Katharina einen Strauß Osterglocken pflücken und ihn in der Eingangshalle des Klosters in eine Vase stellen. »Das ist unser Zeichen. Von da an muss alles nach Plan verlaufen.«

Das Beet war längst umgegraben, die Erde geharkt. Nichts. Inzwischen hatte Katharina es zweimal erneut gewagt, oben von der Mauer Ausschau zu halten. Nichts. Wie spät mochte es sein? Seit gestern gab es kein Stundenschlagen, kein Läuten. Erst morgen, am Ostertag, würde die Glocke wieder ertönen.

Aber jetzt neigte sich die Sonne schon dem Westen zu. »Er kommt«, flüsterte sie, stärkte sie sich. »Er hält unsere Verabredung ein.« Und wenn er mit einem Mal Angst bekommt? Wenn jemand uns verrät, kann er zum Tod verurteilt werden.

Und was geschieht mit uns? Auspeitschen, Kerker … Sie schüttelte sich, durfte nicht daran denken. »Ich weiß, er kommt.«

Um das Schicksal zu fordern, ging sie zu der langen, bunt leuchtenden Blumenrabatte hinüber und pflückte zwischen Märzenbechern und Primeln schon den dicken Strauß Osterglocken. Das Herbeibeschwören gelang. Pferdegetrappel. Darüber »Ho« und »Hü«. Wie Musik klang ihr das Räderrumpeln draußen von der Fahrstraße her. Katharina musste nicht mehr nachschauen. Als sie in der Eingangshalle den Strauß in die Vase stellte, hielt das Fuhrwerk, begleitet von zwei Reitern, vor dem Klostertor. Leonard Koppe, ein vierschrötiger Mann von sechzig Jahren, stieg ächzend vom Bock und befahl den beiden Männern: »Nehmt schon mal die Plane runter!«

Die Mutter Oberin war eilig von der Ankunft der frischen Heringe informiert worden. »Wie viele habt Ihr heute für uns?«

Der Kaufmann packte selbst mit an. Er und seine Helfer rollten zehn schulterhohe Fässer über angelegte Bohlen behutsam von der Ladefläche. »Damit habt Ihr genug Heringe bis zum Herbst.«

»So lange wird der Vorrat nicht reichen. Fisch ist die Lieblingsspeise meiner Mitschwestern. Manchmal gibt es ihn an drei Tagen in der Woche.«

»Oje«, Koppe richtete sich auf, »etwas mehr Abwechslung würde den Frauen sicher gefallen. Ehrwürdige Mutter, wenn Ihr es wünscht, könnte ich auch gepökelte Hasen und Wildschweinhälften liefern.«

»Gott bewahre, mein Bester, kein Fleisch! Der Genuss verursacht zu häufig unruhige Träume.« Sie lächelte voller Güte. »Ein Täubchen hin und wieder, manchmal auch etwas vom Huhn. Mehr Fleisch aber nicht.«

Koppe sah zu den Nonnen hinüber, die vor der Kirche mit Reisigbündeln das Osterfeuer aufschichteten. »Mit Verlaub, ehrwürdige Mutter, zu dick ist keine von denen.«

»Leonard Koppe«, unterbrach die Priorin scharf, »wir lieben

das Fasten. Und nun genug darüber.« Er solle die Heringe in den Keller schaffen und die leeren Tonnen wieder mitnehmen.

Die Männer kannten den Weg. Hintereinander rollten sie Fass für Fass am Hauptgebäude vorbei zum Vorratshaus. Auf dem Rückweg trieben sie die leeren Tonnen mit Fußtritten vor sich her. Im Hof dröhnte und hallte es. Wie angelockt vom Lärm trat Katharina ins Freie, in der Hand hielt sie einige Osterglocken. Höflich neigte sie den Kopf vor dem Kaufmann. »Friede sei mit Euch.«

»Auch mit Euch, Schwester«, Koppe deutete auf die Blumen, »die sind aber pünktlich zum Fest aufgeblüht.«

Verlegen fächerte Katharina das Bund auf. »Diese neun passen drinnen nicht mehr in die Vase. Darf ich sie Euch schenken? Sie leuchten sogar in der Nacht.«

Leonard Koppe nahm den Strauß und zog die Kappe, sein silbriges Haar schimmerte. »Welche Freude. Habt Dank. Neun Blümchen also. Sobald es dunkel ist, werden ich und meine Männer darauf achten.«

»Es kann etwas dauern.« Katharina deutete zum Holzstoß hinüber und setzte im höflichen Plauderton hinzu. »Erst wenn das Osterfeuer brennt, haben wir eine Chance.«

In schnellem Schritt näherte sich die Priorin. »Schwester Katharina! Warum hältst du unseren Kaufmann von der Arbeit ab?« Sie war heran und stemmte eine Faust in die Hüfte. »Es ist wirklich nicht nötig, dass du …«

Gleich wedelte Koppe mit den Osterglocken. »Ich war's, Mutter Oberin. Ich hab die Schwester aufgehalten. Seid nicht zornig mit ihr. Sie wollte mir nur einen Blumengruß für meine kranke Frau mitgeben.«

»Die Geste ist lobenswert. Und dennoch …« Die Herrin des Klosters beendete den Satz nicht, scharf sah sie ihre Schutzbefohlene an. »Geh jetzt und sieh zu, dass für die Feier genügend Handkerzen in der Schale liegen. Außerdem fehlen noch die Steine zum Feuerschlagen und die Zunderschwämme. Spute dich!«

Katharina wagte nicht aufzuschauen, knickste und huschte davon.

Kaufmann Koppe stieß mit dem Fuß gegen das leere Fass, es rumpelte vor ihm her. Die Oberin blieb dicht an seiner Seite. »Ihr müsst die Aufdringlichkeit entschuldigen, aber das macht der Frühling.«

»Gott bewahre. Mir hat's gefallen, und meine Frau wird sich freuen.«

Mit Schwung luden die Männer das Leergut auf den Wagen, zurrten jedes Fass mit Stricken an beide Längsseiten, ehe sie die große Plane wieder darüberspannten.

Koppe blickte zur tief stehenden Sonne im Westen. »Bis nach Grimma werden wir es gut noch vor Anbruch der Dunkelheit schaffen. Und wenn der Mond hell genug ist, vielleicht sogar noch bis Wurzen.«

Er winkte der Oberin vom Bock aus. »Lebt wohl und ein frohes Osterfest!«

Er ließ die Peitsche knallen, lenkte das Fuhrwerk zur Straße. Seine beiden Helfer stiegen in die Sättel und schlossen sich an. Die ehrwürdige Priorin sah ihnen wachsam nach, bis Wagen und Reiter das Wäldchen erreichten und aus ihrem Blickfeld entschwanden.

Die Geschwister Ave und Margarete von Schönfeld, beide schon als Mädchen von den zwar adeligen, aber mittellosen Eltern ins Kloster gegeben, mussten heute das Feuer entzünden. Beide knieten neben dem Holzstoß und warteten auf das Zeichen der Oberin. Schlagbereit hielten sie in der rechten Hand die Eisenknolle, in der linken den Feuerstein.

Rasch scharten sich alle vierzig Nonnen des Klosters um die Schwestern. In respektvollem Abstand drängten sich die Männer und Frauen von den benachbarten Höfen. Schweigen. Im Westen versank der letzte glühende Sonnenbogen im Horizont. Rasch fiel die Dämmerung, die heilige Osternacht legte sich den ersten Dunkelschleier um.

Die Oberin nickte.

Kurz nacheinander schlugen Ave und Margarete die harte Knolle entlang der scharfen Steinkante, wiederholten, blieben im Rhythmus. Funken fielen in den Zunderschwamm. Als Glutblumen nisteten, beugten sich die Frauen vor, lockten mit ihrem Atem das Feuer und bliesen es in ein Häufchen zerzupfter Birkenrinde. Gleich traten vier Mitschwestern vor, entzündeten Fackeln an den jungen Flammen, feierlich traten sie von Ost und West, von Nord und Süd an den Holzstoß und stießen den Brand hinein. Nach wenigen Augenblicken loderte das Feuer hoch.

In Begleitung des Diakons kam der greise Priester und Beichtvater des Klosters, angetan mit Albe, Stola und violettem Chormantel, aus der Kirche. Im Angesicht der Flammen rief er der Gemeinde mit zittriger Stimme zu: »Dominus vobiscum.«

Gleich antworteten die Gläubigen: »Et cum spiritu tuo.«

»Oremus.«

Der Diakon brachte die große Osterkerze. Nach Einritzung des Kreuzes ergänzte der Priester das Sinnbild an Kopf und Fuß mit Alpha und Omega und fügte in den vier Winkeln des Kreuzes die Ziffern des Jahres 1523 ein. »Christus heri et hodie …«

Katharina suchte den Blick ihrer Freundin Ave und deren Schwester Margarete. Als sie dies bemerkten, nickten sich alle drei unmerklich zu. Nun wandte Katharina leicht den Kopf, erweckte in der Reihe hinter ihr die Aufmerksamkeit von Schwester Magdalena, die gab mit einer Handberührung das Achtungssignal an ihre Nachbarin Schwester Elisabeth weiter.

»Ipsi gloria et imperium …«

Inzwischen hatte Ave Blickkontakt mit Lonata und Eva gefunden, die wiederum verständigten sich unmerklich mit Veronika und Margarete von Zechau.

»… per universa aeternitatis saecula. Amen.«

Der Diakon entzündete am Feuer eine schmale Kerze,

reichte sie dem Priester, und der zündete mit diesem Licht die große Osterkerze an.

Katharina blickte zum Himmel, ruhig stand der fast volle Mond, nur ein Stern leuchtete über ihm. Sie bewegte tonlos die Lippen. »Heilige Mutter, steh uns bei.«

Die Prozession formierte sich, dabei achtete niemand auf eine Ordnung, die Nonnen mischten sich unter die Bauersleute aus der Nachbarschaft des Klosters. Derweil wurden vom Diakon die Lampen und Fackeln am Kirchenportal gelöscht, er eilte in den Innenraum, um sein Gewand zu wechseln.

Auf dem Vorplatz war das Feuer in sich gesunken, züngelte noch aus dem Gluthaufen. Allein die Flamme der Osterkerze spendete Helligkeit.

Im weißen Ornat kehrte der Diakon nach draußen zurück, feierlich nahm er die Osterkerze und führte die Prozession in die Kirche, dicht gefolgt vom Priester, von der Priorin, ihren Schutzbefohlenen und den Nachbarn. Jeder nahm sich am Eingang eine Handkerze aus der Schale. Später erst sollte sie entzündet werden.

Katharina blieb zurück, auch Ave. Sie ließen den Bauersleuten mit allen Knechten und Mägden den Vortritt. Ihrem Beispiel folgten drei weitere, dann noch vier Nonnen, und die Nachbarsfrauen bedankten sich mit Lächeln für die Höflichkeit der Schwestern. Unvermittelt stand die kleine Gruppe allein vor dem offenen Portal.

Drinnen sang der Diakon mit tiefer Stimme das erste »Lumen Christi«. Am Rascheln der Kleider erkannte Katharina, dass sich nun alle vor der Osterkerze niederknieten. Bald darauf antwortete die Gemeinde. »Deo gratias.«

»Los jetzt«, flüsterte sie den Schwestern zu. Eine nach der anderen löste sich, entfernte sich langsam aus dem Glutschimmer des Feuers, dann erst beschleunigten die Frauen den Schritt. Nach dem Torbogen zum Garten hin übernahm Katharina die Führung. Das Mondlicht erhellte die weißen Kiesel auf dem Weg entlang der Blumenrabatten. Weiter in

Richtung Mauer aber war nur noch festgestampfter Boden zwischen den Gemüsebeeten.

»Gebt acht«, warnte Katharina nach hinten. Sie ahnte die Richtung, langsamer kamen die Frauen voran. Hinter ihr stolperte Ave, stieß einen kleinen Schreckensruf aus. Gleich blieben alle stehen, blickten zurück, warteten. »Gelobt sei Jesus Christus«, flüsterte Ave. Niemand schien Verdacht geschöpft zu haben.

»Kommt!«, befahl Katharina halblaut. Sie blickte wieder nach vorn. Ein Licht aus Richtung der Mauerecke. Es blinkte auf und verschwand. Nach einem Atemzug blinkte das Licht erneut. Gottlob, sie wurden erwartet. Katharina musste sich zwingen, nicht zu laufen. Endlich war der Kompost erreicht. »Kaufmann Koppe, seid Ihr es?«

Kurz öffnete sich die Blendlaterne, zeigte ein flaumbärtiges Gesicht, die Augen funkelten. »Ich bin sein Neffe. Ich helfe euch rüber.«

Erst die Älteren. Katharina und Ave halfen ihnen das Gestell hoch, starke Arme zogen sie auf die Mauer, und gleich ging es eine Leiter neben der Birke wieder hinunter. Als Letzte folgte Katharina. Oben auf der Mauer roch sie den bierdunstigen Atem des Neffen. Sie wich nicht vor ihm zurück. Auch er hat Angst, dachte sie. Er wird sich Mut angetrunken haben. Unten neben der Birke wartete ein zweiter Mann. Im Düsteren erkannte sie ihn nicht. Vorsichtig fragte sie: »Wo ist Herr Koppe?«

»Er wartet mit dem Wagen nicht weit von hier. Wir müssen los.«

»Nicht gleich.« In Katharina wucherte das Misstrauen. Und wenn wir verraten wurden? Eine Falle? Still, befahl sie sich. Hab Vertrauen, ein Zurück gibt es nicht mehr.

»Die Zeit drängt«, mahnte der Neffe. »Noch hat niemand die Flucht entdeckt.«

»Also gut«, Katharina berührte ihn an der Schulter, »leuchtet uns, wir folgen.«

Einer der Helfer ging den Pfad voran, der andere übernahm den Schluss. Als sie das Wäldchen verließen, atmete Katharina auf. Am Straßenrand wartete das Fuhrwerk. Kaufmann Koppe löste sich aus dem Schatten. Gleich umringten ihn die Flüchtlinge, wollten danken. »Genug, meine Damen, genug.«

Damen? Diese Anrede löste überraschtes Gekicher aus.

»Bitte aufsteigen«, setzte der Retter hinzu, »wir haben noch einen weiten Weg, bis wir in Sicherheit sind.« Die hintere Klappe der Ladefläche war schon geöffnet und die Plane zurückgeschlagen. Zwischen den leeren Fässern fänden sie ausreichend Decken. Außerdem lägen dort neun einfache Kittel. Die sollten sie über die fromme Tracht streifen. »Neun Arbeiterinnen zwischen Heringsfässern kann ich bei einer Kontrolle besser erklären als neun Nonnen.«

Der Neffe stellte die Blendlaterne auf die Ladefläche. »Wir helfen euch.« Beide Männer griffen zu, griffen nach mehr als notwendig, verschonten weder Brüste noch Hintern. Die Frauen nahmen es gleichmütig hin, in ihrer Unerfahrenheit schrieben sie die Übergriffe der Eile zu. Als Vorletzte versuchte Ave die gierigen Hände abzuwehren. Vergeblich. Katharina trat zur Ladefläche. Gleich verspürte sie den doppelten Griff an den Pobacken. Mit einem Ruck wandte sie sich um, aus der Drehung ohrfeigte sie erst den Neffen, dann in der Gegenbewegung auch den zweiten Helfer. »Damit wir uns richtig verstehen.« Sie reichte beiden je einen Arm. »Und nun helft mir hinauf!«

16

Lose hielt Leonard Koppe die Zügel, gleichmäßig gingen beide Pferde im Geschirr, das Fuhrwerk rollte, die eisenbeschlagenen Räder zerknirschten Steine, waren die Brocken zu groß, holperten sie darüber, manchmal sackte ein Rad in eine Kuhle, dann schwankte, ruckte der Wagen, fand aber bald das Gleichgewicht wieder. Der Mond gab genug Licht, dennoch öffnete der Kaufmann hinter Grimma rechts und links an der Kutschbank zusätzlich die Klappen der Blendlaternen. Ihr Schein reichte weiter nach vorn bis zu den beiden Pferdehintern. Dort ritten seine Begleiter, sie würden warnen, wenn unerwartet ein Hindernis die Fahrstraße sperrte.

Leonard wandte den Kopf, horchte. Unter der Plane herrschte Stille. Seit gut einer Stunde waren sie jetzt unterwegs, doch kein Laut? Hatten die Jungfern ihn falsch verstanden? »Kein Sprechen. Kein Lachen.« Dieses Verbot galt nur bei Gefahr. »Sobald ich pfeife, müsst ihr ruhig sein.«

Bisher war die Fahrt ohne Schwierigkeiten verlaufen. Warum also vernahm er nichts? Nonnen lernen das Schweigen, überlegte er, und die Zisterzienserinnen bei ihren strengen Regeln erst recht. Aber nun mussten sie es nicht mehr. »Ihr da drinnen? Hört ihr mich?«

Ein zaghaftes Ja, bald folgten mutigere Zustimmungen.

»Na also.« Koppe schob die Kappe aus der Stirn, über die Schulter versicherte er: »Ihr seid jetzt frei. Unterhaltet euch so, wie der Schnabel gewachsen ist. Das dürft ihr jetzt. Nur wenn ich pfeife, müsst ihr sofort still sein. Habt ihr mich verstanden?«

Dieses Mal kam die Antwort im Chor.

Unter der Plane hob Katharina den Kopf, sie lag gequetscht zwischen Ave und Margarete, die wiederum wurden gedrückt von anderen Schwestern, keine der Nonnen lag bequem. »Hier stinkt es so erbärmlich nach Fisch.«

Von draußen kam ein bedauerndes Lachen. »Das hat der Hering so an sich. Selbst wenn die Fässer gespült sind, der Geruch bleibt.«

Jäh rumpelte der Wagen, schüttelte die Frauen auf ihrem viel zu engen Lager durcheinander. Sie wagten zu stöhnen, zu seufzen.

»Ogottogott«, entfuhr es Leonard Koppe. »Habt ihr's wenigstens warm genug?«

»Bei der Enge friert keine von uns.« Katharina hustete. »Der Gestank ist am schlimmsten.«

»Seid tapfer, meine Mädchen.« Mehr Trost wusste Leonard Koppe nicht zu spenden.

Unter der Plane kehrte wieder Stille ein. Nach einer Weile vernahm Katharina leises Schluchzen. »Hörst du das?«, flüsterte sie Ave zu.

Das Wimmern kam von weiter vorn. Katharina stützte den Ellbogen auf. »Wer weint da?«, fragte sie in die Dunkelheit.

»Es ist Elisabeth. Sie liegt hier mit dem Gesicht zum Fass. Ich weiß auch nicht, was ich machen soll.«

Nun stützte sich auch Ave hoch. »Wer bist du denn?«

»Schwester Eva. Ich liege neben ihr.«

»Also, Eva, streichle Elisabeth erst mal den Rücken und den Nacken. So wie du es selbst gerne hast.«

»Ich wurde noch nie gestreichelt.«

»Oh, du Arme. Mache es zärtlich wie für ein Kind. Und dann fragst du, warum sie weint.«

Nach und nach versickerte das Wimmern. Geflüster, dann meldete sich Eva wieder. »Elisabeth sagt, sie will zurück.«

»Zurück?«

Dieses Wort! Trotz der Enge setzten sich alle Frauen auf. Niemand vermochte in der Finsternis die Miene der anderen zu lesen, und doch sah jede den Schreck im Gesicht der Nachbarin. Katharina fasste sich als Erste: »Warum, Elisabeth?«

»Weil … weil … Ich weiß doch nicht, wohin. Ich hab nach Hause geschrieben. Hab gebettelt, dass sie mich wieder aufnehmen. Aber Vater hat nur geantwortet, es gibt keinen Platz mehr für mich.« Schluchzen brach sich laute Bahn. »Ich hab kein Zuhause mehr.« Einige der Geflohenen fielen ins Weinen mit ein. »Ich wollte ja weg«, stammelte Elisabeth. »Nur weg aus dem Kloster. Aber jetzt …«

»Wartet!« Ehe das Unglück weiter um sich griff, versuchte Katharina die Stimmung zu beruhigen. »Es geht uns allen so. Niemand weiß ganz sicher, was mit ihm geschehen wird. Ich zum Beispiel, ich darf noch nicht mal nach Hause schreiben, weil unser Gut in Herzog Georgs Gebiet liegt und meine Familie in höchste Gefahr gerät, wenn sie mir bei der Flucht hilft oder mich sogar wieder aufnimmt.« Sie tastete nach Aves Hand. »Und den Geschwistern von Schönfeld ergeht es ebenso. Das Einzige, was wir haben, ist der Doktor Martin Luther.« Katharina fragte in die Dunkelheit. »Magdalena von Staupitz? Du hast an Doktor Martinus geschrieben, weil dein Onkel der Lehrmeister von ihm war und er deshalb den Brief eher liest, als wenn eine Unbekannte ihm schreibt.«

»Genau. Ich hab von unserm Konvent berichtet. Und weil er in seiner Schrift sagt, dass nicht nur die Mönche, sondern auch wir Nonnen das Kloster verlassen können, weil das Gelübde nicht mehr gilt, deshalb wollten wir neun seinem Wort folgen.«

»Und du hast geschrieben, dass wir zu ihm nach Wittenberg kommen«, ergänzte Katharina. »Das ist alles. Mehr Sicherheit haben wir nicht. Nun sollen Gott und Doktor Luther sich Sorgen machen, wie es mit uns weitergeht. Hörst du. Elisabeth? Wir halten zusammen. Wir kennen zwar unsere Zukunft nicht, aber keine von uns ist allein.«

Katharina spürte Aves Lippen nah am Ohr. »Oh Jungfrau«, flüsterte die Freundin. »Dass es so um uns steht, habe ich mir bis jetzt auch noch nicht klargemacht.«

»Still. Fang du den Jammer nicht wieder von vorne an!«

Kein Hindernis, keine Gefahr, nichts hielt das Fuhrwerk auf. Der Wagen rollte, holperte und rollte. Um sich herum hörte Katharina tiefes Atmen, von irgendwo drang sogar Schnarchen herüber. Die erste Entspannung, trotz aller Aufregung befiel sie Müdigkeit. Alle haben geschlafen, dachte sie noch, die Jünger, auch Petrus …

Pfeifen. Leise, kurze Pfiffe. Die Nonnen schreckten aus dem Dämmerschlaf hoch, hielten den Atem an. Katharina presste die Hand auf den Mund. Der Wagen verlangsamte die Fahrt, hielt. Am Ende der Ladefläche wurde an den Schnüren der Plane geruckt und gezogen. Furchtsam rückten die Frauen noch enger zusammen.

Die Plane hob sich leicht. Schemenhaft war ein Kopf, ein Gesicht zu erkennen. »Keine Angst«, versicherte eine gedämpfte Stimme. »Ich bin es, der Neffe. Mein Onkel sagt, wir machen hier Rast. Wer von euch mal pinkeln muss, der kann schon mal rauskommen. Ich zeige euch eine gute Stelle.«

»Geh zurück zu deinem Gaul«, unterbrach ihn Leonard Koppe und stieß den Sohn seines Bruders unsanft beiseite. »Niemand hat dir erlaubt, die Plane zu öffnen. Und in was für einem Ton redest du mit den Schwestern?«

»Aber ich wollte dir nur Arbeit abnehmen.«

»Ich kenne dich. Und deshalb ab mit dir zu deinem Kumpan. Versorgt eure Pferde, und haltet euch von unsern Mädchen fern!« Koppe wartete, bis der Neffe maulend davonschlurfte, dann öffnete er die Plane noch ein Stück mehr. Das frühe Morgengrau hatte bereits die Nachtfinsternis verdrängt. »Wir haben die Fahrstraße verlassen und lagern hier am Ufer der Mulde«, informierte er die Nonnen. Nicht weit von hier sei die Fährstation. »Das Gebiet hier und auch drüben die Stadt Wurzen gehören Herzog Georg und unserm Kurfürsten Friedrich gemeinsam. Hier lassen beide kontrollieren.« An der Fähre konnte also die größte Gefahr dieser Flucht lauern. Gleich bekreuzigten sich die Nonnen. »Wird schon gut gehen«, beruhigte der Kaufmann. Sobald es noch etwas heller und die Sicht nach drüben frei wäre, würden sie zurück auf die Straße und mit dem Wagen übersetzen. »Aber jetzt steigt erst mal ab und vertretet euch die Beine. Wir Männer bleiben hier, dafür sorg ich.« Er deutete in Richtung Fluss: »Da drüben habt ihr Wasser zum Trinken und zum Waschen. Na ja, und da könnt ihr auch …« Er stockte, wusste nicht weiter und hob die Achseln. »Na ja, alles könnt ihr da.«

Bewegen, laufen, den Rücken strecken, tief atmen gegen den Heringsgeruch. Katharina dehnte sich. Bald glaubte sie, die frische Luft wieder auf der Zunge zu schmecken. »Frohe Ostern«, flüsterte sie Elisabeth ins Ohr. Ehe die kleine Nonne etwas erwidern konnte, schloss Katharina sie in die Arme, drückte sie an den Busen. »Hab keine Angst, der da oben sieht uns.«

Elisabeth klammerte sich fest. »Ganz sicher?«

»Bestimmt.«

»Danke.« Die Nonne lief in Richtung Wagen davon.

»Ja, Gott sieht uns«, seufzte Katharina und folgte ihr. »Ich hoffe es wenigstens.«

Glück. So früh hatten keine Bewaffneten am Fährhaus Posten bezogen. Auf der schwimmenden Plattform mussten die Pferde ausgeschirrt werden. Kaufmann Koppe sicherte selbst die Bremsklötze des Planwagens, steckte zusätzlich noch zwei Stangen in die Speichen der Räderpaare. »Wir sind so weit!«, rief er dem Fährmann zu. Der löste die Leine.

»Halt!« Ein Befehl! »Wartet!« Hinter dem Fährhaus stürmten zwei Waffenknechte vor und sprangen noch auf die Plattform. Herzog Georgs Männer! Die Kerle grinsten. »Haben verschlafen.«

Geführt von einem quer über den Fluss gespannten Tau, schwamm das Floß, gelenkt vom Fährmann, auf das andere Ufer zu. Immer noch grinsten die Posten. Einer deutete auf den Planwagen und erkundigte sich beim Kaufmann: »Was fahrt Ihr da?«

»Bin auf dem Rückweg nach Torgau. Hab Heringe ins Kloster Nimbschen gebracht. Hab die leeren Tonnen wieder mitgenommen.«

Der andere kontrollierte die Frachtpapiere und reichte sie zurück. »Geht in Ordnung.«

Kurz vor Erreichen der Anlegestelle verlangten beide Bewaffneten unvermittelt: »Öffnet die Plane!« Sie wollten einen Blick auf die Ladung werfen. Da beide schmalen Enden des Wagens und auch eine der Längsseiten zu dicht ans Wasser reichten, blieb nur die eine Seite. Leonard Koppe löste selbst die Schnur, lockerte sie in den Ösen und schob mithilfe seines Neffens die Plane nach oben. Fünf Fässer zeigten sich. Die Posten zückten die Schwerter, schlugen mit dem Knauf gegen die Dauben. Hohl dröhnte das Echo. Gleichzeitig biss ihnen der Fischgeruch in die Nasen.

»Wollt Ihr reinschauen?«, erkundigte sich der Kaufmann höflich.

Da grinsten die Knechte wieder. »Du willst wohl, dass wir den ganzen Tag nach Hering stinken?«

In aller Ruhe schirrte Leonard Koppe mit den beiden Helfern die Gäule wieder ein, stieg auf die Kutschbank und ließ anziehen. Als das Fuhrwerk sicher die Fahrstraße erreicht hatte, lockerte er die Zügel, seine Pferde fielen in leichten Trab, und er pfiff eine kurze Melodie vor sich hin, wiederholte sie immer aufs Neue. Wurzen lag längst hinter ihnen, als er endlich das Gepfeife einstellte. »Keine Gefahr mehr!«, rief er seinen Schützlingen unter der Plane zu. »Nun bleiben wir auf sicherem Boden. Unser gnädiger Kurfürst sieht es zwar nicht gern, wenn Mönche und Nonnen aus den Klöstern davonlaufen, aber er fängt sie auch nicht wieder ein.«

»Gelobt sei Jesus Christus. Amen«, hörte er aus dem Versteck zwischen den Fässern.

»Na, der hat nicht viel dazu getan. Denke, dafür solltet ihr dem Doktor Luther danken, weil der einen guten Einfluss auf unsern gnädigen Fürst Friedrich hat.«

Gegen Mittag gelangten sie nach Torgau. Mehr als die Hälfte des Weges war geschafft. Der Kaufmann lenkte das Fuhrwerk direkt zum Pfarrhaus, sein Neffe meldete Pastor Gabriel Zwilling die Ankunft, und ohne Zögern durften Pferde und Wagen in den Innenhof. Kaum war das Tor geschlossen, als Leonard, seine Begleiter und sogar der einäugige Pastor die Schnüre an der Plane hastig aufschnürten. Gemeinsam zogen sie die Abdeckung von der Ladefläche.

»Willkommen, Töchter der Freiheit.« Gabriel Zwilling strahlte, breitete die Arme weit. »Willkommen!« Da sich keine der Frauen hineinstürzen wollte, ließ er die Hände wieder sinken.

Nach und nach hockten sich die Nonnen auf. Das jähe Sonnenlicht schmerzte. Einige mussten die Augen schützen. Katharina griff zum Kopf, zögerte, dann, mit einem Mal entschlossen, fasste sie nach Haube, Tuch und Schleier und streifte alles in einem einzigen Ruck ab. Erschrocken über den eigenen Mut saß sie erstarrt da. Ein neues Gefühl. Sie spürte die Sonnenwärme unter dem kurz geschorenen Haar auf der Kopfhaut. »Oh Gott«, flüsterte sie, »ist das schön.«

Neben ihr hatte sich Ave aufgerichtet. Auch sie tastete mit beiden Händen nach oben, entfernte die Kopftracht, rieb sich durchs kurze Haar, lachte verlegen. Das Staunen der anderen löste sich, sie zögerten nicht länger. In wenigen Handgriffen befreite jede das Haupt von der klösterlichen Stoffenge. Gemeinsam standen sie auf, ihre Gesichter leuchteten.

Als Erster klatschte ihnen Pastor Zwilling von unten zu: »Welch ein Osterfest!« Dann applaudierten auch Leonard und die beiden Helfer.

Zwei Nächte Rast. Der große Dachboden des Pfarrhauses wurde zum Ruhekissen für Seele und Körper. Am Dienstag nach Ostern legten die Frauen wieder ihre Nonnentracht an. Sosehr sich auch Pfarrer Zwilling bemüht hatte, in der kurzen Zeit waren keine weltlichen Kleider für alle Frauen aufzutreiben gewesen. Drei Bürgersfrauen hatten sich von ihrem abgetragenen Sonntagsstaat getrennt, doch die milden Gaben genügten nicht. Nach kurzer Beratung waren sich die Nonnen einig. Keine von ihnen sollte bevorzugt werden. Katharina hatte die Spende an den Pastor zurückgegeben. »Entweder Unterkleider und Obergewänder für alle, oder wir verzichten. Dank für Eure Mühe.«

Beim Abschied nestelte Gabriel Zwilling an der schwarzen Klappe über dem rechten Auge. »Ich muss gestehen, dass ihr mich überrascht. Erwartet hatte ich verschüchterte, angstvolle Weiblein. Und gekommen sind Frauen mit starkem Willen.«

Da lachte Katharina bitter: »Täuscht Euch nicht in uns. Stark sind wir nur in der Gemeinschaft. Das hat uns das Klosterleben gelehrt. Im Herzen aber hat jede von uns Angst. Denn in Wahrheit stehen wir vor dem Nichts.«

»Luther wird helfen. So wie er auch mir geholfen hat.« Zwilling berichtete kurz von seiner Wittenberger Zeit. Damals wollte er wie auch Professor Karlstadt die Veränderung in der Kirche erzwingen, wollte viel zu viel auf einmal. Damals hätte Luther ihn gemäßigt, zur Einsicht gebracht, dann hätte er ihn wie einen verlorenen Sohn wieder an seine Seite gehoben und ihm diese Pfarrstelle besorgt. »Nun kämpfe ich in seinem Sinne, streite für die Reformen, wie er sie vorgibt.« Gabriel hob die schwarze Augenklappe, zeigte Katharina die leere Höhle. »Glaubt mir, mit dem einen mir noch verbliebenen Auge sehe ich dank Doktor Martinus wesentlich besser als früher mit beiden.«

Kurz wagte sie einen forschenden Blick auf die schmächtige Gestalt, gleich wandte sie den Kopf wieder zur Seite. »Ihr redet von ihm, als wäre er kein Mensch.«

»Er ist mehr. Ganz gewiss.«

Ein Seufzer. »Viel mehr muss es ja nicht sein.« Ihr gelang ein schmales Lächeln. »Etwas mehr als ein Mensch aber wäre gut für meine Mitschwestern und mich.« Sie reichte Pastor

Zwilling die Hand. »Im Namen von uns allen möchte ich Euch für die herzliche Aufnahme danken. Hier war unsere erste Zuflucht.«

Der Wagen stand bereit. Keine Heringsfässer mehr, die Plane lag zusammengerollt hinter der Kutschbank. Leonard Koppe hatte stattdessen von seinem Neffen Bänke auf der Ladefläche befestigen lassen, ihn aber dann mit dem zweiten Helfer vorausgeschickt. »Ihr sichert für uns den Weg. Lasst gehörigen Abstand vom Wagen, aber immer so weit, dass ich euch noch sehe. Den Rest der Fahrt schaffe ich mit den Frauen allein. Sie sollen es gut haben.«

»Was willst du mit denen?«, hatte ihn der Neffe angemault. »Die sind doch viel zu jung für so einen alten Knochen.«

»Verschwinde«, Leonard hatte mit der Kappe nach dem Burschen geschlagen, »ehe ich dir die Knochen breche!«

Jetzt half Leonard Koppe seinen Schützlingen auf den Wagen. »Kissen sind genug da. Setzt euch nur bequem hin.«

Um so wenig Aufsehen wie möglich zu erregen, streiften die Nonnen in den Dörfern ihre Kapuzen über. In freier Landschaft aber saßen sie barhäuptig da, genossen den Wind und den blühenden Frühling.

»Seht ihr den Turm?« Leonard Koppe wies mit der Peitsche nach vorn. »Das ist die Schlosskirche von Wittenberg. Bald haben wir es geschafft.«

Direkt nach der langen hölzernen Brücke über die Elbe warteten die beiden Helfer.

»Verflucht, du musst dir was anderes für die Weiber einfallen lassen, Onkel.« Der Neffe schlug immer wieder die Faust in seine linke Handfläche. »Wir haben schon gefragt, aber die Posten wollen das Fuhrwerk nicht in die Stadt lassen.«

»Wir werden sehen.« Leonard vernahm hinter sich leise Stoßgebete. »Es wird schon werden«, tröstete er über die Schulter. »Verhaltet euch nur still!«

Trotz Protest musste der Kaufmann draußen auf dem Torplatz anhalten. Endlich erschien der Kommandant.

»Wirklich Nonnen?« Er zählte und traute seinen Augen nicht. »Das sind neun Stück.«

»Aus dem Kloster Nimbschen.«

»Zeigt mir ihre Geleitbriefe.«

Langsames Kopfschütteln. »Es gibt keine.«

»Herr ...« Der Kommandant stockte, begriff und glaubte es nicht. »Ihr wollt damit andeuten ...?«

»So ist es.« Leonard Koppe hob die Achseln. »Die Nonnen sind geflohen.«

»Alle neun?«

Darauf antwortete der Fluchthelfer nicht. Er versuchte es mit einem Lächeln. »Lasst uns einfahren. Wir sind lange unterwegs. Die Damen sind müde.«

»Aber wohin mit ihnen?«

Kaum war der Name Martin Luther gefallen, fand der Kommandant die Fassung wieder. »Weiß unser Doktor von der Fuhre?« Ohne die Antwort abzuwarten, beschloss er: »Wir verständigen Doktor Martinus. Wenn der Ja sagt, lasse ich Euch passieren.«

Das Gerücht verbreitete sich rasch, wucherte von Straße zu Straße. Ehe Luther das Augustinerkloster verließ, wussten schon die Studenten: Da sind neun Nonnen aus dem Kloster geflohen. Nackt sitzen sie vor dem Tor auf dem Wagen. Gerenne setzte ein. Keiner wollte sich das Schauspiel entgehen lassen.

Als Martin Luther das Tor erreichte, musste ihm der Kommandant den Weg durch die Menge bahnen. »Lasst den Studentenpöbel nicht nach draußen vors Tor.«

Luther begrüßte den Kaufmann, sprach kurz mit ihm, dann blickte er zu den Frauen hoch. Still saßen sie auf den Bänken, die Rücken gerade, ohne Kopftracht, alle Augen auf den Reformator gerichtet.

Nie vorher sah Martin solche Blicke, nie traf ihn solch eine

Verantwortung. »Willkommen«, flüsterte er, musste sich räuspern, sagte es lauter: »Willkommen.« Und setzte hinzu: »Mit Gottes Hilfe werden wir weitersehen.«

Katharina tastete nach der Hand ihrer Freundin. »Er ist nur ein Mensch. Leider.«

17

Seit gestern regnete es in Allstedt, nicht heftig, weil kaum Wind ging, doch ohne Unterbrechung. Die Wolken hingen tief, nur schemenhaft waren hin und wieder oben auf dem Berg die Mauern und Türme des Schlosses zu erkennen. »Ausgerechnet jetzt, wenn alles blüht!« Hinter dem Marktplatz zog Dorothea die Kapuze tiefer. Sie ging in Richtung Stadtmühle, wollte beim Bäcker frisches Brot holen. »Meine armen Bienen. Verfluchter April. Angefangen hat er so schön warm, als käme bald der Sommer. Und jetzt …« Eine große Pfütze. Ganz in ihren zornigen Gedanken wollte sie mit einem langen Hüpfschritt hinüber, zu kurz. Erst landete der rechte Schuh tief im Wasser, dann auch der linke. Die Brühe spritzte. »Herrgott! Das auch noch.«

»Beim Teufel!«, fluchte eine Männerstimme. »Könnt Ihr nicht achtgeben!«

Erschreckt hob Dorothea den Kopf. Neben der Pfütze stand ein Paar. Die Frau trug einen langen Umhang, das Tuch klebte nass am Kopf, Dreckspritzer sprenkelten ihr Gesicht. Auch der Mantel des hoch aufgeschossenen jungen Mannes an ihrer Seite war besudelt.

»Oje, das tut mir leid«, Dorothea watete aus der breiigen Lache, »was kann ich tun?«

Gleich wandte die Frau den Kopf zur Seite, schirmte ihre Wange mit der Hand und fasste mit der anderen den Arm ihres Begleiters.

Das Schuldgefühl in Dorothea nahm zu. »Verzeiht, Ihr müsst Euch nicht schämen. Hier, nehmt …« Sie raffte eine Hälfte ihres Umhangs hoch und bot den Stoff an. »Damit könnt Ihr Euch sauber machen.«

»Nicht nötig«, wehrte die Fremde leise ab. »Danke.«

»Aber wie kann ich helfen? Soll ich vielleicht den Weg zeigen? Wo wollt Ihr hin?«

Der junge Mann hob die Hand. »Danke. Ich kenne mich inzwischen in der Stadt aus, und St. Wigberti ist nicht zu verfehlen.« Er zog die Frau mit sich fort.

Dorothea sah dem Paar hinterher, bis es nach rechts abbog. »Die armen Leute. Jetzt hab ich ihnen die Kleider versaut.« Sie lehnte sich an eine Hausmauer, zog erst den einen Schuh aus, entleerte ihn vom Schlamm, danach den anderen. Mit einem Mal hielt sie inne. Dieser Mann? Sein pickeliges Gesicht? Natürlich. Sie stieg wieder in die Schuhe. Das war der Diener von unserm neuen Pfarrer. Den hatte sie schon einige Male gesehen. Ambrosius, so hieß er. Aber wieso hatte der diese Frau bei sich? Und das bei solch einem Sauwetter? Ohne lange zu überlegen, bog Dorothea auch nach rechts ab. Als es ihr auffiel, betonte sie halblaut: »Nein, neugierig bin ich nicht. Will nur sehen, ob die beiden sich nicht doch verlaufen haben.« Sie lachte über sich selbst.

Das Paar war schon verschwunden. Vor ihr ragte der Turm von St. Wigberti hoch. Kein gewöhnlicher Kirchturm. Er passte gar nicht zum Hauptschiff, war angemauert, ein hoher klobiger Klotz aus groben Steinen. Bis unterhalb der Glockenstube gab es sogar Zimmer. Und dort ganz oben hatte Pfarrer Thomas Müntzer seine Wohnung genommen. Immer noch wunderten sich viele Bürger der Stadt, dass der neue Pastor von St. Johannis ausgerechnet in den Turm von St. Wigberti gezogen war. Einige munkelten, dass er wohl möglich mit dem dort angestellten Hilfspfarrer Simon Haferitz aus einer gemeinsamen Branntweinflasche den Heiligen Geist beschwören wollte. »Nein, das glaub ich nicht.« Dorothea schüttelte den Kopf. »Wenn ich an die strengen Predigten denke, dann glaube ich eher, dass Pfarrer Müntzer dem Trunkenbold sehr bald das Saufen abgewöhnen wird.«

Sie kehrte um, der Bäcker hatte seine Stube in der Nähe der Stadtmühle. Aber wieso brachte dieser Ambrosius eine Frau zur Wigbertikirche? »Gewusst hätte ich es schon gern«, flüsterte Dorothea und wich der nächsten Pfütze im großen Bogen aus.

Auf halber Treppe zur Turmwohnung hinauf bat die erschöpfte Frau: »Warte, Ambrosius, lass mich erst zu Atem kommen. Es genügt schon, dass ich völlig durchnässt bin und von dieser unseligen Person mit Dreck besudelt wurde. Ich will ihm nicht begegnen und auch noch nach Luft hecheln.« Sie hockte sich auf die Stufe. Der Begleiter knickte den dürren Leib ein und nahm neben ihr Platz. »Außerdem schlägt mir das Herz bis in die Schläfen.« Sie faltete die Hände im Schoß, wiegte sich vor und zurück. »Auf dem ganzen Weg vom Kloster bis nach Allstedt hatte ich nur Angst, dass sie uns Verfolger nachschicken, dass wir eingefangen werden, dass sie dich einsperren und mich nach Beuditz zurückbringen.« Stärker bewegte sie den Oberkörper. »Aber seit wir in Sicherheit sind, fürchte ich mich vor ihm. Was ist, wenn er von mir enttäuscht ist? Er ist meine einzige Hoffnung. Aber zwei Jahre sind eine lange Zeit, da ändert sich …«

»Keine Sorge, Schwester Ottilie. Pfarrer Müntzer hat es Euch versprochen, und er hält sein Wort. Sonst hätte er mich erst gar nicht auf die gefährliche Reise geschickt. Und jetzt …«, Ambrosius erhob sich, streckte die Hand und half ihr von der Stufe hoch, »jetzt zeigen wir uns.« Oben angelangt, pochte der Diener kurz und öffnete die Tür. Er trat einen Schritt ins Zimmer. Ottilie blieb draußen stehen.

Thomas Müntzer beugte sich neben dem Glutbecken über das Schreibpult, die Feder in der Hand, sah er von einem Papier auf. »Du warst lange fort. Zwei Tage.« Vorwurf schwang in der Stimme mit.

Gleich wehrte sich Ambrosius. »Erst mal befindet sich das Kloster Beuditz nicht hinterm nächsten Berg. Zum andern ist es nicht einfach, eine Nonne zu entführen. Oder glaubt Ihr etwa, die Oberin hätte …?«

»Genug, Junge«, unterbrach Müntzer, »warst du erfolgreich? Wo ist Ottilie von Gersen?«

»Hier bin ich.« Sie trat hinter dem Rücken des langen Burschen vor. »Gelobt sei Jesus Christus.«

Die Lider verengt, den Mund halb geöffnet, verließ der Pfarrer das Stehpult. »In Ewigkeit, Amen.« Er ging einige Schritte auf sie zu, blieb stehen. Sein dürrer Zeigefinger deutete in ihr Gesicht, senkte sich langsam bis zu ihren Schuhen. »Von der Größe her ist nichts auszusetzen«, bemerkte er mehr zu sich selbst, dann richtete er das Wort an sie: »Willkommen, Ottilie.«

Sie knickste, griff nach der Hand und küsste sie. »Danke, Kaplan Thomas, dass Ihr Euch an mich erinnert habt.«

»Nicht mehr Kaplan.« Energisch entzog er ihr die Finger. »Ottilie, merke es dir: Ich bin der Hauptpfarrer dieser Stadt.«

»Verzeiht. Noch vor zwei Tagen war ich Nonne. In meinem neuen Leben kenne ich mich noch nicht aus.«

»Die Nonne lassen wir ab sofort draußen.« Darüber lachte er dünn. »Wie ich es dir damals versprach, bist du von mir für eine wichtige Aufgabe vorgesehen. Ehe wir aber weiter entscheiden, solltest du nebenan deine nassen Kleidungsstücke ablegen und deinen Körper reinigen.« Er schnippte Ambrosius und deutete auf den großen Tiegel. »Du bringst von unten aus der Küche warmes Wasser.« Dann wies er ihr die Tür zur Schlafkammer. »Dort hinein, Ottilie. Ich sehe dann später nach dir.«

An der Wand hingen an eisernen Haken, sorgfältig getrennt voneinander, der Rock, das Unterzeug und einige Hüte. Es gab neben dem Hocker eine Truhe. Auf der heugestopften Matratze lag ein an den Enden gezupftes Federbett, und in der Nähe des Fensters stand der schlichte faltbare Sichtschutz, hinter dem sich das Nachtgeschirr und die Waschschüssel verbargen.

Ottilie gefiel das Inventar. In meiner Zelle hatte ich nicht so viel, dachte sie und schlang die Arme um den Körper, ihr war kalt. Sie wartete. Endlich brachte Ambrosius den dampfenden Bottich, stellte ihn wortlos vor das dreiflügelige, mit Stoff bespannte Gestell, die Tücher zum Trockenreiben legte er oben über den Holzrahmen.

»Danke«, Ottilie lächelte ihm zu, »du hast mir sehr geholfen. Ohne dich wäre ich jetzt nicht hier.«

Er sah sie nur durchdringend an, leicht nach vorn gebeugt, um den Kopf nicht anzustoßen, entschwand er wieder durch die Tür.

Ottilie löste die Halsschleife und legte den Reisemantel ab.

Im Wohnraum rückte Ambrosius einen Stuhl vom Tisch und ließ sich nieder. »Mut hat sie.« Er fuhr langsam mit dem Zeigefinger über den Nasenrücken. »Erst bin ich als Besucher ins Kloster. Hab gesagt, ich sei ein entfernter Vetter, wär auf dem Weg nach Leipzig zur Universität.«

Thomas Müntzer setzte sich zu ihm. »Ich kenne dieses Besuchszimmer. Es gibt nur ein Sprechfenster, viel zu schmal, um dort hinauszuschlüpfen. Außerdem kann die Oberin jederzeit das Gespräch belauschen.«

»Ich war auf der Hut und habe während des ausführlichen Berichts über meine Studien nur kurz Euren Namen erwähnt und gesagt: Jetzt sei es so weit.« Ambrosius wackelte mit dem kleinen Kopf. Keine Fragen, keine Zweifel. Sie hätte genickt und hinter vorgehaltener Hand geflüstert, sie käme in der Nacht. Er solle in der Nähe der Klosterpforte auf sie warten.

»Sie muss alles lange vorher geplant haben.« Kurz nach Mitternacht hätte sich das kleine Tor einen Spaltbreit geöffnet, und Ottilie wäre hinausgeschlüpft. »Im Schein der Laterne über dem Eingang konnte ich sie genau beobachten.« Ambrosius grinste bei der Erinnerung. »Diese schlaue Nonne. Sie ist nicht gleich weggeschlichen, sondern …«, er dehnte die Pause, bis sein Herr mit dem Knöchel fordernd auf den Tisch pochte, »Schwester Ottilie hat abgeschlossen.«

Der Pfarrer setzte sich auf. »Wie war das?«

»Wie ich es sage«, Ambrosius klatschte kurz in die Hände, »abgeriegelt. Sie hat die Oberin und alle anderen Nonnen eingesperrt.« Den Schlüssel hätte sie außen im Schloss stecken lassen und sei davongelaufen. »Ich hab sie eingeholt und dann sind wir ohne ein Wort bis zum Morgengrauen gewandert. Da erst habe ich gefragt.« Ottilie hätte gewartet, bis die Schwester Pförtnerin eingeschlafen sei. »Damit nichts klirrt, hat sie den Schlüsselbund mit einem Wolltuch vom Haken genommen. Und ist so ohne Laut zur Pforte raus.«

Müntzer stützte die Ellbogen auf den Tisch und ließ die Fingerkuppen gegeneinanderspielen. »Daran siehst du, wie sehr der Wunsch, mir nahe zu sein, den Verstand dieses Weibes beflügelt.«

»Meint Ihr?«, staunte Ambrosius, der leise Spott war nicht zu überhören. »Deswegen also ist sie so schlau?«

»Bursche! Für Scherze bin ich nicht zu haben.«

»Verzeiht.« Gleich neigte der Diener den Kopf. »Ich wollte nur sagen, wenn alle Nonnen so sind wie Schwester Ottilie, dann hätte ich besser gleich zwei aus dem Kloster geholt. Eine für Euch und eine für mich.«

Ernst sah ihn Müntzer an. »Jeder Mann hat das Recht auf ein Weib. Darin pflichte ich dir bei. Hab etwas Geduld, mein Freund. Sobald sich die Gelegenheit bietet, werde ich für dich ein passendes Weib beschaffen.« Er blickte zur Schlafkammer. »Aber nun erwartet mich noch eine Pflicht. Du gehst derweil in deine eigene Stube.« Damit erhob er sich und betrat, ohne zu klopfen, den Nebenraum.

Ottilie lag auf der Matratze, das Federbett bis über die Brüste hochgezogen, hatte sie die Augen geschlossen, ruhig ging ihr Atem.

»Ich weiß, du bist müde.« Er stand neben dem Bett und faltete die Hände vor dem dunklen Rock tief unterhalb des Nabels. Seine Stimme wurde schärfer. »Ungeachtet dessen bitte ich dich um noch etwas Aufmerksamkeit.«

Ottilie öffnete erschreckt die Lider. »Jesus Christus, ich bin eingeschlafen. Entschuldigt, Kaplan, nein, Pfarrer Thomas.«

»Es sei dir verziehen.« Wieder sanft, fuhr er fort: »Fürchte dich nicht. Ich werde dich in meinen Haushalt aufnehmen. Wir haben zwischen zwei Möglichkeiten zu entscheiden. Entweder bleibst du als Magd oder als meine Ehefrau.«

Ottilie bebte die Unterlippe. Gottlob, ich darf bleiben, dachte sie und flüsterte: »Danke, danke, dass Ihr mich nicht fortschickt.«

»Nun. Es geht in dem ehelichen Lager allein um die Fortpflanzung.«

Er wartete, bis sie nickte.

»Vorher aber ist es für dich notwendig zu wissen, ob sich dort ein Verworfener oder ein Auserwählter fortpflanzen wird.« Ein bedeutungsvoller Blick zum Himmel. »Zu deinem Glück bin ich von Gott auserwählt. Dies heißt, ich werde bei der ehelichen Verrichtung die Schar der Auserwählten vermehren. Und dazu bedarf ich eines Weibes mit makellosem Leibe.« Er lächelte dünn. »Konntest du mir bisher folgen?«

»Ich hoffe es.« Sie runzelte die Stirn. »Nein, so ganz nicht. Weil ich mir das zwischen Mann und Frau einfacher vorgestellt habe. Aber wenn es Euch um Sauberkeit geht, da kann ich Euch versichern, da bin ich immer makellos.«

»Sauberkeit setze ich voraus.« Er öffnete die gefalteten Hände und verschränkte sie gleich wieder auf dem Rücken. »Du sollst der Kelch für meinen Samen sein. Und aus diesem heiligen Grund muss ich das Gefäß in Augenschein nehmen.«

Ottilie benötigte einen Augenblick. Was verlangt er? Ich soll unkeusch …? Sie prüfte seine Miene. Oh heilige Jungfrau, es ist ihm ernst. Er meint wirklich, was er sagt. »Wenn ich Euch richtig verstehe, Pfarrer Thomas. Ihr wollt meinen Körper sehen, damit es nachher keine böse Überraschung gibt.«

»So direkt und persönlich möchte ich es nicht ausdrücken. In der Sache aber gebe ich dir recht. Nun zeige dich!«

Ottilie zögerte, dann aber wollte sie ihn nicht verärgern und räumte mit einer großen Armbewegung das Federbett beiseite, lag still da und schloss die Augen.

Ohne die Hände im Rücken zu lösen, beugte er sich vor, begutachtete die festen Brüste mit den rosig schimmernden Warzen, beim Nabel hielt er sich nur kurz auf, gründlicher besah er Becken und dunkles Haarvlies. »Bitte, öffne die Schenkel ein wenig.«

Da er nun lange nichts sagte, schlug sie die Lider auf. »Ist etwas nicht in Ordnung?«

Wie ertappt hüstelte er, schlenkerte mit den dürren Fingern. »Dreh dich auf den Bauch!«

Ottilie gehorchte. Auch für die Inspektion ihres Hinterteils nahm er sich viel Zeit. Endlich befahl er: »Bedecke deine Blöße!«

Sie griff nach dem Federbett, verbarg ihren Körper darunter. »Seid Ihr zufrieden?«

Seine Zungenspitze benetzte die trockenen Lippen. »Freue dich, du wirst das Weib an meiner Seite werden. Schon in den nächsten Tagen will ich die Ehe mit dir eingehen.«

Er ging zur Tür, dort wandte er sich noch einmal um. »Solange es noch hell ist, darfst du dich auf meinem Lager ausruhen. Die kommende Nacht und die Nächte bis zur Hochzeit wirst du in der Stube schlafen.« Er versprach, schon morgen die Zeugen für den Vollzug der Ehe zu bestimmen und den Termin festzulegen. »Wir sollten den Akt der Fortpflanzung möglichst nicht unnötig hinauszögern. Willkommen!«

Die Tür klappte. Ottilie lag reglos da. Ob alle Männer so sind? Erst nach einer Weile rollte sie sich zusammen. Ganz gleich, Hauptsache, ich darf bleiben. Pfarrer Thomas ist eben etwas Besonderes. Und ich werde versuchen, ihm eine gute Frau zu sein.

18

Stimmen im Hof. Frau Agathe schaute zum Küchenfenster hinaus. »Oh Gott, der Pfarrer.« Mit fliegenden Fingern band sie die schmutzige Schürze ab, dabei rief sie nach ihrer Tochter: »Dorothea, bring mir die Sonntagsschürze. Rasch, rasch! Und zieh dein Kopftuch an. Pfarrer Müntzer ist gekommen. Vater führt ihn gerade rein.«

Dorothea brachte ihr die mit Blumen bestickte weiße Schürze. Geübt, in drei Drehungen schlang sie selbst ihr langes Haar im Nacken zusammen, steckte es mit der Spange fest und band das Kopftuch unter dem Kinn. »Was ist mit der Wäsche?«

An einer Leine nahe dem Herdfeuer hingen die frisch gewaschenen Unterhemden und Leibchen. »Runter damit, versteck die Sachen hinter der Truhe!«

»Aber, Mutter, die sind sauber.«

»Ach, Kind, nun mach schon.«

»Nur für den Pfarrer?« Dorothea schüttelte den Kopf und ging mit Absicht langsam zur Leine. Langsam genug. Schon öffnete sich die Tür. Spenglermeister Gerlach bat den Gast herein, bot ihm sogar den Vortritt. »Ich bin überrascht und erfreut«, strahlte er.

Thomas Müntzer trug den langen, schwarzen Gehrock der Gelehrten, er zog das Barett und verneigte sich leicht vor der Hausherrin. »Gottes Segen. Ich bitte, meinen Überfall zu entschuldigen.«

»Aber wo denkt Ihr hin?« Frau Agathe errötete. »Wann kommt schon mal so hoher Besuch? Hätte ich es vorher gewusst, dann hätte ich …«, sie deutete leicht hilflos zur Wäsche an der Leine, zum angeschnittenen Schinkenspeck auf dem Tisch, »etwas vorbereitet.«

»Keine Umstände, gute Frau.« Müntzer drehte die flache Kopfbedeckung zwischen den Fingern. »Heute komme ich unangemeldet und kurz wegen einer wichtigen Angelegenheit. Demnächst aber statte ich Euch und Eurem Gemahl, so Ihr es wünscht, gerne einen ausgedehnten Besuch ab. Dafür schicke ich natürlich vorher meinen Diener.« Sein Blick heftete sich auf Dorothea. »Und diese Jungfer …?«

Konrad Gerlach nahm ihren Arm, zog sie näher. »Das ist meine Tochter Dorothea, unser ganzer Stolz.« Die Freude über den Besuch verlockte ihn zu einem Scherz. »Sie ist nicht immer folgsam, aber gut geraten.« Er fasste ihre Schulter. »Nicht wahr, mein Töchterchen?«

Dorothea entwand sich der väterlichen Anpreisung und knickste vor dem Gast. »Gott zum Gruß, Herr Pfarrer.« Große, wasserhelle Augen erfassten sie, die dunklen Punkte in der Mitte betasteten ihr Gesicht, streiften über ihren Körper. »Gehorsam ist eine wertvolle Tugend, Jungfer Dorothea.«

»Keine Sorge, Herr Pfarrer. Ich übertreibe es nicht«, sie sah zu Boden, »wir kommen hier gut miteinander aus.«

»So soll es sein.« Müntzer wandte sich an den Hausherrn. »Kann ich Euch für einen Moment allein sprechen?«

Die gute Stube, einmal im Monat gründlich gereinigt, doch nur genutzt an Festtagen oder bei hohem Besuch. Konrad bot seinem Gast den gepolsterten Lehnstuhl neben der hüfthohen Statue des heiligen Sebastian an. Müntzer sah auf die mit Pfeilen durchbohrte Figur, zögerte, ehe er Platz nahm. »Diese Bildnisse … Ihr wisst, verehrter Meister, sie haben nur noch einen künstlerischen Wert. Für die Hinwendung zu unserm Herrgott benötigen wir sie nicht länger. Aber auch darauf werde ich in meiner Kirchenordnung hinweisen.«

»Ordnung?« Dieses Wort ließ den Spenglermeister aufhorchen. Er drehte den Heiligen mit der verwundeten Brust zur Wand und zog für sich einen Stuhl näher. »Seit Ihr Euer Amt angetreten habt, weht ein neuer Wind durch die Stadt. Ein guter, straffer Wind. Ordnung? Was meint Ihr damit?«

»Ich bin dabei, den hinterlistigen Deckel, unter dem das Licht der Welt verborgen gehalten ist, aufzuheben.« Müntzer ließ eine Pause, sah den Meister durchdringend an.

Konrad erwiderte den Blick mit halb geöffnetem Mund. »Hinterlistiger Deckel? Wie darf ich dies verstehen?«

»Latein. Die römischen Pfaffen haben die Gläubigen mit Absicht und Hinterlist dumm gehalten. Sie feierten die Messe in Latein, predigten sogar in Latein, und niemand hat es verstanden. Doch weg damit!« Ruckartig beugte sich der Hirte vor, wisperte verschwörerisch: »Das Volk soll teilhaben, soll wissen, was dort am Altar vor sich geht. Keine Schranke mehr zwischen Priester und Gemeinde, versteht Ihr?«

Konrad nickte, durfte sich als Mitwisser eines Geheimnisses fühlen und wagte, den Stuhl näher zu rücken. »Und die Ordnung?«

»Nun, werter Freund, ich bin dabei, die ganze Messe in verständliches Deutsch zu übersetzen. Und gleichzeitig verfasse ich eine neue Ordnung für das Kirchenamt in Allstedt.«

»Sehr gut. Wisst Ihr, ich bin für das Neue. Aber Regeln müssen her. Damit man weiß, woran man sich halten muss, ob man richtig oder falsch ist.«

Die dürren Finger berührten kurz die Hand des Spenglers. »Ihr seid ein rechtschaffener Mann. Ich zähle auf Euch.«

»Mit meinen ganzen Kräften will ich Euer Werk unterstützen.«

»Alles wird sich wandeln. Denn der Untergang aller Gottlosen steht bevor. Für die Auserwählten aber verdeutsche ich die Lobgesänge und göttlichen Psalmen, damit sie sich daran erbauen können.« Müntzer lehnte sich zurück. »Entschuldigt, Meister Gerlach. Mein Herz ist so erfüllt von der heiligen Aufgabe, dass ich beinah den Grund meines Kommens vergessen hätte.« Er ließ die Fingerkuppen gegeneinanderspielen. »Ich werde mir ein Weib nehmen, eine Nonne.«

Wieder sank Konrad das Kinn, ehe er etwas fragen konnte, beschwichtigte der Pfarrer. Landauf, landab verließen die Nonnen ihre Klöster. Nach der neuen evangelischen Regel hätten Pfarrer die Erlaubnis, zu heiraten und eine Familie zu gründen. Er ginge mit bestem Beispiel voran und nähme solch eine arme Ordensfrau auf und böte ihr ein Heim. »Und jetzt, da ich Eure Gesinnung kenne, möchte ich Euch bitten, als Zeuge für das Beilager morgen zu mir hinauf in meine Turmwohnung zu kommen.«

Überwältigt von alldem, vermochte Konrad Gerlach nur zu nicken, dann fasste er sich langsam. »Eine Ehre … Gerne. Wann, wann soll ich …?«

»Gegen Mittag, mein Freund.« Thomas Müntzer erhob sich. »Ich wollte noch den Bäckermeister als zweiten Zeugen gewinnen. Was haltet Ihr von ihm?«

»Anton Gruber? Ein tüchtiger Mann. Er sitzt im Stadtrat neben mir. Gruber ist eine kluge Wahl.«

»Dann sind wir uns einig.« Müntzer ließ den Blick durch die gute Stube schweifen. »Eine sehr schöne Truhe habt Ihr da.« Er ging darauf zu, und Konrad erklärte, dies sei ein Erbstück aus der Familie seiner Frau. »Dort bewahren wir die feineren Wäschestücke auf.«

»Für das Ansammeln gediegener Möbel fehlte mir bisher die feste Bleibe. Aber wer weiß, vielleicht bietet sich jetzt in Allstedt die Möglichkeit dazu.« Müntzer strich anerkennend über die Schnitzarbeit in der Deckelmitte, dabei fiel sein Blick auf das kleine Bild darüber an der Wand. »Dieser Holzschnitt?« Er beugte sich näher. »Das Motiv kommt mir bekannt vor.« Jäh richtete er sich auf. »Es ist eine Illustration aus dem Neuen Testament, aus der deutschen Fassung von Martin Luther. Woher habt Ihr den Holzschnitt?«

Konrad deutete auf den aufwendig gehämmerten Kupferrahmen. »Die Einfassung ist eine Arbeit von mir.«

»Woher?« Die Stimme nahm an Schärfe zu. »Ich bitte um Antwort!«

Der Spengler merkte nichts von der Veränderung in der Miene des Seelenwarts. »Unser zukünftiger Schwiegersohn lernt in Wittenberg bei Lucas Cranach Formschneider. Er hat uns diesen Vorabdruck mitgebracht.« Ein kleines Lachen. »Wir besaßen ihn schon, noch ehe er in der Bibel war.«

Müntzer stemmte die Hände in die Seiten. »Ihr wollt also Eure Tochter einem Wittenberger geben?«

Nun stutzte Konrad Gerlach. »Ein ehrlicher, fleißiger Bursche. Verzeiht, stimmt etwas nicht mit ihm?«

»Er kann nichts dafür.« Die Brauen wuchsen nach oben. »Er ist doch nur eine arme, verführte Kreatur.«

»Ach? So kam er mir bisher nicht vor.« Der Spengler rieb sich die Stirn. »Eher das Gegenteil.«

Müntzer faltete die Hände und schritt, den Blick himmelwärts gerichtet, in die Mitte der Stube, dichtauf folgte ihm Konrad. »Bitte, Herr Pfarrer, wenn es über diesen Burschen etwas zu sagen gibt, dann freiheraus damit. Schließlich geht es um meine Tochter.«

»Um ihr Glück und Seelenheil«, bestätigte der neue Allstedter Hirte mit tief gründelnder Stimme. »Ihr sollt wissen, Meister: Jeder, der in die Nähe dieses Martin Luther kommt, gerät in Gefahr, von seinem falschen Geist auf eine Schleimspur geführt zu werden, und er wird am Ende ausrutschen und ins Verderben stürzen.«

Rote Flecken prangten auf den Wangenknochen, Müntzer fasste den Arm des Hausherrn. »Gott sei es geklagt, dieser Bursche, der sich an Eure Tochter herangeschlichen hat, er mag vielleicht ein reines Gemüt haben. Aber er arbeitet in der Werkstatt des Cranach, und dort verkehren Luther und seine Genossen, und so ist er im Teufelskreis gefangen.«

Konrad schüttelte den Kopf. »Nichts begreife ich mehr. Ich dachte, Ihr selbst seid ein Anhänger des Doktor Martinus. Ihr würdet seine neue Lehre in unsere Stadt bringen.«

»Ich war Schüler und Weggefährte, ich war …« Der Zeigefinger schnellte nach oben. »Doch dieser da in Wittenberg ist stehen geblieben, schielt nach den Fleischtöpfen der Fürsten, während ich weitergegangen bin. Dazu werde ich Euch später mehr erzählen.« Der Finger zielte erneut auf das Bild im Kupferrahmen. »Nur eines sei gesagt: Luther ist ein Buchstabengelehrter, er verschlingt die toten Buchstaben der Bibel und spuckt sie unverdaut der Gemeinde ins Gesicht.«

Betroffen rieb sich Konrad die Wange. Müntzer setzte im Flüsterton nach: »Der Buchstabe tötet, der Geist aber macht lebendig. Ach, dieser hoch verstockte Unglaube in Wittenberg, der sich mit toten Buchstaben behelfen will und das Wahre leugnet. Wisse, mein Freund, die Bibel ist für den wahren Glauben nicht nötig, denn Gott schreibt mit seinem Finger dem Auserwählten direkt ins Herz.«

Überwältigt öffnete Konrad den Mund, schloss ihn wieder, schließlich sagte er: »Nur gut, dass Ihr für uns eine Kirchenordnung schreibt. Dann haben wir was. Daran können wir uns festhalten.«

Jetzt lächelte ihm Müntzer zu: »Und zwar auf Deutsch. Weil wir in Allstedt Deutsche sind und keine Franzosen oder Russen oder gar Römer. Allerdings …«

Die Finger schnippten scharf: »Wir sollten rein bleiben. Jedes falsche Gedankengut müssen wir abwehren. Sonst kann alles vergiftet werden. Ihr wisst, auf wen meine Warnung hinzielt?«

»Barthel. Der Schwiegersohn … nein, gottlob, er ist es ja noch nicht.«

»Und sollte es besser auch nie werden.«

Konrad faltete die Hände. »Wie sag ich's nur dem Kind? Wie der Frau?«

»Aber, Freund, Ihr seid der Herr in diesem Haus. Die Weibsleute haben zu gehorchen.«

»Wie recht Ihr habt, Herr Pfarrer.« Ein tiefer Seufzer. »So ist die Ordnung.«

Müntzer klopfte ihm auf die Schulter. »Als Trost für Eure Tochter weiß ich einen guten Ersatz. Mein Diener Ambrosius wäre ein vortrefflicher Schwiegersohn. Ihr werdet ihm morgen in meiner Wohnung begegnen.«

Müntzer öffnete die Tür und ging voraus, dicht gefolgt vom Spenglermeister. Er neigte den Kopf in Richtung Herd. »Ich hoffe auf ein baldiges Wiedersehen, Frau Agathe, Gott sei mit Euch!«

»Herr Pfarrer, Ihr seid immer willkommen. Gebt nur vorher Bescheid.« Sie neigte ebenfalls den Kopf. »Mein Kuchen ist sehr beliebt.«

Müntzer nickte Dorothea zu. »Dein Glück, meine Tochter, liegt mir sehr am Herzen.«

Sie unterbrach das Zerkleinern des Specks, legte das Messer auf den Tisch. »Was meint Ihr damit?«

Der Hirte hob leicht die Hand. »Das wird dein Vater dir sicher bald mitteilen. Leb wohl.« Er verließ das Haus und ließ sich von Konrad Gerlach über den Hof zum Tor geleiten.

Es dauerte, der Vater kehrte nicht zurück. Er wird sich wohl noch mit dem Pfarrer unterhalten, dachte Dorothea und schnitt die nächste Speckscheibe zu Würfeln. Nachher würden sie mit Zwiebeln scharf gebraten und unter das heiße Schmalz gemengt werden.

An der Feuerstelle blickte die Mutter über die Schulter. »Wo bleibt er denn?« Sie ging zum Fenster hinüber. »Das versteh ich nicht. Vater steht im Hof und starrt vor sich hin. Er rührt sich nicht.« Einen Spalt schob sie die Guckscheibe nach oben. »Was machst du da? Fehlt dir etwas?«

Wie ertappt zog Konrad den Kopf ein. »Es ist nichts. Ich komme schon.«

Gleich darauf betrat er die Küche, ohne seine Tochter anzusehen, ging er zum Herd, sah in die Glut, drehte den Schmalztiegel an der Kette etwas höher. »Warum? Das Fett muss richtig sieden.« Agathe ließ den Topf wieder hinab.

Er hinderte sie nicht daran. »Daraus wird nichts«, sagte er halblaut.

»Warte nur, Mann.« Ihr Lächeln versprach eine Köstlichkeit. »Ich gebe noch Apfelstücke dazu.«

»Vom Schmalztopf rede ich nicht.« Er deutete zu Dorothea

hinüber. »Das mit der Heirat zwischen ihr und dem Wittenberger, mein ich.«

»Wittenberger? Wer ist …? Ach, du redest von unserm Bartholomäus. Was hast du gesagt?« Fahrig wischte Agathe die fettigen Hände an der Sonntagsschürze ab.

»Es darf nicht sein.«

»Aber, Mann, du hast sie Barthel fest in die Hand versprochen!«

»Das war ein Irrtum.« Die Stimme wurde deutlicher. »Dieser Bartholomäus Reiche kommt mir nicht mehr ins Haus.«

Sein Name? Verwundert blickte Dorothea zu den Eltern hinüber. »Wieso tuschelt ihr über meinen Barthel?«

»Ach, Kind«, schluchzte die Mutter auf. »Vater hat etwas Schreckliches … er sagt …«

Konrad riss an der Schürze. »Du nicht. Ich bin der Herr in diesem Haus.« Er trat einige Schritte auf die Tochter zu. »Nach der Unterredung mit dem Pfarrer sehe ich jetzt klarer. Hochzeit zwischen dir und dem Wittenberger wird es nicht geben.«

»Vater!« Ein einziger Schrei.

»Wage es nicht noch mal, mich zu unterbrechen«, herrschte Konrad sie an und drohte mit der Faust. »Mir geht es allein um dein Glück und um dein Seelenheil. Die Entscheidung ist gefällt, finde dich damit ab.«

Dorothea presste die Hände vors Gesicht, aus geweiteten Augen starrte sie den Vater an, schüttelte den Kopf. »Niemals«, stammelte sie.

Die Mutter kam zu Hilfe. »Warum? Was hat der Pfarrer gegen unsern Barthel?«

»Doktor Martinus und seine Professoren sind nicht mehr für uns einfache Leute da, sie reden den Fürsten ums Maul. Und sie vergiften alle in ihrer Nähe, und Bartholomäus ist dabei.«

»Das ist ja schrecklich.« Frau Agathe wollte den Arm ihres Gatten berühren, ließ es aber. »Vielleicht können wir dem armen Jungen helfen?«

»Das Gift darf nicht nach Allstedt, meint Pfarrer Müntzer, sonst gehen wir alle zugrunde. Begreif doch, Frau …« Er streckte der Tochter die Hand hin. »Und du auch. Ich will dir nur Gutes. Schlag dir den Burschen aus dem Kopf, wir finden schon einen anderen für dich.«

Dorothea wandte sich um, verließ die Küche, ging aufrecht über den Hof zum Durchstieg zwischen Scheune und Werkstatt. Erst im Garten begannen ihre Schultern zu zucken, unter dem blühenden Apfelbaum musste sie sich am Stamm festhalten. Sie presste die Wange an die harte Rinde und weinte.

19

War die Eheschließung des Pfarrers noch ein Geheimnis? Weder der Bäcker noch der Spengler wussten es genau. Waren nur sie beide als Zeugen fürs Beilager eingeweiht? Konrad stand in der Backstube und hob die Schultern. »Wir hätten ihn gestern fragen sollen.«

»Einen Beschluss vom Stadtrat benötigt Pfarrer Müntzer jedenfalls nicht, wenn er heiraten will. Also braucht es keiner in Allstedt vorher zu wissen.« Anton Gruber nahm den Metallschaber wieder zur Hand und reinigte das nächste der großen Backbleche. »Eine Nonne, so was. Weißt du, Konrad, wenn du mir vor ein paar Jahren erzählt hättest, dass überall im Land die Nonnen aus ihren Klöstern fliehen und heiraten würden. Da hätte ich dich nur gefragt, wie viel Bier und Branntwein du schon getrunken hättest.«

»Das ist eben die neue Zeit. Da ändert sich viel. Wir müssen nur zusehen, dass möglichst rasch auch eine neue Ordnung kommt.« Konrad hob den Finger. »Und da ist unser neuer Pfarrer der richtige Mann.«

»Der wartet nicht, bis das Brot anbrennt.« Der Bäcker lachte, während er die abgeschabten Krusten in einen Eimer schüttete. »Sag ehrlich: Muss sich unser Pfaffe ausgerechnet eine Nonne nehmen?«

»Er wird seine Gründe dafür haben.« Konrad verschränkte die Arme vor der Brust. »Frage ihn doch nachher selbst. Es lässt sich gut mit ihm reden. Mir hat er gestern wichtige Ratschläge gegeben. Nur, ob seine Eheschließung heute noch ein Geheimnis bleiben soll, darüber haben wir nicht gesprochen.«

»Mir hat er auch nichts gesagt. Da stehen wir nun.«

Konrad furchte die Stirn. »Nicht verboten und auch nicht erlaubt. Das ist schlimm.«

Nach einer Weile hellte sich das Gesicht des Bäckers auf. »Ich weiß, wie wir's machen. Wir sagen es unsern Frauen, das müssen wir ja sowieso, weil sie sonst fragen, warum wir zum Pfarrer gehen. Wir sagen aber dazu, dass es noch ein Geheimnis ist. Dann werden sie es schon den Richtigen weitererzählen, dann wissen es bald alle.« Der Bäckermeister klopfte sich die mehligen Hände an den Bauchseiten sauber. »Und wir sind fein raus, sollte der Pfarrer sich beschweren.«

»Du findest immer einen Ausweg.« Konrad nickte anerkennend. »Bin froh, dass du im Stadtrat neben mir sitzt.«

Die Männer verabredeten sich, einer wollte beim Mittagsläuten unten am Turm von St. Wigberti auf den anderen warten.

Der Spenglermeister trug ein bauchiges Kupfergefäß mit einem zum Ausgießen breit geschwungenen Entenmaul im Arm. »Solche Kannen habe ich letztes Jahr oben ins Schloss geliefert.«

Der Bäckermeister schwenkte einen Leinensack an der Hand. »Meine Sabine meint, dass ein frisch gebackenes Brot und etwas Salz ausreichen muss, wenn ein Pfaffe sich mit einer Nonne zusammenlegt.«

»Frauen sehen das strenger …«, die lange Treppe nahm Konrad den Atem. Auch Anton Gruber schnappte nach Luft, »die brauchen länger, um sich an die neue Sitte zu gewöhnen.«

Der Diener des Pfarrers öffnete. Zur Feier des Tages trug er seinen schwarzen Studentenrock. »Willkommen.« Er schwenkte den langen Arm. »Darf ich die Herren Stadträte hereinbitten? Wenn es Euch beliebt, so nehmt am Tisch Platz.« Er deutete vielsagend auf die Tür zum Nebenzimmer. »Pfarrer Thomas und Jungfer Ottilie bereiten noch einiges vor.« Sein kurzer Lacher sollte die ausführlichere Erklärung ersetzen.

Ihre Geschenke schoben die Beilagerzeugen griffbereit in die Tischmitte. Der Spenglermeister maß die hoch aufgeschossene Gestalt von Kopf bis Fuß. »Junger Mann, wo stammt Ihr her?«

»Zwickau. Dort habe ich auch studiert.« Ambrosius beugte sich hinunter. »Dort hatte ich das Glück, von Pfarrer Thomas eingestellt zu werden.«

»Als was?«

»Bisher für alles. Putzen, waschen, schreiben …«, Ambrosius ließ einen Finger nach dem anderen aufspringen, »kopieren, am Altar dienen und …«, ein breites Grinsen leitete den Höhepunkt ein, »und Nonnen aus dem Kloster holen.«

Beide Herren setzten sich ruckartig auf. Schnell beschwichtigte Ambrosius. »Das war nur ein Scherz, bitte seht ihn mir nach.«

Bäckermeister Gruber patschte mit der Hand auf den Tisch. »Aufs Maul gefallen seid Ihr jedenfalls nicht.«

Ohne den Diener aus den Augen zu lassen, forschte Konrad weiter: »Und was soll irgendwann aus Euch werden?«

»Mein Studium der Theologie habe ich so gut wie beendet. Wenn ich jetzt noch alles Übrige von meinem Herrn gelernt habe, dann will ich werden wie er.«

»Auch eine Nonne heiraten?«, rutschte es Anton Gruber von der Zunge. Gleich hielt er inne.

Ambrosius nahm die Frage auf. »Nein, das nicht. Aber Prediger des Evangeliums, ich will eine Gemeinde betreuen. Was die Nonne angeht?« Der Blick huschte zum Spenglermeister. »Da hoffe ich seit gestern auf eine andere Braut.«

Konrad Gerlach hob die buschigen Brauen. »Pfarrer? Kein schlechter Stand«, murmelte er vor sich hin, »und bei diesem strengen Lehrherrn kann's nur ein rechtschaffener Prediger werden.«

Die Tür zum Nebenraum öffnete sich. Thomas Müntzer, bekleidet mit der langen Schaube, das Haupt bedeckt vom Samtbarett, betrat die Stube. »Gott zum Gruß, werte Herren. Welch eine Freude, Euch heute in meiner bescheidenen Bleibe begrüßen zu dürfen.« Er winkte mit der Hand nach hinten.

»Und hier kommt ...« Da niemand in seinem Blickfeld erschien, wandte er sich um: »Auf was wartest du?«

Ruhig schritt Ottilie aus dem Nebenzimmer, im kurzen blonden Haar kräuselten kleine Locken. Sie trug ihre weiße Tracht mit dem schwarzen Skapulier. Ottilie ging an ihrem zukünftigen Ehemann fast vorbei, bemerkte den Fehler, lächelte und trat den halben Schritt wieder zurück. »Gelobt sei Jesus Christus. Ich bin Ottilie von Gersen.«

Gleichzeitig erhoben sich die Zeugen. »In Ewigkeit ...«

Anton Gruber staunte: »Ihr seid ja ein richtiges Weib? Oh verzeiht«, er lachte leicht verlegen, »also ohne das Klosterkleid würde ich Euch nicht als Nonne erkennen.«

Ottilie sah ihn offen an. »Ich kann Euch versichern, unter jeder Nonnentracht, sei sie auch noch so fest geschnürt, verbirgt sich ein Weib.«

»Es liegt uns fern, uns dareinzumischen.« Konrad Gerlach griff hastig nach seinem Geschenk. »Für Euch und ... So eine Kanne kann im Haushalt ganz nützlich sein.«

»Danke, dies ist mein erstes Geschenk ...«, Ottilie schluckte, unvermittelt standen Tränen in ihren Augen, »seit meine Eltern mich mit zehn Jahren zu den Zisterzienserinnen ins Kloster Beuditz gegeben haben.« Sie wischte rasch die Augenwinkel. »Das sind jetzt bald zwölf Jahre her.«

Konrad wusste nichts zu sagen, beinah verschreckt reichte er ihr die Kanne.

Sie nahm das Geschenk und barg es in der Armbeuge. »Gott vergelte Euch die Freundlichkeit.«

Der Bäckermeister überspielte die Verlegenheit mit einem Lacher. »Damit Ihr Euch ans Leben gewöhnt, schöne Frau, kommt hier gleich die zweite Gabe.« Er entnahm dem Leinensack das knusprige Brot und setzte den Salzbeutel als weiße Gestalt oben auf den Laib. »So könnt Ihr mit unserm Pfarrer ins Glück reiten. Fruchtbar soll's sein, und lange dauern soll's.«

»Danke.« Ottilie wollte das Geschenk mit beiden Händen in Empfang nehmen, wusste nicht, wohin mit der Kanne, und reichte sie einfach an ihren zukünftigen Gemahl weiter. »Welch freundliche Aufnahme.« Sie sah vom Bäcker zum Spengler und errötete leicht. »Ich hatte insgeheim befürchtet, als entflohene Nonne auf Ablehnung zu stoßen.«

»Aber wo denkt Ihr hin«, der Brustton des Bäckers klang überzeugend, »auch im Namen des Stadtrates …«

»Genug«, schnitt der Seelenwart die Unterhaltung ab, stellte mit Nachdruck die Kanne ins Regal, nahm auch Brot und Salz mit schnellem Griff und legte beides dazu. »Wir sollten uns jetzt dem Vorhaben nähern, welches uns heute hier zusammengeführt hat. Beginnen wir mit einem Umtrunk.« Er schnippte Ambrosius. »Bringe die Flasche und schenke ein!« Betont großzügig setzte er hinzu: »Uns allen.«

Den randvollen Becher in der Hand, nickte Müntzer den beiden Zeugen zu, auch Ambrosius, und für Ottilie hatte er sogar ein Lächeln. Sie gab es ihm warm zurück, dachte, zum ersten Mal heute schaust du mir wirklich in die Augen.

Sie nahm wie die Männer den ersten Schluck. Feuer. Ihr Rachen brannte. Sie musste husten, schwappte den Rest des Branntweins über die Hand. »Oh, ich bitte um Vergebung. Ich … Die Schärfe hat mich …«

»Zunächst sei gesagt«, überging der Bräutigam den Vorfall mit unveränderter Miene, »da weder meine Familie noch die Familie meiner zukünftigen Gemahlin begütert ist, erübrigt sich die Frage nach Morgengabe und Mitgift, auch muss bei den Eltern weder Erlaubnis noch Segen eingeholt werden.«

Er schnippte erneut Ambrosius und zeigte auf die ausgeleerten Becher. »Fülle nach, Junge.«

Gleich hob Ottilie den Finger. »Bitte, mir bitte nicht.«

»Gib ihr Wasser.« Nur ein kühler Seitenblick.

Ambrosius zögerte, wagte den Einwand: »Vielleicht Wein?«

»Wasser«, ein Befehl, »das erquickt und labt.«

Die kleine Gesellschaft trank sich zu, und Müntzer kam zum nächsten Punkt. »In Anwesenheit der Zeugen bekunde ich Thomas Müntzer, dass ich gewillt bin, die Jungfer Ottilie von Gersen zu meiner Gemahlin zu nehmen, ihr die Treue zu halten, sie zu ehren und zu lieben.« Er gab ihr ein Handzeichen. »Jetzt du.«

Ottilie sah zu Boden. So lange Monate habe ich mir diesen Moment ausgemalt, bunt, heiter wie ein Tanz. Und jetzt kommt er so einfach daher.

»Warum das Zögern? Wir haben geübt.« Die Stimme nahm an Schärfe zu: »Ist dir nicht wohl?«

Sie sah auf, lächelte ihn an, lächelte den Zeugen zu. »Nicht gezögert, ich habe mich nur gesammelt.« Sie suchte mit der Hand nach seiner Hand. Erst wusste er nicht, was sie wollte, dann schüttelte er energisch den Kopf. »Noch nicht. Erst bekunde deinen Wunsch.«

»Verzeih!« Sie hob die Stimme: »Ich, Ottilie von Gersen, bin aus freien Stücken gewillt, die Gemahlin des Thomas Müntzer zu werden, ihm die Treue zu halten, ihn zu ehren und zu lieben.«

In großer Geste streckte er nun seiner Braut die rechte Hand hin, Ottilie ergriff sie mit ihrer Rechten. Müntzer hielt ihre Finger umklammert, bat beide Zeugen: »Ihr Herren Stadträte besiegelt durch Handauflegen unser Eheversprechen.«

Feierlich traten die Meister näher und gehorchten.

Unaufgefordert schenkte Ambrosius den nächsten Schnaps ein. Ottilie reichte er den Becher mit Wasser hin. »Glückwunsch dem Paar!«

Nur zu gern ließen auch Konrad und Anton die Vermählten hochleben. Das scharfe Getränk trieb inzwischen allen Herren die Röte in die Wangen. Meister Gruber patschte sich auf den Bauch. »Von wem … von wem habt Ihr den Tropfen, Hochwür… Herr Pfarrer?«

»Ich selbst lege keinen Wert auf übermäßigen Genuss von Wein oder Gebranntem. Kollege Haferitz hat mir …«, seine Zunge benötigte einen Moment, »hat mir für heute mit einer Flasche ausgeholfen.«

Ambrosius dienerte vor dem Spenglermeister. »Erlaubt mir, dass ich Euch nachschenke?«

»Sehr höflicher Bursche.« Konrad betrachtete ihn mit Wohlgefallen und hielt seinen Becher hin.

»Halt!« Bei dem Befehl seines Herrn fuhr der Diener herum, hätte beinah die Flasche aus der Hand verloren. »Erst nach dem Beilager ist die Zeremonie beendet. Dann gibt es den Abschlusstrunk.«

Konrad nickte. »Ordnung. So muss es sein.«

Steifen Schritts führte der Pfarrer seine Braut ins Schlafgemach. Die Zeugen folgten dem Paar, blieben im Türrahmen stehen.

Müntzer schickte Ottilie zur linken Seite der Bettstatt, er selbst stellte sich auf die rechte Seite. »Das Beilager werden wir jetzt nur gleichnishaft durchführen.« Die Nüchternheit war zurück. »Den wahren, heiligen Beischlaf werde ich heute nach dieser Feier allein vollziehen.«

Konrad flüsterte. »Einverstanden.« Der Bäckermeister schob die Unterlippe vor. »Warum bis nachher warten? Also, wir haben Zeit.« Heftig stieß ihm der Ratskollege in die Seite. »Schon gut, einverstanden.«

Die Brautleute hoben das Federbett an, und ein jeder legte sich vollständig bekleidet auf seiner Seite nieder. Sie zogen die Decke über ihre Körper bis zum Hals. Weil Thomas seine Hände auf der Decke faltete, tat Ottilie es ihm nach. So lagen beide unbeweglich da. Schade, dachte sie, wenigstens näher rücken hätten wir doch können.

Nach der Dauer eines Vaterunsers warf Müntzer das Federbett zurück und erhob sich. Sie beeilte sich, entging einer Rüge und trat zur gleichen Zeit mit ihm vor dem Bett wieder zusammen. Der Pfarrer verneigte sich leicht vor den Zeugen. »Habt Dank. Nach diesem Akt möchte ich Euch den Abschlusstrunk kredenzen.«

Es wurden noch zwei randvolle Becher mit scharf Gebranntem. Die Stadträte lobten den Pastor, ließen die Braut hochleben, und Ambrosius grinste unentwegt den Spenglermeister an, dabei wackelte sein kleiner Kopf hin und her. Der Abschied geriet überherzlich, und beide Meister stützten sich gegenseitig die lange Turmtreppe hinab. »Hätte nicht gedacht …«, Anton Gruber benötigte einige Stufen, bis ihm einfiel, woran er nicht gedacht hatte, »dass eine Nonne so ein feines Weib sein kann.«

»Freund«, Konrad hob den Finger, »das verraten wir zu Hause nicht.«

Oben in der Turmwohnung beobachtete Ottilie mit gefalteten Händen, wie ihr Gatte langsam, leicht unsicher auf und ab schritt. Ambrosius hockte am Tisch, er stülpte die Flasche über seinen Becher, wartete, doch nur einige Tropfen konnte er noch ergattern.

Endlich blieb Müntzer neben seinem Diener stehen, hart pochte er auf die Holzplatte. »Genug für dich. Gehe jetzt in deine Kammer, und dort bleibst du. Für das, was nun geschieht, ist deine Hilfe nicht vonnöten.«

»Habe schon verstanden, Herr.« Ambrosius saugte den scharfen Rest aus dem Becher. Beim Aufstehen kippte der Stuhl nach hinten, mühsam stellte er ihn wieder hin, verneigte sich vor Ottilie. »Hausherrin, viel Glück …«

Müntzer stampfte mit dem Fuß auf. »Hinaus mir dir!«

Vorgebeugt und übereilt strebte der Hochgewachsene zur Tür und warf sie hinter sich ins Schloss.

»Und du?« Der Pfarrer stellte sich vor seine Angetraute, blickte unschlüssig an ihr hinunter. »Das Beste wäre … Du weißt, die Fortpflanzung ist der Sinn in einer Ehe. Und als Gatte … Nein, sage jetzt nichts.« Er schüttelte den Kopf. »Lege dich nieder und bereite dich auf den Beischlaf vor!«

Sie sah ihn aus großen Augen an. »Verzeih, aber wie? Ich bin darin unerfahren.«

»Genug.« Er drehte sie zur Schlafstube, dabei strichen seine Finger fest über ihre Brüste, dann schob er Ottilie in Richtung

Bettstatt. »Entkleide dich! Die Natur findet schon zusammen. Also erwarte mein Kommen, wie dereinst die fünf klugen Jungfrauen den Bräutigam erwartet haben.«

Ottilie wandte den Kopf, wollte fragen, doch er beachtete sie nicht mehr. Er stellte sich vor sein Schreibpult, stützte sich mit den Händen ab und sah zur Decke.

Sie öffnete ihre Nonnentracht, Schlaufe für Schlaufe. Ich kenne die Bibelstelle, dachte sie, zehn Jungfrauen warten auf den Bräutigam, die törichten haben keins, die klugen aber genug Öl für die Lampen mitgenommen. Ottilie prüfte die Lampe an der Wand, sie war aufgefüllt und der Docht beschnitten. Fürs Anzünden aber war es noch zu hell. Nackt kroch sie ins Bett und deckte sich zu. Oje, in der Bibel verspätet sich der Bräutigam. Übers Warten sind die Jungfrauen eingeschlafen. Vielleicht sollte ich vorsichtshalber doch für Licht sorgen?

Aus der Wohnstube vernahm sie Schritte. Ihr Gatte kam herein. Sie blickte ihm entgegen, suchte sein Lächeln, doch die Züge waren ernst, die Brauen zusammengezogen. »Thomas? Darf ich dich jetzt so nennen?«

»Still, ich wünsche keine Unterhaltung während des Beischlafs.« Er hing das Barett an den Haken, bald folgte die Schaube an den anderen und schließlich das Unterzeug an den dritten Haken.

Unbekleidet stand er neben dem Bett. »Entblöße deinen Leib!« Ottilie schlug die Decke beiseite. Scheu wagte sie seinen Körper anzusehen: Weiße, glatte Haut, die Arme dünn, die Schultern eckig, unter dem Nabel wucherte dunkles Haargestrüpp um ein mächtiges Gehänge.

»Schließe deine Augen«, verlangte er mit rauer Stimme. »Dein Blick soll mich nicht ablenken.«

Ich bin der Kelch für deinen Samen, dachte sie, also geht es auch um mich. Sie befolgte seine Anweisung nicht ganz, durch den Schleier ihrer Wimpern sah sie seine Hand, die nach ihren Brüsten tastete, sah, wie die andere sich um das Gehänge bemühte, sie sah das rasche Anwachsen. Angst überkam sie vor der Größe, jetzt schloss sie doch fest die Lider.

Sein Atem ging schneller. Sie bemerkte, wie er sich unten auf die Matratze kniete, fühlte, wie er ihre Beine auseinanderschob. »Halte dich ruhig!«, keuchte er, kam näher, schwer legte sich sein Leib auf sie. Ottilie spürte einen heftigen Stoß gegen die rechte Leiste, einen Druck zum Schenkel hin. Dann stöhnte er laut auf, sein Körper rollte von ihr ab. Thomas Müntzer lag an ihrer Seite, rührte sich nicht.

Was ist geschehen? Nach einer Weile wagte Ottilie einen Blick, sah seine bebenden Lippen. Gottlob, er lebt. Sie tastete an sich hinunter. Ihr Schenkel war feucht und klebrig. Langsam ahnte sie, dann wurde es ihr klar. »Verzeih das Unglück«, flüsterte sie, »der wertvolle Samen.«

»Du bist eine törichte Jungfrau«, grollte er. »Ich habe dich gebeten, still zu liegen. Und du? Du bewegst deinen lüsternen Leib, sodass ich den Kelch verfehlen musste.«

Gar nichts habe ich bewegt, widersprach sie stumm, sagte aber: »Bitte, vergib, wenn ich einen Fehler gemacht habe.« Sie stützte sich auf, fand seinen Blick. »Wie kann ich ihn wiedergutmachen?«

»Er sei dir verziehen.« Müntzer seufzte ergeben. »Der Vorrat an heiligem Samen ist noch lange nicht erschöpft. Allerdings bedarf es einige Zeit, bis er wieder in den Spender gelangt. Bis dies geschehen ist, sollten wir ruhen.«

Der mahnende Finger hob sich. »Zuvor aber solltest du dich waschen, damit erneut völlige Reinheit für die Zeugung eines Auserwählten gewährt ist.«

Ottilie stand auf und entschwand hinter dem Sichtschutz. Das ist kein schlechtes Zeichen, dachte sie. Wenn du schon wieder von Auserwählten predigen kannst, dann hat es dir nicht geschadet. Auf dem Rückweg huschte sie rasch zum Glutbecken, nahm Feuer mit dem Holzspan und entzündete die Lampe.

Ihr Gatte lag da und schnarchte. Behutsam schlüpfte Ottilie

unter die Decke. Welch ein Tag! Vor zwei Wochen war ich noch Nonne, jetzt bin ich schon die Ehefrau eines Pfarrers. Gott hat mich auf den richtigen Pfad geführt. Sie nahm den Gedanken mit in den Dämmerschlaf, Bilder rankten sich darum, weite Wiesen, ein Bach …

Jäh wurden ihre Beine auseinandergezerrt. Ottilie riss die Augen auf, sah ins Licht der Lampe, sah sein Gesicht über ihrem, spürte das Gewicht auf dem Körper, gleichzeitig begann der Schmerz in ihrem Schoß, riss, brannte sich tief in den Leib. Ottilie schrie. »Sei still«, keuchte er, »sei still!« Ottilie wimmerte. Müntzer entzog den Spender, stieß ihn wieder hinein, wiederholte rasch und rascher in zwei Atemzügen, schon brüllte er auf und fiel von ihr ab.

Ottilie verbarg ihr Gesicht mit den Händen, wollte die Tränen nicht zeigen, sie wünschte sich in die Bilder von vorher zurück, doch sie blieben fort.

Neben ihr kam der Gatte zu Atem. »Das heilige Werk hat einen guten Anfang genommen.« Ohne Zärtlichkeit tätschelte er ihren Bauch. »Bis der Same zur Frucht wird, sich der Nachkomme in dir beginnt zu regen, werde ich den Vorgang regelmäßig wiederholen.«

»Es hat mir wehgetan.«

»Wir verrichten nicht ein Werk der Ergötzung, Frau, wie es die Heiden tun.« Er strich langsam über sein erschlafftes Gemächte. »Möge die Furcht Gottes und der Geist der Wahrheit die bloße Lust verhindern, auf dass wir nicht verschlungen werden.«

»Amen«, schluchzte Ottilie leise und drehte sich zur Seite.

20

Die Feder kratzte übers Papier: Pax et Gratia. Martin Luther wölbte die Unterlippe vor. Mit einem Handschlenker strich er die Worte durch, schrieb sie gleich wieder hin und zerstörte sie erneut mit dem schwarzen Tintenbalken.

Als er zum dritten Male den Kiel ansetzte, wagte Philipp Melanchthon ihn an der Schulter zu berühren. »Was ist dir?«

Der Rücken sank. Luther sah ihn an, sah dann zu Nikolaus Amsdorf auf. »All diese verfressenen Dickbäuche sitzen bei Hof mit ihren Ärschen auf Samtkissen. Und wir schreiben uns die Finger wund, betteln um Almosen für unsere Nonnen.« Er hob die Feder. »Und jeden Brief beginne ich mit Pax et Gratia. Gott sei es geklagt, mit diesen Geizhälsen will ich weder Friede noch ihnen Dank sagen.« Er schrieb es neu und strich es weg, er zerbrach die Feder, zerknüllte das Papier und warf beides in den Korb neben seinem Schreibpult.

Philipp ließ die Hand auf seiner Schulter. »Verzweifle nicht! Kleine Fortschritte sind zu verzeichnen. Die Geschwister Veronika und Margarete von Zechau dürfen auf mein Betreiben hin zurück aufs väterliche Gut.« Mit dem Blick verlangte er von Nikolaus, dem Niedergeschlagenen auch etwas Mut zu geben. Professor Amsdorf nestelte an den steifen Kragenlocken. »Nun, ich habe gleich nach Ankunft unserer Jungfern mich für Magdalena von Staupitz verwendet. Und zwar habe ich sie dem ehrenwerten Georg Spalatin als Gemahlin angeboten.«

Martin schob sanft die Hand von seiner Schulter. »Und wie lautete die Antwort?«

»Ich warte noch darauf.«

Melanchthon strich den spitzen Kinnbart. »War das wirklich eine gute Idee? Ausgerechnet dem Geheimsekretär und Beichtvater unseres Fürsten eine Frau anzubieten?«

Nun fühlte sich Amsdorf bedrängt. »Gerade ihm. Spalatin steht zu unserer Sache. Er ist Mittler zwischen Martin und seiner kurfürstlichen Durchlaucht. Wenn er einwilligt, dann wäre dies ein Signal bei Hofe.«

Luther presste die Hand auf den Leib, mit einem Aufstöhnen ging er zum geöffneten Fenster.

Gleich folgte ihm Amsdorf einige Schritte, blieb stehen und beteuerte: »Ich habe den Brief mit großem Geschick aufgesetzt. Habe ihm geschrieben, dass alle Jungfern mit Anmut gesegnet und von Adel sind und keine über fünfzig Jahre ist.« Magdalena von Staupitz sei die älteste von ihnen. Wenn er, Spalatin, diese aber nicht wolle, sondern eine jüngere bevorzuge, so solle er die freie Auswahl unter den Schönsten haben. »Außerdem bat ich ihn, den Mittellosen, von ihren Familien Verstoßenen etwas Geld zu spenden. Weil sie weder Schuhe noch Kleider besäßen.« Da Martin sich nicht umdrehte, blickte er zu Philipp. »Jeder von uns bemüht sich, so gut er es vermag. Ich habe Spalatin sogar gebeten, beim Hofadel ein Almosen für unsere Nonnen durchzusetzen.«

»Pax et Gratia.« Damit wandte sich Luther wieder den Freunden zu. »Was ich sage. Friede und Dank gebührt diesen Herrschaften nicht.« Er atmete gegen den Schmerz in seinem Bauch. »Die Armen, die gern geben würden, haben nichts, und die Reichen haben entweder taube Ohren und antworten erst gar nicht, oder sie erfinden tausend Gründe, warum sie den Geldbeutel nicht öffnen können. Doch jetzt verzeiht mir.« Er nahm beide Freunde am Arm und führte sie zur Tür. »In meinem Darm peinigt mich wieder Satan mit spitzen Zacken. Ich musste ihn mit Terpentinöl und Distelsafran bekämpfen. Nun nähert sich dieser Kampf mit Macht dem Höhepunkt. Ich kann nicht anders, muss den Ausgang auf der Latrine erleiden.«

Amsdorf wünschte Kraft und Mut für die Verrichtung und ging voraus. Freund Philipp wandte sich auf der Treppe noch einmal um. »Wirst du am Nachmittag wieder wohlauf sein?

Unsere Bibelkommission tagt. Ohne dich sollten wir das fünfte Buch Moses nicht erarbeiten.«

Leicht gekrümmt hielt sich Martin den Leib. »Gott gebe es. Der erste Teil des Alten Testaments muss nächsten Monat in Druck.« Er rang sich ein grimmiges Lächeln ab. »Rechnet mit mir. Denn bis dahin werde ich Satan auf den Kopf geschissen haben.«

Kaum waren die Freunde gegangen, stöhnte er laut auf, eilte einen Stock tiefer zur Latrine.

Mit gesenktem Kopf bog Barthel von der Collegienstraße ins Klostertor ein und wäre um ein Haar in die beiden Professoren hineingelaufen.

»Gib acht, Bursche!« Gerade noch rechtzeitig trat Amsdorf einen Schritt zur Seite.

Barthel sah nur kurz auf. »Um Vergebung, hab Euch nicht gesehen.« Schon ging er weiter.

Melanchthon blickte ihm hinterher. »Sonderbar, so kenne ich den Gesellen von Meister Cranach nicht. Für gewöhnlich hat dieser rothaarige Mensch ein fröhliches Gemüt, ist höflich und aufgeschlossen.« Er schüttelte den Kopf und verließ mit dem Kollegen das Klostergelände.

In der Mitte des Hofes blieb Barthel stehen, überlegte und ging dann entschlossen zum ehemaligen Schlaftrakt der Mönche hinüber. Er kannte die Tür des Priors und klopfte. »Wo finde ich Doktor Martinus?«

Der Greis deutete zum Turm hinüber. »Ich glaube nicht, dass er heute Besucher …«

Da der junge Mann schon weitereilte, brach der Prior den Satz ab und zog sich wieder in seine Zelle zurück.

Ein jäher Windstoß fuhr Barthel ins Gesicht. Von irgendwoher rollte ein Eimer über die Kopfsteine. Vom Dreck erblindete Fenster ließen das Gebäude noch düsterer erscheinen. »In mir sieht's schlimmer aus«, flüsterte er.

Kaum hatte er die Pforte zum Turm geöffnet, schreckte er

zusammen. Gequältes Seufzen ertönte über ihm, Wimmern, dann folgten Schmerzensschreie. Ein Überfall, dachte Barthel, eilte schon die Wendeltreppe hinauf. Doktor Martinus ist in Gefahr. Nach der nächsten Biegung wurde das Brüllen lauter. Barthel sah die nur angelehnte Holztür zur Latrine. Dahinter fand der Kampf statt. Oje, da störe ich besser nicht. Er zog sich zurück und hockte sich eine Wendung tiefer auf die Treppe.

»Satan!«, schallte es wie eine Erlösung bis zu ihm hinunter. Und noch einmal: »Satan!« Dann nach einer Weile mischte sich Triumph in den Tonfall. »Hast du nicht genug? Ich habe geschissen. Daran wische dir jetzt das Maul und beiße dich fest.«

Oje, ob Doktor Martinus jetzt überhaupt Zeit für mich hat? Barthel fuhr sich durch die roten Locken. Über ihm knallte die Latrinentür, Schritte stampften nach oben. Die Not war größer als der Mut. Er sprang auf, ohne nachzudenken, rief er: »Holla, Doktor Martinus!«

Das Stampfen stockte. »Wagst du dich heraus, Satan? Oder?« Nach einer Pause hallte der Befehl durch das hohle Mauerrund: »Gib Antwort! Welcher Teufelsknecht verfolgt mich?«

»Ich …«, kaum gehorchte Barthel die Stimme, »ich bin es nur.«

»Zeige dich!«

Barthel tastete sich an der Latrine vorbei die Stufen hoch. Nach der nächsten Biegung stand Martin Luther über ihm, stemmte beide Daumen in den Strick seiner schwarzen Kutte. »Der alte böse Feind. Die Farbe deiner Haare verrät dich.«

»Was?« Jetzt erst bemerkte Barthel das Lächeln des Gelehrten und atmete aus. »Ich bin kein Teufel, ich schwöre es.«

»Hüte dich, Junge. Kein Christenmensch soll leichtfertig mit seinem Schwur umgehen.« Eine Kopfbewegung lud den Gesellen ein.

Im Turmzimmer griff Luther zur Wasserkaraffe, füllte den Becher bis zum Rand und leerte ihn, ohne abzusetzen. »Welche Labsal. Nach solch mühsam gewonnener Schlacht ist der Durst besonders groß.« Er schenkte sich erneut ein. »Wer schickt dich her? Kann etwa Melchior Lotter nicht abwarten, bis ich ihm den Mosestext liefere?«

»Das ist es nicht. Ich habe einen Brief …«

»Neue Post?« Luther deutete auf den Stapel der noch versiegelten Schreiben. »Aber die Fernkutsche kam erst gestern.«

»Ich weiß«, Barthel wurden die Schultern schwer, »und für mich war auch ein Brief dabei.«

Luther sah den Kummer, gleich ging er hin und führte Barthel zum Tisch nahe dem Fenster. »Setze dich, Junge!« Er selbst nahm gegenüber Platz. »Eine schlechte Nachricht? Ist etwas mit Vater oder Mutter?«

»Schlimmer.« Barthel schüttelte den Kopf. »Verzeiht. Das sollte ich nicht sagen. Gott beschütze die Eltern.«

»So ist es recht, ehre Vater und Mutter!« Luther schob beide Handflächen bis in die Tischmitte. »Wenn du Trost von mir erwartest, so sage mir, was dich bedrückt.«

»Es ist … Der Brief kommt aus Allstedt. Meine Dorothea hat ihn mir geschickt.«

Leicht nickte Martin Luther. »Dorothea? Sie ist die Schöne mit dem Honig.« Bei einem gemeinschaftlichen Essen im Cranachhaus hatte Barthel Erfreuliches von der Jungfer berichtet. »Ich erinnere mich, ihr seid einander versprochen.«

»Alles war gut zwischen uns«, Barthel zog den Brief aus der Rocktasche, zerrte ihn zwischen den Fäusten, »bis dieser neue Pfaffe nach Allstedt kam. Er hat mit Meister Gerlach gesprochen, und der hat mich dann verboten.« Das Unglück brach aus ihm heraus. »Es muss Schluss sein mit uns, verlangt der Vater. So hat es Dorlein geschrieben. Wir dürfen uns nicht mehr sehen. Bestrafen will der Vater sie, wenn sie nicht gehorcht, und mich wie einen Hund zerschlagen.« Barthel warf den Brief auf den Tisch und hieb die Faust immer wieder darauf. »Dieser Pfaffe Müntzer hat unser Glück zerbrochen.«

Bei dem Namen straffte Luther den Rücken. »Thomas

Müntzer? Ich verstehe noch nicht, was er gegen eure Verbindung einzuwenden hat. Schreibt die Jungfer von seinen Gründen?«

Barthel sah vor sich hin, erst nach einer Weile sagte er: »Ihr, Doktor Martinus, Ihr seid der Grund. Deshalb bin ich ja zu Euch gekommen.«

»Du irrst ganz sicher, hast den Text nicht verstanden.«

»Aber, Herr«, Barthel hob das Kinn, »ich bin Formschneider und kann jeden Buchstaben von links und von rechts. Und die Schrift meiner Dorothea lese ich auch im Dunkeln.«

Der Reformator hob die Hand. »Gut, ich glaube es. Gut, Junge. Was ich sagen wollte: Ich vermag mir nicht vorzustellen, dass Müntzer mich anführt, um die Liebe zweier Menschen zu verbieten.«

Überhastet entfaltete Barthel den Brief, sein Finger fuhr die Zeilen ab. »Hier steht: Der Doktor Martinus in Wittenberg und seine Freunde verbreiten ein gefährliches Gift, sagt unser neuer Pfarrer, und jeder, der sie kennt, wird auch voll von dem Gift, und dann vergiftet er damit wieder die anderen. Und weil du …« Barthel sah hoch, zeigte auf seine Brust. »Also ich … den Herrn Luther kennst, bist du schon befallen vom Gift. Deshalb verbietet dich jetzt der Vater …«

»Gib mir den Brief!« Luther wartete nicht, zog das Blatt zu sich herüber. Erst stumm, bald schnaubend überflog er das Schreiben, klopfte mit dem Finger auf den Text. »Geheiratet hat Müntzer? Und eine Nonne? Dieser Scharlatan scheint sich in Allstedt so richtig eingenistet zu haben.« Eine Weile starrte er über den Gesellen hinweg, dann kehrte der Blick zurück. »Mein Sohn, ich ahne, wie schmerzlich für dich diese Zeilen sind. Der Brief deiner Honigjungfer hat mich aufgeschreckt. Ehe dort in Allstedt die böse Saat ins Kraut schießt, werde ich eingreifen.« Er sprang auf, verschränkte die Hände im Rücken und stellte sich ans Fenster.

Gottlob, dachte Barthel, nur gut, dass ich hergekommen bin. Doktor Martinus will uns helfen.

Ohne den Platz zu verlassen, sprach Luther halblaut vor sich hin: »Eine Warnung. Ich werde seiner kurfürstlichen Hoheit von diesem Satan in Allstedt berichten.«

»Gleich so hoch hinaus?«, unterbrach Barthel. »Ihr seid sehr freundlich, aber unsere Liebe … Ich weiß nicht, ob der Fürst sich da gerne reinmischt?«

»Natürlich nicht.« Schnell dahergesagt und gleich den eigenen Gedanken weitergeführt. »Dieser Thomas Müntzer ist seit Langem schon eine Gefahr für meine Reformation.«

Nun begriff Barthel. Doktor Martinus meint uns gar nicht mehr. Er muss aber, sonst … Wir ertrinken, wenn er nicht hilft. »Bitte, Herr«, Barthel wagte aufzustehen, zu ihm ans Fenster zu gehen, »vom Satan verstehe ich nicht viel. Ich weiß auch nicht, wo überall Ihr ihn bekämpfen müsst. Aber, bitte, rettet erst Dorlein und mich, sagt mir, was ich tun soll.«

Luther wandte sich um, rieb heftig die Brauen. »Vergib, es war nicht recht, meine Sache über deine Not zu stellen.« Er strich den Arm des Gesellen. »Retten kann ich euch nicht. Aber du darfst dir meiner Unterstützung sicher sein.«

»Dann redet mit Meister Cranach.« Barthel wollte nach Allstedt, wollte die Liebste heimlich treffen. »Bittet für mich, ich brauche Zeit.«

Luther versprach, mit Cranach und auch mit dem Druckermeister Lotter in den nächsten Tagen zu reden. Er fasste Barthel an den Schultern und drehte ihn zu sich. »Und noch eins will ich dir zusagen. Solltet ihr euch gegen das Gebot der Eltern auflehnen, so werde ich euch nicht verurteilen.«

Barthel nickte, erwiderte sogar das Lächeln. »Leicht wird's nicht«, seufzte er.

»Nur Mut. Und sollte sich deine Honigjungfer gar zur Flucht entschließen, so werden wir hier in Wittenberg gewiss eine Bleibe für sie finden.« Ein bitteres Lachen folgte. »Seit die Nonnen in Wittenberg eingefallen sind, habe ich einige Erfahrung darin.«

21

Wind bauschte die Betttücher und Tischdecken im Hof des Wittenberger Stadtschreibers. An fünf quer gespannten Leinen blähte sich und flatterte das frische Weiß. Aus den Gängen dazwischen stieg Lachen auf. Bald erschienen zwei Mägde mit einem schon getrockneten Laken, gleich darauf auch Katharina und eine dritte Magd. Jedes Paar nahm ein Tuch in seine Mitte, fasste sorgsam nach den Enden; wie einstudiert ging es auseinander, bis der Stoff sich spannte, dann zogen und strafften die Frauen in schnellem Rhythmus die Wäsche, sie schlugen die erste Falte, reckten weiter, blickten auf das Nachbarpaar, wer war schneller, und wieder falten, zueinandertreten, abnehmen und in den Korb legen. Katharina und ihre Partnerin waren zu langsam und ernteten das Spottgelächter der Siegerinnen. »Wartet nur, bis alle Tücher abgenommen sind«, drohte sie. »In der Schrift steht: Die Ersten werden die Letzten sein.«

»Baronin Katharina von Bora!« Eine Stimme voller Entrüstung. Ursula, die Gattin des Stadtschreibers und Juristen Philipp Reichenbach, stand in der Hintertür, hob und senkte den Busen. »Darf ich Euch zu mir ins Haus bitten. Und zwar umgehend!«

Die füllige Patronin eilte voran, noch im engen Hinterflur begann die Schelte über die Schulter: »Wie konntet Ihr nur? Jeder Respekt geht verloren.«

»Ich verstehe nicht.« Katharina zerrte an der obersten Schlaufe ihrer Bluse. Was ist nun wieder falsch? Der Morgen hat so vergnügt begonnen. Und schon kommt wieder eine Ermahnung.

Frau Ursula begnügte sich für ihre Erziehungspredigt nicht mit der Küche, heute musste es sogar die geheiligte Sonntagsstube sein. Sorgfältig schloss sie die Tür. »Liebste Freundin. Gott bewahre unser Land und mein Haus vor den Türken.« Nach diesem stets gleichbleibenden Introitus gab es eine Pause, in der die Patronin ein Spitzentüchlein aus dem Ärmel zupfte.

Bei der ersten Ansprache, gleich zu Beginn ihres Aufenthalts im Hause Reichenbachs, hatte Katharina geglaubt, die Türken stünden unmittelbar vor den Toren. Im Laufe der Wochen hatte sie begriffen, dass dieser Satz nur ein Satz war, der Unangenehmes ankündigte.

Die Hausherrin betupfte sich das Kinn. »So, du weißt also nicht, welch grober Fehler dir erneut unterlaufen ist?«

»Nein, ganz gewiss nicht.« Katharina deutete zum Fenster. »Wir haben endlich Glück mit dem Wetter. Kein Regen während der Nacht, ein guter Wind dazu und seit dem frühen Morgen schon Sonne. Unsere Wäsche ist trocken. Da eine Magd erkrankt ist, habe ich beim Strecken und Falten ausgeholfen.«

Frau Ursula schüttelte bekümmert den Kopf. »Aber. Kind, das ist der Fehler. Wie kann ich ihn dir nur austreiben?«

»Bei allen Heiligen«, fuhr Katharina auf, bezähmte sich gleich. »Verzeiht. Ich verdanke Euch viel. Doch bitte, behandelt mich nicht wie ein dummes Mädchen. Was war falsch an meinem Handeln?«

»Dieser dein Ton.« Das Tüchlein verwedelte ihn in der Luft. »Du besitzt gehörigen Stolz, mein Kind. Bitte wende ihn da an, wo er vonnöten ist. Mehr erwarte ich nicht.«

Oh Maria, gib mir Gelassenheit, flehte Katharina stumm und sagte: »Ich verstehe heute nicht, was Ihr von mir erwartet.«

Frau Ursula spreizte ihre Stimme: »Mein liebes Kind, zusammen mit der Gemahlin unseres hochgeschätzten Freundes Lucas Cranach, also zusammen mit meiner geliebten Freundin Barbara, habe ich mir vorgenommen, dich in der Führung eines Patrizierhaushaltes zu unterweisen.«

»Ihr wisst so viel, gerne möchte ich von Euch lernen.«

»Dann höre endlich zu!« Jäh hatte sich die Miene verändert. »Haushaltsführung bedeutet nicht, dass du selbst in Hof und Küche arbeitest.«

»Aber im Kloster habe ich jede Arbeit geleistet. Vom Sauerkrautstampfen bis zum Reinigen der Latrinen.«

»Herrgott, du bist nicht mehr im Kloster! Dies ist ein vornehmes Haus. Deine Aufgabe ist es, die Mägde und Knechte in ihre Arbeiten einzuweisen, Nachlässigkeit und Faulheit zu bestrafen.« Trotz ihrer Leibesfülle ging die Lehrmeisterin in schnellen Schritten auf und ab. »Du sollst auf dem Markt nicht selbst die Körbe tragen, dafür hast du Diener. Du bezahlst die Rechnungen, du allein trägst die Schlüssel ...« Sie brach ab, betupfte sich Kinn und Wangen. »Dazu kommen wir ein andermal.«

Langsam nickte Katharina, ich habe begriffen. Hier draußen bin ich keine einfache Ordensschwester mehr. Nicht dienen, sondern ... In meinem neuen Leben soll ich wie die Mutter Oberin bei uns in Nimbschen werden. Gestern noch Magd, heute schon Herrin. Wer hätte das gedacht? »Verzeiht, ich habe meinen Fehler erkannt und werde mich bemühen, ihn nicht wieder zu begehen.«

Ein Seufzer der Erleichterung entfloh dem ausladenden Busen. »Gut, Kindchen. Das wollte ich von dir hören.« Die Strenge war verflogen. Rasch zog Frau Ursula zwei Stühle unter die Porträts der Ahnen und tätschelte die mit Goldfäden durchwirkte Polsterung. »Setze dich, denn heute muss ich dich mit einer delikaten Aufgabe betrauen. Nun setze dich schon!«

Kaum hatte sich Katharina auf der Stuhlkante niedergelassen, griff die Hausherrin nach ihrer Hand. »Barbara und ich benötigen deine Unterstützung. Wie dir sicher nicht entgangen ist, logiert seine Majestät König Christian II. seit Anfang Mai drüben im Cranachhaus.« Dort hatte der aus seinem Land verjagte Dänenkönig zusammen mit Frau und zwei Kindern vorübergehend eine Wohnung über der Apotheke bezogen.

»Ein schrecklicher Mensch.« Frau Ursula schüttelte sich. »Und wie er das arme kleine Wesen behandelt.«

»Eines seiner Kinder?«

»Nein, ich spreche von Königin Isabella, sie ist wie ein Püppchen, und er … dieser Grobian!«

»Das wusste ich nicht.« Katharina faltete die Hände auf den Knien. »Mir ist nur bekannt, was in der Stadt alle wissen. Das königliche Paar hat das Abendmahl in beiderlei Gestalt empfangen und ist evangelisch geworden.«

»Ja, unser guter Doktor Martinus«, ein leises Kichern, »der fängt jeden ein, der hier vorbeikommt.«

Langsam straffte Katharina den Rücken. »Meine Mitschwestern und insbesondere ich haben ihm viel zu verdanken.«

»Ich weiß, ich weiß. Nichts gegen diesen tüchtigen Mann. Ich wollte nur sagen, er kann es gut mit Fürsten, selbst mit so einem wie dem Dänenkönig.« Ursula neigte sich zum Ohr ihrer Schülerin: »Ein Mörder soll er sein.«

Katharina bekreuzigte sich. »Wie furchtbar.«

»Das sagen Barbara und ich auch.« Der Busen hob sich. »Wenn es nur ein Toter gewesen wär, da könnte man bei einem König noch drüber wegsehen. Aber er …« Die Stimme tauchte ins Flüstern und Raunen. Namen, Anschuldigungen, Gehörtes. Katharina bemühte sich, wenigstens etwas von alldem zu behalten. Die Schweden hatten sich nach Niederlagen dem dänischen König unterwerfen müssen. Christian II. versprach Gnade für alle Gegner. Kaum war er zum König über Norwegen, Schweden und Dänemark gekrönt, hatte er schon eine Woche später sechshundert schwedische Adelige und Geistliche als Ketzer verhaften und hinrichten lassen. »Das Blutbad von Stockholm.« Ursula rollte die Augen. »Das waren zu viele Tote, auch für einen König. Nun ging's bergab. Abgesetzt und rausgeworfen.« Sie wischte zweimal mit kurzem Klatsch die Hände. »Und nun haben wir ihn.«

»Für immer?«

»Gott sei uns gnädig«, der Augenaufschlag flehte gen Himmel, »und bewahre uns vor dem Bösen! Die Tante vom Püppchen ist die Statthalterin der Niederlande. Und dorthin soll es demnächst gehen.« Leicht patschte Frau Ursula ihrer Schülerin aufs Knie. »Aber jetzt zu dir. Weißt du, Barbara und ich haben uns täglich abgewechselt. Wir sind mit zwei Mägden rauf zu Königs und haben die Wohnung versorgt. Und heute, und glaube mir, das ist eine Ehre, und heute sollst du mich vertreten. Barbara vertrittst du dann morgen.« Ein süßes Lächeln. »Du siehst, ich setze großes Vertrauen in dich. Was übermorgen betrifft, darüber reden wir später noch.«

Katharina verengte die Brauen. Was geschieht hier? Nur weil ihr euch vor dem König fürchtet, schickt ihr mich jetzt? »Seid Ihr sicher, dass ich dieser Aufgabe gewachsen bin?«

»Ganz gewiss. Wie oft hat dieser ungehobelte Däne mich schon beleidigt, ich wusste mich nicht zu wehren, weil mir die Worte fehlten. Und der armen Barbara ging es ebenso. Aber du hast eine scharfe Zunge. Zeige sie ihm!« Gleich tupfte das Tüchlein gegen die Lippen. »Natürlich nicht wirklich, wenn du verstehst.«

Es pochte an der Tür, sofort bewegte sich die Klinke, und der Kopf einer Magd erschien. »Entschuldigung, aber da sind …«

»Schweig!« Mit Schwung erhob sich die Hausherrin, stemmte beide Hände in die Hüfte. »Du unerzogenes Luder. Habe ich ›Herein‹ gesagt?« Der Finger schnellte vor. »Du verschwindest wieder und schließt die Tür, dann klopfst du und wartest.«

Das Mädchen zog sich wortlos zurück und pochte erneut.

Frau Ursula nickte Katharina zu. »Aufgemerkt, Kindchen. Sitte und Höflichkeit gehören in ein gut geführtes Haus. Verstöße darfst du keinesfalls durchgehen lassen.« Erst jetzt blickte sie zur Tür. »Eintreten.« Und gleich darauf: »Was gibt es?«

Die Magd knickste. »Zwei Studenten sind draußen. Sie haben eine Nachricht für Freiin von Bora.«

»Dann führe die Herren zu uns.«

Katharina schoss das Blut ins Gesicht. Hieronymus! Er hat die beiden geschickt. Ganz sicher. »Soll ich nicht draußen mit den Studenten reden?«

»Eine Dame empfängt keinen Besuch in der Halle. Aber, Kindchen, was ist dir?«

»Nichts. Nur … Es könnte …« Katharina befahl sich zu atmen, begann neu: »Ich vermute, wer die Boten geschickt hat.«

»Ach?« Ein Glitzern sprang in die Augen der Hausherrin. »Welch eine Überraschung.« Sie ließ sich wieder auf dem Polster nieder und fächelte sich mit dem Tüchlein etwas Luft zu.

Katharina saß da, die Knie fest zusammengepresst, die Augen gesenkt. Als es pochte, klopfte ihr das Herz im Hals.

Mit melodiösem Lockruf bat die Hausherrin einzutreten. Von der Magd wurden die Boten hereingeführt. Nach einem artigen Knicks zog sich das Mädchen zurück. »Gott zum Gruße«, sagten beide wie aus einem Mund. Der Kräftigere trat einen Schritt vor. »Wir kommen aus der Schweiz, aus dem schönen Sankt Gallen.«

»Von so weit?« Frau Ursula mahnte mit dem Finger. »Oder erlaubt Ihr Euch einen kleinen Scherz, junger Herr?«

»Wie belieben?« Die vorbereitete Rede geriet ins Stocken, er sah Hilfe suchend zu seinem Kommilitonen. Der Schmalere sprang ein. »Es ist wahr, wir sind Schweizer. Aber heute kommen wir aus unserer Unterkunft bei Herrn Professor Melanchthon, sie befindet sich in der Kollegienstraße …«

»Mir ist sehr wohl bekannt, wo unser gelehrter Freund Philipp wohnt.«

Nun völlig aus dem Konzept, rettete sich der Schmalere mit einem Diener. »Ich bin Johannes Kessler.« Er deutete auf den Kameraden. »Das ist Johannes Gröter.« Daraufhin erntete er ein huldvolles Lächeln der Hausdame, gleich nutzte er die gewonnene Stimmung. »Doktor Martinus, den wir hoch verehren, sagt immer zu uns: meine zwei Johannisse.« Der Scherz kam nicht an. Beiden Studenten sanken die Schultern, hilflos standen sie da.

Katharina hob den Kopf, blickte zu ihrer Lehrmeisterin. Frau Ursula ließ das Tüchlein über dem Busen hin und her schaukeln. »Und was führt Euch in mein Haus?«

Johannes der Kräftigere räusperte sich gründlich. »Wir haben eine Botschaft für die Freiin von Bora. Weil der ehrenwerte Hieronymus Baumgärtner aus Nürnberg zurzeit auch bei Professor Melanchthon logiert, hat er uns mit der Botschaft beauftragt.«

»Nun heraus damit.«

Da der Student zögerte, wischte Frau Barbara leicht mit dem Tüchlein über den Arm ihrer Schülerin. »Wir haben keine Geheimnisse voreinander. Also redet.«

Ein tiefer Diener in Richtung Katharina. »Es ist so: Der ehrenwerte Herr Baumgärtner lässt Euch fragen, ob er Euch zu einem Spaziergang am Stadtgraben einladen darf.«

»Gern.« Katharina straffte den Rücken. »Wann, um welche Uhrzeit?«

Da trat Johannes der Schmalere vor. »Wenn es beliebt, jetzt. Der Ehrenwerte wartet draußen.«

Wieder überflutete Röte das Gesicht. Katharina wandte sich an die Hausherrin. »Erlaubt Ihr es?«

»Das will besprochen werden. Denkt an Eure Pflichten.« Frau Ursula winkte den beiden Studenten. »Wir danken für die Nachricht. Bitte, geht und richtet dem Herrn aus, er möge sich noch etwas gedulden, bis wir eine Entscheidung getroffen haben.«

Kaum hatten die beiden Johannisse die Sonntagsstube verlassen, als Katharina die gefalteten Hände zu Fäusten ballte. »Ich gehorche gern. Aber Ihr dürft mir das Treffen nicht verbieten, sonst ...«

»Still, Kindchen, ich verbiete dir gar nichts. Nur zum Stadtgraben lasse ich dich nicht. Das elende Hochwasser ist viel zu gefährlich.« Die Hausherrin hob den Busen. »Wer ist dieser Herr Baumgärtner?«

»Er kommt aus Nürnberg. Und ... und er liebt mich.«

»Nein, nein. Kindchen. So einfach geht das mit der Liebe nicht. Was ist er? Und wo habt ihr euch getroffen?«

Katharina rieb sich die Stirn. Hieronymus. Mein Herz schwimmt mit dir auf dem Hochwasser davon.

»Gib Antwort, bitte!«

»Er ist der Sohn einer sehr reichen Patrizierfamilie in Nürnberg.« Katharina lächelte vor sich hin. Bei einem Besuch im Hause von Philipp Melanchthon war sie ihm zum ersten Mal begegnet. Er hatte in Wittenberg studiert und besuchte jetzt seine Professoren. »Hieronymus lacht so wunderbar. Und schöne Zähne hat er, und denken kann er, und er verkehrt zu Hause nur in den feinsten Kreisen, sagt er«, Katharina hob die Hände, »ach, er ist noch so viel mehr.«

»Oh großer Gott«, flüsterte Frau Ursula, »da hat dich aber ein Pfeil getroffen.« Sie legte die Hand auf ihre linke Brust, dort, wo tief verborgen ihr Herz schlug. »Einmal habe ich auch so …« Mit dem Seufzer schloss sich die Tür der Erinnerung sofort wieder. »Nein, wir müssen vernünftig sein. Wie oft bist du dem Herrn schon begegnet?«

Katharina hob drei Finger wie zum Schwur.

»Und das reichte aus, um dich einzufangen?«

»Sagt das nicht so, bitte. Herr Baumgärtner hat mich nicht bedrängt, weder mit Worten noch mit Blicken. Wenn er spricht, sagt er Kluges. In seinen Augen kann ich seine Seele sehen.«

»Es ist ja noch schlimmer, als ich vorhin gedacht habe.« Die Lehrmeisterin trocknete sich kleine Schweißperlen von der Oberlippe. »Armes Kindchen, da im Kloster hat euch das Singen und Beten ganz schön ausgetrocknet, jetzt genügt ein kleiner Funke, und schon brennt ihr lichterloh.«

»So ist es nicht.« Katharina erhob sich und starrte durch die Gemälde an der anderen Wand hindurch. »Ich habe gründlich nachgedacht. Ich bin keine Schönheit, ich weiß. Was also ist der Grund? Ich bin immer wieder zum gleichen Ergebnis gekommen: Liebe. Wenn Hieronymus Baumgärtner mich als seine Gemahlin in Ehren heimführen will, so werde ich ihm folgen.«

Frau Ursula sah den versteiften Rücken, das vorgereckte Kinn und nickte ergeben. »Sollte der Herr dies wirklich beabsichtigen, würde ich nie dagegensprechen. Das wäre ein großes Glück für dich.« Ein Auflachen verirrte sich aus ihrer Kehle. »Das ist ja das Ziel: Seit ihr neun Nonnen nach Wittenberg gekommen seid, bemühen wir uns alle, Euch unter die Haube zu bekommen. Doktor Martinus, Philipp, der schöne Nikolaus Amsdorf, Barbara und meine Wenigkeit. Und ausgerechnet dich hat einer einfach so gefunden.« Sie erhob sich, legte den Arm um Katharinas Schultern. »Da müssen wir aber noch viel lernen, Kindchen, ehe ich dich nach Nürnberg in ein vornehmes Haus lasse. Und heute fangen wir gleich damit an.«

»Ich will Hieronymus treffen.«

»Sei still und höre zu!« Die Schülerin durfte sich von ihrem Verehrer drei Straßenecken weit bis zum Hause Cranach begleiten lassen. Als die Lehrmeisterin die unzufriedene Miene sah, gestattete sie noch großzügig: »Ihr könnt ja zweimal den Marktplatz umrunden, dann aber kommt die Pflicht.« Zwei Mägde warteten unten in der Apotheke auf Katharina, und in der Wohnung darüber lauerte König Christian. »Wenn er dir Unerhörtes an den Kopf wirft, so zeige ihm deine scharfe Zunge. Nicht wirklich, aber du weißt schon, was ich meine.«

22

Umziehen. In fliegender Hast knöpfte, schnürte und zupfte Katharina die von mildtätigen Bürgersfrauen gespendeten Kleidungsstücke. Ihre Lehrmeisterin hatte vor zwei Monaten bei der Zuteilung von Hemd, Mieder, Rock und Obergewändern mit sanftem Händeschwung die eigenen Konturen nachgezeichnet. »Meine Truhen sind übervoll, Kindchen. Aber bis du in meine Sachen hineinpasst, musst du noch tüchtig essen.«

Wenigstens eine Haube hatte sie beisteuern können. In der Eile jetzt half Frau Ursula beim Feststecken. »Gottlob sind deine geschorenen Haare inzwischen etwas nachgewachsen. Die Klammern halten aber immer noch keinen Windstoß aus. Nicht dass dir die Haube davonfliegt.« Noch an der Haustür gab es letzte Ermahnungen: »Und solltest du beim Spazieren mit deinem Verehrer in Hundekot treten, dann vergiss nicht, dir die Schuhe zu säubern, ehe du nachher zu Königs raufgehst. Und nun lauf … nein, nur nicht. Eine Dame rennt nicht, sie schreitet. Und gib acht …«

»Danke«, stammelte Katharina, fluchtartig verließ sie das Patrizierhaus.

Die Gattin des Stadtschreibers spähte ihrem Schützling durch einen Fensterspalt nach. »Eine gute Haltung«, flüsterte sie, »etwas zu steif in den Schultern, aber dafür sehr schön gerade.« Frau Ursula blickte hinüber zu den drei jungen Männern auf der anderen Straßenseite. Die Studenten waren ihr schon bekannt, beide sahen zu dem Wohlgekleideten in ihrer Mitte auf. Der trug eine stoffreiche, nachtblaue Schaube mit einem bis über die Schultern reichenden purpurfarbenen Kragen. Seine dunkel samtigen Hosen waren unter den Knien mit Glitzerbändern gebunden. »Oh Jesus, das nenne ich ein Bild von einem Mann.« Langsam benetzte Frau Ursula mit der Zunge die Unterlippe. »Dazu diese Strümpfe, einer blau, der andere wie der Kragen. Zweifarbig, das wagt hier in Wittenberg keiner. Dafür sind unsere Professoren zu langweilig.« Ein hingegebener Seufzer. »Das trägt eben nur ein Herr aus der Reichsstadt Nürnberg.«

Katharina näherte sich der anderen Straßenseite. Gleich schob der Großstadtgeck die beiden Johannisse hinter sich, und, Frau Ursula hielt den Atem an, tatsächlich, er kratzfußte! Und mit welchem Schwung er den Federhut abnahm, das Bein nach hinten warf, sich verneigte und im Gegenschwung wieder aufgerichtet vor ihr stand. »Wie vor einer Gräfin«, flüsterte sie, »dabei ist meine Nonne nur Freiin.« Sie küsste die Kuppe ihres Zeigefingers. »Gott, ist der Mann gut erzogen.« Gleich aber entfuhr ihr ein spitzes Nein. Drüben streckte Katharina dem Verehrer schlicht die Hand hin. Wie bäuerlich, wie bürgerlich, so als begrüße sie einen Handwerker. »Ach, Kind, wie peinlich. Den Handrücken musst du geben, die Finger leicht gebogen, damit er sich drüberbeugen kann.« Zur Demonstration reichte Frau Ursula ihre Hand huldvoll zum Fensterspalt hinaus.

Auf der Straße nahm sich Herr Baumgärtner, was Katharina ihm bot, dann bot er ihr den Arm, und sie hakte sich etwas ungelenk bei ihm unter.

»Armes Kind, da müssen wir aber noch tüchtig lernen.« Langsam schloss die Beobachterin das Fenster, strich die Seiten ihres Busens. »Wenn ich jünger wäre, ich würde zu ihm passen.«

Katharina ging an seiner Seite, merkte, dass er den Schritt dem ihren anpassen wollte, gleich versuchte sie mit Trippeln zu helfen, so gerieten beide aus dem Tritt. »Oh, verzeiht.« Sie lachte verlegen, blieb stehen, er lachte mit und gab das Kommando: »Mit rechts und zugleich.«

In gehörigem Abstand hinter ihnen, übernahmen die

Schweizer auch den Befehl, und so spazierte die Gruppe im Gleichschritt die Bürgermeisterstraße entlang in Richtung Stadtkirche.

»Katharina, erlaubt Ihr mir, Euch Kathi zu nennen?« Er fuhr mit dem Finger die schmale Spur seines Bartes vom Ohr zur Kinnspitze nach. »Meine geliebte Großmama trägt ebenfalls diesen Kosenamen. Wenn ich als Kind auf unserm Landsitz bei Großmama Reitunterricht hatte, da durfte ich sie so nennen.«

»Und was ist mit Euch wirklich? Ich meine, gefällt Euch Kathi besser?«

»Oh ja. So viel Weichheit liegt in dem Klang.«

»Gut, dann erlaube ich es.« Gleich spürte sie, wie ihr das Blut in die Wangen stieg. War das zu schnell? Verstohlen beobachtete sie aus dem Augenwinkel sein Gesicht. Er lächelte. Wie gut, dachte sie, und wie schön er dabei ist.

Vor der Stadtkirche bog das Paar nach links in die Jüdenstraße ein. Die Tür des Gasthauses an der Ecke flog auf, und drei trunkene Studenten torkelten übers Pflaster.

Hieronymus führte seine Verehrte sicher um die Burschen herum. In seinem Rücken aber versperrten die Studenten den Johannissen den Weg. »Gehört ihr zu dem feinen Kerl?«

»Das ist der ehrenwerte Herr Baumgärtner aus Nürnberg.«

»Den kenne ich.« Die drei steckten die Köpfe zusammen, mit einem Mal kicherten sie, schlugen sich auf die Schultern. Einer rief dem Paar nach. »Da hat sich die Nonne aber einen reichen Geldsack geschnappt.«

Katharina fuhr zusammen. »Was soll ich …?«

»Bleibt hier«, befahl Hieronymus knapp. Schon war er unterwegs. Ehe die Studenten begriffen, packte er zwei an den Ohren und schlug ihre Köpfe dem dritten rechts und links an die Schläfen, benommen stürzten alle drei übereinander. Er wischte sich die Hände am nachtblauen Rock, befahl den Johannissen, die drei an der Verfolgung zu hindern, und kehrte lächelnd zu Katharina zurück.

»Für mich? Ihr habt gegen eine Übermacht für mich gekämpft?«

»Ich würde jeden in die Flucht schlagen, der es wagt, über Euch ein schlechtes Wort zu verlieren.«

»Habt Dank«, sie hakte sich wieder bei ihm unter, »bei all Euren Vorzügen seid Ihr auch noch ein Held.« Nach tiefem Atemholen setzte sie mehr zu sich selbst hinzu. »Ein richtiger Mann, vielleicht sogar der richtige.«

Sein Lachen unterbrach sie. »Kein Kampf. Ich habe drei übervolle Weingläser ausgeschüttet. Mehr nicht.«

»Ach, Hieronymus, Ihr scherzt so schön.« Der Markt war erreicht. Jetzt schon? Sie sah über die Bürgerinnen an den wenigen Verkaufsbuden hinweg. Wie die Zeit verfliegt, wenn sie wertvoll ist. »Ich habe die Erlaubnis, dass Ihr mich zweimal um den Platz führen dürft.«

»So kurz, welch grausame Strenge.« Er drückte mit der Linken ihre Hand an seinem Arm. »Und ich wollte Euch über den Stadtwall führen. Euch beschützen, wenn links von uns das Hochwasser gurgelt und tobt.«

»Davor fürchte ich mich nicht …« Gleich nahm sie sich zurück: »Mit Euch, meine ich, da hätte ich überhaupt keine Furcht.«

»Aber heute Abend darf ich Euch doch wiedersehen?« Er hielt an und stellte sich vor sie. »Im Hause Cranach wird heute Abend Doktor Martinus zur Laute spielen und mit allen singen. Mein Gastgeber Professor Melanchthon hat mich dazu eingeladen. Es wäre doch ein Glück für uns beide, wenn auch Ihr kommen würdet.«

»Oh ja …« Katharina setzte neu an: »Ja, es wäre … Ich werde fragen, aber ich glaube schon.« Um ihr hochrotes Gesicht zu verbergen, ging sie weiter, mit fester Stimme setzte sie hinzu: »Doktor Martinus ist ein guter Sänger, und schöne Lieder dichtet er.«

Hieronymus holte sie ein. »Nicht nur unser gelehrter Luther schlägt die Laute, auch mir ist das Instrument nicht fremd.«

Der Ton ließ keinen Zweifel zu. »Außerdem bin ich ein Verehrer der italienischen Dichtkunst, insbesondere der von Petrarca.« Er nahm die Haltung eines spazierenden Minnesängers an, hielt unsichtbar die Laute und ließ die Finger der Rechten einige Akkorde schlagen.

»Ihr wollt singen?« Besorgt sah sich Katharina nach den Leuten um. »Jetzt? Hier?«

»Nein, aber ich könnte.«

»Das glaube ich«, sagte sie schnell, »nur wäre das hier sicher eine Vergeudung.«

Er wollte mit einer Gesangsprobe bis zum Abend warten, dann aber sollte Luther staunen, welch klangvolle Stimme aus Nürnberg zu Besuch sei. »Ehe wir uns gleich trennen müssen, will ich Euch wenigstens einen Vers von Petrarca vortragen, der mir gerade in den Sinn kam.«

»Gern, aber warten wir noch.« Alle beobachten uns hier, dachte sie und sagte: »Vielleicht dort drüben in der ruhigen Ecke.« Seine Unvernunft schmeichelt so sehr, doch dürfen wir kein Aufsehen erregen. Nicht, dass König Christian uns vom Fenster dort oben beobachtet.

Gleich zu Beginn der Schlossstraße fand er eine vom Markt abgeschirmte Mauernische. »Bitte, stellt Euch hinein!« Weil sie zögerte, deutete er auf die beiden Johannisse wenige Schritte entfernt. »Die Schweizer Augen bewachen uns. Nichts Ungebührliches geschieht.«

»Vor Euch fürchte ich mich nie. Nur vor dem Geschwätz der Leute.«

Er schwenkte den rechten Arm, dass der nachtblaue Stoff nur so rauschte. »Vergessen wir das Volk, rufen wir die Muse.«

Ich bin in einem Traum, dachte sie, Hieronymus sagt und tut, was man nur träumen darf.

Mit leicht gebeugtem Knie schloss er die Augen.

»Gepriesen sei der Tag, der Monat und das Jahr,
die Jahreszeit, die Stunde und der Augenblick,

die schöne Gegend und der Ort, wo sie mit ihren
schönen Augen mich anblickte, die mich gefesselt haben.«

Nun öffnete er die Lider, sah zu ihr auf.

»Gepriesen sei das erste süße Bangen,
das mich ergriff, als Amor sich zu mir gesellte,
der Bogen und die Pfeile, die mich trafen,
und die Wunde, die sie ins Herz mir schlugen.«

»Bitte, genug!« Katharina gehorchte die Stimme nicht. Ihr war heiß und kalt zugleich. »Ich muss jetzt …« Sie zeigte in Richtung Cranachhaus. »Der König, versteht Ihr.« Langsam verließ sie die Mauernische, ging an ihm vorbei.

Er folgte ihr, blieb dicht hinter ihr. »Wenn ich die Verse singe, so wirken sie noch mehr.«

Heute würde ich das nicht aushalten, dachte sie. »Danke, es war ein wunderbarer Spaziergang.«

»Und am Abend?«

Kurz blickte sie über die Schulter. »Ich werde da sein, auch wenn es mir verboten wird.«

Der Flur zur Treppe und zu den Wohnungen über der Apotheke war düster. Noch geblendet vom Tageslicht, tastete sich Katharina die ersten Schritte an der Wand entlang. Ich bin nicht zu spät. Kaum hatte sie sich ans Halbdunkel gewöhnt, ging sie rascher.

Aus dem ersten Stockwerk drangen Männerstimmen, dazwischen helles Gekicher. Katharina nahm zwei Stufen auf einmal. Vor der Tür zu den Räumen des Königs rangelten und alberten zwei Wächter mit den beiden Putzmägden. Die Frauen hatten mit Absicht zu wenig Hände, um sich wirklich der Zugriffe zu erwehren. Zwei Sätze in dänischer Sprache raunten die Kerle den Kichernden immer wieder ins Ohr. »Jeg vil gerne kneppe dig« und »Jeg vil bide i dine bryster«.

»Was bedeutet das?« Darauf gab es keine Antwort, dafür nahm das Gekitzel und Gerangel zu. Die Ankunft Katharinas bemerkte die Gruppe erst, als sie bis auf wenige Schritte heran war. Gleich nahmen die Wächter rechts und links der Tür Haltung an, rückten ihre Schwerter griffbereit. Die Mägde strichen lose Haarsträhnen zurück unter die Hauben, stellten sich neben Eimer, Besen und den Korb mit frischen Tüchern. Sie senkten die Köpfe.

Ratlos blickte Katharina zu den Wachposten, zu den Mädchen. Was sage ich nur? Gerade hat mir Hieronymus noch einen Vers vorgetragen. Ich bin doch nicht besser … Ihr Schweigen verbreitete Furcht.

»Verzeiht, Herrin.« Eine der Mägde knickste, gleich tat es die andere ihr nach.

Einer der Posten räusperte sich, sprach in klarem Deutsch: »Was ist Euer Begehr?«

Katharina straffte sich. »Meldet seiner Majestät Königin Isabella, Freiin von Bora erbittet, mit zwei Mägden die Räumlichkeiten zu säubern.«

Wenig später kehrte der Posten zurück, blieb in der geöffneten Tür stehen. »Bitte einzutreten.«

Katharina ging voran, in ihrem Rücken hörte sie eine Magd dem Posten zuflüstern: »Du Schuft kannst unsere Sprache. Na warte, bis wir uns wiedersehen. Dann will ich wissen, was du zu mir gesagt hast.«

Kindergeschrei empfing die Frauen in der schmalen Eingangshalle. Katharina gab gerade die Anweisung, mit dem Ausfegen zu beginnen, da traf sie ein Ball am Kinn, gleich darauf rannte ein Junge in sie hinein, trommelte mit den Fäusten gegen ihre Brust, heulte. Dicht hinter dem Fünfjährigen blieb seine kleinere Schwester stehen und trat mit dem Fuß nach ihm, dazu schimpfte die Dreijährige und spuckte. In heller Wut wandte sich der Bruder um, riss mit beiden Händen an ihren Locken. Und der Lärm geriet zum Inferno.

Die Amme kam aus dem Nebenzimmer, sie trug ein Kleinkind auf dem linken Arm, mit der Rechten hielt sie der Zweijährigen einen Nachttopf unter den nackten Po. »Erbarmen!«, zeterte die Kinderfrau in den Lärm. »Erbarmen!«

»Wie?« Katharina hob hilflos die Hände. »Mit Kindern kenne ich mich nicht aus.«

Inzwischen prügelte der Bruder die Schwester. Beide schrien wie aufgespießt. Davon angesteckt, stimmte nun auch das Topfkind mit ein.

Königin Isabella öffnete die Tür ihres Gemaches, jung, die gelockten Haare umrahmten das bleiche Puppengesicht, trat sie zwei Schritte in die Halle, sah bekümmert auf die Zankenden und zog sich wortlos zurück.

Hier ist ein Tollhaus. Katharina überlegte nicht weiter. Sie packte den Bruder an den Haaren und zog ihn von seinem Opfer weg, wollte die Schwester vom Boden aufheben, da griff der Prinz sie von der Seite an, boxte gegen ihre Hüfte, beschimpfte sie auf Dänisch. Katharina versuchte ihn mit gestreckten Armen von sich zu halten. Jetzt raffte sich die Schwester auf und unterstützte den Bruder mit geballten Fäustchen und grellen Schreien.

Die Tür am anderen Ende der Eingangshalle wurde aufgerissen. Glühende Augen, ein schwarzer, wild wuchernder Bart, und aus dem breiten Mund fuhr ein furchtbarer dänischer Donner.

Stille kehrte ein. König Christian II. wies mit dem gestreckten Finger auf Katharina. »Wer seid Ihr, Weib, dass Ihr es wagt, meine Kinder zu quälen?«

»Majestät«, der Zorn pulste in Katharina, nur mit Mühe gelang ihr ein Knicks. »Ich bin Schwester … Ich bin Freiin von Bora und heute verantwortlich für die Reinigung Eurer Wohnung. Und … und mit Verlaub. Nicht ich, dieser … dieser Teufel hat mich angegriffen.«

Da lachte der König breit. »Prinz Johann kommt nach seinem Vater. Hütet Euch also, Weib.« Mit dem nächsten Atemzug flackerte Misstrauen im Blick. »Wie war der Name?«

»Katharina, Freiin von Bora.«

»Ihr wart nicht angekündigt. Heute sollte die fette Ursula kommen.«

Dieser ungehobelte Kerl. Langsam hob Katharina das Kinn: »Wenn Eure Majestät die Gattin des Stadtschreibers von Wittenberg, Frau Ursula Reichenbach, meint, so möchte ich erklären, dass ich in ihrer Vertretung heute hier bin.«

Unverhohlen besah er sie von oben bis unten. »Jünger und nicht so viel Speck.« Er befahl, und gleichzeitig forderte der Zeigefinger: »In meine Studierstube!«

Was verlangt er? Heilige Maria, bitte steh mir bei. Katharina presste die Hände vor dem Busen zusammen. Ach, Hieronymus, mein Held, wärst du doch jetzt hier. »Bitte, habt Geduld, Majestät. Sobald meine Mägde die Halle gesäubert haben, kommen wir gemeinsam in Euren Raum.«

»Sofort!« Der Arm wies den Weg. »Und zwar Ihr allein.«

Weglaufen? Der zweite Gedanke vernichtete den ersten: Wenn er den Wachleuten am Eingang Befehl gibt, lassen die mich nicht passieren.

Katharina hielt den Atem an, obwohl Platz genug für zwei, drückte sie sich eng an der Holztäfelung entlang. Er folgte ihr auf dem Fuß und schlug die Tür zu.

Gottlob, wir sind nicht allein. Am großen Tisch saß über ein Schreibpult gebeugt ein fast glatzköpfiger Mann, die wenigen Haare waren am Hinterkopf zu einem kleinen spitzen Zopf gebunden. Er passte zum spitzen Kinnbart. Trotz der Brille dachte Katharina gleich an einen Ziegenbock.

»Das ist Hans Mikkelsen.« Der König schnippte ihr im Vorbeigehen zweimal dicht ans Ohr. Katharina schreckte einen Schritt zur Seite, darüber lachte Christian und warf sich in den hohen Lehnsessel auf der anderen Seite des Tisches. »Ihr wollt also wissen, was mein Ratgeber und ich hier treiben?«

»Nein, Majestät.«

»Papperlapapp. Alle Weiber sind neugierig. Ihr unterscheidet Euch da nicht von der fetten Ursula und der ach so gründlichen Barbara Cranach. Täglich spionieren diese Gänse hinter der Königin und mir her.«

Katharina ballte in den Seitenfalten ihres Rocks die Faust. »Mit Verlaub, Majestät, Ihr irrt Euch in meiner Person.«

»Lügnerin«, unterbrach er schroff. »Ich will Euch sagen, was soeben hier geplant wurde, damit Ihr nachher draußen keine falschen Gerüchte verbreitet.« Er pochte mit dem Finger auf das Buch neben dem Schreibpult. »Dies ist das Neue Testament. Unser hochgeschätzter Doktor Martinus Luther hat es ins Deutsche übertragen. Und nun …« Er schnippte seinem Ratgeber. »Berichte du, was wir beschlossen haben.« Damit lehnte er sich im Sessel zurück.

Hans Mikkelsen schob den Bügel seiner Brillengläser auf dem Nasenrücken etwas höher. »Seine Majestät hat mich beauftragt, das Neue Testament aus dem Deutschen ins Dänische zu übersetzen.«

Wirklich? Der Grobian und sein Ziegenbock sollten sich diese heilige Tat vorgenommen haben? Die ernsten Mienen ließen keinen Zweifel. »Verzeiht, das finde ich wunderbar.« Katharina wagte an den Tisch zu treten. »Damit habe ich nicht gerechnet.« Behutsam strich sie mit den Fingerkuppen über das Buch. »Auch habe ich diese Bibel noch nie von Nahem gesehen.«

»Aber sie ist doch in diesem Hause gedruckt worden.«

»Das geschah, noch ehe meine Mitschwestern und ich aus dem Kloster geflohen sind.«

Christian II. hieb mit der flachen Hand auf den Tisch. »Eine Nonne? Ihr wollt eine Klosterfrau sein?«

»Ich war …« In wenigen Sätzen berichtete Katharina von der Flucht und der Aufnahme hier in Wittenberg. »Seitdem lebe ich im Hause des Stadtschreibers und werde von Frau Ursula in allem unterrichtet, was eine Ordensschwester im Kloster nicht lernen konnte.« Katharina wagte den König anzusehen, wagte einen kleinen Scherz über sich selbst. »Mit Latein und der Kenntnis der Heiligen Schrift allein kann ich im wirklichen Leben nicht bestehen.«

»Meine Königin vermag nichts von beidem«, knurrte Christian. »Weder Latein noch taugt sie fürs Leben. Aber ihr Bruder ist Kaiser Karl, und sie ist gut zu … schwängern.« Er wischte die Gedanken an Isabella mit der Hand beiseite. »Kleine Nonne, Ihr gefallt mir. Geht jetzt und sorgt dafür, dass Ordnung in diesen Saustall gebracht wird!«

Katharina beugte das Knie, grüßte den Ratgeber mit einem Nicken. Mit jedem Schritt auf die Tür zu wurde ihr leichter. Draußen lehnte sie sich an die Wand. »Großer Gott, dies ist wirklich ein Tollhaus. Alles kommt anders, als ich es vorher dachte.«

Mit frischem Schwung und Händeklatschen trieb sie die Mägde zur Eile an, vergaß das Loben nicht, den Kindern verbot sie mit grausamer Grimasse, das Putzwasser auf den Boden zu schütten, und im Gemach der Königin gingen die Frauen auf Zehenspitzen zu Werk, um die Ruhende nicht zu stören.

Als sich Katharina mit den Mägden nach getaner Arbeit zurückzog, überholte sie im halbdunklen Hausflur der Ratgeber Hans Mikkelsen. Nach wenigen Schritten blieb er stehen. »Es war mir eine Freude, Euch kennengelernt zu haben. Auch seine Majestät war von Euch beeindruckt.«

»Habt Dank.« Nur gut, dass er mein rotes Gesicht nicht sehen kann. »Ich wünsche Euch viel Kraft für die Übersetzung ins Dänische.«

»Ich werde mit den Paulusbriefen beginnen.« Damit ging er weiter.

Eine der Mägde lief hinter ihm her. »Gnädiger Herr, wenn Ihr übersetzen könnt, dann darf ich was fragen?« Katharina wollte sie zurückrufen, doch er antwortete gut gelaunt: »Nur zu, schönes Kind!«

Ohne Scheu nestelte die Magd am Stoff ihres Hemdausschnitts und berichtete vom Wachsoldaten oben an der Tür, der nur Dänisch mit ihr sprach. »Und er sagt immer so was wie ›Jeg vil gerne kneppe dig‹. Was heißt das?«

Hans Mikkelsen zuckte leicht, dann sah er ins junge Gesicht, sah auf den Ausschnitt. »Das ist für mich schwer zu übersetzen. Aber ich bin mir sicher, du wirst diesen Kerl sehr bald dazu bringen, dir diesen Satz selbst auf Deutsch zu sagen.«

Hatte es am Nachmittag noch geregnet, so war am Abend der Himmel fast wolkenlos. Kurz entschlossen hatte Frau Barbara Cranach von den Gesellen und Lehrbuben unter der Kastanie im großzügigen Innenhof den langen Tisch aufstellen lassen. »Es muss endlich Sommer werden. Wir singen und feiern draußen.« Die späte Sonne unterstützte ihre Entscheidung und wärmte von Westen her die kleine Gesellschaft. Nur die engsten Freunde des Hauses waren geladen, und keiner hatte abgesagt. Zur Begrüßung gab es Bier und Wein. Barthel stand an den Fässern und schenkte aus. Er wusste nicht, ob er lachen oder weinen sollte. Vom Meister hatte er endlich die Erlaubnis bekommen, nach Allstedt zu reiten. Eine Woche durfte er fortbleiben. Das war die Freude. Was aber würde ihn erwarten? Er musste Dorothea sehen, mit ihr sprechen. Und wenn der Vater es verbietet, die Liebste einsperrt? Dieser Gedanke allein war schon zum Heulen.

Noch hatte niemand von den Gästen Platz genommen. Ave und Margarete von Schönfeld, die beiden auch dem Kloster entflohenen Ordensschwestern, waren im Hause Cranach aufgenommen worden, und sobald es eine Gesellschaft gab, ließ Frau Barbara die Jungfern bedienen. »Zeigt euch, lächelt und erfüllt Wünsche. Vielleicht lernt ihr so etwas rascher den künftigen Gatten kennen.« Auch heute gaben sich die beiden alle Mühe, zeigten ihr schönstes Lächeln und trugen die gefüllten Krüge und Becher zu den plaudernden Gruppen.

Stadtschreiber Reichenbach hatte seine Gattin mit Katharina bei Frau Barbara und den anderen Damen gelassen und sich zu den Professoren gesellt. Dort im Mittelpunkt stand Hieronymus Baumgärtner. Was gab es aus der Reichsstadt zu berichten? Nur zu gern erteilte er Auskunft auf die vielen Fragen nach Erlassen, neuen Steuern und wie ernst die Gefahr eines Krieges mit den Türken zu nehmen war.

Trotz des hellen Geschnatters um sie herum hörte Katharina seine Stimme, sah hin und wieder verstohlen zu den Männern hinüber, doch der Verehrer stand mit dem Rücken zu ihr, sosehr sie es auch hoffte, er sah nicht einmal über die Schulter. Dafür kam Ave herüber. »Ich muss gleich wieder zum Fass, frisches Bier holen.« Sie zog die Freundin beiseite. »Ist er das?«

Katharina nickte.

»Was für ein Mann!«

Katharina seufzte.

»Und hat er schon etwas gesagt?«

»So direkt nicht. Aber er hat schon für mich gekämpft und sagt mir Gedichte auf.«

»Das sind bestimmt gute Zeichen.« Aves Augen glänzten. »Ach, ich freue mich für dich.«

»Und du?«

»Komplimente gibt es viele.« Nun beugte sie sich näher zum Ohr der Freundin. »Manchmal habe ich den Eindruck, als würde mich sogar Doktor Martinus besonders nachdenklich anschauen.«

»Was meinst du damit?«

»Wie soll ich es ausdrücken? So, als wollte er mir etwas sagen.«

»Wirklich?«

Ave kicherte leise. »Aber da gibt es noch in der Apotheke Basilius Axt … Von dem erzähle ich dir später.« Schon eilte sie davon in Richtung der Fässer.

Frau Barbara gab ihrem Gatten verstohlene Handzeichen, bis er sich aus der Gruppe der Herren löste und zu ihr kam. »Was gibt es?«

»Wir könnten längst Platz nehmen, aber Martin fehlt noch.«

»Sonderbar«, Meister Cranach rieb sich den Nasenhöcker, »wenn es frei Trinken gibt, ist unser Doktor nie der Letzte. Ich werde Melanchthon fragen, ob …« Freudiges Lachen und

Grüßen der Gäste in der Nähe des Tors. Gleich hob er die Hand. »Dort kommt er ja.«

Der Hausherr ging Luther entgegen. »Du bist spät. Ich wollte schon einen Knecht losschicken.« Er legte ihm den Arm um die Schulter. »Alle Sänger warten auf dich und dein Lautenspiel. Zunächst soll dir ein frisch gezapftes Bier die Kehle anfeuchten.«

»Danke.« Martin sah ihn von der Seite an. »Verzeih die Verspätung«, die Stimme klang gepresst, »aber das Lied ist jetzt erst fertig geworden.«

»Wunderbar.« Martin wollte noch etwas hinzufügen, doch Cranach wandte sich gleich mit lauter Stimme an die Gäste. »Freut Euch auf einen besonderen Genuss. Eine Premiere. Unser verehrter Doktor Martinus hat für diesen Abend ein neues Lied gedichtet. Deshalb …« Klatschen und Hochrufe unterbrachen ihn. Er musste geduldig abwarten, bis er wieder Gehör fand. »Deshalb bitte ich Platz zu nehmen.« In Richtung Barthel und der beiden Schwestern rief er: »Schenkt nach, damit wir beginnen können.«

Katharina hatte Glück. Ihr schräg gegenüber ließ sich Professor Melanchthon nebst Gattin und dem Hausgast aus Nürnberg am Tisch nieder. Sie konnte Hieronymus ansehen, und er schenkte ihr sogar ein Lächeln. Zum Professor sagte er laut und bezog gleich alle Umsitzenden mit ein: »Zu Hause führt meine Stimme den Chor an.« Katharina vermochte den Blick nicht von ihm abzuwenden. Mit einem Mal fühlte sie einen leichten Stoß am Knie. Frau Ursula neigte sich ihr zu und sprach hinter vorgehaltener Hand. »Nicht so direkt, Kindchen. Einmal kurz hinschauen genügt.«

Oh Himmel, ich hasse dich, dachte Katharina, nickte aber gehorsam.

Das Bier schäumte über die Krüge, die Weinbecher waren gefüllt. Am Kopf der Tafel stand Martin Luther. Ernst blickte er in die Runde. Stille kehrte ein. »Gottes Segen für euch alle.« Er rückte den Stuhl etwas vom Tisch ab, setzte sich und nahm die Laute. Kein Akkord, kein schwungvolles Anstimmen. Er zupfte nur einige Töne. Dann sah er hinauf ins Blattwerk der Kastanie. »Gestern erreichte mich ein Brief, dessen Inhalt mich in Tränen ausbrechen ließ.« Jetzt zog er ein Pergament aus dem Ärmel seiner Kutte, sah von einem Gesicht zum anderen. »Diese Tränen flossen mir aufs Papier und wurden zu Versen.« Er griff in die Saiten, unterstützte seinen Sprechgesang.

»Ein neues Lied wir heben an,
Das walt Gott unser Herre,
Zu singen, was Gott hat getan
Zu seinem Lob und Ehre.
Zu Brüssel in dem Niederland
Wohl durch zween junge Knaben
Hat er sein Wunder g'macht bekannt,
Die er mit seinen Gaben
So reichlich hat gezieret.«

Betroffene Gesichter, Enttäuschung. Jedem Gast war klar, es würde keinen lustigen Abend geben. Lucas Cranach zog die Brauen zusammen, schnaufte in den Bart. Da sprach ihn Martin direkt an: »Zürne nicht, guter Freund. Es betrifft auch dich und uns alle, die wir rechte Christen sind. Hört, was geschehen ist. Begonnen hat das Unglück wohl schon im letzten Jahr im Augustinerkloster zu Antwerpen.« Weil der Prior, trotz Ermahnungen von höchst kirchlicher Stelle, mutig weiter evangelisch predigte, wurde das Kloster zerstört und die Brüder in Haft genommen, gefoltert und gezwungen zu widerrufen. Zwei junge Mönche, Heinrich Vos und Johann Esch, aber blieben standhaft. Daraufhin hatte sie der alte Feind verurteilt und nach Brüssel schleppen lassen.

Martin musste sich zum nächsten Vers zwingen.

»Zwei große Feuer sie zünd'ten an,
Die Knaben sie her brachten,
Es nahm groß Wunder Jedermann,
Dass sie solch' Pein veracht'ten,
Mit Freuden sie sich gaben drein,
Mit Gottes Lob und Singen …«

Als Martin zur zwöften Strophe kam, trauerten alle Gäste um die jungen Märtyrer, und selbst die letzten Zeilen konnten keinen Trost spenden.

»Der Sommer ist hart für die Tür
Der Winter ist vergangen,
Die zarten Blümlein geh'n herfür:
Der das hat angefangen,
Der wird es wohl vollenden.«

Leise verklang das Lautenspiel. Martin legte das Instrument auf den Tisch. »Freunde, hier in Wittenberg, nur hier im Lande unseres Kurfürsten, lebe ich mit euch in Sicherheit, geschützt von seiner Durchlaucht Friedrich.« Er wies mit dem Arm in die Dämmerung. »Dort draußen aber lauert der Feind. Trotz meines unerschütterlichen Gottvertrauens fürchte ich mich heute dennoch vor ihm.«

Schwer erhob sich Martin und verließ ohne ein weiteres Wort die Abendfeier.

23

Was hatte ihn geweckt? Mehr als ein Geräusch, ein kurzer, dunkler Laut war es. Barthel schlug die Augen auf, sah hoch über sich die Schindeln des Stalldaches. Tief sog er den Geruch nach Heu und Stroh in sich ein. Ich bin beim Hufschmied von Schloss Allstedt, darf in seinem Pferdestall übernachten. Er fuhr sich durch die Locken, kratzte den Kopf. Langsam wurde er ganz wach. Gestern Nachmittag war er nach langem Ritt angekommen. Wie gern wäre er gleich in die Stadt, gleich in ihre Straße … Vor dem Osttor hatte er sein Pferd gewendet und war hinauf zum Schloss geritten. »Ich habe einen Brief vom kurfürstlichen Hof für den Burghauptmann.« Ohne Spott und Hänselei wegen seiner roten Haare ließen ihn die Wachposten passieren. Hans Zeiß brach das Siegel, dabei sah er den Boten prüfend an. »Du kommst mir bekannt vor. Ah, jetzt weiß ich es wieder, du gehörst zum Spenglermeister Gerlach.« Er wölbte die Unterlippe vor und zurück. »Oder nicht mehr? Da war doch etwas mit der Tochter.«

»Nur eine Unstimmigkeit«, log Barthel leise, »ich hoffe es.«

Der Schösser hatte den Brief überflogen. »Von überall hagelt es Beschwerden.« Er schlug auf das Schreiben. »Dieser Spalatin soll sich nicht einmischen. Wir in Allstedt wissen, was wir tun.« Trotz der Verärgerung war ihm unten auf dem Blatt ein Zusatz aufgefallen. »Hier, das betrifft dich, junger Mann. Es wird um Unterkunft für dich gebeten.«

»Nur für zwei, höchstens drei Nächte.«

»Im Gästeflur sind alle Zimmer belegt. Melde dich draußen vor dem Tor beim Hufschmied. Lass dir auf meine Rechnung einen Schlafplatz und Kost geben.« Schösser Zeiß hatte das Schreiben eingerollt und in den Händen zerquetscht. »Jetzt störe mich nicht länger!«

Barthel setzte sich in seinem Strohlager auf. Gleich ertönte wieder der Laut, dieses Mal lang gezogen, abgehackt und wieder lang gedehnt. Ein Huhn! Er sah sich um. Nicht weit von seiner Schlafdecke hockte breit geplustert die braun und schwarz gepunktete Henne, sie sah zu ihm herüber, den Schnabel leicht geöffnet.

»Na, gut geschlafen?«

Da gackerte sie ihn an, schlug mit den Flügeln, gackerte weiter und verließ empört die Heuecke.

»Man wird doch mal fragen dürfen.« Er erhob sich, sein Blick fiel beim Falten der Decke auf den Lagerplatz der gefiederten Mitschläferin. Vier Eier lagen in der Mulde. »Ach, so ist das.«

Beim Morgenbrei erzählte Barthel von seiner Entdeckung. »Es ist die Henne mit den Punkten.«

»Schon wieder«, sagte Schmied Friedhelm, ein schnauzbärtiger Mann mit tief liegenden Augen unter mächtigen Brauenbögen. »Alle meine neun Hennen legen ihre Eier im Hühnerstall. Dort wird auch gebrütet, wie es sich gehört. Nur dieses Vieh muss immer eine Ausnahme machen.« Er schabte den Rest des Breis mit zwei Fingern aus der Schale und schlürfte sie ab. »Wer sich nicht fügt, der trägt selbst die Schuld an seinem Unglück. Beim nächsten hohen Festtag kommt sie in den Topf, und die Eier gibt's heute Abend, weil Sonntag ist.«

Barthel sprang auf. »Kirche! Ich muss hin.«

»So fromm?« Der Schmied stocherte mit einem Span in den angefaulten Zähnen. »Da laufen die Leute aus allen Ortschaften jetzt her nach Allstedt. Bist du auch so einer von denen? Kommst von weit, nur um dir von dem neuen Pastor den Kopf verdrehen zu lassen?«

»Bestimmt nicht«, fuhr Barthel auf, »im Gegenteil …« Er sprach nicht weiter, dachte: Ich würd ihm eher den Kopf abreißen.

Der Schmied spuckte aus den Zahnlücken gepolkte Hindernisse auf den Boden. »Ich sag dir eins, Junge. Einmal war ich unten und hab dem Müntzer zugehört. Der redet, wie ich manchmal denke. So von Ungerechtigkeit, und warum geben die Reichen uns Armen nicht was ab. Das gefiel mir. Dann habe ich ihn mir genauer angesehen, und glaub mir, einer, der so wie ich was von Pferden versteht, der versteht auch was von Menschen. Also ich hab gedacht, auch wenn der Müntzer schön redet, irgendwas stimmt mit dem Mann nicht.«

»Er bringt Unglück.« Barthel ballte die Faust. »Er zerstört alles.«

»So schlimm? Das wollen wir nicht hoffen. Mir hat's genügt. Ich geh nicht mehr runter zu ihm.«

»Ich muss ... ich werde ihn mir mal anhören.«

Der Schmied winkte ihm zu. »Und nachher erzählst du mir, ob ich recht habe.«

Schon von oben, gleich am Abzweig zum Burgsteig, sah Barthel die überfüllten Straßen. Menschenmengen schoben sich durch die Tore von Allstedt. Und die wollen alle zur Messe? So viele passen gar nicht in die Kirche. Wie soll ich Dorlein da finden? Sein Plan war, die Liebste während des Gottesdienstes zu entdecken. Sie würde mit der Mutter auf der linken Seite stehen, weit genug weg vom Vater, der ganz sicher bei den Männern auf der anderen Seite wäre. Beim Rausgehen wollte er ihr unbemerkt seinen vorbereiteten Zettel zustecken: »Morgen früh bei unserm Honigteich. Du weißt schon. Ich warte.«

Jetzt kamen solche Massen. Oh Gott, erhöre mich, lass mich mein Dorlein treffen. Das Gedränge war groß, nicht nur Bauersleute und Handwerker, viele Bergknappen aus den Mansfelder Erzgruben der Nachbarorte kamen in Gruppen anmarschiert, ohne Scheu trugen sie ihre Messer im Gürtel, und keiner kontrollierte am Tor. Die Wächter hatten aufgegeben, winkten nicht einmal, sie standen einfach da, staunten und ließen passieren.

Barthel wurde vom Strom in Richtung Johanniskirche mitgezogen. Wenigstens erkennt mich jetzt so schnell keiner. Er hielt Ausschau nach Kopftüchern und Hauben. Wenn er glaubte, sie könnte es sein, dann drückte er sich durch die Leute näher, war enttäuscht und suchte weiter. Am geöffneten Kirchenportal staute der Strom, hinein kam niemand mehr, die Menschen verteilten sich auf dem Vorplatz, sammelten sich unter den offen stehenden Fenstern. Einige Burschen hockten in den Astgabeln der Bäume, erhofften sich von dort oben einen Blick ins Kirchenschiff.

Stille kehrte ein.

Barthel sah in die erwartungsfrohen Gesichter ringsum. Bleibt mir nichts anderes übrig, dachte er, auch ich muss warten. Nicht, dass der Kerl endlich mit der Predigt loslegt, sondern aufs Ende, damit die Leute nach Hause gehen. Dorothea muss drinnen sein. Wie ich den Vater und seine Ordnung kenne, war der rechtzeitig genug hier. Der kommt nicht zu spät.

»Gott sei unsere Hilfe um seines Namens willen!« Die Stimme des Pfarrers tönte wie eine Posaune.

Gleich antwortete die Gemeinde im Kirchenschiff: »Der da geschaffen hat Himmel und Erde.«

»Oh Gott, tue auf meine Lippen.«

Nun fielen auch die Zuhörer draußen mit ein: »Und lass meinen Mund dein Lob verkünden.«

»Oh Gott, steh mir bei in meiner Not.«

Das Alleluja stieg aus allen Kehlen gen Himmel.

Barthel fühlte einen leichten Stoß in der Seite. Ein Bergknappe starrte ihn an. »Was ist los mit dir? Sing mit! Oder …«, er patschte auf den Griff seines Messers, »oder soll ich dich zum Singen bringen?«

»Wag dich!«, fauchte Barthel, mit schnellen Ellbogenstößen nach rechts und links verschaffte er sich Platz, du kommst mir gerade recht, dachte er und ging in Kampfstellung. »Na, los doch!«

Bergknappen packten seine beiden Arme von hinten, gleichzeitig hielten zwei andere ihren Kameraden fest. »Keinen Streit, wir sind bei der Messe.«

Barthel atmete aus. »Lasst mich in Ruhe.« Er schüttelte die Hände ab und schob sich durch die Leute etwas vom Eingangsportal weg. Hinter sich hörte er die Kerle aus vollen Kehlen ins Alleluja einstimmen.

So weit draußen konnte Barthel von der Predigt kaum etwas verstehen. Nur wenn Müntzer die Stimme hob, dann drangen Bruchstücke bis auf den Vorplatz. »Die Meere werden sich furchtbar erheben. Riesige Wellen werden über die Menschen hereinbrechen, deshalb, Brüder und Schwestern, seid wachsam, dass ihr das Brausen rechtzeitig vernehmt …« Die Predigtworte versanken wieder in ein Tal, kehrten bald mit Donnern zurück. »Warum füllen wir den reichen Klöstern noch Keller und Scheunen? Ist es nicht an der Zeit, ihnen den Zehnten zu verweigern und damit die leeren Mägen der Armen zu füllen?« Beifall brandete auf, Fäuste reckten sich. Als wieder Stille einkehrte, fuhr der Pastor fort: »So viele werden verschlungen, die sich längst in Sicherheit glaubten. Der kluge Schiffsmann meidet die Welle nicht, nein, er muss sie meisterlich brechen …« Endlich näherte sich die Predigt dem Ende. »Brüder und Schwestern, bessert euer Leben. Hütet euch vor Schlemmerei. Fliehet die Lüste mit euren Liebhabern!« Die Warnungen hämmerten sich in die Köpfe der Gemeinde.

Voller Ungeduld wartete Barthel den Schlussgesang ab, und endlich vernahm er das feierliche Amen. Die Menschenmenge auf dem Vorplatz geriet in Bewegung, strömte auseinander, nach und nach verließen auch Gläubige den Kirchenraum.

Barthel stellte sich am Rande auf einen Stein. Von hier konnte er das Portal gut beobachten. »Dorlein.« Der Name erstickte in seiner Kehle. Unvermittelt war sie mit der Mutter im Ausgang erschienen. Das graue Kopftuch eng geschlungen, so blass ihr Gesicht. Er wollte hinlaufen, sie an die Hand nehmen, er wollte sie dort fortreißen, weglaufen, fliehen.

Nichts. Er biss sich auf die Fingerknöchel. Übereile nichts. Du musst warten.

Frau Gerlach blieb mit ihrer Tochter bei einigen Frauen stehen und plauderte. Nun traten Konrad Gerlach und der Bäckermeister ins Freie, zielstrebig gesellten sie sich zu den anderen Herren des Stadtrates. Als Thomas Müntzer die Kirche verließ, baten ihn die Ratsherren mit Lobesworten und Verneigungen in ihre Mitte.

Das Zeichen für die Frauen, sie sollten allein nach Hause gehen, ihre Ehemänner wollten sich noch mit dem Prediger beraten.

»Was für ein Glück«, flüsterte Barthel. Langsam ging er mit im Strom der Kirchenbesucher. Von Straßenecke zu Straßenecke verloren sie sich mehr und mehr in den Gassen. Dorothea und die Mutter verabschiedeten sich mit Winken von den Nachbarinnen und strebten allein auf das Holztor zu. Jetzt, Barthel ging rascher, war zwei Schritt hinter ihnen. »Gott zum Gruß.«

Nur halblaut gesprochen, doch kein Donnerschlag konnte lauter sein. Das Mädchen blieb erstarrt stehen.

Frau Gerlach hatte nichts gehört, sah die Tochter an. »Was ist dir?« Sie blickte sich um und griff sich ans Herz. »Unser Junge … Nein, um Gottes willen, du darfst hier nicht sein. Bitte, geh! Geh fort, schnell, sonst geschieht noch ein Unglück, bitte!«

»Nur einen Moment, ich flehe Euch an.« Barthel wartete nicht, er stand vor Dorothea, fasste sie an beiden Händen, dabei drückte er den Zettel in ihre Handmuschel.

»Liebster«, stammelte Dorothea. Die Bernsteine in ihren Augen flackerten auf. »Du hier?« Sofort erstickte die Angst das Licht. »Der Vater.«

Barthel zog sie an sich. »Lies schnell die Nachricht, dann gehe ich.«

Dorothea zerrte den Zettel auseinander, blickte nur rasch hin und nickte, sagte »Ja« und nickte wieder.

Ohne ein Wort wandte sich Barthel um und lief davon, entschwand in der nächsten Gasse. Hier schritt er langsamer und verließ im Schatten einiger Bergknappen die Stadt.

Mein Dorlein. Allein die kurze Berührung, allein ihr Blick stimmten Barthel froh. Unsere Liebe ist heil geblieben. Beschwingt ging er den steilen Burgweg an. Weiter vor sich sah er eine Frau, die langsam und mühselig hinaufstieg. Begleitet wurde sie von einem schwarz gekleideten, sehr langen, dürren Burschen, der ihr hin und wieder die Hand bot und sie weiterzog. Bald schüttelte die Frau den Kopf und ließ sich neben dem Pfad auf einem Baumstumpf nieder.

Beim Näherkommen erkannte Barthel den Platz wieder. Da habe ich letztes Jahr Meister Konrad um die Hand von Dorlein gefragt. Ach, wär's doch noch wie damals. Er war heran. Die Frau sah elend aus. »Kann ich helfen?«

»Danke, es ist die Hitze. Ich muss nur wieder zu Atem kommen. Danke, es geht schon.«

Am Hals des Begleiters glühten die Pickel. »Wir schaffen es allein zum Schloss. Sobald die ehrenwerte Frau Müntzer etwas verschnauft hat, geht es weiter.«

Barthel trat einen Schritt zurück. »Ihr seid die Frau von … von dem Prediger?«

Ein leichtes Lächeln, sie strich die Falten ihres weiten Rocks. »So ist es. Mein Gatte ist der Pfarrer von Allstedt.« Ein Blick zu ihrem Begleiter. »Und dies hier ist sein Diener, unser tüchtiger Ambrosius. Und wer seid Ihr?«

Verrate dich nicht, hämmerte es in Barthels Kopf. »Ich bin nur ein einfacher Handwerksgeselle«, murmelte er. »Ich war bei der Predigt … muss jetzt los. Gott befohlen.« Ehe sie nachfragen konnte, war er schon unterwegs.

Ottilie sah ihm nach. »Ein freundlicher Bursche, muss fremd hier sein.«

Ambrosius half ihr auf. »Den habe ich auch noch nie in der Stadt gesehen.«

»Und nun etwas rascher. Sonst denkt die Gattin des Burghauptmanns, ich käme nicht zu unserer Verabredung.«

Sabine Zeiß begrüßte die Freundin und Ambrosius im Innenhof des Schlosses. »Ihr beide müsst durstig sein.« Sie führte die Gäste zu Bank und Tisch in einer schattigen Ecke. Auf ihr Händeklatschen hin eilte eins der Mädchen aus der Küche. »Bring uns vom Kirschsaft.« Sie sah zu dem Diener auf. »Und für unsern Adlatus einen vollen Bierkrug. Hab ich recht?«

»Danke, Herrin.« Der kleine Kopf nickte übereifrig. »Da sag ich Ja und noch ein Ja dazu.«

Die Magd stutzte, erkundigte sich mit ernster Miene: »Was nun? Soll ich dem dürren Herrn zwei Krüge bringen?«

Gleich wehrte Ambrosius ab. »Ich bin nicht unbescheiden.«

Die Burgverwalterin schlug die flache Hand auf den Tisch. »Eins nach dem anderen.« Sie drohte ihrer Magd mit dem Finger: »Zügle deine spitze Zunge und spute dich!«

Nach den ersten kühlen Schlucken fasste Sabine Zeiß über die Tischplatte nach den Händen der Pfarrfrau. »Ich konnte heute nicht hinunter zur Kirche. Stell dir vor, wir haben elf entflohene Nonnen als Gäste aufgenommen. Um die musste ich mich kümmern. Aber man hat mir schon berichtet, dass noch mehr Gläubige als letztes Mal zum Gottesdienst erschienen sind.«

»Thomas ist sehr stolz darauf.« Ottilie schmunzelte ein wenig. »Er lässt vom Küster die Besucher zählen. Dies gelingt dem armen Mann aber nur im Kirchenschiff. Alle, die draußen stehen, vermag er nur zu schätzen. Heute sagt er, es wären so tausend Menschen gewesen.«

»Mein Hans kann es kaum begreifen. Sonntag für Sonntag werden es mehr. Und ausgerechnet aus dem verfeindeten Mansfelder Gebiet. Warum in Gottes Namen strömen die Leute zu ihm?« Frau Sabine wandte sich an Ambrosius. »Habt Ihr eine Erklärung?«

»Alles wird in Deutsch gesprochen und gesungen. Endlich können die Gläubigen verstehen, was da am Altar geschieht. Das ist das eine.« Ambrosius hob die Hand. »Pfarrer Thomas Müntzer ist nicht nur Prediger. Er ist ein Meister, er kann die

Menschen zum wahren Licht führen. Und weil sie das spüren, kommen so viele zu ihm.«

Beide Frauen sahen den Diener überrascht an. Ottilie nahm einen Schluck vom Saft und setzte den Becher ab. »Es mag die deutsche Liturgie sein, darin stimme ich mit dir überein. Was den Meister und das Licht angeht, da hege ich gewisse Zweifel.«

»Aber er hat doch recht, wenn er sagt …«

»Nicht jetzt«, unterbrach ihn die Pfarrersfrau. »Wir diskutieren später weiter. Ich bin heute aus einem anderen Grund heraufgekommen, und dieses Thema ist nicht für Männerohren bestimmt.« Sie bat Ambrosius, in die Küche zu gehen und sich mit Erlaubnis der Gastgeberin den Bierkrug erneut füllen zu lassen.

Kaum war er außer Hörweite, beugte sie sich vor und senkte die Stimme: »Verzeih, ich mag dir mit meiner Frage töricht vorkommen. Doch ich bin so unerfahren in all den Angelegenheiten zwischen Mann und Frau. Und deshalb …« Sie sah vor sich hin, schüttelte den Kopf.

Die Frau des Schössers kam um den Tisch und setzte sich neben sie. »Nun hast du angefangen«, sie streichelte den Arm, »jetzt frage auch ganz ohne Scheu.«

»Danke«, Ottilie suchte den Blick der Freundin, »du hast selbst Kinder und kennst dich aus. Sag, woran merkt eine Frau, dass sie schwanger ist?«

»Solltest du etwa …?« Das Gesicht hellte sich auf. »Was für eine schöne Frage. Also …« Sabine Zeiß zählte die Punkte an den Fingern auf. Und Ottilie konnte stets bestätigen: Seit mehr als sechs Wochen kein Blut mehr. Übelkeit am Morgen. Die Brüste schwellen an. Selbst bei geringen Anstrengungen setzt Atemlosigkeit ein.

Frau Sabine umarmte sie. »Du bist schwanger. Und ich freue mich, dass ich es als Erste erfahren habe.«

»Kein Irrtum? Ich mein, soll ich es Thomas mitteilen?«

»Sag's ihm. Ob alles bis zur Geburt gut verläuft, liegt in Gottes Hand. Jetzt aber bist du schwanger.«

Am Abend lag Ottilie wie befohlen wohlvorbereitet im gemeinsamen Bett oben im Turm von St. Wigberti. Die Lampe spendete mildes Licht. Pfarrer Thomas entkleidete sich. Während er Rock und Hosen sorgfältig an die Haken hing, sagte sie: »Bald wird die Wohnung hier zu klein für uns sein.«

»Ich stimme dir zu. Meine Bücher und Schriften brauchen zu viel Platz. Ich benötige eine eigene Studierstube.« Er wollte den Stadtrat mit Nachdruck bitten, ihm ein geräumiges Haus zur Verfügung zu stellen.

Ottilie richtete sich halb auf, lehnte den Rücken an die Wand. »Nicht allein der Bücher wegen wird es hier zu eng.«

Er kam nackt hinter dem dreiteiligen Sichtschutz vor. »Keine Rätsel, Frau. Sage offen, was du meinst. Ansonsten schweige und störe nicht den heiligen Akt.«

»Darüber wollte ich doch mit dir reden, Thomas. Ich bin schwanger.«

Er verengte nur die Brauen.

Vielleicht hab ich mich falsch ausgedrückt, dachte sie und erklärte: »Ich bekomme ein Kind. Und weil doch der Beischlaf nur der Fortpflanzung dienen darf, wie du sagst, hast du dein Werk in mir zur Genüge getan.«

Müntzer trat näher ans Bett. »Entblöße dich.«

Gehorsam schlug Ottilie die Decke beiseite. Er betrachtete ihren Körper, bald ging sein Atem rascher. »Es genügt mir nicht, dass der Same zur Frucht wird. Erst wenn das Kind deinen Leib verlässt, habe ich Gewissheit. Bis dahin werde ich der Pflicht gehorchen und den Beischlaf wie gewohnt fortsetzen.«

Dorothea kam gut voran. Sie nutzte das Gras am Wegrand, weil sich die Karrenspuren durch den lang anhaltenden Regen der letzten Monate in tiefe Furchen verwandelt hatten. Unzählige kleine weiße Wolken zogen am Morgenhimmel. Wenn ich keine Bienen hätte, dachte sie, dann würde ich mir solch eine Schafherde anschaffen. Schäferin, allein mit Barthel irgendwo hoch oben auf einer Bergweide, wo uns keiner findet. Das wäre mein Traum.

Sie bog vom Fahrweg ab und folgte dem Pfad zum Waldrand hinauf. Der Trachtplatz ihrer Bienen schien unberührt. Rasch eine flüchtige Kontrolle. In den überdachten Regalen stand ein Korb unverrückt neben dem anderen. Noch herrschte Ruhe, kein Summen, kein Schwirren. Erst mit der Sonne würden ihre Bienen aufwachen. Dorothea blickte nach Osten, dort trugen die Wolkenballen bereits zartes Rosa. Bin gut in der Zeit, dachte sie und lief den Wiesenhügel hinab. Kaum war sie unten einige Schritte dem Weg zwischen den Sträuchern gefolgt, als leise Pfiffe ertönten, gleich darauf hörte sie: »Nicht erschrecken. Ich bin es.« Er trat hinter einem Busch vor.

»Barthel.«

»Oh Liebste.«

Sie verbarg das Gesicht an seiner Brust. »Barthel, Barthel.« Sie sagte, flüsterte, kostete den Namen. Sein Geruch. Tief sog sie ihn ein. Er drücke sie an sich, beide spürten einander. So lange vermisst, in so vielen Nächten ersehnt. Als der Kuss ihnen den Atem nahm, schauten sie sich an. Er strich ihr die Strähne aus der Stirn. »Glaubt dein Vater immer noch, dass ich vom Gift befallen bin?«

»Schlimmer ist es geworden. Ich darf nicht mal mehr von dir reden. Die Mutter auch nicht. Und das Bild aus der Bibel hat er dem Pfarrer gegeben, weil dem angeblich das Gift nichts anhaben kann.«

Barthel legte der Liebsten den Arm um die Schulter. »Komm, wir gehen zu unserm Versteck beim Tümpel!«

»Nicht lange. Bitte versteh«, sie sah zu ihm auf, »ich darf mich nicht verspäten. Der Vater war immer schon misstrauisch, das weißt du. Aber heute bewacht er mich auf Schritt und Tritt.«

Einmal die Haut fühlen, den Rücken streicheln, die Brüste mit den Lippen kosen. Die Schleusen öffneten sich, die Zeit floss mit dem Glück unbemerkt dahin. Dorothea erwachte wieder, hastig küsste sie ihn noch einmal auf Mund, Nase und Augen, dann streifte sie das Kittelhemd über. »Ich muss zurück.«

Barthel knöpfte an seinen Hosen. »Zurück gehst du nur noch dieses Mal. Wenn ich wiederkomme, dann nehme ich dich mit nach Wittenberg.«

»Ach, Liebster. Wie soll das gehen? Vater hält mich wie im Gefängnis.«

Barthel nahm ihre Hand. »Weißt du, wenn die Nonnen aus den Klöstern fliehen können, dann schaffen wir das allemal auch. Und für Unterkunft sorge ich schon.«

Dorothea lächelte bekümmert. »So gern möchte ich daran glauben, aber der Vater will mich verheiraten.«

»An wen?«

»Er sagt, er hat schon jemand. Den Namen verrät er noch nicht. Wegen dir wollte er mir noch etwas Zeit geben.«

Hart umfasste Barthel ihr Handgelenk. »Schreib mir, ehe es zu spät ist. Ich schreib sofort zurück.«

»Wohin willst du den Brief schicken? Ich kenne niemand, den Vater nicht auch kennt.«

Barthel überlegte nicht lange. »Zum Hufschmied oben am Schloss. Ein guter Mann. Ich rede mit ihm.«

Sie verließen ihr Wiesenversteck am Tümpel. Dorothea gefiel die Möglichkeit. »Da hole ich deine Briefe ab, und meine kann ich auch beim Hufschmied abgeben, und der gibt sie dem Postreiter mit.«

Barthel nickte. »Sollst sehen, alles wird gut.«

Am Ende des Pfads bogen sie ab und gingen eng nebeneinander den Weg zwischen den Sträuchern zurück.

Eine Gestalt, unvermittelt tauchte sie vor ihnen auf, stand breitbeinig da.

»Vater«, stammelte Dorothea, drückte sich an Barthels Seite.

»Her zu mir!«

Sie schüttelte den Kopf.

Die Augen brannten, mit dem Wanderstecken tippte Konrad Gerlach immer wieder auf den Boden, in der anderen Faust hielt er einen Beutel, den streckte er ihr entgegen. »Du hast etwas vergessen, Tochter. Deinen Imkerkittel. Und dein fürsorgender Vater hat ihn dir nachgebracht, damit du nicht von den Bienen gestochen wirst. Nun komm sofort her und nimm das Hemd an dich!«

Dorothea wollte gehorchen, doch Barthel hielt ihre Hand fest, sie flüsterte: »Lass mich, bitte.« Er gab sie frei, und langsam ging sie auf den Vater zu. »Bitte, versteh …«

Da schleuderte er ihr den Beutel ins Gesicht. »Wenn dich doch alle Bienen gestochen hätten, das wäre nicht so schlimm. Dass du dich aber von diesem Satan stechen lässt, das ist furchtbare Schande und Sünde.« Seine Stimme überschlug sich: »Du schamlose Hure. Ich sollte dich …« Der Stock fuhr auf sie nieder, traf die Schulter. Dorothea weinte vor Schmerz.

»Meister, schlagt sie nicht«, Barthel rannte auf ihn zu, »nichts ist geschehen.«

Konrad bückte sich vor, hielt den Stock wie eine Lanze. »Du hast meine Tochter entehrt.« Er stieß zu, traf Barthel gegen die Brust dicht unter der Kehle. »Ich sollte dich totprügeln.«

Schmerz. Barthel griff sich an den Hals, da fuhr ihm ein Stoß in den Magen. Die Luft fehlte. Barthel hustete, keuchte. Den nächsten Hieb hielt er mit dem Arm ab, raffte sich hoch, musste sich wehren. Er stürzte vor und schlug dem Spengler die Faust ins Gesicht. Konrad taumelte zurück. In hellem Zorn holte Barthel erneut aus. Da schrie Dorothea in seinem Rücken: »Nicht den Vater! Bitte, wenn du mich liebst, schlage nicht den Vater. Sonst ist alles verloren.«

Er hielt inne, ließ die Fäuste sinken. »Verzeiht, Meister. Ich liebe Eure Tochter, das wisst Ihr. Wie das Böse zwischen Euch und mich gekommen ist, weiß ich nicht. Der Pfarrer hat Schuld.«

»Kerl, wage es nicht, den frommen Mann zu beleidigen.« Schon hob Konrad wieder den Stock zum Schlag. »Müntzer weist uns Armen den Weg. Weil wir auserwählt sind. Du gehörst zu dem falschen Propheten in Wittenberg. Und mein Pfarrer sagt, die Gottlosen müssen ausgerottet werden.«

»Großer Gott«, flüsterte Barthel, »was soll ich tun?« Er fiel auf die Knie, legte die Hand aufs Herz. »Meister, nichts verstehe ich von Propheten. Es sind schlechte und gute Menschen dort in Wittenberg, genauso wie hier in Allstedt.«

Der Schlag traf ihn am Arm. »Du gehörst zu den schlechten. Hast meine Tochter geschändet, die Ehre meiner Familie in den Schmutz gezogen.« Der nächste Hieb krachte gegen das Ohr.

Barthel kippte zur Seite, fing sich mit den Armen ab. Sengender Schmerz drohte den Schädel zu sprengen. Du darfst dich nicht wehren, befahl er sich, wehre dich nicht. Stöhnend richtete er sich hoch, kniete weiter vor dem Spengler. Aus der aufgeplatzten Ohrmuschel floss ihm Blut den Hals hinunter. »Habt Erbarmen! Nichts ist Eurer Tochter geschehen. Ich habe sie nicht entehrt.«

»Lügner! Satansbube!« Im blinden Zorn schlug der Vater jetzt wahllos auf sein Opfer ein. Barthel wankte, hielt schützend die Hände vors Gesicht, dann sank er vornüber. Nun trafen die Hiebe seinen Rücken, den Hinterkopf. »Ich schlage dich tot wie eine Ratte!«

»Vater!« Mit dem Schrei stürzte die Tochter zwischen den Rasenden und Barthel, versuchte den Stock zu fassen, erhielt einen Stoß vom Ellbogen, sie ließ nicht nach, klammerte sich an den Arm des Vaters. »Er sagt die Wahrheit! Ich bin noch Jungfrau. Hörst du, ich habe noch meine Unschuld!«

»Unschuld?« Das Wort drang durch das Tosen. Der Vater ließ den Stecken sinken. »Das sagst du nur, um ihn zu schützen.«

»Es ist die Wahrheit.« Sie versuchte ihn von Barthel wegzudrängen, Raum zu schaffen. »Die Mutter kann es überprüfen, ich bin Jungfer.« Damit kniete sie sich neben den Verletzten. »Liebster?«

Er hob unmerklich den Kopf. »Schreiben«, flüsterte er und sank wieder zurück.

Der Spengler packte ein Haarbüschel im Genick seiner Tochter und riss sie hoch. »Dann komm zur Mutter!« Er schüttelte sie. »Und du wirst gehorchen! Du wirst den Diener von Pfarrer Müntzer heiraten.«

»Den Ambrosius?«, stammelte sie. »Ich soll …?«

»Und diesen Kerl da«, die Faust drohte in Richtung des zerschlagenen Opfers, »den wirst du nie mehr wiedersehen. Komm jetzt!«

Konrad Gerlach zerrte seine Tochter an den Haaren mit sich. Sie wollte sich umdrehen, wenigstens mit dem Blick Abschied nehmen, doch der harte Griff ließ es nicht zu.

24

»Ich will nicht daran denken«, flüsterte Martin Luther vor sich hin. Er starrte das Portal der Schlosskirche an. Dort hingen Zettel mit Nachrichten der Universitätsverwaltung, Professoren verkündeten ihre Termine für die Prüfungen. Diskussionsthemen wurden bekanntgegeben.

»Bald sechs Jahre sind es her«, er ruckte am Hüftstrick der Kutte, »meine Thesen. Ich wollte mit dem Anschlag hier nur ein Gespräch mit Studenten und Gelehrten anzetteln. Und was ist daraus geworden?« Er trat näher an die Eichentür, pochte mit der Fingerkuppe leicht ans Holz. »Der Geist ist der Flasche entwichen und kann nicht, darf nicht mehr eingefangen werden.«

»Martin!« Ein halblauter, aber scharfer Ruf. Er blickte über die Schulter. Georg Spalatin, der Beichtvater und Geheimsekretär des Kurfürsten, eilte von der Straße auf ihn zu. »Großer Gott. Ihr wollt doch nicht schon wieder …?« Der schmal gebaute Mann sprach nicht weiter, musste über die eigene Frage selbst schmunzeln.

Luther nahm den Scherz mit bitterem Lächeln auf. »Nein, liebster Spalatin. Noch längst nicht alles, einiges jedoch hat sich seit damals verbessert. Diese Holztür benötige ich nicht mehr. Für meine Schriften gibt es jetzt Lucas Cranach und seinen Druckermeister Lotter.«

Die Freunde schüttelten sich die Hand. Spalatin klemmte den Spazierstock in die Armbeuge. »Wenn ich Euer Gesicht deuten darf, so steht Ihr unmittelbar vor dem Entschluss, das Schloss unseres gnädigen Kurfürsten einnehmen zu wollen.«

»Das Schwert gehört zur weltlichen Macht. Ich glaube an das Wort …« Luther brach ab, sah Spalatin offen an. »Die Not ist groß. Da mir der direkte Kontakt mit Kurfürst Friedrich verwehrt bleibt, möchte ich mit Euch sprechen.«

Spalatin öffnete das Eichenportal. »Kommt, wir nehmen den direkten Weg durchs Kirchenschiff.«

Mit Blick auf den Hochaltar verzögerten die beiden Männer kurz den Schritt, gleich eilten sie weiter und verließen den lang gestreckten Gottesraum durch die schmale Verbindungstür in den Schlosstrakt. Auf der breiten Treppe nach oben blieb Spalatin stehen. »Ich weiß nicht, wie privat unser Gespräch sein soll. Hier auf den Stufen wäre der sicherste Ort.« Da Martin zögerte, setzte er hinzu: »Bitte versteht dies nicht als Zeichen minderer Wertschätzung. Im Gegenteil. In der Bibliothek hätten wir es bequemer, allerdings stünden wir ständig in Gefahr, von neugierigen Ohren belauscht zu werden.«

»Bleiben wir hier.«

Auf dem nächsten Treppenabsatz führte Spalatin den Gelehrten zu einer Fensternische. Mattes Licht fiel durch die bleigefassten Scheiben. »Was hat Euch vom Schreibpult fortgerissen?«

»Kein Vorwurf, warum in der Schlosskirche immer noch die römische Messe gefeiert wird. Obwohl es längst an der Zeit ist, diesen Götzendienst abzuschaffen. Nein, auch will ich heute nicht nur für andere bitten, sondern auch für mich selbst und das verwaiste Kloster.« Die Einnahmen aus den verpachteten Ländereien waren in den vergangenen Monaten nur noch spärlich geflossen und schließlich ganz versiegt. »Ihr wisst, wir Mönche beziehen keinerlei Gehalt von der Universität. Meine Professur übe ich im Namen des Klosters aus. Und trotz aller Bescheidenheit …«, er bedachte Spalatin mit einem erbarmungswürdigen Blick, »habe ich Hunger und mich dürstet wie jede Kreatur. Bitte verwendet Euren Einfluss auf unsern gnädigen Herrn. Er möge doch die Finanzen des Augustinerklosters übernehmen. Andernfalls gerate ich selbst an den Bettelstab.«

Spalatin tippte eine Weile mit der Stockspitze auf die bunten Steine des Bodenmosaiks. »Tragt Ihr nicht selbst einen Teil der Schuld an dieser Misere? Fordert Ihr die Bauern nicht auf, keinen Zehnten mehr abzugeben?«

Im Nu stand Martin vor dem Freund. »Wie könnt Ihr so etwas sagen? Ich gebe nur die Empfehlung heraus: Ein Kloster, das immer noch an den alten römischen Regeln festhält, hat den Zehnten nicht verdient. Ein Pfarrer, der immer noch die alte Messe feiert, ist es nicht wert, bezahlt zu werden.«

Spalatin lachte trocken. »Mit Verlaub, lieber Freund, Ihr stellt Euer Licht unter den Scheffel. Was Ihr mit Empfehlung aussprecht, wird Gesetz für die einen und dient anderen geradezu als Aufforderung, radikal zu handeln.« Es wären drei eklatante Unruhestifter zu beklagen, welche der Regierung wirklich Sorge bereiteten. »Alle sind sie ehemalige Mitstreiter oder gar Schüler von Euch.« Einmal sei es Andreas Karlstadt in Orlamünde, zum anderen Müntzer in Allstedt. Spalatin nutzte den Stock als Wegweiser und deutete nach Westen. »In Eisenach agiert Pfarrer Jakob Strauß. Er hat es auf die Spitze getrieben.« Dieser Prediger forderte Sonntag für Sonntag die Gemeinde auf, keinen Zins mehr auf geliehenes Geld zu bezahlen. Mit Begeisterung folgten die Bürger dem Aufruf. »Kaum noch einer zahlt den Wucherzins von 21 Prozent, und die Augustiner am Marienstift stehen mit leeren Beuteln da.«

Martin Luther schüttelte den Kopf. »So ungerecht der Zins in dieser Höhe auch sein mag, eigenmächtig dürfen Schuldner die Zahlung nicht einstellen.« Er hob den Finger. »Ohne Gerichtsbeschluss? Das grenzt an Willkür und bringt die öffentliche Ordnung in Gefahr.«

»So sehen wir es, sieht unser Kurfürst es auch. Eine gütliche Einigung muss her.« Nachdenklich ging Spalatin drei Treppenstufen hinunter, dann sah er zu Luther auf. »Sein Bruder Herzog Johann in Weimar und dessen Sohn Johann Friedrich benötigen Rat, Euren Rat. Nicht allein in dieser Angelegenheit, sondern auch in anderen Fragen.«

»Ich bin gerne …« Martin brach ab und verengte die Brauen. »Ihr habt mir eine Leimrute gelegt. Und schon klebe ich fest.« Ehe der kurfürstliche Ratgeber abwehren konnte, ergänzte er: »Da komme ich mit einer Bitte zu Euch, und ehe ich mich versehe, seid Ihr es, der mich um Unterstützung bittet.«

Spalatin lächelte dünn. »Ihr seid von mir noch nie falsch beraten worden. Und in diesem Fall dient mein Vorschlag der Reformation und ihrer Zukunft.« Er kehrte auf den Treppenabsatz zurück und führte Martin tiefer in die Fensternische. »Die Gesundheit unseres allergnädigsten Herrn bereitet den Ärzten und mir Monat für Monat größere Sorgen. Er kränkelt, ist schwach und des Streitens müde.« Kurfürst Friedrich zöge sich mehr und mehr auf sein Schloss bei Torgau zurück und überließe Herzog Johann und Prinz Johann Friedrich in Weimar die Regierungsgeschäfte. »Und dabei dachte ich an Euch. Und wie hilfreich es für Eure Sache sein könnte, wenn Ihr schon beizeiten auch den zukünftigen Herrschern mit Eurem Rat zur Seite stehen würdet.«

Martin verschränkte die Hände hinter dem Rücken. »Da ich um Hilfe gebeten werde, wie darf ich mich dann verweigern?«

»Und noch eins, lieber Freund. Nehmt Rücksicht auf den Kranken. Nörgelt nicht ständig an seiner Reliquiensammlung herum. Auch wenn es Götzendienst sein mag, unser Fürst ist stolz darauf.«

»Ich will mich nicht verbiegen. Friedrich hätte längst …« Der Satz stockte, denn Spalatins Blick gefror, und mit warmer Stimme lenkte Martin ein: »Ich armer Madensack verdanke meinem Gönner viel. Und was wäre meine Reformation ohne seinen Schutz? Also will ich mich in Nachsicht üben, da mein Kurfürst immer noch schwach im Glauben ist.«

»Selbst wenn Ihr den spitzen Unterton nicht verbergen könnt, so will ich dennoch an dieser Zusage festhalten.« Spalatin streckte die Hand aus. »Lebt wohl, lieber Freund.«

Martin griff danach und ließ sie nicht los. »Ich nannte mich einen armen Madensack. Diese Bezeichnung wird bald zur Ironie. Weil selbst die Maden an mir verhungern.«

Der kurfürstliche Berater stieß die Stockspitze dreimal hart auf den Steinboden, dann sah er flehend zum Deckengewölbe. »Oh Quälgeist«, übertrieb die Stimme, »wirst du immer um mich sein?« Im Nu kehrte die ernste Miene zurück. »Ich werde Eure Not bei guter Gelegenheit nochmals vortragen. Lebt wohl.« Mit gleich zwei Stufen auf einmal eilte Spalatin die Treppe hinauf zur Bibliothek.

Martin sah ihm nach, flüsterte in grimmiger Zufriedenheit: »Eins muss ich noch hinzufügen: Auch dieser Geist ist der Flasche entwichen und kann nicht mehr eingefangen werden.«

Das Pferd trottete die Schlossstraße entlang auf den Marktplatz zu. Kinder begleiteten es, hielten erschreckt Abstand, starrten auf den Mann im Sattel. Sein Oberkörper hing tief über der Mähne. Ein mit Blut und Dreck verschmierter Verband war um den Kopf gewickelt, schwärzliche Blutkrusten durchzogen das rotbärtige Gesicht. Fliegen umkreisten den Reiter, saßen dicht an dicht, selbst auf den nur halb geöffneten Lidern. Am Cranachhaus, vor dem Eingang zur Apotheke, blieb das Pferd stehen. Der Mann im Sattel bewegte sich nicht, seiner Hand entglitten die Zügel, tiefer noch sank der Kopf.

Du bist angekommen, dachte Barthel. Erst ruhe dich aus, dann steigst du ab. Doch langsam, sonst fällst du wieder. Seit er sich selbst Anweisungen gab und sie genau befolgte, hatte er trotz der bohrenden Schädelschmerzen neue Sicherheit gefunden. Drei Tage, oder waren es vier? Er wusste nicht mehr genau, wann er von Allstedt losgeritten war. Der Hufschmied hatte ihn notdürftig verbunden, wollte den Verletzten zurückhalten, doch Barthel war gleich am nächsten Morgen aufgebrochen.

Die Kinder um ihn herum wagten sich Schritt für Schritt näher. Zwei Jungen starrten zu der reglosen Gestalt hoch. »Meinst du, der ist tot?«

»Glaube nicht. Der guckt doch noch.«

»Na und? Tote können die Augen nicht alleine zumachen. Bei meiner Großmutter musste Mama sie zudrücken.«

Langsam wandte ihnen Barthel das Gesicht zu. Gleich stolperten die Kerlchen zurück. »Keine Angst«, murmelte er, hustete, bis die Stimme klarer wurde. »Sagt in der Apotheke Bescheid.«

Die beiden hasteten, fielen beinah übereinander und stießen gemeinsam die Ladentür auf. Ins harte Gebimmel der Schellen riefen sie: »Da ist ein Toter auf dem Pferd.«

»Hinaus mit euch!« Apotheker Basilius Axt kam um den Verkaufstisch herum. Er drohte mit dem schweren Messingstößel. »Sonst zerstampfe ich euch im Mörser.«

Zur schnellen Flucht bereit, rief einer der beiden: »Aber der Tote ist noch nicht tot.« Dann brachten sie sich in Sicherheit.

Basilius Axt schob die Brille den Nasenrücken hoch und trat nach draußen. Gerade versuchte der Reiter abzusteigen, er mühte sich, das Bein über die Kruppe zu schwingen, wieder und wieder, es gelang nicht.

»Warte, ich helfe«, rief der Apotheker, eilte hinzu, und ohne Sturz gelangte der Erschöpfte sicher aus dem Sattel. Kaum sah Basilius Axt das Gesicht, stutzte er. »Bist du nicht …?«

»Ich bin Bartholomäus. Ich gehöre zur Werkstatt.« Den helfenden Arm lehnte Barthel ab. »Ich kann allein gehen.« Seine rissigen Lippen vermochten kaum die Worte klar zu formen. »Muss zu Doktor Martinus.« Er tappte los.

»Später.« Basilius griff energisch den Unterarm. »Zuerst schaue ich mir die Verletzungen an.« Damit zog er den Taumelnden in die Apotheke. »Willst du liegen?«

Barthel verneinte mit der Hand. »Geht nicht. Sitzen ist besser.«

Kaum hatte er sich auf dem Hocker niedergelassen, sank ihm das Kinn auf die Brust. »Bin so müde.«

»Nicht schlafen, noch nicht!« Basilius rüttelte ihn behutsam an der Schulter. »Ich will dich erst ansehen. Dafür muss ich nach Unterstützung rufen. Bleib so sitzen, ich bin sofort wieder da.« Schon lief er zur rückwärtigen Tür, wenig später kehrte er zurück, dicht hinter ihm folgte Ave von Schönfeld, die Freundin Katharinas und Gehilfin im Cranachhaushalt. »Oh großer Gott, Barthel.« Sie kniete neben ihm nieder, hob vorsichtig sein Gesicht. Mit der Fingerkuppe betastete sie die getrockneten, schwärzlichen Straßen. »Tut es weh?«

»Da nicht«, das Grinsen gelang nicht, »sonst aber überall.«

Sie erhob sich, sah den Apotheker an. »Ich besorge warmes Wasser.«

»Warte!« Er nahm ihre Hand, küsste jeden Finger. Ave ließ es zu, erst als er sie näher ziehen wollte, löste sie sich. »Du bist sehr ungestüm.« Die Ermahnung klang nicht überzeugend. Gleich wurde ihr Blick ernst. »Wir haben einen Patienten zu versorgen.« Sie eilte hinaus.

»Welch ein Glück«, flüsterte Basilius ihr nach. Er rückte an seiner Brille, wandte sich wieder Barthel zu. »Ich muss die Wunden freilegen. Nein, hab keine Angst, ich bin nicht nur Apotheker, sondern auch studierter Medicus. Du bist also in guten Händen.« Geschickt zerschnitt er die Schnüre, mit denen der Kopfverband gehalten wurde. Lange sagte er nichts. Ein süßlich fauler Gestank breitete sich aus.

Barthel hob die Lider, sah ihn an. »Was ist?«

»Dein Ohr. Angeschwollen, und der Riss ist voller Eiter. Auch die Wunden auf dem Kopf sind vereitert. Wer zum Teufel hat dich so zugerichtet?«

Auf diese Frage hatte sich Barthel während des langen, elenden Rückwegs vorbereitet. Nur einem werde ich sagen, wie es wirklich war, aber den andern muss ich trotzdem Antwort geben. »Nicht der Teufel selbst, aber sein Knecht war es.«

»Wenn du dich sehen könntest, würde dir jeder Scherz vergehen.«

»Verzeiht! Mir ist nicht wirklich nach Lachen zumute. Ich bin überfallen worden.«

Ave kehrte mit einem Eimer voll warmem Wasser zurück. Der Anblick entsetzte sie. Basilius nässte einen Lappen und begann, die Stellen rund um das Ohr zu säubern. »Räuber haben ihn niedergeschlagen. Lebensgefahr besteht nicht. Dennoch haben wir viel zu tun, um den Burschen wieder herzurichten.«

Ave weichte die Blutkrusten an Stirn und Wangen auf, dabei legte sie dem Patienten eine Hand auf den Rücken. Barthel sog scharf die Luft ein.

Gleich nahm sie die Hand weg. »Da auch?«

»Da ist es am schlimmsten.«

Der Apotheker unterbrach seine Arbeit und streifte gemeinsam mit ihr das Hemd ab.

»Nein«, Ave presste die Hand vor den Mund, »diese tiefen Striemen, die aufgeplatzte Haut.« Tränen standen in ihren Augen. »Ich kenne solche Rücken aus dem Kloster. Du … du bist gezüchtigt worden.«

So direkt! Barthel schluckte, konnte das Weinen nicht zurückhalten. »Nicht weiterfragen, bitte!« Nach einer Weile fasste er sich wieder. »Ich flehe Euch an, sagt allen, dass es ein Überfall war.« Ave streichelte seinen Arm. »Gut, du hast mein Wort und auch das von Basilius, nicht wahr, Liebster?« Die Zustimmung folgte sofort.

»Danke! Und bitte, lasst mich mit Doktor Martinus sprechen.«

Ave von Schönfeld wollte noch heute den Professor verständigen.

»Und nun kein Wort mehr«, mischte sich der Apotheker ein und reichte Barthel ein Beißholz. »Nimm das zwischen die Zähne. Dann erträgst du die Behandlung leichter.«

Er begann, den Eiter aus dem tiefen Riss der Ohrmuschel mit Branntwein auszuwischen. Ave fädelte den Faden ein, und Barthel zuckte bei jedem Stich zusammen, biss auf das Holz, schrie nicht.

Endlich linderte Rosenhonig den Schmerz. Obwohl später

Balsam aus Johannisöl und Kampferspiritus mit dicken Verbänden den Rücken schützten, konnte sich Barthel oben in seiner Dachkammer nur auf die linke Seite legen. »Du solltest erst einmal schlafen.« Ave brachte einen Becher mit Mandelmilch, in die der Apotheker zerstoßenen weißen Mohnsamen gerührt hatte. »Ich werde immer wieder nach dir sehen.« Sie hob den verbundenen Kopf leicht an, und Barthel trank, trank und schlief …

Streicheln an der Wange. Barthel lächelte, kehrte aus dem Traum zurück, er tastete nach den Fingern, so schlank und weich. »Mein Dorlein«, flüsterte er.

»Ich bin's, Ave.« So sanft die Stimme. »Wach auf, du hast hohen Besuch!«

Jäh öffnete Barthel die Lider. »Wo bin ich?« Mit einem Ruck richtete er den Oberkörper hoch, gleich durchfuhr ihn ein Brennen und blieb als sengender Stich in seinem Kopf. Er fiel zurück, keuchte.

»Du darfst dich nur langsam bewegen.« Ave kniete neben der Strohmatratze, tupfte seine Stirn ab. »Sonst reißen die Wunden immer wieder auf.«

»Danke.« Barthel erinnerte sich nach und nach an all ihre Fürsorge, sagte: »Ihr seid mein guter Engel. Wie lange habe ich geschlafen?«

»Eine Nacht und einen halben Tag.« Ave erhob sich, ging zur geöffneten Tür. »Herr, Ihr könnt eintreten. Mein Patient ist bereit.«

»Nicht Herr. Meine Freunde nennen mich Martin, und du darfst, sollst mich auch so nennen.«

Leise lachte Ave. »Ich werde es mir angewöhnen.« Ein Atemzug, dann betonte sie: »Martin«.

»So liebe ich es.« Der Gelehrte ging an ihr vorbei in die Kammer, rückte den Hocker näher ans Lager und nahm Platz. »Jungfer Ave hat sich für dich eingesetzt, und ich kann ihr nun mal nichts abschlagen. Also bin ich hier zu einem Krankenbesuch. Und was ich sehen muss, bekümmert mich. Was kann ich für dich tun?«

Erinnert sich Doktor Martinus nicht? »Ich bin Euch dankbar.« Barthel stützte sich mit dem Arm auf. »Ihr habt mir doch beim Meister die freie Woche besorgt, damit ich nach Allstedt reiten konnte. Euren Brief habe ich auf dem Schloss abgeliefert.« Flehend wartete Barthel. Endlich hellte sich die Miene des hohen Besuchers auf. »Natürlich, Junge. Du und das Honigmädchen. Jetzt fällt mir deine Sache wieder ein. Bitte entschuldige, ich habe so viel zu bedenken, so viel zu regeln, dass mein Gedächtnis immer wieder Nachhilfe benötigt.« Genauer besah er sich jetzt die Verbände. »Du bist unter die Räuber geraten, wie mir Jungfer Ave berichtete. In Herzog Georgs Land oder gar auf unserm Gebiet?«

Barthel sah zu seiner Fürsprecherin hinüber. »Darf ich das alles nur dem Herrn erzählen? Allein?«

»Du hast zwar im Traum gesprochen. Und ich ahne, wer dich so zugerichtet hat. Aber mehr will ich auch nicht wissen, damit ich auch weiter ehrlich sagen kann, dass es ein Überfall war.« Ave winkte ihm zu. »Mein armer Barthel. Ich warte draußen.« Leise schloss sie die Tür.

Luther sah ihr nach, strich sich das Kinn. »Eine außergewöhnliche Frau: tadellos von Gestalt und gut im Charakter.«

»Ja, wunderbar«, pflichtete Barthel ihm bei, »sie pflegt mich und lächelt freundlich.«

»Genug.« Luther faltete die Hände vor dem Bauch. »Zu deiner Geschichte!«

»Keine Geschichte, Herr. Ein Unglück war es, ein elendes, furchtbares Unglück.« Barthel begann von vorn, von seiner Ankunft in Allstedt, wie er Dorlein gesucht und gefunden hatte, als er von der Begegnung mit dem Spenglermeister berichtete, brach ihm immer wieder die Stimme. »Der Vater war so schlimm, als wäre er es gar nicht mehr. Als steckte da ein anderer drin.«

In einer unvermittelten Regung beugte sich Martin vor und

legte ihm drei Finger auf die Stirn. »Väter können so grausam sein, selbst zu dem eigenen Kind. Sie würden es in blindem Gehorsam sogar auf dem Stein opfern. Auch ich habe solch einen Vater. Bei dir jedoch …« Er zog die Hand zurück und ballte eine Faust. »Dem Spengler befiehlt nicht Gott. Es ist Satan in Menschengestalt, der von ihm Besitz genommen hat: Thomas Müntzer.«

»Das glaub ich auch, aber verstehen tue ich es nicht. Wie kann denn der Teufel einen Pfarrer spielen?«

»Satan ist schlau, mein Sohn. Vor nichts und niemand scheut er zurück.« Luther versteifte den Oberkörper. »Um ihn zu bekämpfen, muss ich seine Schliche kennen. Deshalb erinnere dich gut, und beantworte meine Fragen. Beginnen wir mit dem Gottesdienst. Was ist dir aufgefallen?«

»Nichts. Ich war ja nicht drin in der Kirche, stand draußen bei den vielen Leuten, weil es drinnen so voll war.«

Leicht ungehalten klatschte Luther in die Hände. »Denke nach! Es muss doch etwas Außergewöhnliches an der Messe sein, wenn so viele Leute sogar von weit herkommen.«

Barthel grübelte, wollte dem Professor gerne mit einer Antwort helfen. »Also obwohl ich ihn hasse, hat mir gefallen, dass er von Anfang an kein Wort auf Latein gesungen oder gesprochen hat. Außerdem haben die Leute geklatscht, als er bei der Predigt sagte, dass die Abgaben an die Klöster zu hoch sind. Am besten gar nichts mehr abliefern, meinte er.«

»Kein Latein?« Luther erhob sich und stellte sich ans schmale Dachfenster. »Er feiert und liest die ganze Messe auf Deutsch. Er hat also bereits die Liturgie übertragen.«

Barthel drehte den Kopf, so gut es ihm möglich war. »Ist das was vom Satan?«

»An sich nicht. Ich arbeite seit Langem daran. Nur bin ich noch nicht fertig. Aber wenn er auf Deutsch predigt, dann tut er dies, weil er die Leute verführen will, da bin ich mir ganz sicher.« Martin Luther schüttelte den Kopf. »Dieser Prophet von Allstedt ist eine Gefahr. Weiß Gott, was er noch plant.« Er wandte sich um, kurz blieb er neben dem Krankenlager stehen, wünschte gute Besserung und ging zur Tür.

Barthel streckte ihm die Hand nach. »Bitte, Herr, geht nicht fort. Und ich? Wenn der Teufel im Vater von Dorlein steckt. Könnt Ihr ihn nicht austreiben?«

Da blieb Luther abrupt stehen. »Bei Gott, ich nehme den Kampf auf und werde alles versuchen, diesen falschen Propheten zu verjagen.«

»Ich glaube an Euch.«

Jetzt kehrte Martin zurück. »Nein, Sohn. Dein Glaube soll allein unserm himmlischen Vater gelten.«

»Aber was weiß der schon von Dorlein und mir?« Verzweiflung hob die Stimme. »Und wenn sie den Diener von dem Pfarrer heiraten muss? Da könnt Ihr doch viel besser was dagegen tun?«

»Beruhige dich. Du musst jetzt erst gesund werden.« Luther mühte sich um ein zuversichtliches Lächeln. »Ich werde gegen Müntzer alle erdenklichen Schritte unternehmen. Und deine Sache verliere ich nicht aus dem Blick. Mehr kann ich dir heute nicht versprechen.« An der Tür sagte er noch: »Bei Jungfer Ave bist du in guten Händen. Gott befohlen und lebe wohl!«

Post. Die Kutsche der Fernhändler aus dem Süden hielt auf dem Marktplatz. Gestern schon angekündigt, heute endlich. Den einen Tag Verspätung nahmen die Wittenberger gerne hin, wenn kein Unglück oder gar ein Überfall die Ankunft verzögert hatte. Katharina stand bei den Dienern der Herrschaftshäuser und heftete den Blick auf den Fuhrmann.

Bitte, rufe meinen Namen, flehte sie stumm, sah schon, wie er ihr den Brief aushändigte, der Umschlag öffnete sich von selbst … der Inhalt stillte alle Sehnsucht.

Lautstark und mit großen Gesten verteilte der Kutscher seine Gaben, Diener und Mägde eilten mit den Sendungen zurück in die Häuser, wer selbst nicht anwesend war, für den nahm der Stadtrufer die Post in Empfang, auch er ging davon, und übrig blieb Katharina.

Der Kutscher bemerkte ihren Blick. »Schöne Jungfer?«

»Was ist mit meinem Brief?«

»Ich hab alles rausgegeben. Der Sack ist leer.«

»Vielleicht hat er sich verklemmt? Könntet Ihr bitte noch einmal nachsehen.«

Mit gutmütigem Lächeln griff der Mann hinein, fühlte gründlich in alle Ecken und Winkel des großen Ledersacks, schließlich stülpte er ihn um und schüttelte ihn vor Katharina aus. »Seht Ihr? Vielleicht ist beim nächsten Mal ein Brief für Euch dabei.«

»Danke«, murmelte sie, »der Herr beschütze Euch auf allen Wegen.« Rasch wandte sie sich ab, um ihr Gesicht zu verbergen.

Katharina nahm nicht den direkten Weg zurück ins Haus des Stadtschreibers, nutzte Nebengassen, um einen großen Bogen zu gehen. In der Marstallstraße blieb sie an einem Brunnen stehen. Warum schreibt Hieronymus nicht? Warum? Zwei Monate ist er nun schon fort. »Sobald ich wieder in Nürnberg bin, gebe ich dir Nachricht.« Er wollte mit seinen Eltern über Katharina sprechen. Zum Abschied wollte er sie sogar küssen, und sie hatte es zugelassen. »Glaube mir, dieser Kuss ist mehr als ein Ehrenwort. Sobald ich alles geregelt habe, werde ich dich nachkommen lassen. Bis dahin schreiben wir uns.« Katharina beugte sich über das Wasser, flüsterte in ihr Gesicht. »In jedem Brief ein Gedicht von Petrarca, das hat er dir versprochen. Und Blumengebinde aus Wörtern.« Tränen tropften und ließen das Spiegelbild erzittern. Unvermittelt wischte sie es mit der flachen Hand ganz weg. »Sei vernünftig, glaube nicht mehr an ihn!« Sie ging weiter, bemühte sich um einen festen Schritt.

Nach einer Weile ließ der Mut sie wieder im Stich, erneut stiegen die Tränen. »Vielleicht«, sie presste die Hände ans Herz, »vielleicht kommt doch bald ein Brief.«

25

Ottilie Müntzer legte die Feder neben dem Schreibbrett auf den Tisch. Vom langen vorgebeugten Sitzen schmerzte der Rücken. Sie dehnte den Oberkörper, griff nach dem Tonbecher und trank einige kleine Schlucke Wasser. Ob das Kind mittrinkt? Zu gerne hätte sie genauer gewusst, wie es dem Kleinen in ihrem Bauch geht. Eine Nachricht von innen … Sie lächelte über sich selbst. Dicker bin ich geworden, auch die Brüste haben zugenommen, und manchmal meine ich, da bewegt sich etwas. Mehr Nachricht habe ich bis jetzt nicht von meinem Kind.

»Was träumst du?« Drüben neben dem zweiten Fenster blickte ihr Gatte von seiner Arbeit am Stehpult auf.

»Nichts von Bedeutung. Ich musste nur eine Pause einlegen.«

»Du vertrödelst wertvolle Zeit.« Die Schärfe in der Ermahnung war nicht zu überhören. »Durch den Umzug haben wir wichtige zwei Wochen verloren.« Mitte September, gleich nach der großen Zornpredigt gegen den Grafen Ernst von Mansfeld, war es endlich so weit gewesen. Außer der Wohnung im Turm von St. Wigberti hatte der Rat dem Pfarrer zusätzlich ein Haus nahe der Stadtmauer zur Verfügung gestellt. Dort gab es Raum genug und sogar eine Studierstube. In den Regalen lagen neben einigen Büchern die eng beschriebenen Zettel und Manuskripte. Drei Schreibpulte hatte der Schreiner ins Pfarrhaus geliefert. Thomas Müntzer und Ambrosius lasen und schrieben stehend, und weil Ottilie aufgrund der Schwangerschaft gerne sitzen wollte, gab es für ihr Schreibpult einen Tisch als Unterlage. Sie versuchte ein Lächeln. »Sorge dich nicht. Obwohl dein Text manchmal recht schwer zu entziffern ist, komme ich mit der Reinschrift gut voran.«

»Ich sagte, zu langsam. Mein ›Deutsches Kirchenamt‹ muss spätestens Anfang nächsten Jahres gedruckt vorliegen.«

»An mir wird es nicht scheitern.« Sie griff wieder nach der Feder, wollte ansetzen und ließ sie erneut sinken. »Thomas?«

»Was gibt es noch?«

»Darf ich etwas zum Text fragen? Es beschäftigt mich, seit ich an dem Abschnitt über die Taufe schreibe.«

»Ist er etwa unverständlich?«

Gleich beschwichtigte sie. »Sehr klar. Vielleicht sogar zu hart, meine ich.«

»Weib.« In großen Schritten kam er zu ihr, baute sich hinter ihr auf und zitierte: »Komm zur Christenheit, auf dass dich Gott finde wie den reinen Weizen. Was gibt es an dem Satz zu mäkeln? Schöner kann das Kind nicht zum Glauben eingeladen werden.«

Ottilie fasste allen Mut zusammen. »Mir geht es um den Psalm Davids, den du vorher lesen lässt.« Sie nahm das Blatt mit der Übersetzung zur Hand. »Hier allein diese Zeilen: Errette mich aus dem Kot, dass ich nicht versinke, dass ich errettet werde von meinen Hassern ... dass mich die Tiefe nicht verschlinge und das Loch in der Grube nicht über mir zusammengehe ...« Sie brach ab und sah zu ihm auf. »Warum muss dem Kind vor der liebevollen Einladung erst Angst gemacht werden?«

Müntzer wich dem Blick aus und stellte sich ans Fenster. »Weil erst die Hölle erlitten werden muss, ehe wir rein werden können.« Jäh wandte er sich wieder um. »Der Psalm bleibt, ebenso die anderen Bibelstellen. Nichts wird an meinem Ablauf der Taufe geändert. Und nun arbeite weiter.«

Krachen, Brechen, gefolgt von hartem Knall und Scheppern aus der Küche. »Gott steh uns bei!« Ottilie erhob sich, so rasch sie es vermochte, gleichzeitig mit ihrem Gatten verließ sie die Studierstube, eilte durch den Flur, in der offenen Küchentür stockte das Paar. Neben der Feuerstelle stand Ambrosius inmitten von Scherben und Kupferkesseln, Kannen und

Töpfen. Hilflos deutete er zur Wand. Das Regal war heruntergebrochen. »Ich hätte die Bretter besser befestigen sollen.«

»Wieso treibst du dich hier herum?« Müntzer trat mit dem Fuß einen Topf beiseite. »Hast du am Schreibpult nicht genug zu tun?«

»Doch. Aber …«, die Unreinheiten am Hals nahmen an Röte zu, »ich sollte …«

»Es war meine Bitte«, kam ihm Ottilie zu Hilfe. »Ich habe ihn gebeten, das Regal aufzustellen und einzuräumen. Weil ich nicht mehr so schwer heben möchte.« Sie berührte seinen Arm. »Wir erwarten ein Kind, lieber Mann.«

Er wischte ihre Hand weg. »Dieser Umstand soll nicht als Entschuldigung für Nachlässigkeit oder Faulheit herhalten. Weder jetzt noch in den nächsten Monaten.« Auf dem Absatz kehrte er um und stürmte zurück ins Arbeitszimmer.

Ambrosius hob die langen Arme. »Es tut mir leid.«

»Schon gut. Seit Ausbruch des Streites mit Graf Ernst von Mansfeld ist mein Gatte reizbarer noch als gewöhnlich.« Ottilie besah bekümmert den Scherbenhaufen. »Schade um unsere Vorräte. Sorge rasch für Ordnung, und dann lassen wir nächste Woche vom Schreiner ein neues Regal aufstellen.«

Bald kehrte die Stille ins Pfarrhaus zurück. Ottilie übertrug weiter das ›Deutsche Kirchenamt‹ in lesbare Reinschrift. Ambrosius zog Linien auf einem Papierbogen, jeweils fünf untereinander, dann ließ er Abstand und setzte die nächsten Linien. Das so vorbereitete Blatt reichte er seinem Herrn, der nun Noten und Texte eintrug.

Gegen Mittag pochte es an der Haustür, gleichzeitig wurde die Schelle gezogen. »Diese Unverfrorenheit.« Thomas Müntzer schnippte seinem Adlatus. »Geh und sieh nach. Wenn es Bettler oder Hausierer sind, so jage sie mit dem Stock davon.«

Mit eingezogenem Kopf kehrte Ambrosius zurück. »Nur gut, Herr, dass ich den Knüppel nicht in der Hand hielt. Der Amtmann vom Schloss und der Schultheiß Nickel Rückert bitten um ein dringendes Gespräch, und ihre Mienen lassen nicht auf einen freundlichen Besuch schließen.«

Das Blut wich aus dem hageren Gesicht, zwischen den knochigen Fingern der rechten Hand zerbrach die Schreibfeder. »Nun denn …« In sonderbar sanftem Ton bat Müntzer seine Gattin hinauszugehen. Zum Diener sagte er: »Du, Junge, bittest die Besucher herein und hilfst dann meiner Gemahlin in der Küche. Ich rufe euch, wenn wir weiterarbeiten können.«

Als Hans Zeiß mit dem Ratsoberhaupt das Studierzimmer betrat, kniete Pfarrer Müntzer abgewandt von ihnen neben dem langen Bücherregal auf einem Kissen. Den Blick zur Decke erhoben, flüsterte er, lauschte dem unsichtbaren Gesprächspartner, gab flüsternd Antwort und lauschte wieder.

Die Besucher wagten nicht weiterzugehen, wagten kaum zu atmen. Sie tauschten Blicke, bald wich ihr Staunen mehr und mehr einer Mischung aus Furcht und Ehrfurcht.

Unvermittelt löste Pfarrer Müntzer seine Demutshaltung, stützte sich beim Aufstehen an der Regalseite ab. Kurz rieb er die Schläfen und strich das Haar zurück. »Ihr Herren, bitte verzeiht, dass ich Euch warten ließ. Um die Mittagsstunden pflege ich mit Gott Zwiesprache zu halten.« Als wäre dies selbstverständlich, lächelte er und bat die Gäste, am Tisch Platz zu nehmen. Hans Zeiß blieb auf halbem Weg stehen. »Nur, dass ich es verstehe: Ihr habt gebetet?«

»Nein. Ich habe Ihn um Rat gebeten, was ich als Nächstes zu tun habe.«

Mit einem Seufzer ließ sich der Schultheiß auf dem Stuhl nieder. »Das versuche ich, seit ich ins Amt gewählt wurde. Aber ich bleibe allein mit der Frage.«

»Mein Verhältnis zu Gott ist längst weiter fortgeschritten. Er gibt mir Antwort.«

Gleich fuhr der Schultheiß wieder hoch. »Was sagt Ihr? Gott spricht mit Euch?«

Schösser Zeiß stützte sich auf die Stuhllehne. »Langsam, verehrter Pfarrer, bitte. Ihr stellt also eine Frage an Ihn?« Der

Zeigefinger deutete versteckt nach oben. »Und Er sagt was dazu? Und das sofort?«

Thomas Müntzer schickte einen Blick zur Decke. »Das will ich meinen. Ich würde Ihm tausend Teufel und das Höllenfeuer hinaufwünschen, wenn Er mir nicht gleich Bescheid gäbe.« Er pochte auf die Tischplatte. »Aber nun lasst uns wirklich hinsetzen. Was ist der Anlass für Euren unverhofften Besuch? Und das am Samstag?«

Der kurfürstliche Amtmann räusperte sich gründlich. »Wir sind hier, weil es von ganz oben befohlen wurde, nicht, um es gleich zu sagen, nicht aus eigenem Antrieb. Der Schultheiß begleitet mich als Zeuge.«

»Zeuge?« Müntzer verengte die Augen. »Vor welches Gericht soll ich gezerrt werden?«

»Nach Wunsch unseres Kurfürsten soll die Angelegenheit erst gar nicht so hochgespielt werden.«

Müntzer schlug sich an die Stirn. »Ich ahne bereits, wer da gegen mich Beschwerde führt. Dieser Schalk, diese Schindfessel, dieser Graf von Mansfeld.«

»Mit Verlaub«, Schösser Zeiß wühlte im weichen Kinnbart, »nur wenn Frieden herrscht, könnt Ihr Euer segensreiches Werk in Allstedt aufblühen lassen.«

Mit einem Ruck stieß der Pfarrer den Stuhl nach hinten und stürmte auf und ab. »Graf Ernst, dieser Hundsfott. Er hat sich gegen mich versündigt, er hat den frommen Bauern und Bergknappen seiner Gebiete verboten, meine Predigt zu besuchen.«

Der Mansfelder hielt den Gottesdienst des Allstedter Pfarrers für Ketzerei. Jede Neuerung in der Messe war auf kaiserliches Geheiß untersagt, und Sonntag für Sonntag verstieß Müntzer gegen diesen Befehl. Als er dann auch noch die gröbsten Schmähungen, sogar Drohungen direkt von der Kanzel gegen Graf Ernst geschleudert hatte, fühlte der sich so gekränkt, dass er erst vergeblich beim Schösser, hiernach direkt beim Kurfürsten bittere Klage gegen den schamlosen Prediger einlegte. »Daraufhin erhielt ich Befehl von oben, zusammen mit dem Rat der Stadt diese Angelegenheit zu bereinigen.«

Müntzer hob den Zeigefinger. »Ich habe mir nichts vorzuwerfen. In einem Brief habe ich den Mansfelder aufgefordert, hier in Allstedt zu erscheinen und mir nachzuweisen, dass ich ketzerisch predige.«

»So begreift doch.« Der Schösser presste eine Hand auf seine Bauchwölbung. »Ist es nicht vermessen, wenn ein Pfarrer einen Grafen zu sich zitiert?«

»Warum nicht? Wenn dieser Graf sich wie ein Türke, ein Heide oder Jude aufführt, so soll er auf Knien vor mir liegen, dass ich ihn läutere oder zerstöre.«

»Müntzer!« Schultheiß Rückert war blass geworden. »Ich stehe auf Eurer Seite, aber mit den Großen sollten wir uns nicht anlegen.«

Der Seelsorger schlug sich an die Brust. »Ich bin der Zerstörer der Ungläubigen.«

»Mäßigung, bitte.« Hans Zeiß faltete die Hände. »So kommen wir nicht weiter.« Er legte dem Ratsoberhaupt beruhigend die Hand auf den Arm, bat den Pfarrer, sich wieder an den Tisch zu setzen. »Meine Aufgabe und Pflicht ist es, verehrter Müntzer, den Willen unseres Kurfürsten zu erfüllen. Er hat seinen Unmut über Eure Schmähungen und Angriffe geäußert, mit denen Ihr Graf von Mansfeld überzieht …«

»Bisher nur mit Worten«, fuhr Müntzer dazwischen. »Er soll es nur wagen, auch noch Gewalt anzuwenden. Denn dann wird die Antwort …«

Der Amtmann hieb die Faust auf den Tisch. »Es darf und wird keinen Feldzug geben, weder mit Worten noch mit Waffen.« Der ungewohnte Ausbruch des rundlichen Mannes ließ den Pfarrer verstummen, gleich nutzte Zeiß die Chance: »Für meinen Bericht benötige ich Eure Zusicherung, dass Ihr Euch künftig jeglicher Beleidigung des Mansfelders enthaltet.«

Müntzer sprang auf, umklammerte die Stuhllehne mit knöchrigen Fingern. »Wenn dieser Graf mich den Druckern zum Fraß vorwirft, mich gar in Flugblättern der Ketzerei beschuldigen lässt, so werde ich tausendmal härter mit ihm umgehen, als es denn Luther mit dem Papst tut.«

Heftig schüttelte der Schultheiß den Kopf. »Frieden. Wir sind hier, um die Wogen zu glätten. Nichts sonst.«

Hans Zeiß nestelte und zerrte an dem zu engen Kragen. »Es geht nicht zuletzt auch um Eure Stelle als Pfarrer. Der Kurfürst hat sehr befremdet angefragt, wieso Ihr ohne sein Wissen auf diesen Posten berufen wurdet. Hierin werde ich fest an Eurer Seite stehen und Eure Anstellung verteidigen.« Als Müntzer ihn betroffen anstarrte, dehnte er die Pause, ehe er fortfuhr. »Dies soll mein Beweis der Treue sein. Als Gegenleistung erwarte ich Euer Wort und Euren Handschlag im Beisein des Schultheißen, mehr nicht. Damit ich dies in meinem Bericht ehrlich bestätigen kann.« Er senkte die Stimme. »Im Vertrauen, lieber Müntzer, wir sind froh, einen solch mutigen Prediger auf unserer Kanzel zu haben.«

Steifen Schritts ging der Pfarrer bis in die Mitte des Studierzimmers und streckte die Hand aus. »Allein der Vernunft wegen bin ich bereit.«

Gleich eilte der Schösser hinzu und ergriff die Hand.

Müntzer sah durch ihn hindurch. »Ich enthalte mich der Schmähungen, wie es von Kurfürst Friedrich verlangt wird. Dies verspreche ich.«

»Sehr gut, danke.« Der Amtmann des Schlosses wischte sich die schweißnasse Stirn. »Länger wollen wir Euch heute nicht aufhalten.« Schultheiß Rückert sah zum Kissen neben dem Regal. »Und wenn Ihr wieder mit Ihm …«, er deutete zum Himmel, »mit Ihm sprecht, so bestellt einen Gruß vom Rat, dass wir stolz auf Euch sind.«

Der Pfarrer begleitete die Herren durch den Flur. Kein Handschlag zum Abschied, nur ein gepresstes »Gott mit Euch«. Dann hatten Schösser und Ratsoberhaupt es eilig, das Pfarrhaus zu verlassen. Noch während die Tür ins Schloss fiel, schrie Thomas Müntzer nach Ambrosius und Ottilie. »Her zu mir!« Im Studierzimmer befahl er seiner Frau, unverzüglich an der Reinschrift weiterzuarbeiten. Sein Diener aber musste ein neues Blatt nehmen. »Schreibe!« Müntzer stand hinter ihm: »Dem durchlauchtigsten, hochwohlgeborenen Herrn Friedrich, Kurfürst zu Sachsen, meinem gnädigsten Herrn.«

Ottilie schloss die Augen. Oh Gott, lass ihn nichts schreiben, das uns ins Verderben stoßen kann. Kaum gelang es ihr, sich auf die eigene Arbeit zu konzentrieren. Ihr Gatte diktierte, erklärte sich, suchte nach Rechtfertigung im Streit mit dem Grafen und klagte die Gottlosen an, die ihn von Stadt zu Stadt getrieben hätten. War der Anfang des Briefes noch gemäßigt im Ton, so nahm er von Absatz zu Absatz an Schärfe zu: »… Die Fürsten sollen Sorge tragen, dass die armen Frommen sie lieben und sich nicht vor ihnen fürchten. Ansonsten wird den Fürsten das Schwert genommen und wird dem inbrünstigen Volk gegeben werden zum Untergang der Gottlosen.«

»Thomas!«, Ottilie sah zu ihm hinüber, faltete die Hände. »Bitte, ich beschwöre dich. Du darfst dem Kurfürsten nicht drohen.«

»Schweige!«

»Denke an uns, an dein Kind und mich. Denke an all das Gute, was wir hier haben dürfen.«

»Weib«, er ging zu ihr, rüttelte sie an der Schulter, »halte mich nicht auf. Als meine Gattin hast du die Pflicht, hinter mir und meinem Handeln zu stehen. Und ich weiß, was ich zu tun habe.«

»Aber ich will uns nur vor Unglück bewahren.«

»Hinaus!« Grob zog er sie vom Stuhl und schob sie in Richtung Tür. »Du wirst mich nicht aufhalten.«

Kaum war Ottilie gegangen, ließ er sich von Ambrosius die letzten Worte noch einmal vorlesen: »Das Schwert wird dem Volk gegeben zum Untergang der Gottlosen.«

»Richtig! Nun füge ich ein Zitat aus der Apokalypse des Johannes hinzu.« Nach kurzem Besinnen diktierte er weiter:

»Dann wird das Kleinod, der Friede, aufgehoben werden von der Erde. Und der Reiter, der auf dem weißen Pferd sitzt, wird siegen, und keiner kann ihm widerstehen.«

Die Ruhe kehrte nicht ins Pfarrhaus zurück. Ottilie saß am Küchenfenster, das Herz schlug ihr hinauf in den Hals. Um sich abzulenken, versuchte sie weiter an der Decke für ihr Kind zu stricken, doch die Wolle verhedderte sich immer wieder.

Im späten Nachmittag hatte Pfarrer Müntzer nach der Vorschrift seines Dieners den Brief mit eigener Hand abgeschrieben, mit dem morgigen Datum, Sonntag, den 4. Oktober, unterzeichnet und versiegelt. »Du bringst ihn hinauf zum Schloss und händigst ihn persönlich dem Kurierreiter aus.«

Ambrosius zögerte. »Hätten wir nicht besser eine Kopie angefertigt? Falls der Brief abgefangen wird?«

Da lachte Müntzer grimmig. »Keine Furcht vor Spionen, Junge. Wer dieses Schreiben beschlagnahmt, der bringt es wegen seines Inhaltes umso schneller an den kurfürstlichen Hof. Und dort soll es ja auch hin.«

Mit Blick zur offenen Küchentür zog Thomas Müntzer seinen Adlatus in den Hinterhof. »Danach wirst du noch einen Auftrag erledigen.« Ambrosius musste den Nacken beugen, und sein Herr flüsterte ihm ins Ohr, ließ sich das Gesagte durch Nicken bestätigen, zum Schluss griffen ihm beide dürren Hände ins Wams. »Außer zu den Betroffenen kein Wort zu irgendjemand. Auch diese Personen müssen unbedingtes Stillschweigen gegenüber anderen bewahren.«

»Und wenn Fragen gestellt werden?«

»Nur ich gebe Antwort, ich allein.«

Bei Anbruch der Dunkelheit erhob sich Spenglermeister Konrad Gerlach vom Tisch. Ohne zu den Frauen am Herdfeuer hinüberzusehen, murmelte er: »Ich gehe noch mal in die Werkstatt. Hab was zu tun. Warte nicht auf mich, Weib.« Er verließ die Küche. Weder Dorothea noch seine Gattin sahen ihm nach. Seit dem furchtbaren Zwischenfall mit Bartholomäus und der danach durchgeführten Erniedrigung seiner Tochter waren die gemeinsamen Gespräche bis auf das Nötigste versiegt. Kein Lachen mehr, wenn Konrad in der Nähe war, kein Plaudern.

Meister Gerlach stand in der Tür seiner Werkstatt, sah hinüber zum erleuchteten Küchenfenster. »Irgendwann werdet ihr einsehen, dass ich recht getan habe. Dieser Kerl musste aus Allstedt verjagt werden.« Er hatte sich Pfarrer Müntzer anvertraut und von ihm Lob und Verständnis für sein Handeln bekommen. »Die in Wittenberg suchen nur fleischliche Lust, sind nichts als wollüstige Schweine. Und solch einem darf ich meine Tochter nicht geben.«

Es war dunkel genug. Konrad entzündete den Docht in der Laterne und schloss gleich die Blende bis auf einen schmalen Spalt. Rasch verließ er den Hof, zog die Pforte leise hinter sich ins Schloss. Irgendwo von der Mühle her bellte ein Hund, gleich antwortete aus Richtung Johanniskirche ein zweiter. Erst an der nächsten Straßenecke weitete der Spengler den Lichtstreif seiner Laterne, nun kam er mit großen Schritten schneller voran. Die Eingangstür zum Wigbertiturm stand halb offen. Von oben im Treppenhaus hörte er Schritte die Stufen hinaufsteigen. Bin nicht allein, dachte er. Da sind also noch andere gerufen worden. Trotz heftiger Nachfragen hatte Ambrosius nicht verraten, was Pfarrer Müntzer von dem Spenglermeister wollte. »Ein dringendes Treffen in der Turmwohnung. Wenn Ihr dem Pfarrer in Liebe und Treue ergeben seid, dann kommt heute Nacht. Und redet mit niemandem darüber.«

Wenn der Pfarrer mich braucht, bin ich immer zur Stelle. Eilig erklomm Konrad die enge Treppe. An der Tür wartete der Diener. Gegen das Licht im Flur schien seine Gestalt noch länger, noch dünner. »Willkommen, Meister Gerlach. Ihr seid der Letzte.«

»Bin ich zu spät?«

»Nein, aber die anderen warten schon.«

Zwei Männer standen in der ehemaligen Wohnstube. Bis auf den runden Tisch und einige Stühle waren alle Möbel mit ins neue Haus umgezogen. Bäckermeister Anton Gruber empfing Konrad mit schmalem Lächeln. »Du auch? Ich hatte schon Angst, dass ich und der Hans die Einzigen sind, die er herbefohlen hat.«

»Befohlen?« Konrad sah den gedrungenen Stadtschreiber Reichardt an. »Mir ist nicht befohlen worden.«

»Uns schon.« Hans deutete mit dem Daumen in Richtung des Dieners. »Kurz angebunden war der Bursche. Weil ich mit Feder und Papier umgehen könnte, wünscht der Pfarrer mich heute Nacht zu sehen. Keiner dürfe davon wissen. Schon war er wieder zur Tür hinaus. Meine Zusage hat er gar nicht abgewartet.«

»Mich hat er in der Mehlstube erschreckt.« Anton Gruber verschränkte die Arme vor der Brust. »Plötzlich stand der Kerl hinter mir. Ein Geheimtreffen mit dem Pfarrer sei heute Nacht im Wigbertiturm. Und ich müsste kommen. Gewöhnlich bettelt die Hungergestalt noch um ein Weißbrot, aber diesmal war er gleich verschwunden.«

Konrad wollte sich gerade erkundigen, wo denn der Seelsorger blieb, als Ambrosius dreimal an die Schlafkammertür pochte.

Wenig später betrat Thomas Müntzer den Raum, bekleidet mit der langen schwarzen Gelehrtenschaube, auf dem Haupt trug er das schwarze Samtbarett. »Meine Herren, danke, dass ihr meiner Einladung gefolgt seid.« Er wies auf die Stühle. »Bitte nehmt Platz.« Ambrosius erhielt den Auftrag, an der Tür zu wachen.

Er selbst blieb stehen. »Freunde.« Er blickte von einem zum anderen. »Ich sagte Freunde und meine euch, meine engsten Freunde. Seit heute weiß ich, dass dem wahren Glauben höchste Gefahr droht, und auch mir selbst. Deshalb, liebe

Freunde, deshalb ist es an der Zeit, dass sich die Auserwählten zusammenschließen gegen die Angriffe der Gottlosen.«

Hans Reichardt hob die Brauen. »Ihr meint ein Bündnis?«

»Mehr noch. Ein Bund für die Ewigkeit. Und ihr drei sollt der Kern sein, um den sich schon bald eine schlagkräftige Gruppe bilden wird.«

Müntzer stützte beide Hände auf die Tischplatte und beugte den Oberkörper vor, schob sein Gesicht nah an die Lippen der Freunde. »Der engste Kreis soll den Namen ›Christi Ordnung‹ tragen und ist berufen, künftig mein Leben zu schützen. Wenn ihr diese Tapferen sein wollt, so legt eure rechten Hände in der Tischmitte aufeinander.« Ohne Zögern folgten die Männer seiner Bitte.

»Danke.« Ruckartig richtete sich Müntzer wieder auf. Nüchtern und klar gab er die Ziele des Bundes bekannt:

Jedes Mitglied steht fest zu Gott.

Die Feinde des Evangeliums werden verfolgt und mit aller Härte bestraft.

Den Klöstern wird kein Zins mehr bezahlt.

Mönche und Nonnen sollen geschlagen und verjagt werden …

Als Müntzer geendet hatte, pochten die Anwesenden mit den Knöcheln auf die Tischplatte. »Wann geht es los?«

»Ihr sucht in der Stadt heimlich nach Glaubensfreunden. Sobald dreißig zusammen sind, gründet ihr den Bund draußen im Stadtgraben.« Müntzer legte Hans Reichardt die Hand auf die Schultern. »Und Ihr, verehrter Stadtschreiber, werdet die Liste führen. Ihr werdet den Männern den Eid abnehmen und die Namen niederschreiben.«

Der Bäckermeister runzelte die Stirn. »Und was ist mit Euch? Ihr verteilt die Aufgaben?«

»Zweifle nicht, Freund Gruber. Ich selbst darf nicht offen in Erscheinung treten, aber ich werde euch bei jedem Schritt begleiten.«

Nun meldete sich auch Konrad Gerlach zu Wort. »Von

Herzen gern will ich zu den Leibwächtern gehören. Aber wie können wir nach der Gründung den Freund vom Feind unterscheiden?«

Da lächelte der Pfarrer. »Bärte. Jeder, der zu uns und dem Bund gehört, soll sich den Bart wachsen lassen. Wer keinen trägt, der ist unser Feind.«

26

Es sollte doch regnen? Die ganze Nacht hatte Dorothea auf ihrem Bett gesessen, hatte mit leer geweinten Augen das düstere Kammerfenster angestarrt, keine Hoffnung, keine Rettung, alle Gedanken waren nach und nach unter dem schwarzen Schleier erstickt, bis auf den einen Wunsch: Regen, regnen musste es. Und nun zog der Morgen des 17. November herauf, und der Himmel war wolkenlos. »Ich hatte so gehofft, dass wenigstens die Sonne mir nicht bei meinem Unglück zusieht.«

Es pochte leise. Dorothea hörte nicht hin. Wieder klopfte es, dieses Mal heftiger, gleichzeitig öffnete sich die Tür. »Kind, bist du wach?« Die Mutter kam herein. »Gottlob. Ich hatte schon Angst.«

»Wovor?« Die Tochter sah auf. »So oder so. Tot bin ich jetzt schon.«

»Sag so was nicht. Bitte, Kind! Der Vater hat entschieden. Vielleicht wird alles gut. Gottes Wege …«

»Nein!«, schrie Dorothea auf und presste beide Hände gegen die Ohren. »Keine frommen Worte, Mutter. Der Herrgott weiß nicht einmal, dass es mich gibt, sonst hätte er bestimmt die Heirat verhindert.« Sie ballte die Fäuste und schlug sich gegen die Schläfen. »Ich weiß, ich darf es nicht, aber ich verfluche ihn, weil er Barthel und mich im Stich gelassen hat.«

»Versündige dich nicht.« Frau Agathe eilte zum Bett und setzte sich zu ihr. »Mein Armes«, behutsam strich sie über das Haar, »füge dich doch!«

»Nein, mir geschieht Unrecht, Mutter. Ich war dem Vater immer eine gute Tochter. Das Glück war bei uns zu Hause. Bis …«, Dorothea kämpfte gegen die neuen Tränen, »bis dieser Pfaffe in die Stadt kam und den Vater verhext hat.«

»Kind, sprich nicht so!«

»Dieser Teufel hat ihn in den Klauen …«

»Still«, Frau Agathe hielt der Tochter den Mund zu, »er darf dich nicht so hören.«

Mit zornigem Ruck befreite sich Dorothea, stieß die Mutter mit dem Ellbogen rücklings auf die Matratze und floh von der Bettstatt. Nur drei Schritte. »Oh Gott, verzeih.« Sie kehrte um, half der Frau, sich aufzurichten. »Ich wollte nicht. Hab ich dir wehgetan?«

»Dein Unglück bereitet mir mehr Schmerzen.«

»Ach, Mama«, Dorothea sank neben sie und barg das Gesicht an ihrem Busen, »was soll ich nur tun?«

Frau Agathe wiegte ihr Kind. Erst nach einer Weile sagte sie: »Die Männer meinen von uns Weibern, dass wir schwach und dumm sind.«

Gleich hob Dorothea den Kopf. »Im Gegenteil.«

»Warte! Die Welt gehört nun mal den Männern, und wir müssen gehorchen. Auch du. Deshalb, Kind, heirate den Ambrosius. Der Vater verlangt es, und umstimmen kann ihn da niemand mehr. Wenn du aufhörst, dich dagegen zu wehren, trägst du alles viel leichter.«

Dorothea schloss die Augen. »Du sollst Vater und Mutter ehren«, flüsterte sie, »bis heute wusste ich nicht, wie schwer das ist.« Sie öffnete die Lider, erste Strahlen der Morgensonne fielen durchs Fenster, mit dem Anblick verspürte sie Kälte in sich aufsteigen. »Sorge dich nicht länger, Mutter. Ich werde gehorchen.«

»Danke, der Vater wird zufrieden sein.« Frau Agathe erhob sich, an der Tür wandte sie sich noch mal um. »Du bist ein liebes Kind.«

Dorothea sah ihr nach. »Ehre deine Eltern, nichts sonst. Liebe habe ich nicht mehr für den Vater.«

Das Sonntagskleid sollte genügen, darüber den Mantel. Kein Schmuck. Niemand darf glauben, dass heute ein Freudentag für mich ist. Die Braut schlang das Haar zum Knoten und steckte ihn am Hinterkopf fest, darüber band sie ein schwarzes Tuch.

»Willst du nachprüfen, ob noch etwas in der Brautkiste fehlt? Sonst sag ich dem Vater, dass er sie schon auf den Karren setzen kann.«

»Stopf rein, was reinmuss. Mir ist es egal.« Ein Gedanke. Sofort entschlossen lief Dorothea zum Tisch. »Warte, schließe die Kiste noch nicht. Etwas fehlt mir noch.« Sie verließ die Küche, eilte zum Bienenhaus hinter dem Hof. Leise, um die Ruhe ihrer Schützlinge nicht zu stören, betrat sie die Kammer, wo Kerzen, Honig und ihre Gerätschaften lagerten. Aus der Schublade nahm Dorothea das Bienenmesser, zog die lange, gezahnte Klinge aus der Scheide und prüfte mit dem Finger die Schärfe der Spitze. Zufrieden stieß sie die Schneide ins lederne Futteral zurück. Eine Kerze? Nein, besser zwei, und sogar welche von den Großen, dann sieht es nach einem Geschenk aus. Sie packte das Messer zwischen die langen selbst gezogenen Kerzen und schnürte ein weißes Stoffband darum, bis nur eine Handbreit von den Wachsschäften und die Dochte zu sehen waren.

»Ach, mein Kind. Du denkst sogar an die Hochzeitsnacht.« Frau Agathe nahm das Geschenk und ordnete es in die Brautkiste. »Duften wird das Zimmer nach dem Honig.«

»Lege die Kerzen bitte oben aufs Nachthemd, damit ich sie gleich zur Hand habe.«

Vom Bäcker hatte sich Konrad den Esel ausgeliehen, ihn vor den zweirädrigen Karren gespannt und auf der Ladefläche eine Sitzbank für die Frauen befestigt. Obwohl es Dienstag war, trug er sein Sonntagswams, das Samtbarett mit der breiten Krempe saß wie stets gerade auf dem Kopf und war bis zu den Ohren heruntergezogen. Als die beiden Frauen das Haus verließen, wagte er ein Lächeln, doch weder Tochter noch Gattin gaben es zurück.

Er legte das Trittbrett hinten an die Ladefläche und bot zuerst Dorothea die Hand. »Komm, Mädchen, ich helfe dir.«

Sie fuhr zurück, starrte das Brett mit den aufgenagelten Sprossen an. Darüber wird das Vieh raufgetrieben, wenn es zum Schlachter muss. »Danke, Vater, lass mich zu Fuß gehen.«

Frau Agathe hakte sich bei der Tochter ein. »Ich begleite unser Kind. Ist ja nicht weit bis zum Pfarrhaus.«

»Ihr steigt jetzt beide ...« Konrad Gerlach stieß den Atem aus, bezwang den Zorn, er packte den Esel am Zaumzeug und führte ihn zum Tor hinaus. Bei jedem Holpern der Räder ruckelte und wankte die Brautkiste auf der Ladefläche. In einigem Abstand folgten die Frauen. Auf der Gasse warteten Nachbarn und Freundinnen. Als Mutter und Braut vorbeigingen, grüßten sie, klatschten, einige wünschten Glück.

Dorothea sah nicht nach rechts, nicht nach links, sah starr dem Karren nach. »Woher wissen die davon?«

»Aber, Kind, wir sind doch keine Fremden. Eine Heirat bleibt nicht verborgen. Nun lächle bitte oder winke ihnen zu.« Weil Dorothea ohne jede Regung weiterging, übernahm Frau Agathe das Danksagen und entschuldigte das Schweigen der Tochter. »Bitte versteht, sie ist so aufgeregt.« Dafür zeigte jeder Verständnis, und nun folgten liebevolle Aufmunterungen und Ratschläge.

Nahe der Stadtmauer blieben die Leute zurück, niemand war geladen, selbst die besten Freundinnen nicht. Das Pfarrhaus kam in Sicht, und Dorothea dachte, dort wohnt das Übel, dort steht meine Schlachtbank.

Bisher hatte sie kaum ein Wort mit dem Diener des Pfarrers gewechselt. Und seit der Vater ihn als Bräutigam ausgesucht hatte und sie Ambrosius heiraten musste, war sie jeder Begegnung mit ihm ausgewichen. Jetzt standen die beiden sich in der Studierstube gegenüber.

Hochrot flammten die Mitesser den Hals hinauf. »In Anwesenheit der Zeugen bekunde ich, Ambrosius Emmen ...«

Nun ertrinke ich, dachte sie. Alle Anwesenden verschwammen vor ihrem Blick. Der Satan im Pfaffenrock? Sein Weib mit dem dicken Bauch? Da, der Vater, die Mutter … Und wer ist das? Der Diener des Teufels? Sie sah, wie der Mund sich bewegte, hörte ihren Namen nennen, er hallte im Echo nach.

»Tochter«, der Vater fasste sie am Arm, »jetzt du. Sag die Formel!«

»Was?«

Der harte Griff brachte sie zurück. »Ich, Dorothea Gerlach, bin aus freien Stücken gewillt …« Halt, lüge nicht weiter, hämmerte es in ihr. Konrad Gerlach aber verstärkte den Druck, sprach jetzt den Text vor: »… die Gemahlin des Ambrosius Emmen zu werden.«

Der Arm schmerzte mehr und mehr. Mit gequälter Stimme wiederholte Dorothea Satz für Satz, wie es der Vater verlangte. Als Ambrosius ihre rechte Hand ergriff, ließ sie es geschehen.

Frau Ottilie und der Pfarrer legten als Zeugen ihre Hände auf die verbundenen Hände und besiegelten damit das Eheversprechen.

Dorothea stiegen die Tränen. Ich bin die Frau eines anderen. Oh mein geliebter Barthel, vergib mir!

»Und gleich hinüber zum Beilager.« Thomas Müntzer trieb zur Eile.

Zwei Kammern im hinteren Teil des Pfarrhauses hatte er dem Paar als künftige Wohnung überlassen.

Das Beilager sollte jetzt nur symbolisch vollzogen werden. So legten sich die Brautleute in der Schlafkammer bekleidet nebeneinander auf die Bettstatt. Ambrosius tastete nach ihrer Hand, doch sie entzog sie ihm sofort. Pfarrer Müntzer stand am Fußende. »Lasset euch belehren!« Er wandte sich Ambrosius zu: »Höre, mein Sohn, die Verse aus dem Psalm.

Wohl dem, der den Herrn fürchtet und auf seinen Wegen gehet!

Du wirst dich nähren mit deiner Hände Arbeit; wohl dir, du hast es gut.

Dein Weib wird sein wie ein fruchtbarer Weinstock drinnen in deinem Hause, deine Kinder wie Ölzweige um deinen Tisch herum.

Siehe, also wird gesegnet der Mann, der den Herrn fürchtet.«

Für die Ehefrau hatte er keinen Psalm herausgesucht.

In der guten Stube des Pfarrhauses hatte Frau Ottilie das Hochzeitsmahl aufgetischt. Dorothea aß kaum vom Hasenbraten, nippte nur am Wein, wenn Ambrosius sie ansprach, antwortete sie einsilbig. Spätnachmittags kamen zwei Spielleute. Der Vater hatte sie als Überraschung angeheuert. Nur zum ersten Tanz ließ sich die Braut überreden, von da an fiedelten und flöteten die Musikanten, ohne dass sich jemand zu ihren Melodien drehte. Pfarrer Müntzer zog sich lange mit dem Spenglermeister zu einer geheimen Unterredung ins Studierzimmer zurück. Ottilie berichtete Frau Agathe eingehend von ihrer Schwangerschaft, sprach von Rückenschmerzen und Übelkeit. Und Dorothea saß schweigend neben Ambrosius wie neben einem Fremden.

Nach Sonnenuntergang verabschiedeten sich die Eltern. Ehe der Pfarrer das Brautpaar zu der kleinen Wohnung schickte, zog er Ambrosius beiseite. »Und jetzt geh, und nimm dir dein angetrautes Weib. Es ist rein und vor allem ungebraucht, wie mir der Vater versicherte. Dennoch scheint mir die Jungfer etwas widerspenstig, deshalb fasse sie getrost fester an.« Der dürre Finger sprang auf. »Doch denke stets daran, der Beischlaf dient nur der Fortpflanzung, nicht der Lust.«

Ambrosius drehte den Docht der Lampe niedriger. »Du bist so schweigsam, Liebste?«

»Nenne mich niemals Liebste.« Sie schob mit dem Fuß die

Brautkiste näher unters Fenster. »Für dich heiße ich Dorothea oder einfach Frau. Das genügt.«

»Entschuldige«, der kleine Kopf wackelte hin und her, »also du bist jetzt meine Frau.«

»Was bedeutet das schon?«

»Warum unterbrichst du mich?« Sein Ton wurde schärfer. »Dies ist unser gemeinsames Bett, und wir sollten uns jetzt dort hineinlegen.«

Im Magen wucherte eine Faust, wurde größer, nahm fast den Atem. »Können wir nicht noch etwas warten?« Dorothea sah die geweiteten Augen, wusste, wie sinnlos es war, und bat ihn dennoch: »Lass mich auf dem Stuhl sitzen. Ich bin nicht müde. Du kannst ja schon schlafen.«

»Für wie dumm hältst du mich?« Ambrosius riss sich das Wams herunter, streifte die Hose ab. »Du ziehst dich sofort aus«, im Unterzeug kam er auf sie zu, »oder ich muss dir helfen.« Dürre, lange Beine stakten näher, weiße Arme reckten sich, die Hände fingerten nach ihr.

Entsetzt wich Dorothea bis an die Wand zurück. »Nicht, bitte bleib dort! Ich entkleide mich selbst.« Hastig öffnete sie die Halsschlaufen, zog das Kleid über den Kopf, stand nackt da.

Ihr Anblick ließ Ambrosius stocken, das Kinn sank, ohne die Augen von ihr zu lassen, legte er sein Hemd ab. »Du bist schön«, stammelte er und sah an sich hinunter. Im ersten Moment bemühte er sich, mit den Händen die harte Erregung zu verbergen, doch dann schämte er sich nicht länger, zeigte sie ihr. »Komm, Frau, komm ins Bett!«

»Gleich. Lege …«, die Stimme verhaspelte sich, »lege dich schon mal.« Dorothea bückte sich zur Brautkiste. »Ich habe etwas für uns.«

Er sah ihr Hinterteil, sank auf die Matratze und strich sein Geschlechtsteil. »Du bringst mich in Glut.«

Mit dem Kerzenbündel in den Händen kam sie zum Bett. »Schau nur, was ich für uns mitgebracht habe, die sind aus dem Wachs meiner Bienen.«

»Das ist mir gleich, wir haben Licht genug.«

Dorothea begann das Band abzuwickeln.

»Komm jetzt, lass die verfluchten Kerzen!«

Je drängender er nach ihr verlangte, so entschlossener fühlte sie sich. »Der Honigduft wird dir gefallen.«

»Sieh mich doch an. Komm sofort her zu mir. Oder …« Er richtete sich auf, griff in ihr Haar, um sie herunterzuziehen.

Da stieß Dorothea mit beiden Kerzen nach seinem Gemächte. Er schrie, und ehe er begriff, hatte sie die Mitbringsel beiseitegeworfen und hielt das lange Bienenmesser stoßbereit in der Faust.

»Bei Gott, was …?«, stammelte er. »Hab Erbarmen!«

»Erbarmen?« Dorothea setzte sich vor ihn und öffnete die Schenkel. Langsam senkte sie die gezackte Klinge, führte die Spitze direkt an die Lippen ihres Schoßes.

Neue Angst befiel Ambrosius: »Wer bist du?«

Da sah ihm Dorothea offen in die Augen. »Für deinen Pfaffen und die Eltern bin ich deine Ehefrau. Aber ich werde dir nie, niemals gehören. Eher zersteche ich mich selbst.«

»Wie furchtbar.« Ambrosius sanken die eckigen Schultern. »Aber wir sind verheiratet. Was wird mit mir?«

Dorothea gab keine Antwort, neben dem Schoßmund ritzte sie sich einen kleinen Schnitt ins Haarvlies, mit dem Blut auf den Fingern beschmierte sie das Laken. »Das ist der Beweis für die Leute, dass du die Ehe vollzogen hast. Ansonsten darfst du dich mit dir selbst vergnügen wie bisher auch. Ich hindere dich nicht.«

Da kauerte sich Ambrosius zusammen, legte den Kopf auf die Knie und weinte.

27

Eiszapfen hingen lang und spitz an den vorkragenden Dachrinnen. Auch den Fratzenmäulern, hoch oben über den Hausecken, war Wasser an ihren hässlichen Zungen festgefroren.

»Nicht dass sie spucken, wenn ich gerade drunter hergehe.« Katharina von Bora blickte immer wieder hoch und hielt sich möglichst nah zur Mitte der Bürgermeisterstraße. Im Januar war der Schnee beinah schon weggetaut, doch jetzt, Anfang Februar, hatte der Winter erneut Besitz von Wittenberg ergriffen. Frischer Schnee war gefallen, und der Nachtfrost hatte die Dachtraufen mit Lanzen bewaffnet. Vor dem Hauseingang des Stadtschreibers Philipp Reichenbach lagen zerbrochene Eisschäfte auf dem freigeschaufelten Zugang. Der Hausdiener hatte wohl gerade mit einer langen Stange die gefährlichen Spieße heruntergeschlagen.

Katharina stampfte Schneereste von den Stiefeln. Musik? Nein, Töne einer Flöte und dazu die laute Stimme von Frau Ursula, die gespielte Melodie klang so wenig passend zum Gesang. Oje, dachte Katharina, und ich wollte mich ausruhen. Sie kehrte vom täglichen Reinigungsdienst bei König Christian zurück. Seit Monaten schon hatten die beiden Patrizierinnen Ursula Reichenbach und Barbara Cranach diese lästige Pflicht gänzlich ihr aufgebürdet.

In der Eingangshalle legte Katharina den Kapuzenmantel ab. Eine Magd eilte hinzu und knickste. »Frau von Bora. Ich soll ausrichten, sobald Ihr wieder hier seid, möchte die Herrin Euch gleich sprechen.«

»Gibt es Neuigkeiten?« Katharina fasste das Mädchen am Arm. »Sag es mir. Ist ein Brief angekommen?«

Jeder Knecht, jede Magd wusste von der Not der Hausdame, vom Warten, vom Hoffen und von der immer neuen Enttäuschung. »Leider nicht.« Die Magd suchte nach einem Trost: »Aber das kann ja auch nicht sein, weil keine Kutsche angekommen ist.«

Katharina streichelte die Hand des Mädchens. »Danke dir, bist ein gutes Kind.«

Sie ging hinüber zur Wohnstube. Ehe sie die Tür erreichte, brach drinnen das Flötenspiel jäh ab. Eine Männerstimme klagte, sie wurde übertönt von Vorwürfen der Hausherrin. Katharina pochte. Auf das ärgerliche Herein hin betrat sie die Wohnstube.

Bei ihrem Anblick entrang sich Frau Ursula ein Aufjuchzer. »Kind!« Mit nach Hilfe gereckten Armen eilte sie ihrem Hausgast entgegen, drückte ihn an den fülligen Busen. »Endlich bist du da.« Beim nächsten Atemzug nahm sie Katharina fest an die Hand. So gestärkt wies sie mit der freien Hand auf den schmächtigen Herrn hinter dem Notenpult. »Dies, meine Liebe, ist Schulmeister Stein von der Lateinschule.«

Katharina neigte den Kopf, wollte grüßen, kam nicht dazu, gleich fuhr die Hausherrin fort: »Er weiß die Flöte zu spielen, und da er die Kinder in die Welt der Noten und Melodien einweist, habe ich ihn herbestellt, um mit mir ein Lied einzustudieren. Natürlich gegen Honorar. Ich will das Lied beim nächsten Musikabend im Cranachhaus vortragen.«

Katharina versuchte den Gruß erneut anzubringen. »Ich freue mich, Eure Bekanntschaft …«

»Nein, meine Liebe, keine Freude.« Ein Klageseufzer. »Dieser rohe Mensch behauptet, ich treffe den Ton nicht. Unerhört! Sicher ist seine Flöte verstimmt.«

»Frau Stadtschreiber Reichenbach.« Der Schulmeister hob das Instrument wie ein Wahrzeichen. »Niemals. Bei meiner Pflege und Sorgfalt verfehlt diese Flöte weder das reine A noch das C. Ihr hingegen sehr wohl. Aber bitte …«, der Arm sank, die Schultern fielen, »brechen wir ab.« Er legte die Flöte zurück in den mit grünem Samt ausgelegten Kasten. »Auf dem Honorar muss ich dennoch bestehen.«

»Darüber wäre noch zu reden.«

»Ich habe hungernde Kinder zu Hause. Und wenn ich ohne …«

»Wartet, verehrter Meister Stein«, lenkte Frau Ursula mit Blick auf Katharina ein. »Vielleicht stimmt es bei uns beiden nicht so ganz, nicht bei Ihrer Flöte und nicht bei meiner Stimme. Wagen wir noch einen Versuch. Meine Freundin, Jungfer von Bora, wird mich unterstützen. Was den Gesang betrifft, so hat sie darin eine langjährige Klostererfahrung.«

Der Schulmeister gab nach, und Frau Ursula zog Katharina eng an ihre Seite, nahm das Blatt mit Noten und Text zur Hand und forderte: »Gebt uns ein A.«

Hell und klar übernahm Katharina den Ton, neben ihr versuchte die Hausherrin ihr Glück, nach leichten Schwankungen gelang es auch ihr.

Der Flötist gab mit Kopfnicken den Einsatz.

»Ach Gott, wie weh tut scheiden.«

Im ersten Moment sang Katharina die Worte nach den Noten, »hat mir mein Herz verwundt«, dann aber begriff sie den Inhalt, sprach die nächste Zeile nur mit: »So trab ich über die Heiden«, flüsterte noch: »und traur' zu aller Stund.« Sie schwieg und verbarg die Augen hinter der Hand.

Auch Frau Ursula brach ab. Die Flöte spielte allein weiter. »Was ist? Singe ich so schlecht?«

»Nein, es ist der Text.« Katharina stiegen die Tränen. »Ich kann ihn nicht singen.«

»Warum nicht?« Frau Ursula starrte ungläubig auf das Blatt, zitierte: »Mein Herz trägt heimlich's Leiden.« Endlich begriff sie. Der Busen hob sich. »Verzeih, mein armes Kind.«

Sofort erhielt der Lehrmeister den Befehl, die Gesangsstunde endgültig zu beenden. Kaum konnte er sich für das Honorar bedanken, so eilig schob ihn Frau Ursula aus der Wohnstube, sie schloss die Tür hinter ihm. »Verzeih mir, meine Liebe. Ich habe nicht an deinen Kummer gedacht.« Sie ging zur Vitrine und brachte Likör in der Kristallflasche mit zwei Gläsern. »Ein Schluck wird deinem Herzen und meiner Stimme guttun.«

Katharina nippte nur. Sie hingegen nahm einen großen Schluck. »Weißt du, Männer in einer großen Stadt wie Nürnberg sind anders mit uns Frauenzimmern. Anders als die Männer hier bei uns. Wittenberg ist so klein, da kann so ein Schlawiner einer Dame nicht den Hof machen und ihr dann einfach wieder den Rücken zudrehen. Da wird aufgepasst, und wehe da war etwas unehrenhaft ...« Im Eifer benetzte die Zunge die Lippe. »War bei Hieronymus etwa etwas unehrenhaft, Kind?«

Katharina presste flehend die Hände zusammen. »Bitte, Frau Ursula, ich möchte nicht über ihn sprechen. Die Wunde in mir ist noch so frisch.«

»Aber ja, Kindchen, versteh ich doch«, leichtes Getätschel aufs Knie unterstrich das Verständnis, der kleine Klaps zum Schluss leitete das neue Thema ein. »Mit Entzücken betrachte ich deinen Ring, meine Liebe. Trägst du ihn immer?«

Katharina spreizte leicht die linke Hand und rieb über das Gold. »Für den Alltag ist er zu wertvoll. Ich streife ihn nur über, wenn ich zu Seiner Majestät gehe. Er sieht es gern, wenn ich ihn trage.«

»Das war ja auch ein äußerst großzügiges Geschenk. Wenn man bedenkt, König Christian ist hier im Exil, also auf der Flucht. Und dann macht er solch ein Geschenk.« Frau Ursula schenkte sich neu ein und füllte etwas vom Süßen für Katharina nach. »Zum Wohl, Kindchen.« Sie trank und setzte mit einem wohligen Gurren das Glas zurück. »Wie kommt es nur, dass dieser ungehobelte Mensch so gönnerhaft zu dir ist? Womit hast du ihn gezähmt? Meine gute Freundin Barbara und ich haben uns schon gefragt, natürlich nur im Scherz, ob du ihm vielleicht ein geheimes Kraut aus dem Klostergarten verabreicht hast?«

Was soll ich? Euch Klatschweibern sollte das Maul erstarren. In Katharina überstieg der Zorn die Trauer. »Ich bin keine Hexe, wenn Ihr das meint.«

»Um Gottes willen.« Beide Hände drückte die Frau des Stadtschreibers an die linke Brust. »Niemals würden wir das denken. Allerdings, wenn ich so an den Ring denke. So freue ich mich, dass du ihn durch mich vom König verehrt bekommen hast.«

Katharina richtete den Rücken gerade. »Wie darf ich das verstehen?«

Nun ergriff die Lehrmeisterin ihre Hand und drehte den Ring hin und her. »Ich habe deinetwegen auf die Aufwartung bei Seiner Majestät verzichtet. Damit du dich im Umgang mit fürstlichen Persönlichkeiten üben kannst.«

So siehst du das, fauchte es in Katharina. Ihr habt mir die Drecksarbeit bei diesen chaotischen Königs aufgedrückt. Nur weil die Kinder mich inzwischen lieben, Königin Isabella mir ihr Vertrauen schenkt und Seine Majestät mit mir über Bibelstellen für die dänische Übersetzung spricht, nur deswegen habe ich den Ring erhalten. »König Christian hat mir mit dem Geschenk seine Dankbarkeit gezeigt.«

»Das sage ich ja, Kindchen. Hätte ich bei ihm weiter die Reinigungsarbeiten beaufsichtigt, so gehörte dieses Schmuckstück jetzt sicher mir.«

Ohne Zögern streifte Katharina den Ring ab und legte ihn neben die Likörflasche. »Wenn er Euch so viel bedeutet, so nehmt ihn. Ich habe andere Sorgen.« Sie erhob sich. »Ich bin Euch für die Gastfreundschaft sehr dankbar, Frau Ursula. Und hoffe, Euch nicht mehr lange zur Last zu fallen. Bitte entschuldigt mich, und viel Freude an dem Ring.« So rasch sie es als Dame durfte, verließ Katharina die Wohnstube.

Frau Ursula besah den Ring. »Wenigstens für einen Tag.« Sie steckte ihn an den Finger. »Morgen gebe ich dich wieder zurück.« In ihren Augen spiegelte sich das Glitzern des Goldes, und leise trällerte sie vor sich hin: »Ach Gott, wie weh tut scheiden, hat mir mein Herz verwundt …«

Aus den Säulen rechts und links wucherten Ranken, sie trugen Blüten, Früchte, wechselten über in Ornamente, streckten sich weiter hinauf und stützten oben zwei Schalen. Barthel säuberte mit dem Pinsel jede Verschlingung, jede eingeritzte Linie. Bis auf die letzte Säuberung war die Arbeit am Deckblatt für das Liederbuch geschafft. Zwei Zierleisten senkrecht und je eine für den Kopf und den Fuß des Blattes. Vor einer Stunde war Doktor Martinus in die Werkstatt gekommen. Nur kurz hatte er Druckermeister Lotter begrüßt und war zu Barthel an den Tisch gekommen. »Wann kann ich den ersten Andruck sehen?«

»Noch vor dem Mittagsläuten.«

»Sobald du den Abzug hast, bringst du ihn in die Weinstube.« Ohne ein weiteres Wort hatte der Gelehrte sich abgewandt, hatte auf dem Weg zur Tür Meister Lotter aufgefordert, ihn zu begleiten, und beide waren gegangen. Barthel rückte die kleine Holzplatte sorgsam zur Seite, entrollte das Lederfutteral und steckte Grabstichel, Stechbeitel und Rundeisen zurück in die Schlaufen. Mein Werkzeug. Zur Lossprechung als Formschneider hatte ihm Meister Cranach eine eigene Ausrüstung geschenkt. Er drehte den schmalen Meißel in der Hand. »Ins Herz sollte ich ihn mir stechen«, flüsterte er. Unvermittelt stürzten die Gedanken wieder über ihn her. Barthel stöhnte. Solange er am Titelblatt geschnitzt hatte, konnte er sie wenigstens am Tag vertreiben. Aber jetzt.

Alles hab ich. Er stach das scharfe Eisen wieder und wieder in die sandgefüllte Unterlage. Hab ausgelernt, verdien einen guten Lohn. Er ließ den Meißel stecken, hilflos hob er die Hände.

Der Geselle am Nachbartisch sah zu ihm hinüber.

Rasch erhob sich Barthel. »Ich muss … bin gleich wieder da.« Damit floh er aus der Werkstatt. Draußen kauerte er sich neben der Linde in den Schnee. »Dorlein«, schluchzte er, »ohne dich hab ich nichts.« Tränen nässten die Wangen. »Ich wollte dich heiraten. Das alles hier hab ich doch nur für uns gemacht.« Seine Schultern bebten. Mit einem Mal sprang er auf, schlug mit den Fäusten gegen den Stamm. »Verfluchter Pfaffe«, jetzt trat er auch mit dem Stiefel zu, »verfluchter Spengler.«

»Barthel?«

Beim Klang der Stimme hielt er erschrocken inne und wischte mit dem Handrücken die Tränen aus dem Gesicht. Ave von Schönfeld kam zu ihm. »Ich sah dich vom Fenster aus.« Nur ein Blick genügte ihr. »Ist es wieder so arg?«

»Was soll ich denn bloß tun?« Seit seiner Rückkehr aus Allstedt, seit dem Krankenlager damals war Jungfer Ave seine Vertraute. Ihr hatte er den Brief mit der schrecklichen Nachricht gezeigt. Sie hatte sich in langen Gesprächen bemüht, seine Verzweiflung etwas zu lindern. »Ich weiß keinen besseren Trost als arbeiten.«

»Davon bekomme ich mein Dorlein nicht zurück.«

»Das stimmt, aber deine Gedanken werden abgelenkt. Du sagst doch selbst, solange du ins Holz schnitzt, wird die Unruhe weniger. Also arbeite, so viel du kannst.« Sie strich ihm über die roten Locken. »Werde ein ganz berühmter Formschneider.«

Da verzog ein Lächeln die Mundwinkel. »Berühmt? Ich?«

Ave hakte sich bei ihm ein. »Ich glaube fest an dich. Und nun komm wieder ins Haus. Mir ist es hier draußen zu kalt.«

Barthel stapfte neben ihr her. »Reden tut gut, danke.« Er schlug sich mit der flachen Hand gegen die Stirn. »Oh verflucht. Da reden wir von Arbeit, und ich vergess darüber meinen Andruck. Verzeiht, ich muss mich sputen.«

Ave lachte hinter ihm her: »Lauf nur. Und zieh auch einen Abzug für mich!«

Das Mittagsläuten war schon verstummt, als Barthel mit dem Deckblatt die Weinstube betrat. Am hinteren Tisch saßen die drei Herren, ihre Weinkrüge halb leer, die Gesichter vom Zorn gerötet. Sie bemerkten den Gesellen nicht. Stören will ich nicht, dachte Barthel. Besser, ich warte hier.

Drüben presste Doktor Martinus die Hände unter dem Kinn zusammen. »Meister Lotter, ich will das Gesangbuch jetzt und nicht erst im Sommer.«

Lucas Cranach fuhr sich durch den Bart, auch er bemühte sich um einen gemäßigten Ton. »Lotter, ich möchte Euch nicht pressen, will auch nicht anführen, dass dies meine Druckerei ist und Ihr von mir bezahlt werdet …« Der Atem ging schneller, geriet ins Schnaufen, dann brüllte Cranach: »Das Liederbuch! Herrgott, seid Ihr taub? Ich verlange von Euch, dass Ihr diesen Auftrag vorzieht!«

»Und ich sage: Es geht nicht!« Melchior Lotter trommelte mit beiden Fäusten auf die Tischplatte. »Alle Bleisätze sind in Gebrauch!« Er sprang auf, der Jähzorn ließ die Stirnader dick anschwellen. »Ich sage: erst die Bibel für die Dänen, dann noch etliche Flugschriften und dann …« Wieder hieb er die Fäuste. »Dann erst dieses nutzlose Liederbuch, an dem nichts zu verdienen ist.«

»Nutzlos?« Luther stieß seinen Krug in die Tischmitte, der Wein schwappte über den Rand. »In der Kirche zu singen, dies sind Lieder für die Gemeinde.«

»Nur acht«, höhnte Lotter, »warum nicht gleich ein richtiges Gesangbuch? Das würde Geld einbringen.«

Martin Luther schlug sich an die Brust. »Es geht mir … Es ist für meine Sache wichtig. Ehe der Scharlatan Müntzer drüben in Allstedt Gesänge für den Gottesdienst veröffentlicht, muss ihm auch durch dieses reine Liederbuch Einhalt geboten werden. Es muss das erste sein. Deshalb jetzt rasch nur diese acht Lieder. Bald schon soll es dann eine umfangreichere Sammlung geben.«

»Dieser Fakt kommt noch dazu.« Lotter näherte sich ihm mit gestrecktem Zeigefinger, seine Stimme wurde gefährlich leise: »Lediglich vier stammen aus Eurer Feder. Warum? Euer Name kann also nicht einmal auf das Titelblatt. Und nur Euer Name bringt die Leute zum Kaufen.«

Martin bog den Kopf nach hinten. »Mäßigt Euch, Lotter.

Ihr habt durch mich viel Geld verdient. Allein das Neue Testament erbrachte …«

»Schluss jetzt!« Ohne aufzustehen, packte Cranach den Drucker am Wams, riss ihn zurück. »Meine Entscheidung ist gefallen: Ihr müsst den Auftrag für das Liederbuch nicht annehmen. Und jetzt raus mit Euch.« Er stieß den sehnigen Mann in Richtung Ausgang, dabei entdeckte er den Gesellen. »Was willst du hier?«

»Ich sollte …«

Ohne Barthel zu beachten, stürmte sein Meister an ihm vorbei und schlug die Tür hinter sich zu. Barthel begann von Neuem, hielt dabei das Blatt hoch. »Ich sollte den Andruck bringen. Aber der ist nun wohl nicht mehr nötig.«

Martin Luther vermochte die Enttäuschung nicht zu verbergen. »Auch wenn der Verzicht auf das Gesangbuch ein großer Fehler ist, so möchte ich deine Arbeit wenigstens ansehen.«

Während Barthel näher kam, patschte Lucas Cranach dem Freund leicht auf den Arm. »Beruhige dich, ich weiß eine Lösung.«

Beiden Herren gefielen die kunstvollen Zierleisten, und der Hausherr schnippte Barthel. Er solle sich einen Wein abzapfen und sich zu ihnen setzen.

»Das Gesangbuch wird erscheinen, auch ohne Lotter. Und zwar noch vor dem Frühjahr.« Cranach genoss die Spannung und fuhr erst nach einem tiefen Schluck fort: »Wir lassen das Buch in Nürnberg herstellen.« Dort unterhalte er enge Beziehungen zur Druckerei des Jobst Gutknecht. Er habe dem Meister vor einiger Zeit aus einer finanziellen Notlage geholfen. »Gutknecht ist mir noch einen Gefallen schuldig. Wir liefern ihm dieses Titelblatt, alle acht Vorlagen und gleich den Formschneider dazu.«

Im ersten Moment begriff Barthel nicht. Erst als die beiden Herren ihn erwartungsvoll ansahen, tippte er sich gegen die Brust. »Mit dem Formschneider? Bin ich damit gemeint?«

»So ist es, Junge. Du reist nach Nürnberg, und zwar morgen

schon. Und du kommst mit dem fertigen Liederbuch wieder zurück. Wehe dir, wenn dann schon die ersten Blumen blühen.«

Keine Diskussion mehr, Cranach hatte entschieden.

Eile war geboten. Reisepapiere, Empfehlungsschreiben, Zehrgeld. Doktor Martinus übergab Barthel persönlich den Textentwurf für die Titelseite. »Überprüfe, ob du alles lesen kannst.«

Er hockte sich hin, sprach leise jedes Wort. Zum Schluss stockte er. »Verzeiht, Herr. Soll das so sein? Hier steht als Erscheinungsort Wittenberg und nicht Nürnberg.«

Die Miene wurde sonderbar abweisend. »Kein Anlass zur Verwunderung, mein Sohn. Damit heben wir nur unsere Stadt als den Ursprung des Liederbuches hervor.«

»Mir soll's recht sein.« Mit leisem Lachen tippte Barthel auf die Jahreszahl. »Verzeiht noch mal. Aber hier habt Ihr Euch vertan? Wir schreiben das Jahr 1524. Hier steht aber 1514, da meint doch jeder, das Liederbuch ist schon vor zehn Jahren erschienen.«

Kurz beugte sich der Gelehrte über das Blatt. »Nein, keine Änderung. Lassen wir es dabei.«

»Aber, Herr?«

»Ich habe meine Gründe.« Der Ton erlaubte keine Widerworte. Etwas freundlicher fiel der Reisesegen aus. »Gott behüte dich zu jeder Zeit.«

»Glück?« Am Abend erzählte Barthel seiner Vertrauten von dem Auftrag. Jungfer Ave drückte ihm die Hände. »Nicht nur Glück. Die Reise, die neuen Eindrücke werden dir und deinem Herzen guttun. Ich freue mich für dich.«

Meister Cranach hatte ihm einen Platz auf dem Frachtwagen nach Leipzig besorgt, von dort sollte Barthel sich einem Fernhändlertross anschließen, der mit seinen Wagen die Route nach Süden über Nürnberg nahm.

Kein neuer Schnee war gefallen. Barthel trug den Reisesack auf der Schulter. Der Frachtwagen wartete draußen vor dem

Westtor. In Höhe der Schlosskirche hörte er seinen Namen rufen. Verwundert blieb er stehen. Vom Portal her eilte eine Frauengestalt auf ihn zu, die Mantelkapuze tief ins Gesicht gezogen. Erst wenige Schritte vor ihm streifte sie die Kopfbedeckung etwas zurück.

»Jungfer Katharina?«, staunte er. »Woher wisst Ihr, dass ich gerade jetzt vorbeikomme?«

»Von meiner Freundin Ave. Ich habe auf dich gewartet.« Sie trat näher. »Auch wenn du ablehnst, versprich mir, darüber zu schweigen.«

»Gern.« Barthel krauste die Stirn. »Aber ich weiß nicht, worüber ich schweigen soll.«

Katharina sah sich verstohlen um. Weiter hinten auf der Schlossstraße näherten sich Leute. »Lass uns langsam zum Tor gehen.« Nach einigen Schritten sah sie Barthel von der Seite an. »Ich hörte, dass du nach Nürnberg reist. Und dort lebt auch ein gewisser Herr Hieronymus Baumgärtner.«

Gleich fiel Barthel ein, was halb Wittenberg sich erzählte. »Ist das nicht Euer …?« Er brach ab. Dorlein. Wie sehr kannte er selbst diesen Kummer, den Schmerz der Jungfer. »Verzeiht, ich wollte nicht fragen.«

»Schon gut«, Katharina berührte mit den Fingern seinen Handrücken, »könntest du … Wenn es deine Zeit erlaubt, könntest du dich erkundigen? Nicht direkt, ich meine, vorsichtig. Vielleicht erfährst du, wie es dem Herrn geht? Und … und vielleicht auch, wie er so lebt, da in der großen Stadt?«

Sehnsucht. Barthel blutete das Herz. »Ganz gewiss«, tröstete er, musste sich die Augen wischen. »Seid ganz beruhigt, Jungfer. Ich finde schon was raus über den Herrn.«

»Danke.« Ohne ein weiteres Wort flüchtete Katharina in die Gasse auf der anderen Straßenseite.

28

Speichel lief aus beiden Mundwinkeln, versickerte im grauen Bart. »… und ich schlief wieder ein. Da kam es mir vor, als wäre ich zu Hause bei mir in Liedersdorf.«

»So ist es recht, Vater Herold.« Thomas Müntzer trat dicht hinter den Stuhl, nahm den Kopf des Bauern in beide Hände und bog ihn langsam nach hinten. »Berichte uns weiter! Was hast du gesehen?«

Die wässrig grauen Augen blickten gen Himmel und sahen über sich das Gesicht des Herrn. »Ich stieg auf einen Birnbaum … Und der Baum stand über einem Graben, und in dem Graben, da floss das Wasser rasch dahin …« Der alte Mann dachte nach, dabei schmatzte er seinen Speichel.

Müntzer nutzte die Pause und sah zu Ambrosius am Schreibpult. Stumm verständigten sich die beiden. Der Adlatus zeigte das halb beschriebene Blatt. Jedes Wort des Alten hatte er festgehalten.

Anfang Februar war der Bauer aus dem Nachbarort voller Unruhe ins Pfarrhaus gekommen und hatte wegen seiner erschreckenden Träume um Rat und Hilfe gebeten. »Berichte!« Erst beschäftigte sich Müntzer noch mit anderen Schriftstücken, bald aber entglitten ihm die Blätter, und er hockte sich zu dem Alten. »Das sind nicht nur Träume, sondern Visionen. Gesichter. Und die schreibt dir Gott ins Herz.« Von dem Tag an ließ Müntzer den zahnlosen Seher nicht mehr los, nannte ihn Vater und verlangte, dass er freitags und samstags nach Allstedt kommen müsste. In diesen Tagen und Nächten wohnte und schlief Vater Herold hoch oben im Wigbertiturm. Der Prediger schöpfte mit Lob und sanftem Druck die Visionen aus dem Herzen des Alten, und Ambrosius hielt sie gleich auf dem Papier fest.

»Denke nach, Vater.« Die Nägel der dürren Finger drückten sich tief in die Schläfen. »Du bist auf dem Birnbaum …«

Gequält nickte der Seher. »Ich … ich schüttelte den Baum, und da fielen die Birnen und das Laub …« Kaum floss die Rede wieder, lockerte sich der schmerzhafte Griff. »Ein Teil fiel ins Wasser, der andere auf die Erde. Und als ich anfing aufzusammeln, da verwandelten sich die Birnen in blutige Fleischschwarten. Die bewegten sich, rutschen mir zwischen den Fingern weg. Und … und je länger ich auflas, umso fleischiger und blutiger wurden die Stücke um mich herum. Zuletzt lagen da nur noch zwei große Fleischschwarten. Die konnte ich aufheben. In jeder Hand trug ich ein Stück … und … an dem einen war mehr Speck als an dem anderen.«

Erschöpft schloss der Bauer die Lider. Doch gleich schüttelte ihn Müntzer. »Weiter, gleich darfst du ausruhen. Weiter!«

»Und da wurde aus mir selbst … auch noch mein Bruder. Da gab ich das fettere Stück meinem Bruder.«

Tief beugte sich Müntzer über das Gesicht. »Du hast nicht nur geteilt? Du hast deinem Bruder mehr gegeben, für dich das kleinere Stück behalten?«

»Ihm hab ich das fettere Fleisch überlassen.«

»Vater Herold.« Pfarrer Müntzer schloss die Augen. Erst nach einer Weile setzte er hinzu. »Danke.« Er ließ den Kopf los, stellte sich zu Ambrosius. »Fasse zusammen. Den gesäuberten Text benötige ich für meine Predigtvorbereitung zum Beginn der Kartage am Donnerstag.« Ein Fingerschnippen. »Gib ihm etwas Bier und biete Brot und Käse an. Nach der Pause befrage ich ihn weiter.«

Der 24. März im Jahre des Herrn 1524, Gründonnerstag. Aus den umliegenden Dörfern kamen sie, von weiter her waren sie noch in der Nacht aufgebrochen, Stunde um Stunde wanderten sie mit durstenden Herzen: Bauersleute, Bergknappen … Niemals zuvor waren so viele Menschen zur Predigt nach Allstedt geströmt, um mit ihm, dem Verkünder des wahren Glaubens, dem Wächter und Hüter der Seelen, den Beginn der Ostertage zu begehen, seine Predigt zu hören und das Abendmahl so zu nehmen, wie es Jesus Christus zum letzten Male mit den Jüngern tat.

Der Küster zählte die Köpfe, zählte und zählte. Als Thomas Müntzer, angetan mit der langen schwarzen Schaube, am frühen Nachmittag in die Sakristei der Johanniskirche trat, flüsterte ihm der Tüchtige zu: »Es sind mehr als zweitausend gekommen. Von überallher, selbst wieder aus dem Mansfelder Gebiet. Die Kirche ist vollgestopft, und draußen stehen sie bis in die Gassen rein. Alle vom Stadtrat sind da und sogar Schösser Hans Zeiß mit seiner Gemahlin.«

»Danke, guter Mann.«

Der Küster zögerte, dann verbeugte er sich zweimal. »Um Vergebung, Herr Pfarrer. Nur die Frau Pfarrer konnte ich nirgends entdecken.«

»Mein Weib?« Müntzer trat an den Tisch. Dort standen aufgereiht die Brotkörbe für das Abendmahl. Rasch hob er einige der Tücher, kontrollierte die Größe der Brocken. »Mein Weib ist unpässlich. Das Ungeborene bereitet Schwierigkeiten.« Er kostete mit dem Zeigefinger den Wein aus einer der Kannen, war zufrieden. »Sie ist daheim geblieben.«

Eifrig nickte der Küster. »Bei der Menschenmenge ist es für eine Schwangere wohl das Beste.«

Jeder fromme Zierrat, jedes Bild war aus dem Kirchenraum entfernt worden, kahl die Wände, silberlos der Altar. Die Tür zur Sakristei schwang auf. Pfarrer Müntzer erschien. Sofort verstummten Gespräche, Raunen und Flüstern. Rasch setzte sich das Schweigen auch nach draußen fort.

Woher hat er so viel Macht? Dieser hagere Kerl. Dorothea stand mit ihrer Mutter in der vordersten Reihe, neben ihnen die Frauen der Stadträte und die Gemahlin des Schössers. Sie wagte einen Blick zur rechten Seite. Immer mehr Bärte, dachte sie, bald rasiert sich von den Herren da drüben gar keiner mehr. Ambrosius, der Vater, alle Würdenträger von Allstedt blickten erwartungsvoll dem Prediger entgegen.

Als Müntzer vor den Altar trat, lag Stille über dem Meer der Gläubigen.

»Oh Herr, tu mir auf meine Lippen, und mein Mund wird verkünden dein Lob.

Oh Gott, steh mir bei in meiner Not!«

Dorothea sah zum Kreuz hinauf. Uns hast du nicht beigestanden. Sie hörte die Worte und antwortete stumm und voller Trauer: Du bist uns nicht zur Hilfe gekommen, verlassen hast du Barthel und mich.

Vier Monate war sie nun schon verheiratet. Die große Wunde hatte sich nicht geschlossen. Außer bei den Mahlzeiten ging sie dem Pfarrer möglichst aus dem Weg. Ambrosius hielt sich in der Schlafstube an die Abmachung, so war das Leben neben ihm erträglich. Bei der gemeinsamen Arbeit im Haus hatte sie Frau Ottilie näher kennengelernt. Sie ist eine so liebenswerte Frau, dachte Dorothea, wie hält sie es nur neben diesem Prediger aus? Ob er etwas sanfter wird, wenn das Kind da ist?

Nach langen Gesängen stieg Thomas Müntzer auf die Kanzel. »Brüder! Schwestern! Gott schreibt sich in unsere Herzen. Wen Er auserwählt, dem offenbart Er sich in Visionen. Und ein gottesfürchtiger Mann hat vor wenigen Tagen ein Gesicht gesehen. Er lag im Schlaf und sah sich auf einen Birnbaum steigen …«

Dorothea schauderte bei der Beschreibung der bluttriefenden Fleischstücke und drückte verstohlen die Hand der Mutter.

Nachdem in der Vision der eine Bruder dem anderen das fettere Stück überlassen hatte, reckte Müntzer den rechten Arm. »So merket auf, ihr Geizigen, ihr Tyrannen und Blutsauger. Im Reich der Auserwählten verteilen wir nicht nur euern Reichtum, sondern wir überlassen unserem Bruder auch noch den größeren Anteil. Doch höret weiter. Die beiden Brüder gingen in die nahe Mühle. Dort lag ein angeschnittenes Brot auf dem Tisch. Beide nahmen sich ein Stück und aßen davon. Der Müller kam hinzu, und der gottesfürchtige Mann bat: ›Leihe uns doch ein paar Brote. Wenn wir wiederkommen, wollen wir sie dir zurückgeben.‹ ›Gerne. Warum nicht?‹, antwortete da der Müller.«

Getuschel entstand in der Menge. Müntzer wartete, nickte, dann bekräftigte er: »Keine Bezahlung, kein Pfand. Hört ihr, Brüder und Schwestern. Hier wird kein Wucherzins erhoben. Doch lasst mich weiter von dem Gesicht erzählen. Der Gottesfürchtige sieht sich zurück in sein Haus treten. Und als er nach oben blickte, waren da drei Männer, die hatten einen Strick über den Balken geworfen, und daran hing ein Mann mit der Schlinge um den Hals. Er schlug mit den Armen, zappelte mit den Beinen. Die drei Männer ließen ihn runterfallen und zogen ihn gleich wieder hoch, wiederholten und wiederholten, bis er sich nicht mehr bewegte. Da dachte der Gottesfürchtige bei sich: Sollst du den Mann in deinem Haus henken lassen? Dann dachte er noch: Ach, was sollst du dich vor ihm fürchten? Er ist tot, und seine Hosen sind voller Blut.«

In der vordersten Reihe bekreuzigten sich die Frauen der Stadträte, ihre Männer nickten immer wieder und staunten.

Während Müntzer nun vom Blut und Fleisch Christi sprach und den Tod ankündigte, beugte sich Dorothea zum Ohr der Mutter. »Was erzählt der Pfarrer da? Ich hab's nicht verstanden.«

»Ich auch nicht.« Beim Sprechen schützte Frau Agathe ihre Lippen mit der Hand. »Unheimlich wird es mir dabei. Und wenn er es sagt, dann stimmt es auch.«

Auf der Kanzel streckte Müntzer den Arm und den Zeigefinger in Richtung Osten. »Dort! Wie oft schon habe ich davor gewarnt. Seht dorthin! Nicht weit von uns steht immer noch die Kapelle von Mallerbach. Nicht weit von hier, diesem heiligen Ort, an dem sich heute Tausende fromme Herzen versammelt haben, steht diese Spelunke des Satans. Und wer betreibt und schützt sie? Ja, es sind die Nonnen vom Kloster Naundorf. Gebt ihnen keinen Zehnt mehr, keine Abgaben. Füllt ihnen nicht länger ihre Keller und Scheunen. Die mit eurem Schweiß und Blut erarbeiteten Früchte des Feldes sollen euch allein gehören. Denn dort drüben in dieser Höllenspelunke lässt die Äbtissin schamlose Abgötterei betreiben.«

Abgötterei? Zittern erfasste die Menge. Abgötterei! In unserer Nähe? Einige Frauen zupften betroffen die Schleier tiefer ins Gesicht. Männer ballten die Fäuste. Dorothea dachte an das Bildnis der Maria. Einmal hat die Muttergottes geweint. Und seitdem hilft sie den Kranken wieder gesund zu werden.

»Götzendienst! Nichts sonst, Brüder und Schwestern. Jeder, der den geheilten Finger, den Fuß oder das Ohr aus Wachs nachbildet und dort um das Götzenbild an die Wand heftet und sein Gebet spricht, der ist verdammt, der ist ein Bruder des Teufels, ein Weib des Satans.«

Murren, Rufe wurden laut.

»Ja, ihr Ehrbaren im Glauben. Empört euch. Ich habe vor zwei Wochen schon den Wächter der Spelunke von dieser Stelle hier aufgefordert, aus seiner Behausung wegzuziehen. Und er ist meiner Warnung gefolgt. Er hat den Ziegenstall fluchtartig verlassen.«

Bei dem Wort Ziegenstall lachte hinter Dorothea eine Frau erschreckt auf, brachte sich selbst mit einem Schlag auf den Mund zum Verstummen.

»Dieser Schandort ist nun unbewacht.« Der Prediger hoch oben richtete sich zur vollen Größe auf. »In drei Tagen feiern wir Ostern. Alles Böse ist dann besiegt. Alles? Nein.« Wieder schnellte der Arm in Richtung Osten. »Denn immer noch existiert diese Spelunke. Soll das Fest der Auferstehung mit diesem Makel gefeiert werden?« Er wartete, sah, wie viele Köpfe geschüttelt wurden, und setzte hinzu: »So antwortet!«

Das Nein schallte aus Hunderten von Kehlen zu ihm hinauf.

Überwältigt von der Zustimmung, hob er die Hände über seine Gemeinde. »Amen!«

Bewegung entstand. Dorothea wandte den Kopf. Drüben aus der Reihe der Ratsherren löste sich Ciliax Knauth, und mit ihm verließen etliche bärtige Männer ihren Platz, drängten durch die Menge, mehr noch folgten ihnen zum Ausgang. Was geschieht hier? Sie blickte wieder nach vorn. Langsam stieg Thomas Müntzer von der Kanzel, schritt wieder vor den Altar, das Gesicht blass, doch in den Augen leuchtete eine neue Glut. Wozu verführst du deine Anhänger? Sie fühlte, wie ihr die Kehle eng wurde. Ich fürchte mich vor dir.

Draußen stießen sich die Männer durch die Menge.

»Wohin?«

»Mallerbach.« Die Antwort wurde zum Sog, die Faust das Signal, und die Horde wuchs an. Ciliax Knauth lief in sein Haus, kehrte rasch zurück und trug den Gluttiegel an der Kette mit sich. Aus der Rüstkammer am Stadttor wurden die Mitläufer von den drei Anführern mit Pechfackeln, Äxten und Eisenstangen versorgt. »Auf nach Mallerbach!«

Bald fünfzig Männer stürmten durch die Wiesen, zertraten das junge Grün, die ersten Frühlingsblumen. Ihr Blick gierte hinauf zur kleinen Kapelle am Waldrand.

In Wurfweite flogen Steine, trafen das schmale Fenster. Mit dem Glasklirren brachen Gegröle und Jubelschreie aus den Kehlen. Die Meute drängte sich um den Gluttopf, Pechfackeln senkten sich.

»Halt! Wartet!« Ciliax Knauth hob die Arme. »Lasst uns da drinnen erst putzen. Nehmt euch, was ihr braucht.« Er erinnerte sich an die Predigt. »Und vergesst nicht, mit dem Nachbarn zu teilen.«

Die Kerle zwängten in den Kirchenraum, griffen nach Messbüchern, silbernen Spangen und Altartüchern. Schon drängten die Nächsten die Ersten hinaus, sie rafften silberne Kelche, Rauchfass und Bilder. In kaum einer Viertelstunde war das Kirchlein geplündert. Alles von Wert hatte die Meute an sich gerissen, selbst das Stillmessglöckchen war in einer Tasche verschwunden.

»Und nun schicken wir das Götzenbild ins Höllenfeuer.«

Jäh stockten die Kumpane, jeder von ihnen kannte das Marienbild, viele hatten schon davor gekniet und die Mutter des Erlösers um Hilfe angefleht. »Verdammt sei jede Abgötterei! Hört auf unsern Prediger! Er weiß die Wahrheit!« Da jubelten wieder die Mitläufer. Im Rausch der Zustimmung betrat Ratsherr Ciliax Knauth mit den drei Anführern den Andachtsraum. Lichter flackerten unter der Wundertätigen. Um sie herum hingen die aus Wachs geformten Hände, Füße, Ohren, zahlreiche Finger, auch Brüste und Nasen.

»Brennt sie an!« Die Schänder stopften Zunderwolle zwischen die dargebrachten Gaben, entflammten die Fackeln an der Glut und zündeten das Feuer. Rasch fraßen sich die Flammen nach oben, schmolzen die Gliedmaße, und bald tropften Wachstränen auf die weinende Maria. Dann fauchte eine riesige Flamme hinauf in die Glockenstube. Läuten setzte ein. Die Brandteufel retteten sich, schrien entsetzt. Draußen wurden sie mit Gejohle empfangen.

Bis auf den Grund brannte die Kapelle nieder, blieb noch ein Mauerrest stehen, so wurde er mit Eisenstangen niedergestoßen. »Eine gute Tat«, sagte Ciliax. »Pfarrer Müntzer wird mit uns zufrieden sein.«

Karfreitag gegen Mittag setzte die erste Wehe ein. Ottilie krümmte sich, glaubte, das Kind käme jetzt, und geriet in höchste Angst. Sie schleppte sich in den rückwärtigen Trakt des Pfarrhauses zu Dorothea. »Bitte, zu Hilfe!«

»Geht es los?« Dorothea stützte die Stöhnende.

Da ebbte die Welle ab, und Ottilie strich sich über den gespannten Leib. »Vielleicht? Mir war so.« Das Lächeln bat um Verzeihung. »Ach, ich weiß es nicht.«

»Ich auch nicht.« Etwas ratlos gab Dorothea das Lächeln zurück. »Aber der Schmerz war da?«

Die Schwangere seufzte. »Tief nach unten. Wie ein langes Ziehen.«

Kein Zweifel mehr. Dorothea rief nach ihrem Ehemann. »Es ist so weit. Lauf hinauf zum Schloss, verständige Frau Sabine, und begleite sie herunter zu uns. Nein, warte … Zuerst rufst du die Hebamme, danach sagst du der Schösserin Bescheid.«

Ambrosius wollte fragen, sie aber winkte ab. »Frau Sabine hat ihr Kommen zugesagt. Aber erst die Hebamme. Nun lauf schon!«

Alles war lange vorher verabredet. Sobald die Geburt unmittelbar bevorstand, wollte die Gattin des Burghauptmanns Zeiß ihrer Freundin in den entscheidenden Stunden beistehen. Sie war die Erfahrene, konnte der Hebamme zur Hand gehen und hatte Dorothea als zweite Hilfe vorgeschlagen.

»Aber ich kenne mich nicht aus.«

»Dann lernst du es. Wer weiß, wann du es selbst brauchst.«

Schwanger? Ich? Dorothea presste die Lippen aufeinander. Ohne Barthel? Das wird nie geschehen. »Für Frau Ottilie tue ich es gern.«

Damit waren drei Frauen bereit, dem Kind des Pfarrers auf die Welt zu helfen.

Nach kurzer Untersuchung des Schoßes tätschelte die Hebamme die Hand der Schwangeren. »Ganz ruhig, Kindchen. Wir haben noch Zeit.«

Auf ihre Anweisung hin richteten die Helferinnen das Schlafgemach zur Gebärstube her. Bald reihten sich Zange, silberne Haken, Messer und andere Hilfsmittel auf einem weißen Tuch nebeneinander. Fläschchen mit verschiedenen Ölen standen bereit. Während die Hebamme mit Ottilie langsam auf und ab ging und das Atmen übte, verließ Dorothea die Stube und bat Ambrosius: »Erkundige dich beim Pfarrer, ob er nicht nach seiner Frau sehen möchte. Sie hat schon zweimal nach ihm gefragt.«

Nicht lange, und der Adlatus kehrte aus dem Studierzimmer zurück. »Unser Herr lässt bestellen, dass er dafür keine Zeit hat. Aber er erwartet von seinem Weib, dass sie ihrer Pflicht korrekt nachkommt.«

»Was?« Ehe Ambrosius sich versah, ohrfeigte ihn Dorothea, gleich legte sie betroffen die Hand aufs Herz. »Verzeih! Der Schlag galt nicht dir. Ich konnte es nur nicht fassen.«

Ihr Ehemann strich sich die Wange. »Du musst den Herrn verstehen. Er hat viel zu bedenken. Da ist die Sache mit der Kapelle. Außerdem steht die Osterpredigt bevor.«

»Und nicht einmal einen Blick und ein tröstendes Wort? Und der nennt sich …«

»Nicht so laut, bitte.«

Sie senkte die Stimme. »Und der nennt sich Seelenwart, will für die einfachen Menschen da sein? Nicht einmal die eigene Frau interessiert ihn.«

Der kleine Kopf wackelte hin und her. »Pfarrer Müntzer denkt größer. Er ist ein Prophet, ein Auserwählter.«

»Still! Nicht weiter, sonst schreie ich.«

Ambrosius blickte rasch über die Schulter in Richtung Studierzimmer. »Bitte, jetzt keinen Streit, und schlag mich nicht wieder. Denn ich soll ausrichten, dass wir gleich rauf in die Wohnung von St. Wigberti ziehen. Da haben wir mehr Ruhe, bis das Kind da ist.«

»Meinetwegen geht zur Hölle«, fauchte sie. »Da gehört ihr hin.« Sie wandte sich ab und kehrte ins Geburtszimmer zurück.

Warten. Erst am Abend setzte die nächste Wehe ein und zog sich langsam wieder zurück. Die Nacht über schlief die Hebamme bei Ottilie. Dorothea teilte sich mit Frau Sabine das Ehebett in der kleinen Wohnung. Den ganzen Karsamstag über war das Pfarrhaus erfüllt von Wärme, Fürsorge und Trost.

Erst in der Nacht kamen die Wellen regelmäßig, bald folgten sie rasch aufeinander, verebbten, und Ottilie schrie qualvoll in den neuen Schmerz. Das Kind wollte nicht kommen.

Die Hebamme schlang ein langes Tuch um den Leib, ließ die Schwangere sich hinsetzen, und bei den folgenden Wehen zogen rechts und links von ihr die Hebamme und Frau Sabine an den Tuchenden, halfen so, das Ungeborene nach unten zu drücken.

Der Ostersonntag graute herauf. Endlich öffnete sich der Leib. Dorothea musste das Kleid ablegen und auf dem Stuhl Platz nehmen, von der Hebamme wurde Ottilie ihr nackt auf die Schenkel gesetzt. »Halte sie!« Noch ein Trost für Ottilie: »Lehn dich an, Kindchen. Nun hast du es bald geschafft.«

Dorothea umarmte die Schwangere von hinten, sie spürte den zitternden Rücken, fühlte den schnellen Herzschlag, dann verschmolz sie mit jeder Bewegung, mit jedem Atemzug, sie spürte die einzige große Kraft …

Stille. Dahinein ertönte der helle Schrei.

»Es ist ein Junge.« Die Hebamme hielt das kleine Wesen hoch, zeigte es der Mutter.

»Mein Sohn, du gehörst auch mir.« Ottilie lächelte erschöpft, fasste nach den nassen Härchen. »Thomas will dich Daniel nennen.« Müdigkeit befiel sie. Dorothea und Frau Sabine halfen ihr ins Bett. Als die Hebamme ihr wenig später das gebadete Kind zwischen die Brüste legte, bat sie: »Verständigt meinen Gatten, er soll sich unser Glück ansehen.«

Frau Sabine erklärte sich gleich bereit, die frohe Botschaft hinauf in den Wigbertiturm zu bringen. Sie wusste, dass sich dort der Pfarrer noch vor der Ostermesse mit einigen Herren zu einer dringenden Besprechung zusammenfinden wollte. Auch ihr eigener Gatte war geladen. »So erfährt gleich ganz Allstedt die wunderbare Neuigkeit.«

In der Wohnstube oben im Turm stand Thomas Müntzer mit verschränkten Armen vor seinen vier Leibwächtern und einigen ausgesuchten Mitgliedern des Geheimbundes. Sein Blick streifte von einem bärtigen Gesicht zum anderen. »Will einer von euch, werte Herren, einen Vorwurf erheben?« Seine Bewacher, allen voran Spenglermeister Konrad Gerlach schüttelten entschieden den Kopf. »Was ist mit euch anderen?«

Keine Antwort.

»Aber, Brüder. Unser geheimer Bund verlangt Einigkeit. Stärke gegenüber allen Blutsaugern und Unterdrückern können wir nur beweisen, wenn wir auf Gott vertrauen und mit einer Stimme sprechen.« Er ging auf den Ratsherrn Ciliax Knauth zu, legte ihm demonstrativ die Hand auf den Arm. »Du hast ein gottgefälliges Werk vollbracht.«

Seit Beginn der Versammlung war die Zerstörung der Kapelle das beherrschende Thema gewesen. Nun trat Schösser Hans Zeiß vor. »Mit Verlaub, verehrter Pfarrer. Es scheint mir angebracht, dass wir uns dieser Tat nicht öffentlich rühmen sollten.«

»Fehlt es Euch etwa an Mut?« Das harte Lachen ließ keine Antwort zu. »Ihr seid unserm Bund beigetreten, und von diesem Moment an sind wir einfachen Menschen Euer Rückgrat. Und glaubt mir, Bauern, Handwerker und alle wahren Christen haben härtere Fäuste als die Weichlinge an den Tafeln der Fürstenhäuser oder die wortgläubigen Schriftgelehrten.«

»Dennoch …« Hans Zeiß faltete die Hände über dem Bauch. »Glaubt mir, es wird eine Untersuchung geben. Niemals wird die Äbtissin die Zerstörung ihrer Kapelle ungesühnt hinnehmen. Darauf müssen wir vorbereitet sein. Also kein Triumphgeschrei. Bitte, hört auf mich. Schweigen, nichts vom Hergang der Tat wissen, das ist die beste Strategie.«

Kopfnicken ringsum. »Der Schösser hat recht.« »Wenn wir nicht wissen, wer dabei war, gibt es auch keinen Schuldigen.«

Als Pfarrer Müntzer die allgemeine Zustimmung wahrnahm, ging er einige Schritte auf und ab, bis ihm ein Lächeln gelang. »Dann soll es so sein. Niemand von uns weiß genau, wer dort draußen bei der Kapelle von Mallerbach beteiligt war.« Wieder streifte sein Blick durch alle Gesichter. »Und in unseren Reihen gibt es keinen Judas Ischariot.«

Es pochte laut. Alle Köpfe fuhren erschreckt herum.

Die Tür öffnete sich. »Verzeiht.« Frau Sabine trat ein, außer Atem vom Treppensteigen gelang es ihr nicht weiterzusprechen. Dann strahlte sie in die bärtigen Gesichter. »Ich bringe frohe Botschaft, die keinen Aufschub duldet. Deshalb, Ihr Herren, verzeiht mein Eindringen.« Feierlichen Schritts ging sie auf den Prediger zu, hob ihm beide Hände entgegen. »Pfarrer Müntzer, Gott hat Euch einen Erben gegeben, einen gesunden, so schönen Sohn geschenkt. Danket dem Herrgott für diese Gnade.«

Schweigen. Keine Regung. Kühl blickte Müntzer die Glücksbotin an.

Frau Sabine begriff nicht, wich langsam Schritt für Schritt vor ihm zurück, schließlich wandte sie sich um und verließ mit gesenktem Kopf die Wohnstube.

Als die Tür hinter ihr zufiel, wagten Konrad Gerlach und die anderen Leibwächter zu klatschen, doch mit einer schroffen Armbewegung unterband Müntzer die Begeisterung. »Nun seht ihr alle, dass ich den einfachen Kreaturen ganz entrissen bin.«

Die Herren sahen sich an und verstanden ihn nicht.

29

Ein heller Maitag wärmte Wittenberg. Der laue Wind wehte Fliederduft von der unteren Mauer durch den weitläufigen Innenhof der Cranachwerkstätten, und im jungen Grün der Linde sang unverdrossen eine Amsel. Bei den Formschneidern stand das Fenster weit offen. Tief über die kleine Holzplatte gebeugt, versuchte Barthel, während er mit dem Hohleisen kleine Späne aushob, die Melodie der Sängerin nachzupfeifen.

Der Geselle am Werktisch nebenan stöhnte auf. »Muss das sein? Es reicht mir schon, wenn dieses Biest da draußen nicht den Schnabel hält. Jetzt auch noch du!«

»Entschuldige.« Aus dem Augenwinkel beobachtete Barthel seinen Nachbarn. Die Hände waren unruhig. Jedes Mal musste er zweimal ansetzen, ehe er den nächsten Schnitt wagte. »Was ist los mit dir?«

»Nichts.« Eine Weile schnaufte der Geselle vor sich hin, schließlich flüsterte er: »Da stimmt was nicht, ich mein, drüben bei den Druckern. Heute Morgen hab ich mitbekommen, wie Meister Lotter den Meister Cranach angeschrien hat.«

»Der brüllt doch mit jedem.«

»Diesmal war's anders. Betrüger, Ausbeuter, hat er ihn beschimpft und mit der Faust gedroht. Und dann ist er rüber zu den Buchbindern. Und da ist er immer noch.«

»Was schert es uns?«

»Meister Lotter zahlt unsern Lohn.«

Ein leiser Schrei drang von draußen herein. Barthel legte das Eisen aus der Hand. »Hörst du?«

Der Geselle winkte ab. »Du und dieses Amselbiest.«

»Nein, da hat jemand …«

Wieder ein Schrei. Nun hatte ihn auch der Nachbar vernommen. Beide Männer eilten zum Fenster. Jammern, Aufheulen, deutlicher jetzt. Zu sehen war nichts. Mit einem Mal streckte der Nachbar den Finger in Richtung der Buchbinderwerkstatt. »Daher. Und da ist auch der Meister hin.«

Barthel nickte. »Das klingt nach Angst und Schmerzen. Aber die Stimme vom Lotter ist es nicht.«

»Und jetzt? Was machen wir?«

»Nachsehen, was sonst?«

Der Geselle hielt Barthel am Ärmel zurück. »Bist du des Teufels? Du kannst doch da nicht stören?«

»Was bist du denn für einer?« Barthel wischte die Hand beiseite. »Stören! Dahinten ist einer in Not, also versuche ich ihm zu helfen.«

»Aber der Lotter, du kennst ihn doch.«

»Mir egal.« Barthel hastete zur Tür, rief über die Schulter: »Sag Meister Cranach Bescheid. Hol ihn!« Schon draußen im Hof forderte er laut: »Beeil dich!« Er rannte an der Linde vorbei. Die Schreie aus der Buchbinderei nahmen zu. An der Tür stockte Barthel. Von drinnen hörte er jetzt auch die Fragen und Flüche des Druckers. Wieder und wieder schrie der Gequälte. Für einen Moment sah sich Barthel vor Dorleins Vater knien, sah den Knüppel auf sich niederfahren. Er stieß die Tür auf, in wenigen Schritten war er durch den schmalen Zugang in der Werkstatt. Mitten im Raum stand mit breitem Rücken Meister Lotter. Der Buchbinder saß vor ihm auf einem Stuhl. Seine Füße an die Stuhlbeine, die Arme hinter der Lehne gefesselt. Das Gesicht von Blut und Tränen überströmt … Barthel musste schlucken, würgen. Oh Gott, die Nase! Durch beide Nasenflügel war eine lange Ahle gestochen.

Lotter brüllte: »Wer hat dir die Bögen zum Binden gebracht? Wer?« Er trat gegen die Schienbeine seines Opfers. »Ich habe sie nicht gedruckt. Also muss es hier einen fremden Drucker geben. Sag mir den Namen!«

»Ich weiß es nicht.«

Lotter hieb die Faust in den Magen, gleich folgte wieder

ein Tritt. Der Gequälte hustete, spuckte Blut, brabbelte: »Ein Bote … er hat die Bögen abgegeben. Und auch das Geld.«

»Den Namen?«

»Lass mich, bitte.« Ein verzweifeltes Flehen. »Ich geb dir das Geld.«

»Den Namen, verfluchter Kerl.« Mit hartem Griff packte Lotter nach beiden rausragenden Enden der Ahle und riss daran Nase und Gesicht des Buchbinders hoch.

Furchtbare Schreie gellten.

Barthel hielt es nicht länger, er stürzte vorwärts. Gerade drohte Lotter seinem Opfer: »Ich hab noch mehr Pfrieme. Damit stech ich dir die Augen aus, wenn du mir nicht sofort den Namen sagst.« Da war Barthel heran, packte den Meister von hinten an der Schulter und zog ihn von seinem Opfer weg. Erschreckt ließ Lotter die Ahle los und fuhr herum. Die Augen glühten. »Du? Du wagst es, mich anzurühren? Du bist entlassen.«

»Verzeiht, Meister, das musste ich tun.« Barthel trat einige Schritte zurück. »Ihr foltert den Mann sonst zu Tode.«

»Entlassen!«

»Das ist mir gleich. Aber Ihr fasst den Buchbinder nicht mehr an. Dafür sorge ich.«

Lotter griff nach einer Holzlatte. »Du kommst mir gerade recht.« Die Waffe wechselte zwischen beiden Händen rasch hin und her. »Mit dir hat alles im Februar angefangen. Du bist nach Nürnberg. Hast für den lausigen Drucker da das Liederbuch in Form gebracht.«

»Ich hab nur dem Befehl gehorcht.«

»Keinen neuen Auftrag hab ich seitdem bekommen. Deine Schuld! Und dafür wirst du mir büßen.« Weit holte der Tobende aus.

Barthel duckte sich unter dem Schlag weg, sprang auf den Meister zu. Der zweite Hieb streifte ihn an der Schulter. Barthel war nah genug. Aus voller Wucht traf seine Faust den Gegner an der Kehle. Melchior Lotter taumelte zurück, die

Holzlatte fiel, er griff sich an den Hals, röchelte nach Atem. Barthel wartete einen Moment. »Genug?«

Da Lotter ihn nur anstarrte, wandte er sich dem Gefolterten zu, wollte die Armfesseln lösen. Ein Geräusch. Er blickte über die Schulter. Der Meister stürzte sich auf ihn. »Verräter!«

Barthel sah die Ahle in der Faust blitzen, er warf sich zur Seite, nicht schnell genug, die scharfe Spitze schlitzte den Wamsärmel, riss ihm den Unterarm auf. Der sengende Schmerz entfachte seinen Zorn. Ohne Deckung griff Barthel an, sein Fausthieb traf den Unterleib, der zweite das Gesicht. Lotter taumelte rückwärts bis zur Wand, dort hielt er sich an den Streben des Regals fest.

Lärm von der Tür her. Lucas Cranach stampfte, gefolgt von zwei Gesellen, in die Werkstatt. »Was ist hier los?« Da nur Barthel aufrecht stand, drohte er ihm: »Kerl, bist du vom Teufel besessen?«

Barthel wies mit dem verwundeten Arm auf den Gefesselten. »Ich hab versucht, den Buchbinder zu retten.« Blut sickerte aus dem Wamsärmel, tropfte von der Hand. »Vor dem Meister da.«

»Lotter?« Der Hausherr ging einige Schritte auf seinen Drucker zu. »Wenn das zutrifft, was ich hier sehe …« Er beendete den Satz nicht, sein Blick erfasste den Gequälten. »Großer Gott.« Er schickte einen der Gesellen zum Apotheker, der solle sofort mit Wundarzenei und Verbänden herkommen, Barthel und dem anderen befahl er, das Opfer von den Fesseln zu befreien. »Die Ahle rührt ihr mir nicht an, die muss unser Basilius Axt selbst aus der Nase entfernen.« Er wandte sich wieder dem Drucker zu. Reglos hielt sich der immer noch an den Holmen des Regals fest. »Melchior Lotter, seit wann übt Ihr das Amt des Henkers aus? Welche Macht gibt Euch das Recht, diesen Buchbinder einer solchen Tortur zu unterwerfen?«

»Schuld habt Ihr.« Lotter richtete sich mühsam auf. Vom

Faustschlag blutete ihm die Unterlippe. »Wegdrängen wollt Ihr mich. Ich spüre das schon seit Monaten.«

Cranach wühlte mit den Fingern in seinem Bart, sagte nichts.

Lotter wies mit gestrecktem Finger auf ihn. »Euer Schweigen zeigt mir, dass ich recht habe. Was habt Ihr und der Herr Luther mir alles zugesagt! Den Druck der deutschen Bibel. Und zwar das alleinige Recht. Dafür habe ich Papier und Bleilettern angeschafft. Und was ist nun? Nichts mehr. Herr Luther hat mir kein einziges Blatt mehr zum Drucken gegeben. Und selbst die Bibeln werden mir vorenthalten.« Lotter spuckte blutigen Speichel auf den Boden. »Ihr habt längst einen neuen Drucker, ich weiß es.«

»Seid Ihr fertig?« Cranach blickte den Meister an, maß ihn von oben bis unten. »Für die Misshandlung meines Buchbinders werdet Ihr Euch vor Gericht verantworten müssen. Und glaubt mir, je höher die Strafe ausfällt, umso zufriedener werde ich sein.«

Lotter fuchtelte mit dem Finger. »Da seht Ihr es …«

»Schweigt! Wir sind geschiedene Leute.« Cranach verschränkte die Arme vor der Brust. »Ihr werdet sofort aus meinem Haus verschwinden. Solltet Ihr nach einer Stunde noch hier sein, werde ich die Büttel rufen. Und wenn Eure Druckerpressen morgen noch in der Werkstatt stehen, werde ich sie zerschlagen lassen.« Damit drehte er sich um und verließ die Buchbinderei.

»Betrüger! Ausbeuter!«, fluchte Lotter und rannte ihm nach. »Ich wende mich an den Kurfürsten.«

Lucas Cranach beachtete ihn nicht mehr.

Noch im Flur des Melanchthonhauses umarmte Martin Luther den schmächtigen Freund lange, drückte ihn immer wieder ans Herz. »Philipp, mein kleiner großer Gelehrter. Wie habe ich dich vermisst. Es sind zwar nur Wochen seit deiner Abreise in die Pfalz vergangen, doch mir kamen sie wie Monate vor.«

»Vertraut ist ein wertvolleres Wort als fremd.« Melanchthon blieb mit der Wange an der Brust des Reformators. »Ich bin froh, wieder in deiner vertrauten Nähe zu sein.«

»Bei mir, dem alten Madensack? Gib es nur zu, du bist glücklich, deine Familie umarmen zu können.«

Ein kleines Zögern. »Das auch. Ich denke, Gott hat mich in der Ferne beschützt wie auch Frau und Tochter hier daheim. Dafür sind wir dankbar.« Philipp löste sich, bat den Gast einzutreten und führte ihn durchs enge Haus gleich in die Studierstube. Erst bei Tisch könne er dann seiner Gattin einen guten Tag wünschen. »Du musst es ihr bitte nachsehen, wenn sie heute noch etwas angespannter ist als gewöhnlich. Unser treuer Johannes ist über Tag zu Besuch bei einer kranken Base. So muss sie das Kochen selbst übernehmen.« Immer schon hatte Katharina Melanchthon große Not, ihren Haushalt in den Griff zu bekommen, aber heute galt es, für die drei Logiergäste und wohl möglich auch noch für die Kollegen ihres Mannes mitzukochen. »Die Ärmste. Wenn wir nachher mit Rektor Kaspar Glatz zügig vorankommen, so sind wir noch vor dem Mittagsläuten mit ihm einig. Und er besitzt genug Höflichkeit und lädt sich nicht selbst zu Tisch.« Auf die eigene Teilnahme am frisch gekochten Mahl verzichtete der Reformator nicht.

Melanchthon lachte. »Ob nun einer mehr oder weniger …« Er bot Martin den Sessel mit der hohen Lehne an. »Ich habe gleich in der Frühe bei Ursula Reichenbach um Hilfe nachgefragt. Und Freiin von Bora erklärte sich freundlicherweise bereit, die Einkäufe auf dem Markt zu erledigen.«

»Katharina von Bora.« Martin rieb sich die Stirn. »Sie ist die letzte meiner neun Nonnen, mein Sorgenkind. Alle anderen sind versorgt oder so gut wie unter der Haube.«

Melanchthon stellte Becher und eine Karaffe mit Wasser auf den Tisch. »War da nicht ein Fisch an der Angel? Mein ehemaliger Student Baumgärtner?«

»Soviel ich hörte, scheint er sich selbst vom Haken gelöst zu haben.« Ein bitteres Auflachen. »Diese Jungfrauen. Nie hätte ich geglaubt, dass sie zu meiner größten Bürde werden könnten.« Durstig leerte Luther den Becher bis zum Grund. »Nein, das entspricht nicht ganz der Wahrheit. Müntzer übertrifft sie noch bei Weitem. Aber auch Karlstadt wird von Tag zu Tag untragbarer.«

Philipp hob die höckrige Schulter. »Wie das?«, die Zungenspitze ließ das S zischeln. »Wir trafen ihn doch Anfang April und haben uns gütlich mit ihm geeinigt.«

Andreas Karlstadt hatte nach dem Weggang aus Wittenberg seine Pfründe an der Kirche in Orlamünde behalten und nach einer Zeit als einfacher Bauer schließlich die Pfarrei selbst als Vikar übernommen. Schnell war die Gemeinde in seinem Sinne reformiert: streng und radikal. Keine Kindertaufe, keine Heiligenbilder im Gotteshaus, das Abendmahl in zweierlei Gestalt und sogar die Orgel hatte er aus dem Kirchenraum entfernen lassen. In seinen Schriften geißelte er nach wie vor die Schlaffheit Luthers, der die Veränderungen auf halbem Weg hinauszögere. Nur seinem jugendlichen Weib und vor allem dem Geld war Karlstadt nicht gram. Die Orlamünder Gemeinde unterstand der Wittenberger Schlosskirche, und der Vikar hatte die Einnahmen an den Pfründeinhaber Andreas Karlstadt abzuführen. Demnach zahlte er sich selbst das Auskommen.

»Wir hatten uns einvernehmlich getrennt.« Luther legte beide geballten Fäuste auf die Tischplatte.

Der Freund sah das Unwetterzeichen und ergänzte vorsichtig: »Ich erinnere mich: Karlstadt sollte nach Wittenberg zurückkommen und seine Lehrtätigkeit an der Universität wieder aufnehmen.«

»Kaum aber war dieser Teufelsknecht zurück in Orlamünde, zeigte er uns seinen nackten Arsch. Kurzum: Er kommt nicht zurück und lässt in Jena schwefelstinkenden Unrat gegen mich drucken und verbreiten.« Die Fäuste schlugen gegeneinander. »Schluss! Ich lasse mir nicht länger von diesem Köter ans Bein pissen. Dieser räudige Schädling muss jetzt endgültig aus dem Weizenfeld des Herrn vertrieben werden.« Ein durchdringender Blick traf Melanchthon. »Aus diesem Grund bin ich hergekommen. Unterstütze mich, mein Freund. Lass uns bei Spalatin und unserm Kurfürsten vor Karlstadt warnen. Er ist ein gefährlicher Aufrührer. Vor allem muss auch Herzog Johann in Weimar informiert werden.«

Die Tür flog auf. »Vati!« Herein tappte Töchterchen Anna, gleich hinter ihr erschien die Mutter mit hochrotem Gesicht. »Philipp, du musst das Kind nehmen. Wie soll ich Gemüse schneiden und gleichzeitig auf das Feuer achten, wenn Anna ständig herumläuft, alles anfasst?« Jetzt erst bemerkte sie den Gast. »Oh verzeiht, Doktor Martinus. Gott zum Gruß.« Die Stimme geriet ins verzweifelte Zetern. »Ich kann einfach nicht mehr. Außerdem habe ich mir das Schienbein gestoßen.« Frau Melanchthon zog sich zurück und ließ die Tür offen.

»Arm!« Anna reckte die Hände, und der Vater hob sie auf den Schoß, ein hilfloser Blick zum Freund. »Vergib mir diese Störung.«

Das Gesicht der Tochter war mit Marmelade und Dreck verschmiert. An den Beinchen klebten bräunliche Straßen, von denen sich intensiver Gestank ausbreitete. Philipp hob die Tochter an, es war zu spät, seine Hosen waren schon sichtbar gezeichnet. »Kinder bringen Segen«, lächelte er dünn, und weil es ohnehin nicht mehr zu ändern war, setzte er Anna zurück auf sein Knie. »Ich verstehe noch nicht, was Rektor Glatz mit der Angelegenheit zu tun hat.«

Die Kleine versuchte nach dem Becher zu greifen, rasch langte Martin über den Tisch und brachte ihn außer Gefahr. »Wenn eine Stelle frei wird, muss sie neu besetzt werden.« Draußen ging die Glocke. »Das wird er sein.«

Melanchthon wollte aufstehen, ließ es aber gleich. »Wenn du so freundlich wärst?«

»Halte du nur das Kind fest.« Luther eilte zur Haustür und öffnete. »Gott zum Gruß, ich vertrete gerade den Hausherrn …« Hinter dem rundlichen Kollegen stand Katharina von Bora, sie trug zwei schwere Körbe, den einen hoch gefüllt mit Kohlrabi, Möhren, Rhabarber und Kräutern, im anderen lagen Brot, Käse, Schinken und Würste. »Freiin von Bora, Ihr werdet sehnlichst erwartet. Kommt beide herein.«

Kaspar Glatz wollte vorgehen, doch Katharina drängte vorbei, dabei warf sie ihm einen kühlen Blick zu. »Ich wäre sicher schon eher hier gewesen, wenn mir jemand beim Tragen geholfen hätte.« Zielstrebig eilte sie durch den Flur auf die Küche zu, dabei betonte sie überlaut, dass es die Männer hören mussten. »Schließlich sind wir die Hälfte der Strecke gemeinsam gegangen, aber Gelehrte denken nur und sehen nicht, was vor ihren Füßen geschieht.«

In der Küche empfing sie ein heilloses Durcheinander, und inmitten von Kannen, Tiegeln und Näpfen saß die Hausherrin auf einem Hocker und sah sie wie eine Ertrinkende an. »Helft mir, bitte!«

Katharina stellte die Körbe auf den Tisch. »Keine Sorge, Frau Katharina. Wir zwei Katharinen schaffen das schon.« Kurz entschlossen füllte sie einen Becher mit frischem Wasser und reichte ihn der Mutlosen. Auf der Anrichte lag das zur Hälfte zerkleinerte Gemüse. Sie band sich eine Schürze um. »Oh, wie ich sehe, seid Ihr schon fast fertig mit der Zubereitung.« Ihre Ruhe zauberte ein erstes Lächeln. »Danke.« Frau Katharina erhob sich. »Es ist ja nicht nur das Kochen, meine Anna hält mich in Atem.«

»Wo ist die Kleine?«

»Ich habe sie Philipp gebracht.«

»Aber da stört sie doch nur.« Kurz entschlossen klopfte Katharina an der Tür zum Studierzimmer und trat ein. Ohne die Herren anzusehen, nahm sie Anna vom Schoß des Vaters. »Verzeiht die Störung.« Sie bemerkte den Geruch, entdeckte die Ursache auf den nackten Beinchen und der Hose des Gelehrten. »Dem Kind kann ich mit warmem Wasser und frischer Windel helfen.« Ohne die Miene zu verziehen, neigte sie leicht den Kopf vor Melanchthon. »Ihr aber solltet für Euch selbst sorgen können.« Sprach's und entschwand samt Anna aus der Studierstube.

Die Männer sahen ihr mit offenem Mund nach. Kaspar Glatz strich sich das Kinn. »Donnerwetter, das nenn ich ein Weib. Kräftig und zupackend. Schon auf der Straße fiel mir auf, wie sie die Körbe trug. So ganz ohne Keuchen. Und auf den Mund gefallen ist Eure Magd auch nicht, lieber Kollege.«

»Sie ist beileibe keine Magd.« Melanchthon hüstelte. »Freiin von Bora ist so freundlich und unterstützt heute meine Gemahlin.« Er erhob sich. »Entschuldigt mich für einen Moment, ich will nur rasch die Hosen wechseln.«

Als der Freund den Raum verlassen hatte, saß Martin Luther da, abschätzend betrachtete er den Rektor der Universität. »Lieber Glatz, da kommt mir eine Idee.« Er stand auf, ging halb um den Tisch und blieb neben dem Kollegen stehen. »Halten wir fest: Ihr seid also bereit, die Pfarrei in Orlamünde zu übernehmen.«

Glatz nickte eifrig. »Wenn Karlstadt die Stelle frei macht.«

Leicht tätschelte ihm Luther auf die Schulter. »Er wird, seid ganz getrost. Und selbst, wenn er sich weigert, werde ich für seinen Abschied sorgen. Dann aber …« Nun stützte sich Luther mit beiden Armen vor dem rundlichen Mann auf: »Ihr habt kein Weib?«

Kopfschütteln.

»Gut, ich gebe dem künftigen Vikar von Orlamünde gleich die Pfarrfrau dazu.«

»Wenn das so einfach …?« Die Augen traten leicht aus den Höhlen. »An wen habt Ihr gedacht?«

Luther deutete in Richtung Küche. »Katharina von Bora. Eine meiner neun Nonnen, die ich zu versorgen habe. Eine tadellose, fleißige und kluge Frauensperson, Ihr habt sie heute selbst erlebt.«

»Und ist sie noch frei?«

Martin benetzte die Unterlippe. »Fast. Es gab da einen Bewerber, doch Ihr seid sicher die bessere Wahl.«

»Und Nonne?« Ein Glanz hellte das Gesicht auf. »Diese Aussicht ist wunderbar.«

Luther richtete sich wieder auf. »Um unsere Pläne nicht zu gefährden, sollten wir sie noch eine Weile geheim halten. Das betrifft die Vikarstelle wie auch die Heirat. Habt Ihr verstanden?«

»Danke«, Glatz fasste die Hand des Reformators, »aber träumen darf ich.«

»Gewiss, bester Freund, gewiss.«

30

Samstag, der 4. Juni. Durch den Morgendunst brach eine rote Sonne, erste Strahlen trafen das Stadttor von Allstedt. Wenig später schwang der rechte eisenbewehrte Eichenflügel zurück. Die Torwächterin ließ sich Zeit mit dem zweiten. Sie dehnte den krummen Rücken. Früh war es noch. Die Alte gähnte, sah zu den Nebelschwaden über den Wiesen, drehte sich zum Schlossberg und stockte. Auf der Fahrstraße von oben näherten sich drei Reiter, hielten im Trab auf die Stadt zu. Ohne auch den linken Torflügel zu öffnen, eilte die Frau zur Wachstube, schlug mit der Faust gegen die Tür, bis sich endlich die beiden Schildwachen regten. »Raus mit euch! Da kommen welche vom Schloss.«

Umhänge, die langen Spieße, gerade rechtzeitig gelang es den Verschlafenen, ihre Posten einzunehmen. Als sie erkannten, wer da in der Frühe heranritt, verflog ihnen jäh die Müdigkeit, und sie nahmen Haltung an.

Der Schösser Hans Zeiß bemühte sich höchstpersönlich nach Allstedt hinunter, sein Gesicht war versteinert, der schwarze Schultermantel eng unter dem Bart geschlossen. Zwei Waffenknechte eskortierten den Amtmann des Kurfürsten, sie führten ein Ersatzpferd am Lederriemen mit sich. Vor dem Tor zügelte Zeiß seinen Gaul.

»Kein lautes Wort!« Damit erstickte er jeden Morgengruß. Gehindert von seiner Leibesfülle, stieg er etwas mühsam aus dem Sattel. »Ich benötige einen von euch.« Der Finger deutete auf den kräftigeren der beiden Schildwachen. »Du kommst mit mir!« Seinen eigenen Männern befahl er, vor der Stadt im Schutz der Pferde zu warten, und ermahnte die Torschließerin und den zweiten Posten bei harter Strafe, sich nicht wegzubewegen, mit niemandem zu reden. »Dies ist eine offizielle

Amtshandlung. Also verhaltet euch still, bis ich wieder zurück bin. Es wird nicht lange dauern.« Der Schösser winkte dem Wächter. »Folge mir!«

Die Straßen waren leer, die Fensterläden geschlossen, noch schlief Allstedt. Auf dem Weg gab Hans Zeiß dem Stadtknecht genaue Anweisungen und schloss: »Du stehst nur dabei. Erst auf meinen Befehl hin greifst du zu, dann aber schnell und hart. Zur Not zückst du die Waffe!«

Der Mann stöhnte leise. »Oh Gott, das wird mir niemand verzeihen.«

»Keine Sorge«, Zeiß sah den Knecht nicht an, »als Amtmann bin ich der oberste Herr von Allstedt. Du befolgst nur meinen Befehl.«

Nahe St. Wigberti gelangten sie zum Haus des Stadtrates Ciliax Knauth. Der Schösser betätigte den Türklopfer. Nichts regte sich. Wieder schlug er den eisernen Ring gegen das Holz. Endlich öffnete sich oben der Schlagladen. »Was gibt es? Heute will ich ausschlafen!« Als der Maurermeister den Besucher erkannte, riss er die Nachtmütze vom Kopf. »Ihr, Herr? Verzeiht, ich komme runter.«

Stampfen auf der Treppe, leise Flüche, wenig später öffnete Ciliax Knauth die Tür und schnürte dabei noch den Kittel mit dem Gürtel. »Willkommen. Was verschafft mir die Ehre?« Ein Blick auf den Stadtknecht. »Und sogar offiziell?«

»Der Mann begleitet mich nur.« Zeiß winkte ab. »Lassen wir die Förmlichkeiten, Knauth. Bitte kommt mit. Wegen dringender Umstände werdet Ihr oben auf dem Schloss benötigt.«

»Worum geht es?«

Mit Blick auf den Bewaffneten beugte sich der Schlossverwalter näher und senkte die Stimme: »Die Angelegenheit betrifft auch unsern Geheimbund. Ich denke, wir sollten das nicht hier vor fremden Ohren besprechen.«

Eifrig nickte Ciliax. »Verstehe.« Er nahm sein Wams und zog leise die Tür hinter sich ins Schloss. Wortlos gingen die

Männer nebeneinanderher, zwei Schritte hinter ihnen folgte der Stadtknecht. Ohne jedes Aufsehen erreichten sie das Stadttor. Beide Flügel waren inzwischen geöffnet, und die alte Torschließerin hatte sich im Nachbarhaus zur Ruhe begeben. Ruhig bedankte sich Hans Zeiß bei dem Posten für die Begleitung, er grüßte den anderen und schritt mit dem Maurermeister durchs Tor auf die angebundenen Pferde zu. Bei deren Anblick lachte Ciliax erleichtert. »Ihr habt für alles gesorgt, Herr. Hatte schon befürchtet, wir würden zu Fuß rauf zum Schloss.« Leicht furchte er die Stirn. »Aber gleich vier Gäule?«

»In der Tat, ich habe gut vorgesorgt.« Der Schösser hob die Hand. Sofort tauchten hinter den Pferden die beiden Waffenknechte auf. Ehe Ciliax begriff, standen sie rechts und links von ihm, packten seine Arme. »Verflucht, eine Falle!« Einer schlug ihm auf den Mund: »Wenn du schreist, schneiden wir dir die Zunge raus.«

Hans Zeiß schritt vor dem Maurermeister eine Zeit lang auf und ab, schließlich stellte er sich vor ihn hin. »Was jetzt geschieht, muss ich tun. Deshalb bitte ich schon im Voraus um Vergebung.«

»Wir sind Brüder, wir gehören dem Bund an, haben geschworen …« Ein kurzer Schlag erstickte den Protest.

Zeiß griff sich in den Bart. »Ich musste mich in Weimar beim Herzog wegen der Vorfälle hier in meinem Gebiet verantworten. Mein Befehl lautet, die Schuldigen zu verhaften. Lange habe ich versucht, die Sache zu verzögern, glaubt mir. Aber Herzog Johann drängt.«

Das Blut war Ciliax aus dem Gesicht gewichen. »Du verrätst deine Brüder?«

»Nennt es, wie Ihr wollt.« Hans Zeiß straffte den Mantel: »Ciliax Knauth, im Namen unseres gnädigen Kurfürsten Friedrich und im Namen unseres gnädigen Herzogs Johann verhafte ich Euch wegen Plünderung und Zerstörung der Kapelle von Mallerbach.«

Ein Wink. Die Waffenknechte fesselten den Gefangenen, hoben ihn aufs Pferd. Oben im Schlosshof schleppten sie Ciliax Knauth zum Kerker. Weil er tobte, sich wehrte, zwangen sie ihn zu Boden. Sie schlossen seine Hände in Eisenschellen, pressten seine nackten Fußgelenke in den Stock und schraubten die beiden Holzblöcke fest zusammen.

Bis zum Mittag grübelte der Stadtknecht. Immer wieder fragte er den Kameraden: »Soll ich's melden, dass ich dabei war? Oder warten, bis es rauskommt?«

»Stell dich dumm, hast nur gehorcht.«

»Aber wir haben doch gesehen, wie sie den Ratsherrn Knauth verhaftet haben.«

»Lass mich in Ruh. Bei mir sind die Herren nur vorbeigegangen. Sonst ist mir nichts Besonderes aufgefallen.«

Nach der Wachablösung wusch sich der Stadtknecht den Hals und das Gesicht, kämmte das Haar und pochte wenig später am Haus des Schultheißen.

Nickel Rückert erbleichte. »Was sagst du da? Verhaftet?«

»Ich war es nicht«, beteuerte der Knecht. »Der Schösser hat mich nur mitgenommen.«

»Und wegen der Mallerbacher Kapelle? Bist du sicher?«

»Das hab ich genau gehört.«

»Der Himmel stehe uns bei!« Der Schultheiß entließ den Boten, rief ihn aber sofort wieder zurück. »Halt, du gehst zu jedem Ratsherren, sagst, er muss sofort zum Pfarrer kommen. Wenn er fragt, weißt du nicht, warum. Du sagst nur, ich habe es angeordnet.«

Kaum war der Stadtknecht gegangen, zog Nickel Rückert mit zittrigen Händen die Schaube an und ordnete die Amtskette vor der Brust. Ohne auf die freundlichen Grüße der Nachbarn zu achten, eilte er durch die Straßen, ehe er in die Gasse nahe der Stadtmauer einbog, schickte er noch einen langen Blick hinauf zum Schloss, dann zog er die Schelle des Pfarrhauses.

Ambrosius wiegte den kleinen Kopf. »Ich weiß nicht, ob wir ihn stören dürfen. Er ist bei der Predigtvorbereitung.«

»Ich muss ihn sprechen. Sofort!« Der Schultheiß ballte die Faust. »Und wenn Müntzer hört, warum ich hier bin, wird er sich Zeit nehmen.«

»Auf Eure Verantwortung.« Kurz klopfte der Adlatus und ließ den Gast wortlos in die Studierstube. Thomas Müntzer sah vom Schreibpult auf. »Wer hat Euch …?«

»Verzeiht mein Eindringen.« Rückert neigte den Kopf. »Was ich seit Mai befürchtet habe … Wie Ihr wisst, waren wir, ich mein, der Stadtrat zusammen mit dem Schösser, wir waren im Mai zum Verhör in Weimar. Und was ich seitdem befürchtet habe, ist heute eingetreten. Der Schösser hat unsern Bruder Ciliax Knauth wegen Brandstiftung verhaftet.«

Müntzer schloss die Augen, bog die Schreibfeder zwischen beiden Händen und zerknickte sie. »Aber Amtmann Hans Zeiß ist doch auch ein Bruder in unserm Bund«, flüsterte er. »Wenn der Bruder den Bruder verrät, so hat ihn der Teufel in den Klauen.« Langsam ging er zur Regalnische, dort pflegte er für gewöhnlich Zwiesprache mit Gott zu halten, jetzt aber schlug er nur leicht und im Rhythmus die Stirn an den Holm, dazu skandierte er: »Pinkepank, pinkepank …«

Der Schultheiß trat vorsichtig einen Schritt vor. »Meister? Was sagt Ihr?«

Das Gesicht wandte sich ihm zu, Glut schimmerte in den Augen. »Wir müssen das Schwert schmieden, mein Freund, pinkepank, pinkepank«, er hob den Finger, »denn der Sommer steht vor der Tür, die Zeit der Ernte unter den Gottlosen ist nun bald gekommen.«

»Richtig, wir müssen handeln.« Rückert glaubte verstanden zu haben, nickte zur Bekräftigung. »Deshalb habe ich die anderen Ratsmitglieder gleich hierherbestellt.«

Müntzer löste sich vom Regal. »So soll es sein.« Er ging zum Stehpult, nahm das Blatt, an dem er vorher geschrieben hatte, und legte es in die Ledermappe. »Diese Predigt werde ich ein andermal halten. Denn jetzt …«, der Finger deutete hinauf in Richtung Schloss, »denn jetzt gilt es, denen da oben die Stirn zu bieten.«

Nach und nach trafen die Ratsherren ein, versammelten sich in der Studierstube. Die Stühle reichten nicht aus, so lehnten sich Konrad Gerlach und der Bäckermeister an die Wand. Der Vater von Dorothea drehte den Hut in den Händen. »Da sind schon sechs«, brummte er vor sich hin, »wir sind aber sieben im Rat.«

Neben ihm faltete Anton Gruber die Hände vor dem Bauch. »Der Maurer war noch nie pünktlich.«

Der Schultheiß trat in die Mitte. »Freunde, wir beginnen. Und gleich die schlimme Nachricht vorweg. Unser Mitglied Ciliax Knauth wird nicht kommen. Er ist heute Morgen aus der Stadt gelockt worden, und zwar vom Schösser Zeiß persönlich. Draußen vor dem Tor hat er ihn wegen Brandstiftung an der Mallerbacher Kapelle verhaftet und aufs Schloss bringen lassen.« Nickel Rückert wartete die Empörung und Flüche ab. »Wir alle kennen den Amtmann als Freund. Er wird den Ciliax nicht freiwillig in den Kerker geworfen haben.«

»Verteidigst du etwa den Schösser?« Fäuste drohten. Der Schultheiß beschwichtigte mit den Händen. »Ich will nur damit sagen, dass der Befehl von ganz oben gekommen ist. Sicher konnte Zeiß nicht mehr anders.«

»Warum? Warum?« In schnellen Schritten war Müntzer in der Mitte, zog den Schultheiß an der Schulter hinter sich. »Das interessiert nicht mehr. Tatsache ist, dass ein Bruder von uns in Haft sitzt. Zu Unrecht!«

Konrad streckte den Hut in die Höhe. »Lasst unsern Prediger sagen, was wir nun machen sollen!«

Zustimmung von allen, selbst der Schultheiß schloss sich an.

»Freunde, Verbündete«, Thomas Müntzer zog einen neuen Federkiel aus dem Bündel auf seinem Stehpult, »schreibt eine

Beschwerde an Herzog Johann!« Die weiße Federspitze wanderte von einem Gesicht zum anderen. »Aber legt den Harnisch an, gürtet das Schwert. Er soll lesen, dass hier in Allstedt der Wind der Wahrheit und Klarheit weht. Also wehrt euch, meine Freunde!«

Aber wie? Welche Worte? Hilflos sahen sich die Männer an. Müntzer ließ die Ratlosigkeit eine Zeit lang gären, schließlich hüstelte er leicht. »Nun, ich gehöre zwar nicht dem Rat an, will auch nicht bevormunden. Als Euer treuer Seelenwart könnte ich aber die eine oder andere Formulierung vorschlagen.«

Der Bäckermeister klatschte. »Danke, Prediger, dafür bringe ich Euch morgen ein frisch gebackenes Brot.«

Müntzer legte die gefalteten Hände vor den Mund, schloss die Augen, so als wolle er seine Lippen segnen. Die Versammlung sah ihm ehrfürchtig zu. Unvermittelt ließ er die Arme sinken. »Natürlich müsst Ihr zu Anfang des Schreibens den Herzog in aller Unterwürfigkeit begrüßen. Aus welchem Grund?« Er sah in die Runde, da keine Antwort kam, gab er sie selbst: »Weil der Fürst sonst erst gar nicht weiterliest.« Er verschränkte die Hände hinter dem Rücken und ging vor seinen Schülern auf und ab. »Dann beteuert Ihr Euren Gehorsam, den Ihr bis jetzt nie gebrochen habt. Und nun sollt Ihr gleich auf das Kloster, die Nonnen und die Sache mit der Zerstörung kommen. Dabei musstet Ihr den Gehorsam verweigern, weil dort in der Kapelle die Nonnen der Gotteslästerung frönten …«

»Meister«, unterbrach Konrad Gerlach, »bitte verzeiht, aber wer von uns soll Eure wunderbaren Worte behalten? Sie dürfen doch nicht verloren gehen.«

»Danke, mein Freund«, Müntzer wischte sich die Stirn, »ich war schon so vertieft in den Brief, glaubte wohl, jemand schriebe mit. Nun, wer übernimmt die Aufgabe?« Suchend blickte er herum, sofort senkte jeder der Ratsherren, selbst der Schultheiß, die Augen. »Gut, auch damit will ich Euch aushelfen.« Er rief nach Ambrosius, informierte ihn. »Notiere nur die Hauptgründe.« Und sein Adlatus tunkte die Feder ein.

»Fahren wir fort. Mit der Zerstörung haben wir uns nach der Heiligen Schrift ganz sicher keine Schuld aufgeladen. Denn zu Mallerbach haben die armen Leute aus Unverstand ganz unbewusst den Teufel unter dem Namen Maria geehrt und angebetet.«

Ambrosius ließ die Feder sinken. »Verstehe ich richtig, Herr? Der Teufel steckte in Maria? Im Bild der Muttergottes.«

»Bist du taub!« Gleich war Müntzer bei ihm, zog ihn heftig am Ohr. »Du sollst hören, was ich zu sagen habe. Ja, genau dort saß der Teufel. Schreib, Junge, schreib!« Er schnaufte einige Male und diktierte weiter: »Wir, die gutherzigen Leute von Allstedt, haben den Satan verjagt. Wie könnten wir schuldig sein? Warum werden wir verfolgt und gar verhaftet?«

Das leuchtete allen ein, heftig stimmten sie ihrem Prediger zu. Der hob den Finger. »Wir armen Leute wollen alles tun, was uns der Fürst auferlegt, nur …« Müntzer ging zum Schultheiß, nahm ihn an der Schulter, so stellte er sich vor die Ratsherren. »Jetzt gilt es, Euren Mut zu beweisen! Lasst ihn Euch von mir vorsagen: Euer Gnaden, dass wir aber den Teufel zu Mallerbach weiter anbeten sollen, dass unser Bruder Ciliax Knauth ihm als Opfer ausgeliefert werden soll, dies wollen wir ebenso wenig tun, wie den Türken untertänig werden.«

Nickel Rückert zuckte zusammen. »Das bedeutet … Damit kündigen wir dem Herzog unsern Gehorsam auf.«

»Drauf und dran, wenn es sein muss.« Müntzer schlug ihm auf die Schulter. »Zum Schluss setzt noch hinzu: Falls uns furchtbare Gewalt angetan wird, so weiß jetzt die Welt, und insbesondere alle frommen Christen, warum wir leiden und dass wir dadurch Jesus Christus gleich werden.«

Die Ratsherren duckten die Köpfe. Nickel Rückert wand sich aus der Umarmung, nahm einen Schritt Abstand. »Meister. Ihr seid unser Prediger. Ihr sprecht aus, was noch keiner von uns gewagt hat zu sagen. Offener Protest gegen Herzog

Johann.« Er verneigte sich leicht. »Sprecht für uns, bitte, schreibt für uns diesen Brief. Keiner aus unseren Reihen findet solche kraftvollen Worte.«

Thomas Müntzer ging zu seinem Adlatus ans Stehpult, sah ihm über die Schulter. Nachdem er die Mitschrift überflogen hatte, wandte er sich an die versammelten Herren: »Ja, ich bin Euer Seelenwart. Ja, ich will auch diese Bürde auf mich nehmen.« Er hob die Hand wie zum Segen. »Brüder, Freunde. Kommt in drei Tagen wieder, dann können wir den Brief durch einen Kurier an den Hof zu Weimar bringen lassen.«

Samstag, der 11. Juni. Unter dem Vorwand, nach ihren Bienenstöcken sehen zu wollen, hatte Dorothea, den Imkerkittel im Beutel, das Pfarrhaus nach dem Mittagsläuten verlassen. Ambrosius war zu beschäftigt, um nachzufragen, und Frau Ottilie hatte den kleinen Daniel zu versorgen. Gleich hinter dem Stadttor verließ Dorothea die Fahrstraße, schlenderte durch die Wiesen, kaum war sie außer Sicht, drängte sie sich an Büschen vorbei und gelangte zum Burgpfad. Wolken zogen, hin und wieder zeigte sich die Sonne.

Ob er dieses Mal geantwortet hat? Die letzte Nachricht von Barthel hatte sie im vergangenen Monat bekommen. Er ist faul, dachte sie, wenn ich zwei Briefe schicke, erhalte ich nur einen zurück. Dabei könnte er mir doch genauso viel erzählen wie ich ihm. Sie schüttelte über sich selbst den Kopf. Sei nicht ungerecht, du hast geheiratet, nicht er. Barthel hat es schwerer als du.

Am Ende des steilen Aufstiegs bog sie in die gepflasterte Straße zum Schloss ein.

»Platz da! Aus dem Weg!« Erschreckt drückte sie sich an die Mauer. Zwei Reiter sprengten vorbei in Richtung Tor. Kaum ging sie einige Schritte, musste sie erneut drei Berittenen ausweichen. Weiter vorn marschierten Bewaffnete. »So viel Volk ist unterwegs? Und alle wollen zum Schloss?«

Vor der Schmiede waren sechs Pferde angebunden. Drinnen stand Meister Friedhelm an der Esse und befeuerte mit dem Blasebalg die Glut. Er sah Dorothea hereinkommen. »Warte, Mädchen, bin gleich so weit!« An der Zange stieß er das Hufeisen ins Rotglühende, zog es heraus, und auf dem Amboss fuhr der Hammer im rhythmischen Zweiklang auf das Werkstück nieder. Er wiederholte den Vorgang. Endlich tauchte er das Geschmiedete in den Bottich. Wasser zischte auf. Friedhelm legte die Zange beiseite und trocknete sich mit einem schmutzigen Lappen die Stirn, rieb über den Schnauzbart. »Hab heute nicht viel Zeit. Aber komm, Mädchen.« Er winkte Dorothea in die Hinterkammer, wo seine Eisenvorräte lagerten, rückte zwei Holzklötze zur Mitte. »Hock dich nieder.« Er setzte sich neben sie, tätschelte ihren Arm. »Sei nicht traurig, Post hab ich nicht für dich. Ist zurzeit auch schlecht.«

»Ich habe einen Brief und das hier.« Dorothea nahm einen kleinen Honigtopf aus dem Beutel und überreichte ihn, dann zog sie den Umschlag unter dem Imkerkittel vor.

»Das Geschenk nehm ich gern«, die mächtigen Brauenbögen hoben sich, »aber ich sag's ehrlich, Mädchen: Ist zurzeit nicht gut für Briefe.«

Dorothea zitterte die Hand, spürte das Herz. »Willst du … willst du uns nicht mehr helfen?«

»Doch, schon.« Er bemühte sich um ein Lächeln. »Ich steh zu meinem Wort. Aber hast du da draußen die vielen Männer gesehen? Amtmann Zeiß verstärkt die Besatzung. Aus allen Dörfern ringsum zieht er Leute ran.« Ein trockenes Auflachen. »Für mich ist es gut. Weil der Schösser jedem, der kommt, das Pferd neu beschlagen lässt. Damit lockt er die Männer her, wenn du verstehst.«

»Begreife ich nicht. Warum lässt er das Schloss verstärken? Und was hat das mit meinem Brief zu tun?«

»Unser Amtmann fürchtet sich. Weil es bei euch da unten in der Stadt immer unruhiger wird. Weil doch der Ratsherr hier oben bei uns im Kerker liegt.«

Dorothea dachte an das Kommen und Gehen im Pfarrhaus,

an die vielen Beratungen, über deren Inhalt ihr Ambrosius nichts sagen wollte. »Aber mein Brief?«

Der Schmied seufzte. »Sie öffnen ihn. Der Kurier hat es mir gesagt. Wegen der Gefahr wird jeder Brief, den er bei sich hat, am Ende vom Schlossberg noch mal überprüft. Und wenn er einen zu viel dabeihat, dann geht's ihm selbst ans Leder.«

»Nein, das will ich nicht, nicht noch mehr Unglück.« Ohne darauf zu achten, wiegte sie den Brief am Busen. Und jetzt? Keine Verbindung mehr? Wie soll ich … wie sollen wir das aushalten?

Schmied Friedhelm sah die Not, wieder tätschelte er ihren Arm. »Die Aufregung bleibt nicht für immer. Solang ich hier die Glut in der Esse ansteche, hab ich das schon oft erlebt. Also her mit dem Brief! Ich verwahr ihn gut auf. Und sobald die Kontrollen abgezogen werden, nimmt der Kurier ihn mit nach Wittenberg.«

»Wirklich?« Dorothea überreichte den versiegelten Umschlag. Sie erhob sich rasch, stand vor dem Schmied, ehe er sich versah, beugte sie sich vor und küsste ihn auf die Wange. »Danke, du bist mein einziger Freund.« Damit huschte sie aus der Eisenkammer. Schmied Friedhelm rieb sich die Wange, sah ihr nach und schmunzelte. »Wenn ich jünger wär …«

Draußen hatte das eilige Treiben zugenommen. Gerüstete Männer zu Ross oder zu Fuß, beim Anblick der Kettenhemden, Schwerter und Spieße schauderte es Dorothea. Sie hielt sich am Rand der Straße. Jäh stockte ihr Fuß. Zwei Bewaffnete versperrten den Abzweig zum Burgweg. Langsam ging sie näher. »Darf ich …?«

»Wer bist du?«

Mit gesenktem Blick sagte sie ihren Namen.

»Ohne Kontrolle darf keiner mehr rauf, keiner mehr runter. Wo kommst du her?«

»Vom Schmied. Ich habe Honig gebracht.«

Die Posten ließen sich den Beutel öffnen, zogen den Imkerkittel heraus und stopften ihn zurück. »Beim Schmied sagst du? Und Honig?«

Dorothea wagte ein Lächeln. »Von meinen Bienen. Den hat Meister Friedhelm am liebsten.«

»Dieser Kerl.« Die Posten sahen sich an. »Da warten wir auf einen Angriff, und der denkt an Honig.« Sie ließen Dorothea passieren, einer rief ihr nach: »Und wenn du wieder raufkommst, dann bring uns auch was zum Schlecken mit.«

31

»Bewaffnete!«

»Wo?«

»Reiter. Fußvolk. Von überall her ziehen Truppen auf Allstedt zu.«

»Noch nicht. Sie sammeln sich erst auf dem Schloss.«

»Wir sind in Gefahr!«

Das Gerücht fiel am Sonntag, dem 12. Juni, in die Stadt ein, wucherte von Straße zu Straße, erreichte den Kirchplatz während der Predigt. Thomas Müntzer unterbrach, ließ sich von Ambrosius in der Sakristei unterrichten und stieg wieder auf die Kanzel. »Brüder, Schwestern, fürchtet euch nicht. Mögen sich dort droben auch ganze Heerscharen versammeln. Darauf wird eine passende Antwort gefunden werden. Mag der Schösser auch im Auftrag des Kurfürsten handeln. So erinnert euch, Brüder und Schwestern, was ich euch schon zu Pfingsten über diesen alten Graubart dort in Wittenberg gesagt habe: Kurfürst Friedrich hat so viel Weisheit in seinem Kopf wie ich in meinem Arsch.« Die Gemeinde lachte auf, dadurch platzte die Schale der Angst, und das Gelächter übertönte jedes Gerücht, befreite, wollte nicht enden. Schließlich verlangte der Prediger mit erhobenen Armen nach Ruhe. »Also fürchtet euch nicht. Denn ich bin nach dem Willen Gottes der König Jehu, der seinerzeit das Land von den Gottlosen säuberte. Jeder Gläubige darf sicher und getrost sein, denn ich werde allein mit meinem Filzhut zehn Gottlose niederwerfen und erwürgen.«

Der Funke sprang über, weckte den Mut im Herzen der Gemeinde.

Nach dem Gottesdienst blieb Müntzer nicht bei den Ratsherren stehen. »Später, Freunde, später.« Über die Schulter bestellte er die vier Leibwächter mit Schultheiß Rückert für morgen Vormittag ins Pfarrhaus und eilte, begleitet von seinem Adlatus, weiter.

In der Studierstube fasste er Ambrosius an den Armen und zog ihn auf den Stuhl nieder. »Lass uns Auge in Auge miteinander sprechen. Jetzt, guter Junge, kommt es auf dich an. Was sich draußen in der Stadt zusammenbraut, kann durch dein Geschick zum Erfolg für unsere Sache werden.«

»Nur für uns?«

Gleich erhielt der Adlatus einen kleinen Hieb gegen die Brust. »Alles, was ich tue, dient dem Wohle aller. Jedoch nur denen, die sich zu mir bekennen. Die anderen sollen mich fürchten wie die Diener Baals den König Jehu.«

»Amen.«

Wieder folgte ein Hieb. Müntzer griff nach einem Ohr und drehte es, bis sein Diener jammerte. »Ich ertrage keinen Spott, das weißt du.«

»Friede, Herr, verzeiht!« Ambrosius rieb die schmerzende Stelle. »Was soll ich tun?«

»Waren Bergknappen aus dem Mansfelder Gebiet heute im Gottesdienst?«

»Vielleicht zwanzig, höchstens dreißig.«

Nun beugte sich der Seelenwart vor und senkte die Stimme. Als er geendet hatte, zögerte Ambrosius. »Bis übermorgen? Das wird schwer.«

»Keine Ausrede, du musst es schaffen.« Müntzer zerrte ihn vom Stuhl hoch und schob ihn unsanft in Richtung Tür.

Am 13. Juni vormittags empfing der Prediger die Abordnung des Rates. »Schickt eine Nachricht zum Schloss hinauf. Wenn es zum Äußersten kommt, wird Allstedt jeder Willkür und Gewalt erbitterten Widerstand leisten.«

Schultheiß Nickel Rückert lachte bitter. »Wir sind eine Handvoll gegen eine Übermacht.«

»Habt Vertrauen. Gott wird für uns sorgen.«

Der Vater von Dorothea drängte sich vor. »Lasst mich die Nachricht nach oben bringen. Mich kennt der Schösser gut, weil ich ihm die Kannen liefere.«

Trotz der Junihitze setzte Konrad Gerlach sorgfältig das schwarze Samtbarett auf und zog die breite Krempe bis tief über die Ohren. Bote der Stadt. Konrad war stolz. Mehr noch, er war Bote seines hochverehrten Predigers, auch wenn der aus Bescheidenheit nicht genannt werden wollte.

Dreimal wurde er von Wächtern auf heimliche Waffen kontrolliert, bis er im Schlosshof endlich auf den Amtmann traf. »Sind wir Feinde?«

Hans Zeiß trocknete sich Stirn und Hals. »Verfluchte Sache. Da kennt man sich von Mensch zu Mensch. Und plötzlich ... Nein, Spenglermeister, ich bin kein anderer als vorher. Und Ihr?«

Konrad schlug sich ans Herz. »Ich bin so, wie ich bin.«

Während der Amtmann die Nachricht las, wölbte er die Unterlippe vor und zurück. »Leute, Leute, das geht so nicht«, flüsterte er vor sich hin. »Offene Drohungen, die allein schon zählen als Aufruhr.« Er ließ das Blatt sinken. »Widerstand gegen mich bedeutet Widerstand gegen den Fürsten. Ist das dem Rat klar?«

Konrad nahm den Hut ab, kratzte im verschwitzten Haar. »Ich hab das nicht so bedacht. Aber unser Herr ...« Er brach ab und schüttelte den Kopf. »So gesehen ...« Jetzt schwieg er ganz.

Schösser Zeiß faltete das Schreiben, schärfte die Kanten zwischen den Fingern. »Wir müssen reden, ehe ein Unglück geschieht. Spengler, geht runter in die Stadt und sagt, ich verlange, dass der Schultheiß und eine Abordnung des Stadtrates zu mir raufkommen. Noch heute Abend.«

Auf Anregung des Seelenwarts sollten alle Entscheidungen der Stadtväter vorher mit ihm besprochen werden. Das Pfarrhaus wurde zum geheimen Beratungszentrum. »Halt! Nicht gleich zustimmen.« Müntzer wiegte den Kopf. »Seid ihr sicher, dort oben nicht in eine Falle zu laufen?«

Eine Hinterlist? Wie recht der Prediger hat. »Wir müssen uns absichern.«

Schultheiß Rückert sandte wieder den Boten hinauf.

»Ich soll ausrichten …« Der Spengler hustete, bat um einen Schluck Wasser. Als er den Krug absetzte, begann er von Neuem. »Der Rat will mit einer Abordnung kommen, aber er bittet um sicheres Geleit. Oder aber, Ihr selbst kommt runter in die Stadt, wenn Ihr das wollt. Sicheres Geleit ist Euch garantiert.«

»Geht und sagt, sie mögen sich herauf ins Schloss bemühen. Ich verbürge mich für Leib und Leben.«

Die Junihitze nahm im Nachmittag noch zu. Beim Rückweg fächelte sich Konrad Gerlach mit dem Samtbarett notdürftig Kühlung zu. »Ich hab es satt. Warum hab ich mich nur als Bote angeboten?«

Wenig später befand er sich erneut im steilen Anstieg, musste häufig stehen bleiben, bis das Seitenstechen nachließ. »Schultheiß und Rat haben beschlossen zu kommen. Und zwar morgen in der Frühe um fünf Uhr.«

Dienstag, der 14. Juni. Beim ersten Morgengrauen, noch vor der Zeit des Abmarsches, traf Thomas Müntzer am Stadttor ein. Dankbar umringten ihn die vier Ratsherren. »Ihr begleitet uns. Gottlob, nun sind wir stark.«

Der Pfarrer schüttelte den Kopf. »Stark werdet Ihr nur, wenn ihr nicht hinauf zum Schloss geht. Sagt das Treffen ab, und Ihr werdet mächtiger sein als Schösser Zeiß. Denn nichts bindet Euch mehr an ihn.«

Nickel Rückert faltete die Hände vor der Stirn. »Aber der Amtmann vertritt eine viel größere Macht. Und der sind wir nicht gewachsen.«

»Kleingläubiger, die Stärke wird sich im rechten Moment einstellen.« Müntzer lachte, und in seinen Augen flackerte

Feuer, er wandte sich an die übrigen Herren: »Hab ich Euch jemals schlecht beraten?« Heftiges Kopfschütteln. »Und warum? Weil ich mir den Ratschlag vom Höchsten im Himmel selbst einhole. Er spricht durch meinen Mund zu Euch.« Der dürre Finger umfuhr die Lippen, schloss den Bannkreis. »Was also wollt Ihr tun?«

»Wir bleiben hier.«

Der Schultheiß war überstimmt, und Müntzer nahm ihn beim Arm. »Lieber Freund, Ihr solltet unverzüglich einen Boten hinaufschicken.« Die Nachricht sei einfach: Weil die Gemeinde von Allstedt wegen des sicheren Geleits ihre Zweifel habe, ließe sie die Ratsherren nicht ziehen. »Eine kleine Lüge, wohl wahr. Doch sie soll Euer Gewissen nicht belasten.«

»Meine Furcht ist größer.« Nickel Rückert betraute erneut Dorotheas Vater mit dem Botengang.

Am späten Vormittag ließ die Sorge dem Schultheiß keine Ruhe, und er ritt selbst über die Fahrstraße hinauf zum Schloss. Der Anblick so vieler gerüsteter Männer bestärkte ihn in seinem Entschluss. »Wir müssen verhandeln.«

»Endlich.« Hans Zeiß bat ihn als Gast in den Schatten des Innenhofes und ließ zwei Krüge Bier aus der Küche bringen. »Auf die Vernunft.« Viel zu hastig setzte der Schösser den Krug an die Lippen und goss sich Schaum und Gerstensaft in den Bart. Er wischte einfach mit der Hand darüber. »Da seht Ihr es, auch mir ist in diesen Tagen nicht wohl.« Er trank erneut, und ohne Zittern setzte er den Krug zurück. »Wenn Ihr die Rädelsführer des Aufruhrs verhaftet und mir überstellt, so will ich Euch zusichern, dass keine weiteren Strafmaßnahmen gegen die Stadt unternommen werden.«

Der Schultheiß drehte den Krug zwischen den Händen. »Dazu bin ich nicht in der Lage, fürchte ich. Für eine Festnahme fehlt mir jede Unterstützung im Stadtrat.«

»Es muss doch eine friedliche Lösung geben.« Beide Männer suchten und einigten sich nach dem zweiten Bierkrug: Schösser Zeiß sollte ohne Zögern noch weitere Bewaffnete aus den umliegenden Dörfern zusammenziehen. »Die sichtbare Bedrohung der Stadt muss so groß sein, dass die Ratsherren aus Angst am Abend freiwillig mit Euch hinaufkommen und mich um Verschonung bitten.« Der Amtmann schloss und öffnete die Faust. »Ich werde mir Zeit lassen, vor ihnen zu erscheinen. Und während die Abordnung noch auf das Gespräch wartet, sollen meine Wachen hinunter und alle Schuldigen verhaften.«

»Ein gefährlicher Plan«, Rückert erhob sich, »aber nur so können wir Blutvergießen und mehr vermeiden.« Beiden Männern stand der Ernst auf der Stirn, sie verabschiedeten sich mit festem Handschlag.

Auf dem Ritt zurück, die steile Höhe lag schon hinter ihm, sah der Schultheiß über die Dächer der Stadt hinweg in Richtung Nordwesten. »Oh großer Gott.« Er zügelte das Ross und stellte sich in die Steigbügel, um besser zu sehen. Kein Zweifel. Auf der Straße bewegte sich Volk zum Stadttor hin, keine bunten Haufen, Männer waren es, in Gruppen geordnet, in schnellem Schritt. »Der Schösser hat mich übertölpelt. Er lässt jetzt schon angreifen.« Rückert hieb seinem Pferd die Sporen in die Flanken und hetzte die Fahrstraße hinunter. Das Westtor stand weit offen. »Schlaft ihr!«, brüllte Nickel Rückert die Schildwachen an. »Schließen. Legt die Balken vor, wir werden angegriffen.«

»Keine Gefahr, Herr.« Die Männer hoben nur die Hand. »Es ist anders …«

Der Schultheiß zügelte sein Pferd nicht, ritt auf das Rathaus zu. Zwei Straßen vorher musste er absteigen. Männer im Lederkoller, schwere Hämmer und gespitzte Eisenstangen über der Schulter, drängten auf den Vorplatz. Mehr und mehr gesellten sich dazu. Bergknappen? Der Schultheiß fasste es nicht. Er schob sich zwischen die Reihen. »Wo kommt ihr her?«

»Na, vom Mansfelder Gebiet. Von den Erzgruben.«

»Aber warum?«

Da tippte einer auf seinen Hammer. »Wollen nachsehen,

wie es unserm Prediger geht.« Sein Nachbar zeigte das lange Messer. »Ob irgendjemand ihm ein Leid angetan hat.«

»Aber von wem wisst ihr, in welcher Gefahr wir sind?«

»Na, der Diener von unserem Prediger hat bei uns in jeder Grube Alarm gegeben.«

Vor dem Rathaus stand Thomas Müntzer auf einem Podest und sprach mit durchdringender Stimme zu den Bergleuten. »… deshalb schließen wir uns in einem Bund zusammen.« Die Hand reckte sich. »Jeder, der zu uns steht, wird sich einen Bart wachsen lassen. Ja, an den Bärten werden wir uns erkennen. Denn ein jeder, der keinen Bart trägt und sich nicht einschreiben lässt, der gehört zu den Gottlosen.« Nun hob er beide Arme gen Himmel, die Stimme überschlug sich fast. »Die Gottlosen aber sollen ausgerottet werden!« Klatschen, Pfeifen, die Knappen reckten ihrem Prediger die Waffen entgegen.

Nach der Ansprache schob sich Ambrosius durch die Versammelten: »Freunde, lasst euch einschreiben.« Der kleine Kopf auf dem langen dürren Körper überragte die Menge, das Gesicht glühte, und ohne Pause warb der Adlatus für den Geheimbund des Predigers. Die Knappen stellten sich zu einer langen Schlange an, und zu zweit stiegen sie die Treppen hinab, leisteten im Ratskeller den Schwur und ließen sich registrieren.

Lange bevor die Sonne sich zum Westen neigte, meldete Ambrosius dem Seelenwart ins Pfarrhaus: »Unser Bund zählt jetzt mehr als dreihundert neue Mitglieder.«

Müntzer presste die Hände vor der Brust zusammen und starrte nach oben. »Dank, Herr, für dein Zeichen.« Er fasste Ambrosius am Ellbogen und führte ihn schnellen Schritts um das Stehpult herum. »Ich habe es dem Volk geweissagt. Und Gott hat Wort gehalten.«

»Wieso? Ich habe die Männer geholt.«

»Sei nicht engherzig, Junge. Nur was in dieser Stunde zählt, ist wichtig: Wir sind jetzt selbst eine Macht. Wir werden denen da oben unsere Stärke beweisen.«

»Aber Ihr wollt doch nicht angreifen?«

»Warum nicht? Sie haben es verdient.« Müntzer blieb abrupt stehen. »Erst muss die Glut geschürt sein, ehe das Schwert geschmiedet wird. Beginnen wir gleich hier im Haus.« Er schickte Ambrosius nach den Frauen, sie sollten sofort im Studierzimmer erscheinen. Ottilie kam mit Daniel auf dem Arm. Dorothea blieb gleich im Türrahmen stehen. Wie stets streifte Müntzer sie nur kurz mit dem Blick, dann heftete er die Augen auf seine Gattin. »Bei Anbruch der Dunkelheit erwarte ich, nein, verlange ich, dass du und Frau Dorothea sich auf dem Platz vor dem Rathaus einfinden. Und zwar bewaffnet.«

»Bewaffnet?« Dorothea trat nun doch einen Schritt weiter ins Zimmer. »Wieso?«

»Weil der Feind vor den Toren steht.«

Ottilie fasste den Sohn fester. »Um Gottes willen, Thomas. Das wussten wir gar nicht.«

»Noch ist er nicht da, aber er könnte bald erscheinen. Und dann müssen alle gerüstet sein, Männer wie Frauen.«

Dorothea deutete mit dem Finger auf Ambrosius. »Ist das wahr? Wird Allstedt bedroht?«

»Doch.« Gleich vertiefte sich die Röte der Mitesser an seinem Hals. »Ich denke schon.«

»Weib!«, fuhr Müntzer sie an, hob einen Stuhl an der Lehne und setzte ihn hart zurück. »Wenn ich dir und meiner Frau einen Befehl gebe, so habt ihr ihn zu befolgen. Und zwar ohne jede Kritik.«

Von dir lasse ich mir gar nichts sagen, dachte Dorothea und wandte sich ab.

Frau Ottilie strich dem Sohn das Haar aus der kleinen Stirn. »Ich kann unsern Daniel nicht allein lassen. Er wird weinen und schreien.«

»Geschrei übt die Stimme.« Müntzer ließ nichts gelten. »Ihr werdet erscheinen. Bewaffnet, und zwar beide. Jetzt hinaus!« Er schnippte, bis sie gegangen waren, und warf die Tür hinter ihnen zu. »Diese Weiber.« Müntzer rieb sich die Schläfen. »Die

Zeit ist nah, Junge. Ich spüre es. Bald werden wir armen Leute den Großen die Kehle durchschneiden.«

»Aber vielleicht nicht schon heute? Oder?«

Müntzer zerrte ihn am Wams. »Geh jetzt auf den Vorplatz zu den Bergknechten. Sag es jedem, dass sich draußen Reiterei und Fußvolk zusammenrotten. Geh und bereite die Herzen vor. Ich folge dir später, sobald die Dämmerung anbricht.«

Bei Sonnenuntergang brodelte die Stadt, der Lärm nahm zu, da und dort brachen Geschrei und Drohungen gegen das Schloss aus, die Männer ließen die Eisen klirren, rasselten mit langen Ketten. Der Seelenwart erschien, winkte dem Gefolge. »Habt acht! Haltet euch bereit!« Er zeigte ringsum auf die Häuser. »Auch alle Weiber und Jungfrauen. Sagt es ihnen. Auch sie müssen sich wappnen.« Johlen der Menge bewies ihm die Zustimmung.

Müntzer stieg in den Ratskeller, dort verlangte er Einigkeit von den Stadtvätern. »Wir alle gehören dem Bund an, sind Brüder.«

Konrad Gerlach und die glühenden Anhänger brachen in Hochrufe aus, die Besonnenen im Rat wagten nicht zu schweigen, stimmten leiser mit ein.

Thomas Müntzer forderte vom Rat: »Fackeln! Gebt Fackeln aus. Wir zeigen dem Feind, dass wir nicht schlafen, dass wir bereit sind.«

Da meldete sich der Schultheiß zu Wort, warnte vor Brand, warnte, dass die Lichter falsch verstanden werden könnten. »Die da oben glauben vielleicht, dass wir in der Nacht einen Angriff planen.«

»Wir sind bedroht!«, donnerte ihn Müntzer nieder. »Die Lichter müssen brennen.«

Keine Abstimmung. Vier Ratsherren öffneten das Zeughaus und verteilten Fackeln an die Menge.

Der Prediger blieb dicht an Nickel Rückerts Seite. »Bruder?« Er wartete, bis ihn der Schultheiß ansah. »Seid Ihr noch ein Bruder?«

Gleich waren Konrad Gerlach, auch der Bäckermeister und die beiden anderen Leibwächter zur Stelle. Nickel Rückert sah eschreckt in die Gesichter. »Keine Frage, natürlich gehöre ich zu Euch.« Er bemühte einen Scherz. »Mein Bart wächst.«

»Das ist gut.« Müntzer strich ihm über den Arm, sagte beinah sanft: »Dann läutet jetzt die Sturmglocke, denn es ist Zeit.«

Rückert fuhr zusammen, den anderen sackte das Kinn. »Ohne Befehl vom Schloss? Meister, bitte bedenkt, Sturmläuten nur von uns aus bedeutet offenen Protest, bedeutet, Allstedt stellt sich gegen die Obrigkeit.«

»Ein Zeichen nur.« Müntzer sah seine Leibwächter an. »Es soll aller Welt verkünden: Wir sind zum Kampf bereit. Nicht mehr und nicht weniger.« Er stieg bereits die Treppe hinauf. »Ich werde selbst läuten. Wer Mut hat, begleitet mich.« Erst folgte der Spengler, dann auch der Bäcker und schließlich der ganze Rat. Allein Nickel Rückert ging so langsam, dass er erst den Ausgang erreichte, als oben vom Turm schon das Sturmläuten einsetzte.

Aus den Häusern rannten die Männer mit Säbeln, Spießen und Sensen herbei, ihnen folgten die Frauen mit Mistgabeln, Hacken und Dreschflegeln. Sie vereinten sich mit den Bergknappen auf dem Vorplatz.

Wie befohlen verließ auch Ottilie mit Dorothea das Pfarrhaus. Die Kopftücher eng gebunden, Empörung in den Gesichtern. Sich dem Befehl zu widersetzen wagten beide nicht, zum stillen Protest jedoch trugen sie als Waffen hölzerne Suppenkellen mit sich. So standen sie am Rand des Platzes und schauten zu, wie sich Männer und Frauen im Schein der Fackeln ordneten. Mit einem Mal trat Dorothea einigen Nachzüglern in den Weg. »Mutter!«

Frau Agathe blieb stehen. »Kind?«

»Mutter, wo willst du hin?«

Sie deutete mit der Feldhacke zu den Leuten. »Verteidigen. Der Vater hat es befohlen.«

Dorothea zog sie zwischen sich und die Frau des Pfarrers. »Bleib bei uns.«

»Aber, Kind!«

»Hab keine Angst, Mutter. Hier sind wir nah genug.« Grimmig schwenkte sie die Suppenkelle. »Und weder der Prediger noch der Vater können nachher behaupten, du hättest nicht gehorcht.«

Oben im Schloss standen Amtmann Zeiß und seine Gattin Sabine am geöffneten Fenster und sahen auf die Stadt hinunter. Von den Mägden hatten sie hinter sich alle Kerzen löschen lassen. Lärm drang herauf, übertönte das Zirpen der Grillen. Fackellichter waberten. Frau Sabine spürte neben sich die bebenden Schultern, fest legte sie die Hand auf seine Hand. »Sprich mit mir!«

Ihre warme Stimme lockerte die Schlinge.

»Nur wenige Amtmänner zu Allstedt sind alt geworden, hatten einen normalen Tod. Daran muss ich immer wieder denken.«

»Nicht, Hans.«

»Es ist wahr. Die meisten sind erstochen oder erschossen worden. Denk nur an meinen Vorgänger Wolf von Selmenitz, ein Meuchelmörder hat ihm aufgelauert. Die arme Felicitas blieb allein mit den Kindern zurück.« Der Schösser schlug sich an die Stirn. »Und die Obrigkeit sieht einfach zu, wie wir der Meute vorgeworfen werden. Da oben kräht keiner nach uns.«

Sabine streichelte seinen Arm. »Sei nicht verzagt.«

»Aber was soll ich tun?« Nach langem Schweigen stützte er beide Fäuste auf die Fensterbrüstung. »Gott steh uns bei, mir bleibt nichts anderes, ich muss Allstedt in die Knie zwingen. Ich werde angreifen lassen.«

»Hans, wach auf!« Unvermittelt hart zerrte ihn seine Gattin herum. »Bei einem Angriff setzt du alles aufs Spiel. Bisher hatten wir hier ein gutes Leben. Dort unten wohnen gute Menschen. Nur dieser Prediger hat sie vergiftet. Durch ihn ist die Kapelle zerstört worden.«

»Sag das nicht so!«

»Nein, ich schweige nicht. Deswegen haben wir jetzt diesen unsäglichen Gefangenen.« Ihr Ton wurde schärfer: »Sorge dafür, dass du ihn wieder loswirst. Eher wird der Prediger keine Ruhe geben.«

»Aber der Herzog selbst hat die Verhaftung der Schuldigen befohlen.«

Sabine schüttelte ihren Mann. »Herrgott, Hans. Dann reite nach Weimar, schildere die Lage. Sag dem Herzog, dass wir alle ums Leben fürchten müssen, wenn dieser Kerl noch länger bei uns im Kerker sitzt.«

Mittwoch, der 15. Juni. Bei Tagesanbruch sammelten sich Fußvolk und Reiterei in Sichtweite von Mauern und Toren der Stadt. Keine Hornsignale oder Fahnen. Keine Wurfgeschütze oder Feldschlangen wurden in Stellung gebracht, nichts sollte auf einen Angriff hinweisen, wohl aber den Allstedtern zeigen, dass genügend Männer in Bereitschaft standen, jederzeit mit dem Sturm zu beginnen.

Eskortiert von vier Bewaffneten und zwei Ersatzpferden, verließ Schösser Zeiß bei Sonnenaufgang das Schloss. Sobald der Trupp die Straße in Richtung Weimar erreichte, befahl der Amtmann scharfen Galopp.

Zwei Tage Stille. Junihitze und Ungewissheit lasteten, lähmten das Leben auf dem Burgberg und in der Stadt.

Samstag, der 18. Juni. Kurz nach dem Mittagsläuten ritt Schösser Zeiß mit der Eskorte wieder durchs Tor in den Schlosshof. Allen Pferden stand der Schaum ums Maul. Die Bewaffneten stiegen ab und halfen ihrem Herrn aus dem Sattel. »Versorgt erst die Tiere«, Zeiß rieb sich Rücken und Hintern, »danach lasst euch Bier einschenken. Trinkt, so viel ihr wollt.«

Frau Sabine kam aus dem Haus, langsamen Schritts ging sie auf ihren Gatten zu. Sie sagte nichts, die Frage stand in ihrem Gesicht. Er nickte, und als sie lächelte, sagte er: »Ich habe Herzog Johann überzeugen können.«

»Gottlob, ich bin stolz auf dich.«

Sonntag, der 19. Juni. Im Morgengrauen pochte es an der Pforte des Westtores. »Öffnet!«

Endlich schob sich das Guckfenster auf. Sofort erkannte die Schließerin den Maurermeister, rief über die Schulter nach den Schildwachen. »Ein Wunder! Kommt, kommt!«

Waren es am Tor nur drei, die Ciliax Knauth begrüßten, so eilten Straße für Straße mehr Bürger hinzu, in Trauben folgten sie dem Heimgekehrten zum Kirchplatz. Ein Stadtknecht brachte die Nachricht von seiner Freilassung ins Pfarrhaus.

Und Thomas Müntzer bestieg mit wehender Schaube die Kanzel. »Sieg! Von heute an wird uns niemand mehr von den großen Hansen dort oben schrecken können. Brüder, Schwestern, stimmt mit mir ein, lasst uns jubeln, singt das Hosianna!«

Aus allen Kehlen priesen die Allstedter den großen Gott.

Und der Prediger triumphierte mit volltönender Stimme: »Der Bogen der Starken ist zerbrochen, und die Schwachen sind nun mit Stärke umgeben …«

32

Leicht außer Atem erklomm Martin Luther die Stufen im Cranachhaus. Auf dem Treppenabsatz blieb er stehen, trocknete mit dem Kuttenärmel das Gesicht und den Nacken.

Vom ersten Stock sahen ihm die beiden dänischen Wachposten zu. »Können wir helfen, hochwürdiger Vater?«

Bei der nur noch selten gehörten Anrede zuckte ein Lächeln in den Mundwinkeln. Martin Luther winkte ab. »Danke, meine Söhne, habt Dank. Es ist die Hitze draußen.« Er stieg zu ihnen hinauf. »Meldet mich König Christian, er hat um meinen Besuch gebeten.«

Die Posten nahmen kurz Haltung an. Einer von ihnen betrat die Wohnung und kehrte rasch zurück. »Seine Majestät erwartet Euch. Bitte einzutreten.« Er hielt dem Gast die Tür auf.

Nach wenigen Schritten durch die Halle setzte hinter Luther leises Pfeifen ein, wurde lauter, wuchs ins Heulen einer nahenden Kanonenkugel, ehe er begriff, traf ihn etwas Hartweiches im Genick. Gleich spürte er Wasser im Kragen, im Haar, Wasser lief den Hals hinunter. »Großer Gott, da soll doch …« Martin fuhr herum. In sicherem Abstand feixte ihn Prinz Johann an, pfiff, heulte und klatschte einmal in die Hände. »Getroffen.«

»Du willst sicher um Verzeihung bitten, weil es ein Missgeschick war?«

»Ich bin Geschützmeister.« Der Sechsjährige stemmte die Hände in die Seiten. »Ich habe mit meiner Bombarde gezielt und genau getroffen.« Auf dem Boden lag die entleerte Schweinsblase.

Martin runzelte die Stirn. »Kleiner Mann, mir scheint, dir fehlt eine gehörige Portion Respekt.«

Der König trat aus der Studierstube. »Um Vergebung, Doktor Martinus.« Ohne Zögern schritt er an dem Besucher vorbei. »Dieses Mal bist du zu weit gegangen.« Die dunkle Stimme grollte. »Du wagst es, den heiligen Mann von Wittenberg anzugreifen?« Der Sohn wollte fliehen, doch der Vater erwischte ihn am Rückteil des Wamses, daran hob er den Geschützmeister hoch und ohrfeigte ihn von rechts und links. Kein Geschrei. Stumm ertrug Prinz Johann die Züchtigung. Kaum aber stand er wieder auf dem Boden, trat er dem Vater gegen das Schienbein und rannte davon. Christian II. drohte ihm mit der Faust nach, dabei lachte er leise. »Auch ich war früher ein wilder Knabe.« Wieder ernst, reichte er dem Gast die Hand. »Willkommen, verehrter Doktor. Bitte, seht es dem Jungen nach. Noch fehlt es ihm an Erziehung. Aber das wird bald nachgeholt.« Er deutete auf die Nässe. »Soll ich Euch Tücher zum Trocknen bringen lassen?«

Martin Luther wehrte ab. »Nicht notwendig. Abgesehen von dem überraschenden Empfang ist die Kühle recht angenehm.«

König Christian entdeckte die Schweinsblase und stippte sie mit der Schuhspitze rasch beiseite. »Ausgerechnet.« Mit bemühtem Lächeln bat er den Gast, ihm in die Studierstube zu folgen. Luther war der Fußschlenker nicht entgangen. »Wozu dient solch ein Hautbeutel für gewöhnlich?«

Christian sah nur kurz über die Schulter. »Darüber … Ich meine, für Euch ist dies sicher kein Gegenstand von Interesse.«

»Doch. Ich bin allem sehr aufgeschlossen«, plauderte Luther und bestand auf einer Antwort.

»Nun, ich denke, Prinz Johann hat diese Schweinsblase von einem meiner Wächter erhalten. Anders kann ich mir die Herkunft nicht erklären. Für gewöhnlich dient solch ein Hautbeutel vor allem den Söldnern zur Verhinderung … Wenn kein Kind erwünscht ist.«

Luther sank das Kinn, dabei setzte er sich langsam. »Wenn ich Euch … Ich versuche Euch möglichst nicht zu verstehen.

Und möchte hierzu nur einen Satz aus dem Korintherbrief zitieren: Ein jeglicher hab sein Weib und eine jegliche habe ihren Mann, um nicht der Hurerei zu verfallen.«

Christian II. ließ sich in den Sessel fallen. »Hochverehrter Doktor, wie Ihr sicher schon vernommen habt, bin auch ich, was dies betrifft, nicht frei von Sünde.«

Mit einem Mal nahm die stickige Wärme im Raum noch zu. Luther sah den König fest an. »Und weiter heißt es im Korintherbrief: Wer sich nicht enthalten kann, der solle freien. Heiraten ist besser, als Brunst zu leiden.«

Jeder Satz wollte nun gewogen werden. Christian sagte schließlich. »Um Vergebung, aber ich war damals schon verheiratet. Und doch konnte ich von der schönen Düveke nicht lassen.«

»Vorbei, Majestät«, löste Luther die Spannung. »Wir sollten nicht mehr daran rühren.«

»Ja, nicht wahr?« Der König sprang auf, griff nach der Weinkaraffe. »Meinen Wachleuten werde ich die Schweinsblasen über den Kopf ziehen, sollte jemals wieder eine in die Hände meines Sohnes gelangen.« Er reichte seinem Gast den gefüllten Kristallkelch. »Ich habe um Euren Besuch gebeten, weil ich mich persönlich von Euch verabschieden möchte. Mein Aufenthalt in Wittenberg geht nun zu Ende. Dank Euch waren es unvergessliche Monate.« Die Herren tranken sich zu.

Durstig leerte Luther seinen Kelch bis zur Hälfte. »Wohin werdet Ihr mit Eurer Familie reisen?«

»Der Weg nach Dänemark bleibt mir versperrt. Die Tante meiner Gemahlin wird uns aufnehmen.« Margarethe von Österreich war Statthalterin der Niederlande und überließ dem Flüchtlingspaar das Städtchen Liers als Exilwohnsitz. »Von dort aus werde ich die Reformation in Dänemark fördern.« Christian beugte sich vor. »Euerm Einfluss verdanke ich die Entscheidung, das Neue Testament ins Dänische übersetzen zu lassen.« Noch würde das Manuskript in Leipzig gedruckt. Nach Fertigstellung wollte er dafür sorgen, dass so viele Exemplare wie möglich heimlich über die Grenze nach Dänemark geschafft würden. »Ihr seid mein heiliges Vorbild.« Im Übereifer ergriff der König mit beiden Händen die Hand des Gelehrten. »Meine Augen sind nun geöffnet. Habt Dank für alle Gespräche.«

So viel Lob stimmte heiter. Martin Luther betete zum Abschied gemeinsam mit dem König und erflehte Gottes Segen und Schutz für ihn und seine Familie auf der Reise.

Beim Hinausgehen spähte er in der Halle nach rechts und links. Kein Geschützmeister lauerte mit einer Bombarde hinter dem Vorhang. Beschwingt verließ er die Wohnung und stieg im halbdunklen Flur die Treppe hinab.

Draußen schlug ihm die Julihitze entgegen, blendete die Mittagssonne. Luther blieb stehen. Von den Marktbuden her ertönte über dem Stimmengewirr der Leute das Geschrei der Händler. Nur langsam gewöhnte er sich an die Helligkeit.

»Doktor Martinus?« Jungfer Ave von Schönfeld trat neben ihn, der Henkelkorb an ihrem Arm war von einem rot-weißen Tuch bedeckt. »Ist Euch nicht wohl?«

»Im Gegenteil.« Ihr Anblick lockte sein Lächeln. »Hatten wir uns nicht auf Martin geeinigt?«

»Das ist nicht leicht.« Gespielte Not verdunkelte die großen braunen Augen. »Ein so gelehrter, berühmter Mann heißt nicht einfach nur Martin.«

»Schmeichlerin.« Luther deutete auf den Korb. »Wo willst du damit hin?«

»Ich war auf dem Weg zu Euch. Mit Grüßen von Frau Barbara soll ich Euch Hasenklein mit Erbsen und frischen Kräutern bringen.«

Er hob einen Zipfel und ließ die Nase kosten. »Welch ein Genuss. Komm, begleite mich zum Kloster.«

Nach einigen Schritten sah Ave ihn von der Seite an. »Es gibt noch einen Grund, warum ich zu Euch wollte.«

Martin hüstelte, ging langsamer, gleich aber wieder so rasch wie zuvor. »Ist es«, er bemühte sich um den beiläufigen Tonfall eines Beichtvaters, »eine Angelegenheit des Herzens?«

Sie nickte.

Gleich wurde seine Stimme wärmer. »Liebste Ave. Auch ich dachte schon hin und wieder daran. Doch lass uns nicht hier darüber sprechen. Gleich im Speisesaal sind wir ungestört.«

Das Refektorium war verwaist. Zertretene Essensreste auf dem Boden, Staub und vertrocknete Bier- und Weinflecken auf dem langen Tisch. Luther sah Aves Blick und erklärte: »Außer dem Prior und mir nutzt für gewöhnlich niemand mehr diesen Raum. Allerdings nächtigen hin und wieder durchreisende Ordensbrüder in den Zellen. Ich vermute«, er deutete auf verschimmelte Brotkrusten, »dies sind ihre hinterlassenen Spuren.«

»Ach, und ich habe geglaubt, Sauberkeit gehört zu den Klosterregeln.« Ave vermochte den leisen Spott nicht zu verbergen. »Die gelten doch für Mönche und Nonnen gleichermaßen?«

»An sich ja. Nur wenn die Brüder dem Klosterleben entronnen sind«, Martin rieb verstohlen an einem Fleck auf seinem Kuttenärmel, »dann mag die Regel nicht mehr so streng gehandhabt werden.«

»Ich verstehe«, erlöste ihn Ave. Sie nahm das Tuch vom Korb, wischte an der Stirnseite der Tafel einen Platz sauber und stellte Topf und Napf bereit. »Ich soll ausrichten, Frau Barbara wünscht einen guten Appetit. Und wenn es Eure Zeit erlaubt, dann seid Ihr heute Abend drüben im Hof zum Bier eingeladen.« Sie verschränkte die Hände vor dem Schoß. »Ich muss gleich zurück. Darf ich vorher noch …?«

»Liebste Ave«, unterbrach er sie, »das Essen kann warten. Lass uns frei reden.«

Sie hob den Busen. »Ich möchte heiraten.«

»So direkt?« Martin stützte sich mit der Hand auf der Tischplatte ab. »Ich bin freudig überrascht. In der Regel fragt …«

»Aber er hat gefragt, wie es sich gehört.«

»Er?« Nun musste sich der Reformator setzen. »Ich dachte … Von wem sprichst du?«

»Basilius«, sie jubelte den Namen, »mein Basilius Axt.«

»Also der Apotheker im Cranachhaus«, ergänzte Martin trocken, und nach einer Weile nickte er. »Ein Glücksfall. Ich gratuliere und wünsche Gottes Segen.«

Ave stellte sich neben ihn, nahm die Hand. »Bitte, könnt Ihr nicht etwas für Basilius tun? Euch bei Hofe einsetzen? In der Apotheke ist er nur angestellt. Basilius hat Besseres verdient.«

Luther zögerte, endlich glättete sich die Stirnfalte, und er tätschelte die schlanke Hand. »Gut, Jungfer Ave. Dir und deinem Glück zuliebe werde ich mich für diesen Herrn Axt verwenden.«

Ave nahm den Handrücken und küsste ihn. »Danke.«

Klopfen. Gleich fragte eine Stimme: »Martin?« Nikolaus Amsdorf trat ins Refektorium.

Ave wich vom Tisch zurück.

Der Professor hob die Brauen. »Wenn ich ungelegen komme …«

»Nein, bleib.« Luther winkte ihn näher. »Es ist schon recht. Gerade hat mir die Jungfer eine Mahlzeit gebracht.«

Ave knickste vor den Herren. »Ich wollte soeben gehen.« Ein Lächeln für Luther. »Danke, Doktor Martinus. Basilius wird sich freuen. Lebt wohl!«

Beide Herren sahen ihr nach. Kaum hatte sich die Tür geschlossen, schlug Martin mit der Faust auf den Tisch. »Beinah hätte mich Satan zum Narren gemacht.«

Amsdorf nahm einen Stuhl, ehe er sich zu dem Freund setzte, blies er den Staub vom Sitz und hängte den leichten Schultermantel sorgsam über die Lehne des Nachbarstuhls. Er fragte nichts, sah Luther nur an.

Endlich öffnete Martin die Faust. »Jungfer Ave heiratet.«

»Wunderbar. Das ist eine gute Nachricht. Da haben wir wieder eine Sorge weniger. Wer hat sich bereit erklärt?«

»Basilius Axt, der Apotheker.«

»Und wo kommt Satan mit ins Spiel?«

Luther stützte die Hand in die Stirn. »Ave, ein tadelloses Weib. Seit Ankunft der Nonnen im letzten Jahr habe ich selbst daran gedacht, sie zu meiner Hausfrau zu nehmen.«

»Du und heiraten?« Mit aufgerissenen Augen warf sich Nikolaus zurück, beugte sich wieder vor. »Und? Hast du es ihr gesagt? Oder wenigstens in all den Monaten eine Andeutung gemacht?«

»Ich hatte zu viel zu tun. Und außerdem liegt der Bann über mir. Jederzeit kann mich ein gedungener Mörder treffen. Das kann ich keinem Weib zumuten.«

»Eine Ausrede«, wehrte Amsdorf entschieden ab. »Hier in Kursachsen bist du so sicher wie jeder von uns. Mein Freund, ich glaube, dir fehlte der Mut.«

»Sag das nicht.« In die Enge getrieben, trommelte Martin mit den Fingern auf die Holzplatte. »Vorhin gaukelte mir Satan vor, die Gelegenheit zu fragen sei gekommen, da eröffnet die Jungfer mir, dass sie die Frau eines anderen werden möchte. Gerade rechtzeitig konnte ich schweigen und wurde nicht vor ihr zum Narren.«

»Dahinter steckt nicht der Teufel. Du hast zu lange gezögert.« Langsam schüttelte Amsdorf den Kopf. »Satan feiert sein Fest an einem anderen Ort.« Er faltete die Hände. »Thomas Müntzer kommt nicht nach Wittenberg. Deswegen bin ich hergekommen.«

Wie nach einem Hieb schloss Martin die Augen. »Dieser räudige Köter. Er wagt es nicht, sich einer Disputation zu stellen, aber aus sicherer Entfernung das Maul aufreißen und uns ankläffen, dazu hat er Mut.«

Amsdorf setzte hinzu: »Er wiederholt erneut, dass er vor aller Welt seine Lehre beweisen und verteidigen will, nicht aber in der Winkelecke von Wittenberg. Uns lehnt er als Autoritäten ab. Wir sind tatsächlich nichts als Winkelprediger für ihn.«

Luther öffnete die Lider, schwer ging sein Atem. »Er ist der Satan von Allstedt. Der Teufel steckt in Müntzer, und die Kloake stinkt ihm aus dem Rachen wie andern aus dem Arschloch.«

»Aber er hat in Allstedt die Leute hinter sich. Voll Hochmut nennt er uns jetzt eselfurzige Doktoren, und dich bezeichnet er als sanft lebenden Fleischhaufen zu Wittenberg.«

»Schluss!« Martin sprang auf, der Stuhl hinter ihm schleuderte bis an die Wand. »Ich werde diesen Satan zerquetschen.« Mit beiden Händen schlug er immer wieder auf den Tisch, die Töpfe mit Hasenklein und Erbsen sprangen. Im letzten Moment wurden sie von Amsdorf gerettet und weit weggeschoben. Der Zornige stierte ihnen nach. »Ich werde Briefe schreiben. Werde den Fürsten zu Sachsen eine flammende Warnung zukommen lassen. Mein Wort wird brennen! Wo Streit und Schlacht ist, da müssen etliche fallen und verwundet werden. Und ich werde es nicht sein, der unterliegt.«

Luther kam auf Amsdorf zu, vor der Glut in den Augen wich der Freund einige Schritte zurück. »Nikolaus, die Zeit der Nachsicht ist vorbei. Ich werde unsere Fürsten um Vollmacht bitten. Ich will eine strenge Visitation durchführen, will in allen Orten nach faulen, untüchtigen und aufrührerischen Pfaffen suchen und sie aus dem Amte jagen. Und glaube mir, jeder Scharlatan soll mein Wort fürchten und an ihm verbrennen.«

Luther presste die Faust gegen die Stirn, sog den Atem mit Aufschluchzen in sich ein und blickte zur Decke. »Ich stand in Worms allein gegen Kaiser und Papisten, riskierte Leib und Leben für meine Überzeugung. Und er? Dieser Satan lästert und spuckt in unserm sicheren Kursachsen, treibt ausgerechnet hier die Leute zum Aufruhr. Nach drüben in Herzog Georgs Land, nach Sachsen, geht er nicht, weil …«

Der Gedanke entfachte den Zorn erneut. Luther packte den Henkelkorb und wirbelte ihn den Kochtöpfen hinterher.

Amsdorf kam zu spät, konnte nichts retten, Hasenklein und Erbsen verbreiteten sich über die Tafel. »Bitte, halt ein!«

»Das ist es! In Georgsland regiert immer noch Satan, da muss Müntzer nicht hin. Hier bei uns aber haben wir mit Himmelszungen den Teufel verdrängt, und hier will Satan im Müntzerkleid die frommen Christenmenschen zurück in die Hölle locken.«

Amsdorf bemühte sich, mit der Hand die Speisen zurück in die Töpfe zu schaben. »Ein guter Gedanke. Die Inspektionsreise durch die Pfarreien wird Ordnung schaffen.«

»Und den Satan von Allstedt kehren wir als gefährlichen Unrat ganz aus dem Land.«

»Du solltest jetzt etwas essen.« Nikolaus brachte Napf und Töpfe zurück zur Kopfseite der Tafel. »Viel ist nicht übrig geblieben.«

Martin setzte sich nicht. »Erst verliere ich Jungfer Ave. Dann schlägt mir der Satan auf den Magen.« Er wandte den Blick ab. »Der Hunger ist mir vergangen.«

33

Während der Nacht zum Mittwoch hatte es geregnet, erst in den frühen Morgenstunden klarte der Himmel über Allstedt auf. Der noch fast gefüllte Mond verblasste mit dem aufsteigenden Rot im Osten. Der 13. Juli versprach ein schöner Sommertag zu werden.

Im Pfarrhaus nahe der Stadtmauer schlief niemand mehr, weil Thomas Müntzer mit dem Manuskript in Händen vom Studierzimmer durch die Stuben, die Küche und durch den kleinen Flur im hinteren Teil des Hauses hinaus in den Hof und wieder zurückstapfte, den Predigttext übte und dabei tonlos die Lippen bewegte, Sätze murmelte, Worte schrie, mit der Faust unsichtbaren Feinden drohte. Alle Bewohner waren auf der Hut, gaben dem ruhelosen Wanderer stets den Weg frei, wagten sich nur im Flüsterton zu unterhalten. Allein Klein Daniel scherte sich nicht um die Probe des Vaters, er verlangte lautstark nach seiner Morgenmahlzeit und schwieg erst, als Ottilie ihm die Brustwarze sanft zwischen die Lippen strich.

Unvermittelt blieb Müntzer in der Küche stehen. »Wo bleibt das Pferd?«

Ambrosius hob die Schultern. »Keine Sorge, Herr. Es ist noch Zeit genug.«

»Dummkopf, woher willst du wissen, wann es zu spät ist?«

»Sicher werden die Fürsten oben im Schloss nicht gleich bei Sonnenaufgang das Frühmahl einnehmen. Die Herren sind gestern erst spät angekommen, sind noch müde von der Reise.«

Der Seelenwart schlug seinem Adlatus mit dem Manuskript gegen den Arm. »Ich warne dich. Du hast dafür zu sorgen, dass ich rechtzeitig oben vor Ort bin. Und zwar noch ehe die

Gesellschaft sich zu Tisch setzt.« Ein kurzer Blick auf Dorothea. »Und dein Vater fällt bei mir in Ungnade, sollte er nicht bald mit dem Pferd hier erscheinen.«

Ungnade? Das wäre für uns alle das Beste, dachte sie bekümmert und sagte: »Vater hat sich noch nie verspätet.«

Doch Thomas Müntzer hörte sie nicht mehr, er war schon aus der Küche, übte weiter an seiner Predigt.

Pünktlich mit dem siebten Glockenschlag führte Konrad Gerlach den Schimmel am Halfter in die Gasse zum Pfarrhaus. Der Prediger von Allstedt hatte um ein Pferd, um ein weißes Pferd, gebeten, und sofort war ihm vom Rat eins der Tiere aus dem Gemeindestall bewilligt worden. Seit der Befreiung von Ciliax Knauth aus dem Kerker war Müntzer der gefeierte Sieger über die Obrigkeit, kein Wunsch wurde ihm abgeschlagen. »Und ich bin sein Freund und Leibwächter«, sagte sich der Spenglermeister, während er den Schimmel anband. Er zog die Glocke. Wenig später öffnete Ambrosius. »Gottlob, er hat schon gefragt.«

»Aber ich sollte den Gaul um sieben bringen. Pünktlichkeit gehört zur Ordnung.«

»Das war kein Vorwurf«, beruhigte der Schwiegersohn. »Heute ist der große Tag für unsern Meister. Weil er oben im Schloss vor den Fürsten predigen wird. Und da kann ihm vorher keiner was recht machen. Wir alle im Haus haben das seit dem Aufstehen schon zu spüren bekommen.«

»Unser Prediger wird alle bekehren. Da bin ich mir sicher.« Übergründlich wischte Konrad Gerlach die Finger an den Hosenseiten ab, sah zum Schwiegersohn auf. »Wie geht es ihr?«

»Ich glaube, gut. Sie spricht nicht viel.«

»Kann ich mit ihr …?« Der Vater hob etwas hilflos die Hand. »Nur ein paar Worte?«

Ambrosius nickte und verschwand im Haus, nicht lange, und er kehrte zurück. »Dorothea ist in der Küche zu beschäftigt.« Die Ausrede trieb dem Schwiegersohn die Röte ins Gesicht. »Das liegt an … weil der Meister doch bald aufbrechen will.«

»Verstehe«, Konrad Gerlach versuchte zu lächeln. »Na, dann. Einen Gruß von der Mutter sollte ich ihr bestellen, sag ihr das bitte. Dann …«, er wandte sich ab, »dann gehe ich mal wieder.«

Der schlichte schwarze Rock, darüber die mit Pelz besetzte Schaube und auf dem Haupt das samtene Barett der Gelehrten, so bekleidet trat Thomas Müntzer in die Küche. »Ich breche jetzt auf.«

Ottilie wischte gerade ihrem Sohn den Hintern ab. »Viel Erfolg, Thomas!«

»Mir ist nicht bang, weil Gott aus meinem Munde spricht. Dort oben werde ich die Fürsten wachrütteln.« Er sah zur Decke, sprach zu sich selbst die Beschwörungsformel: »Sie sollen Mitstreiter für meine Sache, für mein Evangelium werden. Mit Herzog Johann und Kurprinz Johann Friedrich an der Seite will ich den Kampf gegen die gottlosen Regenten beginnen. Sie müssen vernichtet werden, ebenso die Pfaffen wie auch diese heuchlerischen Schriftgelehrten in Wittenberg. Amen.«

Ottilie ließ die beschmutzte Windel in den Eimer fallen. »Bitte, sei vorsichtig bei allem, was du sagst. Diese Herren auf dem Schloss sind keine Bergknappen oder einfache Bürger. Mit denen da oben musst du höflich umgehen.«

»Weib, deine Ratschläge sind nur lästig. Du kannst mich nicht aufhalten.« Hocherhobenen Hauptes verließ er die Küche.

Draußen ließ er sich von Ambrosius in den Sattel helfen. Noch einmal überprüfte er den Inhalt des Lederbeutels: Bibel und Manuskript. »Meine Werkzeuge.« Ein dünnes Lächeln. »Du läufst vor mir her, Junge. Sei mein Herold.« Er blickte hinauf zum Schloss. »Wartet nur, der Reiter auf dem weißen Pferd kommt zu Euch, um zu siegen.« Leichtes Schlagen mit den Fersen, und der Schimmel setzte sich in Bewegung.

Als sich das sonderbare Paar oben auf dem Berg dem Schlosstor näherte, kreuzten die Wachen misstrauisch ihre Spieße. Ambrosius trat vor sie hin. »Dies ist Pfarrer Thomas Müntzer und bittet um Einlass.«

»Ah, der Prediger von unten.« Die Gesichter hellten sich auf. Über seine Ankunft waren die Posten von Schösser Hans Zeiß informiert worden und öffneten für den frommen Gast und dessen Herold einen der Torflügel. »Euern Gaul müsst Ihr gleich beim Stallburschen abgeben.«

Der Innenhof war geräumt, gefegt, Decken lagen auf den Tischen. Blumenkränze hingen über den Türen. Frau Sabine Zeiß hatte für die hohen Gäste schmücken lassen. Nach wenigen Schritten schon wurde Müntzer vom Schösser aufgehalten. »Nicht quer über den Hof.« Nur ein frostiges Lächeln zum Gruß. »Bitte, halten wir uns dicht entlang der Hauswände.«

»Führt uns gleich in die Kapelle«, Müntzer deutete auf den Lederbeutel, »ich möchte mir Bibel und Predigttext zurechtlegen.«

»Nicht in der Kapelle. Die Herrschaften haben ihr Morgengebet schon verrichtet.«

Die dürren Finger verkrallten sich im Leder. »Ich will predigen. Wo soll ich zu den Fürsten sprechen?«

»Unten in der Hofstube, direkt neben der Küche. Dort nehmen die Gäste gleich das Frühmahl ein.«

Müntzer warf seinem Adlatus den Beutel zu und stemmte die Fäuste in die Hüften. »Schösser! Eine Predigt ist von mir verlangt worden. Hier bin ich und verlange …«

»Irrtum«, unterbrach Hans Zeiß scharf, »Ihr habt mich gedrängt, wolltet unbedingt vor den Fürsten Eure Lehre erklären. Und ich habe, um den Frieden zwischen Stadt und Schloss nicht wieder zu gefährden, Euch diese Gelegenheit verschafft.« Der Bart vibrierte. »Es hat mich Mühe und Überredung gekostet, bis Kanzler Brück einverstanden war. Er hat den Ort bestimmt. Ich habe Euch ein Stehpult in die Mauernische stellen lassen. Das soll Euch genügen.«

Thomas Müntzer rieb die Knöchel der rechten Faust heftig an den Zähnen. »Sei es drum«, er riss den Lederbeutel wieder an sich, »dann eben die Hofstube.«

»Und dass Ihr es wisst: Auch Schultheiß Rückert und noch zwei Herren vom Stadtrat werden mit an der Tafel sitzen.«

»Das sind meine Leute, die muss ich nicht fürchten.«

Beim Anblick der überladenen Tische klatschten Herzog Johann und sein Sohn Johann Friedrich dem Gastgeber zu, gleich fielen Kanzler, die adeligen Begleiter und die Abgeordneten des Stadtrates mit ein.

Auf den silbernen Platten lagen Lachs, Stör und Forelle dicht beieinander, gleich daneben dufteten Hasenkeulen und Rehrücken. In Butter gesottene Wachteln und Lerchen umrahmten den knusprigen Schweinskopf. Dazu reichten die Mägde vom Bier überschäumende Krüge.

»Wohl soll es uns bekommen!« Herzog Johann nahm den ersten Schluck, dann trank auch die übrige Tischgesellschaft. Für einen Moment kehrte Schweigen ein, nur das Schlucken war zu hören, gefolgt vom Absetzen der Krüge. Das Rülpsen drang durch die angelehnte schmale Tür, die in der Ecke der Hofstube nach wenigen Treppenstufen hinauf ins Schloss führte.

Dort hinter der Tür harrte Thomas Müntzer auf seinen Einsatz. Ambrosius spähte durch den Spalt auf die unten zum Hufeisen gestellte Tafel. An der Stirnseite speisten die Fürsten, und neben ihnen saßen Kanzler Brück und Hans Zeiß. Wann gab der Schösser endlich das Handzeichen?

»Was siehst du?«, flüsterte der Prediger.

»Nur gutes Essen«, stöhnte Ambrosius, »der Schösser kaut an einem fetten Schenkel …« Hart traf ihn ein Schlag in die Seite. »Es ist wahr, Herr. Nein, jetzt, er winkt uns mit dem abgekauten Knochen zu.« Ambrosius richtete sich auf. »Es ist das Zeichen.« Er öffnete die schmale Tür, so weit es ging, und Thomas Müntzer schlüpfte hindurch. Auf dem Absatz straffte der Seelenwart von Allstedt den Rücken. Gemessen schritt er Stufe für Stufe zur Tischgesellschaft hinab.

Niemand beachtete den Prediger. Da nahm er das Stehpult, stellte es in die Öffnung der Tafel und schlug die Bibel auf. »Hört, Ihr teuren Regenten von Sachsen! Hört die Verse aus dem Buch Daniel. So hört, wie König Nebukadnezar seinen Traum vergisst und der Prophet geleitet von der Stimme Gottes die Erinnerung zurückbringt ....«

Stille kehrte ein. Herzog Johann beugte sich zu seinem Kanzler, fragte und erhielt zur Antwort: »Das ist der schon oft erwähnte Pfarrer Müntzer.« Der Fürst erinnerte sich an den Namen, eine steile Falte furchte die Stirn, gleich setzte Brück hinzu: »Wenn wir diesen Aufrührer einmal in Augenschein genommen haben, können wir, wenn nötig, besser gegen ihn vorgehen.«

Herzog Johann nahm einen tiefen Schluck und wischte sich mit dem Samtärmel den Bierschaum von Mund und Bart. Eine Weile beäugte er den Prediger.

Müntzer spürte den Blick, sprach die weitere Auslegung der Bibelstelle direkt in Richtung des Fürsten. »Da hat ein gottloser Kaiser, ein elender Drecksack, die ganze Welt haben wollen, die ihm zu nichts anderem diente als zur Pracht und Schwelgerei. Ja, er glaubte, er wäre der Größte. Oh, wie klein ist da der Eckstein Jesus Christus in der Menschen Augen ...«

Herzog Johann winkte sich das Ohr seines Kanzlers näher an den Mund. »Ist das der Teufelsprediger, vor dem uns Doktor Martinus im letzten Brief so heftig gewarnt hat?«

»Er nennt ihn Satan von Allstedt.«

Herzog Johann langte zur Geflügelplatte, nahm eine gesottene Lerche, riss die Flügel ab und kaute krachend daran. Auch sein Sohn aß mit Genuss weiter. Die übrigen Herren spießten sich Bratenstücke auf das Holzbrett, schlürften an den süßsauren Suppen. Je länger die Predigt dauerte, umso mehr lebte die Unterhaltung wieder auf. Müntzer sprach lauter und lauter gegen den Lärm, das störte die Verständigung unter den Herren, und sie hoben mehr und mehr die Stimmen. Der Prediger nahm jetzt Arme und Hände zu Hilfe, um sich Gehör zu verschaffen: »… Darum muss ein neuer Daniel aufstehen und Euch die Offenbarung auslegen, und der muss ganz vorn an der Spitze gehen. Er muss den Zorn der Fürsten und den Grimm des Volkes versöhnen.«

Kanzler Brück erklärte hinter vorgehaltener Hand seinem Herrn: »Nicht zu glauben, er fühlt sich selbst als neuer Prophet, als neuer Daniel.«

Mit einem Stück Lachs im Mund schmatzte der Herzog: »In theologische Dinge möchten wir uns nicht einmischen. Da halten wir es wie mein kranker Bruder Kurfürst Friedrich. Aber diesem da sollten wir möglichst rasch den Maulkorb umhängen.« Er streckte den Zeigefinger, warnte: »Ohne großes Aufsehen« und polkte eine Gräte aus der Backentasche.

»Verlasst Euch auf mich«, versicherte Kanzler Brück.

Müntzer reckte nun beide Hände: »Die Auserwählten haben das Land nicht durch das Schwert gewonnen, sondern durch die Kraft Gottes. Aber das Schwert ist nötig, die Gottlosen zu vertilgen. Denn die Gottlosen haben kein Recht zu leben. Damit das geschehe, sollen unsere Fürsten das Schwert ergreifen. Wenn die Fürsten dies aber nicht tun, wird ihnen das Schwert von uns genommen werden.« Die Stimme wurde zur Posaune. »So wir nun Gott fürchten, warum wollen wir uns vor lasterhaften, unwerten Menschen entsetzen? Denn Ihm ist gegeben alle Gewalt im Himmel und auf Erden. Amen.«

Kein Schweigen, kein Applaus. Niemand schien das Ende der Predigt zu bemerken. Nach frischem Bier wurde gerufen, das Morgenmahl ging munter weiter.

Aschfahl im Gesicht klappte Thomas Müntzer die Bibel zu und rollte die Seiten seines Manuskriptes zusammen, in seinem Blick loderte Zorn.

Da erhob sich Kanzler Brück, huschte hinter den Fürsten vorbei und nach vorn zum Stehpult. »Kommt!« Mit festem

Griff führte er den Prediger eilig aus der Hofstube, durch die Küche, erst draußen im Schlosshof ließ er den Arm los. »Auf Wunsch und Befehl unseres Herrn, des allergnädigsten Herzogs Johann, ist Euch jedwede Veröffentlichung bei Strafe untersagt. Es sei denn, Ihr unterwerft die Schriften vorher unserer Zensur. Guten Tag!« Ohne ein weiteres Wort wandte sich Kanzler Brück um und kehrte zur Tafel zurück.

Wie betäubt sah ihm Thomas Müntzer nach, rührte sich auch nicht, als sein Adlatus zu ihm kam. »Was jetzt, Herr?«

»Weg von diesem heidnischen Ort«, flüsterte der Prediger.

Am Pferdestall wollte Ambrosius ihm in den Sattel helfen, da wehrte Müntzer ab. »Reite du das weiße Pferd. Ich will als dein Diener vor dir herlaufen.«

Die Torwachen feixten verstohlen, als das sonderbare Paar jetzt in getauschten Rollen an ihnen vorbeizog.

Auf halben Weg zur Stadt hinunter schrie Thomas Müntzer in wildem Schmerz auf: »Diese Fürsten! Sie folgen nicht dem reinen Evangelium, sondern dem Bruder Mastschwein in Wittenberg und seinen Lügen.« Er reckte die Faust gegen das Schloss. »Wartet, denn schon bald wird Euch das Schwert vom Volk aus der Hand genommen, und die Armen werden es gegen Euch richten!«

Er befahl Ambrosius abzusteigen. »Ich darf nichts mehr veröffentlichen? Diese vollgefressenen fürstlichen Halunken werden meine spitze Feder noch fürchten.« Er ließ sich auf den Schimmel helfen. Vom Sattel aus beugte er sich zu Ambrosius hinunter. »Wie gut, dass meine Predigt schon in Druck ist. Das wird nach dem Verbot die erste Veröffentlichung sein, die ich der Welt gebe. Und glaube mir, mein treuer Junge, es werden noch viele folgen. Denn kein Wort von mir soll verloren gehen. Und du wirst sie sammeln, jedes Schriftstück will ich aufbewahren.«

Auf dem Weiterritt sang er vor sich hin. »Oh Lamm Gottes, du trägst die Sünde der Welt …« Wiederholte es, und Ambrosius summte die Melodie bis zum Tor von Allstedt mit.

Am Abend kühlte es nicht ab, die Hitze blieb auch während der Nacht. Noch vor ihrem Ehemann war Dorothea ohne Hemd zu Bett gegangen und hatte sich nur lose mit einem Leinentuch bedeckt. Die Öllampe wird Ambrosius runterdrehen, dachte sie und blickte zum offenen Fenster. Mondlicht erhellte die Dunkelheit, schwach schimmerten die Sterne am Himmel. Sie wählte sich einen von ihnen, schickte ihren Nachtgruß an Barthel hinauf und öffnete die Kammer, in der sie alle Zärtlichkeit, den Duft und alle gemeinsamen Bilder verwahrte. Mit diesem Reigen dämmerte sie in den Schlaf hinüber.

Lange wanderten sie Hand in Hand durch ein grünes Tal. Mit einem Mal verwelkten ringsum die Sträucher, das Gras verdorrte. Furchtsam wollte sie sich an Barthel schmiegen, doch er war nicht mehr da, ihre Hand, die gerade noch in seiner lag, war leer. Heiß und stickig wurde die Luft, sie streifte das Tuch von den Schultern. Da vernahm sie Stöhnen, spürte einen Blick. Ambrosius?

Dorothea öffnete einen Spaltbreit die Lider. Oh Gott, behüte mich. Durch den Wimpernvorhang sah sie ihn neben ihr auf dem breiten Bett knien. Nackt, den dürren Oberkörper vorgebeugt, strich er mit einer Hand sein erregtes Glied, die andere streckte sich über ihren Körper, berührte nicht, streichelte die Luft über ihren entblößten Brüsten. Seine Augen waren geweitet, der Mund stand halb offen. Schneller ging der Atem, ins Keuchen mischte sich helles Wimmern.

Der Arme. Dorothea schlug die Lider auf, sah ihn traurig an. Eine Zeit lang bemerkte er es nicht, dann aber schreckte er zurück. »Du bist wach?« Vergeblich bemühte er sich, mit beiden Händen seine Erregung zu verbergen, die blanke Kuppe ragte aus den gefalteten Fingern. »Verzeih!« Ambrosius floh vom Bett, aus der Stube, nach draußen in den Hof.

Bald vernahm Dorothea durchs geöffnete Fenster wieder sein Keuchen. Sie setzte sich, zog die Beine an und legte das Kinn auf die Knie. Ach, Ambrosius, ich weiß, es ist so schwer für dich. Er durfte sie ansehen, nur ihren Körper betrachten.

»Lass mir wenigstens das von dir.« Dorothea hatte eingewilligt und er hielt sich an die Abmachung. Meist stillte er seine Lust an sich selbst, ohne dass sie es merkte, nur manchmal musste sie wie heute miterleben, wie sehr ihn die Begierde ohne wirkliche Erfüllung quälte. »Auch wenn du mir leidtust«, flüsterte sie: »Ich werde dir nie gehören, niemals« und wünschte sich Flügel.

Ambrosius kam zurück. Er griff zum Wasserkrug unter der Lampe und trank in großen Schlucken. »Möchtest du auch?«

Dorothea schüttelte den Kopf.

Er drehte den Docht niedriger. Als er sich auf dem Lager ausstreckte, fragte sie leise. »Würdest du mich gehen lassen?«

Stille. Nach einer Weile sagte er: »Niemals.«

»Unsere Ehe ist ein Kerker. Für dich genauso wie für mich.«

»Ich bin lieber mit dir im Kerker, als ohne dich zu sein.«

»Ach, Ambrosius.« Sie legte sich zurück. Und starrte in die Dunkelheit. Tränen rollten ihr über die Wangen. Freiheit. Wäre ich doch frei. Sie presste beide Hände aufs Gesicht. Dazu bräuchte ich Flügel, weit gespannte.

34

Nach der Predigt geschah zwei Tage nichts, die Sommerhitze dauerte an, dann zogen Wolken auf, der Fürstenhimmel verdüsterte sich. Erstes Grollen der Macht bedrohte Allstedt.

Herzog Georg, Herr über das katholische Sachsen, gab Befehl, und sein Amtmann in Sangerhausen schritt am Samstag, dem 16. Juli, zur Tat. Seine Büttel gingen von Haus zu Haus, verhafteten die Anhänger der Müntzer-Lehre. Wer rechtzeitig gewarnt wurde, floh nach Allstedt. Tile Banse, der Pfarrer von Sangerhausen, aber konnte nicht entkommen. An Händen gefesselt, wurde er von den Schergen in den Kerker geworfen.

Zur gleichen Zeit ließ nicht weit entfernt im lutherfreundlichen Kursachsen Ritter Friedrich von Witzleben seinen Ort Schönewerda von einem Trupp Bewaffneter überfallen. Die ahnungslosen Bürger verloren Hab und Gut, die Müntzer-Anhänger aber wurden geprügelt, gequält und verhaftet. Wer der Grausamkeit entkam, der suchte Zuflucht im nahen Allstedt.

»Helft!« Tränenüberströmt jammerten Kinder. »Gott, erbarme dich!«, flehten Frauen und Männer. In der Gasse nahe der Stadtmauer drängten sich die Flüchtlinge. Alle Augen waren aufs Pfarrhaus gerichtet. Hoffnung. Von dort sollte Hilfe kommen.

Thomas Müntzer stand in der Stube versteckt neben dem Fenster, schwer atmend spähte er nach draußen zur Menge der Elenden. »Nein.« Seine Lippen bebten. Er presste die Hände vor der Brust zusammen. »Nein, Herr, lasse dies nicht dein Wille sein!«

Ambrosius hüstelte. »Meister, was jetzt? Die Leute warten.«

»Worauf, Junge, worauf?«

»Auf Euch. Auf Hilfe. Oder besser noch auf ein Wunder.«

Heftig packte der Seelenwart seinen Adlatus am Hemdstoff. »Verschaffe mir Zeit. Hörst du! Geh hinaus und führe die Leute zum Marktplatz. Dort sollen sie warten, bis ich zu ihnen komme.« Er zog Ambrosius zu sich herunter, fast berührten seine Lippen den Mund. »Sie müssen aus der Gasse verschwinden. Alle. Ihre Nähe bedroht mich. So kann ich unsern Gott nicht um Rat fragen.«

»Hab verstanden, Herr: Ich locke die Flüchtlinge weg, und Ihr betet um ein Wunder.«

Müntzer stieß ihn zur Tür. »Tu, was ich dir befohlen habe.«

Erst als Ambrosius vor dem Pfarrhaus mit lauter Stimme auf die Menschen einsprach und die sich langsam aus der Gasse zurückzogen, kniete der Prediger neben dem Regal in seinem Studierzimmer nieder und hielt Zwiesprache mit Gott.

In den späten Nachmittagsstunden erschien Thomas Müntzer auf dem Marktplatz, angetan mit einem hellen wallenden Umhang und einem langen knorrigen Stab in der Rechten und begleitet von seinen vier Leibwächtern. Rasch scharten sich die Flüchtlinge um ihn. »Fürchtet euch nicht. Lasst euch nicht irre machen. Das Wüten der Tyrannen wird bald zu Ende sein.«

»Woher wisst Ihr das, Meister?« Der Mann trat auf ihn zu, über die rechte Wange zog sich eine schwärzlich verkrustete Wunde, das Auge war zugeschwollen. »Heute hat uns der Fürst gezeigt, wie ohnmächtig wir sind.«

Vorsorglich schoben sich Dorotheas Vater und Bäckermeister Anton Gruber zwischen den Frager und ihren Prediger.

»Sagt doch«, der Mann hob die Faust, »was ist gut an Eurer Lehre, wenn wir dafür geschlagen und getötet werden?«

»Geduld, mein Freund!« Ein Handschlenker befahl die Leibwächter wieder zur Seite. »Lasst die Tyrannen euch eine Weile quälen, ertragt es. Lasst sie ihren Mutwillen an euch austoben, es währt nicht mehr lange. Denn Gott hat mir geweissagt, dass er bald schon diese Feinde des Evangeliums samt den Wurzeln ausreißen und vernichten will.«

Schreie am Rand des Platzes. Rufe! Als Antwort stiegen erneut Schreie auf. Rasch griff das Entsetzen unter den Flüchtlingen um sich. Ambrosius drängte sich durch die erregte Menge, reckte die Arme, rief über die Köpfe hinweg: »Herr!« Atemlos gelangte er bei ihm an. »Eine Neuigkeit.« Mit Blick auf die Unruhe ringsum setzte er hinzu: »Besser nicht hier, lasst uns näher zum Rathaus gehen.«

Eskortiert von den Leibwächtern, folgte Müntzer seinem Adlatus, vor dem Eingang verlangte er: »Jetzt rede!«

Ambrosius beugte sich zu ihm. »Schösser Zeiß will die Flüchtlinge zurückschicken. Nicht heute, aber in den nächsten Tagen. Das hat sein Bote am Tor gemeldet.«

»Er will sie den adeligen Teufeln wieder in den Rachen stoßen?«

»Er muss wohl.« Ambrosius rieb sich das Kinn. Die Amtmänner von Sangerhausen und Schönewerda hätten die sofortige Auslieferung ihrer geflohenen Untertanen verlangt.

Müntzer schüttelte den Kopf. »Das darf nicht geschehen.« Er wollte sich für die Menschen einsetzen, wollte einen Brief zum Schloss hinaufschicken. »Egal, wie der Schösser zu mir steht, ich werde ihn an seine Christenpflicht erinnern.«

Schultheiß Nickel Rückert verließ das Rathaus, gleich trat ihm der Prediger in den Weg. »Wir müssen handeln, sofort. Ehe ein Unglück geschieht, muss unser Amtmann Zeiß aufgehalten werden.«

»Wovon sprecht Ihr?«

Ambrosius schilderte rasch die Lage. Eine Zeit lang sah der Schultheiß vor sich hin, dann blickte er zu den Flüchtlingen. Das Gerücht hatte sich unter ihnen ausgebreitet, nun standen sie furchtsam in Gruppen beieinander, wieder richteten sich alle Augen Hilfe suchend auf den Prediger. Nickel Rückert hob die Achseln. »So ist es Brauch unter den Fürsten. Ein Schösser muss dem anderen Schösser entlaufene Untertanen wieder zurückschicken. Wenn nötig mit Waffengewalt. Das ist althergebrachtes Recht.«

»Schultheiß!«

Nickel Rückert trat näher und senkte die Stimme. »Bitte, mischt Euch hier nicht ein. Das Wohl unserer Stadt steht auf dem Spiel. Ihr mögt ein neuer Daniel sein, doch den neuen Löwen in den Burgen und Schlössern, denen seid Ihr nicht gewachsen.«

Müntzer starrte den obersten Rat der Stadt an. »Das Volk steht hinter mir, Gott ist in mir, wen also sollte ich fürchten?«

Nun stemmte Rückert die Fäuste in die Hüften, mühsam beherrscht sagte er: »Warum sind die Flüchtlinge hier? Weil Ihr die Predigt habt drucken lassen. Gegen fürstliches Verbot. Merkt Ihr es nicht? Das Maß ist voll. Die Fürsten holen zum Schlag gegen Euch aus.« Er deutete zu den vielen Verletzten auf dem Platz hinüber. »Und ich will nicht, dass mein Allstedt mit Euch unter die Hufe gerät.«

Da lachte ihm Müntzer ins Gesicht. »Euer Herz ist so schwarz, so voller Feigheit, dass es Euch in die Hose gerutscht ist. Nein!« Er reckte sich, drohte mit dem Stock gegen das Schloss. »David sagt: Ich will meine Feinde verfolgen, ich will sie zerschmettern. Ich will nicht aufhören, bis dass sie zuschanden werden. Hört Ihr, Schultheiß, die Flüchtlinge sollen bleiben. Dafür werde ich meine ganze Kraft einsetzen. Ich werde scharfe Briefe schreiben, singen wie die Posaunen und Gott um Beistand bitten.«

Nickel Rückert wandte sich ab, den Kopf gesenkt, ging er davon. Der Seelenwart rief ihm nach. »Lieber Freund, verzagt nicht. Wartet meine neue Predigt ab. Ich werde den Herzen neuen Mut einflössen und Allstedt zu einer Festung des Volkes machen.«

Den Mutlosen auf dem Vorplatz winkte er zu. »Vertraut mir! Niemand wird euch ausliefern, vertraut mir.«

Wer von den Flüchtlingen Verwandte oder Freunde in der

Stadt hatte, der fand bei denen Unterschlupf. Für die Übrigen gab es Schlafplätze in Scheunen und Schuppen. Während der ersten Woche bewiesen die Allstedter Mitleid und Großmut den Notleidenden gegenüber. Pfarrfrau Ottilie organisierte mit Dorothea die Versorgung der Menschen. Frühmorgens zogen sie selbst mit Körben durch die Stadt, verteilten von den Bürgen zuvor erbettelte Lebensmittel. Doch dann nach sieben Tagen meldete Bäckermeister Gruber: »Das Mehl geht zu Ende. Bald haben wir für unseren eigenen Bedarf nicht mehr genug Brot.« Auch der Vorrat an Wurst und Käse reichte nicht mehr lange und keinesfalls für alle.

Fragen gingen von Haus zu Haus: »Wer soll zuerst satt werden? Wie lange noch sollen wir fremde Mäuler stopfen? Wann bestrafen uns die Fürsten für unsern Ungehorsam?«

Die Gläubigen erhofften am Sonntag von ihrem Prediger die erlösenden Antworten. Thomas Müntzer bestieg die Kanzel. »Hört die Worte aus der Schrift: Und König Josia trat an die Säule und machte einen neuen Bund vor dem Herrn. Geliebte Brüder und Schwestern, versammelt euch in unserm Bund. Kommt, kommt zusammen! Denn es gilt nun, gegen die zu stehen, die gegen das Evangelium toben …«

Vorn in der ersten Reihe hingen Spenglermeister Konrad und mit ihm einige bärtige Ratsherren wie gebannt an den Lippen ihres Meisters, Nickel Rückert und andere Bärtige aber sahen sich verstohlen an. Kein Wort verlor der Seelenwart über das täglich anwachsende Problem mit den Flüchtlingen. »Vor wenigen Tagen hat Gott sich meinem gottesfürchtigen alten Herold in einem Gesicht offenbart: Er sah aufgereiht alle Fürsten und Tyrannen, die gegen das Evangelium streiten. Und ihre Gesichter waren vor Entsetzen leichenblass und ihre Mäuler vor Angst aufgerissen. Deshalb, liebe Brüder und Schwestern, seid getrost, das neue Reich der Auserwählten steht vor der Tür. Und niemand kann uns widerstehen. Denn …«, nun hob der Prediger die Stimme, »denn ein jeder von euch wird von den Ungläubigen tausend und zwanzigtausend erwürgen …«

Die Worte brannten sich in die Herzen der Anhänger, entflammten erneut ihren Glauben und den unbedingten Willen zu kämpfen. Getragen vom Erfolg seiner Predigt, rief Müntzer wieder zu den Waffen. Auch die Frauen sollten Mistgabeln und Feldhacken bereithalten. »Wenn wir angegriffen werden, dann sind wir gerüstet!« Gleich nach der Predigt stürmte der Seelenwart, begleitet von Leibwächtern und Gläubigen, zum Rathaus. Er wollte zum Zeichen der Kraft die Sturmglocke läuten.

Vor dem Eingang standen einige Stadträte, in ihrer Mitte hob der Schultheiß das Kinn.

Müntzer wischte mit der Hand durch die Luft. »Gebt den Weg frei!«

Die Herren verschränkten die Arme vor der Brust. Rückert schüttelte den Kopf. »Kein Feuer, kein Feind nähert sich der Stadt. Zum Läuten gibt es keinen Grund.« Er zwang sich zu einem Lächeln und ging auf den Prediger zu. »Bitte, helft uns. Die Menschen sind aufgewühlt genug. Was wir jetzt dringend benötigen, ist Ruhe.«

Müntzer presste die Fingerkuppen an beide Schläfen. Erst nach tiefem Durchatmen verzichtete er auf das Sturmläuten. Er winkte den Schultheiß näher, warnte ihn halblaut: »Ihr seid mir zu unschlüssig in den letzten Tagen. Sagt, lieber Freund, steht Ihr noch treu zu unserm Bund?«

Ebenso leise antwortete Rückert. »Solange der Bund das Wohl meiner Stadt nicht gefährdet, stehe ich zu ihm.«

»Ich vertraue Euch, wie Ihr mir vertraut.« Müntzer wandte sich ab, kehrte aber gleich noch mal zurück und bat, den Stadtboten für die Zustellung einiger Briefe in der nächsten Woche nutzen zu dürfen. »Vor allem muss ich Schösser Zeiß ermahnen, dass er die Fürsten warnt. Sie sollen wissen, die Geduld des Volkes darf nicht überbeansprucht werden. Denn geht die Geduld des Volkes zu Ende, so wird es in deutschen Landen viel grausamer zugehen als in einer Mordgrube.« Er schnippte dreimal mit den Fingern, sah zum Himmel, als gäbe es dort einen Mitwisser.

Dieses Mal zögerte Hans Zeiß nicht, auch bedurfte es keiner Überredung vonseiten seiner Gemahlin Sabine. Mit den Briefen des Predigers im Gepäck ritt der Amtmann des Schlosses in aller Eile nach Weimar, dort in der Kanzlei erstattete er Bericht über die Zustände in Allstedt, über seine Furcht um den Frieden, und flehte Herzog Johann an, endlich, endlich die Lehre Müntzers prüfen zu lassen. »Und wenn sie nichts taugt, dann soll er abgeschafft werden, ehe das Volk, das an ihm hängt, beginnt zu rauben und zu morden.«

Kanzler Brück antwortete nichts, ließ den Schösser stehen und warten. Er selbst entschwand in den Schreibsaal nebenan. Kaum eine Viertelstunde später kehrte er zurück und überreichte Hans Zeiß drei mit Siegel und Unterschrift versehene Schriftstücke. »Diese Vorladungen gelten für Euch selbst, den Schultheiß mit einem Ratsherren sowie Thomas Müntzer. Das Verhör findet am nächsten Montag, dem 1. August, statt. Unbedingte Pünktlichkeit wird erwartet.«

Hans Zeiß bebten die Lippen. »So schnell? Um Vergebung, ich kann das Glück kaum fassen«, er dienerte einige Male. »Ich bin Euch zu tiefstem Dank verpflichtet.«

Brück wehrte ab. »Dankt nicht mir, dankt Doktor Martinus Luther. Er hat unseren Fürsten in diesen Tagen eine dringliche Schrift zukommen lassen, in der er ebenfalls vor dem aufrührerischen Geist in Allstedt warnt. Seine Warnung hat an höchster Stelle Gehör gefunden und deshalb der rasche Termin. Guten Tag.«

Beim Hinausgehen flüsterte Zeiß vor sich hin: »Ganz gleich, wer lauter geklagt hat, Hauptsache, das Verhör findet statt.«

35

Sie ritten zusammen, und doch blieb jeder allein mit seinen Gedanken. Vornweg der Schösser, eine Pferdelänge hinter ihm Thomas Müntzer mit Leibwächter Konrad Gerlach. Dorotheas Vater hatte seinem Meister wieder das weiße Pferd aus dem Gemeindestall besorgt und für sich selbst einen Braunen ausgewählt. Den Schluss bildeten Schultheiß Rückert und Stadtschreiber Hans Reichardt. Zwei Bewaffnete vorn, zwei als Nachhut eskortierten die Gruppe.

Als der Schlossturm und die Dächer von Weimar in der Ferne auftauchten, wandte sich Hans Zeiß im Sattel um: »Wir nächtigen zusammen im Wirtshaus, gleich unterhalb des Schlosshügels. Dort habe ich Quartier bestellen lassen.« Weil niemand etwas sagte, setzte er hinzu: »Die Ausgaben für Kost und Bett gehen auf meine Rechnung.« Dafür erntete er allgemeines Kopfnicken und sogar ein »Danke« vom Spenglermeister.

Die Verhandlung war auf zehn Uhr in den Räumen der Torburg angesetzt. Konrad Gerlach durfte nicht mit hinein, er musste draußen bei der Eskorte bleiben. Kurz vor dem Termin erschien der Sekretär des Kanzlers im Warteraum. In aller Förmlichkeit begrüßte er den Schösser, dann musterte er die anderen Herren. »Darf ich fragen, wer von den Anwesenden ist Müntzer?«

Der Prediger hob die Hand.

»Gut, Ihr müsst Euch gedulden. Die Übrigen bitte ich, mir zu folgen.«

»Als Letzter?«, hielt Thomas Müntzer den Hofbeamten auf und presste die Hand ans Herz. »Gebietet es nicht die Höflichkeit, den Seelenwart von Allstedt als Ersten anzuhören?«

Der Sekretär rückte die Brille gerade, sah leicht belustigt

auf Müntzer. »In Eurem Städtchen mögt Ihr Vorrechte genießen. Hier in der Großstadt Weimar seid Ihr nur ein Pfaffe, der zum Verhör vorgeladen wurde. Und die Reihenfolge der Befragung bestimmt der Kanzler.« Eine einladende Armbewegung für den Schösser und die Ratsherren. »Wenn ich bitten darf.«

Kanzler Brück führte den Vorsitz, ausgestattet mit allen Vollmachten seiner Fürsten. In den Fragen schrillten gleichzeitig gefährliche Anklagen. »Warum sind die Zerstörer der Mallerbacher Kapelle immer noch nicht bestraft worden?«, »Warum wurde die Sturmglocke geläutet?«, »Aus welchem Grund habt Ihr einen Geheimbund gegründet?«. Eine Pause, ein scharfer Blick. »Etwa gegen Euren Herrn, den gnädigen Kurfürsten?«

Bisher hatte Nickel Rückert keine klare Antwort gegeben, wollte niemanden beschuldigen, doch nun sah er den Kanzler offen an. »Zu keiner Zeit wird sich der Rat von Allstedt gegen Seine kurfürstlichen Gnaden stellen.«

»Das ist gut zu hören.« Der Zeigefinger schnellte vor. »Und wieso beherbergt Ihr immer noch die Flüchtigen aus Sangerhausen und Schönewerda? Ihr weigert Euch gar trotz Aufforderung, sie zurückzuschicken? Die längst fälligen Strafmaßnahmen werden in Kürze Eure Stadt heimsuchen.«

»Keine Truppen, ich flehe Euch an. Bitte, verschont uns und unsere Stadt.« Rückert fiel auf die Knie, gleich folgte ihm auch Hans Reichardt. Der Schultheiß atmete tief. »An allem … an allem Übel ist der Prediger schuld.« Die Fessel war gesprengt. Nun strömten die Antworten aus den beladenen Herzen: Ja, Ungehorsam, ja, Aufruhr, ja, Widerstand. Nickel Rückert faltete die Hände. »Verschont uns, denn wir sind arme, verführte Menschen. Pfarrer Müntzer hat uns zu allen Verfehlungen überredet.«

Kanzler Brück ließ sich vom Sekretär eine Liste reichen. »Um Seine kurfürstliche Gnaden wieder zu versöhnen, sind folgende Maßnahmen unverzüglich durchzuführen …«

Nach einer weiteren Stunde erst verließen Schösser Zeiß und die beiden Stadträte mit hochroten Gesichtern das Verhörzimmer. Thomas Müntzer erhob sich von seinem Stuhl. »Freunde, was hat so lange gedauert?«

Kein Blick, die Ratsherren eilten wortlos an ihm vorbei, und Hans Zeiß murmelte nur, dass man draußen auf ihn warten würde.

Der Sekretär schob für Müntzer einen Sessel direkt vor den Tisch des Kanzlers. »Nehmt Platz!«

Brück blätterte in Papieren, ließ warten, endlich blickte er den Prediger an. »Wie ich hier ersehe, habt Ihr die Pfarrstelle in Allstedt zu Unrecht inne.«

»Gott hat mich an diesen Platz geführt.«

»Außer dem Allerhöchsten hätte auch unser allergnädigster Kurfürst seine Zustimmung geben müssen.« Die flache Hand klatschte auf die Tischplatte. »Ihr seid uns lästig und unbequem, deshalb beantwortet ohne Sermon, kurz und wahrheitsgemäß meine Fragen. Habt Ihr unsere kurfürstliche Durchlaucht auf das Schändlichste geschmäht und verhöhnt?«

»Nein.«

»Ach?« Brück strich sich den scharfkantigen Nasenrücken und nahm ein Blatt auf: »Ich zitiere Euch: Kurfürst Friedrich, der alte Graubart, hat so viel Verstand im Kopf wie ich in meinem Arsch.«

Die knochigen Hände verkrallten sich im Stoff der Schaube. »Dies kann nur eine infame Unterstellung meiner Feinde sein.«

»Ach.« Das Papier fiel auf den Tisch. »Ihr habt einen Geheimbund in Allstedt gegründet. Zu welchem Zweck?«

»Allein zum Schutze des Evangeliums.«

»So, so, zum Schutz.« Mit dünnem Lächeln beugte sich Brück vor. »Ist jemals in den Ländern Kursachsens die Predigt des Evangeliums verboten worden? Nein. Es gibt keine Gefahr, also bedarf es auch keines Bundes.« Nun griff er zu einer

Flugschrift. »Ihr habt Eure Predigt, die wir auf Schloss Allstedt anhören mussten, in Druck gegeben. Ohne unsere Erlaubnis!«

»Das kann ich erklären.« Müntzer griff in die Innentasche seiner Schaube, zog ein dickes Manuskript heraus. »Um meinen guten Willen zu zeigen …«

»Bemüht Euch nicht.« Kanzler Brück straffte den Rücken. »Für heute seid Ihr entlassen. Geht zurück nach Allstedt. Keine Predigt, keine Schriften. Verhaltet Euch still.«

Müntzer schüttelte den Kopf. »Aber mein Werk …«

»Alles Weitere wird der Kurfürst in Kürze verfügen. Guten Tag.«

Der Sekretär trat hinter den Sessel. Gerade rechtzeitig noch erhob sich der Prediger, als der Sessel schon weggezogen und an die Wand zurückgestellt wurde.

Am Ausgang der Torburg wankte Müntzer, musste sich an die Steine lehnen. Schösser Zeiß trat zu ihm. »Was ist? Wie ist es Euch drinnen ergangen?«

Der Erschöpfte hob langsam den Kopf. Das Gesicht totenblass, in den schwarzen Augenhöhlen brannte kein Feuer. »Wie soll es mir gehen? Das fragt Ihr?« Sein Kinn zitterte. »Ich werde mir wohl ein anderes Fürstentum suchen müssen.« Er stieß sich von der Wand ab und schritt auf die Pferde zu. Hans Zeiß wollte ihn stützen, doch er wehrte ab. »Lasst mich! Ihr habt mir bei den Herren da oben wahrlich schon genug geholfen.« Außer der Eskorte wartete nur noch Konrad Gerlach. »Wo sind die anderen?«

Schultheiß und Stadtschreiber wären in großer Eile gewesen. »Sie sind schon vorausgeritten.« Der Schösser bestieg sein Pferd. Auch er müsse sich sputen, weil dringende Angelegenheiten auf ihn warteten. »Ihr seid beim Spengler in guten Händen. Lasst Euch nur Zeit auf dem Rückweg.« Damit gab er seinen Männern einen Wink, und begleitet von der Eskorte, ritt er den Hügel hinunter zur Uferstraße entlang der Ilm.

Konrad Gerlach führte das weiße Pferd neben den Seelenwart. »Darf ich Euch in den Sattel helfen?«

Aus einer Regung heraus legte ihm Müntzer den Arm um die Schulter. »Bruder, mein treuer Bruder. Wirst du der Einzige sein, der zu mir steht?«

Da lachte Konrad. »Ich bin Euer Jünger, für ewig. Aber nicht ich allein stehe zu Euch, Meister. Alle werden Euch folgen, nicht nur wir in Allstedt, bald wird die ganze Christenheit Eure Lehre annehmen.«

»Gesegnet seist du.« Müntzer strich ihm übers Haar. »Nun hilf mir auf den Schimmel. Kehren wir nach Allstedt zurück. Es gibt noch viel zu tun, bis der Weinberg des Herrn bestellt ist.«

Am späten Nachmittag des nächsten Tages näherte sich der Prediger mit seinem Leibwächter wieder dem Stadttor von Allstedt. Sie hatten unterwegs in einer Herberge übernachtet, nach tiefem Schlaf war Müntzer erfrischt aufgestanden, die Demütigung in der Weimarer Kanzlei war überwunden, nun sah er die Kirchtürme seiner Stadt. »Es ist wahr, mein Bruder«, ein Lächeln für Konrad Gerlach, »Gott sagte mir heute Nacht im Traum: Gehe zurück nach Allstedt und bahne dort der neuen Zeit den Weg. Denn bald schon werden die Gottlosen von den Auserwählten erwürgt werden.«

»Und ich?« Konrad sah zu dem Reiter auf dem weißen Pferd. »Wo werde ich sein?«

»An meiner Seite, mein Bruder, an meiner Seite.«

Erschreckt nahmen die Wächter am Tor Haltung an, nur knapp erwiderten sie den Gruß und ließen die Ankommenden passieren. Stille. Die Straßen und Gassen waren leer, Türen und Fenster verschlossen, von nirgendwoher bellte ein Hund. »Sonderbar.« Der Spengler richtete sich in den Steigbügeln auf, sah rechts und links in die Fenster. »Da stehen die Leute hinter den Scheiben. Sie gucken nur.«

Thomas Müntzer furchte die Stirn. »Etwas ist vorgefallen. Lass uns beim Bäckermeister fragen.«

Anton Gruber kam aus der Backstube nach draußen. »Ihr

sollte Gott danken, Herr Pfarrer, dass Ihr heute Morgen nicht da wart.« Er wischte sich die mehligen Hände an den Bauchseiten ab. »Aber es war schon richtig von unserm Schösser. So durfte es einfach nicht weitergehen.«

»Nun rede schon«, forderte Konrad und schüttelte den Freund und Ratskollegen am Arm. »Was durfte nicht weitergehen?«

»Sie sind weg. Keine Flüchtlinge mehr. Die Stadt ist sauber.«

Müntzer krümmte sich im Sattel. Schnell griffen die beiden Männer zu und halfen ihm abzusteigen. »Was sagst du? Sauber?«

Der Bäcker beschwichtigte mit der Hand. »Hab ich mich vielleicht falsch ausgedrückt? Ich mein, es gibt jetzt keine Flüchtlinge oder Fremden mehr.«

Beim ersten Morgengrauen war ein starker Trupp Waffenknechte vom Schloss heruntergekommen. Schultheiß Rückert hatte mit Hans Reichardt eigenhändig das Tor geöffnet.

Die Schergen schwärmten aus, durchsuchten jede Scheune, jeden Stall und scheuchten die noch verschlafenen Flüchtlinge von den Heusäcken auf, trieben sie mit Stockschwingen und Flüchen zum Marktplatz. Andere klopften an den Türen, forderten von den Familien, ihre beherbergten Verwandten unverzüglich herauszuschicken. Kaum waren alle auf einem Haufen, ließ der Hauptmann die Leute von Schönewerda von den Sangerhausenern trennen. Die übrigen Fremden hatten wählen müssen, zu wem sie sich stellten. »Tja. Dann haben sich die Knechte vom Schloss auch aufgeteilt.« Die Bäckerarme wippten. »Und ab ging's. Die von Sangerhausen nach Norden und die von Schönewerda nach Süden.«

Konrad hatte mit offenem Mund zugehört. »Und keiner hat sich gewehrt?«

»Wie denn? Alles ging so schnell, und dann waren auch noch Kinder und Frauen dabei. Außerdem knallten die vom Schloss mit ihren Peitschen. Gewehrt hat sich keiner von den armen Leuten, gelaufen sind sie vor Angst wie die Hasen.« Der

Bäcker rieb sich den Nacken. »Schön war's nicht, aber besser für uns.«

Thomas Müntzer ballte eine Faust, weiß wurden die Knöchel. »Wie nah war ich daran, aus Allstedt eine Festung des Volkes zu machen. Nun muss ich das Werk von vorn beginnen.« Er sah beide Männer an. »Sobald ich mit Gott gesprochen und mir von ihm Rat eingeholt habe, werde ich eine Versammlung unseres Bundes einberufen. Haltet euch bereit!« Er wandte sich zum Gehen. Konrad bot sich an, ihn zu begleiten, doch er lehnte ab. Gleich hob der Bäcker die Hand. »Besser, Ihr nehmt den Spengler mit, besser noch, ich geh auch mit.«

»Was ist in dich gefahren?«

»Da ist noch was. Seit die Leute wissen, in welcher Gefahr unsere Stadt war, seitdem sind einige nicht mehr gut auf Euch zu sprechen. Weil sie Euch die Schuld geben.«

Heftig schüttelte Müntzer den Kopf. »Mit Gottes Hilfe werde ich die Verirrten wieder auf den rechten Pfad zurückholen.«

»Einfach wird's nicht sein.«

Grimmig lachte der Prediger. Zunächst wollte er mit Schösser und Schultheiß ein klärendes Wort sprechen.

Anton Gruber band die Schürze ab. »Das trifft sich gut. Beide Herren sitzen, seit die Flüchtlinge fort sind, mit dem Stadtschreiber im Ratskeller.« Er schloss die Tür zur Bäckerei ab. »Ich geh mit, das ist sicherer.« Er bemühte sich um einen leichten Ton. »Schließlich bin ich einer von Euren Leibwächtern.«

An manchen Straßenecken tauchten Passanten auf, sie sahen den Prediger kommen und verschwanden sofort. Als Müntzer vorbeiging, öffneten sich einige Türen, kurz zeigte sich ein Frauengesicht, schon schloss sich der Spalt wieder.

Vor dem Rathaus bat der Pfarrer. »Bringt die Pferde zurück in den Stall und geht heim.« Er deutete zum Eingang. »Von den Herren da drinnen droht mir keine Gefahr. Die fürchte ich nicht.«

Am Kopf des langen Tisches thronte der Amtmann, rechts von ihm saß Nickel Rückert und linker Hand der Stadtschreiber. Neben Bierkrügen lag ein Stapel eng beschriebener Blätter. Kein Erschrecken, keine Freude. Als der Prediger den Keller betrat und Gottes Segen wünschte, wurde er nur mit Nicken wie ein zu spät kommender Gast begrüßt.

»Wir sprachen gerade über Euch.« Schösser Zeiß bot ihm den Platz neben Hans Reichardt an und bestellte beim Wirt einen weiteren Krug Bier.

»Es ist meine Pflicht, Euch die Beschlüsse …«

»Wartet«, unterbrach ihn Müntzer, der knochige Finger zeigte in die Gesichter der beiden Stadtväter. »Ihr habt eure Bärte abnehmen lassen? Ihr habt das Zeichen der Auserwählten abgelegt? Also gehört Ihr nicht mehr unserm Bund an?«

Beide Herren schwiegen, statt ihrer antwortete der Schösser. »Nun, ich trage immer schon meinen Bart und werde auch in Zukunft nicht auf ihn verzichten. Dennoch will ich nicht länger dem Bund angehören.«

Müntzer ruckte an seinem Krug, das Bier schwappte über den Tisch. »Welchem teuflischen Plan seid Ihr aufgesessen?«

»Unsere allergnädigsten Fürsten haben über Euch entschieden, und wir haben die Pflicht, Euch davon zu unterrichten und die Befehle umzusetzen.« Der Schösser deutete auf den Papierstapel. »Ab sofort gilt der Geheimbund als aufgelöst.« Ein Wink für den Stadtschreiber. »Vernichte die Listen der Mitglieder.«

Das scharfe Zerreißen der Blätter schnitt Furchen in die Wangen des Predigers.

»Zum Zweiten ist heute Morgen Euer Druckermeister gewaltsam aus seiner Werkstatt entfernt und der Stadt verwiesen worden. Er hat bei Strafe binnen einer Woche das Land zu verlassen.«

»Ich soll nicht mehr schreiben?« Aus blutleerem Gesicht sah Müntzer den Schösser an. »Darf nicht mehr mit Schriften gegen den gottlosen Bruder Faulfleisch in Wittenberg angehen? In der Hölle soll er braten, und seine Knochen sollen den räudigen Hunden vorgeworfen werden.«

Kein kämpferischer Funke sprang wie noch bei der letzten Predigt über. Kühl setzte Hans Zeiß hinzu. »Um solche und ähnliche Auswürfe gegen den ehrbaren Doktor Martinus in Zukunft zu verhindern, hat Herzog Johann Eure Druckwerkstatt schließen lassen.«

Müntzer sprang auf, schrie: »Wenn die Fürsten von Sachsen mir meine Hände auf diese Weise binden wollen, so will ich ihnen das Ärgste antun, ich werde sie würgen und zertreten …«

»Schweigt!«, donnerte ihn der Schösser nieder. Sofort wendete er sich an die Stadtväter. »Ihr seid Zeugen. Müntzer hat soeben unsere gnädigen Fürsten auf das Schlimmste bedroht. Diese Morddrohung werden wir unverzüglich der Kanzlei in Weimar melden.«

Der Prediger starrte mit offenem Mund auf die Herren. »So ist das. Ich bin von Fallenstellern umgeben.« Er setzte sich, nahm einen Schluck. Mit gefasster Stimme sagte er: »Worte aus der Erregung, sie sind nicht ernst zu nehmen. Verzeiht.«

Nickel Rückert ließ die Entschuldigung nicht gelten. »Wir haben uns verpflichtet, jede Schmähung, jede Drohung von Euch an die oberste Stelle weiterzugeben.«

Wieder erhob sich Müntzer, ging um den Tisch, langsam beugte er sich zum Schultheiß und bot ihm seine Wange. »Küsse mich.«

Erschreckt wich Rückert mit dem Gesicht beiseite, doch der Prediger folgte, pochte den Finger gegen die Wange. »Küsse mich, Judas Ischariot, du Erzverräter.«

»Treibt es nicht zu weit!« Der Schultheiß sprang auf, auch der Schösser und Hans Reichardt stießen die Stühle nach hinten. Mit geballten Fäusten standen die Männer vor dem Prediger. Müntzer trat einen Schritt zurück und kehrte sich ab. »Verräter seid ihr alle. Nur zu, stoßt mir den Dolch in den Rücken, wie es die Art der Verräter ist.«

Schweigen, allein das schwere Atmen war zu hören. Schließlich fasste sich Hans Zeiß, ging an dem Seelenwart vorbei und baute sich vor ihm auf. »Schluss mit diesem Schauerstück, werter Herr Pfarrer. Hiermit teile ich Euch den Befehl der Kanzlei mit: Ihr habt Euch in allem still zu verhalten. Es ist Euch untersagt, Allstedt zu verlassen, bis der Kurfürst über Euer weiteres Schicksal entschieden hat. Seid Ihr zum Gehorsam bereit? Andernfalls muss ich Euch in Haft nehmen.«

Zorn brannte in den Augen, den Mund aber umspielte ein sonderbares Lächeln. »Ich füge mich. Lade auf mich alle Schuld.« Müntzer ging langsam zur Treppe und sang den Psalm in der Weise seiner Deutschen Messe: »Oh Gott, bewahre mich vor dem gottlosen Menschen, beschirme mich vor dem Hinterlistigen …«

Bei seiner Rückkehr ins Pfarrhaus saßen Ottilie und Dorothea zusammen in der Küche, beide starrten mit verweinten Augen vor sich hin. »Was trauert ihr?«

Seine Frau strich eine Strähne aus der Stirn. »Die Flüchtlinge. All unsere Mühe war umsonst. Das Weinen der Kinder schmerzt …«

»Nicht um sie solltet ihr trauern. Beklagt vielmehr die Kleinmütigen in dieser Stadt. Sie kriechen ihren Tyrannen in den Arsch und fressen sich satt an deren Unflat.«

»Ach, Thomas, sag nicht solche gefährlichen Dinge!«

Dorothea stand auf, ohne den Prediger anzusehen, berichtete sie: »Heute hörte ich Leute über Euch reden. Nichts Gutes. Sie sprachen von Prügel und auch von Schlimmerem, das sie Euch antun wollen.«

»Und«, schon stand Müntzer neben ihr, »hat es dich erfreut?«

Sein Atem schnürte ihre Kehle. »Das … das steht mir nicht zu. Ich wollte nur warnen.«

»Gottlob wird es noch genug Menschen in dieser Stadt geben, die ihrem Prediger die Treue halten.«

Dorothea entwich mit eiligen Schritten seiner Nähe. »Ich

muss im Hof nach der Wäsche sehen.« Fest zog sie die Tür hinter sich ins Schloss.

Von Ambrosius erfuhr Thomas Müntzer, mit welcher Härte die Waffenknechte gegen den Drucker vorgegangen waren. Er hatte gerade neues Blattgold für eine besondere Ausgabe des Deutschen Kirchenamts gekauft. »Nichts durfte er mitnehmen, selbst seine Buchstabensätze nicht.« Der Adlatus neigte den Kopf zu seinem Herrn. »Als es losging heute Morgen, war Goldschmied Martin gerade auf dem Weg von der Druckerei hierher, um Lebewohl zu sagen. Ein Glück für ihn. Weil sie auch die Fremden gejagt haben.« Ambrosius hatte den Goldschmied im Pfarrhaus verborgen und ihn, als es gegen Mittag wieder ruhiger wurde, zum Wigbertiturm gebracht. »Oben in der Wohnung wird er von Pfarrer Haferitz mit allem versorgt. Morgen will er zurück nach Nordhausen.«

Müntzer nickte, ging eine Weile im Studierzimmer auf und ab, dann bat er: »Lass mich allein, doch bleibe in der Nähe!«

Erst nach einigen Stunden rief er wieder nach seinem Adlatus. Die Haut über den Wangenknochen spannte sich mehr noch als gewöhnlich. »Gehe zum Wigbertiturm. Bitte den Goldschmied in meinem Namen, noch einige Tage dort im Versteck zu bleiben.« Wenn Martin ein gottesfürchtiger Mann wäre, dann sei er ausersehen, dem Knecht Gottes einen großen Dienst zu erweisen.

Ratlosigkeit lähmte das Leben in Allstedt. Wer noch zum Pfarrer stand oder wer ihn verdammte, ganz gleich, sie alle wussten nicht weiter. Dazu lastete eine ungewohnte Schwüle über der Stadt. Wie betäubt gingen die Bürger ihrer Arbeit nach. Keine Predigt in St. Johannis, auch nicht am Sonntag, dem 7. August.

Am späten Nachmittag überbrachte Ambrosius eine dringliche Bitte seines Herrn ins Gehöft des Spenglers, zum Abschluss sagte er: »Wunder dich nicht, Schwiegervater, und bitte keine Fragen. Mir hat er den Grund auch nicht verraten. Ich soll ausrichten, wenn du ihn liebst, dann erfülle ihm diese

Bitte.« In der Dämmerung wollte Müntzer dann selbst beim Spengler erscheinen. Ambrosius hob die Achseln. »Vielleicht sagt er uns dann, wozu er all das Zeug braucht.«

Frau Agathe passte den Schwiegersohn am Tor ab. »Ich dachte, du und mein Mädchen, ihr würdet mal zu Besuch zu uns kommen?«

»Ich würde schon wollen. Aber …« Ambrosius schüttelte langsam den Kopf.

Die Mutter rang die Hände. »Es muss doch irgendwann wieder Frieden geben zwischen dem Vater und ihr.«

»Deine Tochter hat einen starken Willen.« Als Ambrosius die Enttäuschung sah, versprach er: »Fragen kann ich. Ob es viel nutzt, glaub ich nicht.« Ein Seufzer. »Wenigstens ich komme nachher wieder und bringe unsern Pfarrer mit.«

Erste blasse Sterne zeigten sich am Abendhimmel. Schnellen Schritts verließ Thomas Müntzer das Pfarrhaus. Ambrosius folgte ihm mit einem vollgestopften, ledernen Rucksack über der Schulter. Durch Nebengassen gelangten sie zur Spenglerei.

Mit einer Plane abgedeckt, stand der Karren im Hof nahe dem Brunnen. Zögerlich begrüßte Konrad Gerlach den Prediger. »Weiß nicht, ob ihr das wirklich gemeint habt? Aber ich hab meinen Schwiegersohn so verstanden und hab diese Sachen aus dem Zeughaus besorgt.«

Müntzer schlug die Abdeckung zurück. Eisenhut, Krebs und Hellebarde, matt blinkte das Metall. »Genau das meinte ich, Bruder.«

»Für wen soll die Rüstung denn sein?«

»Für mich.« Er schnippte Ambrosius. »Bringe die Teile mit dem Schwiegervater in die Werkstatt. Dort legt ihr mir sie an.«

Keine Fragen mehr. Der grimmige Blick zeigte, wie ernst es dem Seelenwart war. Einige der eisernen Brustschuppen klemmten. Mit Zange und Hammer konnte Konrad rasch den Schaden beheben. Weil der Eisenhut zu groß war, ließ sich

Müntzer ein Tuch um den Schädel wickeln. Vorsichtig reichte sein Adlatus ihm die lange Hellebarde und vermochte das Grinsen nicht länger zu unterdrücken. »Die Spitze ist spitz, Herr, die Schneide scharf. Bitte, vergebt mir, wie ein Ritter seht ihr dennoch nicht aus. Eher wie ...« Er brach ab und schüttelte den Kopf.

»Würdest du mir so mit Eisen bekleidet unvermittelt auf der Straße begegnen, was glaubst du, bin ich?«

»Ein Geist. Verzeiht, eine schreckliche Gestalt zum Davonlaufen.«

»Die man nicht vergisst«, ergänzte Müntzer, er stieß den Schaft der Hellebarde auf den Boden. »Dann erfüllt die Rüstung ihren Zweck.« Von Konrad erbat er sich eine Blendlaterne. Ehe er sie anzünden ließ, gab er den beiden Helfern weitere Befehle, der Spengler sollte sich mit einer zweiten Laterne, mit Strick und Leiter am Ende seiner Obstwiese bereithalten. Ambrosius musste zum Wigbertiturm. »Erlöse den Goldschmied aus dem Versteck, und bringe ihn samt seinem Bündel dorthin, wo Bruder Konrad wartet.«

Schwiegersohn und Schwiegervater sahen sich an. Jetzt ahnte jeder, was in der Nacht geschehen sollte, keiner wagte es auszusprechen, beide nickten nur.

Mit einem brennenden Span entzündete Konrad das Licht in der Laterne, dann öffnete er für den Seelenwart das Tor. Bei jedem Schritt schepperte und schabte die Rüstung. Am Ende der Gasse hob Müntzer die Stimme: »Der Feind ist nah! Hört, ihr Bürger! Wacht auf, ehe es zu spät ist.« Auf der Straße zur Johanniskirche verfiel er in einen staksigen Hüpftanz, lauter noch knirschten und rasselten die Eisenschuppen. Türen öffneten sich. Die Menschen liefen heraus, kamen näher, wichen gleich wieder vor dem tollenden Geist zurück, folgten ihm in sicherem Abstand. Müntzer sprang, hüpfte, stieß mit der Hellebarde gen Himmel, schleuderte die Laterne am Arm herum, dazu stieß er wie im Irrsinn gequälte Schreie aus: »Pinkepank, pinkepank!« Dann wieder vernahm jeder seine klaren Worte.

»Schmiedet das Schwert! Das ewige Reich ist nah. Deshalb rüstet euch zum großen Kampf gegen die Gottlosen!«

Fassungslos standen die Bürger von Allstedt auf dem Kirchplatz. »Er ist außer sich. Ein Dämon hat ihn.« Sie fürchteten sich vor dem eisengerüsteten Propheten. Als die Dunkelheit vollständig über Allstedt hereingebrochen war, rief er den Menschen zu: »Pinkepank! Seid mutig, seid stark! Gemeinsam werden wir unsere Hände im Blut der Tyrannen waschen!«

Jäh schloss sich die Blende der Laterne, eine Weile noch war das Geklapper der Rüstung zu hören, dann herrschte Stille in der Finsternis. Erst nach einer Weile setzte da und dort Weinen und Jammern ein. So rasch sie konnten, flohen die Bürger zurück in ihre Wohnungen.

Thomas Müntzer erreichte ein wenig außer Atem die Verbündeten am Ende der Obstwiese »Die Leute haben genug. Heute Nacht wagt keiner mich zu verfolgen.« Er ließ sich von der Rüstung befreien und zog den Rock wieder an. Kurz begrüßte er den Goldschmied. »Es ist Zeit für uns beide, Meister Martin, die Freiheit wartet auf uns.« Konrad und Ambrosius befahl er: »Geht voran zur Stadtmauer.«

Als die Leiter angelegt war, umarmte Müntzer den Spengler und seinen Adlatus. »Ich will den Schergen der Fürsten zuvorkommen. Ehe sie mich in Ketten legen, muss ich fliehen. Weint nicht, meine Brüder, es ist kein Abschied für immer. Sobald ich einen anderen, besseren Ort für mein Werk gefunden habe, rufe ich euch zu mir. Bis dahin lebt wohl, und sagt auch meinem Weib einen Gruß.«

36

Kein Glockengeläut, immer noch nicht. Barthel stand in der offenen Tür des Gasthauses Schwarzer Bär und schaute zum klobigen Turm der Stadtkirche von Jena hinüber. »Mehr als anderthalb Stunden schon.« Er kratzte in den roten Locken. »Heute quält unser Doktor Martinus die Leute aber tüchtig. Bin nur froh, dass ich nicht mit zur Predigt musste.«

Auf der ersten Station seiner Inspektionsreise durch die Pfarreien des Landes war Martin Luther mit seinen Begleitern gestern in Jena angelangt. Sein Zorn galt den Bilderstürmern, die auch die Kindertaufe ablehnten, der noch größere Zorn aber zielte auf den Anstifter Pfarrer Professor Andreas Karlstadt. Während der Reise hierher hatte Barthel bei einer Rast einige Bruchstücke von der Unterhaltung zwischen Doktor Martinus und seinem Sekretär aufgeschnappt. »… Den Satan Müntzer haben wir aus dem Land gejagt. Nun vertreiben wir als Nächsten den Satan Karlstadt.«

Beim Weiterritt hatte Barthel lange auf die rollende Kutsche vor ihm geschaut. Noch ein Teufel? Ich glaub, nur Doktor Martinus weiß genau, wo die sich überall verstecken. Sogar in seiner Scheiße muss einer drin sein. Hab ich selbst gehört, wie er den verflucht hat. Irgendwann frage ich mal, wie viele Teufel es wirklich gibt.

Barthel grinste. Und heute früh um sieben Uhr war der nächste Satan sogar gleich zur Predigt in die Stadtkirche da drüben gekommen.

Der Wirt des Schwarzen Bären kam nach draußen und brachte ihm einen Krug Bier. »Trink! Bei der Wärme kann ein kühler Schluck am Morgen nicht schaden.« Der Blick aus dem Mondgesicht umfasste Barthel. »Darf ich fragen, wie alt du bist?«

»Seit Mai bin ich im Einundzwanzigsten.«

Wehmut umflorte die Lippen. »Mein Sohn wäre jetzt in deinem Alter … Aber er ist tot.«

»Was?« Barthel verschluckte sich, musste husten, ehe er hinzusetzen konnte: »Gott, das tut mir leid.«

»Es ist schon lange her …« Der Wirt strich Barthels Arm. »Du musst entschuldigen. Immer wenn ich so gerade gewachsene Burschen sehe, muss ich an meinen Jungen denken.« Er schnäuzte sich ins Sacktuch, und mit frischer Miene sah er Barthel wieder an. »Du kannst stolz sein, dass du solch einem berühmten Mann dienen darfst.«

»Auch wenn es jetzt so aussieht, weil ich alles mache«, Barthel hob das Kinn. »In Wahrheit bin ich kein Diener. Ich bin Formschneider, losgesprochen als Geselle.« Er berichtete von der Werkstatt im Cranachhaus und setzte betont locker hinzu: »Für Doktor Martinus hab ich schon viele Deckblätter geschnitten, auch in der Bibel gibt es so einiges von mir.«

»Tüchtig, sehr tüchtig, junger Mann.« Wieder fasste der Wirt nach dem Arm, hielt ihn eine Weile fest. »Weißt du, dass Doktor Martinus vor zwei Jahren schon mal hier abgestiegen ist? Damals war er noch Junker Jörg.«

Barthel lachte. »Den kenne ich auch.«

Das Läuten setzte ein, unvermittelt wurde der Wirt geschäftig. »Die Herrschaften kommen. Sag ihnen, es ist in der großen Stube gedeckt.« Er eilte in den Flur, kehrte gleich zurück, »du und der Kutscher, ihr dürft dann bei mir in der Küche essen«, und entschwand wieder.

Verstehe, Barthel grinste ihm nach. In der Küche, da essen die Diener.

Ein heimlicher Wettlauf entbrannte auf dem Weg von der Kirche zum Gasthaus. Andreas Karlstadt versuchte Martin Luther zur Rede zu stellen. Der aber hielt sich inmitten von Bürgermeister und anderen Honoratioren der Stadt, sobald Karlstadt fast bis zu ihm vordrang, ermahnte Luther die Herren langsamer, dann wieder rascher zu gehen. Endlich, direkt vor dem Eingang blieb der Reformator stehen und bat seine Gesellschaft: »Tretet ein. Ich folge Euch sofort.« Er wandte sich an den Graubärtigen: »War meine Predigt so missverständlich?«

»Im Gegenteil. Mehr noch als überdeutlich. Ihr habt mich schamlos verleumdet.«

»Ach? Ihr fühltet Euch angesprochen?«

Dem ehemaligen Lehrer Luthers bebten die Wangen. »Um unserer gemeinsamen Jahre willen, gewährt mir eine private Unterredung!«

»Seit wann scheut Ihr das Publikum?« Luther maß ihn mit kühlem Spott. »Wer vor allem Volk die Bilder von den Kirchenwänden reißen kann, der sollte auch sein Maul vor ihm aufreißen.« Eine einladende Armbewegung. »Hinein mit Euch in die gute Stube. Der Braten wartet.«

Nach den ersten Bissen hielt es Karlstadt nicht länger. Er warf Messer und Löffel auf sein Essbrett. »Ihr warnt in Eurer Predigt vor Müntzer und meint versteckt dabei auch mich. Ihr werft mich mit ihm in einen Topf. Das gleicht einer Infamie.«

Luther nahm einen tiefen Schluck vom Bier und wischte sich den Schaum vom Mund. »Treibt Ihr das gemeine Volk nicht auch zu Ungehorsam? Und gar zum Aufruhr gegen die Obrigkeit?«

»Falsch! Ich habe Magister Müntzer eine geharnischte Absage erteilt, als er mich und meine Gemeinden für seinen Geheimbund gewinnen wollte.«

»Was zu beweisen wäre. Außerdem, wer Kindern die Taufe verwehrt, hat das Gnadengeschenk Gottes nicht begriffen.«

»Zum Glauben gehört Vernunft, und die besitzt ein Kind noch nicht.«

»Der Glaube ...«, Luther hieb die Faust auf den Tisch, »der Glaube ist nicht abhängig vom Verstand!« Er atmete tief. »Mit Euren überstürzten Veränderungen können niemals Flügel der Freiheit wachsen. Zu allem radikal Neuen stellt Ihr enge und viel strengere Regeln auf.« Wieder trank Luther, leerte den Krug bis auf den Grund. Ein breites Grinsen verzog die Mundwinkel. »In Wahrheit hängt Ihr an Gesetzen. So wie Ihr zur Sühne Euern Samen im Feuer verbrennen wollt, so würdet Ihr auch heute noch Eure Vorhaut opfern.«

Karlstadt zuckte zusammen, das Gesicht verbarg er dicht über dem Essbrett. Um ihn herum lachte die Tafelrunde, vergnügte sich an dem derben Scherz. Als sich das Gelächter legte, zog Luther einen Golddukaten aus der Ärmeltasche und warf ihn über den Tisch vor Karlstadt hin. »Da, nehmt! Habe ich Euch früher gebeten, nichts zu schreiben, was der Reformation schadet, so fordere ich Euch jetzt auf: Schreibt gegen mich! Das Geld reicht für die Druckkosten.«

Der Blamierte schaute auf, blass die Wangen, blutleer die Lippen, langsam erhob er sich.

Bürgermeister und Honoratioren starrten offenen Mundes auf den Pfarrer.

Andreas Karlstadt ergriff den Gulden, hielt ihn wie eine Hostie zwischen den Fingern. »So wahr ich hier stehe, Ihr werdet von mir lesen.« Er wandte sich ab und verließ mühsam aufrecht die große Stube.

Luther drohte ihm mit dem Zeigefinger nach. »In zwei Tagen werde ich mit den Ratsherren in Orlamünde über Eure Pfarrstelle sprechen. Und ich hoffe, Euch dort nicht zu sehen.« Doch das hörte der Gescholtene nicht mehr.

Beim Verlassen des Stadttores am nächsten Morgen lag Nebel über den Wiesen, in den Niederungen der Saale nahm er an Dichte zu. Barthel gab seinem Pferd die Fersen, schloss zur Kutsche auf. »Soll ich vorwegreiten?«

Der Fuhrmann hielt die Zügel stramm. »Besser wär's. Und pfeife laut genug, wenn was im Weg liegt.«

Barthel hob die Hand und vergrößerte den Abstand, bis er gerade noch in Rufweite war. Seit gestern der fürstliche Kurier die Nachricht im Schwarzen Bär abgegeben hatte und Barthel von Doktor Martinus erfahren hatte, dass Thomas Müntzer sich jetzt in Mühlhausen aufhielt, seitdem wühlten die Gedanken in ihm. Wo war Dorlein? Noch in Allstedt? Nein, ganz sicher hatte dieser Prediger seinen Diener mitgenommen, und Dorlein musste auch mit. Geschrieben hatte sie ihm nicht. Wenigstens nicht, bis er mit Doktor Martinus von Wittenberg aufgebrochen war. Ich weiß, ich hab mein Dorlein verloren, und doch ist sie mir Tag und Nacht unterm Hemd in der Brust. Er seufzte. »Wie lebendig eben.«

In Kahla zu Füßen der Leuchtenburg liefen die Leute bei der Ankunft Luthers zusammen. Er blieb bei offenem Schlag in der Kutsche sitzen, sah mit sichtlichem Wohlgefallen, wie die Gläubigen in die Kirche drängten, und wartete auf die offizielle Begrüßung durch den hiesigen Pfarrer oder Bürgermeister. Niemand aber kam. Das Läuten verstummte. »Vor lauter Eifer haben sie die Höflichkeit vergessen und sind gleich in die Kirche.« Luther schmunzelte und verließ die Kutsche. Er winkte seinem Schreiber. »Komm, gehen wir ans Werk!« Er bedeutete auch dem Fuhrmann und Barthel mitzukommen. »Ihr müsst mich begleiten. Bemüht euch um ernste Mienen. Auf diese Weise bieten wir den guten Leuten von Kahla dennoch einen würdigen Einzug.«

Im Mittelgang des Kirchenschiffs nickte der Reformator nach rechts und links den Gläubigen zu. Kein Lächeln antwortete, keine Hand hob sich zum Gruß. Nahe dem Altar blieben seine Begleiter zurück. Die Blicke der Gemeinde verfolgten gespannt jeden Schritt Luthers zur Kanzeltreppe hin.

Vor der ersten Stufe stockte sein Fuß.

Barthel reckte sich, um genauer zu sehen. Ein großes zerbrochenes Kreuz verhakte den Aufgang. Die Beine des Erlösers voller Axtkerben, seine Arme zur Hälfte abgeschlagen, der nackte Körper geköpft. Oh verflucht, dachte Barthel, was haben die hier mit unserm Doktor vor?

Für Momente wankte Luther, er fasste sich wieder und überstieg die angebrochenen Kreuzbalken und den geschundenen Leib Christi. Oben im Kanzelkorb wischte er sich die

Tränen aus den Augenwinkeln. »Liebe Brüder und Schwestern, einer hat auf sich genommen alle Schuld und Sünde der Welt, Jesus Christus, unser Herr …« Seine Stimme gewann an Kraft. Mit scharfen Worten geißelte er die Schändung der Kirchen, ohne den Namen auszusprechen, nannte er Karlstadt den teuflischen Verführer der Frommen. »Folgt nicht länger seinem Weg! Kehrt um …«

Kein Gemurmel, keine Zustimmung, die Zuhörer verschränkten ihre Arme. Leidenschaft und Predigtworte prallten an ihnen ab.

Nach dem Amen blieb Luther im Kanzelkorb, eine Weile betrachtete er die Gesichter unter sich, dann erst stieg er die schmale Treppe hinab.

Kurz entschlossen eilte Barthel zur untersten Stufe. Er nahm das Kreuz und legte es behutsam wie einen Verletzten an der Wand nieder.

Schweigend sah die Gemeinde zu, als Luther mit seinen Männern durch ihre Mitte zum Ausgang schritt.

Draußen schien die Augustsonne, hell und warm, als wäre nichts geschehen. Aus dem Innern der Kirche aber quollen mit einem Mal Stimmen und Gelächter. Barthel ballte die Faust. »Nach Kahla gehen wir nie mehr.«

»Jetzt erst recht, mein Sohn.« Der Reformator ließ sich den Wagenschlag öffnen, Zornesfalten furchten seine Stirn. »Dieser Vorfall zeigt, mit welch einem großen Besen hier der Stall ausgemistet werden muss.«

Steil hinauf führte die Straße nach Orlamünde. Der Kutscher ließ den Pferden Zeit, erst gegen Mittag erreichte das Gespann den Marktplatz. War es im Tal noch stickig gewesen, so wehte hier oben ein angenehmer Wind. Der Blick reichte weit über Wälder und Wiesen, tief unten mündete die Orla in die Saale. Noch im Sattel dehnte Barthel die Schultern. Hier lässt es sich aushalten, dachte er, jetzt noch einen Krug randvoll mit kühlem Bier …

»Trödel nicht, Junge!«, ermahnte ihn Martin Luther. Er hatte die Kutsche schon verlassen, »Geh ins Rathaus und melde mich. Wir wollen hier im Nest des Satans keine Zeit verschwenden.«

Barthel kehrte nach wenigen Augenblicken in Begleitung des Bürgermeisters zurück. Der oberste Ratsherr dienerte. »Willkommen. Danke, dass Ihr unserer schriftlichen Anfrage gefolgt seid.« Ohne den Kopf wieder zu heben, sah er den Besucher von unten an und sagte mit einem verschlagenen Lächeln auf den Lippen: »Also keine Predigt, etwas Geduld noch. Einige Ratskollegen sind noch auf dem Feld, aber ich habe schon nach ihnen geschickt.« Er wies zum hohen Gebäude hinüber. »Begleitet mich. Drinnen ist es angenehmer zu warten.«

Martin Luther antwortete nichts, nickte nur und folgte ihm mit seinem Sekretär.

Dieses Mal ging Barthel freiwillig hinterher. Der Kerl? In welchem Ton der redet? Irgendwas stimmt auch hier in Orlamünde nicht. Zur Vorsicht tastete er nach dem Messer unterm Hemd. Der Griff ließ sich leicht aus der Scheide ziehen. Sicher ist sicher.

Das Gespräch sollte im Saal stattfinden. Barthel hockte sich gleich neben dem Eingang auf einen Schemel. Von hier aus hatte er gute Sicht über die Sitzreihen entlang der beiden Wände. Er traute seinen Augen nicht. Mitten im Saal war Doktor Martinus stehen geblieben, denn auf einem der Stühle saß der Satan von vorgestern.

Pfarrer Andreas Karlstadt erhob sich langsam. »Gott zum Gruß, Bruder.«

»Gottes Segen«, knurrte der Reformator, gleich wurde sein Ton scharf. »Ihr hier? Hat der Bürgermeister mich in eine Falle gelockt?«

»Er hat nur meine Bitte erfüllt.«

»Ich habe ausdrücklich darum gebeten, Euch hier nicht antreffen zu müssen.« Luther drehte dem Pfarrer betont den

Rücken zu. »Und ich verlange auch jetzt, dass Ihr sofort den Saal verlasst.«

»Aber es sind meine Schafe, mit denen Ihr sprechen werdet.«

Der Reformator hob den Finger. »Es gibt schlechte und gute Hirten. Und Ihr gehört zu den schlechten.«

Karlstadt trat neben ihn, sah seinen ehemaligen Doktoranden und Freund von der Seite an und zahlte zurück: »Oder fürchtet Ihr mich etwa?« Keine Antwort. »Wie dem auch sei. Meine Schafe sind gut unterrichtet. Sie werden auch ohne mich nicht an Euch verloren gehen.« Er eilte aus dem Saal. Im Vorbeigehen vernahm Barthel seinen schweren Atem.

Nach und nach trafen die sieben Ratsherren ein. Schlichte Männer mit schmutzigen Schuhen, einige hatten noch die Schürze umgebunden. Sie alle kamen von der Arbeit. Niemand hatte zu Ehren des hohen Gastes das Sonntagswams angelegt.

Martin Luther saß ihnen allein mit dem Schreiber auf der linken Sitzreihe gegenüber. Er blickte von einem Gesicht zum anderen. »Ich habe Euren Brief erhalten und sorgsam studiert.« Als Beweis wedelte er mit dem Blatt und reichte es an seinen Sekretär zurück. »Ihr glaubt, ich irre und verdächtige Euch zu Unrecht, der falschen Lehre anzuhängen.«

Gleich sprang ein vierschrötiger Mann auf, schlug sich mit beiden Händen an die Seiten seiner Lederschürze. »Ich bin der Schuster von Orlamünde und ein gottesfürchtiger Mann. Weil wir alle Bilder, Heiligenfiguren und die Orgel aus der Kirche geworfen haben, nennt Ihr uns Aufrührer und gar Plünderer. Aber wir haben es aus tiefstem Glauben getan.«

Rasch erhoben sich nacheinander alle übrigen sechs Ratsmitglieder und bekräftigten, als sei es abgemacht, mit »So ist es« oder mit »Nur weil wir glauben«, was ihr Sprecher gerade gesagt hatte.

Luther ließ sie ausreden, dann erst begann er ruhig zu belehren: »Was kann ein Bild ausrichten? Es zeigt unsern Herrn

Jesus mit Maria. Es zeigt den Apostel Petrus oder den heiligen Johannes. Schön anzusehen …«

»Götzendienst!« Der Schuster trat einen Schritt vor. Gleich richtete sich Barthel am Eingang auf, doch der Ratsherr ging nicht weiter. »Götzendienst, nichts sonst. Du sollst keine anderen Götter haben neben mir, heißt es im Gebot.«

»Sehr richtig.« Luther wies mit dem Finger auf ihn und hob nun auch die Stimme. »Die Bilder hängen einfach nur da, schmücken den Kirchenraum. Daran ist nichts Verwerfliches. Wer aber hinkniet und sie anbetet, der versündigt sich.«

»Falsch! All der Plunder muss raus aus der Kirche, muss zertrampelt und verbrannt werden.«

»Woher nehmt Ihr das?«

»Unser Pfarrer hat es uns gelehrt. Und er hat recht.«

Luther bohrte weiter: »Wo in der Heiligen Schrift werden Bilder verboten? Heraus damit.«

Der Schuster stemmte die Fäuste in die Hüften. »Die Stelle weiß ich nicht, aber unser Pfarrer, der kennt sie.«

»Und ich sage Euch, nirgendwo verbietet das Evangelium die Bilder, also lasst sie als Schmuck in den Kirchen hängen.«

Kopfschütteln, Knurren, einige schlugen die Faust in die offene Handfläche. Der Schuster sprach aus, was alle dachten. »Die Bilder lenken uns von Gott ab. Das ist so. Eine Braut muss auch das Hemd ausziehen und nackt zum Bräutigam ins Bett steigen. Sonst wird es nichts.«

Luther sah den Mann sprachlos an.

Der Schuster spürte den Sieg. »Stimmt doch? Oder? Wir brauchen all die bunten Sachen nicht. Nackt wie die Braut soll unsere Kirche sein.«

»Dieser Vergleich …« Der Reformator sprach nicht weiter, wusste kein Argument dagegen. »Man hat Euch gut vorbereitet, zu gut.« Mühsam erhob er sich. »Ihr werdet in Kürze vom Hof zu Weimar neue Anweisungen für Eure Stadt erhalten. Lebt wohl!« Martin Luther schritt erst langsam, dann rascher in Richtung Ausgang. Gleich folgte ihm Barthel mit dem Sekretär. Draußen in der Vorhalle huschte der Bürgermeister an die Seite des Reformators. »Geht nicht im Zorn. Wir stehen fest auf Gottes Seite. Wir sind fromm.«

»Verirrt, verführt«, stieß Luther aus. »Euer Prediger hat sich diese Pfarrstelle zu Unrecht angeeignet.«

»Aber nein, wir alle haben ihn gewählt, so wie Ihr es selbst für die Gemeinden fordert.«

»Ohne Bestätigung durch den Fürsten ist die Wahl dennoch Unrecht. Also muss er aus seinem Amt vertrieben werden.«

»Großer Gott, das darf nicht geschehen.« Der Bürgermeister winkte den Ratsherren. »Er will unsern Pfarrer verjagen lassen.«

Als Erster war der Schuster heran. »Wagt es nicht! Wir wollen ihn behalten. Außerdem ist seine Gattin schwanger.«

»Ach, daher habt Ihr das Gleichnis mit der Braut ...« Martin Luther starrte in die zornbebenden Mienen, sprach nicht weiter, sondern stürmte aus dem Rathaus. Barthel deckte ihn mit dem Schreiber von hinten ab. Draußen wandte sich Luther noch einmal um, hob die Faust. »Erwartet keine Rücksicht für Euren Prediger, und seine unschuldige Frau kann das Kind auch anderswo austragen.«

Der Schuster bückte sich, griff nach einem Stein, sofort bewaffneten sich auch die übrigen Ratsherren mit Kieseln und Brocken.

Barthel sah das Unheil drohen. Er zerrte Luther mitsamt dem Sekretär in Richtung Kutsche. »Bitte, Herr, sagt nichts mehr. Steigt in die Kutsche. Nur weg von hier.« Er selbst sprang in den Sattel und trieb das Pferd auf die feindliche Gruppe zu. Die Männer wichen einige Schritte zurück, kamen nicht zum Wurf. Barthel bedrängte sie, ließ den Gaul steigen, hin und her springen. Immer wieder blickte er über die Schulter. Endlich setzte sich der Wagen in Bewegung, Peitschenknallen, schneller rollte die Kutsche, Staub wirbelte auf.

Gerettet! Barthel wendete und hetzte im Galopp quer über

den Marktplatz seinem Schützling hinterher. Die Kutsche holperte, wankte. Außer Reichweite der Steine bemühte sich der Fuhrmann, die beiden Gäule wieder zu zügeln. Die Straße neigte sich schon leicht ins Tal, die Tiere schnaubten. Barthel holte sie ein, ritt neben ihnen. Mit seinen lauten Zurufen und dem festen Zug des Fuhrmanns gelang es, das Tempo zu verringern. Zwischen den letzten Häusern von Orlamünde liefen die Pferde wieder im leichten Trab, und ohne Gefahr rollte der Wagen den steilen Fahrweg hinab.

Unten am Zusammenfluss von Orla und Saale ließ der Reformator rasten. »Tränkt die Tiere und erfrischt euch!« Er selbst nahm nur einige Schlucke vom Wasser, ruhelos ging er im Schatten der Bäume auf und ab. Nach langem Grübeln rief er Barthel zu sich. »Du stehst dem Prediger Müntzer am nächsten …«

»Was, Herr?« Barthel schüttelte wild den Kopf. »Der Mann hat mir alles zerstört. Wie könnt Ihr …? Verflucht, niemals stehe ich zu ihm.«

»Still, mein Feuerkopf, bleib ruhig.« Luther legte ihm die Hand auf den Arm. »Was ich damit sagen will, du weißt am besten, was dieser Mensch Schlimmes anrichten kann, wie gefährlich er ist.«

»Bei Gott, das weiß ich.«

»Und deshalb kannst du mir nützlich sein und, wie ich annehme, auch dir selbst nutzen.«

Luther führte Barthel ans Ufer. »Nach dem Vorfall gestern, nach der Bedrohung heute dort oben in Orlamünde sehe ich das wahre Evangelium in Gefahr. Mehr noch, ich habe erlebt, wie sehr Satan in unseren eigenen Reihen wütet.« Er hob einen morschen Ast auf und brach Stück um Stück ab. Der Kampf sei nicht vom Schreibtisch aus zu gewinnen. Deshalb besuche er die Pfarreien. In der freien Reichsstadt Mühlhausen aber habe er keine Befugnisse. Der Rest des Astes flog ins Wasser. Beide sahen ihn mit den Wellen davonschwimmen. »Jetzt, mein rothaariger Freund, kommt deine Aufgabe.«

»Würde gern helfen, aber«, Barthel zeigte die offenen Hände, »von Glaubenssachen versteh ich nicht viel.«

»Wenig genügt, glaube mir.« Luther sah ihn an. »Ich möchte dich in den nächsten Wochen nach Mühlhausen schicken. Achte darauf, was die Menschen über Thomas Müntzer sagen, wie sie die Predigten aufnehmen. Wenn möglich, beobachte sein Tun und berichte mir später.«

Dorlein? Barthel spürte den Herzschlag. Bleibe ruhig, befahl er sich. »Ihr meint, ich soll nach Mühlhausen? Und was ist mit meiner Arbeit?«

»Das regle ich mit Meister Cranach.«

Dorlein, vielleicht bist du dort? »Und ich soll nur schauen und hören?«

»Wie und mit welchen Versprechungen lockt Müntzer die Leute an sich.«

Dorlein, ich werde dich finden. »Wenn es Euer Wunsch ist, reite ich gerne nach Mühlhausen und schau mich um.« Betont nebensächlich setzte Barthel hinzu. »Und wenn Ihr erlaubt, kann ich auch meine Eltern in Salza besuchen.«

Trotz der erlittenen Niederlagen in den vergangenen Tagen, schmunzelte Luther. »Und, mein Freund, dort in Mühlhausen könntest du durch Zufall auch das Honigmädchen treffen.«

Ertappt sah Barthel zu Boden.

»Doch bedenke stets, sie ist jetzt verheiratet. Und du sollst nicht begehren deines Nächsten Weib.«

37

Ich bin eine Fremde. Dorothea zog die Haustür hinter sich zu, stellte die leere Kanne noch mal ab und band das Kopftuch fester. Eine Fremde, und alle belauern mich. Hier in Mühlhausen ist es noch schlimmer als in Allstedt. Seit ihrer Ankunft vor drei Wochen musste sie mit Ambrosius beim Kürschner Rode unterm Dach in einer kleinen Stube hausen. Nebenan wohnte Thomas Müntzer mit Ottilie und dem Jungen. Über den Flur auf der anderen Speicherseite hatte die Mutter mit dem Vater ein Zimmer bezogen. Keiner im Haus lässt mich aus den Augen, allein sein kann ich nirgends. Außerdem stinkt es da drinnen ekelhaft säuerlich nach frisch gegerbten Fellen. Und draußen? Entweder verfolgt der Vater mich heimlich, oder es beobachtet mich einer der Gefolgsleute von diesem Ewigen Bund, den der Müntzer mit seinem neuen Freund, dem Prediger Heinrich Pfeiffer, gegründet hat. Da haben sich zwei Teufel gefunden. Dorothea seufzte. Einer ist schlimmer als der andere. Würde mich nicht wundern, wenn die beiden die armen Leute so lange gegen die Reichen hetzen, bis aus der Stadt die Hölle wird.

Sie nahm die Kanne wieder auf und ging die Gasse an St. Blasius vorbei in Richtung Kornmarkt. In der Oberstadt musste sie Blutgrütze beim Fleischer holen. Heute wollte die Mutter unten in der Küche fürs gemeinsame Essen sorgen, die Grütze andicken und braten. »Oh, verflucht«, seufzte Dorothea. »Dann muss ich wieder mit Vater und dem Prediger an einem Tisch sitzen. Lieber wär mir ein Stück trocken Brot auf der Treppe.«

»Platz da!« Gleich traf ein Stoß ihre Hüfte, und sie stolperte zur Seite. Ohne Entschuldigung stampfte ein bewaffneter Bursche an ihr vorbei, schon stieß er die nächsten Bürger aus dem Weg. Dicht hinter ihm zog sein Kamerad einen Karren, beladen mit Schwertern und langen Spießen.

Je näher Dorothea dem Kornmarkt kam, umso mehr nahm das Gedränge zu. Auf dem Platz lärmten lautes Gelächter, Flüche und Rufen. Vom Rat waren zweihundert Bauern aus den umliegenden Dörfern zur Stadtwehr eingezogen worden. Warum, wusste Dorothea nicht. Vielleicht hatte es mit dem Aufruhr in der letzten Woche zu tun? Aus Angst um ihr Leben waren damals beide Bürgermeister nach Salza geflohen und hatten Stadtsiegel und Torschlüssel mitgenommen. Jetzt ließ der Rat Waffen verteilen und sorgte mit Freibier für gute Stimmung unter den Bauern. Die standen um die Fässer, tranken, palaverten und schüttelten ihre Spieße und Schwerter.

Verschwitzte Hälse, triefende Augen, vom Lachen aufgerissene Mäuler, Dorothea musste immer aufs Neue ausweichen, kam schlecht voran. Mit einem Mal spürte sie einen Druck im Nacken, keine Berührung, und doch schmerzte er. Sie wandte den Kopf, ihr Blick streifte die vielen Gesichter, ohne sie wahrzunehmen. Jäh bannte sie ein Gesicht: seine Augen, die Nase, der Mund, an den Kappenseiten schimmerten rote Locken. Nein, schrie es in ihr. Niemals. Gleich drehte sie sich wieder nach vorn, betastete fahrig die Lippen. Nur weil du es dir so sehr wünschst … Eine Täuschung, nichts sonst. Lauf, befahl sie sich, schau dich nicht um! Nur fort von hier. Sie schob und zwängte sich, schwenkte die Kanne, stieß sich mit ihr den Weg frei.

Drüben auf der anderen Seite des Kornmarktes hastete sie weiter hinauf in Richtung Oberstadt. Hart pochte der Puls in den Schläfen. Wie sollte er hierherkommen? Er weiß doch gar nicht, wo ich bin. Den Brief hab ich erst letzte Woche geschrieben und wegen der Unruhe bis jetzt nicht wegschicken können. Sie näherte sich der Marienkirche, sah zu den Türmen hoch und senkte wieder den Blick. Die Kanne fiel ihr aus der Hand, rollte übers Pflaster. Wenige Schritte von ihr an der Gasseneinmündung stand er. »Dorlein.«

Seine Stimme berührte das Herz, drang in die Kammer aller Sehnsucht. »Liebster.«

Barthel strahlte, breitete die Arme und ging auf sie zu.

»Nicht«, wehrte sie ab, »bleibe dort, bitte!« Furchtsam blickte sie sich um. »Vater lässt mich beobachten, überall kann jemand lauern. Man darf uns nicht zusammen sehen.«

»Aber ich muss dich halten, küssen …«

»Nein, besser nicht.« Sie sah seine Lippen. »Doch, besser doch.« Sie bückte sich nach der Kanne. »Ich suche uns eine Stelle. Ach, mein Liebster.« Sie ging weiter. »Komm mir nach. Aber so, dass es keiner merkt.«

Ihr Atem flog, das Herz drohte zu zerspringen. Immer wieder ein kurzer Blick zurück. Barthel folgte, ließ Abstand von Gassenecke zu Gassenecke. Kurz vor dem Pfortentor bog sie nach rechts ab, eilte unterhalb der Stadtmauer den mit Abfall verdreckten Pfad entlang. Im Schatten eines Wehrturms entdeckte sie eine Nische. Bis hierher kommt so schnell keiner. Sie setzte die Kanne erneut ab und lehnte sich mit dem Rücken gegen die Mauer.

Barthel. Sie streckte ihm die Hände entgegen. Seine Finger berührten ihre Arme, Wärme strömte zu ihr wie zu ihm hin. »So lange«, flüsterte sie. Seine Lippen versiegelten die Worte. Beide tranken einander. Ewig, dachte sie, so bleiben bis zur Ewigkeit. Er umfasste ihren Rücken, strich über den Po, presste den Leib an sich; sie spürte ihn, schmiegte sich noch enger, und ihre Lippen küssten seine Wangen, den Hals und wieder den Mund.

Helles Gekicher vom Pfad her, Klatschen und Kichern.

Die Liebenden fuhren auseinander. Vor der Nische standen ein Junge und ein Mädchen, beide zeigten mit dem Finger und feixten aus verdreckten Gesichtern. Ehe Dorothea sich fasste, schnappte der Junge nach der Kanne und rannte davon, das Mädchen hinterher.

»Hiergeblieben!«, rief Dorothea. Die Kleinen hörten nicht. »Heilige Maria, ich brauche die Kanne.«

Barthel setzte den Kindern nach. Ehe er ganz heran war, ließ der Junge das Gefäß einfach fallen. Barthel nahm es auf und kehrte zur Liebsten zurück. Sie zog, zupfte ihr Kleid gerade und schob die Haarsträhnen zurück unters Kopftuch. »Hier sind wir auch nicht sicher.«

»Mir egal, Hauptsache, wir haben uns. Tag und Nacht hab ich davon geträumt.« Er umarmte sie. »Was soll schon passieren?«

Nur ungern schob sie ihn ein Stück von sich. »Du kennst diese Kerle nicht. Und Vater trägt nicht nur einen Stock, sondern verdeckt vom Schultermantel hat er sich ein Schwert umgeschnallt. Er ist hier noch wichtiger für den Prediger als in Allstedt.« Ein Blick hinauf zum Wehrturm. »Da können wir auch nicht hin. Die Posten wissen, wer ich bin, zu wem ich gehöre.«

»Mehr als ein Jahr hab ich dich nicht gesehen«, Barthel schüttelte wild den Kopf, »und ich kann nicht wieder zurück, ohne wenigstens zu wissen, wie es dir geht, ob du noch an mich denkst.«

»An dich denken?« Sie lächelte bekümmert. »Mit jedem Atemzug bist du in meiner Brust. Bei jedem Ausatmen fehlst du mir.« Nach kurzem Überlegen schlug sie vor, er solle vorausgehen. »Ich sage dir den Weg zum Fleischer und bleib einige Schritte hinter dir. So kann ich erzählen. Ohne dass jeder denkt, wir gehören zusammen.«

Zurück auf der Pfortenstraße sagte sie: »Wie schön du anzuschauen bist, selbst von hinten. Ich liebe deinen Rücken.« Nach einem Schmunzeln setzte sie hinzu. »Über mich gibt es nicht viel. Seit du fort bist, steht mein Leben still.«

Er hielt die Handmuschel an den Mund, sprach so zurück. »Bitte. Wie lebst du mit ihm, deinem …«, er stockte, das Wort brach ihm fast die Zunge, »deinem Ehemann?«

»Sei beruhigt, ich habe mich ihm nie hingegeben. Und er hat sich bisher an unsere Verabredung gehalten. Ambrosius ist weich und kein schlechter Mensch. Nur …« Sie sprach nicht weiter, wollte Barthel nicht ängstigen.

Doch zu spät, er fragte nach, als sie wieder nichts sagte, verlangte er umso heftiger nach einer Antwort.

»Ambrosius steht ganz unter dem Einfluss von seinem Meister.« Sie bemühte sich um einen leichten Ton. »Und der hat ihn gefragt, warum ich noch nicht schwanger bin. Schließlich hätte er die Pflicht, einen Auserwählten zu zeugen.« Dorothea bat den Liebsten, nach rechts in den Obermarkt einzubiegen. »Der Fleischer hat seinen Laden am Ende auf der anderen Seite.«

»Rede weiter«, bat er mit spröder Stimme.

»Ambrosius hat es ihm gestanden, dass er noch nie mit mir … Ach, du weißt schon.«

»Weiter.«

»Müntzer hat ihm gesagt, wenn dein Weib nicht fügsam ist, dann muss es gezwungen werden.« Dorothea ballte die Faust. »Er soll mich im Bett festbinden. Arme und Beine auseinander. So hat es mir Ambrosius erzählt und mich gleich beruhigt, dass er's nicht tun will. Aber er glaubt an diesen Teufel, und da weiß ich nicht, ob er dem Rat nicht doch eines Nachts folgt.«

Barthel blieb vor der Fleischerei stehen, sah sich nicht um. »Und dann?«

»Dann?« Sie ging langsam bis an seine Seite. »Dann bringe ich mich um. Noch in derselben Nacht.« Dorothea sah die Tränen in Barthels Augen, wollte ihn streicheln, musste aber weitergehen, musste sich zwingen, die Freundlichkeit der Frau des Fleischers zu erwidern, und kam mit der gefüllten Kanne wieder nach draußen.

»Lass mich tragen.« Barthel nahm ihr die Last ab. Nun ging sie voran, und erst nach einer Weile gelang es ihm, in ihrem Rücken zu sprechen. »Du darfst dir nichts antun.«

»Was meinst du damit?« Bitterer Spott schwang in der Stimme. »Ich soll mich Ambrosius und dem Prediger fügen? Für die soll ich einen Auserwählten zur Welt bringen? Niemals.« Sie schlug mit der Hand nach hinten. »Du bist mein Mann.

Deinen Samen will ich, deine Kinder. Kein anderer Kerl soll mich haben.«

»Und ich? Ich leb doch nur, weil ich weiß, dass es dich gibt.«

»Sei still«, warnte sie hastig. »Die Männer da vorne gehören zum Ewigen Bund.« Niemand sprach Dorothea an, nur ein forschender Blick, ein Kopfnicken in ihre Richtung, dann kümmerten sich die Männer nicht weiter um sie. Erst an der nächsten Straßenecke wagte sie, den Liebsten wieder anzusprechen. »Und du? In Wittenberg gibt es sicher schöne Jungfern. Du wirst bestimmt umschwärmt ...«

»Dafür hab ich keine Augen. Du bist so groß in mir, da hat niemand sonst Platz. Außer ...«

»Was?«

»Ach, das war nur dumm.«

»Ich lache nicht, versprochen.«

»Na ja. Ich dachte gerade: Neben dir vielleicht noch ein Honigtopf, der würde auch noch reinpassen. Den können wir gut gebrauchen, weißt du noch?«

Die Erinnerung lebte auf, beide lachten leise. Gleich aber stiegen Dorothea die Tränen. »Mein Barthel. Alles wäre so schön mit uns.« Sie hörte ihn hinter sich heftig schlucken, hörte sein Wimmern. Mein Liebster, dachte sie, könnten wir uns doch festhalten, und sagte in die Handmuschel: »Wir haben niemandem etwas angetan. Und doch werden wir bestraft.«

»Eins weiß ich.« Barthel räusperte sich, bis ihm die Stimme wieder gehorchte. »Wenn du nicht mehr bist, hat es für mich auch keinen Sinn mehr.« Er versuchte zu lachen, aber es gelang nicht. »Dann komm ich dir nach. Dann ... dann stört uns keiner mehr, weißt du, kein Prediger, auch nicht dein Vater.«

»Und ich warte da auf dich. Und da ist alles so weich wie Moos. Ganz bestimmt.«

An der Marienkirche schreckte sie auf. »Weiter dürfen wir nicht. Bis zum Gerberhaus sind es nur noch drei Straßenecken. Ab hier ist es zu gefährlich.«

»Aber ich wollte noch so viel fragen.«

»Schreib mir, Liebster«, sie sah sich furchtsam um, »schreib an den Schmied in Allstedt. Er weiß genau Bescheid.« Der einzige Vertraute der beiden wollte die Briefe in einen anderen Umschlag stecken und sie an seine Schwägerin nach Mühlhausen schicken. »Bei der kann ich die Post abholen.«

»Gut, dass wir Schmied Friedhelm haben. Ich reite auf dem Rückweg bei ihm vorbei.«

»Er versorgt auch meine Bienen. Wenn ich nicht zurückkomme, darf er die Völker behalten.«

»Rede nicht davon, bitte!« Barthel wischte mit dem Handrücken die Augen. »Ich sag mir, nichts geschieht dir. Hörst du, nichts, nichts. Sonst kann ich nie mehr schlafen.«

Sie streckte die Hand nach ihm aus, durfte ihn nicht berühren. »Lass dir Honig geben. Bis auf einige Töpfe habe ich ihm die ganze Ernte geschenkt.« Sie wollte weiterreden, unwichtige oder wichtige Dinge erzählen, nur mit Barthel sprechen, als wäre er immer nah bei ihr. Die Schlinge aber würgte. Ihr blieb nur: »Bitte, warte hier! Ich will dich nicht fortgehen sehen. Bitte bleib, bis ich hinter den Häusern verschwunden bin.« Durch ihre Tränen sah sie seine Tränen. »Leb wohl, Liebster.«

»Dorlein!«

Hastig nahm sie die Kanne, etwas von der Blutgrütze schwappte über ihre Hand, sie eilte in Richtung Kornmarkt und musste all ihr Glück zurücklassen.

38

Tief atmete Martin Luther ein und aus, kämpfte gegen den Zorn, ehe er mit Bedacht die Tür zur Malerwerkstatt öffnete. Stille empfing ihn. Strenger Geruch nach Farbe und Terpentin schwang im großen Saal, belegte gleich die Zunge. Auf dem Boden kauerten zwei Gesellen und sahen gespannt ihrem Meister zu. Lucas Cranach stand gebeugt vor der Staffelei, das bärtige Gesicht nah am Gemälde, seine Augen bewachten die Finger und jeden Strich des Pinsels. »Wer stört?«, brummte er.

»Ich bin's.« Martin kam einige Schritte näher. »Wir sind verabredet. Aber wenn ich ungelegen komme …?«

»Warte, lieber Freund. Lass mir noch einen Moment Zeit, bis das Blut den Arm hinunterfließt.«

Der Pinsel zog aus dem tiefroten Nagelloch in der linken Handfläche Christi die Blutspur übers Gelenk, ließ sie dünner werden und sich als Faden am Unterarm verlieren. Der Meister verglich die Wundmale beider erhobenen Hände, maß mit quer gehaltenem Malerstab ihren Abstand zur Stichwunde im Leib des Erlösers und stellte danach zufrieden den rot getränkten Pinsel ins Terpentin. »Das Blut muss erst trocknen, bevor ich mit dem Gesicht beginne.« Er lächelte dem Besucher zu. »Erträgt dein evangelisches Gemüt den Anblick: Jesus als Schmerzensmann auf seinem offenen Grab?«

Martin bemühte sich vergeblich, die Leichtigkeit zu erwidern. »Als Bild erfreut er mich. Wenn ich aber bedenke, in welchem Hochaltar er sich bald einer Gemeinde präsentiert, so befallen mich doch etliche Zweifel. Nur gut, dass du bei Mutter Maria und Johannes recht sparsam mit dem Heiligenschein umgegangen bist.«

»Oh, oh, liebster Doktor«, Cranach hob die Hände, »bitte, keine theologische Brandpredigt vor meinen Helfern. Sie könnte ihren Arbeitseifer lähmen.« Er winkte die beiden zu sich vor die Staffelei und deutete zur gestupften Wolke am oberen Bildbogen. »Ihr werdet mir jetzt die Engelsköpfe mit den Flügeln ausmalen. Die einzelnen Positionen sind markiert. Und wehe euch, wenn ein Gesicht dem anderen gleicht. Die Hauptblickrichtung ist unter ihnen der Schmerzensmann in der Mitte. Habt ihr verstanden?«

Die Gesellen nickten mit gepressten Lippen, beide wussten, welche Ehre es bedeutete, dem Meister beim Hauptgemälde des Altars zur Hand zu gehen, beide wussten aber auch, welcher Wutausbruch bei einem Fehler über sie hereinbrechen würde.

»Dann an die Arbeit.« Lucas Cranach wischte die farbverschmierten Hände am Malerkittel ab, wusch sie in der Schüssel und schlenkerte die Finger zum Trocknen in der Luft. »Schau nicht so säuerlich, mein Freund.« Er führte den Gast zu Tisch und Stühlen links des Eingangs. »Der Auftrag ist mehr als groß.«

»Aber er kommt von einem erklärten Feind unserer Reformation. Ausgerechnet Kardinal Albrecht.« Nur widerstrebend ließ sich Luther von Cranach auf einen der Stühle niederdrücken, gleich wollte er wieder aufspringen, als der Maler mit einer Weinflasche winkte. »Bei einem guten Schluck spricht es sich leichter.«

Kaum hatte Martin den Becher abgesetzt, sah er den Freund kopfschüttelnd an. »Ich kämpfe, ringe mit letzten Kräften um den Erfolg des Evangeliums, habe endlich einige Oberteufel mit einem Tritt in den Arsch aus unserm Land vertrieben.« Erst sei Karlstadt aus Orlamünde entfernt, dann Ende September sei auch Müntzer mit seinem Kumpan Heinrich Pfeiffer aus Mühlhausen verjagt worden. Alle drei hätten sich nach Süden abgesetzt. »Ich säubere unseren Acker. Und du? Du fällst mir in den Rücken. Malst für den Ablassteufel Kardinal

Albrecht. Stattest ausgerechnet seine Stiftskirche in Halle aus.« Luther griff fahrig zum Becher, goss den Wein in sich hinein, als er absetzte, bebte die Unterlippe. »Wie soll ich alle Lasten tragen, wenn mich meine engsten Freunde nicht unterstützen?«

Ohne den Farbschmutz zu beachten, kämmte Lucas Cranach mehrmals mit den Fingern durch seinen Bart und bemühte sich um einen ruhigen Ton: »Du bist enttäuscht, weil frühere Weggefährten nun deine Gegner sind. Nur darfst du mich nicht mit denen in ein und dieselbe Grube werfen. Denn ich stehe unverbrüchlich auf deiner Seite.«

»Du fertigst Flügelaltäre und Heiligenbilder für Kardinal Albrecht, für einen Papisten.«

»Martin!« Cranach schlug die Fäuste gegeneinander. Die beiden Gesellen an der Staffelei blickten erschreckt von ihrer Arbeit auf, gleich senkte der Meister wieder die Stimme. »In diesem Falle bin ich Maler und Geschäftsmann, beide muss ich ernähren. Albrecht hat bestellt, hat meinen Preis akzeptiert, und ich liefere.«

»Außerdem bist du noch Besitzer einer Druckerei, bist Apotheker und Weinhändler, vermietest Häuser. Du bist der reichste Mann in der Stadt. Genügt dir das nicht?«

»Was höre ich da? Etwa Neid? Nur weil ich erfolgreich auf meinen Gebieten bin?«

Der Vorwurf traf. Martin schob die Lippen vor, rieb sich die Stirnfalte. »Verzeih! Du gibst auch gerne, gerade ich genieße oft deine Großzügigkeit. Ich bin zu weit gegangen.« Er schob den Becher auf der Tischplatte hin und her. »In letzter Zeit stürzt so viel Unflat meiner Feinde über mich herein, dazu kommt diese Flut von Bittbriefen, die ich kaum noch bewältigen kann.« Er lachte bitter. »Ja, es ist wahr, das, was du im Überfluss besitzt, fehlt mir von Tag zu Tag mehr: das Geld. Der Orden wird sich ganz aus dem Kloster zurückziehen, ich werde meine Kutte für immer ablegen. Doch wovon soll ich allein die Gebäude erhalten? Ohne jede Unterstützung?«

»Das ist wirklich ein Problem. Wende dich an den Kurfürsten.«

»Wie oft habe ich Spalatin schon mit diesen Sorgen in den Ohren gelegen. Aber bei Hof treffe ich nur auf taube Ohren.«

Cranach spürte, worauf Luther hinauswollte, rasch füllte er die Becher erneut bis zum Rand und lenkte ab. »Du erwähntest vorhin Thomas Müntzer? Soviel ich bisher weiß, hat er sich gerade noch rechtzeitig aus Allstedt davongemacht und ist nach Mühlhausen geflohen. Und jetzt hat man ihn auch da hinausgeworfen?«

»Nicht zuletzt dank meiner Warnung.« Luther schilderte kurz von den Unruhen in der Reichsstadt. »Fast wäre es Müntzer und diesem Pfeiffer, unterstützt von den Armen, gelungen, die Stadt an sich zu reißen.« Doch der Rat von Mühlhausen habe mithilfe der Bauern die Empörung niederschlagen können. »Die beiden Teufel sind in den Süden der deutschen Lande abgewandert, und Karlstadt reist ihnen hinterher.«

»Damit sind wir sie los«, versuchte Cranach den Niedergedrückten aufzumuntern. »Ein Erfolg. Trinken wir darauf!«

Luther nippte nur. »Ob dies wirklich ein Erfolg ist? Bisher hat sich Müntzer nicht um die Bauern bemüht. Er schätzte sie noch geringer ein als das Vieh. Aber in Mühlhausen musste er ihnen weichen, hat erlebt, welche Kraft von den Bauern ausgehen kann. Und zurzeit erheben sie sich im Süden allerorts gegen Unrecht und Ausbeutung. Müntzer wird auch dort versuchen, mit seinen Predigten die Lunte zu legen. Diesmal dann aufseiten des Bauernvolks.«

»Weit genug weg von hier.« Lucas Cranach tätschelte die Hand des Freundes. »Sieh nicht alles so düster. Es geht aufwärts. Und was meinen Auftrag betrifft: Auch wenn ich jetzt noch für Kardinal Albrecht male, dein Werk ist so fest schon in den Herzen der Gläubigen verankert, dass ich fürchten muss, bald keine Aufträge mehr für Kirchen zu bekommen. Weil die Heiligenbilder aus der Mode sind.«

Die Gesellen verließen die Staffelei, wagten sich näher. »Herr?«

»Ist einem von euch der Pinsel ausgerutscht?« Cranach war schon halb aufgesprungen.

»Nicht, Herr, bitte. Alles ist gut.« Beide Gesellen hoben furchtsam die Hände. »Nur eine Frage.«

»Redet.«

»Die Engel. Sie schweben jetzt alle vor der Wolke.«

»Alle sind deutlich zu sehen. Wir wollten nur fragen, ob das so sein soll?«

Da schmunzelte der Meister. »Die Wolke ist bisher nur halb fertig wie ein in der Senkrechte halbierter, luftiger Korb. Ihr solltet ihn mir mit den kleinen Engeln füllen, und ich werde jetzt, ehe sie trocken sind, die andere Hälfte darübermalen.« Er wandte sich an den Freund. »Möchtest du zuschauen?«

Luther zögerte. Da nahm Cranach seinen Arm. »Keine Furcht«, scherzte er, »die himmlischen Heerscharen sind nach wie vor für alle da, für Papisten ebenso wie für die Lutherischen.«

Martin lächelte gequält. »Wenn ich doch nur etwas von deinem Gemüt hätte, dann wäre mir oft leichter.«

»Wein hilft.« Der Meister schenkte nach. »Nimm deinen Becher mit zur Staffelei. Ich muss zum Schmerzensmann, ehe ihn mir die Engel zu sehr belästigen.«

Mit wehendem Kittel schritt er zu seinen Farben, nahm vom Türkis, dem Blau, mischte Weiß und noch etwas vom Grün dazu.

Den Pinsel zwischen den Zähnen, begutachtete er die Engelsgesichter, lobte seine Gesellen mit kurzem Zuwinken, dann beugte er sich zur Leinwand.

Martin Luther sah zunächst wenig beteiligt zu, trank vom Wein, bald aber bannte ihn die virtuose Arbeit des Freundes. Die Wolke nahm an Dichte zu. Am oberen Bildrand ließ sie die Engel nur noch erahnen, erst nach unten hin wurden sie klarer erkennbar. Mit einem Mal schien es, als sinke aus den

Himmeln eine Engelsschar, umhüllt von wogendem Dunst, auf den gemarterten Jesus nieder.

»Du bist ein wahrer Meister«, gestand Martin halblaut, »an deiner Kunst sehe ich, wie schwer es für den einfachen Mann sein muss, nicht vor einem Heiligenbild niederzuknien, sondern nur noch das reine Gemälde zu bewundern.«

»Soll das etwa heißen, du bringst nun Verständnis für die Bilderstürmer auf?« Ohne dass er die Arbeit unterbrach, nahm Cranachs Stimme an Schärfe zu. »Also, um Anbetung zu verhindern, sollen die Bilder zerstört werden?«

»Falsch. Keine Zerstörung. Die Gemeinde muss überzeugt werden, dass es nur Gemälde sind. Überzeugung, das ist die wahre Pflicht der Pfarrer.« Luther reichte einem der Gesellen den geleerten Becher. »Meine Pflicht ruft. Ich muss zu Philipp. Wir haben die Übersetzung der Psalter fast abgeschlossen.«

Cranach wählte einen anderen Pinsel und tupfte ihn in die Farbe. »Mit dem Neuen Testament ging es rascher voran.«

»Das Alte Testament erfordert mehr Arbeit. Bei den Korrekturen beziehen wir die griechische und hebräische Fassung mit ein. Wenn wir mit den Psalmen so weit sind, gebe ich deinem neuen Drucker rechtzeitig Bescheid.«

Ganz in Gedanken versunken, ging der Reformator zur Tür.

»Gott befohlen«, rief ihm der Meister nach. Martin schreckte auf. »Leb wohl! Verzeih, ich wollte nicht … Danke für den Wein.«

Draußen schlug ihm vom Markt her der Regen ins Gesicht, auf der Collegienstraße trieb heftiger Wind durch die Pfützen und nässte Schuhe und kniehoch den Gelehrtentalar. »Werde mir noch den Tod holen«, seufzte Martin. Nur noch zwanzig Schritt vom Hause Melanchthons entfernt, sah er, wie die Tür sich öffnete und Katharina von Bora ins Freie trat. »Oh Gott, nicht jetzt auch noch die Jungfer.« Rasch stellte er sich in eine Toreinfahrt, wartete, bis Katharina vorbeigeeilt war. Sein Sorgenkind, die letzte der neun Nonnen. Alle übrigen waren gut untergebracht. Auch für Freiin von Bora hatte er eine Ehe angebahnt. Alles schien perfekt organisiert. Bräutigam Glatz war als neuer Pfarrer von Orlamünde eingesetzt, erwartete freudig die ihm versprochene Braut. Die aber zierte sich. »Nichts als Ärger bereitet mir dieses Frauenzimmer.« Martin sah ihr kopfschüttelnd nach, dann zog er die Glocke am Haus des Freundes.

»Was wollte die Jungfer bei dir?«, erkundigte er sich bei Philipp.

Der schmalbrüstige Freund führte ihn wie stets an der Küche vorbei und gleich in die Studierstube. »Sie ist uns eine große Hilfe«, das S rutschte hörbar durch die Zähne. »Sie kommt jetzt täglich einige Stunden. Auch die zweite Schwangerschaft quält meine Frau mit Übelkeit und Kopfweh. Ohne Jungfer von Bora und meinen treuen Johannes würde ein wahres Tohuwabohu den Haushalt gänzlich zugrunde richten.«

Martin ließ sich auf den Stuhl fallen. »Wenigstens du hast eine gute Meinung von ihr. Unser Kaspar Glatz sitzt sicher mit heißen Lenden allein auf seinem Bett in Orlamünde und muss sich der Versuchung hingeben. Weil das versprochene Weib bisher nicht eingetroffen ist.« Martin hob den Finger. »Statt dankbar zu sein, durchkreuzt sie mir den Plan.«

»Sei nicht so streng!« Philipp zog seinen Stuhl neben den Freund. »Jungfer von Bora ist nicht hoffärtig, wie du annimmst. Von meiner Gattin weiß ich, dass sie immer noch dem jungen Baumgärtner nachtrauert, immer noch hofft. Erst wenn Klarheit in dieser Angelegenheit herrscht, wird sie sicher gerne deinen Vorschlägen nachkommen.«

»Wäre ich sie nur schon los.« Ein ergebener Seufzer aus tiefster Brust. »Also gut. Ich werde nach Nürnberg schreiben.« Martin deutete auf den Stapel eng beschriebener Blätter. »Unsere Psalmen. Beschäftigen wir uns mit Erfreulicherem.« Er richtete sich im Stuhl auf und zitierte: »Gelobet sei der Herr, mein Fels, der meine Hände lehret zu streiten und meine Fäuste zu kämpfen …«

Ungeduld. Im Turm des Klosters stand Peter Stroht auf der obersten Stufe der Wendeltreppe, sein Zwillingsbruder Paul hatte mit der vorletzten Stufe vorliebnehmen müssen. »Wartet draußen, bis ich euch rufe.« Sie waren von Doktor Martinus herbefohlen worden, wussten nicht, aus welchem Grund, aber so kurz vor der Abreise in die Schweiz konnte solch ein Ruf ihres über alles verehrten Lehrmeisters nur Lob und Anerkennung bedeuten. »Ich zuerst«, hatte Peter bestimmt, »ich bin der Ältere von uns beiden. Dann du.«

Endlich öffnete sich die Tür. »Kommt herein!« Doktor Martinus kehrte zum Schreibpult zurück. Er nahm das Blatt auf und wedelte die Tinte trocken. »Es geht also zurück in die Heimat?«

»Nach Basel, zur Mutter.« Der Jüngere wagte zu lächeln.

»Und zum Vater«, ergänzte eifrig sein Bruder und grinste dazu.

Stirnrunzelnd betrachtete Luther die Zwillinge. »Habt ihr an unserer Leucorea auch einen Abschluss erreicht?«

»Nicht ganz«, gestanden beide Jünglinge. »Aber wir haben viel gelernt.«

»Das freut mich.«

»Habt Dank für das Lob.« Nun seufzten die Tüchtigen. »Danke, ein Lob aus Eurem Mund, das wird die Eltern freuen.«

»Mag sein, aber habe ich …?« Luther zögerte, dann stellte er sich entschlossen mit dem Blatt vor die Studenten hin. »Ich habe eine Aufgabe für euch. Diesen Brief hier sollt ihr mit auf die Reise nehmen und in Nürnberg bei Hieronymus Baumgärtner abgeben.«

»Danke, dafür habt Ihr gerade uns ausgewählt? Wir sind stolz. In ganz Basel …«

»Genug«, erstickte Luther den Begeisterungssturm. »Außerdem wird ein Kommilitone euch bis Nürnberg begleiten.«

Paul, der Jüngere, hob eifrig den Finger. »Darf ich? Es wäre doch sicherer … Unterwegs lauern Gefahren, meine ich. Deshalb wäre es doch besser, wenn wir den Text auswendig lernten. Nur falls diese wichtige Botschaft verloren geht.«

Gleich unterstützte auch Peter, der Ältere, den Vorschlag. »So können wir einen unschätzbaren Verlust verhindern.«

Luther schwankte zwischen Entsetzen und Lachen, bemüht ernst stimmte er zu. »Ich erwarte euren Vortrag.«

Die Boten verließen die Studierstube, lernten auf der Treppe und klopften nach geraumer Zeit wieder bei Doktor Martinus an.

»Wir sind bereit.«

Luther setzte sich. »Ich höre.«

Der Jüngere begann, deklamierte: »Gnade und Friede im Herrn! Lieber Herr Hieronymus! Auch Euch muss ich bei der Überzahl meiner armen Leute in Anspruch nehmen ...« Im ersten Teil des Briefes bat Luther für einen jungen Mann, welchem Baumgärtner zu einer Stellung verhelfen möchte. Auch wenn Luther wisse, dass es kaum feste Arbeitsplätze in Nürnberg gäbe. »... Trotzdem habe ich ihn in unseres Gottes Namen ziehen lassen, welcher auch die Raben ernährt.« Der Jüngere verbeugte sich wie ein Schauspieler und trat beiseite.

Nun übernahm Peter den zweiten Teil des Briefes: »Wollt Ihr übrigens Eure Kathi von Bora festhalten, so tut bald etwas dazu, bevor sie ein anderer bekommt, der schon bei der Hand ist. Sie hat ihre Liebe ... ihre Liebe ...« Der ältere der Oratoren aus Basel geriet ins Stocken, errötete. Rasch eilte Paul, der Jüngere, hinzu und flüsterte. Nun war der Text wieder präsent. »... ihre Liebe zu Euch noch nicht verwunden. Ich würde wahrlich an jeder der beiden Verbindungen meine Freude haben. Lebt wohl.«

Eine Verneigung vollendete den Vortrag.

»Sehr artig.« Martin Luther ließ die Zwillinge mitten im Raum stehen, faltete sorgsam den Brief, siegelte den Umschlag und überreichte ihn. »Meine Boten. Ich denke, so vorbereitet wird diese Nachricht ganz sicher ihren Adressaten erreichen. Und ich bete für euch Knaben, dass irgendwann ein kleiner Funke von euren großen Namensvettern auf euch überspringen möge.«

39

Hunger ist ein Gast, der nicht warten will. Erst meldet er sich kaum merklich, schnell aber grollt und rumort er durch den Magen, lähmt jede Konzentration und Schaffenskraft. Martin Luther steckte die Feder zurück ins Tintenfass. »Der Quälgeist in mir gibt keine Ruhe mehr«, erklärte er seinem Famulus und Diener Wolf Seeberger, er wolle hinüber ins Gasthaus Stern und dem Peiniger das Maul stopfen. »Gehe du auch nach Hause und iss dich satt. Danach erkundigst du dich bitte nach neuen Briefen.«

Freitag war es. Freitag, der 20. Januar 1525. Auf dem Weg über den Innenhof zum Klostertor ließ die Vorfreude Martin schmunzeln. Heute gab es Fisch. Die Kochkunst von Frau Barbara Cranach an anderen Wochentagen in allen Ehren, nirgendwo aber in Wittenberg gab es so köstlichen, in Würze eingelegten Brathering wie freitags im Gasthaus Stern an der Ecke von Bürgermeister- und Jüdenstraße.

Der Wirt begrüßte den berühmten Gelehrten mit tiefen Bücklingen und geleitete ihn zum langen Tisch. »Dies ist der hochverehrte Doktor Martinus Luther.«

Nur drei Fremde saßen dort, sie sahen auf, nickten und schlürften weiter ihre Suppe. Der Wirt raunte Luther zu. »Sind Ärzte, behaupten sie. In jedem Fall sind es Juden, glaube ich, alle drei. Aus Polen. Sind auf der Durchreise.«

»Wohin wollen sie?«

»Habe ich nicht erfahren. Sie sprechen kaum Deutsch.«

»Dennoch sind auch sie Gottes Geschöpfe«, ermahnte Martin und nahm Platz.

Der Wirt wischte vor ihm mit einem Tuch über die Holzplatte. »Was darf es sein?«

»Das fragst du, Kerl?«

»Also Brathering mit kaltem Erbsbrei und viel Senf.«

»Nichts esse ich lieber. Dazu ein schönes Bier!«

Wenig später stand die flachrandige, geräumige Tonschüssel vor Martin. In der Küche waren beide Fische am Rücken schon aufgetrennt worden. Geschickt entgrätete der Hungrige die würzigen Leiber mit einem Griff. Der Senf. Er ließ sich Zeit, häufelte die scharfe Paste sorgsam auf die vier Hälften. Die Fremden am Tisch hatten ihr Mahl unterbrochen, bestaunten verstohlen seine Zeremonie. Martin faltete die Hände, dankte Gott für die Speise und endlich, er schaufelte Erbsbrei und Hering auf den Löffel, begleitete sein Kauen und Schlucken mit wohligen Seufzern.

Zwischen den Bissen griff er zum Bier. »Glück und Gesundheit!«, rief er den Tischgästen zu. Nur einer von ihnen hob auch den Becher, antwortete auf die Freundlichkeit.

Martin verschlang die Bratheringe und schabte auch den letzten Fleck Erbsbrei aus der Schüssel. Die Hast entrang ihm einen tiefen Rülpser. Er winkte den Wirt zu sich. »Bringe mir noch eine Portion.«

»Aber, Herr, bedenkt, wie mächtig ...«

»Ich allein weiß, wann ich genug habe.«

»Gewiss.« Der Wirt entschwand in der Küche.

Martin verspürte unvermittelt heftiges Drängen tief im Leib, wollte sich nicht vor den Fremden Erleichterung verschaffen, er stand auf, lächelte ihnen zu und verließ den Schankraum durch die Hintertür. Draußen im Hof befreite er laut tönend die gestaute Luft aus dem Gedärm und kehrte in die Wirtsstube zurück. Sein erster Blick galt der erneut gut gefüllten Schüssel an seinem Platz. Erst beim Hinsetzen bemerkte er, dass die Fremden verschwunden waren. »Wo sind sie hin?«

»Sie hatten es mit einem Mal eilig.« Der Wirt räumte die Suppennäpfe vom Tisch. Er hätte gerade die zweite Portion Fisch hingestellt und wäre wieder in die Küche zurück, als einer von denen ihm nachgekommen sei und bezahlen wollte. »Er hat auch für seine Kumpane die Zeche übernommen.

Dann sind alle drei hastig davon.« Der Wirt hob die Achseln. »Erst dachte ich, sie müssten zu einer der Kutschen. Aber die von heute sind ja schon in der Frühe abgefahren. Tja, da kenne sich einer mit den Juden aus. Egal, das Geld hat gestimmt.«

Martin hörte nur noch halb hin. Der Geruch von Würze und Senf betörte. Er drehte sich die Schüssel zurecht, nach vorn die Heringe, dahinter die Erbsen. Der Löffel wurde zum eiligen Lieferanten des Überflusses. Kaum nahm der Reformator sich Zeit zu kauen, noch war der Bissen nicht ganz heruntergeschluckt, als schon der nächste den Mund füllte. Erst als die Schüssel bis zum Grund geleert war, ließ er den Löffel sinken, gleich hob er den Bierkrug. »Fisch will schwimmen«, prostete er dem Wirt zu und goss schäumenden Gerstensaft der üppigen Mahlzeit hinterdrein. Mehrmals antwortete in seinem Magen der gesättigte Quälgeist mit Rülpsern, dann dankte Luther dem großen Gott für Speis und Trank.

Der Wirt bemerkte vorsichtig: »Keiner meiner Gäste vermag so schnell zu essen.«

»Dafür schmeckt es ihnen auch nicht so gut wie mir.« Luther erhob sich. »Mein Freund, ich habe jetzt kein Geld im Säckel, könntest du …?«

»Ich weiß, Doktor Martinus.« Ergeben nickte der Wirt. »Anschreiben.«

»Glaube mir, ich stehe nicht gern bei dir in der Kreide. Aber sobald mir meine Schuldner …«

»Ich weiß, Doktor Martinus.«

Luther zögerte, sagte dann: »Du weißt also. Gut, mein Freund, hab Dank.« Etwas schwerfällig im Gang verließ er das Gasthaus zum Stern.

Zurück in der Studierstube, noch etwas atemlos vom Ersteigen der Wendeltreppe, erkundigte er sich bei Wolf Seeberger nach neuer Post.

Der sah leicht schläfrig vom Schriftstück auf. »Die Post von den Fernhändlern habe ich heute Morgen schon abgeholt.«

Er deutete mit der Feder auf die Truhe. »Jetzt gab es nur zwei Briefe per Boten.«

Luther nahm den ersten Umschlag. »Von Freund Spalatin.« Er brach das Siegel und überflog die Zeilen. »Er hat schon auf meine Nachricht von vorgestern geantwortet. Dazu diktiere ich dir später etwas.«

Der zweite Umschlag war aus dünnem Papier. Luther besah ihn von beiden Seiten. »Die Anschrift stimmt, aber es fehlt der Absender.« Er hob ihn näher an die Augen. »Reichlich Siegellack. Nur, es ist kein Wappen eingedrückt?«

»Wird wieder ein Bettelbrief sein.«

Da der Reformator lange Zeit nichts sagte, hob der Famulus den Kopf. »Doktor Martinus?«

Luther stand da, starrte auf das Blatt.

»Herr, was ist Euch?«

»Kein Name«, flüsterte Martin. »Unterschrieben mit: Eure besorgten Freunde.«

Seeberger legte die Feder ab und ging zu ihm. »Eine schlechte Nachricht?«

»Schlimmer.« Luther versuchte tief einzuatmen, musste heftig husten, als der Anfall abebbte, tippte er den Finger auf die Zeilen. »Ein Giftanschlag. Hier warnt man mich davor.« Er zitierte: »Ihr seid in höchster Gefahr. Es sind drei jüdische Ärzte aus Polen für zweitausend Golddukaten von Euren Feinden gedungen worden. Sie halten sich bereits in Wittenberg auf und werden versuchen, Euch bei erstbester Gelegenheit zu vergiften.«

Wolf Seeberger äugte von der Seite auf das Schreiben. »Nicht zu fassen, Herr.«

»So ist es, nicht zu fassen.« Luther zerknüllte den Warnbrief in der Faust. »Diese Juden!«, grollte er hoch aufgerichtet. »Sie können Arzneien verabreichen, davon der Patient in einer Stunde, einem Tag oder einer Woche oder auch erst nach Jahren sterben muss. Diese Heimtücke, das Gift so zu mischen, die verstehen sie aufs Beste.«

»Von jetzt ab gilt es, die Augen aufzuhalten. Soll ich beim Stadtrat um Schutz für Euch bitten?«

Der Brustkorb sank, langsam ging Martin bis zum Stuhl, tastete fahrig nach dem Sitz und ließ sich nieder. »Zu spät, mein Wolf«, ein Seufzer, »zu spät.« Luther wischte sich die Stirn. »Seit Langem habe ich mich gefragt, warum mich Gott nicht für den Märtyrertod ausersehen hat, obwohl ich ihn doch zehnmal mehr als andere verdient habe.«

»Bitte, so dürft Ihr nicht sprechen …«

»Warum die anderen Aufrechten im Glauben? In Wien, in Ungarn. Im vorigen Monat noch wurde Heinrich von Zupthen von der Papistenmeute erschlagen und verbrannt.« Er ließ den zerknüllten Brief über den Boden rollen. »Nun also ist die Reihe an mir.«

Sein Famulus fiel neben dem Stuhl auf die Knie. »Bitte, beschwört das Unglück nicht herbei.«

»Es ist schon geschehen.« Schweiß perlte von der Stirn. Luther griff nach der Hand des Getreuen. »Vorhin im Gasthaus saßen die jüdischen Ärzte mit an meinem Tisch. Für kurze Zeit nur war ich draußen. Diesen Moment werden sie genutzt haben.«

»Wie fühlt Ihr Euch?« Wolf zerrte am Ärmelstoff des Talars. »Seid Ihr müde? Habt Ihr Schmerzen?«

»Von allem etwas. Jetzt aber …«, ein jähes Aufstöhnen, Martin wölbte den Bauch vor, »ein Stechen. Das Gift senkt sich wie eine Klinge tief in meinen Leib.«

»Hilfe«, Wolf Seeberger raffte sich hoch, »wir benötigen Hilfe. Ein Medicus muss her.« Gleich schlug er sich gegen die Stirn. »Ich kann Euch nicht alleinlassen.« Er beugte sich über den Seufzenden. »Könnt Ihr aufstehen? Bitte, versucht es!«

Er zog an den Händen, Luther half mit und gelangte auf die Füße. Nach einigen tappenden Versuchen vermochte er zu gehen. Der Schreiber legte sich den Arm seines Meisters über die Schultern, brachte ihn so zur Wendeltreppe. Hier war es zu eng. »Haltet Euch am Handstrick, und bleibt so nah wie möglich an der Mauer. Ich gehe vor.« Der Tapfere versuchte zu scherzen: »Wenn Ihr stürzt, stürzt Ihr auf mich und nehmt mich gleich mit in den Tod.«

Ohne Zwischenfall gelangten sie nach unten. Die frische Luft belebte den Leidenden etwas, und mit vielen Pausen gelang es Wolf Seeberger, ihn zur Apotheke ins Cranachhaus zu schaffen.

Beim Schellenreißen der Tür sah Basilius Axt vom Mörser auf. Kaum hatte er in der verkrümmten Gestalt seinen Gönner und Förderer erkannt, lief er hinzu und bettete zusammen mit dem Diener den Kranken auf eine Liege im hinteren Teil der Apotheke. »Großer Gott, was fehlt Euch?«

Statt einer Antwort wälzte sich Martin hin und her, bäumte sich hoch und fiel zurück. Überhastet berichtete sein Famulus vom Giftanschlag.

Basilius Axt überlegte nicht lange. »Einhorn.« Der Medicus und Apotheker war schon am Regal, kehrte mit Wasser und einem kleinen Messingbehälter zurück. Sorgsam gab er zwei gehäufte Löffel vom Einhornpulver ins Wasser und verrührte es.

»Trinkt davon, diese Medizin wird euch entgiften. Pulver vom Einhorn heilt sogar Schlangenbisse.«

Seeberger hielt den Kopf, und Basilius setzte das Glas an die Lippen. Luther nahm in kleinen Schlucken das Heilmittel zu sich.

Sobald Lucas Cranach von der Vergiftung des Freundes hörte, eilte er hinzu und befahl, den Kranken ins Gästezimmer zu verlegen. »Die Täter werden zur Rechenschaft gezogen«, versprach er. »Als Ratsmitglied werde ich persönlich einige Stadtknechte losschicken. Sie sollen nach den Juden fahnden und sie dingfest machen.«

Die Schmerzen hielten an, der Bauch blieb hart und vorgewölbt. Ave kam ins Krankenzimmer, voll Sorge kühlte sie Luther mit einem feuchten Tuch die Stirn. »Werdet gesund, Ihr seid ein guter Mensch!«

Martin sah lächelnd zu ihrem schönen Gesicht auf. »Auch wenn du jetzt die Gemahlin des Apothekers bist, bleibst du doch mein Engel.«

»Strengt Euch nicht so sehr an.« Sie befeuchtete erneut das Tuch und betupfte ihm die Schläfen. »Habt Ihr daran gedacht?«

Nach einem Moment des Überlegens nickte er. »Aber ja. Ich habe deinen Basilius unserer medizinischen Fakultät wärmstens empfohlen.«

Zweimal noch verabreichte der Apotheker etwas vom Einhornpulver. Der Patient quälte sich, litt unter furchtbaren Leibschmerzen, blieb aber bei Bewusstsein. Im Cranachhaus wachte die Sorge. Frau Barbara, der Hausherr, auch Famulus Seeberger und Basilus Axt, sie kümmerten sich um den Elenden. Immer wieder kehrte Ave ins Krankenzimmer zurück, nahm die Hand, schenkte Trost.

Spät in der Nacht wuchsen die Schmerzen an. »Ich zerspringe«, keuchte Martin, dann stieß er laute Verwünschungen gegen alle Teufel der Hölle aus. Entsetzt lief Ave hinaus und kehrte mit ihrem Gemahl zurück. Der betastete den gespannten Bauch. Dieser leichte Druck genügte. Unter lautem Getöse löste sich ein langer Furz. Martin klammerte sich an den Arm des Medicus. »Rasch, die Bettpfanne.« Zur schönen Ave sagte er in höchster Not: »Hinaus! Ein Kampf mit dem Satan steht mir bevor. Hierbei solltest du nicht Zeugin sein.«

Basilius Axt begriff schneller als sie und führte seine Frau hinaus, ehe er dem Kranken die blecherne Bettpfanne unterschob. Der Apotheker hob die Nase, prüfte den Gestank im Zimmer. »Was habt Ihr gegessen?«

Martin stammelte noch etwas vom Bratfisch, dann nahm ihm der Kampf die Stimme. Nach einer guten Stunde war der Feind besiegt und aus dem Darm verjagt. Basilius Axt beroch nun auch die Bettpfanne. »Jetzt bin ich mir ganz sicher, die Ursache war kein Gift. Wir dürfen dankbar sein.«

Luther lag befreit da, keine Schmerzen mehr, nur noch Erschöpfung und Müdigkeit.

Ein Kind ist uns geboren … Im Melanchthonhaus herrschte Aufregung. Die Geburt des Sohnes war am 21. Februar gewesen, eine Geburt nach langen Wehen und großen Schmerzen für die Mutter, allein die Kunst der Hebamme wie auch der Beistand von Frau Barbara Cranach und Jungfer Katharina von Bora hatten letztendlich aus tiefster Not dem Glück zum Licht verholfen.

Heute, am Sonntag, den 26. Februar, sollte Sohn Philipp in der Stadtkirche aus der Taufe gehoben werden. Zwei Stunden nur noch bis zum Läuten, und das Taufkleid war Frau Melanchthon aus der Hand in den Windeleimer geglitten, hatte nun einen handtellergroßen, hässlichen Fleck. »Ich kann nicht …« schluchzte die Mutter, hielt ihrem Gemahl das befleckte Hemdchen hin. »Damit kann unser Kind nicht getauft werden.«

»Liebste, beruhige dich. Unser Sohn wird nackt ins Wasser getaucht und nackt in die Gemeinschaft der Christen aufgenommen.«

»Aber was werden die anderen Frauen sagen?« Ein verzweifelter Schluchzer. »Und erst die hohen Gäste? Doktor Martinus und sogar Geheimsekretär Spalatin? Oh, ich schäme mich.«

Professor Melanchthon eilte zur Hintertür, dabei zog er das Bein nach, der Rückenhöcker wippte auf und nieder. »Johannes!«

Der Hausdiener kam aus dem Schuppen. »Herr?«

»Du musst uns helfen.«

»Oh, ich höre es schon.« In der Küche lächelte der breitschultrige Mann. »Aber, Frau Katharina, nicht weinen!« Allein der dunkle Klang seiner Stimme spendete ersten Trost. Johannes wusch den Fleck aus dem weißen Stoff, danach wedelte er das Hemdchen, so nah es ging, am Herdfeuer. »Bis zur Kirche haben wir es wieder trocken.«

»Gott segne dich«, flüsterte ihm der Hausherr zu und flüchtete ins Studierzimmer.

»Für einen Schluck Wein ist noch Zeit genug.« Martin Luther öffnete die Tür und bat mit leichter Armbewegung den Geheimsekretär des Kurfürsten in den Speisesaal des Klosters. »Auf Bitten unseres tüchtigen Freundes Melanchthon soll die Taufe während einer gesondert anberaumten Gottesdienstfeier im kleinen Kreise stattfinden. Der Knabe ist wohl noch recht schwach.«

Georg Spalatin trat ins Refektorium, gleich rümpfte er leicht die Nase. »Woher rührt der strenge Geruch?«

»Verzeiht, lieber Freund.« Martin rückte zwei Stühle näher zueinander. »Entweder ist zu lange nicht gelüftet worden, oder es mag drüben in der Küche irgendwo eine Speise verfault sein. Ich werde meinen Famulus auf die Suche schicken.« Er bot dem Gast den Platz am Kopfende an.

Während des Niedersetzens legte Spalatin seinen Stock quer über den Tisch, für den samtenen Hut fand er keine saubere Stelle und setzte ihn wieder auf. »Ich habe die Einladung zur Taufe angenommen, weil ich die Gelegenheit nutzen möchte, mit Euch ein wenig zu plaudern.«

Luther brachte den Krug mit zwei Bechern und schenkte ein. »Ich fühle mich geehrt. Auch verspreche ich Euch, heute nicht über die missliche finanzielle Lage zu sprechen.« Die Herren lächelten sich an und tranken.

Spalatin drehte den Becher zwischen den schlanken Fingern. »Euer letzter Brief beschäftigt mich noch. Es geht um den Giftanschlag. Ich hatte mich besorgt nach Euerm Befinden erkundigt, und Ihr schriebt etwas ausweichend, dass die Angelegenheit nicht weiter verfolgt würde.«

»Man hat die Juden befragt. Im Verhör behaupteten sie, keine Juden zu sein, blieben verstockt und sagten nichts über das Gift.«

»Mir unverständlich. Um einen Häftling zum Sprechen zu bewegen, haben wir ausreichend Mittel und Personal zur Verfügung.«

Martin faltete die Hände. »Ich wollte sie nicht der Folter

unterwerfen lassen.« Auf ein erzwungenes Geständnis habe er keinen Wert gelegt. »Allerdings bestand ich auf der Haarwäsche.« In seiner Erinnerung sei der Hauptverdächtige blond gewesen, bei dessen Gefangennahme allerdings trug er braunes Haar. »Also bestand ich auf einer Wäsche mit besonders scharfer Lauge. Ohne Ergebnis, leider blieb die braune Farbe, und alle drei Verdächtigen durften gehen.« Noch am selben Tag hätten sie fluchtartig Wittenberg verlassen. Martin leerte den Becher, wollte auch seinem Gast nachschenken, der verzichtet dankend, so bediente er nur sich selbst. »Der Medicus vermutet, dass mein Übelsein möglicherweise auf üppige Speisen zurückzuführen sei. Ich aber bin überzeugt, dass diese Juden mir mit Gift nach dem Leben trachteten. Sie sind gewitzt.«

Spalatin sah den Freund aufmerksam an. »Ihr fürchtet Euch vor ihnen?«

»Ich lebe in ständiger Angst. Ich bin als Ketzer verurteilt worden, vergesst dies nicht. Und auf dem letzten Reichstag ist das Urteil nochmals bekräftigt worden. Feinde habe ich also mehr als genug. Welcher Kardinal will nicht meinen Tod?« Die Erregung trieb Luther die Röte ins Gesicht. »Von überall können Meuchelmörder gedungen werden. Die ich aber am meisten fürchte, sind die Giftmischer: jüdische Ärzte. Sie bestreichen die Stuhllehnen oder sogar die Kanzelbrüstung mit todbringendem Gift.« Luther erhob sich halb aus dem Stuhl, stützte beide Arme auf dem Tisch ab und beugte sich zu Spalatin. »Wer weiß? Vielleicht hat sich ja der Hauptverdächtige für die Tat seine braunen Haare blond gefärbt und nach Verlassen des Gasthauses die Farbe wieder ausgewaschen? Zutrauen würde ich es diesem Satan.« Er stieß die Faust auf den Tisch. »Der Teufel hätte seinen Penis vorzeigen müssen. An der beschnittenen Vorhaut hätte er sich als Jude verraten. Wenn man ihm schon eine Lüge hätte nachweisen können, dann gewiss auch bald den Giftanschlag.«

»Beruhigt Euch, mein Freund«, Spalatin lehnte sich zurück, »die Gefahr ist erkannt, und wir vom Schloss werden noch aufmerksamer für Eure Sicherheit Sorge tragen.« Er griff nach seinem Stock und erhob sich. »Kommt. Die frostige Luft draußen wird uns guttun. Spazieren wir noch ein wenig, bis uns die Glocke zur Kirche ruft.«

Wortlos legte sich Martin den wollenen Schultermantel über den Rock und stülpte den Hut fest aufs Haupt. Sie nahmen den Weg durch die Gärten in Richtung Elbufer. »Es ist eine geraume Weile her, dass ich an einer Taufe teilgenommen habe«, plauderte der Geheimsekretär, »und die heute wird meine erste Taufe nach reformiertem Ritus sein. Nach Eurem Taufbüchlein, hab ich recht?«

Mit dem neuen Thema wechselte auch die Stimmung des Reformators. »Die Kindstaufe wird mich noch lange beschäftigen, zunächst aber habe ich das Alte nur vom römischen Ballast befreit und das Bewährte übernommen.«

Lange, zugefrorene Pfützen behinderten das zügige Weiterkommen, als Martin zum ersten Mal gefährlich rutschte und Spalatin im letzten Moment ihn noch am Arm halten konnte, strebten sie beim nächsten Abzweig wieder auf eine Pforte in der Stadtmauer zu. Georg Spalatin schwang den Stock einmal ums Handgelenk. »Ohne indiskret sein zu wollen, und nur eine Neugierde von Freund zu Freund. Beim Anblick des doch leicht vernachlässigten Refektoriums vorhin stellte ich mir erneut die Frage, ob Euch nicht doch der Gedanke an eine Heirat beschäftigen sollte?«

Verblüfft sah ihn Martin von der Seite an. »Eine Ehefrau?« Gleich beschleunigte er den Schritt etwas. Erst nach einer Weile ließ er Spalatin wieder aufholen. »Meine Meinung darüber hat sich inzwischen nicht geändert. Wir sprachen darüber. Nein, ich werde nicht heiraten. Natürlich spüre ich mein Fleisch, mein Geschlecht. Ich bin nicht aus Holz oder Stein. Aber meinem Sinn steht die Ehe fern.« Er fasste den Arm des schlanken Mannes. »Gerade nach diesem Giftanschlag solltet Ihr mich verstehen. Ich werde als Ketzer gejagt, täglich muss ich mit dem Tod rechnen.«

»Eine Frau an Eurer Seite könnte die düsteren Gedanken vertreiben.«

Martin lachte auf. »Und andere Seelenqualen hervorzaubern. Aber was ist mit Euch? Ihr werbt für die Heirat und haltet Euch selbst recht vornehm zurück? Verspürt Ihr nicht auch den Drang in den Lenden?«

Röte überzog das Gesicht des Geheimsekretärs, als Antwort fiel er nur ins Lachen des Reformators mit ein.

Das Läuten war verstummt. Die kleine Festgesellschaft versammelte sich rund ums Taufbecken. Die Mutter des Täuflings hatte sich zu schwach gefühlt, den kurzen Weg bis zur Stadtkirche zu gehen. Das Strahlen aber im Gesicht des Vaters spiegelte sich im Lächeln der Anwesenden. Pfarrer Bugenhagen bat Paten, Beistände und den Vater, ihm das Kind zu bringen. Der kleine Philipp wehrte sich nicht, als die Tücher abgenommen wurden, auch nicht, als der Pfarrer mit leichtem Blasen gegen die Augen begann, den Teufel zu verjagen. Bei der Salzgabe auf die Lippen wendete Philipp leicht den Kopf zur Seite, verzog das Gesicht, der Speichel in Ohren und Nase behagte ihm noch weniger. Pfarrer Bugenhagen befragte die Paten stellvertretend für den Knaben: »Entsagst du dem Teufel?«

Ein Ja genügte nicht. Auch allen Werken und dem Wesen des Teufels musste für immer entsagt werden. Die Paten bestätigten es mit kräftiger Stimme.

Nach Gebeten und Bibelstelle nahm Pfarrer Bugenhagen den Nackedei und tauchte ihn ins Wasser. Zu kalt. Philipp wehrte sich, brüllte und übertönte fast die Stimme des Täufers: »Und ich taufe dich im Namen des Vaters und des Sohnes und des Heiligen Geistes.«

Die Paten hielten das schreiende Kind, während Bugenhagen ihm das reine weiße Hemdchen anlegte, ihm mit Öl das Kreuzzeichen auf Brust und Scheitel zeichnete.

»Der allmächtige Gott und Vater unseres Herrn Jesus Christus …«

Philipp beruhigte sich langsam.

»… der dir alle deine Sünden vergeben hat, der stärke dich mit seiner Gnade zum ewigen Leben. Amen.«

Philipp schwieg und schloss die Augen.

»Friede mit dir.«

Stellvertretend antwortete die kleine Festgemeinde feierlich: »Amen.«

Georg Spalatin neigte den Kopf zu Luther. »Mein Kompliment, lieber Freund. Welch ergreifende Feier dank Eurer Liturgie.«

Selbst gerührt, nickte Martin und wischte sich die Augen.

40

Unruhe und Empörung brodelten in Mühlhausen. Die beiden Prediger waren zurück. Heinrich Pfeiffer kam schon im Dezember 1524, Thomas Müntzer erst gegen Ende Februar des Jahres 1525. Welch ein Empfang! Der geschmeidig schlanke, redegewandte Pfeiffer hatte vorgearbeitet, die kleinen Leute innerhalb und außerhalb der Stadt waren von ihm durch Brandpredigten gegen Klöster und Obrigkeit aufgehetzt worden. Bald waren Kirchen und Konvente verwüstet, Keller und Scheunen geplündert. »Einer wird kommen«, hatte Pfeiffer versprochen, »und dieser Eine kennt den Weg aus der Unterdrückung. Er wird an meiner Seite euch vorangehen.«

Und Thomas Müntzer kehrte zurück. Seine Anhänger empfingen den Messias mit Jubel, führten ihn im Triumphzug zur Marienkirche und setzten Müntzer dort als Hauptpfarrer ein. Ohnmächtig musste der Stadtrat zusehen, musste sich der Masse fügen und seine Wahl bestätigen.

Ein würdiges Haus für den neuen Seelenwart! Da sie den alten Priester zum Tor hinausgejagt hatten, durfte Thomas Müntzer mit Familie und dem engsten Kreis das große, geräumige Komturhaus gleich neben der Marienkirche beziehen.

In der Frühe des 9. März, beim ersten Tageslicht, saßen sich die drei Frauen nahe dem Küchenfenster im Dreieck gegenüber. Das weiße Fahnentuch mit dem Regenbogen schwebte zwischen ihnen, jede umsäumte mit festem Garn eine der Randseiten. In ihrer Mitte sorgte ein Hocker dafür, dass die Seide nicht bis auf den Boden sinken konnte. Das noch junge Feuer im Herd knisterte sich durch die Holzspäne. Drüber, unter dem Regal, schlief Klein Daniel noch fest in seinem Schaukelbettchen. »Ein guter Morgen«, seufzte Dorothea und fädelte neues Garn durchs Nadelöhr. Mutter Agathe lächelte. »Nur weil unser neues Haus schön groß ist. Vorher in den Dachzimmern waren die Männer stets um uns rum.«

Ottilie sah auf. »Lasst uns das Tuch noch einmal straff halten.« Sie las sorgsam den deutschen Wahlspruch unter dem farbschillernden Regenbogen, der dem lateinischen folgte: »›Dies ist das Zeichen des ewigen Bund Gottes. Alle, die bei dem Bund stehen wollen, sollen daruntertreten.‹ Jedes Wort ist richtig.« Sie nickte zu Dorothea hinüber: »Was meinst du?«

Lautlos las jetzt auch Dorothea. »Kein Fehler, habt keine Angst. Euer Gemahl wird zufrieden sein.«

Die Frauen beugten wieder den Kopf und zogen das Garn Stich für Stich um den Saum. Ottilie begann ein Kinderlied zu summen, und die beiden anderen fielen mit ein.

Hartes Stoßen, die Tür schwang auf, stieß gegen die Wand. Thomas Müntzer betrat die Küche. »Ist meine Fahne fertig?«

»Bald«, antwortete Ottilie, sah sein Gesicht und verbesserte hastig. »Gleich, Thomas.«

»Das will ich hoffen, Weib. Heute ist ein wichtiger Tag.« Er wies durch die Mauern gen Norden. »Draußen vor den Toren werden Tausende wehrhafte Männer gemustert und auf ihre Tüchtigkeit geprüft. Ich werde sie alle zum Ewigen Bund rufen, den Eid schwören lassen. Und über den erhobenen Fingern soll die Regenbogenfahne wehen.«

»Sie wird fertig sein. Vertraue mir!«

»Vertrauen?« Müntzer verschränkte die Hände hinter dem Rücken. »Was mir von meinem lieben Konrad soeben berichtet wurde, hat mich zutiefst erschüttert.« Die Stimme wurde gefährlich leise. »Da verlangen die Fürsten ringsum, sogar auch Landgraf Philipp von Hessen, vom Stadtrat meine Auslieferung. Auch Freund Pfeiffer haben sie verlangt. Und ihr Weiber fallt mir und meiner Sache in den Rücken.« Alle drei ließen die Nadel sinken, sahen aber nicht hoch.

Müntzer sprach auf die gesenkten Häupter nieder: »Kurz vor meiner Rückkehr schickte euch Freund Pfeiffer mit anderen Weibern zur Pfarrkirche von Mülverstedt. Dort solltet ihr Bilder und Kreuze runterreißen und den Pfaffen verjagen. Aber wie Konrad mir berichtet, seid ihr drei gleich am Eingang zurückgeblieben. Die anderen haben wenigstens die Messe durch Lärmen gestört.« Er neigte das Gesicht über das Kopftuch seiner Frau, flüsterte fast: »Du solltest die Anführerin sein, solltest dich beweisen als meine zukünftige Kampfgefährtin.« Tiefer duckte sich Ottilie, wusste nichts zu sagen.

»Aber durch einfaches Klatschen in die Hände fällt kein Bild von der Wand, zerbricht keine Heiligenfigur. Wie soll Gottes Wille durchgesetzt werden, wenn nicht einmal du den großen Kampf unterstützt?«

»Verzeih, Thomas!«

Dorothea schüttelte den Kopf. »Ich war's.« Sie hob die Nadel mit dem Faden wie eine Speerspitze. »Wir sind mit den Weibern losgezogen wie befohlen. Vor der Kirche habe ich Frau Ottilie zurückgehalten, weil sie zu schwach ist. Auch meine Mutter, weil die zu alt ist. Und ich bin auch geblieben, weil ich verdammt sein will, wenn ich …« Sie schwieg, biss sich auf die Unterlippe. Sei still, befahl sie sich, du lockst nur das Unglück an.

Zu spät. Müntzer griff seiner Gemahlin hart an die Schulter. »Sieh mich an. Zu schwach? Wozu?«

»Du tust mir weh.«

»Antworte!«

Ottilie schloss die Augen. »Bitte, Thomas, hab Verständnis. Ich … ich trage ein Kind.«

Nur einen Augenblick lang stockte er. »Ist das ein Grund? Andere Frauen sind auch schwanger und kommen ihren Pflichten nach. Ein Kind? Wieso erfahre ich erst jetzt von diesem Umstand?«

»Ich wollte es dir gleich bei deiner Rückkehr sagen, aber du hattest so viel mit dem Stadtrat und deinem Ewigen Bund zu regeln.«

In Dorothea kochte der Zorn, sie vermochte ihn nicht zurückzuhalten. »Eure Gemahlin muss sich schonen. Schließlich soll das Kind ja wieder ein …«, sie hob die Stimme, »ein Auserwählter werden.«

Gleich war Müntzer über ihr. »Hüte deine Zunge! Du bist ein verwirrtes Lamm, Jungfer. Ja, immer noch Jungfer, mein Adlatus hat es mir unter bitteren Tränen gestanden. Es wird Zeit, dass du für die Fortpflanzung hergerichtet wirst. Zu deinem Heil muss dein Ungehorsam gebrochen werden, ehe du zur Hexe wirst.«

Hastig bekreuzigte sich Mutter Agathe. »Oh Gott, Herr Pfarrer, bitte, sagt das nicht über meine Tochter. Sie hat es doch schwer genug, seit Ihr uns den Barthel verboten habt.«

»Eine Verschwörung?« Ruckartig richtete sich Müntzer auf, schwieg, schließlich drohte er mit dem knochigen Finger in die Runde. »Das Weib sei dem Manne untertan, bedenkt diese Worte. Und nun arbeitet! In einer halben Stunde lasse ich Konrad meine Fahne abholen.« Er stürmte aus der Küche, schlug die Tür hinter sich zu.

Vom Knall erwachte Klein Daniel, gleich krähte er los.

Da summte Ottilie wieder das Kinderlied, und die beiden anderen fielen mit ein.

In den Uferauen der Unstrut nahe Mühlhausen hatten sich seit dem Morgen nach und nach die Bauern aus der Umgebung wie auch die Bürger der Stadt zur Musterung eingefunden. Um die Stimmung zu heben, gab es vom Stadtrat für jeden Wehrhaften einen Krug randvoll mit Bier. Am späten Vormittag dann ertönte das Hornsignal. Gleich bezogen die fünf angeheuerten Landsknechte ihre Positionen und begannen Ordnung zu schaffen, die mehr als zweitausend Männer einzuteilen. »Fußvolk in die Ebene.« »Reiter nach rechts!« »Alle Schützen auf die Böschung!« »Die Feldschlange neben die Schützen!«

Stadthauptmann Eberhard von Bodungen stellte sich breitbeinig vor den Karren mit den noch nicht ganz geleerten Bierfässern und verschränkte die Arme. Immer wieder kamen Männer heran, wollten ihren Krug neu füllen, doch der strenge Blick des Oberkommandierenden scheuchte sie zurück zu ihren Haufen.

Zwei der frisch ernannten Geschützmeister marschierten direkt auf ihn zu, grüßten mit gereckter Brust. »Wir wollten melden: Unsere Feldschlange ist wie befohlen aufgestellt. Die Räder vom Gestell mit Steinen gesichert.«

Da wischte ein kurzes Lächeln über das Gesicht des Hauptmanns. »Sehr gut, Freunde.«

Hinter seinem Rücken schlich derweil der dritte Geschützmeister an den Bierwagen und zapfte aus dem hinteren Fass den köstlichen Gerstensaft in einen Eimer.

Seine Kameraden lenkten den obersten Stadthüter mit eifrigen Beweisen ihrer Wehrtüchtigkeit ab. »Wie befohlen haben wir das klein gerissene Papier angefeuchtet und daraus die großen Kugeln geformt.«

Eberhard hob den Finger. »Aber noch nicht ins Rohr geladen. Oder?«

Der eine sah über die Schulter des Kommandierenden den Kameraden mit dem Beuteeimer davonhuschen. Der andere versicherte: »Aber, Hauptmann, wir sind waffengeübte Bürger, wir warten den Befehl ab.«

»Brave Leute. Und nun zurück mit euch!«

Die Männer grüßten und eilten zu ihrem Feldgeschütz auf der Böschung.

Ein Raunen ging durch die Truppen. Am Rande des Musterungsplatzes waren die Prediger Müntzer und Pfeiffer mit ihren treuesten Begleitern und Freunden erschienen. Beide hoben die Arme: »Gottes Segen für alle!«, riefen sie. Aus Tausenden Kehlen schallte das Amen zurück. Selbst die Herren vom Stadtrat auf ihrem Holzpodest zogen die Hüte und grüßten zu den Geistlichen hinüber.

»Störenfriede«, brummte Stadthauptmann Eberhard und befahl die Landsknechte zu sich. »Sind wir so weit?«

Bürger und Bauern wären nun mal keine Krieger, meldeten die Schlachterfahrenen, dennoch wären jetzt alle Truppenteile, so weit es ging, in Reih und Glied geordnet.

Stadthauptmann Eberhard von Bodungen dankte und trat vor die Einheiten. »Männer! Nach jüngsten Berichten wird unsere freie Reichsstadt bedroht. Noch ist der Feind nicht nah. Wir aber wollen vorbereitet sein. Aus diesem Grunde erproben wir heute unsere Stärke und Wehrhaftigkeit.« Er hob die Faust. »Für Gott und Mühlhausen!«

»Für Gott und Mühlhausen!«, stimmten Bürger und Bauern in den Schlachtruf mit ein.

»Alles hört auf meinen Befehl!«

Hornsignal. Eberhard von Bodungen winkte den Reitern, die gaben ihren Rössern die Sporen, galoppierten bis zum Ufer der Unstrut und wieder zurück. Hornsignal. Der Fußtrupp marschierte los, der Gleichschritt gelang nur einigen, getreten vom Hintermann, stolperten und stürzten viele. Die aber rappelten sich auf und reihten sich wieder ins Glied ein. Der Stadthauptmann trat zur Böschung. »Ladet die Musketen!«

Die Schützen füllten Papierkugeln in die Läufe, stopften mit langen Stößeln nach. Die drei Geschützmeister hockten hinter ihrer Feldschlange, voll des guten Bieres hatten sie die Befehle überhört, nun aber glaubten sie, die Reihe wäre schon an ihnen, und stopften den großen Papierball ins Rohr, steckten die Lunte ins Pulver.

Unten rief der Stadthauptmann: »Feuer!«

Die Musketen knallten, brennende Papierschnipsel erfüllten die Luft. Zufrieden ging der Befehlshaber auf das Feldgeschütz zu. Sein Trompeter gab das Hornsignal, und er rief: »Ladet!«

Die Trunkenbolde aber hörten die Fanfare, sahen nur die erhobene Hand, hörten vielleicht auch einen Ruf. Ganz gleich, sie zündeten die Lunte.

Ein furchtbarer Knall. Die Papierkugel fuhr aus dem Eisenschlund, war noch nicht ganz zerfallen, als die verkohlten Fetzen den Stadthauptmann mitten ins Gesicht trafen, ihn umwarfen.

Von allen Seiten rannten Helfer hinzu, halfen dem Benommenen. Eberhard vermochte nicht aufzustehen, im Sitzen schüttelte er den Kopf, noch halb blind betastete er sein rußschwarzes Gesicht. Die Nase blutete. »Bringt mir die Kerle her!«

Das Feldgeschütz war verwaist. Die drei Schuldigen waren längst geflohen, torkelten auf Mühlhausen zu.

Am Rande des Platzes pfiff Heinrich Pfeiffer leise durch die Zähne und trat näher zu dem Amtskollegen. »Wie es scheint, benötigt der Hauptmann noch eine Weile, bis er sich vom Schreck erholt hat«, ein Glitzern stahl sich in die grauen Augen, »du solltest die Gelegenheit nutzen, Bruder.«

»Wie recht du hast«, flüsterte Müntzer und sah sich nach seinen Getreuen um. Ambrosius befahl er, die Fahne bereitzuhalten. »Wenn ich dir zuwinke, kommst du gelaufen und schwenkst sie neben mir.«

Konrad sollte ihm ein Pferd bringen. Der Spenglermeister zögerte nicht, fragte bei befreundeten Stadtherren und half wenig später dem Prediger in den Sattel.

Hoch aufgerichtet ritt Müntzer in die Mitte des Platzes, hielt neben dem hockenden Stadthauptmann das Ross an.

Alle Augen richteten sich auf den Seelenwart im wehenden Mantel. »Ihr christlichen Brüder! Wir sind bedroht. Die Fürsten rüsten auf gegen unsere Stadt. Ja, es heißt in der Bibel: Gebt dem Kaiser, was des Kaisers ist, und Gott, was Gott gehört. Dies aber heißt, dass ihr denen geben sollt, die euch alles nehmen, dass ihr euch vertragt mit den habgierigen Mönchen und Pfaffen.«

Empörte Rufe unterbrachen ihn. Fäuste wurde gereckt. Müntzer brachte mit ausgebreiteten Armen die Menge wieder zur Ruhe. »Ja, murrt nur, empört euch über mich. Das Wort Gottes muss Anfechtung erleiden. Ihr alle wisst, liebe christlichen Brüder, dass ich selbst viele Widerwärtigkeiten erleiden musste, weil …«, er schlug sich mit schmerzverzerrter Miene an die Brust, »weil ich euch das wahre Wort Gottes verkündigt habe. Nun aber wollen Kaiser und Fürsten euch das wahre Wort Gottes wieder wegnehmen. Doch dies ist ihnen nicht möglich«, er stieß die Faust gen Himmel, »weil sie in Kürze schon von ihren eigenen Leuten vertrieben werden.« Er wartete das Staunen und Raunen in der Menge ab, gab Ambrosius den Wink für die Fahne, hob dann die Stimme: »Liebe christlichen Brüder! Wer von euch beim wahren Wort Gottes bleiben will, sogar dafür sterben will, der schwöre mit mir den Eid, der hebe mit mir gleich einen Finger auf. Welcher aber unter euch …«

Ambrosius war heran, wartete auf den Moment. Hoch zu Ross beendete der Seelenwart den Satz: »Welcher aber nicht schwören will, der trete jetzt beiseite, bilde dort einen Haufen.« Er wies zur Böschung hinüber.

Keine Bewegung, das Meer der Gläubigen blieb gebannt an seinem Platz. Müntzer blickte zu seinem Adlatus hinab, nickte, wollte das Entrollen der Regenbogenfahne verkünden, da erhob sich Stadthauptmann Eberhard von der Wiese. »Halt, Prediger!« Er kam auf die Beine, tappte einen Moment hin und her, ehe er sicher stand.

Müntzer zischte ihm zu: »Was stört Ihr die heilige Handlung?«

Der oberste Stadthüter antwortete nicht. Mit rußschwarzem, vom Nasenblut verschmiertem Gesicht wandte er sich an die Menge. »Liebe Bürger! Ich glaube, kein Mann unter euch ist so blöde, nicht beim Wort Gottes zu bleiben. Deshalb ist ein Eid nicht nötig.«

»Hört nicht auf ihn!« Müntzer stellte sich in die Steigbügel. »Lasst euch warnen. Nie war ein Schwur so notwendig wie heute!«

Eberhard von Bodungen trat einige Schritte vor. »Liebe Bürger, wenn ihr immer noch nicht genug Eide geleistet habt, dann schwört …. Ja, schwört noch einen ganzen Korb voll und hängt ihn euch um den Hals. Außerdem …«, halb wandte er sich Müntzer zu, drohte mit dem Finger hinauf, »merkt es euch: Ein Prediger gehört in die Kirche und, verdammt noch mal, nicht aufs Schlachtfeld.«

Gelächter, da und dort erntete der Mutige sogar Beifall. Der heilige Moment war entweiht, die Flamme erloschen. Vom Ross aus befahl Müntzer seinem Adlatus, die Fahne nicht zu entrollen. »Nimm das Pferd am Halfter, und führe mich zurück.« Den Stadthauptmann würdigte er keines Blickes mehr.

Die Musterung war vorüber. Auf dem Rückweg zur Stadt entstand Streit unter den wehrhaften Verteidigern von Mühlhausen. Die vielen Gefolgsleute der Prediger beschimpften die wenigen Anhänger des Rates.

Friede. Eilig ließen die Stadtoberen Bierfässer ans Tor schaffen. Der Umtrunk versöhnte eine Weile. Als der Gerstensaft zur Neige ging, trieb der Rausch das Blut wieder hoch. Einer rief: »Ihr christlichen Brüder, die Kehle trocknet aus. Folgt mir! Ich weiß, wo noch gefüllte Fässer stehen.«

Der Kerl führte die Meute zum Frauenkloster auf dem Brückenhof. Und die Männer leerten die Bierfässer, fraßen sich an den Vorräten die Bäuche voll, lachten, grölten, dann griffen sie nach den Jungfern, jagten sie halb nackt aus dem Kloster, sie brachen in die Zellen ein, zerstörten Bett, Stuhl und Schrank, zogen sich die Kutten an, führten Veitstänze darin auf. Die Öfen wurden umgestoßen, Bilder zerfetzt, Kreuze zerbrochen …

»Halt!« Stadthauptmann Eberhard versuchte sich im Innenhof Gehör zu verschaffen. Er war von den verzweifelten Nonnen informiert worden und mit einigen Ratsdienern und freiwilligen Bürgern ins Kloster geeilt.

»Zurück! Nehmt Vernunft an, so nehmt doch Vernunft an!«

Niemand hörte auf ihn, keine Drohung zeigte Wirkung. Die Meute bewaffnete sich mit Stuhlbeinen, Ofeneisen, einige zückten sogar das Messer. »Wir erfüllen Gottes Wort. Frage doch unsere Prediger!«

Um Blutvergießen zu vermeiden, zog sich der Hauptmann mit den Dienern und Bürgern aus dem Kloster zurück.

Noch am Abend trat Eberhard von Bodungen vor die Ratsherren. »Liebe Kollegen und Freunde, gern war ich für alle Bürger in Mühlhausen der Stadthauptmann. Jetzt aber bin ich es nur noch für wenige Rechtschaffene, und es werden bald noch weniger sein. Denn die vielen hören jetzt auf die Prediger.« Er ließ die Schultern sinken. »Diese Aufrührer haben den Pöbel für sich gewonnen und haben uns die Macht genommen.« Damit legte Eberhard sein Amt als Stadthauptmann nieder und verließ den Ratssaal.

41

Seit vorgestern regnete es nicht mehr. Rasch hatte die Sonne an Kraft gewonnen, wärmte von Tag zu Tag mehr, und heute, am Mittwoch, dem 22. März, erstrahlte Wittenberg im klaren Frühlingslicht, und die Bürger trugen ihre Mäntel über dem Arm.

Im obersten Stock des Stadtschreiberhauses in der Bürgermeisterstraße wurden die Fenster aufgeschoben. Mägde schlugen Tücher aus, Staubwolken stiegen, schon verschwanden die Fleißigen wieder, kehrten zurück, ließen neuen Staub davonwirbeln. Frühjahrsputz. Und Katharina von Bora führte die Aufsicht, ging von Zimmer zu Zimmer, lachte gerne, zeigte aber auch unvermittelt Strenge und erlaubte keine Nachlässigkeit. Die jungen Frauen murrten nicht, wenn die Hausdame noch Flecken auf den Möbeln fand, angefaultes Heu durch den Stoff im Kissen roch. Kein böses Wort von ihr, auch war keine Beschwerde bei Herrin Ursula zu fürchten. Freiin Bora ließ das Versäumnis beheben, und damit war es genug. Sie packte sogar selbst zu, wenn die Arbeit überhandnahm.

Unten im Haus schlug die Glocke an. Gleich wollte eines der Putzmädchen hinunterlaufen. »Hiergeblieben, du neugierige Pute«, befahl Katharina. »Oder erwartest du Besuch?« Darüber kicherten die anderen, und eilig wehrte die Kleine ab, ihr hochrotes Gesicht lockte noch mehr Gekicher an. »Schluss«, Katharina klatschte in die Hände, »wieder an die Arbeit!«

In der Eingangshalle dienerte der Hausknecht, bat den wohlbekannten Besucher herein. »Bitte wartet, ich melde Euch.« Er eilte in die Küche. Frau Ursula stand neben der Köchin und kostete gerade vom Bratensaft. »Etwas mehr vom Kümmel. Auch könntest du noch Lorbeerblätter mit dazugeben.«

»Herrin, der ehrenwerte Herr Nikolaus von Amsdorf wartet in der Halle.«

»Professor Amsdorf? Hier bei mir?« Der Löffel fiel in den Tiegel. Im Nu löste Frau Ursula ihre Schürze, warf sie über einen Hocker. »Geh, führe meinen Gast in die Sonntagsstube! Bitte ihn, sich noch einen kleinen Moment zu gedulden.«

Während sie durch die Nebentür in ihre Gemächer entschwand, richtete sie schon die Haube, vor dem Spiegel griff sie in den Kleidausschnitt, hob die Brüste ein wenig an, betrachtete sich von beiden Seiten. »Sehr ansehnlich, mein Urselchen.« Das Eigenlob hob auch ihre Stimmung, und leise trällernd wehte sie in die gute Stube. Nach zwei Schritten stockte der Fuß. »Professor Amsdorf?« Leichtes Flattern der Wimpern sollte ihr Erstaunen unterstreichen. »Welch Glanz in meinem bescheidenen Haus.« Sie reichte ihm den Handrücken hin.

Amsdorf nahm das beringte Angebot galant mit den Fingern, neigte jedoch nur leicht den Kopf darüber. »Gott zum Gruße, Frau Reichenbach. Danke, dass Ihr mich empfangt.«

»Lieber Freund, ich wähnte Euch in Magdeburg?«

»Dort befindet sich jetzt auch meine neue Wirkungsstätte als Pfarrer. Auf Einladung von Doktor Martinus bin ich für einige Tage zu Besuch nach Wittenberg gekommen.«

»Und dann gleich zu mir.« Sie drohte ihm schelmisch mit dem Finger. »Professor, Professor, nur zu gut erinnere ich mich noch an den Liederabend bei Meister Cranach. Dieser Euer Blick. Ich habe ihn nicht vergessen, Herr Professor.«

Nikolaus von Amsdorf lächelte ein wenig gezwungen. »Pfarrer, seit ich meine Gemeinde betreue, einfach nur Pfarrer.«

»Aber doch evangelisch.« Frau Ursula trat einen Schritt näher. »Im Vertrauen, früher galt ein Priester für uns Weiber als verloren. Wenigstens offiziell, wenn Ihr versteht? Da hat uns die Reformation doch großen Fortschritt gebracht.«

»Es gibt gewiss viele andere bemerkenswertere Erkenntnisse.«

»Aber so nehmt doch Platz«, unterbrach die Hausherrin, »wir sollten das Wiedersehen mit einem Tröpfchen vom Süßen feiern.«

Amsdorf wehrte dankend ab. »Der Grund meines Besuches …«

»Aber ich weiß doch.« Sie kehrte mit zwei gefüllten Kristallgläsern zum Tisch zurück. »So ein stattlicher Mann. Ach, wären wir uns früher begegnet. Ich wäre Euch sicher nicht entgangen. Nehmt, liebster Freund.«

Der Besucher musste nehmen, musste trinken. Erst nach dem Absetzen kam er wieder zu Wort: »Ich bin hergekommen, weil ich Jungfer Katharina sprechen möchte.«

Erstarren, es dauerte, bis Frau Ursula verstand und die Hand an ihre linke Brust presste. »Nicht meinetwegen?«

»Aber natürlich«, beeilte sich der Besucher, um die Not nicht größer werden zu lassen, »vordringlich möchte ich jedoch mit Freiin Bora sprechen.«

»Ach, ihr Männer«, seufzte sich die Frau des Stadtschreibers ins Lächeln zurück und betätigte das Glöckchen. Dem Hausdiener befahl sie, die Gewünschte in die Sonntagsstube zu bitten.

Katharina erschien im einfachen Kittelkleid, den Staubwedel in der Hand. »Du hast mich rufen lassen, Ursula?« Jetzt erst nahm sie Amsdorf wahr. »Oh, ich bitte um Verzeihung«, sie deutete einen Knicks an, »Gottes Segen.«

Frau Ursula winkte. »Komm nur näher, meine Liebe. Unser Gast ist deinetwegen hier.«

Oje, dachte Katharina, das letzte Mal haben wir uns im Herbst bei Melanchthons gesprochen, da habe ich ihn verärgert. Sie ging zum Tisch und zeigte den Staubwedel. »Wir sind dabei, die oberen Zimmer zu reinigen. Ich muss selbst auf die Leiter, weil die Mädchen sich vor Spinnen fürchten.«

»Nun, Freiin Bora, hier gibt es nichts, vor dem Ihr Furcht haben müsst.« Amsdorf verschränkte die Finger ineinander und sah zur Hausherrin. »Gibt es die Möglichkeit, dass wir, die

Jungfer und ich, dass wir unser Gespräch irgendwo unter vier Augen führen können?«

Frau Ursula erhob sich. »Bleibt gleich hier«, ihr Ton klang recht angespitzt, »ich muss ohnehin in die Küche. Das Abschmecken der Speisen hab ich mir selbst vorbehalten.« Sie rauschte hinaus. »Bitte bleibt«, betonte sie schon in der Halle, zog aber die Tür nicht hinter sich ins Schloss.

Nikolaus von Amsdorf wartete, bis Katharina den Staubwedel abgelegt und auf dem Stuhl Platz genommen hatte. »Zunächst möchte ich mein Bedauern aussprechen, dass Hieronymus Baumgärtner, seit er zurück nach Nürnberg ist, mit Euch jeden Kontakt abgebrochen hat.«

Der Name schmerzte immer noch, Katharina sah vor sich hin. »Ich komme darüber hinweg. Danke für Euer Mitgefühl. Allein deswegen seid Ihr nicht hier? Oder irre ich?«

»Nein, es ist die Sorge um Euch, die mich hergeführt hat. Doktor Martinus und ich sind der Meinung, dass auch Ihr, wie schon Eure Mitschwestern aus dem Kloster, das Eheglück verdient habt. Und es wartet auf Euch in Orlamünde.« Amsdorf bemühte ein gütiges Lächeln. »Immer noch hält Pfarrer Glatz für Euch die Arme weit gebreitet.«

»Nein!« Katharina sprang auf, jäh pulste der Zorn hoch. »Tausendmal nein.« Sie funkelte den Brautwerber an. »Warum besteht Ihr darauf? Ich habe Euch im September gebeten, mir diesen Mann nicht mehr anzubieten. Auch Doktor Martinus sollte bitte von ihm schweigen.«

»Er ist ein rechtschaffener Mann …«

»Ein Geizkragen ist er, hässlich und mir von ganzem Herzen zuwider. Ich hege weder Lust noch Liebe für diesen Glatz.«

Katharina griff nach dem Staubwedel, wollte gehen, besann sich und stellte sich vor Amsdorf hin. »Verzeiht, darf ich offen sprechen?«

»Aus diesem Grunde sind wir hier allein.«

»Gut.« Katharina blickte ihn scharf an. »Wenn ich wählen darf, so würde ich Euch gerne zum Manne nehmen.«

Ehe sich Amsdorf fasste, setzte sie hinzu: »Oder gleich den Herrn Luther selbst, der würde mir auch passen. Aber niemals diesen Glatz. Lebt wohl!« Katharina schwang den Staubwedel und verließ aufrecht die Sonntagsstube.

Direkt hinter der Tür empfing sie Frau Ursula. »Oh Gott, Kind, welche Anmaßung.« Die Hausherrin richtete den Busen, hob das Kinn und wehte zurück in die gute Stube. »Liebster Professor, noch ein Gläschen vom Süßen?«

Im Innenhof des verwaisten Augustinerklosters trug Wolf Seeberger unter übertriebenem Ächzen den kleinen Tisch in eine windgeschützte Ecke des Hauptgebäudes. Die laue Luft verführte, lockte nach draußen. Martin Luther folgte seinem Famulus mit Bibel und Papieren unter dem Arm. »Rücke den Tisch wieder ein Stück nach vorn«, bat er. »Die Sonnenwärme wird mir altem Madensack gut bekommen.«

»Geduld, Geduld, Herr.« In für ihn ungewohnter Eile schritt Wolf Seeberger ins Haus und kehrte mit zwei Faltstühlen zurück. Die Mundwinkel zeigten offen seinen Missmut: »Ich weiß nicht, Herr. Ob es nicht zu früh im Jahr ist, um draußen zu sein?«

»Du fauler Nörgler«, beschimpfte ihn Martin gutmütig, »nach all den Wintermonaten musst auch du dich durchlüften lassen. Also beklage dich nicht, und bringe noch Feder und Tinte!« Derweil sein Schreiber mit hörbarem Stöhnen wieder ins Haus schlurfte, ließ er sich nieder, legte die Bibel griffbereit und sortierte die Schriften auf den Tisch.

»Großer Gott, Martin!« Der Ruf schallte vom Torbogen her über den Innenhof. Nikolaus von Amsdorf stürmte näher. »Du hier draußen? Welch sonderbarer Anblick.« Der große Mann lachte in seinen Bart. »Entweder bist du von einer Krankheit befallen, oder sie wird dich in Kürze ereilen.«

»Der Herr sei mit dir«, begrüßte Martin den Freund. »Womit habe ich den Spott verdient?«

»Gottes Segen für dich.« Amsdorf ließ sich auf den Stuhl

fallen. »Es war nur ein Scherz. In Wahrheit ist mir nicht nach Spott zumute.«

Der Famulus brachte die Schreibutensilien. »Soll ich jetzt etwa noch einen dritten Stuhl holen?«

»Du darfst im Haus bleiben«, erlöste ihn Martin, »vorher aber stelle uns Wasser und Becher hin.«

»Und wieder ein Auftrag«, brummte Seeberger, »ich hasse den Frühling.«

Martin sah ihm kopfschüttelnd nach. »Ich glaube, dieses Maultier war noch nie außer Atem.« Er nahm ein Schreiben zur Hand. »Die Nachrichten aus dem Süden sind besorgniserregend. Überall empören sich Bauern gegen ihre Herrschaft. Genaueres weiß ich noch nicht, nur so viel: Sie wehren sich gegen die Fronarbeit, gegen Ausbeutung, was ich, solange es Gesetz und Ordnung nicht verletzt, bejahe. Allerdings ist Satan Andreas Karlstadt mitten unter ihnen. Er treibt sein schändliches Wesen in Rothenburg ob der Tauber, hetzt gegen mich und wiegelt die Leute zu mehr Widerstand auf.« Er warf das Blatt zurück. »Obwohl er auf der Flucht ist, bleibt er mir erhalten.«

»Wir werden diese unheilvollen Geister nicht los.« Die Märzwärme zeigte Wirkung, und während Amsdorf den Kragen lockerte, setzte er hinzu: »Auch Müntzer, so hörte ich, ist wieder im Lande.«

Martin presste die Faust auf den Tisch. »Otterngezücht. Die ich am Busen genährt habe, versuchen mich zu vernichten.«

Der Famulus stellte mit Nachdruck die Wasserkaraffe und Becher vor den Herren hin und entschwand wortlos wieder im Hauptgebäude. Martin schenkte ein. »Der Tag ist zu schön, lass ihn uns nicht durch Trübsal verdüstern. Auf Gottes schöne Natur!« Das Wasser schmeckte. Nach dem Absetzen pochte Amsdorf mit dem leeren Becher auf die Holzplatte. »Dieses Weib!«

Luther verengte die Brauen, ehe er fragen konnte, erklärte

der Freund: »Ich komme gerade vom Hause des Stadtschreibers Reichenbach.«

»Du sprichst von Frau Ursula?«

Amsdorf fuhr auf. »Über diese Dame wäre noch ein ganz anders Blatt zu füllen.« Er nahm das Wasser und leerte den Becher in einem Zug. »Ich spreche von Jungfer Katharina.«

»Ach«, Martin stützte die Stirn in die Hand, »ich ahne schon, sie will den Glatz nicht.«

»So ist es«, Amsdorf senkte die Stimme, »sie hat eigene Pläne, was ihre Verehelichung betrifft. Stolze Pläne!«

»Hat sie etwa selbst eine Auswahl unter möglichen Kandidaten getroffen? Und wenn ja, wen?«

»Mich.«

Ruckartig setzte sich Martin auf. »Habe ich richtig gehört?«

»Kaum zu glauben, aber sie sagte es mir frei ins Gesicht. Mich würde sie nehmen.«

Da schlich leises Lächeln ins Gesicht des Reformators. »Wenn ich es bedenke, Nikolaus, kein schlechter Gedanke.«

»Ich habe nicht vor …«

»Aber du bist unbeweibt, bist in den besten Jahren. Die Jungfer wäre eine gute Wahl.«

»Ausgeschlossen.«

»Fasse Mut, mein Freund.« Aus dem Lächeln blühte Schadenfreude auf.

Amsdorf wartete einige Atemzüge lang, dann beugte er sich vor. »In Wahrheit sieht mich die Jungfer nur als zweite Wahl an.«

»Und wen trifft die erste?«

»Dich.«

Schlagartig erlosch das heitere Licht in den Augen. »Welcher Wahn …?«

»Die Jungfer war klar bei Sinnen. Du hättest sie sehen sollen. Sie sagte: Oder besser noch, ich nehme gleich den Herrn Luther.« Nun zahlte Amsdorf den Spott zurück. »Ich irre nicht, mit Luther bist du gemeint.«

Martin suchte nach Worten. »Diese Nonne. Ich will nicht sagen, dass sie besser im Kloster geblieben wäre. Nein, so weit will ich nicht gehen. Aber sie ist sicher verwirrt durch die erste Enttäuschung, anders kann ich mir diese Anwandlung nicht erklären.« Er nahm die Karaffe, vergaß einzuschenken und stellte sie wieder zurück. »Mir jedenfalls steht es nicht danach zu heiraten.«

Eilige Schritte. Die Freunde sahen in Richtung Torbogen. Barthel rannte in den Innenhof, lief auf den Eingang des Nebengebäudes zu.

»Feuerkopf!«, hielt ihn Martin auf. »Falls du mich suchst, ich bin hier.«

Barthel nahm die Mütze ab, näherte sich. »Ich will nicht stören, Herr, aber ich muss Euch sprechen, muss Euch … weil Ihr es gewünscht habt.«

»Ruhig, mein Junge, komm zu Atem.« Luther neigte sich kurz zu Amsdorf. »Du kannst die Jungfer gerne nehmen. Ich nehme sie jedenfalls nicht.« Dann winkte er dem Gesellen. »Was gibt es?«

»Ich habe heute Post bekommen.« Barthel zog den Brief aus der Innentasche seines Rocks. »Von meinem … Ich wollte sagen: aus Mühlhausen.«

»Von dem Honigmädchen?« Luther hob kurz den Finger. »Vergiss nicht, Sohn, sie ist die Ehefrau eines anderen.«

»Ich weiß …«, Barthel kämpfte gegen die Tränen, »aber das, davon wollte ich gar nichts sagen … deswegen bin ich nicht gekommen.« Er zog die Nase hoch, wischte sich mit dem Ärmel durchs Gesicht. »Es ist so: Dorlein schreibt, dass Müntzer die Stadt jetzt ganz hat. Ich sollte Euch doch berichten.«

»Was genau schreibt sie?«

Barthel entfaltete das Blatt. »… Weil der Prediger Müntzer und sein Kumpan, der Prediger Pfeiffer, die Bürger angestiftet haben, ist jetzt der alte Rat weg, und dafür gibt es jetzt den neuen. Der nennt sich Ewiger Rat. Die meisten Herren, die da drin sind, hören auf das, was der Prediger will. Hier ist jetzt alles noch viel schlimmer. Wir wohnen alle im Pfarrhaus. Und mir ist angst, weil der Prediger mir schon gedroht hat, und … und mein Ehemann …« Barthel versagte die Stimme, er wandte sich ab, schluchzte leise.

»Willst du nicht weiterlesen?«

Heftiges Kopfschütteln. Als der Rücken nicht mehr bebte, sagte Barthel, ohne sich umzudrehen: »Jetzt wisst Ihr es«, er nickte vor sich hin, »das andere ist für mich. Bitte, Herr, betet doch für mein Dorlein, dass es nicht ganz schlimm wird!«

42

Vom Süden her kam das Feuer. »Wir wollen unsere Prediger selbst wählen«, verlangten die unterdrückten Bauern. »Wir wollen freie Jagd … Wir wollen teilhaben am Holz des Waldes … Wir wollen keine harte Fron, keinen Zehnten … Wir wollen!« Mitte April, gleich nach Ostern stieß neuer Wind in die Flammen, entfachte den Flächenbrand. In wenigen Tagen fraß er Klöster, Burgen und Kirchen bis hinauf ins Gebiet von Fulda, drang hinüber ins Tal der Werra und weiter. Die wehrhaften Bauernhaufen triumphierten.

Entschlossen ließ der junge Landgraf Philipp von Hessen seine Truppen marschieren, eroberte einen Ort nach dem anderen zurück, schon stand er vor Hersfeld und bekämpfte mit aller Macht den Aufstand.

Ein erloschen geglaubter Brandherd loderte erneut auf. Mühlhausen! Kuriere eilten zwischen den benachbarten Fürsten hin und her. »Die Zeit ist da!« Keine Gegensätze in der Religion, keine politischen Schachzüge, alles trat zurück. Jeder Aufruhr musste jetzt erstickt, der unmittelbare Feind musste bekämpft werden. Allein der schwer kranke Kurfürst Friedrich zögerte und mit ihm seine Vertreter in Weimar. Doch neben Landgraf Philipp erklärte sich auch sein Schwiegervater Herzog Georg von Sachsen bereit, den Brandstifter Müntzer und seine Horden auszulöschen, gleich schlossen sich auch Herzog Heinrich von Braunschweig und Graf Ernst von Mansfeld an. Sie alle hatten in den vergangenen Monaten sorgfältig Vorkehrungen getroffen, hatten Waffen und Geschütze fertigen lassen, hatten Ritter und Knappen zur Bereitschaft verpflichtet. Proviant für das Fußvolk lagerte in den Scheunen und Kellern. Selbst Henker und deren Buben waren in großer Zahl längst angeworben und im Voraus bezahlt und gut verpflegt worden. »Die Zeit ist da!« Wehe dir, Thüringen, wehe euch Bauern, Handwerkern, wehe euch Armen.

»Wir fürchten keine Fürsten, keinen Kaiser«, skandierten die gut fünfhundert Männer auf dem Marsch von Mühlhausen nach Salza, »wir fürchten nur Gott!« Lanzenspitzen und Sensen blinkten in der Sonne, Schwerter und Messer steckten griffbereit in den Scheiden. »Nichts und niemand kann uns aufhalten.« Weit schritten die Mannen aus. Das Schlagen der Trommel zog sie voran, das Wehen und Flattern der Regenbogenfahne verhieß ihnen Zuversicht. Die gute Sache für das Evangelium und mehr noch die Aussicht auf Beute ließen sie nicht müde werden.

Neben dem Fahnenreiter an der Spitze des Zuges schellten und klimperten helle Glöckchen. Heinrich Pfeiffer führte den Mühlhausener Haufen heute zum ersten Hilfseinsatz. Er hockte auf einem kleinen Pferd, seine Füße berührten fast den Boden, an Sattel und Trense hatte er die Schellen anbringen lassen. »So hört jeder der Unsrigen, wo ich bin«, lachte er, wandte sich zu Thomas Müntzer um, »und der Feind weiß, dass sein letztes Stündchen eingeläutet wird.«

»Es geht mir nicht ums Blutvergießen«, aus der Höhe seines weißen Pferdes blickte Müntzer ernst auf den jüngeren Mitstreiter hinab, »aber wir dürfen auch keine Rücksicht walten lassen.« Die Bürger von Salza hätten um Beistand gegen ihren Stadtrat gebeten. »Und wir kommen der Bitte nach.« Ehe er weitersprach, beugte sich der hagere Seelenwart über die Mähne, sodass seine Begleiter rechts und links, weder Ambrosius noch Konrad, ihn verstehen konnten. »Mühlhausen ist das Hauptquartier. Das Jerusalem der Auserwählten. Zum ersten Mal soll die Welt spüren, dass wir, du und ich, für Jesus Christus das Ewige Reich vorbereiten.«

»So ist es, mein frommer Bruder.« Pfeiffer lachte wieder, griff in die Trense und ließ die Glöckchen lauter bimmeln. »Außerdem nutzen wir die Gelegenheit, unseren beiden entflohenen Bürgermeistern den Kopf abzuschlagen. Diese Elenden halten sich immer noch in Salza versteckt«, setzte er im Plauderton hinzu. »Dann reißen wir Amtmann Hans Sittich von Berlepsch das Herz aus der Brust. Und als Zugabe rotten wir gleich alle Barfüßermönche aus, flämmen ihr Kloster ab.«

»Doch ohne Lust und Rausch«, mahnte Müntzer mit Glut in den Augen, »nur weil es getan werden muss.«

Im mittleren Nachmittag gelangte der Zug vor Salza an. Das Feldgeschütz wurde in Stellung gebracht. Pfeiffer gab dem Hornisten Befehl. Auf das helle Signal hin öffnete sich wenig später die Pforte im Stadttor, und ein Bote eilte auf die weiße Fahne mit dem Regenbogen zu. Heinrich Pfeiffer begrüßte den Mann. »Wir sind der Mühlhausener Haufe.« Er übergab einen Zettel. »Bring das der Bürgerschaft. Da steht drauf, was wir verlangen, wenn wir euch gerettet haben.«

Der Bote rannte zurück.

Warten. Als es zu lange dauerte, stiegen die Prediger ab, bedeuteten den Kämpfern, sich zu lagern, und starrten zur Stadt hinüber. Ambrosius und Konrad führten die Pferde zum nahen Tümpel, ließen sie saufen und auf der Wiese vom jungen Gras fressen.

Endlich öffnete sich wieder die Pforte. Der Bote überbrachte dem Anführer ein Schreiben. Pfeiffer entfaltete das Blatt und überflog die Zeilen. »Beim Teufel!« Sichtlich betroffen reichte er Müntzer die Antwort, der gab sie seinem Adlatus weiter. »Sag mir, was drinsteht!«

Ambrosius kratzte unter dem Kinn an den eitrigen Mitessern. »Sie lassen den Bruder aus Mühlhausen grüßen und bedanken sich für die angebotene Hilfe. Aber …«, der kleine Kopf wackelte bedenklich hin und her, »da steht: der Rat und die Gemeinde wollen ihre Sachen unter sich in Frieden regeln. Sie benötigen unsere Hilfe nicht.« Er sah auf: »Und Gott befohlen.«

Heinrich Pfeiffer fluchte leise durch die Zähne. Nach einem langen Seufzer stieß Müntzer aus: »Also war unser Zug vergebens. So aber dürfen wir uns nicht vor die Brust stoßen lassen.«

Der Bote hob schnell die Hände. »Die Stadt ist dankbar. Glaubt mir!« Er winkte aufgeregt zum Obertor hinüber. Die Flügel schwangen auf. Ein Fuhrwerk, gezogen von zwei Gäulen und beladen mit Bierfässern, rollte auf den Heerhaufen zu. »Lasst es euch schmecken, soll ich von unsern Oberen bestellen.« Damit zog sich der Bote im Laufschritt wieder in die Stadt zurück.

»Umkehren!«, befahl Pfeiffer, bestieg sein Schellenpferdchen und trabte an den Männern vorbei. »Es geht zurück nach Mühlhausen.«

»Ohne Gold? Verflucht! Was ist mit unserer Beute?«

»Wir sorgen dafür«, beschwichtigte Müntzer die Murrenden, »habt Vertrauen.«

Die Dämmerung fiel zu rasch. Zwei Stunden vor Mühlhausen ließen die frommen Feldherren bei Höngeda das Lager aufschlagen.

»Wir verlangen unseren Lohn.« Die Stimmen wurden lauter, drohender.

»Habt Vertrauen!«

Konrad und Ambrosius mussten von Zelt zu Zelt eilen und die Unzufriedenen zum gemeinsamen Umtrunk auf den Mittelplatz rufen.

»Was tun?« Pfeiffer war jedes Lachen erfroren. »Das Bier wird die Männer nur so lange beschwichtigen, bis die Fässer geleert sind. Und morgen zerstreuen sie sich, laufen uns davon.«

»Niemals, das darf und wird nicht geschehen.« Müntzer biss sich auf die weißen Knöchel der Faust. Nach einiger Zeit sagte er mit rauer Stimme: »Pinkepank, ich führe das Schwert des Gideon.« Er berührte den Arm des Mitstreiters. »Sorge dich nicht, befolge nur meinen Plan, dann werden die Männer genug Lohn bekommen. Sie bleiben bei uns. Und es werden noch Tausende dazukommen.«

Früh am nächsten Morgen entflammte die aufgehende Sonne die Wolkenriesen über der Ebene von Mühlhausen. Nach heftigen Diskussionen bis tief in die Nacht waren sich die Prediger einig geworden. »Wir gehen nicht zurück in die Stadt. Für uns und alle, die zu uns stoßen, die mit uns kämpfen wollen, schlagen wir das Hauptlager gleich vor der Stadtmauer auf: im Dorf Görmar.« Thomas Müntzer hatte mit seinem Plan die Oberhand behalten.

Hornsignale rissen Bauern, Handwerker und Tagelöhner aus dem Schlaf. Ehe sich alle aufraffen konnten, hatte Ambrosius mit seinem Schwiegervater hundert junge schlagkräftige Burschen ausgewählt und sie ihrem Herrn zugeführt. Vom Sattel aus unterrichtete Müntzer die Kämpfer. »Liebe Brüder! Wir ziehen nach Volkenroda. Das Kloster ist fett wie ein Schlachtschwein. Seit Jahren haben sich die Mönche an den armen Bauern gemästet. Kommt, Gott ist mit uns.«

»Gott ist mit uns!« Begeistert stießen die Männer ihre Waffen in die Luft. »Wir schneiden ihnen den Wanst auf. Und nehmen uns, was drinnen steckt. Gott ist mit uns!« Der Trupp stürmte seinem Führer nach. Zwei Beutewagen holperten hinterdrein.

Heinrich Pfeiffer ritt mit dem Schellenpferd durch die Reihen der vierhundert Zurückgebliebenen. »Freut euch, meine geliebten Brüder!« Und er versprach: »Jeder wird seinen Anteil erhalten. Wie es sich für wahre gläubige Brüder gehört, werden wir künftig Speis und Trank wie auch jede Beute christlich unter uns aufteilen.« Er wies dem abziehenden Trupp nach. »Die dort kämpfen heute für unser Ziel. Morgen ist die Reihe an uns, und wir zerbrechen an anderem Ort die Häuser des habgierigen Adels. Wir nehmen, was die Reichen uns genommen haben, und teilen es gerecht unter uns.«

Die Worte nisteten sich ein. Welch eine Zukunft! Und niemand murrte mehr. Pfeiffer befahl, das Notlager abzubrechen, und führte den Haufen ins Dorf Görmar. Dort auf dem

Kirchhof ließ er große Zelte errichten, Buden zimmern und Feuerstellen für die bauchigen Suppenkessel einrichten.

Thomas Müntzer langte mit seinem Haufen gegen Mittag bei Volkenroda an. Keine Verhandlung mit dem Abt des Klosters. Ohne Vorwarnung zersplitterten die Rammbalken das Tor. Aufgeschreckt flehten die Mönche um Gnade. Doch kein Erbarmen. Wer Glück hatte, konnte fliehen, wer zu schwach war, fiel blutüberströmt der Meute zum Opfer. Überfluss in Scheune und Keller trieb die Plünderer in gierigen Rausch. Bald waren die Beutewagen übervoll mit Altardecken, silbernen und goldenen Kelchen, Kreuzen, mit Gewändern, Wandteppichen, mit Seidentüchern und weißem Linnen. Nicht genug. Vom angrenzenden Wirtschaftsgebäude wurden zwei Fuhrwerke des Klosters in den Hof geschoben. »Hierher! Ladet Speck und Schinken auf. Räumt die Vorratskammern. Bringt die Weinfässer!«

Thomas Müntzer stieg derweil im Haupthaus mit zehn Männern hinauf zur Bibliothek. Er streckte den Arm. »Bücher! Dahinter verstecken sich die teuflischen Schriftgelehrten in Wittenberg und sonst wo. Uns aber schreibt Gott ins Herz. Wir benötigen keine Bücher mehr. Dran, meine Buben! Zerreißt ihnen die Bücher, zerstört die Regale. Feuer! Ich will Feuer!«

Und als die Horde nach Stunden mit den Beutewagen abzog, da schlugen immer noch Flammen aus den geborstenen Fenstern der Bibliothek.

Noch vor Schließen der Tore kehrte Thomas Müntzer am Abend aus dem neu errichteten Feldlager draußen vor den Mauern Mühlhausens zurück ins Pfarrhaus neben der Marienkirche.

Ottilie sah ihren Mann erstaunt an. »Du kommst allein?«

Mit einem Seufzer streifte er den prall gefüllten Rucksack von der Schulter. »Ich bin nur hier, weil ich die eheliche Pflicht erfüllen muss.«

Sie legte erschreckt die Hände über ihren vorgewölbten Bauch. »Mir ist nicht wohl.«

»Der Vollzug dient nicht der Freude, Weib!«

»Ach, Thomas.« Sie wollte ablenken, fragte nach Dorotheas Vater und Ambrosius. Knapp war die Antwort. Auf seinen Befehl hin mussten beide die erste Nacht mit den Truppen außerhalb der Stadt in Görmar verbringen. Müntzer wies zur Schlafkammer hinüber. »Bereite dich vor.«

Ottilie erhob sich, sah kurz nach Klein Daniel im Schaukelbettchen und ging voraus. Die Kammer war kalt, die Wände kahl. Außer der Öllampe erlaubte ihr Gemahl keinen Schmuck, weder ein Kreuz noch ein Bild. Hinter dem faltbaren Sichtschutz betrachtete sie ihr Antlitz im Spiegel, sah den Blick in ihren Augen und musste das silbrige Rund mit einem Tuch verhängen. Ottilie entkleidete sich.

»Bist du so weit?«, hörte sie ihn aus der Stube fragen.

»Gleich, Thomas.«

Rasch deckte sie das Federbett ab, legte sich nackt auf den Rücken. »Jetzt, Thomas.« Ottilie schloss fest die Lider. Ich will nichts sehen, wünschte sie sich. Dennoch verursachte jedes seiner Geräusche ein Bild. Das Ausziehen, das Hängen der Kleider, das Strohknistern der Matratze. Ihre Schenkel wurden gespreizt, ihre Arme ausgebreitet. Kurz betasteten Finger die Brüste, dann spürte sie sein Gewicht, das hastige Gedränge in ihrem Schoß. Das Hecheln. Wenig später fiel er mit einem Aufstöhnen von ihrem Leib ab.

Ottilie blieb unbeweglich liegen. Wie oft, mein Gemahl, hast du mich schon so gekreuzigt? Es schmerzt nicht einmal mehr.

»Du darfst dich bedecken.«

Sie öffnete die Augen und erhob sich. Er trug bereits das lange Hemd für die Nacht. Hinter dem Sichtschutz streifte sie das ihre über. Als sie wieder hervorkam, lag er nicht im Bett. Von drüben aus der Stube brachte ihr Gatte den Rucksack herein. »Ich habe ein Geschenk.«

»Für mich?« Erschreckt presste sie die Hand ans Herz. »Aber du hast mir noch nie …«

»Mäßige dich, Weib.«

Für gewöhnlich beinhaltete dieser Rucksack alle Zweitschriften seiner Briefe und Predigten, alle Flugblätter. Seit der Fluchtreise in den Süden der deutschen Lande wollte er stets seine Schriften nah bei sich haben. »Keines meiner Worte darf verloren gehen.« Sobald er Mühlhausen verließ, trug entweder Leibwächter Konrad den Rucksack, oder er hütete selbst seinen gesammelten Gedankenschatz.

»Nach solch erfolgreichem Tag erhält jeder seinen Anteil. Persönlich lege ich keinen Wert darauf, ich erstrebe höhere Ziele. Jedoch soll auch meine Familie hin und wieder an der Ernte teilhaben.« Er zog ein schmales Tuchbündel zwischen den Papieren hervor und drückte es ihr in die Hand. »Kleide den Sohn damit.«

Ottilie entrollte den Stoff. »Reine weiße Seide.« Sie rieb die Kostbarkeit zwischen den Fingern, lächelte gerührt. »Das reicht für beide. Für Klein Daniel und den Ungeborenen. Jeder bekommt ein Hemdchen. Danke, Thomas.«

Er antwortete nicht, ging steifen Schritts zum Bett und legte sich nieder.

Mit einem Mal verkrallte sie die Hand im Stoff. Zur Mittagszeit war Ambrosius ins Pfarrhaus gekommen, er hatte von einem Ausflug des Predigers gesprochen, von einem Besuch im Kloster Volkenroda. Auch als Dorothea ihren Mann bedrängte, hatte er nicht mehr darüber sagen wollen.

»Woher stammt die Seide? Bitte sage es mir.«

»Aus dem Konvent der Zisterzienser in Volkenroda.« Müntzer legte die gefalteten Hände vor sich auf das Federbett.

»Haben es die Mönche freiwillig gegeben?«

»Sie waren verstockt. Nun frage nicht weiter, Weib.«

Ottilie faltete das Tuch sorgfältig wieder zusammen. »Ich weiß es, Thomas. Du und deine Horde. Ihr habt es genommen, gewaltsam.«

»Bei Gott!«, stieß er aus, schleuderte die Decke beiseite und erhob sich. »Ja! Und nochmals ja! Diese Feistbäuche haben die Armen rings um das Kloster ausgesaugt. Und sie verdienten keine Schonung. Wir haben nur das zurückgenommen, was uns, dem armen Volk, längst schon gehören sollte.«

Ottilie sah ihn lange an. »Thomas, was ist nur aus dir geworden?«

»Ich bin ein Knecht Gottes.«

»Bist du das wirklich noch?«

Schon war er bei ihr, hob die Faust.

»Nicht, bitte.« Sie wich zurück. »Wenn nicht meinetwegen, so denke an dein Kind, das ich trage.«

Er ließ den Arm sinken. »Wer hat dir Weib erlaubt, Kritik an mir zu üben?«

»Keine Kritik, es ist Trauer, die ich empfinde.« Ottilie setzte sich auf die Bettstatt, schüttelte langsam den Kopf. »Ihr plündert, zerstört die Klöster. Sag, Thomas, was hättet ihr wohl meinem Kloster Beuditz und mir angetan? Du wirfst den Abteien Ausbeutung der Armen vor und hast früher doch selbst an ihren Tischen gesessen.« Sie sah zu ihm auf. »Ich selbst bin eine Nonne gewesen, und du hast mich zur Frau genommen.«

Da lachte er voller Hohn. »Weil du dich bekehrt hast, dummes Weib. Und so ist es mit allen anderen. Wer sich zu unserm neuen Glauben bekennt, findet Gnade vor Gott und mir. Die anderen werden, so wie es geschrieben steht, dem Drachen zum Fraß vorgeworfen.«

»In der Rede bin ich dir nicht gewachsen, Thomas. Ich fühle nur, dass dein Weg falsch ist.«

»Weib, Weib, es wäre wahrhaftig besser, du bliebest stumm. Nur weil ich heute milde gestimmt bin, darfst du so unbotmäßig das Wort an mich richten.« Er spreizte den Ton wie auf der Kanzel. »Falsch? Du Törichte. Siehe die Zeichen. Heute, als wir siegreich ins Lager heimkehrten, standen dort schon acht hoch beladene Beutewagen, die uns die Bauernhaufen aus dem Werratal und dem Eichsfeld als Gabe überreichten.

Sie flehten, an unserer Seite kämpfen zu dürfen. Mit ihrem Schwur schlossen sich diese Männer meinem Ewigen Bund an. So wie sie werden bald alle Unterdrückten zu meiner Fahne mit dem Regenbogen eilen. Und nach dem Sieg errichten wir gemeinsam das neue Reich Gottes.«

Ottilie brachte die Seide zurück auf den Rucksack. »Meinen Kindern genügen Hemdchen aus einfachem Tuch und Wollmützen gegen die Kälte.« Sie löschte das Licht, legte sich nieder und zog das Federbett schützend über sich.

Am nächsten Morgen hastete Ambrosius gleich nach Öffnen der Tore durch die Straßen, stürmte ins Pfarrhaus. »Herr!« Ohne zu klopfen, betrat er die Studierstube. »Frohe Botschaft.« Damit legte er ein Schreiben vor seinen Meister hin. »Frankenhausen. Auch dort haben sich die Bauern erhoben. Sie bitten um Hilfe. Wir sollen ihnen zweihundert Knechte schicken.«

Müntzer erbleichte. »Frankenhausen?«, murmelte er. »Dort nistet dieser Teufel, Graf Ernst von Mansfeld, in seinem neuen Schloss Helderungen.« Der Seelenwart fasste den Arm seines Adlatus. »Wie lange habe ich darauf gewartet? Er hat den Bergknappen meine Predigt verboten. Auch ihm habe ich zu verdanken, dass ich Allstedt verlassen musste. Jetzt, Junge, bringen wir die Predigt zu ihm und schlagen dem Satan den Kopf ab.«

Er zog Ambrosius vor das Schreibpult. »Nimm die Feder! Wir schreiben. Ich werde alle Brüder ringsum zum gemeinsamen Schlag gegen die Fürsten auffordern.« Er warf einen Stapel Papierbögen auf das Brett. »Nein, warte. Zunächst muss ich die Ermunterung an meine Allstedter beenden.«

»Aber, Herr«, unterbrach Ambrosius, »hat das wirklich Zweck? Ihr seid aus Allstedt verjagt worden. Dort glaubt Euch doch niemand mehr.«

Ein heftiger Stoß gegen die Brust ließ ihn nach Luft schnappen. »Wage es nicht zu zweifeln.« Müntzer zog seinen Adlatus am Kragen zu sich herunter. »Oder glaubst du etwa, mein

Same sei so unfruchtbar? Es wird dort und zusammen mit den Bergknappen noch Hunderte, was sage ich, noch gar Tausende geben, die mir anhängen und folgen wollen. Also nimm den Bogen!«

Müntzer überflog mit schnellen Lippen stumm den schon aufgesetzten Text. »Sehr gut«, lobte er sich und diktierte weiter: »Dran, dran, solange das Feuer heiß ist.« Er klatschte den Rhythmus seiner Gedanken mit den Händen. »Lasset euer Schwert nicht kalt werden, lasset den Arm nicht lahm werden. Schmiedet pinkepanke auf den Ambossen des Nimrods. Werft ihnen den Turm zu Boden. Solange sie leben, werdet ihr eure menschliche Furcht nicht loswerden …«

Die Feder kratzte Satz für Satz. Endlich, mit getrocknetem Speichel in den Mundwinkeln, grüßte er die Brüder als ein Knecht Gottes wider die Gottlosen. Müntzer goss sich Wasser ein und stürzte es in einem Zug hinunter. »Weiter, Junge. Nicht lahm werden. Der nächste Brief geht an die Hilfesuchenden.«

Er schritt auf und ab, rieb die Handflächen hinter dem Rücken ineinander. »Der Geist der rechten Furcht und der kecken Stärke Gottes sei mit euch, Ihr allerliebsten Brüder von Frankenhausen. Wir haben aus euerm Schreiben vernommen, dass wir euch zweihundert Knechte schicken sollen.« Müntzer blieb neben dem Adlatus stehen. Mehr, viel mehr Bewaffnete versprach er. Keinen kleinen Haufen, die Frankenhausener sollten alle, jeden verfügbaren Haufen haben. »Wir wollen alles tun, auf dass ihr der Wahrheit und Gerechtigkeit zum Sieg verhelfen könnt.« Müntzer las den Briefentwurf durch, war zufrieden und ließ Ambrosius noch eine dringende Empfehlung hinzusetzen: »Im Namen Jesu Christi, lasset euch durch gute Worte zu keiner beschissenen Barmherzigkeit verleiten. Dann wird eure Sache auf das Beste gelingen.«

43

Die Schneise war geschlagen. Landgraf Philipp von Hessen hatte alle Pässe der Rhön und des Thüringer Waldes besetzen lassen. Von Süden her konnte keine Unterstützung für die Thüringer Bauern mehr nachrücken. Am 3. Mai musste sich ihm Fulda ergeben, und wie zur Schlachtbank trieb er die Überlebenden der zersprengten Haufen in Richtung Eisenach.

Graf Ernst inspizierte seine hoch gerüsteten Truppen. Überdies hoffte er noch auf machtvolle Verstärkung durch seinen Vetter Graf Albrecht.

Ebenso ließ sich Herzog Georg die Einsatzbereitschaft seiner Streitmacht melden.

Auch der Herzog von Braunschweig hielt seine Landsknechte in lauernder Wartestellung.

Rings um die großen Bauernlager Mühlhausen und Frankenhausen schoben sich die waffenstarrenden Mächte näher, verengten den Kessel. Der Hauptschuldige des Aufruhrs war längst ausgemacht: Ihn wollten sie, ihn, den Kopf des Übels, Thomas Müntzer, wollten sie vor allen anderen zertreten.

Nur aus Weimar meldeten die Kuriere keine Truppenbewegung. Herzog Johann, der Stellvertreter des kranken Kurfürsten Friedrich, zögerte und zögerte.

»Keine Rast bis Weimar«, ordnete Martin Luther am Morgen des 3. Mai vor der Abfahrt von Nordhausen an. Gleich widersprach ihm der Fuhrmann. »Die ganze Strecke ohne Pause? Das hält kein Gaul durch.«

»In Gottes Namen, dann eben einen kurzen Halt für den Pferdewechsel.« Luther und Melanchthon bestiegen eilig den Wagen. Schnalzen und Peitschenknall. Die Kutsche war unterwegs, eskortiert von zwei Bewaffneten und Barthel. Er ritt hinter dem Gefährt und führte das Ersatzpferd am langen Lederriemen mit sich.

Nach drei Stunden stemmte sich Barthel im Sattel hoch. »Verflucht, mein Hintern.« Er lockerte, so gut es ging, die Muskeln. Ein Blick zur Sonne. »Und dabei haben wir erst Mittag.« Er griff nach der ledernen Wasserflasche, trank einige Schlucke. Nur gut, dass wir aus Nordhausen weg sind. Gebimmelt haben die Leute. In die Predigt von unserm Herrn Luther einfach reingebimmelt. Aber durchgehalten hat er bis zum Amen.

Nach einer lang gezogenen Biegung öffnete sich ein Tal. Barthel sah nach rechts. »Oh Gott, noch eins.« Vor dem Waldrand ragten Mauerreste eines zerstörten Klosters in den Himmel. Verkohlte Balken lagen übereinander. Aus den zerborstenen Dächern stieg noch Rauch. Das dritte Kloster seit dem Morgen. Gleich stieß er zwei scharfe Pfiffe aus. Als der Fuhrmann den Kopf wandte, wies er zu den Trümmern. »Dahinten, der Überfall ist noch nicht lange her. Wer weiß, wo die stecken?«

Auch die beiden Bewaffneten der Eskorte hatten die Gefahr erkannt. »Schneller!«, befahlen sie dem Kutscher, der schlug die Zügel auf die Kruppe, nahm die Peitsche zu Hilfe. In wilder Fahrt holperte und sprang die Kutsche, wankte hin und her. Endlich war das Tal durchquert, erst zwischen den Hügeln durfte das Pferd wieder in Trab zurückfallen.

Das Fenster im Schlag wurde heruntergezogen. Martin Luther reckte den Kopf nach draußen. »Kerl, bist du vom Teufel besessen? Willst du uns martern?«

»Vergebung, Herr«, der Kutscher blickte sich nicht um, »wir sind mitten im Aufruhrgebiet. Einer Horde besoffener Bauern ziehe ich den Teufel vor.«

Wortlos verschwand der Kopf wieder.

Barthel grinste. Mal sehen, wer sich heute Abend besser bewegen kann. Ich mit wundem Hintern oder die Herren mit angeschlagenen Knochen. Der kleine Spaß versickerte rasch in der Erinnerung an die vergangenen Tage. Kurz nach Ostern waren sie aufgebrochen. Eine Predigtreise durch die Gebiete der Aufständischen. Ruhe und Frieden sollten dadurch wieder einkehren. Barthel durfte mit, weil er schon bei der ersten Rundreise dabei war und Doktor Martinus, auch Professor Melanchthon ihn gerne um sich hatten. »Bis Eisleben ging es ja.« Er blies die Luft aus den geblähten Wangen. »Aber dann …« Je tiefer sie ins Gebiet von Müntzer und seinen Anhängern gelangt waren, umso mehr Feindschaft hatte dem Reformator entgegengeschlagen. »Ausgelacht haben sie ihn«, flüsterte Barthel, »vor ihm ausgespuckt. Einer hätte ihm beinah die Faust ins Gesicht geschlagen. Selbst den kleinen Professor wollten sie verprügeln.« Er schüttelte den Kopf. »Keine gute Zeit für Doktor Martinus. Hier in dieser Gegend verehrt ihn bald keiner mehr. Und warum? Weil dieser falsche Prediger sie alle verhext hat.«

Und Dorlein? Sie war bei ihm, war ihm ausgeliefert. Der Schmerz wühlte. Ganz in Gedanken wickelte sich Barthel die lange Lederleine des Ersatzpferdes mehrmals um die rechte Faust und schlug sie immer wieder heftig in die offene Linke. »Wo dieser Satan Müntzer auftaucht, da verdirbt er alles.«

Weimar. Noch vor Sonnenuntergang erreichten sie die Residenzstadt. Das Schloss auf dem flachen Hügel am Fluss dehnte sich noch im strahlenden Licht. Martin Luther zögerte nicht, er ließ sich melden, drängte auf einen Gesprächstermin gleich am nächsten Morgen. Kein Hinauszögern, keine Ausrede vonseiten der Hofbeamten. Zu seinem noch größeren Erstaunen wurde ihm die Audienz bei Herzog Johann sogar noch am selben Abend gewährt. Durch die Niederlagen der vergangenen Wochen verletzlich und wachsam geworden, erkundigte er sich: »Was ist vorgefallen?«

Kanzler Brück bemühte nur ein schmales Lächeln und sah fragend auf Philipp Melanchthon. »Ich denke, Seine Gnaden werden nichts einzuwenden haben, wenn Ihr, verehrter Professor, an dem Gespräch teilnehmt. Im Gegenteil, er bittet sogar darum.«

Der Buckel zuckte leicht nach oben. »Unsere Fahrt war sehr beschwerlich.« Die Zunge schob das S und auch das Z viel zu weit durch die Zähne. »Meine Glieder schmerzen und behindern das schnelle Denken. Wenn Ihr erlaubt, wohne ich der Audienz nur als stummer Zuhörer bei.«

Kanzler Brück verneigte sich leicht und bat die Besucher, ihm zu folgen.

Nach wenigen Worten unterbrach Herzog Johann die Höflichkeiten. »Kürzen wir ab, verehrte Freunde. Wir haben uns doch erst vor zwei Wochen alle Mühe bei der Begrüßung gegeben. Nehmt Platz!« Er deutete auf die beiden gepolsterten Hochlehner, der Finger wanderte weiter zum Kanzler. »Lasse uns Bier bringen. Nichts löscht nach langer Fahrt besser den Durst.« Der Blick galt jetzt den Wittenbergern. »Habe ich recht? Na also.« Herzog Johann warf sich im Sessel zurück, stieß den Atem so heftig aus, dass Oberlippe und Barthaare flatterten. »Eine schwere Zeit, diese Zeit.«

Luther beugte sich vor, wollte zustimmen, da hob der Fürst bittend die Hand. »Geduld, Doktor Martinus, zunächst muss ich Euch eine erwartete, dennoch traurige Mitteilung machen: Mein geliebter Bruder, Kurfürst Friedrich. Er liegt auf dem Sterbebett.«

Luther griff sich an die Stirn. »Großer Gott!« Dann verbarg er die Augen hinter der Hand. Neben ihm hustete Philipp Melanchthon, ehe er sich zu Wort wagte: »Das Ende? Ist es schon eingetreten?«

»Wohl möglich. Der Eilkurier kam von Schloss Lochau, sein Bericht wird also zwei Tage alt sein. Nach Meinung der Ärzte ist der Zustand nun hoffnungslos.«

Martin sah auf, Tränen nässten die Wangen. »Nie hat er mir erlaubt, ihn von Angesicht zu Angesicht zu sprechen, und doch war er wie ein Vater zu mir; Friedrich, mein Beschützer.«

Da legte der Herzog die rechte Hand aufs Herz. »So wahr ich hier sitze, verehrter Freund. Nach Friedrich wird Johann Euer Beschützer sein und für Eure Sicherheit sorgen. Wenn nicht die Umstände im Land …«

Die Herren sahen sich an, jeder beendete stumm den Satz, und der Herzog hob den Bierkrug. »Eine schwere Zeit.« Sie tranken sich zu und setzten die Gefäße hart ab.

Luther berichtete kurz von den beschämenden Erlebnissen während seiner Visitationsreise, nannte alle Orte und stockte bei Wallhausen. »Ich warnte den Schlossherrn und seine Räte vor den falschen Propheten, die in Schafskleidern daherkommen und inwendig reißende Wölfe sind. Da schrie es mir aus dem Saal entgegen: Wer weiß, vielleicht bist du der falsche Prophet und der blutgierige Wolf?« Luther wischte die Erinnerung beiseite. »Das ganze Land lodert, mein Fürst. Es ist Zeit zu handeln.« Er streckte ihm die gefalteten Hände entgegen. »Wenn Ihr, gnädiger Fürst, nicht eingreift, so wird der Brand uns alle vernichten. Hört auf mein Flehen: Schickt Truppen, werft die Bauernhorden nieder und zertretet das Feuer!«

Herzog Johann leerte mit lauten Schlucken den Bierkrug und verlangte nach einem zweiten. Erst jetzt sah er den Gast an. »Mein Bruder war mir stets das Vorbild. Ich weiß, seine Größe werde ich nie erreichen, aber ich will in seinem Sinne weiter unser Land führen. Trotz der Unruhen dort draußen setzte Friedrich auf Verhandlung mit den Aufständischen, so will ich es auch halten.«

»Herr im Himmel!« Luther sprang auf, krümmte sich. »Verzeiht! Es fährt mir wie ein Stich durch den Leib. Oh mein Fürst, ich habe die Verwüstungen, die Erschlagenen, Beraubten und Gequälten dort mit eigenen Augen gesehen. Wer dies getan hat, ist ein Untier, und mit dem lässt sich nicht verhandeln.« Er ließ sich auf den Stuhl fallen. »Es sind Gottesfeinde, Lästerer, Räuber und Mörder. Hört auf mich und vernichtet sie, ehe sie uns alle ins Verderben stürzen!«

»Genug, mein besorgter Freund.« Herzog Johann verschenkte ein Lächeln. »Zunächst sollte unsere vornehmliche Sorge dem feierlichen Begräbnis meines Bruders gelten. Ich verlasse mich auf Eure tatkräftige Mithilfe.« Er wuchtete seine Leibesfülle aus dem Sessel, gleich erhoben sich auch die beiden Gelehrten. »Verehrte Freunde, ich wünsche Euch eine rasche, gefahrlose Rückfahrt nach Wittenberg. Lebt wohl!«

Luther und Melanchthon neigten die Köpfe, bis der Herrscher den Saal verlassen hatte.

Kanzler Brück löste sich aus dem Hintergrund und geleitete die Besucher nach draußen. Im Vorzimmer blieb er stehen. »Ach, noch eine Nachricht von Belang ist heute aus Salza eingetroffen.« Er sah Luther an. »Erinnert Ihr Euch an Ritter Hans von Berlepsch?«

»Mein treuer Wächter von damals auf der Wartburg? Wie könnte ich ihn vergessen?«

»Man hat ihm übel mitgespielt.«

»Ich ertrage es nicht.« Im ersten Moment stützte sich Luther auf Philipps erhöhte Schulter, der schwache Freund wankte unter der Last, bemühte sich aber, eine Stütze zu sein. Kanzler Brück runzelte die Stirn. »Soll ich Euch schonen?«

Luther schüttelte den Kopf und richtete sich wieder auf. »Wohlan, verabreicht uns die nächsten Hammerschläge!«

Beunruhigt senkte der Kanzler die Stimme. Die Bauernhorden hätten nahe Salza das gerade neu bezogene Schloss des Ritters überfallen, geplündert und zunächst Frau und Kind entführt. Voller Angst um seine Familie sei Amtmann von Berlepsch hinzugeeilt und den Plünderern damit in die Falle gegangen. »Sie haben ihn und seinen Schwager als Gefangene nach Mühlhausen verschleppt und halten sie dort als Geiseln fest.«

Kaum war Luther noch fähig, dem Kanzler in aller Höflichkeit zu danken. Draußen, allein mit Melanchthon, schickte er aus tiefster Brust einen Schrei zum Himmel. Philipp fasste seinen Arm. »Verzage nicht!«

»Die Lanzenspitzen zeigen auf mich und mein Werk. Da ist es nicht leicht, den Kopf aufrecht zu halten.« Das Lachen gelang nicht, aber er reckte das Kinn. »Komm, Freund, auf ins Gasthaus. Dort wartet unser Feuerkopf. Lass uns mit ihm trinken und für einen Abend vergessen.«

44

Zügig, doch keine Hetze mehr. Die Rückfahrt sollte in Seeburg bei Eisleben unterbrochen werden. Der Fuhrmann war sehr damit einverstanden: »Ist gut für meinen Gaul. Schließlich sind wir nicht auf der Flucht.«

»Freue dich nicht zu früh«, hatte Barthel gewarnt. »Wenn wir dem Teufel begegnen, muss dein Pferd schneller sein als er.«

»Beschreie es nicht!« Mit grimmiger Miene war der Kutscher vorn auf den Bock gestiegen.

Ungefährdet kamen sie voran. Barthel saß heute leichter im Sattel, das dick aufgetragene Fett und ein zusätzliches Tuch halfen seinen strapazierten Hinterbacken. Der gestrige Abend mit den Gelehrten ging ihm durch den Kopf. Sie sprachen von einem Überfall auf Amtmann Hans von Berlepsch. Der Ritter hat mich damals am Tor der Wartburg vor diesem thüringischen Eisenklotz gerettet. Und jetzt hatten die Bauern ihn nach Mühlhausen entführt, jetzt war er in den Händen des Predigers. Dorlein. Barthel packte unter der Kappe in die Locken und zerrte. »Verflucht.« Dachte er an Müntzer, stieg die Angst um seine Liebste. Dachte er an Dorlein, so wurde sie von Müntzer und ihrem Ehemann, diesem dürren Pickelkopf, bedroht. Seit Wochen schon konnte er nie an sie allein denken. Immer schoben sich diese Kerle dazwischen.

Nachdem die Unstrut überquert war, verlangten die Herren nach einer Rast. Das gestern ausgiebig genossene Bier bedrängte, und Martin Luther suchte rasch Erleichterung an einem Uferbaum. Die Gelegenheit. Barthel schlenderte auch in diese Richtung, wartete und sprach den Reformator auf dessen Rückweg an. »Verzeiht. Ich wollte fragen wegen des Überfalls auf den Amtmann Berlepsch. Meine Eltern leben doch in Salza. Und weil der Vater doch Münzmeister ist und zum Rat gehört. Da wollte ich fragen, ob ich nicht hinkann und nachschauen?« Martin Luther sah ihn nur an. War das ein gutes Zeichen? Eilig setzte Barthel hinzu: »Von hier ist es nicht so weit. Und ich könnte dann in drei Tagen zurück in Wittenberg sein. Oder vielleicht erst in vier Tagen.«

Der Reformator legte dem Burschen die Hand auf die Schulter und führte ihn neben sich her zur Kutsche. »Ich achte deine Sorge um die Eltern, Junge. Auch wenn dich das Schicksal der jungen Frau sicher tiefer bekümmert. Nein, streite es nicht ab, es steht dir auf der Stirn. Dennoch. Ich darf dich nicht ziehen lassen, jetzt nicht. Für die kommenden Tage benötige ich dich in Wittenberg. Aufgrund des Begräbnisses unseres Kurfürsten wird es viel Arbeit für dich und die Druckerei geben: Zierschriften, Titelblätter.« Aufmunternd strich Luther ihm den Arm. »Gleich nach der Beisetzung kannst du losreiten. Ich sorge dafür.«

Bei der Weiterfahrt erkundigte sich Melanchthon in der Kutsche: »Was ist mit unserm Feuerkopf? Er sah so bedrückt aus.«

»Er sorgt sich. Den Armen quält eine unglückliche Liebe.« Kurz informierte Martin den Freund und schloss: »Auch wenn das Mädchen in die Ehe gedrängt sein mag, so ist der Bund gültig. Deshalb soll der Feuerkopf etwas gebremst werden und erst uns zur Hand gehen, danach darf er sich mit meinem Segen in Salza und Mühlhausen umsehen.«

»Vielleicht ist ihm sogar viel erspart geblieben.« Philipp lächelte dünn. »Eine Ehe kann sehr beschwerlich sein. Und diese Last dauert ewig an.«

»Bis dass der Tod …« Martin sprach nicht weiter, lange sah er zum Fenster hinaus, ließ die Landschaft vorbeiziehen. Endlich murmelte er. »Und sollte ich nach Wittenberg zurückkehren, werde ich mit Gottes Beistand auf den Tod warten, auf diese Mörder und Räuber, die mir sagen, sie wollen niemandem etwas antun.«

Melanchthon beugte sich vor. »Was redest du? Ich habe mir einen bitteren Scherz über die Ehe erlaubt. Kein Grund für diesen Absturz in die Trübsal.«

»Auch ich will mit dir über die Ehe sprechen. Allerdings ohne Scherz.« Luther verschränkte die Hände vor der Brust. »Diesem Elend um uns herum zum Trotz will ich heiraten.«

»Martin!« Der Freund fuhr hoch, fiel zurück auf die Bank. »Du treibst deinen Spaß mit mir.«

»Nein, Philipp. Von diesen Teufeln lasse ich mir weder meinen Mut noch meine Freude nehmen.«

»Aber im März noch hast du mir und Amsdorf beinah zornig versichert, dass eine Ehe für dich nicht infrage kommt. Was in aller Welt hat dich umgestimmt?«

»Die Bedrohung im Land.« Martin wischte sich die Stirn. »Ich gebe zu, sie ist es nicht allein.« Auch sein alter Vater hätte ihn bei seinem letzten Besuch in Mansfeld bedrängt. »Er will endlich einen Enkel haben. Den bin ich ihm schuldig.«

Melanchthon schlug die Fingerkuppen aneinander. »So weit, so gut«, stellte er sachlich fest. »Dies sind die Gründe. Einen nicht ganz unwichtigen Punkt hast du bisher noch nicht angesprochen. Wen? Wen willst du heiraten?«

Martin seufzte, benetzte die Unterlippe. »Meine Auswahl ist nicht mehr groß. Die, die ich wollte, ist schon vergeben. So bleibt nur eine übrig: Katharina von Bora.«

»Unsere Käthe?« Philipp vergaß den Mund zu schließen. »Sie ist die letzte unserer entflohenen Nonnen. Ja, eine starke Frau. Bist du sicher, dass sie …?«

»Mit mir altem Madensack einverstanden ist? Ich würde es nicht aussprechen, wenn sie nicht schon von sich aus nach mir als Ehemann gefragt hätte.«

Melanchthon wiegte den Kopf hin und her. »Liebster Freund, der Entschluss ist gefasst. Nun wird die Zeit gewiss noch eine Weile dahingehen, ehe die Tat erfolgt. Wir sollten sie vorher deinen Anhängern ausführlich erläutern. Allzu große Eile könnte missverstanden werden.«

»Ehe ich sterbe, will ich meine Käthe zur Ehe nehmen. Und du weißt, mein Leben ist bedroht. Ich will dem Teufel rechtzeitig noch ein Schnippchen schlagen.«

»Es bleibt dir und uns Zeit genug, glaube mir.«

Da lachte Martin bitter. »Dir zu glauben fällt mir leicht. Doch diese da«, er breitete die Arme und deutete gleichzeitig zu beiden Kutschfenstern hinaus, »die Anhänger des Erzteufels Müntzer, sind Lügner, wenn sie sich christliche Brüder nennen, ihnen zu glauben heißt, den Teufel auf den Thron heben. Es sind meineidige, treulose Gotteslästerer.«

»Aber, Martin, werde ruhig. Wir sprachen über deine Heirat und dass du sie nicht überhasten möchtest. Und nicht …«

»Doch, doch mein Freund, es betrifft ein und dasselbe Thema.« Martin erhob sich, stieß in der Erregung über sich mit dem Kopf an den hölzernen Himmel, der Schmerz kümmerte ihn nicht, gebückt sprach er weiter auf Philipp ein: »Denn sollten sie, was Gott und unsere Fürsten verhüten mögen, sollten sie dennoch über alle wahren Christen siegen und mir den Tod bringen, so will ich zuvor noch meine Käthe heimführen.«

Gleich nach Ankunft in Seeburg, der letzten Station vor der Heimkehr, erschreckten Martin Luther neue Nachrichten. Graf Albrecht von Mansfeld hatte zwar ein besetztes Dorf säubern und alle Aufständischen niedermachen lassen, doch jetzt zögerte er. Seine Ratgeber versuchten ihn zur Nachsicht mit den Bauern zu überreden. Keine Gewaltanwendung mehr. Der Reformator rang die Hände, schrie: »Die Ratgeber sollen das Maul halten! Der Graf trägt sein Schwert nicht umsonst! Gott hat es ihm gegeben und nicht den Bauern. Und der Graf muss es nutzen für Ordnung und Recht.«

Nur kurz war der Schlaf. Auf der letzten Strecke bis Wittenberg formulierte Martin Luther mal stumm, mal halblaut vor sich hin, jäh hob er die Hände, dann wieder sank er in sich zusammen. Philipp Melanchthon ließ den Freund gewähren, wagte nicht zu stören. Hier gab es weder Feder noch Tinte, und während der holprigen Fahrt zu schreiben war unmöglich. So musste die Geburt eines neuen Textes auf diese Weise eingeleitet werden.

Am Nachmittag lenkte der Fuhrmann bei strahlendem Sonnenschein die Kutsche von der Collegienstraße durch den Torbogen in den Hof des Augustinerklosters. Luther stieg sofort aus, half noch dem kleinen Freund die Trittstufen herunter, fand nur dürftige Worte des Danks an den Fuhrmann und befahl Barthel, sich am nächsten Morgen für eine dringende Arbeit bereitzuhalten.

Sein Diener Wolf schlurfte aus dem Haus. »Gott zum Gruß.«

Martin überrannte ihn fast. »Lade das Gepäck ab, bringe mir Brot, Käse und eine Karaffe Wein!«

Oben in seiner Turmstube stellte er sich ans Schreibpult, tunkte die Feder ein und ließ den Kiel übers Papier kratzen: »Im vorigen Büchlein durfte ich die Bauern nicht verurteilen, weil sie sich zum Recht und besseren Unterricht bekannten … Aber ehe ich mich umsehe, fahren sie fort und schlagen mit der Faust drein … sie rauben und toben …«

Luther hörte nicht, wie ihm sein Adlatus Speise und Trank hinstellte und wieder die Studierstube verließ. Stunde um Stunde ging Luther mit den aufständischen Bauern ins Gericht, verlangte von den Fürsten grausamste Rache, »denn Aufruhr ist schlimmer als Mord. Er ertränkt ein ganzes Land mit Blutvergießen.« Die Herren sollten das Schwert nehmen und unbarmherzig dreinschlagen. »Drum, ihr Herren … schmeißet sie zu Boden, stechet, würget, so viel ihr könnt.«

Beim Morgengrauen setzte Luther nach dem Amen noch hinzu: »Dieses ist recht und gut und gefällt Gott, dies weiß ich. Und dünkt es jemanden zu hart, der denke daran, dass Aufruhr unerträglich ist und die ganze Welt verstören kann.«

Sofort schickte er den noch schlaftrunkenen Wolf zum Cranachhaus: »Bringe mir den Formschneider Bartholomäus Reiche. Keinen anderen, nur ihn!«

»So früh? Der arme Kerl. Nach der langen Reise ist der sicher noch müd.«

»Gehorche!«

Der Famulus hob die Schulter. »Euer Wille geschehe.« Auf halbem Weg zur Tür maulte er rechthaberisch vor sich hin. »Aber diese frühe Stunde ist keine gottgefällige Zeit.«

»Wage es nicht«, Luther schleuderte ihm eine Sandale hinterher, »ich allein hier weiß, was unserm Herrgott gefällt oder nicht.«

Mit dem Glockenschlagen für die sechste Stunde klopfte Barthel ungeduldig an der Tür. Ich hab sein Wort, und er muss es halten. Von drinnen kam keine Antwort, heftiger pochte er. Immer noch keine Aufforderung. Bei dem Geläute da draußen hört er mich nicht. Kurz entschlossen drückte Barthel die Tür auf und trat ein.

Unter dem geöffneten Fenster saß Martin Luther zusammengesunken im Lehnstuhl, die Stirn auf die Hand gestützt.

»Um Vergebung, Herr«, Barthel sprach lauter, »Ihr habt mich rufen lassen.«

Luther hob die Augen. »Gut, dass du da bist.«

»Wisst Ihr es schon?«, unterbrach Barthel, seine gute Neuigkeit drängte einfach hinaus. »Er ist tot. Will sagen: unser Kurfürst. Bei Meister Cranach wissen es schon alle. Gestern ist er gestorben.«

»Warum strahlst du?« Luther furchte die Stirn. »Wo bleibt dein Respekt? Dieser Tod ist für uns alle ein großer Verlust.«

»Meine ich ja auch«, beeilte sich Barthel, »aber die Beerdigung ist am 11. Mai. Und da dachte ich, das ist gut für mich, weil ich doch dann losdarf.« Kein Nicken, kein Wort. Gleich spürte er das Herz schlagen. »Oder?«

»Ach, Feuerkopf.« Schwer erhob sich Luther. »Ja, ich sorge in den Tagen nach der Beisetzung rechtzeitig für deinen Geleitbrief. Zunächst aber erwarte ich von dir schnelle und gute Arbeit.« Er wies zum Schreibpult. »Nimm das Manuskript dort und bringe es unserem neuen Druckermeister Joseph Klug.

Er soll es dazwischenschieben, noch heute in den Satz geben. Verstehst du? Danach kann er mit den Schriften zum Begräbnis unseres Kurfürsten fortfahren.«

»Ihr wollt dies hier als eigene Flugschrift herausgeben?«

Martin verneinte mit dem Finger. »Eine Ergänzung zu meiner ›Ermahnung zum Frieden‹ soll es sein. Als Zusatz für die dritte Auflage. Und du, mein Junge, schneidest in den Druckstock fürs Titelblatt diesen Satz noch hinzu.« Luther reichte ihm ein mit großen Buchstaben beschriebenes Blatt. »Damit kein Irrtum entsteht, lies mir jedes Wort langsam vor!«

Barthel stellte sich ans Fenster. Die Sonne erhob sich rot aus dem östlichen Horizont. »Nach der Ermahnung zum Frieden an die Bauernschaft von Schwaben soll jetzt noch darunter: ›Auch wider die räuberischen und mörderischen Rotten der anderen Bauern‹.«

»Treibe den Druck voran, Junge«, Martin Luther rieb sich die Augen, »ehe uns Satan zugrunde richtet.«

45

Tausend Reiter, zweitausendfünfhundert Fußknechte, dazu mehr als vierzig langrohrige Geschütze. Die Heeresmacht des Landgrafen von Hessen überrollte jeden Widerstand, gewann Eisenach ohne Kampf, marschierte auf Salza zu. Hier vereinigte sich Philipp mit den Truppen des Herzogs Heinrich von Braunschweig. Die Streitmacht wuchs, noch mehr Reiter, noch mehr Fußknechte. Vor dieser Stärke stoben die kleineren Bauernhaufen auseinander. Angst trieb die Flüchtenden in Richtung Frankenhausen. Dort im großen Lager wollten sie Schulter an Schulter mit den Brüdern neuen Kampfesmut schöpfen. Die Brüder aber hatten die Stadt von aller Obrigkeit gesäubert, füllten sich die Bäuche aus den Vorratskammern von Schloss und Kloster, tranken unmäßig Bier und Wein. Das jetzt schon auf bis über siebentausend Männer angewachsene Bauernlager war inzwischen nichts als ein behäbig torkelnder Vielfraß geworden. Einer hatte sich zum Anführer ausrufen lassen: Bonaventura Kürschner, doch der bestimmte mit roter Knollennase nur noch, wann ein neues Fass angestochen werden sollte. Es gab keinen in den vierzehn Haufen, der Disziplin forderte, keinen wahren Befehlshaber, der plante.

In seinem Schloss Heldrungen ganz in der Nähe lauerte Graf Ernst von Mansfeld mit gut ausgebildeten, kampfbereiten Landsknechten. Wann trafen die Truppen seines Vetters Albrecht ein? Wann kündeten Hornrufe die Ankunft der übrigen Verbündeten?

Blutüberströmte, hinkende Bauern gelangten am 7. Mai mit letzter Kraft nach Frankenhausen. »Graf Albrecht naht! Seine Truppen haben uns unterwegs überfallen. Fast alle der Unsrigen sind erschlagen. Der Graf kommt!«

Der Bissen fiel den Zechbrüdern vom Zinken, der Bierkrug zerbarst auf dem Boden. »Zu Hilfe!« Bonaventura Kürschner schrieb im Namen aller an den Prediger nach Mühlhausen, an ihren Propheten Müntzer. »So komme, du Erretter, mit allen Kräften. Komme schnell! Denn wir sind bedroht von einer Übermacht der Landsknechte und Reiter.« Müntzer müsse binnen zweier Tage zu Hilfe kommen, »denn sonst werden wir armen Christen samt der göttlichen Wahrheit vom Tyrannen zu Heldrungen wie auch von den anderen Herzögen und Grafen vertilgt.«

In Mühlhausen ließ Thomas Müntzer seine Vision verbreiten: »Im Traum befahl mir Gott, mit einem Heer nach Osten zu marschieren, der aufgehenden Sonne entgegen.«

Am nächsten Tag schickte er Trommler durch die Straßen. »Wer kommt mit auf den göttlichen Feldzug?«

Die Männer strömten hinaus ins Heerlager vor den Stadttoren, brachten ihre Kriegssensen, die gezackten Keulen, Fischspieße und Kettenmorgensterne mit.

Halt! Jäh wurde der Auszug unterbrochen. Auf Befehl des Ewigen Rates mussten Müntzer und Pfeiffer noch am späten Nachmittag des 9. Mai vor dem obersten Gremium erscheinen.

Alle hochlehnigen Stühle waren besetzt. »Nach neuester Kunde ist unsere geliebte Stadt bedroht. Landgraf Philipp und seine verbündeten Fürsten marschieren auf Mühlhausen zu.«

»Wir müssen handeln!«, rief Müntzer. »Ich habe Briefe verschickt. Von überallher werden die Haufen zu uns stoßen. Lasst mich und Bruder Pfeiffer erst die Fürstenheere in Frankenhausen zerschmettern, danach wird es leicht sein, auch den Landgrafen wie einen Hasen von Mühlhausen zu verjagen.« Er lachte siegesgewiss in die Runde.

Keine Miene zeigte Begeisterung. »Ganz gleich, ob der Plan gut oder schlecht ist. In keinem Fall darf Mühlhausen ohne wehrhaften Schutz bleiben.«

»Aber für den göttlichen Feldzug benötige ich jeden Mann.«

Mitbruder Heinrich Pfeiffer verließ den Platz neben dem Propheten und setzte sich geschmeidig in die Reihe der Stadträte. »Du musst verstehen, liebster Bruder«, seine Stimme troff vor lauterer Unschuld, »nichts bewegt uns mehr als die Sorge um unsere Heimatstadt. Jetzt in der Not bedarf Mühlhausen unserer Truppen.«

Müntzer erbleichte: »Ihr Herren Räte, erlaubt mir mit Bruder Pfeiffer ein kurzes Gespräch.«

Im Beratungszimmer neben dem großen Saal ballte der Prediger die Faust. »Judas. Warum verrätst du unser Werk?«

»Aber, Freund, nur du willst das neue Gottesreich gründen. Ich begnüge mich mit den irdischen Früchten.«

»Raffgier hat deine Seele vergiftet. Wären wir vor einigen Tagen mit allen Haufen gleich nach Frankenhausen gezogen, so hätten wir den Satan Ernst und sein Heldrungen längst vernichtet. Aber du hast die Männer verleitet, aufs Eichsfeld zu ziehen. Damit haben wir wertvolle Zeit verloren.«

»Es war eine Abstimmung im großen Ring. Die Mehrheit sehnte sich nach den Klöstern und Burgen auf dem Eichsfeld, dort winkte wahrhaft große Beute.« In den Mundwinkeln zuckte Spott. »Selbstlos wie ich bin, durfte ich sie ihnen nicht verwehren.«

»Selbstlos?« Der gestreckte dürre Finger zielte gegen das Herz des Mitbruders. »Glaubst du, ich wüsste nicht, dass du Abend für Abend nach gelungenem Beutezug mit den wertvollsten Stücken im Sack zu deiner Tante geschlichen bist. Bei ihr hortest du Gold und Silber.«

»Genug, verspiele nicht gänzlich meine Zuneigung, sonst stehst du bald ohne jedes Schwert allein vor dem Feind.« Pfeiffer ließ den Propheten stehen, kehrte in den Saal zurück. »In aller Güte haben wir eine Einigung gefunden«, er verneigte sich galant vor den Ratsherren, »lasst mich eine Empfehlung aussprechen, die Ihr beschließen solltet.«

Keine Diskussion mehr, sein Vorschlag wurde einstimmig angenommen. Für den Zug nach Osten, der Sonne entgegen, bewilligte der Ewige Rat dreihundert Männer aus dem Mühlhausener Haufen sowie acht kleine Karrenbüchsen. Mehr als tausend Kämpfer und die großen Feuerschlünde blieben mit Pfeiffer als Schutz für die Reichsstadt zurück.

Nachdem Müntzer im Lager vor den Toren die Freiwilligen um sich geschart und die Befehle ausgegeben hatte, kehrte er, immer noch bebend vor Zorn, mit Ambrosius und Konrad Gerlach ins Pfarrhaus zurück. »Morgen ziehen wir ab«, erklärte er den Frauen beim gemeinsamen Mahl.

Dorothea beugte das Gesicht über den Napf. Wie wunderbar! Um ihre Freude nicht zu zeigen, sog sie hörbar den Duft der Fleischsuppe durch die Nase. »Mutter hat gut gekocht. So etwas Gutes werdet ihr lange nicht bekommen.« Mit dem Löffel deutete sie auf Ambrosius. »Wie lange werdet ihr wegbleiben?«

Der zuckte mit den Schultern. Statt seiner antwortete der Vater. »Gott wird uns den Arm führen. In einer Woche werden wir den Feind vernichtet haben.«

»Und nach dem Sieg«, Müntzer schlug die Faust auf den Tisch, »werde ich hier ein Strafgericht halten über alle Gottlosen.« Noch in dieser Nacht würden deren Häuser schon mal von seinen Jüngern mit heimlichen Zeichen versehen werden. »Wir spüren jeden auf, dann wird es keine Gnade mehr geben.«

Verstohlen sahen sich die Frauen an. Dorotheas Mutter flüsterte ihrem Mann zu: »Kennst du einen Gottlosen?«

»Sei still«, herrschte er sie an, »unser Meister kennt jeden, das genügt.«

Ottilie rollten mit einem Mal Tränen über die Wangen, rasch nahm sie ein Tuch, um sie fortzuwischen.

»Was ist mit dir, Weib?«

»Nichts, Thomas, verzeih«, sie suchte nach einer Ausrede, »vielleicht weil der Abschied bevorsteht.«

Laut sprach Müntzer nach dem Mahl das Dankgebet und setzte hinzu: »Oh mein Gott, sieh in dieser Nacht auf jeden von uns herab. Möge beim Vollzug der ehelichen Pflicht die Furcht vor dir und der Geist der Wahrheit die bloße Lust ersticken, auf dass wir nicht verschlungen werden. Amen.«

Noch vor Ambrosius ging Dorothea allein in die Schlafkammer. Nur eine Woche bleiben sie weg, dachte sie und streifte das Hemd über. Das reicht ja kaum, um wenigstens so lange zu lüften, bis ihr Geruch aus den Zimmern verschwunden ist. Sie kroch unter die Decke. Jeder riecht anders, der Vater, Ambrosius und der Prediger, und alle drei mag ich nicht riechen. Auf dem Weg hinüber zum Traum dachte sie an Flieder, an ihre Bienen, und dann begleitete sie nur noch Barthel.

Ein schwarzer Hund, das Fell struppig, die Augen glühten, er hechelte hinter ihr her, er hatte sie eingeholt, biss sich in ihrem Oberschenkel fest. Dorothea schrie, riss die Augen auf, sah Ambrosius über sich, spürte, wie er an ihren Schenkeln zerrte, versuchte, sie zu öffnen. Wieder schrie sie, schlug ihm ins Gesicht, warf sich zur Seite. Sie fiel aus dem Bett, raffte sich hoch und stürzte zur Brautkiste in der Ecke. Das Honigmesser, wo war es? Da, unter dem Schultertuch. Sie packte den Griff. »Wag es!«, drohend drehte sie sich zum Bett um. »Wag es nur!«

Ambrosius war ihr nicht nachgekommen. Er kauerte nackt auf dem Bett, presste beide Hände an die Wangen. »Oh Gott«, flüsterte er, »oh Gott.«

Dorothea ließ das Messer sinken. »Verflucht, zu welchem Gott sprichst du? Eins weiß ich, der da oben hört dich nicht.«

»Ich will es nicht«, er sah sie beinah flehend an, rutschte ein Stück über die Matratze auf sie zu, »aber ich muss doch.«

»Bleib da!« Dorothea wich einige Schritte zurück, bis sie mit der Ferse gegen die Brautkiste stieß. »Wir haben uns geeinigt: Angucken darfst du mich, mehr nicht. Nie berühren, hörst du. Nie! Du hast es mir versprochen.«

»Es ist anders geworden.« Ambrosius zog das Betttuch an sich und bedeckte seine Lenden. »Ich will dich beschützen.«

»Beschützen?« Dorothea lachte bitter. »Bespringen, meinst du. Geil wie ein Köter wolltest du über mich herfallen.«

Er schüttelte hilflos den Kopf. »Wie hätte ich es denn sonst machen sollen?«

»Gar nicht«, fauchte sie.

»Du verstehst nicht. Ich muss … nein, du musst es mir erlauben. Heute Nacht. Weil, sonst wird es schlimm für dich.«

Dorothea setzte sich auf ihre Brautkiste, immer noch das Messer in der Hand, verschränkte sie die Arme. »Schlimmer kann es gar nicht werden.«

»Sie wollen dich mitnehmen.«

»Wer?« Eine Höhle grub sich in ihren Leib. »Wer? Sag es!«

»Der Meister meint, wenn du heute Nacht nicht nachgibst, dann musst du mit nach Frankenhausen.« Unterwegs wollten er und Konrad dafür sorgen, dass Ambrosius mit ihr den Beischlaf vollziehen konnte. Es sei die Pflicht eines Auserwählten, für Nachkommen zu sorgen, damit das Heer der Gottgefälligen anwachse und stark genug wäre, die Gottlosen zu besiegen.

»Gefügig? Wie denn?« Das Entsetzen malte furchtbare Bilder. »Mir auf den Kopf schlagen? Oder mich fesseln?«

»Von Anbinden reden sie.« Ein tiefer Seufzer. »Dein Vater ist damit einverstanden. Er meint, damit endlich Ordnung in unsere Ehe kommt.« Ambrosius streckte die Hände nach ihr aus. »Komm, sei gehorsam! Wenigstens einmal. Wenn ich wieder hier bin, machen wir es so wie bisher.«

»Eher steche ich mir ins Herz.« Dorothea rutschte über die Kiste. In der Stubenecke dahinter kauerte sie sich nieder. »Sollen sie mich mitnehmen. Wenn du ihnen wie ein Köter gehorchst und mir das antust, dann lebe ich keinen Tag länger. Das weißt du genau.«

»Was habe ich dir nur angetan, dass du mich so verachtest?« Ratlos stieg Ambrosius von der Matratze, nahm die Decke und warf sie ihr hin. »Damit du wenigstens heute Nacht nicht frierst. Ab morgen im Zelt hast du es nicht mehr so warm.« Er hockte sich in die Stubenecke hinter dem Bett. »Du willst es ja nicht anders.«

Dorothea hüllte sich bis zum Kinn in die Decke ein. Das Messer lag griffbereit neben ihr. Gott sei Dank brennt die Lampe noch. Sie sah zu ihm hinüber, er starrte zurück.

Niemand wird mich fesseln, dachte sie. Bei erster Gelegenheit fliehe ich. Was guckst du so? Ach, du meinst wohl, ich wage das nicht? Eine Ehefrau muss dem Mann gehorchen? Aber ich bin nicht deine Frau. Zornig lachte Dorothea in sich hinein.

Ambrosius verstand es falsch, glaubte an ihr Einlenken, halb hatte er sich erhoben, da drohte sie mit dem Messer. »Bleib, wo du bist!«

Stumm hockte er sich zurück.

Einer belauerte den anderen, jeder wollte wachsam sein, dann aber dämmerten beide doch in den Schlaf hinüber.

Abschied im Pfarrhaus beim ersten Grauen des 10. Mai. Die Bündel lagen geschnürt in der Diele. Sorgfältig waren alle Zweitschriften und Flugblätter des Predigers im Rucksack verstaut. Müntzer reichte seiner Gemahlin die Hand. »Gideon zog mit dreihundert Mann gegen die Midianiter und befreite Israel. Bedenke dies, Weib!«

Ottilie lächelte. »Du hast mir diese Verse in den vergangenen Wochen oft zitiert.«

Rasch entzog er seine Hand, »Was unterbrichst du mich?«, und leicht gereizt fuhr er in seiner Ansprache fort: »Mir hat Gott befohlen, die Welt von den Fürsten zu befreien. So ziehe ich denn mit dreihundert Tapferen in den Krieg wie dereinst Gideon. Nach meiner Rückkehr darfst du mich als Sieger begrüßen.«

»Dein Wille geschehe, Thomas. Sei Gott befohlen auf deinem Weg.«

Konrad Gerlach tätschelte seiner Agathe die Schulter. »Wenn wir zurück sind, werden wir Hunger haben. Also halt einen fetten Braten bereit.«

»Komm du nur gesund wieder.« Sie strich leicht seinen Arm. »Fürs Essen sorge ich schon.«

Die Blicke der beiden Männer richteten sich auf Dorothea. Ambrosius trat einen Schritt vor. »Lebe wohl …«

»Warte«, unterbrach ihn der Prediger. »Erst will ich wissen: Habt ihr vollzogen? Ist die Fortpflanzung eingeleitet?«

Dorothea hob die Augen, sah ihn an. Mir ist so elend. Sie suchte in der Höhle nach dem Rest ihres Mutes. Na los, verlangte sie stumm von ihrem Mann, sei ein folgsamer Knecht, verrate mich an deinen Gebieter. Noch schlechter wurde ihr.

Konrad Gerlach stieß den Schwiegersohn leicht in die Seite. »Der Meister wartet. Nun gib Antwort.«

Ambrosius löste sich von ihrem Blick. »Oh verzeih, ich bin noch etwas müde.«

»Habt ihr oder habt ihr nicht?«

Ein Ruck ging durch die lange, dürre Gestalt. »Aber ja doch. Hat euch das Schreien nicht geweckt? Erst war es Schmerz, dann aber Lust.« Er senkte den hochroten Kopf.

»Meinen Glückwunsch.« Es gab noch einen Stoß vom Schwiegervater in die Seite. »Sollst sehen. Mit etwas Strenge kommt Ordnung ins Leben.«

Thomas Müntzer schnippte seinem Adlatus. »So verabschiedet euch, wie es sich für ein junges Ehepaar geziemt.«

Dorothea begriff, langsam löste sich die Angst. Als er sich zu ihr hinunterbeugte, umklammerte sie seinen Hals, küsste ihn auf die Wange. »Danke«, hauchte sie und sagte betont laut: »Gott beschütze dich, mein Ambrosius.«

46

Kaum waren der kleine Fußtrupp und die weiße Fahne mit dem Regenbogen in Richtung Osten hinter den Hügeln entschwunden, als ein berittener Kurier Mühlhausen durchs südliche Stadttor verließ. Im Einvernehmen mit dem Ewigen Rat hatte ihn Heinrich Pfeiffer auf eine gefährliche Mission geschickt. Nachricht an Landgraf Philipp von Hessen. Nur dem Heerführer selbst durfte der Tapfere die Botschaft bringen. Nicht mehr weit von Salza entfernt zügelte der Kurier das Pferd.

Staubwolken am Horizont. Dumpf dröhnte die Erde von abertausend Hufen und Stiefeltritten. Die gewaltige Streitmacht wälzte sich heran.

»Herr, du im Himmel. Beschütze mich Armen.« Kurz war das Gebet, inniger als alle Gebete sonntags in der Kirche. Der Kurier zog das rote Tuch vom Hals und band es an die lederne Spitze seiner Gerte. Er schnalzte dem Gaul, trieb ihn mitten auf der Fahrstraße in schnellem Trab weiter, dabei schwenkte er den roten Wimpel, stieß Pfiffe aus, rief immer wieder: »Holla!«

Nach einer knappen halben Stunde preschten zwei Bewaffnete mit gezückten langen Schwertern auf ihn zu, unvermittelt drängten aus den Büschen rechts und links zwei weitere Reiter, und als der Kurier sich ängstlich im Sattel umwandte, trabten die nächsten beiden Kämpfer dicht hinter ihm, die blanken Klingen wippten. »Was für ein Vogel bist du?«

»Friede, ich habe eine dringende Botschaft.« Nein, er müsse sie persönlich übermitteln. Der Spähtrupp nahm ihm das Messer aus dem Gürtel und eskortierte ihn zum Hauptheer, vorbei an Reitertrupps, an Schützen mit ihren langen Hakenbüchsen. Inmitten seiner Leibwächter ritt der schlanke

Landgraf Philipp. Über dem mächtigen Nasenrücken blickten scharfe helle Augen. »Aus Mühlhausen? Was soll er mir ausrichten? Will die Stadt sich mir kampflos ergeben?«

»So nicht … Wenn es nach mir ginge, schon.« Der Kurier sammelte sich, begann von Neuem. »Verzeiht, hoher Herr. Ich soll ausrichten, dass heute Morgen der Prophet Thomas Müntzer unsere Stadt verlassen hat. Er zieht mit seinem Heer nach Frankenhausen. Es sind dreihundert zu Fuß und acht Karrenbüchsen.«

Graf Philipp hielt sein Pferd an, hob die Brauen. »Aus dem Sattel mit dir.«

Einer der Späher half dem Boten unsanft auf die steinige Straße.

Im Plauderton sprach Philipp weiter: »Wenn du lügst, schlage ich dir eigenhändig den Kopf ab. Also überlege gut, ehe du weitersprichst. Ich weiß, dass sich vor und in Mühlhausen mehr als achttausend Bauern gesammelt haben. Dieser Prediger ist der Kopf allen Übels, ihn wollen wir haben. Und du sagst mir, dass er mit lächerlichen dreihundert Fußknechten losgezogen ist? Du darfst dich berichtigen. Ansonsten freue dich auf den Tod.«

Der Kurier rang die Hände. »Es ist die Wahrheit. Dreihundert und acht Karrenbüchsen.«

Mit schnellen Fingerstrichen glättete der junge Landgraf seinen Lippenbart. »Wir werden uns überzeugen. Und diese Mühe ist kostspielig.« Ein dünnes Lächeln folgte. »Stellt sich deine Nachricht als wahr heraus, trage ich die Last und du bist frei, bekommst sogar einen Gulden als Lohn. Andernfalls kostet es dich das Leben. Auf diesen Handel musst du dich einlassen. Begreifst du, was ich sage?«

Dem Tapferen bebte das Kinn. »Es muss so sein. Ich habe den Prediger losreiten sehen. Gleich neben der Fahne. Ja, Herr, es ist die Wahrheit.«

Philipp ließ den Boten an Händen gefesselt zwischen zwei Bewachern mitreiten und schickte seine schnellsten Späher los, um die Nachricht zu überprüfen. Nach drei Stunden kehrten sie mit schweißnassen Pferden zurück. »Es ist wahr. Der Bauernhaufe bewegt sich mit Geschützen und Planwagen auf Ebeleben zu.« Einer der ihren hatte sich zum Schein dem Zug anschließen wollen. Die Nachzügler hätten ihn nach vorn zum Propheten Müntzer geschickt. Das genügte als Beweis. Auf dem Weg zur Spitze, wäre der Späher wieder abgebogen. »Neben der Fahne reitet der Prediger. Vier Leibwächter eskortieren ihn.«

Sofort ließ Philipp dem Boten aus Mühlhausen den Gulden aushändigen und befahl seinen Hauptleuten, die Marschrichtung zu ändern. »Nach Frankenhausen! Erst vernichten wir das Bauernlager dort. Danach nehmen wir uns Mühlhausen vor.«

Reitertrupps lenkten das Hauptheer nach Osten um. Derweil suchten Späher bereits weiter vorn neben der neuen Straße ein geeignetes Gelände für das kommende Nachtlager.

Schonfrist für Mühlhausen. Die Streitmacht hatte ein neues Ziel: Frankenhausen!

Der Zug der dreihundert kam schnell voran. Immer wieder ließ der Prophet die Männer singen, dazwischen rief er Gebete gen Himmel, und die Trommel bestimmte den Herzschlag. Schon am Nachmittag des 11. Mai ragten die Stadtmauern von Frankenhausen vor den christlichen Brüdern auf. Beim Schwenken der Heiligen Fahne wurde den Mühlhausenern das Tor weit geöffnet. Wie ein Lauffeuer sprach sich die Ankunft der Retter in der Stadt herum. »Sammeln! Sammeln!« Wer den Ruf im Halbrausch hörte, der raffte sich in den Zelten und besetzten Häusern auf und begab sich auf den Weg zum Marktplatz. Nach und nach erst schloss sich der große Kreis.

Beim Anblick der müden, von Völlerei und Zechgelagen gezeichneten Bauern, Bergknappen und Tagelöhner erbleichte Thomas Müntzer. »Wie viele Männer sind es?«

Sein Adlatus schüttelte den Kopf. »Selbst wenn jeder Angetrunkene nur halb zählt, dann sind es immer noch zwanzigmal mehr als wir.«

Ein harter Faustschlag traf ihn gegen die Brust. »Wage es nicht. Mir ist nicht nach Scherzen zumute.«

»Aber, Herr, wie soll ich die Menge zählen? Ein paar Tausend werden es sein.«

Müntzer wandte sich an Konrad. »Geh, Freund, erkundige dich nach dem Befehlshaber, und bringe ihn zu mir.«

Wenig später stand Bonaventura Kürschner vor ihm. »Danke für Euer Kommen. Natürlich seid Ihr mit Euren Begleitern mein Gast. Für gutes Wohnen und reichlich Essen ist gesorgt.« Er feixte breit und rieb sich die rote Nasenfrucht. »Ich hab mir das Haus gleich hinter dem Markt von einem Ratsherrn ausgeliehen, als Hauptquartier. Den Ausbeuter haben wir samt allen anderen Fürstenkriechern aus der Stadt gejagt.«

Thomas Müntzer wich angeekelt vom Bierdunst einen Schritt zurück. »Wir sind gekommen, um den großen göttlichen Kampf zu beginnen. Und was finde ich vor? Einen zerlotterten Haufen von Tagedieben.«

Bonaventura stutzte, dann nahm er den Vorwurf gleichmütig hin. »Also, was den Kampf angeht, da gibt es bei uns inzwischen verschiedene Meinungen. Seit sich jetzt die Mansfelder Vettern, Graf Albrecht und Graf Ernst, verbündet haben. Also, da sagen viele von uns, dass es jetzt genug ist.«

Hastig ging Müntzer einige Schritte hin und her. »Ihr seid schwach im Glauben, verirrte Schafe, weil Euch der Hirte fehlt.« Mit erhobenem Finger blieb er vor dem Befehlshaber stehen. »Dies muss geändert werden!«

»Wir haben es schon geändert, Herr.« Stolz berichtete Kürschner vom Überfall auf den mansfeldischen Ort Artern vor einigen Tagen und dass sie drei Boten der Grafen als Geiseln nach Frankenhausen gebracht hätten. »Mit den Adeligen haben wir einen guten Fang gemacht. Denn gestern schreibt uns Graf Albrecht, dass auch er kein Blut mehr vergießen will.

Und er will sich mit uns bereden. Und ich habe ihm heute geschrieben, dass wir uns gerne mit ihm an der Brücke von Martinsrieth treffen: Morgen Mittag.«

Nun achtete Müntzer nicht mehr auf den Gestank, er packte den Anführer am Wams. »Oh Freund, du Wankelmütiger. Ich ahne eine Falle. Preiset alle den großen Gott im Himmel, dass ich nun bei euch weile.«

Der Prediger trat in den Ring. Als Ruhe eingekehrt war, segnete er die Brüder, sprach von neuer Ordnung, die nun einkehren müsse. »Denn unser Feind ist übermächtig und naht mit Grimm und Zähnefletschen. Wir aber sind der Arm Gottes. Uns vermag niemand zu widerstehen.« Seine Begeisterung erreichte die Herzen. »Ich bin gekommen. Fasset Mut, denn euer Hirte ist nun bei euch.« Mit keinem Wort erwähnte er das Verhandlungsangebot. Er wartete den Beifall ab und sprach erneut seinen Segen.

Noch während die Männer sich zerstreuten, gab er Konrad die Anweisung, von Haus zu Haus und von Zelt zu Zelt zu gehen. »Sprich mit den Brüdern. Sage ihnen, dass du von mir beauftragt bist, für die neue Ordnung zu werben. Keine übermäßige Sauferei mehr. Die Waffen müssen geschliffen werden. Ich erwarte zum Kampf bereite Brüder.«

»Meister, ich werde Euch nicht enttäuschen.«

»Ich kenne deine Stärke, mein guter Freund: Ordnung. Niemand weiß sie besser zu vermitteln als du.«

Da hob der Spenglermeister stolz das Haupt.

Von Bonaventura Kürschner ließ sich der Prediger mit Ambrosius ins Hauptquartier führen. Dort fragte er nach Papier und Tinte, nach einem Raum und verlangte, nicht gestört zu werden.

»Schreibe, Junge … Nein, wir schreiben beide zugleich, so geht nachher keine Zeit mit der Zweitschrift verloren.« Müntzer griff auch zur Feder. »Der erste Brief geht an den Lutherknecht Graf Albrecht zu seiner Bekehrung.«

Ambrosius stellte sich seinem Meister mit dem zweiten Schreibpult gegenüber.

»Furcht und Zittern über jeden, der Übles und Böses tut.« Nach diesem Zitat aus der Bibel floss der Zorn in die Zeilen, und immer wieder berief sich Müntzer auf Bibelstellen, nutzte sie wie geschliffene Klingen und stach damit auf den Grafen ein. »… und hast du in deiner lutherischen Grütze und deiner wittenbergischen Suppe nicht die Weissagungen des Propheten gefunden? Hat es dir in deinem martinischen Bauerndreck nicht geschmeckt, was der Prophet weissagt? So spricht der Herr: Sage allen Vögeln, sie sollen sich sammeln, sie sollen das Fleisch der Fürsten fressen. Sage allen wilden Tieren, sie sollen das Blut der Starken saufen.« Müntzer unterbrach, griff nach dem Wasserkrug und trank in gierigen Schlucken. »Bist du so weit?«

Ambrosius nickte, und beide tunkten den gespitzten Kiel wieder in die Tinte. Müntzer forderte Graf Albrecht auf, am Samstag vor den Bauernhaufen zu erscheinen und sich als einfacher Bruder in die Gemeinde einzufügen. »Wo nicht, so werden wir keine Rücksicht mehr auf deine lahme, schale Fratze nehmen und gegen dich kämpfen als den Erbfeind des Christenglaubens. Nun weißt du es. Also halte dich daran.«

Ambrosius setzte den Punkt. »Gut, Meister. Der Brief bietet ihm die Stirn.«

Ein trockenes, grimmiges Auflachen. »Du sollst beim zweiten Brief noch mehr ins Staunen geraten.«

Beide legten frische Bögen vor sich hin. Schon mit der Anrede setzte der Prophet den ersten Stachel. Danach hieb er dem papistischen Grafen Ernst die Sündenanklage ins Fleisch und fragte mit geiferndem Spott: »Sag an, du Elender, wer hat dich zum Fürsten des Volkes gemacht? … Du kennst keine Scham, Gott hat dich verstockt … Kurzum, du bist der Verderbung überantwortet.« Er forderte den Grafen auf, sich vor der Gemeinde im Ring zu verantworten, so könne er wenigstens zum Märtyrer des Teufels werden: »Denn du bist der Christenheit nichts nütze, du bist ein schädlicher Staubbesen … Dein Nest muss zerrissen und zerschmettert werden.« Müntzer verlangte unverzüglich eine Antwort, ansonsten würden die Bauernhaufen tun, was Gott ihnen befohlen habe.

Kaum war die Tinte getrocknet, versah Ambrosius die gerollten Schreiben mit einer Schnur und bat den Gastgeber, sie durch Boten unverzüglich beiden Grafen zu überbringen.

Der Prophet klopfte Bonaventura Kürschner auf die Schulter. »Nun wird alles in seine Bahn kommen. Ich habe die Fürsten in unserm Sinne ermahnt. Nun wird sich beweisen, ob sie einsichtig sind.«

Pünktlich zum Mittagsläuten am 12. Mai warteten der Befehlshaber und zwei seiner Hauptleute an der Martinsriether Brücke auf Graf Albrecht und seine Eskorte. Als die Glocken im entfernten Frankenhausen verstummten, blieb nur das Gezwitscher der Vögel, das Glucksen des Wassers. Endlich ertönte Hufschlag aus Richtung des gräflichen Lagers, ein Kurier preschte heran. »Mein Herr lässt ausrichten, dass er heute nicht verhandeln mag. Er schlägt vor, die Besprechung auf übermorgen, den Sonntag, zu verlegen.«

»Wann? Wo?« Kürschner bemühte sich um die forsche Haltung eines Befehlshabers. »Wir müssen rasch einig werden über jeden Punkt unserer Forderungen. Damit kein Blutvergießen nötig ist. Sage das dem edlen Grafen.«

»Zeit und Ort wird mein Herr Euch rechtzeitig mitteilen.« Der Kurier wendete das Pferd und jagte es im Galopp zurück ins Mansfelder Heerlager.

Nach dem Bericht Kürschners schüttelte der Prophet bedenklich den Kopf. »Wortbrüchig, ich habe es geahnt. Nein, schlimmer noch. Sie wollen uns hinhalten.« Er schritt durch die Eingangshalle des Patrizierhauses und spähte neben dem Portal durch das schmale Fenster zum Marktplatz hinaus. Nach einer Weile setzte er hinzu: »Wir aber werden ihnen Gottes unbeugsamen Willen aufzwingen, wir werden ihnen beweisen, wie ernst wir es meinen.« Er rieb die Fingerknöchel gegeneinander und kehrte zu dem Befehlshaber zurück. »In meinen Briefen habe ich beiden Grafen eine Frist gesetzt. Wenn sie bis morgen Mittag nicht vor uns im Ring erscheinen, wird die Gemeinde über die drei Geiseln urteilen müssen.«

»Oje«, entfuhr es dem gedrungenen Mann. Die Nasenlöcher weiteten sich. »Ein Gericht? Das wird Ärger mit den Grafen geben. Wie soll ich das den Brüdern erklären? Wo die meisten doch genug haben und nach Hause wollen?«

»Glaubst du wirklich …?« Müntzer schärfte die Stimme. »Glaubst du, diese Verderber der Christenheit würden uns einfach so ziehen lassen? Nein, Bruder. Sie werden uns noch hinterrücks die Axt in den Schädel schlagen.«

»Aber suchen könnten wir den Frieden doch mit ihnen?«

»Gottes Wille ist es, dass wir, die Armen, in friedvoller Gemeinschaft sein Reich aufrichten. Ohne diese Popanze in den Schlössern und Klöstern.«

»Ich habe nur Sorge …«

»Lieber Bruder«, nun lächelte Müntzer nachsichtig. »Sorgen? Seit ich hier bin, lade ich alle Last auf meine Schulter, und du darfst mir sorglos folgen.« Da nickte Bonaventura und senkte den Kopf.

Müntzer schickte Konrad, seinen ersten Leibwächter und frisch von ihm ernannten obersten Ordner der Bauernhaufen, auf die Suche nach einem Scharfrichter. Noch am Abend brachte der einen muskelbepackten, stiernackigen Kerl ins Hauptquartier. »Er ist Abdecker.«

Müntzer begutachtete den Mann. »Bruder, hast du Erfahrung?«

»Nur mit Schweinen, Pferden und anderem Vieh.«

»Nicht allein mit Stechen, Bruder, auch mit Schlagen?« Eine knappe waagerechte Geste der dürren Finger deutete an, welche Erfahrung genau gemeint war. »Du verstehst?«

Der Abdecker wollte ausspucken, besann sich rechtzeitig

und grinste. »Na, einem Gaul schlag ich mit einem Hieb den Schädel runter.«

»An Kraft scheint es dir nicht zu mangeln. Mit dem nötigen Ernst möge Gott dich ausstatten.«

Müntzer lobte seinen obersten Ordner Konrad. »Du hast mir den richtigen Mann für den gottgewollten Vollzug ausgesucht.«

Der Spenglermeister lebte für seinen Meister, war berauscht von seiner neuen Aufgabe. »Ich bin von ihm ausgewählt, das Gottesreich mit ihm zu errichten.« Kaum schlief er in der Nacht. Beim Morgengrauen des Samstags eilte er durch die Straßen und Gassen von Frankenhausen. Auf seine Anordnung hin hatten sich die christlichen Brüder zur Musterung aufgestellt. Konrad schlug sich an die Brust. »Mein Verdienst.« Er sah keine Trunkenbolde mehr. Und wie die geschliffenen Sicheln und Sensen blinkten! »Wir werden unbesiegbar sein.«

Bis zum Mittag gab es keine Antwort auf die Briefe. Die Grafen Ernst und Albrecht erschienen nicht, sie ließen das vom Prediger gestellte Ultimatum ohne jede Erklärung verstreichen.

Posaunenstöße riefen die Brüder zum Marktplatz. »Bildet den Ring!«

Dicht gedrängt standen die Männer. Konrad ließ vom Hauptquartier aus rasch noch eine Gasse schaffen und sie mit Stricken sichern.

»Wir sind so weit«, meldete er seinem Meister.

Der legte ihm die Hand auf die Schulter. »Sehr tüchtig, du bereitest mir große Freude.«

»Sagt nur ein Wort, und ich gehorche!«

»Dann sage mir, wie stark wir sind? Mein Adlatus war gestern nicht dazu in der Lage. Aber du weißt es, ich bin mir sicher. Wie viele Männer haben sich draußen zum Ring versammelt?«

»Es sind gut hundert mehr als siebentausend.«

»Diese Menge genügt für ein gerechtes Urteil. Ist alles vorbereitet?«

»Wie Ihr es angeordnet habt. Unser Scharfrichter und drei Helfer halten sich bereit.«

Müntzer nickte Bonaventura Kürschner zu. »Lieber Bruder, zuerst solltest du die drei Geiseln in den Kreis schaffen.« Weil der Befehlshaber zögerte, fuhr er ihn scharf an: »Immer noch Zweifel? Lieber Bruder, achte darauf, dass du dich nicht selbst für dein Zaudern demnächst dort draußen verantworten musst.«

Die Drohung zeigte Wirkung. Ohne Widerspruch führte Kürschner die gefesselten Geiseln hinaus. Thomas Müntzer folgte ihnen im wehenden Prophetengewand. Er grüßte die Menge, breitete die Arme wie Engelsflügel aus, und seine Worte zogen die Männer in den Bann: »Wir haben den Tyrannen ein Angebot unterbreitet ... Sie haben uns verlacht.« In schnellen Schritten ging er das Rund ab. »Nun will ich es vor euch, geliebte Brüder, und vor der Welt ausschreien: Wir wagen unser Blut gegen diese Verstockten und gegen jeden, der zu ihnen gehört.« Begeisterung leuchtete in den Gesichtern auf. Müntzer wies zu den Geiseln hinüber. »Diese Männer dort sind die Speichellecker des Tyrannen von Heldrungen. Sollen sie an seiner statt heute und jetzt gerichtet werden? So lasst mich euer Ja mit kraftvoller Stimme hören.«

Einen Moment stockte der Atem. Das Schweigen dauerte Konrad zu lange. Entschlossen trat er einen Schritt in den Ring. »Ja!«, brüllte er, formte die Hände zum Trichter und wiederholte das Ja, zog es lang, bis die Menge mit einfiel und es aus Tausenden von Kehlen grölte.

Thomas Müntzer trat vor die weinenden Geiseln. »Die Gemeinschaft der christlichen Brüder hat euch einstimmig für schuldig befunden. Kraft meines Amtes verurteile ich jeden von euch zum Tode durch das Schwert. Gott sei eurer Seele gnädig.«

Er trat zurück. Auf seinen Wink hin näherte sich der stiernackige Abdecker mit wiegendem Schritt. Ihm folgten die Knechte.

Schweigen legte sich über die Menge. Dann ein jähes Aufstöhnen. Der erste Kopf fiel. Blut spritzte aus dem Rumpf. Der zweite Schlag geriet zu tief, trennte auch die halbe Schulter mit ab. Der dritte Gesandte betete schluchzend, bis das scharfe Eisen auch seine Kehle durchschlug.

Es war Samstag, der 13. Mai.

47

Noch an diesem Samstag preschte ein Kurier des Grafen Ernst von Schloss Heldrungen aus nach Südosten den sächsischen Truppen entgegen. Er überbrachte Herzog Georg eine Abschrift des schmählichen Müntzerbriefes mit der Bitte: »Kommt! Kommt rascher! Kommt, so schnell Ihr könnt, nach Frankenhausen. Die Bauernteufel müssen gestraft werden. Noch haben wir sie mit ihrem falschen Propheten auf einem Haufen. Kommt, ehe sie auseinanderlaufen.«

Herzog Georg krallte die Faust in den mächtigen Bart. »Versichere dem edlen Freund, Graf Ernst, meine aufrichtige Liebe. Ich eile, um diese Beleidigung grausam zu sühnen.«

»Wann dürfen wir mit Eurer Ankunft rechnen?«

»Übermorgen.« Der Fürst versprach, bei Tagesanbruch vor Ort zu sein.

Philipp von Hessen und Heinrich von Braunschweig langten schon am Sonntag während der Vormittagsstunden mit ihrer vereinten Kriegsmacht in der Ebene unterhalb des Kyffhäusergebirges an. Nahe Rottleben, eine halbe Reitstunde vor Frankenhausen, ließ der Oberbefehlshaber Philipp das Hauptheer lagern. Die Männer sollten sich ausruhen, Geschütze, Pulversäcke und Steinkugeln sollten überprüft und wenn notwendig gewartet oder aufgefüllt werden. Er selbst ritt zu einem Spezialtrupp seiner Vorausabteilungen. Zweihundertfünfzig verwegene, wilde Männer, sie wagten das, was andere nicht wagten. »Freunde!« Philipp erklärte ihnen seinen Plan, und mit Begeisterung schwangen sich die Kerle in den Sattel und galoppierten los.

In Sichtweite von Frankenhausen schwärmten sie auseinander, bildeten eine lange Linie und näherten sich im

Schritttempo der Stadtmauer. Beim ersten Aufblitzen zwischen den Zinnen ließen sich die Reiter aus dem Sattel zu Boden gleiten. Rasch hintereinander folgten Blitz und Knall. Genau zählten sie die Abschüsse, beobachteten, bis wohin die Kugeln flogen. Und gleich wieder aufsitzen. Die Männer nutzten das Nachladen der Geschütze und schoben ihre Linie weiter auf die Stadt zu. Die zweite Salve kam ihnen bedrohlich nahe, für die Reichweite merkten sie sich Baum und Strauch, dann stiegen sie wieder auf und zogen sich in wildem Galopp zurück.

Hinter ihnen jubelten die christlichen Brüder auf der Wehrmauer. Noch zwei Scheinangriffe führte das Fähnlein aus anderen Richtungen durch. Die Verwegenen zählten fünfzehn kleine Geschütze. Und beim schnellen Abzug hörten sie in ihrem Rücken das Geschrei und Frohlocken.

In Frankenhausen schlugen sich die Verteidiger auf die Schultern, lachten. »Sieg!« Von überallher schallte der Triumph wieder. »Diese Schlacht haben wir gewonnen!«

Befehlshaber Kürschner begleitete den Propheten hinauf zum Wehrgang, dicht folgten ihnen der oberste Ordner mit Schwiegersohn Ambrosius. »Nur gut, dass Ihr uns mit acht Karrenbüchsen verstärkt habt.«

Müntzer legte die Hand auf ein noch vom Schießen warmes Rohr. »Glocken, mein Bruder, sind aus ganz besonderem Metall. Daraus habe ich diese Büchsen gießen lassen. Gerade sie werden uns zum Sieg über die Tyrannen verhelfen. Hast du das endlich eingesehen?«

Bonaventura kratzte an seiner aufgequollenen Nasenfrucht. »Heute stimmt es. Aber was tun, wenn sie alle gegen uns kommen?« Männer hätten sie genug, aber keine Reiter. »Und was ist, wenn sie uns von da draußen mit ihren langen Kartaunen beschießen? Dagegen können uns Eure Glockenbüchsen auch nicht helfen. So schön sie auch knallen, sie reichen zu kurz.«

Im ersten Aufbrausen wollte Müntzer den vierschrötigen Mann anfahren, bezwang sich, presste die Lippen aufeinander und starrte zwischen den Zinnen in die Ebene hinaus.

Konrad sah seinen Meister in Bedrängnis, musste helfen. »Von oben. Dann müssen wir eben von hoch oben schießen. Dann reichen wir weit genug.«

Mit spöttischem Lächeln richtete sich Ambrosius zur vollen Länge auf. »Schwiegervater hat recht. Von hier oben sehe ich mehr als er.«

Sofort fuhr Müntzer herum. »Ich habe dich gewarnt, mir sind Scherze verhasst.«

»Verzeiht. Ich wollte nicht …«

»Aber eure Leute haben wirklich recht«, unterbrach der Befehlshaber und zeigte zum Hausberg über der Stadt hinauf. »Dort oben sollten unsere Geschütze stehen, dann haben wir das beste Schussfeld.« Der Gedanke belebte ihn. »Eine Wagenburg. Wir schaffen unser ganzes Gerät auf den Berg.« Alle Planwagen und Karren sollten zum großen Ring aufgestellt werden. »Davor müssen die Männer einen Graben ziehen. Dann sind wir gut gerüstet.«

Der Prophet sah hinauf zum Berg, sah den Befehlshaber an. »Diesen Gedanken hat dir Gott ins Herz gesprochen. Erfüllen wir seine Anweisung.«

Eine Wagenburg. Seite an Seite befehligten Konrad und Bonaventura den Auszug der Bauernhaufen aus der Stadt. Die Geschütze wurden über die weit geschwungene Fahrstraße gezogen. Zelte, Handwaffen und Suppentiegel trugen die Männer geradewegs durch den vom Bach tief in den Fels eingeschnittenen Hohlweg hinauf zur freien Höhe. Und nach Stunden schon bildeten oben rund um die Kuppe des Hausbergs unzählige Karren, Wagen und dazwischen die Büchsen und Halbschlangen einen wehrhaften Schutzring um das Zeltdorf der christlichen Brüder. Die Fahne mit dem Regenbogen wurde an höchster Stelle zwischen den beiden geräumigen Unterkünften von Müntzer und dem Befehlshaber aufgepflanzt.

Als die Dämmerung fiel, erreichte eine Nachricht aus dem hessisch-braunschweigischen Heerlager durch einen Boten das Hauptquartier auf dem Hügel. Da Bonaventura Kürschner unterwegs zum Zeltquartier der Mansfelder Bergknappen war, nahm Ambrosius das Schreiben und übergab es seinem Herrn. Müntzer überflog den Text und zerknüllte das Blatt in der Faust. »Die Tyrannen fordern uns auf, die Waffen niederzulegen. Wir sollen uns ergeben, dafür versprechen sie, Milde walten zu lassen.«

»Das Angebot wird vielen im Lager gefallen.«

»Kein Wort darüber«, unterbrach ihn der Prediger und drückte ihm den Papierball in die Hand. »Zerreiße die Nachricht in tausend Stücke. Ich will nicht, dass sie unsere Brüder vergiftet.«

Montag, der 15. Mai. Mit dem Sonnenaufgang verblasste die Mondsichel am nördlichen Himmel über dem Kyffhäusergebirge. Alarm! Die Wachposten auf den Planwagen stießen ins Horn. In den Zelten schreckten die Schlafenden hoch. Alarm! Ob Bergknappe, Bauer oder Tagelöhner, jeder griff nach seiner Waffe, und mit Hellebarde, Sense oder Morgenstern rannten sie zu den Geschützen und auf ihre Posten zwischen den Karren und Steinhaufen. Die Männer an der Ostflanke erbleichten. Wo gestern auf den benachbarten Anhöhen nur Wiesen, Buschwerk und kleine Wäldchen zu sehen waren, starrten jetzt unzählige Geschützmündungen zur Wagenburg herüber. Von der Nordflanke rannten Melder zum Hauptquartier. »Reiterfähnlein! Immer neue Fußtrupps nähern sich aus den Seitentälern! Sie beziehen rundum Stellung!«

Der Befehlshaber hastete mit Müntzer und dessen Vertrauten zum westlichen und gleich weiter zum südlichen Abschnitt der Wagenburg. Unten in der Ebene näherte sich im Eiltempo die Streitmacht des Herzogs Georg von Sachsen, vereinigte sich mit den Landsknechten der Hessen und

Braunschweiger, schon rückten die Truppen auf Frankenhausen zu.

»Wir können nicht tatenlos zusehen«, belehrte der Prediger und hob den Finger, »eröffnen wir das Feuer!«

Bonaventura Kürschner stand gelähmt vom Schreck nur da. Heftig rüttelte ihn Konrad an der Schulter. »Hörst du nicht? Lasse die Geschützmeister feuern!«

Ohne Überzeugungskraft gab der Befehlshaber das Zeichen. Die vier Büchsen knallten. Irgendwo unten zerplatzten die Kugeln wirkungslos auf den Felsen. »Das Ziel ist zu weit«, murmelte er vor sich hin. »Sie werden die Stadt ohne Kampf nehmen, dann steigen sie über die ganze Breite hinauf. Dann sind wir eingeschlossen.« Mit einem Mal pulste das Blut hoch. Wild wandte er sich dem Propheten zu: »Verloren. Wir sind verloren, ich weiß es.«

Konrad stellte sich schützend vor Müntzer. Über ihn hinweg schnaufte der untersetzte Mann. »Wir müssen verhandeln, um Verzeihung bitten.«

»Nein, Bruder. Tausendmal nein.«

»Ich habe das Kommando!« Keine Drohung konnte Kürschner aufhalten, er stürmte zurück ins Hauptquartier. Nein, er ließ jetzt nicht mit sich reden. Er wisse, was zu tun sei. In fliegender Hast verfasste er ein Schreiben an die Fürsten. »Wir sind nicht hier, um irgendjemand etwas anzutun. Wir sind auch nicht hier, um Blut zu vergießen. Wenn ihr auch kein Blut vergießen wollt, so wollen wir euch nichts tun. Daran soll sich jeder dann halten.«

Nicht lange, und die Fürsten schicken ihren Boten mit der Antwort: »Wenn ihr uns den falschen Propheten Thomas Müntzer und sein Gefolge lebendig ausliefert und ihr euch auf Gnade und Ungnade ergebt, so wollen wir euch gerecht behandeln. Wir verlangen eilends eine Antwort.«

Den Propheten an die Tyrannen ausliefern? Niemals. Trotz aller Furcht wollte Bonaventura solch einen Verrat nicht begehen. Aufgeben, vielleicht. »Zeit. Wir müssen uns beraten.«

Noch zweimal eilten die Boten hin und her. Gottlob, die Fürsten erklärten sich zu einer dreistündigen Waffenruhe bereit.

Der Befehlshaber war mit sich zufrieden und rief alle tapferen Brüder zum großen Kreis unterhalb des Hauptquartiers zusammen. Und die Männer folgten dem Hornsignal, verließen ihre Stellungen und eilten, ohne die Waffen mitzunehmen, zur Beratung im brüderlichen Ring.

Müntzer bedrängte den Kommandierenden: »Ehe wir beraten, will ich predigen. Ich will Kraft und Mut in die Herzen pflanzen. Oder leugnest du unseren göttlichen Auftrag?«

»Nein, Herr. Ich stehe nach wie vor zu Euch. Nur habe ich Angst wie viele von uns.«

»Umso mehr werde ich auch dein Herz aufrichten.«

Am späten Vormittag warf sich Müntzer den Predigermantel über seinen Lederharnisch. Er schritt bis in die Mitte des Rings. »Liebe Brüder, ich habe frohe Botschaft zu verkünden. Soeben hat Gott mit mir gesprochen, er hat mir mündlich versichert, dass wir alle auf seine wunderbare Hilfe vertrauen dürfen.« Gott hasse die Tyrannen, weil sie das Volk zur Abgötterei trieben. Je länger Müntzer sprach, umso schwächer wurde das Angstflackern in den Augen der Menge, bald erlosch es ganz. »… Lasset euer schwaches Fleisch nicht erschrecken, und greift kühn den Feind an!« Ein Strahlen erhellte sein Gesicht. »Liebste Brüder, ihr müsst keines der Geschütze dort draußen fürchten.« Nun breitete er weit die Arme, und der Mantel bauschte sich. »Denn ihr werdet erleben, dass ich alle Kugeln, welche sie gegen uns schießen, in meinen Armen abfangen werde.« Das Strahlen auf seinem Antlitz nahm zu. Er hob die Stirn, erschauerte und wies zur Sonne. »Da, seht ihr! Gott gibt uns ein Zeichen.«

Alle Blicke folgten der Weisung seines gestreckten Fingers. Ein Ring in den schönsten Farben umkränzte die Sonne. »Der Regenbogen. Wir führen ihn als Zeichen auf unserer Fahne. Gott schickt ihn uns jetzt, weil er uns beistehen will. Den Fürsten aber droht er mit Strafe und Gericht.«

Viele der Männer sanken auf die Knie, andere falteten die Hände.

Der Prediger hob an zu singen: »Komm, Heiliger Geist …«, und nach und nach fielen alle mit ein, »sende vom Himmel her deines Lichtes Strahlen.« Trommelschläge unterstützten den Chorgesang aus abertausend Kehlen. »Komm, Vater der Armen. Komm, Geber der Gaben. Komm, Licht der Herzen …«

Ein Donnerschlag zerriss die Andacht. Knall auf Knall folgte. Furchtbares Heulen erfüllte die Luft. Dann zersplitterten an der Ostflanke die Frachtwagen und Karren, schon klaffte eine riesige Bresche in der Wagenburg.

Aber es galt doch Waffenruhe? Hatten die Tyrannen ihr Wort gebrochen?

Auch von Norden her bellten jetzt Salven von Hakenbüchsen. Entsetzen erfasste die Brüder! Sie sprangen auf, rannten durcheinander, stießen sich gegenseitig. Stolpern, Rufen. Da schlugen die mächtigen Steinkugeln mitten in die Menge. Schreie, Blut. Die Getroffenen stürzten übereinander. Und wieder und wieder brüllten die Geschütze, prasselten die Geschosse, zerstörten, töteten. Flucht. Doch wohin? Aus nördlicher Richtung drangen Reiter in die Wagenburg, hieben mit ihren Säbeln auf die Verzweifelten ein. Schon näherten sie sich dem Hauptquartier auf der Bergkuppe.

Thomas Müntzer sah die todbringende Gefahr. »Bahnt mir den Weg«, befahl er Konrad und Ambrosius. »Bringt mich zum Zelt.« Gemeinsam stießen und schlugen die Getreuen mit den Fäusten eine Bresche durch die Panik. Ihr Meister blieb ihnen dicht auf den Fersen. Vor der Unterkunft drängte sich Müntzer vorbei. »Wartet hier.« Im Zelt warf er den Prophetenmantel von den Schultern, schleuderte das Samtbarett beiseite. Während draußen das Schreien und Brüllen der Verletzten anschwoll, versteckte er das wallende Haar sorgsam unter einer Wollmütze und griff nach seinem Rucksack. Vor dem Quartier rang Konrad bei seinem Anblick die Hände.

»Meister, schnell! Ihr müsst dem Feind entgegentreten. Fangt die Kugeln auf!«

»Glaube du nur daran, mein Freund, und Gott wird dich retten.«

Geheul, Fanfarenstöße von Westen her. Die ersten Trupps der Landsknechte stürmten in die Wagenburg.

»Was jetzt, Herr?« Ambrosius krümmte sich vor Angst zu ihm hinunter.

Müntzer zeigte auf die Waffen im Zelteingang. »Nimm ein Schwert«, er stieß dem Spengler in die Seite, »du eine Keule!« Beiden Vertrauten befahl er: »Deckt mir den Rücken, haltet den Feind auf!«

Er wandte sich in Richtung Tal.

»Wohin geht Ihr?«, rief ihm Ambrosius nach.

»Ich werde die Tyrannen zur Rechenschaft ziehen.« Müntzer lief, dabei streifte er den Rucksack über die Schulter, jetzt rannte er den Hügel hinunter auf ein Wäldchen zu.

»Wo ist der Prediger?« Bonaventura Kürschner schleppte sich zum Hauptquartier hinauf, das Schwert schleifte er neben sich über den Boden. Aus einer Halswunde quoll in Stößen das Blut. »Er muss uns retten.« Drei Reiter trieben ihre Gäule über die Toten hinweg ihm nach. Einer beugte sich seitlich aus dem Sattel, tief stach er die Säbelspitze in den breiten Rücken. Immer noch taumelte der Befehlshaber weiter. Da schwang ein Reiter die Klinge hoch und spaltete den Kopf. Bis zum Rumpf klafften die Hälften auseinander. Das Blut spritzte dem Schlächter ins Gesicht.

Voller Grauen wichen Konrad und Ambrosius rückwärts, flohen ins Zelt, dort kauerten sie sich nieder, glaubten sich sicher.

Vor dem Hauptquartier lachten die Kerle, rissen die Regenbogenfahne aus der Halterung, warfen sie zu Boden und ließen das Seidentuch unter den Hufen ihrer Pferde zertrampeln.

Unerbittlich wurden die Bauernhaufen von Norden und

beiden Seiten zusammengedrängt. Furchtbar war das Sterben. Flucht. Nur ein Weg blieb noch offen. Ins Tal, steil hinunter zur Stadt. Der Bachlauf zeigte den Weg. Und der Strom der Verzweifelten setzte sich in Bewegung, laufen in die eine, einzige Richtung, der Weg aber war schmal, wurde enger, dicht an dicht mussten sich die Männer in den Hohlweg pressen, sie kamen nur noch langsam weiter.

Und der Plan des Gegners ging auf. Rechts und links auf den felsigen Seiten des Bachwegs erschienen die Fußknechte mit langen Lanzen. Sie stachen auf die Wehrlosen ein, tauschten von einer Höhe zur anderen Zoten aus, grölten vor Vergnügen und zielten mit den geschliffenen Spitzen nach den Augen, in die schreienden Münder. Die Leichen verstopften den Hohlweg, hinderten die Lebenden an der weiteren Flucht. Gefangen vom Tod mussten sie den Tod erleiden. Das Blut dampfte, versetzte die Schlächter in einen Lustrausch. Sie legten die Lanzen beiseite, sprangen auf die Leiber hinunter und köpften, verstümmelten, sie suhlten sich im offenen Fleisch der Sterbenden.

Nur die zuerst Geflohenen entrannen dem Inferno. Atemlos gelangten sie nach Frankenhausen. Doch hier wurden sie von Landsknechten erwartet, verhaftet, geprügelt, entweder gleich getötet oder auf einer bewachten und rundum mit Stricken abgezäunten Weide zusammengepfercht. »Bis euer Urteil gefällt ist.«

Thomas Müntzer war es gelungen, unversehrt und unerkannt Frankenhausen zu erreichen. Am Angertor bemerkte er rechtzeitig die Suchtrupps der Fürsten weiter im Innern der Stadt. Immer noch atemlos von der Flucht drückte er sich an den Mauern des Torhauses entlang bis zum Eingang. Die Tür war nicht verschlossen. Der Prophet huschte hinein, horchte, kein Geräusch war zu vernehmen, er spähte in die unteren Zimmer, nichts regte sich. Er schlich ins erste Stockwerk, auch hier hielt sich niemand auf. Die Bewohner waren vor dem Feind geflohen.

Nun sicherer, erklomm der Prophet die enge Stiege zum Dachgeschoss. In der Kammer für die Dienstboten legte er den Rucksack ab, entkleidete sich bis aufs Hemd und legte sich auf dem Strohsack erschöpft unter die Zudecke. »Hab Dank, oh Herr, dass Du Deinen Knecht errettet hast …« Noch während des Gebetes übermannte ihn der Schlaf.

Stimmen, Gepolter im Stockwerk unter ihm. Thomas Müntzer schreckte hoch. Schon knarrten die Stufen der Stiege, Schritte näherten sich. Der Prophet legte sich zurück, zog die Decke bis unters Kinn.

Die Tür flog auf. Im Rahmen stand ein Bewaffneter. »Doch einer im Haus.« Er trat dicht ans Bett. »Wer bist du?«

»Friede«, jammerte Müntzer und hob die gefalteten Hände. »Bitte, tut mir nichts. Ich bin krank, mir ist so elend.«

»Nun ganz ruhig, mein Alter«, grinste der Bursche. »Mein Herr da unten ist der edle Ritter Otto von Eppen. Bis wir wieder abziehen, haben wir uns das Haus hier als Quartier ausgewählt. Ich guck mich nur nach was Brauchbarem in den Zimmern um.« Er sah mitfühlend auf den Kranken. »Meinetwegen kannst du hier liegen, bis es dir besser geht.« Der Knappe wandte sich wieder zur Tür. Da fiel sein Blick auf den Rucksack, gleich bückte er sich danach.

Auf dem Lager seufzte Müntzer. »Alles wertlos. Da findest du nur Papier und unwichtiges Geschreibsel.«

»Warum schleppst du dich dann damit ab?« Misstrauisch geworden, hob der Knappe ein Blatt ans Fensterlicht, las und schüttelte den Kopf. »Ein Brief an unsere Gnaden Graf Ernst von Mansfeld?« Er studierte das Ende. »Gegeben zu Frankenhausen am Freitag und gezeichnet …?« Langsam zückte er das Messer, tippte auf die Unterschrift. »Da steht: Thomas Müntzer mit dem Schwert des Gideon. Du bist also …« Der Knappe lachte in sich hinein. »Da kämpfen dort oben dreitausend von unsern Männern, um dich zu fangen. Und ich alleine erwische dich hier im Bett. Na, wenn das nicht ein guter Fang ist. Hundert Gulden sind auf dich ausgesetzt.« Er riss dem Zitternden die Decke weg. »Raus mit dir, geh langsam vor mir her! Deinen Rucksack darfst du selbst tragen.« Müntzer gehorchte. Hinter ihm kicherte der Knappe vor Vergnügen. »Mein Ritter wird Augen machen, wenn er sieht, wen ich da vom Dachhimmel runtergeholt habe.«

48

Mühlhausen, endlich. Barthel ließ das Pferd traben, nahm die Kappe ab und wischte sich damit übers Gesicht. Auch der Regen hatte aufgehört. Die Sonne brach durch die Wolken, nass glänzten die Kirchtürme.

Am Frauentor standen doppelte Wachen. Besser, ich lass mein Pferd draußen, dachte er und band es am Rande des Warenplatzes neben den anderen Pferden an. Gleich näherte sich der hinkende Wächter und verlangte für die Beaufsichtigung zwei Pfennige. Auf den empörten Blick von Barthel erwiderte er: »Seit wir den Ewigen Rat haben, ist sowieso alles teurer geworden. Das hab ich vorher schon gewusst. Und weil die Fürsten in Frankenhausen vorgestern alle Bauern niedergemacht haben, wird es bald noch teurer. Das sag ich dir, Bursche.«

»Vorgestern?«, murmelte Barthel. »Also hat es eine Schlacht gegeben?«

»Weißt du das noch nicht?«

Er musste nicht antworten. Gleich überschüttete ihn der Alte mit den schrecklichsten Informationen. »Da hat selbst der Prediger nichts mehr ausrichten können.«

»Du meinst den Thomas Müntzer?«, vergewisserte sich Barthel mit Nachdruck.

»Aber ja. Mit seinen Leuten und dreihundert Mann ist der Prophet von hier gegen die Fürsten losgezogen. Ich hab's gleich gesagt, das geht nicht gut.«

Wortlos bezahlte Barthel den geforderten Preis. Auf dem Weg zum Tor spannte er die Lippen. Also ist der Satan gar nicht da und seine beiden Unterteufel auch nicht. Dorlein, niemand bewacht dich. Ungeduldig stellte er sich ans Ende der Menschenschlange, die sich auf das Frauentor zuschob.

»Bist du einer von unsern Brüdern unten aus dem Lager?«

Ein Kopfnicken genügte, Barthel durfte passieren. Bei Kindern erkundigte er sich, wo der Pfarrer Müntzer wohnt, und sie führten ihn zum Komturhaus neben der Marienkirche.

Er zog an der Türglocke, musste lange warten, dann öffnete sich die Tür einen Spaltbreit. »Wer seid Ihr?« Die Frauenstimme klang abweisend und misstrauisch.

»Verzeiht. Ich wollte zur Frau Dorothea Gerlach …« Heftig kratzte er in den Locken. »Ich mein, sie ist jetzt die Frau von dem Ambrosius Emmen, und so heißt sie dann ja wohl auch.«

Die Tür öffnete sich ganz. Gleich erkannte er das Gesicht. Die Pfarrfrau Ottilie. Auf halbem Weg von Allstedt hinauf zum Schloss, da war sie auf dem Baumstamm gesessen, hatte sich ausgeruht, weil sie schwanger war. Barthel sah den vorgewölbten Bauch. Schwanger, so wie jetzt auch. »Gott zum … Frau Pfarrer, ich meine, zum Gruß, Frau Pfarrer.«

Sie trug einen Knaben auf dem Arm, streichelte seine Wange und sprach zu dem Kleinen: »Wer so viel gleich bei der Vorstellung stottert, vor dem müssen wir uns nicht fürchten. Nicht wahr, mein Daniel?« Sie betrachtete den Besucher genauer. »Ich bin die Gemahlin des Predigers Thomas Müntzer.« Sie zögerte, runzelte die Stirn. »Sagt, kennen wir uns nicht?« Sie schüttelte leicht den Kopf.

»Doch, es stimmt.«

»Seid Ihr ein Freund von Ambrosius?«

»Nicht so ganz.« Barthel spürte die Hitze vom Hals in die Wangen steigen, sagte Namen und Beruf, sagte gleich dazu, wo er Frau Ottilie und dem Adlatus begegnet war, dass er vor drei Tagen von Wittenberg abgeritten sei, weil er nicht hätte früher losgedurft, aber jetzt sei er endlich da, und weil ihm der Atem fehlte, musste er heftig schlucken. »Bitte, ich möchte mit Dorothea sprechen.«

»Das wird nicht möglich sein.«

»Aber ich muss.«

»Kommt!« Ottilie bat ihn herein. In der Diele sagte sie. »Es tut mir leid. Als gestern die Nachricht von den schrecklichen Ereignissen in Frankenhausen hier eintraf, hat sich Dorothea gleich mit ihrer Mutter auf den Weg gemacht. Sie sind mit dem Maultier und unserm Karren unterwegs, haben genug Kleidung und Proviant dabei. Beide sorgen sich um ihre Männer.«

»Sorgen?« Barthel fühlte einen kurzen Stich. Wieso scherte sich Dorlein mit einem Mal um diesen langen, dürren Kerl?

»Er ist immerhin ihr Gemahl. Lange Zeit haben sich die beiden nicht gut verstanden. Doch dies scheint sich nun etwas gebessert zu haben.«

Wieder ein Stich. »Ich, ich sorge mich auch. Wisst Ihr denn noch mehr? Verzeiht, ich mein, was in Frankenhausen geschehen ist?«

»Nur, dass mein Gemahl in Gefangenschaft geraten ist.« Kein Bedauern, sie seufzte nur. »Aber damit war ja zu rechnen. Und es ist anzunehmen, dass seine beiden Getreuen bei ihm sind.« Sie streichelte Klein Daniel übers Haar. »Ich wäre mitgefahren, wenn ich ihn nicht hätte und im Bauch seine Schwester tragen würde.«

Dorlein und Mutter Agathe unterwegs? Überall in der Gegend mussten sich jetzt Landsknechte und Bauern rumtreiben. Zwei Frauen allein …

»Ich muss hinterher.« Die Unruhe schmerzte jetzt mehr als der Stich. Nein, Barthel wollte nicht zum Essen bleiben. Ein Schluck Wasser, gerne. Er verabschiedete sich von Ottilie. »Wenn mein Pferd sich beeilt, holt es das Maultier noch vor Frankenhausen ein.«

»Gott beschütze Euern Ritt. Und solltet Ihr meinen Gemahl sehen dürfen, so sagt ihm, seinen beiden Kindern geht es gut.«

Die Fahrt war gefahrlos verlaufen. Dorothea hatte sich mit drei Schulterumhängen und einer verknitterten schwarzen

Haube in eine dicke alte Frau verwandelt. Niemand hatte die beiden Mütterchen angehalten oder nachts in der Herberge belästigt. Am Angertor von Frankenhausen fragten sie, wo die Gefangenen festgehalten wurden.

Die Magd stellte den leeren Wassereimer ab. »Gefangene? Da müsst ihr euch beeilen.« Sie begann zu weinen. »Weil … weil es immer weniger werden.«

»Wo?«

Die Magd schluchzte nur. Dorleins Mutter stieg von der Kutschbank, rüttelte sie an der Schulter. »Sag es, Mädchen. Wo sind die Gefangenen?«

»Auf der anderen Seite. Die große Weide.«

Frau Agathe drückte die Magd kurz an sich. »Beruhige dich, Mädchen, und hole dein Wasser.«

Da schrie die Magd auf, zeigte entsetzt in Richtung des Bachlaufs. »Ich wollte ja. Aber da fließt nur Blut. Da vom Berg runter … nur Blut.« Sie raffte den Eimer und floh in die Stadt.

Frau Agathe kletterte wieder auf die Bank. »Gott beschütze uns alle.« Sie nahm die Zügel und ließ das Maultier anziehen.

Der Weg rund um Frankenhausen gab nach einer Biegung den Blick frei, die Ebene dehnte sich in Richtung Süden. Nahe der Stadtmauer erstreckte sich die Weide. Posten mit Hakenbüchsen hatten die Ecken besetzt, zu zweit gingen Bewaffnete die mit Stricken abgesperrten Seiten ab. In Gruppen drängten sich die Gefangenen wie verängstigtes Vieh zueinander. Frauen standen am Rand des Pferchs, riefen Namen. Hin und wieder lösten sich Männer, wagten einige Schritte auf den Zaun zu. Sie sprachen hastig von ihrer Verzweiflung, tranken den Trost ihrer Frauen. Schon wurden sie von den Wachen mit gellenden Pfiffen wieder zurückbefohlen.

Die Frau des Spenglers hielt den Wagen an. »Nimm Brot mit, Kind. Wir müssen zu den Weibern, müssen auch nach unsern Männern rufen. Bestimmt haben sie Hunger.«

Ehe Dorlein den Proviantsack öffnete, sah sie zur Stadtmauer hinüber. »Da, Mutter. Oh Gott, nein.«

In drei Reihen warteten gefesselte Gefangene vor einem breit gebauten Holzpodest. Drei mächtige Hackklötze standen oben in gleichen Abständen nebeneinander. Und dahinter, mit roten Maskenhauben und bloßen, blutbespritzten Oberkörpern, warteten drei Henker.

»Eine Schlachtbank«, flüsterte Frau Agathe und klammerte sich an die Tochter. »Ist der Vater dabei? So weit sehe ich nicht mehr gut. Ist er?«

Dorothea schirmte die Augen. »Vater nicht, auch nicht Ambrosius.«

Die Henkerbuben rissen von jeder Reihe den Vordersten die Stufen hinauf, schleppten ihr flehendes Opfer zum Meister des Todes. Geübt pressten sie den Hals auf den Klotz. Das Beil fuhr nieder. Den Kopf warfen die Buben in einen Korb, den Rumpf stießen sie mit den Füßen vom Podest auf den Leichenhaufen. Und schon griffen sie sich das nächste Opfer.

»Schnell, Kind!« Frau Agathe zog ihre Tochter mit sich zu den Weibern am Zaun. »Konrad! Konrad!« Dorothea fiel mit ein, rief nach Ambrosius, immer wieder. In der nächststehenden Gruppe blickten die Gefangenen zu ihnen herüber, aber niemand kam. »Mein Konrad«, die Mutter hielt sich das Kinn, »du musst doch hier sein.«

»Er hätte dich bestimmt gehört. Wir müssen fragen.« Ein Gedanke, gleich führte ihn Dorothea aus. Sie schwenkte das Brot, zeigte es den Männern, winkte, lud sie ein, das Geschenk anzunehmen. Zwei Gefangene wagten sich einige Schritte von ihrem Haufen weg. Sie warteten, bis die Wächter weit genug entfernt waren, dann rannten sie zum Zaum. »Hunger!«, sie streckten die Hände, »wir haben seit drei Tagen nichts gegessen.«

»Gleich«, Dorothea nahm die Köstlichkeit nicht weg, »wo ist der Prediger?«

Da ballten die Männer die Fäuste. Im Stich gelassen hätte

der Prophet sie. Und heute wäre er zu Graf Ernst nach Schloss Heldrungen gebracht worden.

»Und wo sind seine engsten Vertrauten?« Kurz beschrieb sie Konrad und Ambrosius.

»Unsern obersten Ordner und den langen Schreiber? Die sind nicht beim Propheten«, sagte der eine, der andere erinnerte sich. »Die habe ich zuletzt oben auf dem Berg beim Hauptquartier gesehen.« Dorothea warf ihnen das Brot zu, gleich zerrissen sie den Laib, und jeder verschlang seine Hälfte, ehe er zur Gruppe zurückkehrte.

»Dann lebt der Vater noch«, neue Hoffnung ließ Frau Agathe schneller gehen, »und auf Ambrosius passt er schon auf.« Sie stieg zum Kutschbock hoch, kaum saß die Tochter neben ihr, schlug sie die Zügel dem Maultier über den Rücken. »Weißt du, Kind, ohne den Propheten wär der Vater so geblieben, wie er wirklich ist. Er liebt dich immer noch. Und jetzt, ohne den Prediger, wird es wieder besser mit uns allen.«

Dorothea spürte, dass die Mutter sich selbst tröstete, reden musste, und so hörte sie auf der Fahrt über die gewundene Straße zum Hausberg hinauf nur zu.

»Du warst noch ein kleines Mädchen, da wolltest du immer ein Pferd haben. Dafür hat es aber nicht gereicht, und deshalb hat mein Konrad dich sonntags immer auf den Schultern getragen. Und du hast die Ärmchen um seinen Hals gelegt. Ach, Kind, jetzt wird es wieder wie früher.«

Gekrächze in der Luft. Frau Agathe schreckte aus der Erinnerung auf. In Schwärmen kreisten Raben über ihnen. »Warum sind diese Biester hier?«

Dorothea ahnte es. »Vielleicht ist doch nicht alles so gut, Mutter.«

Als sie die Höhe erreichten, säumten zahlreiche Handwagen und Karren den Straßenrand. Die Mutter lenkte das Fuhrwerk in eine Lücke.

Nach wenigen Schritten über einen schmalen Pfad sahen sie die Trümmer der Wagenburg. Das Innere waberte vom Auf und Ab der Raben, ihr gieriges Schreien übertönte das Rufen und Weinen der zahllosen Frauen. Die Unglücklichen schlugen mit Knüppeln nach den schwarzen Aasfressern, verjagten sie von den zerstückelten Leichen, suchten nach dem Mann, dem Geliebten, dem Sohn. Und fanden sie ihn, so waren die Raben längst vor ihnen da, fraßen sich satt an Augen und Zungen, stritten sich um das Gedärm in den aufgehackten Bäuchen.

Nicht hinsehen, befahl sich Dorothea. Doch wohin mit dem Blick? Es gab kein Ausweichen. »Komm, Mutter.« Sie wies zur Anhöhe, dort standen zwei große Zelte, die Dächer eingeknickt, in den Seitenplanen klafften lange Risse. »Da oben wird das Hauptquartier sein.«

Sie mussten quer über das Leichenfeld, wichen den Körpern aus, mussten Umwege suchen, sie kamen nur langsam durch das Elend voran.

Rufen? Noch über dem Krächzen der Raben, dem Klagen der Frauen meinte Dorothea einen Ruf zu hören. Sie blieb stehen. Nichts. Schon wollte sie weitergehen. Der Ruf. Sofort wieder, deutlicher. Diese Stimme? Sie fasste den Arm der Mutter. »Hörst du das?«

Frau Agathe sah auf. »Das Geschrei dieser Biester ist furchtbar.«

»Dazwischen, Mutter. So hör doch. Da ruft jemand nach mir.«

»Aber, Kind. Meinst du, der Vater …?«

»Still.« Dorothea reckte den Kopf. Kein Zweifel, der Ruf kam aus Richtung des Pfades, über den sie vorhin gekommen waren. Diese Stimme. Ich kenne den Klang. Ihr Herz öffnete sich. Kein Irrtum, es durfte kein Irrtum sein. »Barthel!«

Das Echo kehrte zurück. »Dorlein!«

»Hier sind wir!« Sie nahm die Haube ab. Schwenkte sie hoch über dem Haar hin und her. Jetzt sah sie die Gestalt. Seit tausend Jahren kannte sie den Gang, jede Bewegung: Barthel.

Die Blicke fanden sich, Freude wollte aufkeimen, gleich aber wurde sie von der Grausamkeit ringsum niedergedrückt. Barthel blieb vor den Frauen stehen. »Ich habe mich gesorgt.«

Frau Agathe nickte ihm zu, als hätte sie ihn gestern noch gesehen. »Du kommst zur rechten Zeit, Junge.« Seltsam fahrig winkte sie ihm. »Komm mit, du musst uns helfen. Wir suchen unsere Männer. Da oben müssen sie sein.« Sie stieg über einen Leichnam, wehrte sich gegen hochflatternde Raben. Über die Schulter sagte sie zu ihm: »Und wenn mein Konrad böse wird, weil er dich sieht, dann rede ich mit ihm.«

In ihrem Rücken griff Dorothea nach seiner Hand, drückte sie, spürte den Gegendruck wie einen Kuss.

Zwischen den beiden Quartieren lag das zerrissene Fahnentuch. Die Farben des Regenbogens waren verdreckt und mit schwärzlichem Blut besudelt. Im ersten Großzelt fanden sie niemanden. Frau Agathe eilte voraus zur anderen Unterkunft. Die Eingangsplane hing noch halb an der Querstange. Sie bückte sich darunter hinweg und fand ihren Mann. »Konrad«, sie wimmerte, »mein Konrad.«

Rasch drängten auch Dorothea und Barthel ins Innere.

Die Toten lagen vornübergesunken auf den Knien, Stichwunden im Rücken, die Arme gerade über den Boden ausgestreckt. Dorothea griff sich ans Herz. »Diese Ungeheuer.«

Die Unterarme waren verstümmelt, bis zur Mitte abgehackt. Nur ein Stück weiter fand ihr Blick die Hände. Zwei verschlungene Paare. Die Finger verschränkt, hielten sie einander fest.

Barthel flüsterte: »Sie müssen um ihr Leben gebettelt haben.«

»Ich lasse meinen Konrad nicht hier.« Frau Agathe streichelte den Rücken. »Er muss in geweihte Erde«, ihre Stimme wurde klar und fest, »bei mir in Allstedt muss er auf den Kirchhof.«

Dorothea kauerte sich zu Ambrosius. »Auch ihn nehmen wir mit. Er soll beerdigt werden, wie es sich gehört. Das hat er verdient.«

»Verdient?« Barthel ballte die Fäuste, um nicht weiterzufragen.

Da blickte sie zu ihm auf. »Sei beruhigt, nichts ist geschehen.« Sie wartete, bis er ihrem Blick glaubte, dann setzte sie leise hinzu: »Zum Schluss hat er für mich sogar gelogen.« Sehr bestimmt ergänzte sie: »Ambrosius kommt in ein richtiges Grab.«

Barthel widersprach nicht. »Bringen wir sie hier weg!« Er schnitt zwei große Stücke von den Zeltplanen ab, und mithilfe der Frauen wickelte er die Toten darin ein.

»Ich trag den Spenglermeister auf der Schulter zum Wagen.« Die Frauen sollten das Bündel mit Ambrosius hinter sich herziehen. »So weit, wie's geht. Ich komm dann wieder und hole ihn.«

Barthel stapfte mit der schweren Last durch das Gewirr der Leichen, versuchte den Anblick mit Gedanken an Dorlein zu vertreiben. Doch Vater Konrad schob sich dazwischen, hieb mit dem Knüppel immer wieder auf den Knienden ein, schrie: Ich schlage dich tot wie eine Ratte. Barthel fasste den Sack auf seiner Schulter fester. »Und jetzt, Vater Konrad? Jetzt schleppe ich dich auf dem Rücken.«

Nach einer Stunde lagen beide Toten geborgen hinter der Kutschbank. Mutter Agathe drängte, flehte, und Barthel musste noch einmal zur Anhöhe. In einem Tuch brachte er ihr die gefalteten Hände.

Nun beruhigt setzte sie sich zwischen die Leichensäcke. »So können mein Konrad und Ambrosius besser beten.« Das Tuch mit dem Schatz hütete sie in ihrem Schoß.

Barthel band sein Pferd hinten an den Wagen und stieg zu Dorothea auf den Bock. »Vielleicht schaffen wir es noch vor der Nacht bis Allstedt.« Er nahm die Zügel, schnalzte dem Maultier.

Bald blieb das Krächzen der Raben zurück, wurde leiser. In der Ebene knirschten die Wagenräder, sonst gab es keinen Lärm mehr.

»Ich nehme dich mit mir«, sagte er unvermittelt und schwieg wieder. Dorothea rückte näher, wärmte sich. Nach einer Weile sah sie zu ihm auf. »Aber was wird dann aus deinem Honig?«

Er hob das Kinn. »Sorg dich nicht. In Wittenberg gibt es auch Bienen.«

49

Was noch zu sagen ist …

Thomas Müntzer wird seinem ärgsten Feind, Graf Ernst von Mansfeld, als Beutepfennig überstellt. Im Turmkerker von Schloss Heldrungen verhören ihn die Fürsten selbst. Müntzer zeigt kein Mitleid mit den in der Schlacht Gefallenen. Er lacht wie ein Besessener und ruft: »Sie haben es nicht anders haben wollen.«

Die Folter wird angewandt. Zu seiner Lehre befragt, sagt er nur: »Ich will nicht, dass man das heilige hochwürdige Sakrament äußerlich anbeten soll, sondern nur im Geist und jeder, so wie er will.«

Müntzer ist kein starker Mann. Schon am ersten Tag zerbricht ihn die Folter. In einem Brief an die Mühlhausener bittet er die Bürger, nicht länger gegen die Obrigkeit anzugehen, jedes Blutvergießen zu vermeiden. Die Niederlage sei nicht abzuwenden gewesen, weil jeder mehr seinen Eigennutz gesucht habe und nicht die Rechtfertigung der Christenheit.

Müntzer soll auch widerrufen haben und zum katholischen Glauben zurückgekehrt sein.

Nein, er war kein starker Mann.

Die Strafmaßnahmen hören nicht auf. Von Dorf zu Dorf ziehen die Henker und töten, töten. Auch Herzog Johann, der vor der Schlacht nur gezögert hat, bricht jetzt mit großem Heer zum Straffeldzug auf. Ihm geht es um möglichst hohe Zahlungen als Entschädigung und vor allem um das Blut der Vergeltung. Seine Henker sind die fleißigsten.

Die vereinten Streitmächte ziehen auf Mühlhausen zu. Voller Angst laufen mehr als tausend ganz in Schwarz gekleidete Bürgerinnen den Fürsten entgegen, flehen um Gnade und

Verschonung. Keine Milde. Die Herrscher fordern eine bedingungslose Übergabe auf Gnade und Ungnade.

Bisher hat Heinrich Pfeiffer in der Stadt noch versucht, die Fäden im Ewigen Rat zu ziehen. Nun aber, da der Untergang vor den Toren lagert, nimmt er die bei seiner Tante gehorteten Schätze und verlässt Mühlhausen mit dreihundert Getreuen in der Nacht des 24. Mai durch ein heimlich geöffnetes Tor.

Die freie Reichsstadt fällt kampflos am 25. Mai in die Hände der Sieger. Es ist Himmelfahrtstag.

Thomas Müntzer wird auf einem Karren von Schloss Heldrungen ins Fürstenlager von Görmar gebracht. Dort, wo noch vor wenigen Tagen das Bauernlager stand, errichten Landsknechte nun die Henkersbühne.

Noch am selben Tag wird bei Eisenach der flüchtige Heinrich Pfeiffer ergriffen und auch nach Görmar zurückgeschafft. Müntzer zeigt sich darüber sehr befriedigt. »Wie gut, dass der Pfeiffer gefangen ist. So kann die Bosheit endlich zerstört werden.«

Am 27. Mai schärft der Henker das Schwert. Er enthauptet Thomas Müntzer und Heinrich Pfeiffer in Anwesenheit der Fürsten. Die Köpfe werden auf lange Stangen gespießt und vor den Toren Mühlhausens zur Warnung aufgestellt.

Auch die Frauen müssen zur Befragung vor den adeligen Hauptleuten erscheinen. Auch Ottilie Müntzer. Keine Schuld am großen Aufstand kann der Gattin des hingerichteten Propheten nachgewiesen werden. Einer der jungen Adeligen fällt zum Vergnügen der Freunde vor der Schwangeren auf die Knie. »Verehrte Dame, ich will dich stieren.« Ohne das Grinsen zu verlieren, reißt er sie mit sich aus dem Zelt. Im Pferdeunterstand schlägt und tritt er sie, vergewaltigt die Schwangere bis zum Abend. In der Nacht schleppt sich Ottilie zur Nachbarin. Dort verliert sie ihr Kind.

Als Martin Luther von der Verhaftung seines Erzfeindes unterrichtet wird, schreibt er am 23. Mai: Wer den Müntzer gesehen hat, der kann wirklich sagen, er habe den leibhaftigen Teufel gesehen in seinem höchsten Grimm.

Auf die Nachricht von Müntzers Tod zitiert er ungerührt nur eine Bibelstelle im Evangelium des Matthäus. »Wer das Schwert nimmt, der soll durchs Schwert umkommen.«

Zornig reagiert Luther auf die Vorwürfe, seine Schrift »Wider die räuberischen und mörderischen Rotten der Bauern« habe die Fürsten erst zu dem grausamen Vernichtungsschlag ermuntert. Von der Kanzel schüttet er am 4. Juni Unflat über die üblen Kläffer aus, die gegen ihn und seine Flugschriften angehen.

Ottilies Schicksal empört ihn. »Oh, was für eine adelige Tat! Diese Schläger und Säue. Bestien sind es, wilde Tiere wie Wölfe … und keine Menschen.«

In aller Heimlichkeit lässt Martin Luther für Mitte Juni seine Hochzeit vorbereiten. Bis auf wenige Eingeweihte darf niemand in Wittenberg etwas davon erfahren. Katharina von Bora gefällt der künftige Gemahl, was Ansehen und Einfluss betrifft. Hingegen befällt sie blankes Schaudern, als sie zum ersten Mal die privaten Räume des Reformators betreten darf. In diesem Gestank und Schmutz kann kein Christenmensch den Bund fürs Leben schließen.

Putzen, Lüften. Zwei Tage schuftet die künftige Braut. Die verschimmelte Matratze verbrennt mit nie gewaschenen Hemden im Hof.

Am 13. Juni treffen die Eingeweihten nacheinander im Augustinerkloster ein.

Weder Philipp Melanchthon noch andere engste Freunde sind geladen. Allein Lucas Cranach und seine Frau Barbara gehören zu den Zeugen fürs Beilager. Pfarrer Bugenhagen spendet nach dem symbolischen Vollzug im Schlafgemach den kirchlichen Segen.

Und am Abend steigt Martin Luther zum ersten Mal seit

langer Zeit in ein frisch gemachtes Bett. Auch ist er in der Nacht zum ersten Mal nicht allein, und er hat Freude daran.

Personenverzeichnis

Nach sorgfältiger Recherche habe ich den historischen Figuren das Fühlen und Denken gegeben. Alle von mir erdachten Personen sind hier mit lit. P. (literarische Person) gekennzeichnet.

Amsdorf, Nikolaus von (1483–1565): Professor in Wittenberg, Luthers Freund

Axt, Basilius (1486–1558): Apotheker im Cranachhaus

Banse, Tile: Pfarrer von Sangerhausen

Baumgärtner, Hieronymus (1498–1565): Patriziersohn aus Nürnberg, umgarnt Katharina von Bora

Bora, Katharina von (1499–1552): aus dem Kloster Nimbschen geflohene Nonne

Katharinas Mitschwestern (alle aus dem Kloster Nimbschen geflohen): Lonata von Golis, Ave Gosse, Elisabeth (Elsa) von Kanitz, Ave von Schönfeld, Margarete von Schönfeld, Magdalena von Staupitz, Margarete von Zeschau, Veronika von Zeschau

Berlepsch, Hans Sittich von (1480–1533): Ritter, Burghauptmann der Wartburg bei Eisenach, später auch Amtmann von Salza; Anne, seine Frau

Bodungen, Eberhard von: Stadthauptmann von Mühlhausen

Brück, Gregor von (1484–1557): Kanzler am Hof zu Weimar

Bugenhagen, Johannes (1485–1558): Pfarrer in Wittenberg, Luthers Freund

Cellarius, Simon (–1544): Student und Prophet aus Zwickau

Cranach, Lucas d. Ä. (um 1472–1553): Maler, Geschäftsmann in Wittenberg; Barbara, seine Frau

Döring, Christian (um 1490–1533): Mitbesitzer der Druckerei im Cranachhaus, Goldschmied

Emmen, Ambrosius (–1525): Adlatus von Müntzer
Eppen, Otto von: Ritter

Friedhelm (lit. P.): Hufschmied am Schloss Allstedt

Gerlach, Dorothea (Dorlein) aus Allstedt (lit. P.): Geliebte von Barthel
Gerlach, Konrad (lit. P.): Vater von Dorlein, Spenglermeister, Ratsherr von Allstedt, Müntzers Leibwächter; Agathe (lit. P.), Mutter von Dorlein
Gersen, Ottilie von (vor 1505– nach 1525): aus dem Kloster Beuditz geflohene Nonne, Müntzers Frau
Glatz, Kaspar (–1551): Rektor der Universität Wittenberg, später Pfarrer in Orlamünde
Graf Albrecht (VII.) von Mansfeld (1480–1560): lutherisch
Graf Ernst (II.) von Mansfeld(-Vorderort), (1479–1531): Schloss Heldrungen, katholisch
Gröter, Johannes und Kessler, Johannes: Studenten aus St. Gallen, (genannt die »zwei Johannisse«)
Gruber, Anton (lit. P.): Bäckermeister, Ratsherr in Allstedt
Gutknecht, Jobst: Druckermeister in Nürnberg

Haferitz, Simon: Mönch aus dem Karmelitenkloster, Hilfsprediger in Allstedt
Herold: Bauer aus Liedersdorf, alter Mann mit Visionen
Herzog Georg (der Bärtige) von Sachsen (1471–1539): Vetter von Kurfürst Friedrich, katholisch
Herzog Heinrich (II.) zu Braunschweig-Lüneburg, Fürst von Braunschweig-Wolfenbüttel (1489–1568)
Herzog Johann (der Beständige) (1468–1532): Herzog in Weimar, Bruder und (seit 1525) Nachfolger von Kurfürst Friedrich

Herzog Johann-Friedrich (1503–1554): Sohn von Herzog Johann, Herzog und Kurfürst

Kardinal Albrecht von Brandenburg (1490–1545): Erzbischof von Magdeburg (und Mainz); Residenz in Halle

Karlstadt (eigentlich Bodenstein), Andreas (1486–1541): Professor in Wittenberg, Reformator, Gegner Luthers, Pfarrer in Orlamünde

Klug, Joseph (um 1490–1552): Druckermeister und Nachfolger von Melchior Lotter

Knauth, Ciliax: Maurermeister, Ratsherr in Allstedt

König Christian II. (1481–1559): König von Dänemark, Norwegen und Schweden; lebt vorübergehend im Exil in Wittenberg; Isabella, seine Frau

Koppe, Leonhard: Kaufmann, Kutscher

Kürschner, Bonaventura (–1525): Anführer im Bauernlager Frankenhausen

Kurfürst Friedrich III. (der Weise) von Sachsen (1463–1525): Förderer Luthers

Landgraf Philipp I. (der Großmütige) von Hessen (1504–1567): Förderer der Reformation, Heerführer gegen die Bauern vor Frankenhausen

Lotter, Melchior (1470–1549): Druckermeister bei Cranach

Luther, Martin (1483–1546): auch genannt Bruder Martinus oder Junker Jörg, Reformator

Melanchthon, Philipp (1497–1560): Reformator, Professor in Wittenberg, Luthers Freund; Katharina, seine Frau

Mikkelsen, Hans: Ratgeber und Schreiber des dänischen Königs, Bibelübersetzer

Müntzer, Thomas (1489–1525): Pfarrer, ehemaliger Mitstreiter von Luther, jetzt Gegner; Ottilie von Gersen, seine Frau

Pfeiffer, Heinrich (–1525): ehemaliger Mönch im Kloster Reifenstein, Prediger und Mitstreiter Müntzers in Mühlhausen

Reichardt, Hans: Stadtschreiber in Allstedt

Reiche, Bartholomäus (Barthel) (lit. P.): geb. in Salza, Geselle bei Cranach, Formschneider, Geliebter von Dorlein

Reichenbach, Philipp: Jurist und Stadtschreiber in Wittenberg; Ursula, seine Frau

Rückert, Nickel: Schultheiß in Allstedt

Schurff, Hieronymus (1481–1554): Rektor der Universität Wittenberg

Seeberger, Wolfgang (Wolf): Faktotum und Diener von Martin Luther

Selmenitz, Felicitas von (1488–1558): Witwe von Wolf von Selmenitz, Gönnerin von Thomas Müntzer

Spalatin, Georg (1484–1545): Kurfürstlicher Ratgeber, Geheimsekretär, Priester und Beichtvater

Stein (lit. P.): Lehrer an der Lateinschule in Wittenberg

Storch, Nikolaus (1500– nach 1539): Prophet aus Zwickau

Strauß, Jakob (1480– vor 1530): Pastor in Eisenach

Stroth, Peter und Paul (lit. P.): Studenten aus Basel, Zwillingsbrüder

Stübner, Marcus: Student und Prophet aus Zwickau

Zeiß, Hans: Burgvogt von Schloss Allstedt, Schösser, Amtmann von Allstedt; Sabine, seine Frau (lit. P.)

Zwilling, Gabriel (1487–1558): ehemaliger Augustinermönch, Aufrührer gegen Luther; reumütig; später Pfarrer in Torgau

Ortsverzeichnis

Allstedt
Artern
Chur / Schweiz
Ebeleben
Eisenach / Wartburg
Frankenhausen
Görmar
Eisleben
Hersfeld
Höngeda
Jena
Kahla / Leuchtenberg
Kloster Beuditz
Kloster Glaucha (bei Halle)
Kloster Marienthal in Nimbschen (bei Grimma)
Liedersdorf
Mallerbacher Kapelle / Kloster Naundorf
Martinsrieth
Mühlhausen
Mülverstedt
Nordhausen
Nürnberg
Orlamünde
Rottleben
Salza
Sangerhausen
Schönewerda
Seeberg (bei Eisleben)
Torgau
Volkenroda

Wallhausen
Weimar
Wittenberg
Wurzen an der Mulde
Zwickau

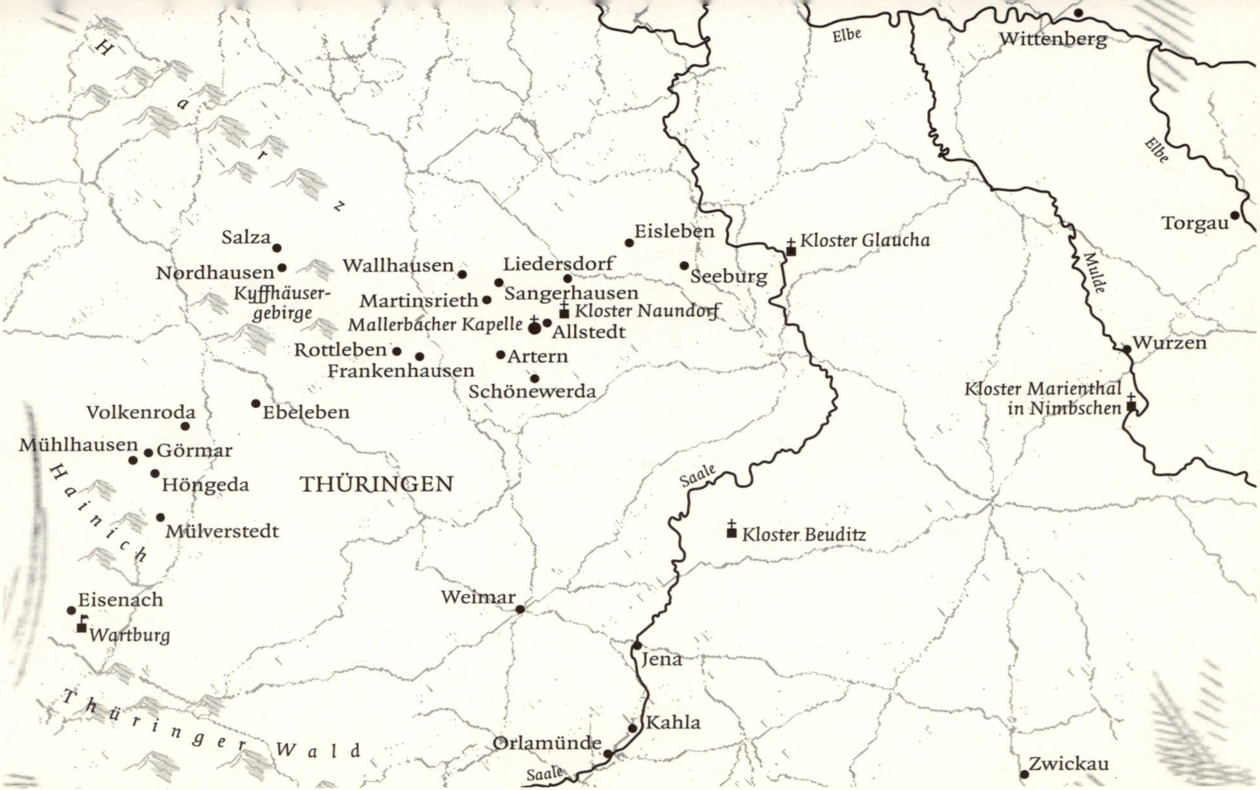
Harz
Elbe
Wittenberg
Elbe
Torgau
Mulde
Wurzen
Kloster Marienthal
in Nimbschen
Salza
Nordhausen
Kyffhäuser-
gebirge
Wallhausen
Liedersdorf
Eisleben
Kloster Glaucha
Seeburg
Sangerhausen
Martinsrieth
Kloster Naundorf
Mallerbacher Kapelle
Allstedt
Rottleben
Frankenhausen
Artern
Schönewerda
Volkenroda
Ebeleben
Mühlhausen
Görmar
Höngeda
THÜRINGEN
Hainich
Mülverstedt
Saale
Kloster Beuditz
Eisenach
Wartburg
Weimar
Jena
Thüringer Wald
Kahla
Orlamünde
Saale
Zwickau